文学与思想丛书

Wenxue Sichao Lun

文学思潮论

（修订本）

卢铁澎/著

人民出版社

目　录

再 版 序

卢铁澎

　　在后现代的非理性主义语境中，文学思潮理论研究举步维艰，欲探求研究对象的本根和学理，必冒被贬斥为"本质主义"或僵化保守的风险。由于反本质主义思潮显赫声势的震慑，受"新"之迷信的蛊惑和否定的时髦激情的传染，一些学者竟糊涂到甚至视"本质"、"规律"等词语如瘟疫，唯恐避之不及！

　　然而，学理的问题并不随着后现代非理性主义造成的回避心理和厌恶态度而消失，作为学术与科学研究，对象的本质与本体的辨识，永远都是任何研究行程的起点，取消、回避或天真地以为可以用否定的提问方式取代、"超越"这"足下"第一步，欲行千里当然纯属自欺欺人的梦幻。

　　严格说来，没有"文学思潮"概念起码界定的文学思潮研究并不存在而且也不可能存在。因为，如克罗齐所言：思想只有表达清楚才能存在！ 20世纪西方公认的文学理论大师韦勒克就非常赞同克罗齐的这个看法，坚持理论澄清对文学研究的重要性，而理论的澄清，则立足于基本概念的精确界定和阐明。T. S. 艾略特也曾主张要对研究中所使用的术语进行逻辑和辩证的研究，因为他切身体会到，在文学批评中，我们始终在使用我们不能界定的许多术语，并用它们来界定别的东西。从理论上说，我们所使用的术语其内涵与外延必须相配，如果不相配，那就必须找到某种途径来把它们弄清楚，我们才能每时每刻都知道自己要表达什么意思。即使在反本质主义、解构主义时兴的后现代主义文化氛围中，艾略特的话仍被马泰·卡林内斯库——这位《现代性的五副面孔》的作者奉为"训谕"。

理论澄清的第一步，就是要对研究对象和基本的术语、概念进行内涵与外延的辨析与界定，但这并不意味着一定就是以绝对的本质主义的立场来探讨和对待定义。我们应该知道，所有的定义都具有历史性局限，只有有条件的、相对的意义，既不具有永恒的终极真理性，也永远不能包括充分发展的现象的各方面联系。① 因此，对任何原理、定义，都要历史地，并同其他原理、定义和具体的历史经验联系起来加以考察和运用，而不是片面地形式主义地无条件地对待和运用。② 明乎此，我们才不至于把基本学理的探究视为畏途或歧途。

"文学思潮"是我们长期使用而未能科学界定的、内涵与外延不相配的概念、术语，亟须进行"逻辑和辩证的研究"。

拙著的主要内容，就是在以下几个方面对"文学思潮"进行逻辑和辩证的学理探究。

一、对文学思潮概念的内涵作了超越性逻辑界定尝试。国内以往对文学思潮的零星理论论述和对文学思潮概念的界定，多受20世纪初日本学者厨川白村的文艺思潮观影响，视文学思潮为研究者主观抽象划分的类型，并滥用非文学的分类标准，导致文学思潮泛化，实际上取消了文学思潮本体。20世纪40年代以来，国外学者竹内敏雄、韦勒克和波斯彼洛夫反对类型论文学思潮观，肯定了文学思潮是历史具体的存在。但韦勒克对巴罗克、古典主义、浪漫主义、现实主义、象征主义等一系列概念的梳理辨析及其内涵的探讨，主要是定位于史学分期视角下包含文学运动、文学流派、文学风格、文学思潮在内的一个时间性和空间性重叠的内涵十分丰富的整体性"时期"概念。竹内敏雄和波斯彼洛夫虽然都明确针对文学思潮并正确地论证了文学

① 参见《列宁选集》第2卷，人民出版社1995年版，第651页。
② 参见《列宁选集》第2卷，人民出版社1995年版，第785页。

思潮是非抽象类型的历史具体性存在，却又不自觉地陷进唯创作论思潮观的泥淖，将文学思潮与历史风格、集团风格或有"共同纲领"的流派创作相等同。在梳理已有文学思潮观谱系，辨析文学思潮与文学、文学思潮与思潮的关系的坚实基础上，在广及理论、批评、创作和接受的整个文学活动系统的逻辑外延上对文学思潮概念的探讨，使我们得出明确认识：首先，文学思潮的核心是一种体系性的文学思想，可称之为"文学规范体系"，如同科学史上的"范式"。它是动态的，有发展的阶段性特征。其次，文学思潮是文学活动系统中主体群体在文学规范体系支配下的动态的观念整体，也就是文学规范体系在群体活动中的展开、增殖，群体活动既受文学规范体系制约支配，又对它产生反作用，促使它随着现实的发展而衍变。因此，我们把文学思潮的内涵界定为："文学思潮是特定历史时期文学活动系统中受某种文学规范体系所支配的群体性思想趋向。"

二、系统地论证了文学思潮的结构层次、基本特性及其与相关文学范畴的相互关系。文学思潮系统构成的范围广及文学活动的整体，可以说，文学思潮是贯串在理论、批评、创作、接受的整体活动领域中的共同观念系统。从其要素形态来说，是由理论形态思想要素和非理论形态思想要素构成的。理论形态要素和非理论形态要素之间既统一又存在差异和矛盾，两者种种不同的对立统一造成了文学思潮形形色色的结构形态，决定了文学思潮的个性特征。从构成要素的性质来看，文学思潮则是美学观念要素和历史观念要素辩证统一的整体融合。三个层面不同的构成，决定了文学思潮的历史的具体的特征。

群体性、动态性、复杂性和历史性是文学思潮作为观念形态精神结构存在的基本特性，它们之间互相关联，互为因果，多向互动，相互交叉、重合，有不可割裂的整体联系。它们各自不是孤立的存在，都是文学思潮整体特征的有机构成因素，共同构成了文学思潮基本特性的整体。

在文学系统内，文学思潮与文学风格、创作方法、文学流派和文学运动有着种种无法割断的联系，多有共名，常常结合一体，因而极易被人们所混淆，但它们之间有着不容抹杀的本质区别。通过文学思潮与这些范畴的细致对比，抓住各自内涵、构成、特征、功能与存在进行分析，辨清异同。可以确认，只要抓住文学思潮在文学系统内的主要特征是"思"——属于文学活动的观念层面，它与文学活动的其他范畴不难区别。当它们融为一体的时候，文学思潮是它们的灵魂、核心，文学流派、文学运动则是文学思潮的两翼，创作方法是文学思潮与创作实践的中介，文学风格（群体风格、历史风格）是在创作成果中表现的文学思潮的审美特征。

三、探讨了文学思潮的逻辑类型、历史形态。从发生学和整体联系的角度，阐明了文学思潮发生、发展的自律性与他律性问题，系统地建立文学思潮的基本类型和历史形态体系。我们认为，文学思潮不能等同于创作类型，但文学思潮也需要进行基本分类。以不同思潮的文学观认识特征为依据，可以把文学思潮分为客观型（从客观出发的原则为主体的）、主观型（从主观出发的原则为主体的）和复合型（主、客观原则难分主次的）三大类型。从历史形态方面考察，文学思潮发生的一个重要条件无疑是文学自觉，并遵从经济基础与上层建筑的关系以及历史合力论原理生成发展，但社会心理是文学思潮生成发展的直接基础。在文学思潮的历史形态方面，我们以文学思潮主体意识的是否自觉和自觉的程度以及文学思潮外在表现的特征为依据，把文学思潮的历史形态分为古代的自发型、近代的过渡型、现代的主潮型和当代的多元型。

四、通过中外文学史与文化史的丰富事实，辨清文学思潮与文化领域其他种种思潮的关系；从文学系统和文化系统的不同视野，阐明文学思潮在文学、文化和社会领域内的功能。文学思潮和各种社会思潮往往同步生成，并相互激荡，发生同向或逆向的相互影响。文学思潮的文学功能可分为理论功能、批评功能、创作功能、接受功能、流派功能、运动功能和文学史功能等多种。理论和创作是文学活动系统中较重要且形成思潮较易辨认的领域，文学思潮的功能以及两个领域相互之间的影响也极为明显。在文学理论领域，一种文学思潮产生之始乃以一种新的文学观念出现为标志，这一观念逐渐形成范式形态，与已有范式对立或矛盾，但不一定能取代或否定其他已有范式，有的甚至可能被已有范式战胜而式微，这是文学范式与科学范式的不同。而在创作领域，文学思潮主要通过创作方法的中介，起沟通、组织、同化的作用，促成群体性的创作潮流。文学思潮的文化功能体现在文学思潮对文化（社会）思潮的同步互动或反映以及它在文化交往过程中的作用这两方面。在文化交往中的文学思潮的功能既"揭示"其所归属的文化的整体性和个别性，更重要的在于对他文化产生影响。

五、结合新时期文学思潮与外来思潮的关系辨析文学思潮的现代性与民族性。针对新时期以来国内对现代性和现代主义的误读和挪用，我们探讨了现代性内涵阐释的谱系，指出一元现代性论的"欧洲中心论"偏颇，确认现代世界体系资本主义全球化过程中各民族现代化与反封建主义、对抗殖民主义交织的历史复杂性导致现代性的多元存在。以为文学思潮仅是现代性的反映和产物的看法是片面的，中国当代文学思潮的批评与创作实践都不应以西方审美现代性产物的现代主义的非理性主义为绳墨。非西方国家和民族的文学作为世界文学整体的重要构成部分，其地位和价值决非东方主义"欧洲中心论"学科规训所赋予的从属于西方文学的"他者"性，悠久的历史和多文化圈内多民族的丰富的文学活动，形成了与西方文学迥然有别的现代性和民族性的鲜明历史特征，以及不可替代、不可低估的独创性文化贡献。同属现代的非西方国家、民族的文学与西方文学尽管都是具有现代性的文学，但其显著差别则在于各自以民族性为主要标志的本土特色。现代非西方国家、民族的文学的民族性是包含着现代性的民族性，一种明显区别于其古代文学的民族性；而其文学的现代性则是具有民族性、本土性的现代性，一种与西方现当代文学的现代性既有千丝万缕的种种联系又有明显区别的现代性。

本书尝试进行较为完整的文学思潮理论系统的初步建构，希望能填补国内外尚无文学思潮原理系统研究这一文艺学学科空白，改变中国文学思潮发展与研究的学理缺失现状，在突破文学思潮学理难题方面具有一定的开拓性和独创性，对文学思潮批评、文学思潮史研究和文学创作实践具有方法论的指导意义，促进我国当代文学发展摆脱西方思潮的负面影响，形成健康的有中国特色的新文学思潮。

屈指算来，笔者研究文学思潮理论已断断续续地走到了第二十个年头，本书也经历了从最初的博士论文到初版和现在的修订再版三个阶段。第一个阶段就是从 1995 年秋至 1998 年夏这三年的博士研究生在学时期，由于作为博士论文选题的这一课题本身难度较大，虽然笔者尽了最大努力，短短的三年也无法完成全部的研究任务，因而提交答辩的内容就只能是核心理论的部分，即本书的前半部。三年中，导师陆贵山先生的教导和指引，无疑是我的选题得以成立和研究能够初步完成的根本支持，而钱中文、童庆炳、杜书瀛、董学文、陈传才、周忠厚、成复旺、杨恒达、李春青等专家在博士学位论文评审和答辩中对拙文的高度肯定和客观评价，则是支持我毕业后继续研究至今的巨大动力和鞭策。2000 年，在博士论文的基础上增加了两章，即付梓面世，那就是本书的初版。虽然初版在理论的系统性方面基本形成，但仍然存在着极大的遗憾：结合中国现当代文学思潮现象的分析较薄弱，这是在博士学位论文评审和答辩时专家们指出的一个不足。理论研究的主要目的和价值，当然在于能够有效地解决当下和未来的、本土的实际问题。所以，本书初版问世后至今的十几年中，结合中国现当代文学思潮的分析、验证，就成为笔者进一步完善和充实自己的文学思潮理论研究的主要任务。修订再版与初版的不同之处，除了结构上有一些调整和改正初版中一些明显的缺陷之外，就是增加了这十几年来笔者对中国当代文学思潮的研究成果，着重在第十章。如果说前面九章是相对完整的理论系统，第十章则主要是针对中国当代具体的文学思潮现象与现代性关系这个中心进行的理论分析，也可说是对自己摸索的文学思潮理论观点方法的应用与验证。无论是理论的科学性还是实践验证的有效性到底如何，当然有待读者的裁判和历史的检验了。

在本书修订过程中，曾得到 2004 年度国家社科基金重大项目《历史唯物主义与当代文艺思潮》、2005 年度国家社科基金一般项目《文学思潮原理研究》的资助，在此一并表示感谢。

本书的修订再版，须感谢中国人民大学学科建设项目资助，尤其是对孙郁院长的鼎力支持，费心协调，笔者深表敬意和谢忱！

初 版 序

陆贵山

卢铁澎的《文学思潮论》有别于从文学现象的层面和角度阐释文学思潮的同类著作，而着重对文学思潮的学理——概念、范畴、特征和基本规律等原理问题进行探讨。文学思潮不仅具有文学理论的思想内涵，而且大体上可以被视为实践着的文学理论，实质上是动态的活性的流变着的文学观念。对文学思潮进行理论研究，选择这种文学理论思潮化和文学思潮理论化相融通和相激发的研究思路，赋予《文学思潮论》以新鲜的高质的学术品位，表现出以下一些突出的学术特色。

学理的原创性和思维的开放性。文学理论、文学创作、文学批评和文学思潮都是紧密相关的。但从理论视角，联系文学创作和文学批评以及文学接受，对文学思潮进行系统的理论研究，尚属罕见，因而是富有创意的理论探索。这种学术尝试，显露了作者开放的心态，对拓展文学理论的研究空间，对提升文学思潮的理论品格，从而扩大和辐射被理论化了的文学思潮对文学创作和文学批评的影响，具有重要的意义。

理论的系统性和逻辑的严谨性。《文学思潮论》一书从探讨文学思潮的理论属性开始，对文学思潮加以理论界定，进而深入到对文学思潮的理论特征，即文学思潮的群体性、动态性、复杂性和历史性作出了比较准确的理论概括。紧接着从共时态上对文学思潮的基本类型和从历时态上对文学思潮的发展规律都进行了比较深入的开掘和拓展。更为难得的是，作者以宏阔的学术视野，考察了作为文学系统内的文学思潮和作为文化系统内的文学思潮的表现形态，论述了文学思潮的内部规律和外部规律，揭示了作为文学和文化双重结构的文学思潮所具有的多质态和复杂性，即文学思潮的文学特质和文学功能与文学思潮的文化特质和文化功能，从而构成了一个严谨的逻辑体系。

分析的细腻性和文风的质朴性。该书对文学思潮的审视，既有高远鸟瞰式的宏观扫描，又有细致精当的微观凝视。作者放开拿来主义的学术眼光，像海绵吸水般地吸纳相关的学术思想滋养，通过把不同的理论资源加以我化、同化和优化的提炼整合，进而创化为自己的理论财富和学术思想。作者把含义相关的文学风格、文学流派、创作方法与文学思潮进行浓写和厚描，作出了细致的对比和界说，从逻辑的角度把文学思潮划分为客观型、主观型和复合型，又从发展的历史形态上把文学思潮划分为古代的自发型、近代的过渡型、现代的主潮型和当代的多元型，所有这些论述都是周详而确切的。《文学思潮论》的材料真实可靠、宏富丰赡，理论的概括和提炼中肯合理、精确到位。作者善于用学术事实说话，运思有力，毫无玄奥晦涩之风和轻浮焦躁之气。坚实而不枯板，质朴而不浅直，凝重而不沉滞，自信而不骄狂。我为这样的青年学者的文品和文风感到兴奋和快慰。

《文学思潮论》发出了独到的学术声音，理应引起社会的关注，已先期发表的部分章节，每篇都获国内外知名的二次文献学术期刊《文艺理论》全文转载，就是一个标志。相信《文学思潮论》的出版，必将产生良好的学术影响。

2000 年春于中国人民大学

导　论

一、文学思潮研究的理论滞后

放眼欧洲文学的浩浩长河，作为其源头的古希腊文学就可谓波澜壮阔：多少荷马那样的行吟诗人游走于宫廷与乡间，广受欢迎，他们创作、传唱的神话和史诗，迄今还是难以企及的艺术典范，魅力不朽；露天剧场遍布希腊各地城镇，有的城镇甚至拥有好几个剧场，雅典卫城可容纳近两万人的剧场在当时还属于"小剧场"。每当演出，剧场内人头攒动，观众包括男女老幼，不仅有权贵显要，甚至连最贫穷的居民也可以领到官方发放的观剧津贴进场享受，随着演出的进行，闹闹攘攘的观众用叫喊喧哗表达自己的观感评价，[①] 可以想见，那情景何等壮观；一场又一场的戏剧比赛，戏剧家们争先恐后，埃斯库罗斯、索福克勒斯、欧里庇得斯、阿里斯托芬等戏剧大师及其一出出天才剧作脱颖而出，"悲剧之父"、"喜剧之父"、"悲剧典范"应运而生；柏拉图、亚里士多德等哲人们对文学的思辨和激烈论争，其文学思想、美学主张对后世的影响，绵延千年复千年。在黑暗中世纪的漫漫长夜里，文学虽

---

① [苏] 谢·伊·拉齐克：《古希腊戏剧史》，俞久洪、臧传真译校，南开大学出版社1989年版，第21、22页。

然沦为神学的奴婢，地位一落千丈，但民间文学却不乏暗流涌动。当文艺复兴的号角吹响，被蒙昧千年的欧洲，终于挣脱宗教的镣铐，在一大批文化巨人的带领下，以崭新的面目步入辉煌的近代，在人类文化的浩瀚海洋上，文学大潮汹涌澎湃，扑面而来。思潮的起落更替，显眼地成为近代以来西方文化和文学历史发展的主要轨迹。20 世纪以后，更是思潮纷繁，流变复杂，这已是人所共知的事实。

中国文学近现代以前的存在形态，人们熟知的是数不胜数的流派现象，姑不论它们是否可算文学思潮，但近现代尤其是当代由于外来影响，文学思潮此落彼起，色彩纷呈，目不暇接，则是无可否认的历史新景观。

众所周知，说欧洲近代以来的"古典主义文学"、"浪漫主义文学"、"现实主义文学"都是文学思潮，已是国际性共识，鲜有异议。但若说"文艺复兴文学"、"启蒙主义文学"是文学思潮，就会招来质疑，而且可以举出权威的否定意见或所谓"事实"作为论据，颇为"理直气壮"。至于国内的文学现象，不说古代，仅是当代的"工农兵文学"、"伤痕文学"、"反思文学"等等是否文学思潮，就见仁见智，莫衷一是，甚至同一位学者的前后看法也会反复无定。如果再进一步从发生学角度讨论"文学思潮在文学史上到底是何时才有的产物"，人们对这一问题的回答，可分为两类极端对立的认识：一类意见主张，文学思潮是近代或现代——现代性的产物，17 世纪法国古典主义文学是世界上最早的——第一个文学思潮；另一类意见则以为自有文学以来甚至在文学独立之前——文学还与其他文化意识浑然一体之时，文学思潮即已萌芽，因此，我们可以看到自《诗经》时代以来的《中国文学思潮史》和发端于记纪、万叶时代的《日本文学思潮史》。看法何以如此悬殊混乱？不能不追问文学思潮理论研究的历史和现状。

文学思潮研究的理论自觉相对于文学思潮实践来说，实在是明显滞后了。文学思潮成为文艺学较自觉的研究对象迟至 19 世纪才初露端倪，并随着比较文学的发展而日益受到重视。也许对于文学思潮这样超个体的复杂多变的流动性极强的文学现象，在没有研究先例和具备相应方法的情况下，需要经过较长时间的历史沉淀，形成必要的距离，才能进入研究的射程，因为"离眼睛太近或太远的东西我们都看不真切"①。这样说来，文学思潮研究落后于文学思潮实践具有不可苛求的历史必然性。然而，当人类文明的脚步已经踏在 21 世纪的时候，回首检阅文学思潮研究的成果，我们看到了丰硕的收获，却又不无巨大遗憾。陈列在我们眼前的精彩论著的确不少，如代表着较早的文学思潮研究成就的丹麦学者勃兰兑斯的《十九世纪文学主流》、法国比较文学大师梵·第根的《欧洲文学中的浪漫主义》、意大利学者马里赛·普拉兹的《浪漫的痛苦》、美国印第安那大学比较文学教授亨利·雷马克的论文《西欧浪漫主义的定义和范围》、西方马克思主义学派代表之一——卢卡契的《现实主义问题》、哈利·列文的《现实主义讨论》、安东尼·索尔比的《浪漫主义运动》、欧文·帕诺夫斯基的《文艺复兴和各种复兴》、赫尔姆特·哈兹费尔特的《文学史家看巴罗克》、马尔科姆·勃莱德贝利和詹姆斯·麦克法兰的《现代主义的名称和实质》、韦勒克在《批评的各种概念》和《辨异：续批评的各种概念》里对文学思潮概念术语进行全面考察的一组论文。②移目东方，日本人得风气之先，文学思潮研究走在我们的前面。仅从 20 世纪二三十年代起问世的中译本看，就有厨川白村的《文艺思潮③论》、本间久雄的《欧洲近代文学思潮论》、青木正儿的《中国文艺思潮论》（中译本改题为《中国古代文艺思潮论》）等。日本学者的文学思潮研究著作在中国的影响很大，"最早的中国文学史，大都是以日人的原著为蓝本的"④。正是在日本人编著的文学思潮史和文学思潮研究著作刺激下，中

---

① ［丹麦］勃兰兑斯：《十九世纪文学主流》第一分册《流亡文学》，张道真译，人民文学出版社 1997 年版，"引言"。

② 参见 ［美］R. 韦勒克：《文学思潮和文学运动的概念》，刘象愚选编，中国社会科学出版社 1989 年版，第 2、3 页。

③ "文艺思潮"一语，在日文中等同于"文学思潮"，国人翻译、使用常二者不分，多为同义，也偶有作"文学与艺术"即广义"艺术"意义使用者。笔者从俗，后文"文艺思潮"与"文学思潮"多为同义词。

④ 蔡振华：《中国文艺思潮》，世界书局 1935 年版，第 18 页。另见 ［日］青木正儿《中国古代文艺思潮论》（王俊瑜译述，人文书店 1933 年版）的周作人序言："中国自编文学史大抵以日本文本为依据。"

国学者开始自编中国文学思潮史和介绍西方文学思潮，开展文学思潮研究。仅在 20 世纪二三十年代，就出现了黄忏华的《近代文艺思潮》(1924)、茅盾的《西洋文学通论》(1930)、孙席珍的《近代文艺思潮》(1932)、谭丕谟的《文艺思潮之演进》(1932)、蔡振华的《中国文艺思潮》(1935)、徐懋庸的《文艺思潮小史》(1936)、李何林的《近二十年中国文艺思潮论》(1940)、朱维之的《中国文艺思潮史略》(1939) 等专著。新时期以来，关于文学思潮研究的论文和专著也日渐增多，除了翻译介绍外国的文学思潮研究著述外，研究范围扩及新时期的文学思潮，并且大有愈来愈热的趋势。笔者不厌其烦地罗列上述书文目录，意在证明这样的一种遗憾：尽管文学思潮已进入文艺学研究的视野之内，但上述论著大多属于文学史和文学批评的研究范围，或局限于以某一时期、某一特定文学思潮为对象进行的具体研究。真正从理论层面上对文学思潮进行探索的只有少量的论文，不成体系。以笔者所见，在拙著问世之前，国内外尚无一部系统完整的文学思潮理论研究专著。正因为理论研究的相对滞后，致使文学思潮研究在文学史和文学批评领域也难有突破性的发展。众多冠以“思潮”、“思潮史”的著作，没有公认明确科学的“文学思潮”概念指导，有的在绪论或前言中勉强阐释一下自己理解的“文学思潮”内涵，但基本上缺乏学理探讨，只能蹈袭传统文学史套路，把文学思潮作为抽象类型对待，且分类粗疏，往往自相矛盾，“挂羊头卖狗肉”，徒有“思潮史”虚名，实际上仍然是遵照过去那种按时间先后顺序或按政治斗争分期或按题材内容等分类来罗列作家作品的个别描述和介绍。有的甚至喧宾夺主，把文学思潮史写成哲学思想、政治思想和文学思想斗争史。

　　批评家们或许可以自觉地以“文学思潮”为对象和视角对具体的作家、作品、文学现象进行批评，文学史家也许能够明确地意识到：“文学思潮史”可以突破传统文学史以政治学、社会学和年代世纪等非文学性标准为价值尺度的围限，具有新史学“长时段理论”那样的划时代意义。但是，如果连“文学思潮”概念的基本含义、范围是什么都尚未弄清楚，或仍然处于有多少批评家、文学史家就有多少种“文学思潮”定义，处于各说各话的混乱局面，那么，这样的文学思潮研究，无论在其内部或外部，都势必不可能形成有效的对话和积极的交流。虽然，世界上没有绝对的、终极的人文科学概念和理论，然而，无论如何，在基本的原理和核心内涵上，人们必须而且能够追求并达到与时代需要相适应的一定水平上的起码共识。

无疑，文学思潮研究的失衡局面本身就尖锐地提出了加强文学思潮理论研究的必要性和迫切性。同时，文学思潮史研究和文学思潮批评虽然纷乱无度，但国内外到底已经积累了相当丰富的思想资料，为上升到理论形态准备了必要的基础。应该说，从理论上对文学思潮研究进行整合提升的可能性业已存在。

二、文学思潮理论研究的意义

传统文学研究的对象是独立存在的一篇篇作品、一个个作家。就文学史研究而论，虽然也会涉及文学现象在一定时间上的连续性和特定空间上的共同性等规律问题，但切入的角度和判断的标准，仍然主要是建立在文学作品的个体性基础上的。文学思潮研究当然也离不开文学现象的个体性存在，但其切入的角度和判断的尺度却是超个体的。作为研究对象的"文学思潮"这一客体的特殊规定性，决定了文学思潮理论研究对于文学活动和人类认识的发展具有崭新的意义。

文学研究亦即文艺学① 这样一门学科包含着文学理论、文学批评和文学史三个领域，这是世界范围内基本一致的共识。文艺学三个领域具体的研究对象和任务有所不同，文学批评和文学史研究的对象都是具体的作家作品等文学现象，文学批评的任务是及时地总结现实中不断涌现的文学活动及其成

---

① 汉语"文艺学"一词至少包含三种意义：文学＋艺术之学、文学学、文学理论，笔者在此取"文学学"即"文学研究"之义，同英语之"literary scholarship"词义。参见［美］雷·韦勒克、奥·沃伦：《文学理论》，刘象愚等译，生活·读书·新知三联书店1984年版，第6、30页。

果的实践经验，文学史则是通过对文学活动发展过程的整理检视从而发现其客观规律。文学理论就是在文学批评和文学史研究成果的基础上，"对文学的原理、文学的范畴和判断标准等类问题的研究"①，形成体现文学诸方面本性的理论体系。三者之间又存在着包容的关系，文学理论包括着文学批评和文学史，文学批评中不能没有文学理论和文学史，文学史里也不可欠缺文学理论和文学批评。三者的关系实际上就是理论与实践的辩证关系，它们之间互渗互动，相互促进。然而，在三者之中，文学理论的重要性是不言而喻的。因为，文学理论是具有工具性的工具，它对文学批评、文学史具有方法论的指导意义。也就是说文学理论是体现文学本性的思想体系，它给文学研究的方法论提供指导原则。

文学思潮研究是以文学思潮为特定对象的文学研究，是文学研究的新发展、新阶段。其研究领域实际上也存在着理论的、批评的、历史的三个分野。文学思潮批评和文学思潮史是文学思潮研究的实践领域，不能没有文学思潮理论提供方法论的指导原则。任何人在决定着手研究文学思潮之时，都不可避免地要碰到关于文学思潮的最起码的理论问题，什么是"文学思潮"？它的本性是什么？它有怎样的结构？如何把握它的特征？文学思潮和文学思想、创作方法、文学流派、文学运动、文学风格怎样区别？文学思潮与社会生活、社会意识、社会思潮有什么样的关系？文学思潮研究者对这些问题不能毫无见解，他必须有所回答，无法回避。而对这些问题的答案是明确还是含糊，是接近对象本性还是南辕北辙，决定和制约着具体的文学思潮批评或文学思潮史研究整个过程中运用什么样的方法和视角，当然也支配着研究结论与科学形态的顺悖远近。

厨川白村的《文艺思潮论》是日本最早系统地考察西方文艺思潮的专著，作者自称，该书的写作动机是因为不满于传统文学研究没有系统的组织体制，仅是说些这作品有味、那作品美妙等不着边际的话，或者如常见的文

---

① [美]雷·韦勒克、奥·沃伦：《文学理论》，刘象愚等译，生活·读书·新知三联书店1984年版，第31页。

学史美术史那样，只将著名的作家作品按年代顺序一一罗列叙述。他希望自己的《文艺思潮论》能说明近世一切文艺的历史发展，亦即对奔流于文艺根底的思潮源自何处，迄今为止经历了怎样的变迁，以及汹涌于现代文艺的主潮等等，加以历史的、首尾一贯的、综合的解释说明。厨川白村确实努力把哲学思想、宗教思想、文学思想和文学创作的思想倾向结合起来，从整体上考察欧洲文艺思潮的历史演变，注意到思潮的阶段性发展现象，强调了文艺发展的有机联系和自身包含的矛盾运动。他所采用的"整然有序"、"一丝不乱"、"到处都付以精致严密的研究"，且富于诗情与趣味的研究方法，即"理趣与情景相结合的方法"①，具有一定程度整体联系的辩证的科学因素。但其立论的基础，同时也是其研究方法的指导原则，却是"灵与肉"、"神性与兽性"的人性二元论，亦即是"历史学家所谓异教的基督教的人性二元论"，他相信这种人性二元论是欧洲文明史的"根底"，也是文学思潮的"根底"。在他看来，文学思潮的历史发展，无非是灵与肉、神性与兽性亦即基督教的思潮（希伯来思想）和异教思潮（希腊思想）这两种相异的对立的潮流，"一盛一衰、一胜一败的斗争循环往复"②的历史。厨川白村这种以抽象普遍人性为核心的思潮观，把文艺的发展史以至人类文明史都从社会的、经济的、时代的客观历史条件中隔离出来，从根本上颠倒了存在和意识、主观和客观的关系，在人的自然本能、普遍本性方面寻找文艺思潮发展的规律，没有联系经济基础、社会制度和社会关系来研究，这显然是主观唯心主义的片面性突出的文学思潮观。因此，其文学思潮研究无论在方法上还是结论上，都不可能达到科学形态的要求。

随着马克思主义的广泛传播和影响，一些研究者努力自觉地运用历史唯物主义和辩证唯物主义的观点和方法，进行文学思潮批评和文学思潮史研究，认识的深度和广度得到了极大拓展。可是，由于文学思潮理论研究的滞后，没有科学厘定的文学思潮概念指导，仍然极易混淆文学思潮与文学史、

---

① ［日］厨川白村：《文艺思潮论》，大日本图书株式会社 1914 年版，第 4 页。
② ［日］厨川白村：《文艺思潮论》，大日本图书株式会社 1914 年版，第 6 页。

文学思想、文学流派、创作方法、文学风格、文学运动等等范畴的界限，迷失于文学思潮错综复杂的内外关系之中，甚至于不自觉地取消了作为研究对象的文学思潮本体。例如，谭丕谟于 1932 年出版的《文艺思潮之演进》，开篇就非常明确地宣称，要遵照辩证唯物论关于阶级斗争是社会进化动力的观点，试图从经济基础决定上层建筑的原理出发，理解文学思潮的产生与形成及其特征。作者认为，由于对立阶级在经济上的矛盾而产生尖锐冲突，导致新的意识形态出现，"这种有系统的处置方法普遍到社会上去，便成为社会思潮，这种社会思潮反映到文学上，便成为文艺思潮。文艺思潮是社会意识形态之一"①。而且，"文艺思潮必与社会经济同一步伐而随之演变。因之一个时代有一个时代的文艺思潮，社会进化到某种程度，文艺思潮也与之相伴随，绝对没有恒永性的"②。虽然著者对辩证唯物论的运用不无机械、简单化的痕迹，但在坚持唯物论的研究方向上是基本正确的，尤其是对文学思潮与社会生活、社会思潮的紧密关系，对文学思潮动态性特征的把握，显示了辩证唯物论的科学精神。然而，作者却把文学思潮与文学史相等同。他说："文艺思潮，即是用新的方法和观点整理出来的文学史。"③ 认为两者的研究对象是同一的，不同的只是在研究方法上文学思潮比文学史更科学、更进步。而所谓"新的方法和观点"，指的就是辩证唯物主义的方法和观点，运用这种观点整理文学史，"正确阐明某种文艺运动的经济的历史的原因"，根据"由经济而产生的社会思潮"来"讲明文艺各部门的内容和性质以及其由来和衍变"。④ 如果这里说的"文学史"是指以文学思潮为中心的文学史即文学思潮史，两者就具有同一性。可是，我们知道，文学史并不仅仅是文学思潮的历史，除了文学思潮现象外，还应包含非文学思潮或与文学思潮有密切关联又相互区别的文学现象。其次，尽管文学思潮形成和发展的终极原因不能离开经济的因素，但社会生活对文学思潮的影响，除了经济因素之外，

---

① 谭丕谟：《文艺思潮之演进》，文化学社 1932 年版，第 1 页。
② 谭丕谟：《文艺思潮之演进》，文化学社 1932 年版，第 4 页。
③ 谭丕谟：《文艺思潮之演进》，文化学社 1932 年版，第 2 页。
④ 谭丕谟：《文艺思潮之演进》，文化学社 1932 年版，第 2 页。

还有其他因素，如政治、哲学、宗教等因素对文学思潮所起的作用。而且，除此之外，更不能忽视文学思潮自身的、内在的决定性因素的关键作用。所以，把文学思潮研究的目标定在阐明文学思潮的经济的历史的原因，说明外在因素对文学思潮的内容、性质及其发展演变的作用是远远不够的。将文学思潮混同于文学史，则表明持论者并没有明确认识到文学思潮的特殊规定性，可以说，对象不清的文学思潮研究，无异于在实际上取消了作为研究对象的文学思潮本体。

通观从20世纪30年代到90年代我国的文学思潮史著作，有的把文学思潮史写成政治思潮、哲学思潮斗争史，有的将文学思潮史等同于文学运动、文学思想斗争史，有的视为文学意识、文学理论、文学批评史，有的当作流派或创作方法或集团风格史，等等。所有这些现象都表明：人们尚未充分认识文学思潮的特殊规定性，往往与文学领域内外的其他现象相混淆，足见缺乏科学理论的文学思潮研究的严重危机，以及文学思潮理论研究对文学思潮批评和文学思潮史研究不可或缺的重要意义。

文学创作更是文学实践的重要活动之一。文学思潮理论对文学创作实践可以通过两种途径发生影响：一是通过文学思潮批评和文学思潮史研究对文学创作起推动、促进的作用；二是文学思潮理论以独立存在的理论形态或通过渗透于文学作品的潜在形态，直接或间接地指导作家进行文学创作。有的作家高调宣称，自己不受文学理论和文学思潮的影响，而且把不受思潮的影响视为"成熟的作家的标志之一"①。不可否认，作家拒绝接受缺乏深度的浮躁理论，对时髦思潮避而远之，这种情况的确存在，程度不等地标志着作家思想的成熟。然而，我们并不能因此而在绝对意义上认为，作家可以远离一切文学理论和任何文学思潮，以为文学完全可以在创作实践领域独自萌芽发展。一位美国学者深刻地指出，"不管艺术家是改革派还是保守派，是革命论者还是进化论者，是未来事物的憧憬者，还是留恋往昔黄金时代的梦幻者，他们自己时代的社会及其思潮，是他们进行艺术活动的

---

① 石一宁：《"我拒绝了一部分生活"——梁晓声访谈录》，《文艺报》1996年3月1日。

出发点"①。人的社会属性规定了作家不可能脱离自己处身的社会文化条件，而在真空中从事艺术活动。对这个道理，钱钟书先生讲得更明白，他说："一个艺术家总在某些社会条件下创作，也总在某种文艺风气里创作。这个风气影响到他对题材、体裁、风格的去取，给予他以机会，同时也限制了他的范围。就是抗拒或背弃这个风气的人也受到它负面的支配，因为他不得不另出手眼来逃避或矫正他所厌恶的风气。正像列许登堡所说，模仿有正有负，'反其道以行也是一种模仿'；圣佩韦也说，尽管一个人要推开自己所处的时代，仍然和它接触，而且接触得很着实。"② 个别作家也许并没有专门学习过什么系统的文学理论，也能进行文学创作，甚至写出优秀作品，成名成家，但并不能据此而否定理论对创作实践的作用。事实上，任何一位作家都不可能在没有任何文艺作品阅读鉴赏接受的经验之前开始创作即能成功。理论思想不一定必须以独立存在的理论形态与作家接触为作家接受，它可以寓含于已经存在的文学作品之中对作家潜移默化。同时，理论还可以通过人际交往等其他途径而渗透于作家的意识并影响其创作活动。

　　文学创作思潮的形成和兴起，更离不开文学思潮理论的推动和引导。文学思潮主体有无自觉的科学的文学思潮理论指导，关系着文学创作思潮的盛衰起落，支配着文学创作思潮的社会意义和文化价值。对新时期中国文学中涌起的具有现代主义倾向特征的文学思潮的性质和价值，虽然至今仍见仁见智，但作为一股新的文学思潮的出现应是毫无疑义的。这股文学思潮最初是从 1979 年开始以某些作家推出运用意识流等现代主义形式技巧的小说和一批青年诗人富于现代主义色彩的"朦胧"诗作的问世而萌芽，然后随即迅猛发展，至 1985 年进入高潮。在来势凶猛的创作思潮背后，早已具备了必要的理论背景和动力。当中国作家自己创作的意识流小说和"朦胧"诗面世之前的 1978 年甚至在"文化大革命"期间，有人尤其是一些年轻人——未来的朦胧诗人，通过非公开的渠道，已经读到外国文学工作者译介过来的一

---

① ［美］威廉·弗莱明：《艺术与观念》，宋协立译，陕西人民美术出版社 1991 年版，第 3 页。
② 钱钟书：《七缀集》，上海古籍出版社 1985 年版，第 1 页。

些西方现代主义文学作品和有关理论批评。随着中国作家的现代主义仿作的增加，关于现代主义文艺的论争也迅速展开。据统计，从 1978 年至 1982 年短短五年间，全国各种报刊上就发表了将近四百篇介绍和讨论西方现代派文学的文章。其中，仅是《外国文学研究》季刊就发表了 32 篇。该刊 1982 年第 1 期发表的徐迟的《现代化与现代派》本来是总结性的专论，却把关于现代主义文学的争论引向了整个文艺界。那几年，现代主义成了中国文坛的热门话题和敏感区域，文坛弥漫着一股仿效、追随西方现代主义文艺的狂热，也对立着毫不示弱的强力拒斥。高行健的《现代小说技巧初探》一书的出版，谢冕的《在新的崛起面前》、孙绍振的《新的美学原则在崛起》、徐敬亚的《崛起的诗群》等文章的发表，都立即产生轰动效应，引发范围广泛的争论。如果没有这种理论批评的呼应、刺激、引导和推波助澜，具有现代主义倾向的文学创作要在中国不断升温、蔓延，形成思潮是难以想象的。

如今现代主义大潮已成过去，在大潮冲击过后的新时期文学海滩上，并没留下多少闪光的珍珠，遍处散落的倒是西方一百二十多年抛弃的垃圾。而其中的非理性主义精神汁液，还在继续为"充满无限可能性"的畸形文学植株提供养分。不无讽刺意味的是，十几年过后，当年勇立潮头，高擎"表现自我"大旗的弄潮儿，面对 20 世纪 90 年代汉语诗歌创作令人难堪的困境，也怅然喟叹："朦胧诗出现时，我反驳过说读不懂的人，如今轮到我读不懂诗了。"① 问题不在于"读不懂"的表面偶合，而在于两者导致"读不懂"的根源是否同一或具有因果关系。为什么在 20 世纪二三十年代一度涌入中国却未成气候的西方现代主义文学思潮在新时期再次卷土重来？现代派文学创作思潮席卷过后遗落的残垣废墟，反证着呼应、引导、推波助澜的文学思潮理论的不成熟和科学性的缺失。

文学思潮的超个体性、动态性特征及其历史发展运动规律等方面的理论发现、阐释和开掘，在文学研究和文学创作活动中意味着一种革命性的思维转型，对人类文明发展的认识也富于深刻的启示意义。

---

① 《面对诗歌困境，学者也叹读不懂》，《文艺报》1996 年 8 月 21 日。

　　文学，自古至今在多少人眼里就是一部部独立存在的作品，在进行评断时偶尔也可能涉及作品的生产者——作者个人。对于无论是佚名的还是署名的——如荷马、广博、蚁垤——而又无从查考署名真伪的古代作品，不管持集体创作观还是个人创作论者，都对作者的个体性并不质疑，所谓集体创作的一些作品例如古代史诗如荷马史诗、印度两大史诗、巴比伦史诗等等，其发生学的过程，均是由一个个佚名的作者个体先后参与创作的。就是最后凝定为一个庞大的整体结构时，也必然是由某个个体所完成的。对于作者的身世有据可查的作品，其个体性更是确定不移的。一部作品是单个人所创造的——《离骚》是屈原所作，《红楼梦》乃曹雪芹所写，埃斯库罗斯创作了《被缚的普罗米修斯》，《战争与和平》是托尔斯泰的杰作……尽管一直有人对署名莎士比亚所写的 37 部戏剧等作品的作者存在着怀疑，但否定者仍然要寻找出如"培根"或别的什么名字的个体作者取代令人怀疑的"莎士比亚"。为何有的人能创作，有的人不能？作家到底凭借什么而成为作家？这就必然地涉及文学的主体性问题。随着历史的发展，人们逐渐不满足于从表面的个体性解释作品生成的主体性问题，于是内在的个体主体性的挖掘成了一种新趋向。颇有代表性的是弗洛伊德的观点，他认为文化创造包括文学创作的主体永远是个体，是创造者个人及支配他的力比多——本能、欲望！这样的观点成了现代带有非理性主义倾向的文学思潮的理论核心。20 世纪 80 年代中期，我国文坛曾掀起了一场关于文学主体性的大讨论，首先发难者主张承认、重视文学的个体主体性，颂扬人的个体价值和非自觉意识的创造功能。20 世纪 90 年代，我国一位著名学者还大声疾呼，主张以"文学个人主义"抵抗反个人主义的文学，以文学写作行为的个人操作性即"以个人为本位的文学创作活动"为据，否定文学的群体、集体代言性。这一理论流向的各种观点都不是单纯从表面上的个体性看问题，而是欲进入作者深层的个人主体性层面上对个体性的阐释与张扬。

　　对文学主体性问题的探索还有另一个流向，可以说早在古希腊时代已经开始。柏拉图在他的《对话录》里通过哲人苏格拉底与诵诗者伊安对"灵感"问题的讨论，借苏格拉底之口，提出了文学作品的创作及其吟唱诵讲都不是诗人和艺人本身的技艺所能为，"而是因为他们得到灵感，有神力凭附着"，"优美的诗歌本质上不是人的而是神的，不是人的制作而是神的诏语；诗人只是神的代言人，由神凭附着"。① 因此，即使最平庸的诗人有时也能唱出最美妙的诗歌。柏拉图把神视为文学的主体，否定了诗人及诵诗者的个人主体性，这当然是服从于其理念论的客观唯心主义世界观的观点。

艾略特被誉为20世纪至今英语世界最重要的批评家，在否定诗人的个人主体性方面，可说是柏拉图的继承者。但不同的是，艾略特把柏拉图的"神"置换为"传统"。在1917年发表的《传统与个人才能》一文中，艾略特一反当时流行的浪漫主义奢谈灵感、激情、天才、想象，强调个性、个人主义的诗学潮流，提出诗歌创作的"非个性化"理论。他说："诗人没有什么个性可以表现，只有一个特殊的工具，只是工具，不是个性，使种种印象和经验就在这个工具里用种种特别的意想不到的方式来相互结合。许多对于诗人本身是很重要的印象和经验，在他的诗里尽可以不发生作用，而在他的诗里是很重要的呢，对于他本身和他的个性也尽可以没有多大关系。"② 一个诗人即使在其最成熟时期的作品中，"不仅最好的部分，就是最个人的部分也就是他前辈诗人最足以使他们永垂不朽的地方"。不仅是诗人，也包括任何艺术的艺术家，"谁也不能单独地具有他完全的意义。他的重要性以及我们对他的鉴赏就是鉴赏对他和已往诗人以及艺术家的关系。你不能把他单独地评价；你得把他放在前人之间来对照，来比较。我认为这是一个批评的原理，美学的，不仅是历史的"③。一个诗人或艺术家若要不断前进、成功，他所必须做的就是随时不断地放弃当前的自己，不断地牺牲自己，不断地消灭自己的个性，归附传统，归附更有价值的东西。"要做到消灭个性这一点，

① ［古希腊］柏拉图：《伊安篇》，载伍蠡甫主编：《西方文论选》（上卷），上海译文出版社1979年版，第18、19页。

② ［英］T. S.艾略特：《传统与个人才能》，卞之琳译，载朱立元主编：《二十世纪西方美学经典文本》第一卷《世纪初的新声》（本卷主编：张德兴），复旦大学出版社2000年版，第516、517页。

③ ［英］T. S.艾略特：《传统与个人才能》，卞之琳译，载朱立元主编：《二十世纪西方美学经典文本》第一卷《世纪初的新声》（本卷主编：张德兴），复旦大学出版社2000年版，第512页。

艺术才可以说达到科学的地步了。"① 艾略特从过去、现在与未来统一的历史整体性突出传统对个人的影响以及个人如何顺向接受、汇入传统并使传统得到新的发展。艾略特的这种看法并非首创，1825 年 5 月 12 日，歌德在与爱克曼谈到自己所受的影响时，就曾深有感慨地说："人们老是在谈独创性，但是什么才是独创性！我们一生下来，世界就开始对我们发生影响，而这种影响一直要发生下去，直到我们过完这一生。除掉精力、气力和意志之外，还有什么可以叫作我们自己的呢？如果我们能算一算我应归功于伟大的前辈和同辈的东西，此外剩下来的东西也就不多了。"② 不过，艾略特比歌德的即兴谈话说得更深刻、更透彻、更有理论深度。

距艾略特发表《传统与个人才能》半个世纪后，应用弗洛伊德理论进行文艺批评的代表人物之一——美国学者哈罗德·布鲁姆发表了《影响的焦虑》，大胆地提出了对诗歌和诗论传统的否定论，极具挑战性。他认为，当代诗人不是艾略特所说的那样归附传统，而是面对传统的毁灭性压迫，处于与传统不共戴天、绝对对立的地位，他们必须通过"弑父"的行为——有意无意、不择手段的"误读"方式，贬低前辈诗人，否定传统价值观念，才能显山露水，崭露头角，树立自己的诗人形象。布鲁姆主张通过对前人的误读、逆反，达到超越前人的个性张扬目的。这表面上似乎与艾略特唱反调，但实际上还是脱不开与前人的血肉关联。因为根据布鲁姆的说法，一切诗歌的主题和技巧都被此前的诗人们用尽了，后来的诗人要想超越前人，出人头地，唯一的方式就是通过否定、推翻、削弱前人的方法，并取用前人某些次要的不突出的不为人重视的特点加以强化，壮大自己，形成似乎是自我首创的突出风格，即使有人发现这种风格似曾相识，也会错以为不过偶然巧合而已。

在否定主体性的个人主义这一理论趋向上，现代社会学的集体意识论是人类对文化创造主体认识的新发展。这一理论认为，凡是社会现象都有一种集体性，个人主体性和个人主义的研究方法无法阐明，只能用社会因

① [英] T. S. 艾略特：《传统与个人才能》，卞之琳译，载朱立元主编：《二十世纪西方美学经典文本》第一卷《世纪初的新声》（本卷主编：张德兴），复旦大学出版社 2000 年版，第 514 页。
② [德] 爱克曼：《歌德谈话录》，朱光潜译，人民文学出版社 1978 年版，第 88 页。

素——集体意识才能作出令人满意的解释。文学是一种社会现象，属于集体意识的范围，当然不能只从个人的角度去研究。文学思潮是集体性（群体性）显而易见的社会现象，更不可能从个人的角度，在个体主体性的基础上作出令人满意的描述和解释。西方马克思主义学派重要人物之一——法国学者吕西安·戈德曼把马克思主义、结构主义、心理分析学说、法兰克福学派等在西方影响较大的理论体系的一些成果融汇一炉，创立了发生学结构主义文学社会学理论。他非常强调创作主体的社会性，认为个人"在生物学意义上继续作为一个个人的同时，作为有意识的和社会化了的人，只表现为一个超越了自我的主体的一个局部因素"①。戈德曼力图证明，一部文学作品作为价值体系的美学结构，首先是一种只能通过一个集团的对比来理解和解释的集体现象。

文学社会学的研究包括马克思主义的社会学文学研究都曾被攻击为不顾个体、取消个体而只考虑社会的研究。但实际上，不少文学社会学论者在强调文化创造主体性的同时并不否定个体的作用。例如，著名法国批评家、文学史权威居斯塔夫·朗松在确定其文学史的方法时，就同时强调了整体和集团的作用和个体的作用，他所理解的文学史是"文学生活在国家生活中的画面"，是"阅读的卑微众人和写作的名望之士的文化素养与活动的历史"。② 文学是个人的、独创的，但是，"最有独创性的作家大多在他身上既装载着前几代的沉积，又作为当代各项运动的总汇；他身上有四分之三的东西不是他自己的。……个人才华最美好最伟大之处，并不在于把它孤立起来的那个独特性，而是在这个独特性中凝聚着一个时代或一个群体集体的生命，是它的象征，是它的代表"③，在这些伟大作家的身上，体现着全人类或

① ［法］吕西安·戈德曼：《马克思主义和人文科学》，罗国祥译，安徽文艺出版社 1989 年版，第 105 页。

② 转引自［法］罗杰·法约尔：《法国文学评论史》，怀宇译，四川文艺出版社 1992 年版，第 340 页。

③ ［美］昂利·拜尔编：《方法、批评及文学史——朗松文论选》，徐继曾译，中国社会科学出版社 1992 年版，第 7 页。

一个民族的思想感情的起伏曲折。在朗松看来，"任何文学作品都是一个社会现象"①。创作虽然是作家的个人行为，但"这是个人的社会行为"，"文学作品的主要特性在于它是个人与公众之间的交际"②，作品本身就已经包含了公众——读者，"所有声称以牺牲一时的成功而追求艺术的完美为己任的艺术家与评论家都决不会为自己而写作，为个人自得其乐而写作。他们全都自己设想有一小群公众，其中有生者也有死者，他们说他们就以这一小群公众为满足，也要求作家以这一小群公众为满足"③。因此，即使被认为是个人性最明显的抒情诗，诗人在其中表现的"自我"，也不是诗人一己的"自我"，而是一群人的"自我"。艺术家能赢得名声，作品之所以能广泛流传，主要是"由于表达了人人共有的情感，而不是由于艺术形式的别出心裁"④。就连艺术形式，它虽然是"诗人作品中真正属于他自己的东西，但即使是在形式当中，诗人也有得之于公众的东西。他继承的那个传统并不仅仅是延伸到他身上的过去，他知道这过去也活在他的同时代人的心中，因此他在安排节律的时候是根据他们的习惯和美学接受能力的"⑤。朗松强调文学的社会性，但他并不完全否定个人性，他了解、重视文学中个体与群体的辩证关系，因而他要求文学史家和批评家在研究文学作品时，"应该同时在两个相反的方向

① ［美］昂利·拜尔编：《方法、批评及文学史——朗松文论选》，徐继曾译，中国社会科学出版社1992年版，第44页。

② ［美］昂利·拜尔编：《方法、批评及文学史——朗松文论选》，徐继曾译，中国社会科学出版社1992年版，第44页。

③ ［美］昂利·拜尔编：《方法、批评及文学史——朗松文论选》，徐继曾译，中国社会科学出版社1992年版，第44、45页。在朗松举出其前和其时的事例论证这个观点过了许多年后，魔幻现实主义代表作家加西亚·马尔克斯在谈到"为谁写作，为什么写作"时，也说自己主要是"为一定数量的朋友而写作"，"我写作只是因为我喜欢向朋友们讲故事"，让朋友们更喜欢自己。参见［哥伦比亚］加西亚·马尔克斯：《两百年的孤独——加西亚·马尔克斯谈创作》，朱景冬译，云南人民出版社1997年版，第25、136页。

④ ［美］昂利·拜尔编：《方法、批评及文学史——朗松文论选》，徐继曾译，中国社会科学出版社1992年版，第46、47页。

⑤ ［美］昂利·拜尔编：《方法、批评及文学史——朗松文论选》，徐继曾译，中国社会科学出版社1992年版，第47页。

上前进，一方面找出个性，指出他与众不同、不可略去、不可分解的那一方面；另一方面又要把一部杰作放回到那个系列之中，将这天才的作家看作为某一环境的产物，某一群体的代表"①。

马克思主义非常客观、科学地指出文化创造主体的个体性与群体性的辩证关系。马克思把人的本质视之为："一切社会关系的总和"②，他也强调人作为社会存在是个体性和群体性的复杂统一体。他说："人是特殊的个体，并且正是人的特殊性使人成为个体，成为现实的、单个的社会存在物，同样，人也是总体，是观念的总体，是被思考和被感知的社会的自为的主体存在，正如人在现实中既作为对社会存在的直观和现实享受而存在，又作为人的生命表现的总体而存在一样。"③列宁认为文学事业应是无产阶级的党的事业的组成部分，同时又清醒地肯定："写作事业最不能作机械划一，强求一律，少数服从多数。无可争论，在这个事业中，绝对必须保证有个人创造性和个人爱好的广阔天地，有思想和幻想、形式和内容的广阔天地。这一切都是无可争论的"。④当然，理论是一回事，在实践中如何运用又是另一回事。即使是马克思主义的科学、正确的观点和方法，在文学研究实践中由于理解上的差异，仍然有被误读、曲解、甚至故意败坏的危险。B. 弗里契和 B. 彼列维尔泽夫把马克思主义原理简单化、庸俗化的庸俗社会学理论在 20 世纪二三十年代的苏联文艺界就曾经泛滥成灾，他们极端片面地强调经济的、阶级的社会条件对文艺的支配作用，把艺术生产完全等同于物质生产。认为艺术家仅仅是本阶级或集团的代表者，文学就是阶级意识和阶级心理的直接表现。20 世纪 20 年代的"列夫派"主张"生产艺术"，否定文艺创作过程与物质生产过程、文艺作品与产品和商品之间存在任何区别，否认文艺的特殊性、独立性，甚至荒唐到要求用报纸来代替文学，取消文学，取消艺术。西

---

① ［美］昂利·拜尔编：《方法、批评及文学史——朗松文论选》，徐继曾译，中国社会科学出版社 1992 年版，第 7 页。

② 《马克思恩格斯文集》第 1 卷，人民出版社 2009 年版，第 505 页。

③ 《马克思恩格斯文集》第 1 卷，人民出版社 2009 年版，第 188 页。

④ 《列宁选集》第 1 卷，人民出版社 1995 年版，第 664 页。

方也曾流行过一种与真正的文艺社会学目的相颠倒的文学研究，即戈德曼所批判过的在文学中研究社会的做法，这种文学社会学的所有研究，"都曾放在并仍放在文学作品内容和这种内容与集体意识的内容之间的关系上，也就是说，放在人们日常生活中的思维和行为的方法上"①。他们的兴趣仅在于作品内对经验的和日常生活现实的复制上，"这种社会学要在作品中寻找的更多的是资料而不是文学"②。真正的文学社会学的目的是把文学放到社会中去研究，注重于作品本身和围绕着作品的产生、发展、消亡全过程出现的各种复杂社会现象、社会事实、社会活动，它最终要回到文学自身。而不是在文学中研究社会，从文艺作品中去寻找、论证社会中人的思维和行动方式，将文学作品当作社会研究的文献资料。尽管文学社会学和马克思主义的辩证观点、方法在实践运用中出现诸如上述各种简单化、庸俗化的曲解、误读等现象，但是，就人类思维发展而言，文化创造的主体由神→人（人的个体主体→群体主体）的认识行程表明，后者处于人类认识的更高级的先进阶段，更符合社会历史现实文化的实情。正确理解文学产生、存在及其功能的社会性——（群体性、集体性）与文学活动中个体的独特性、个人灵感的重要性的对立统一的辩证关系，并纯熟地运用于文学研究和文学创作，无疑是文学活动思维方式的大转型。

文学思潮的社会性、群体性显而易见，只要承认文学思潮的存在，就不可能否认它作为具有集体性的社会现象的性质。文学活动在具体操作方式上及其成果上是以个人性、特殊性为主要特征的，但是，为什么会形成"潮"这样一种共同性、群体性？文学思潮的形成本身不就是一种个体与群体对立统一的明显事实吗？研究文学思潮作为一种群体性的社会精神活动在整个文学系统中和人类社会系统中的价值和意义，比起仅以个体为单位的作家作品为对象的研究来，其视角不能不是宏观的，它所牵涉到的社会关系、

① [法]吕西安·戈德曼：《马克思主义和人文科学》，罗国祥译，安徽文艺出版社1989年版，第64页。
② [法]吕西安·戈德曼：《马克思主义和人文科学》，罗国祥译，安徽文艺出版社1989年版，第64页。

主体与群体的关系都更复杂，时段更长远，空间更广阔，动态性更突出，对文学的社会历史的、审美的本质和特征的认识开掘必然有更大拓展。作为文化创造主体的个体与群体的对立统一关系不仅体现于文学思潮之中，也体现在文学思潮之外。文学思潮理论研究应该而且可以在更深广的背景和视野上把握个体与群体对立统一的复杂关系，使文学活动思维方式的转型上升到一个更高的阶段。

　　在马克思描述的共产主义社会里，"任何人都没有特殊的活动范围，而是都可以在任何部门内发展，社会调节着整个生产，因而使我有可能随自己的兴趣今天干这事，明天干那事，上午打猎，下午捕鱼，傍晚从事畜牧，晚饭后从事批判，这样就不会使我老是一个猎人、渔夫、牧人或批判者。"① 这是一个消灭了分工、消灭了由分工形成的人与人之间的差异的社会，每一个人都获得了极大的自由。人们可以随自己的心愿在任何部门内发展，当然必须首先已经具备能够在任何部门内发展的条件和能力。这时候的历史主体——每一个人的文化素质都远远超过以往任何时代的人类。世界历史发展的主体（动力）在人类意识中的演变可以概括为：神→人（杰出人物〈个体〉→普通人〈个体→群体〉），这一思维发展的历史行程体现着从自发到自觉的历史实践和人类自我认识的不断深化。实际上，任何历史都是人类群体合力在特定时代、社会、自然条件下创造的，但文明条件却制约着人们对历史动力的认识。在生产力不发达、科学知识水平低下的时代，人类只能以神话、宗教思维看待世界，把决定历史兴亡、社会盛衰的因素，归之于外在的超自然力量的支配，神成了世界和人类的主宰。这种意识反作用于人们的历史实践，自然要影响历史的进程，故在神话和宗教时代的历史发展特别缓慢。虽然在古希腊时代就有呼吁人们"认识你自己"的著名谚语，但只有当生产力和科学知识发展到一定的水平，宗教神学受到挑战和颠覆的时代，人类才开始关注自身，开始意识到历史的变动并非维系于"神的天意"。人成了宇宙的精华，万物的灵长，但历史的动力却被归之于杰出人物，历史被看

① 《马克思恩格斯文集》第 1 卷，人民出版社 2009 年版，第 537 页。

成是由伟人、精英、超人的活动所支配的历史。从神到人的思维对象性有了突破和历史转折的意义，但思维模式却有着同一的延续性。只有到了文明高速发展，人类的视野普遍开阔，整体把握联系的观点逐渐深入人心的时代，对历史动力的认识才愈益接近真实，才可能出现关于群众是创造历史的动力的马克思主义观点，为人们更能自觉发挥个体在类合力中的主动作用提供理论上的指导，这就是一个思维转型的大时代。我们可以在文学思潮的理论探索中发现文学主体与历史主体认识的同构性，这不是正好印证了历史实践和人类认识发展不断上升的过程吗？文学之由前艺术形态在原始文化复合体中萌芽，再从母体中分化出来而逐渐独立，进而由个体的自发活动过渡到流派、运动、思潮等具有群体性自觉的活动形式，并且在文学思潮的历史形态中，又是从20世纪以前有较大时空影响范围的大群体主潮支配型，发展到20世纪频繁更替甚至波及全球的、范围更大的多元化小群体思潮型，这样的演进过程，不是有力地说明了文学活动由于创造主体对自身认识的加深和能力的提高而不断进步吗？人类最早的文学成就大多被赋予经典的神圣性，其重要原因之一，不能排除像柏拉图那样把优秀的创作视为"神的诏语"那种神秘迷茫。当我们面对文学史上这些"灿若星辰"的名家，虽然不奉若神明却也冠之以"诗圣"、"诗仙"、"泰斗"、"大师"等尊称之时，是否可以从文学之由神圣"经典"的实在地位下降到仍用"经典"之称却只具有喻指性语义的变化中，看见文学的进步和历史的升腾呢？不用说，如果到了人们可以随自己心愿"今天干这事，明天干那事"，既可以一会儿打猎、一会儿捕鱼，当然也可以一会儿画画、一会儿从事文学创作等等活动的时代，那将是一个产生不了经典的时代，没有名家名作的时代，因为经典与非经典，名作与非名作的差别已缩小到可以忽略不计的最小限度。也许那时候的文学、经典、杰作等名称还存在，但已经完全不同于它以前任何时代的含义了。

对文学思潮的理论探究，也是人类认识发展史的组成部分。文学思潮的理论研究，没有历史高度的宏观视角将不堪设想。

三、文学思潮理论研究方法论

文学思潮理论对文学思潮研究与创作实践活动具有方法论原则的指导意义，而文学思潮理论研究本身，也必须运用正确、科学的方法，也要涉及方法论问题。

所谓方法，是指人们从实践上或理论上把握现实、解决具体课题达到某种目的而采用的手段、方式和操作的总和。它是主体与客体的中介、是主体介入客体的工具，也可以说是主体与客体交流交融的途径、桥梁。方法论则是关于方法的理论。《论语》中的"工欲善其事，必先利其器"，俗语说的"磨刀不误砍柴工"，就是朴素的方法论。文学研究的方法如同工匠之"器"、砍柴之"刀"，如何使"器"利"刀"快，怎样才能具备如"庖丁解牛"那么高超的运"刀"之技，这是文艺学方法论所要回答的问题。文学思潮理论研究远比砍柴复杂，强调方法论的自觉意识尤为重要。经过 20 世纪 80 年代文艺学方法论热的洗礼之后，人们的方法论自觉意识有了较大提高，但面对具体的研究对象，该确立怎样的方法论，选择什么具体的研究方法仍非易事。特别是在方法论热潮中涌进了西方现当代形形色色鱼目混珠的"新"方法之后，如果在方法论上头脑不清醒，不能在原则上明辨是非，那么，方法的选择仍然有可能误入歧途。

因此，首先在方法论哲学原则和思维方式的确立上要坚持高起点。

方法论体系一般可分为三个层次：哲学原则（一般思维方法）、特殊方法和个别方法。哲学原则和作为哲学原则具体化的一般思维方法是方法论体系的最高层次，它统率、支配着特殊方法和个别方法，它是方法论的灵魂和核心。哲学原则的科学性如何，决定着方法论的效用和生命力，制约着研究的视野、过程和结论。哲学原则的确立务必取法乎上，应以处于当代认识水平最高、最正确、最科学的哲学观点为构建文学思潮理论研究的方法论的基础和原则。

半个世纪前，毛泽东同志就曾断言："最正确最科学最革命的真理"只有马克思主义，因为这一思想体系是"从客观实际产生出来又在客观实际中获得了证明"的"真正的理论"。① 的确，马克思主义在它产生后至今的一个半多世纪里，经受了飞速发展的现实实践的检验和种种反马克思主义或非马克思主义哲学思潮、学派的批判和挑战，却不但没有被驳倒和超越，反而随着社会实践的发展而不断发展，越发显出其无与伦比的真理性、革命性、科学性和开放性的强大生命力，越来越深入人心。正如牛津大学的一位教授在 1977 年所说："当今明智之士都不会否认马克思在历史上的突出贡献，以及他对经济学、社会学和历史研究方面所做的伟大贡献。现有的大量文献，包括一部分很有价值的，都是在马克思主义基础上产生出来的。不仅在历史、政治、经济和社会各门学科中，而且在美学和文学批评领域中，马克思主义都是每个有学识的读者必须与之打交道的一种学说"。② 就连法国存在主义哲学最著名的代表人物萨特，也在知天命的成熟之年一反青年时代对马克思主义的敌视态度，承认马克思主义"是我们时代不可超越的哲学"，"马克思主义的生命力远不是枯竭了，它还正年轻，几乎还是童年，它好像刚刚开始发展，所以，它仍然是我们时代的哲学：它是不可超越的，因为产生它的那些历史条件还没有被超越"，并且，他还以大思想家的深邃洞察力，一针见血地指出："一切反马克思主义的论调，一切'超越'马克思主义的论调，就无非只是回到马克思主义以前的思想中去，重弹马克思主义以前的老调罢了"。③ 不论当时萨特心目中的"马克思主义"与真正的马克思主义有多大的差距，也不论他的哲学观点如何矛盾，这些话也是符合历史事实的。

海德格尔虽然囿于自己的哲学偏见而攻击马克思是"最后一位形而上

---

① 《毛泽东选集》第三卷，人民出版社 1991 年版，第 817 页。

② [英] 休·劳埃德—琼斯：《马克思读过的书》，载 [英] 希·萨·柏拉威尔：《马克思和世界文学》，梅绍武等译，生活·读书·新知三联书店 1982 年版，第 579—580 页。

③ [法] J.P. 萨特尔：《辩证理性批判》第一分册《方法问题》，徐懋庸译，商务印书馆 1963 年版，第 24 页。

学家","达到了虚无主义的极致"①。但他也不能不承认，马克思的历史观比
其他人的优越，包括他的老师胡塞尔以及萨特，"都没有认识到在存在中的
历史性因素的本质性，故无论是现象学还是实存主义，都没有达到有可能与
马克思主义进行一种创造性对话的那个维度。"②"人们可以用形形色色的方
式来对待共产主义的学说及其论证，但在存在历史上可以确定的是：一种对
世界历史性地存在着的东西的基本经验，在共产主义中表达出来了。谁如若
只把'共产主义'看作'党派'或者'世界观'，他就想得过于短浅了。"③
这后一段公道话可说是直击了那些戴着意识形态有色眼镜的反马克思主义者
及其跟风者的要害。

　　20世纪90年代，由于苏联和东欧的社会主义国家发生剧变，资本主义
胜利复辟，日裔美籍学者弗朗西斯·福山宣称未来世界将是资本主义自由民
主体制一统天下的"历史终结论"一时风行，"马克思主义失败了"、"马克
思主义过时了"的鼓噪四起。就在这样的时刻，法国解构主义大师德里达发
表了《马克思主义的幽灵》（1993），这在反马克思主义者看来"不合时宜"，
另有人则说德里达选择了一个好时机"向马克思致敬"。在书中，德里达以
斩钉截铁的语气写道："不去阅读且反复阅读和讨论马克思——可以说也包
括其他一些人——而且是超越学者式的'阅读'和'讨论'，将永远都是一
个错误，而且越来越成为一个错误，一个理论的、哲学的和政治的责任方面
的错误。""没有马克思，没有对马克思的记忆，没有马克思的遗产，也就
没有将来：无论如何得有某个马克思，得有他的才华，至少得有他的某种精
神。"④尽管德里达的动机，不过是以其所谓的马克思的幽灵政治学，作为一
种解构运作策略，来解构关于世界将进入自由市场经济全球化新时代的新国

---

① ［法］F.费迪那等辑录，丁耘摘译：《晚期海德格尔的三天讨论班纪要》，《哲学译丛》2001年
　　第3期。
② ［德］海德格尔：《关于人道主义的书信》（1946），载［德］海德格尔：《路标》，孙周兴译，
　　商务印书馆2000年版，第400—401页。
③ ［德］海德格尔：《关于人道主义的书信》（1946），载［德］海德格尔：《路标》，孙周兴译，
　　商务印书馆2000年版，第401—402页。
④ ［法］雅克·德里达：《马克思的幽灵》，何一译，中国人民大学出版社2008年版，第14—15页。

际神话，并非完全站在马克思主义的立场上为马克思进行辩护，但在马克思主义的发展遭遇低谷时期，德里达这一出人意料的行为还是发人深思的，其书中表达的一些观点无疑具有振聋发聩的力量。的确，德里达说的是"马克思的幽灵们"——形形色色的"马克思主义"，可是，我们没有任何理由相信其中不包括形形色色的"马克思主义"得以生长的起点和基础——原初的"马克思"和"马克思主义"，即使不是整体！例如，我们看看这一段：

> ……在重读《共产党宣言》和马克思的其他几部伟大著作之后，我得承认，我对哲学传统中的文本所知甚少，甚至可以说是一无所知，假若我们思考一下马克思、恩格斯本人有关他们自己可能变得过时和他们固有的不可克服的历史性的言论（例如恩格斯在《共产党宣言》1888 年的再版序言中的论述），就会觉得他们的教训在今天显得尤为紧迫。还有哪位思想家曾以此种明白的方式提出过类似的警告？还有谁曾经要求对他自己的研究主题的结论进行变革？不仅出于对知识的逐渐积累的考虑——但这丝毫也改变不了体系的秩序——而且为了能在那里考虑到，另一种考虑，断裂与重构的影响，谁这么做过？还有为了能在任何可能的程序设计之外提前具体体现新知识、新技术、新政治格局的无法预见性，谁这么做过？传统中的文本没有一个讲清楚了政治正在全球化的方式，讲清楚了在最有创见的思想潮流中技术和传媒对于它们的不可简约性——而这已经远远不只是那个时代的铁路和报纸，对于它们的不可简约性，马克思和恩格斯在《共产党宣言》中已经以一种无与伦比的方式作过分析。还有，极少有文本如此清楚明白地说明过法律、国际法和民族主义。①

读过《共产党宣言》的都知道，恩格斯在《共产党宣言》1888 年的再版（英文版）序言中所谈马克思和恩格斯本人有关自己可能变得过时和他们

---

① [法] 雅克·德里达：《马克思的幽灵》，何一译，中国人民大学出版社 2008 年版，第 14 页。

固有的不可克服的历史性的言论，其实就是其中所引用的 1872 年德文版序言中的一段话：

　　不管最近 25 年来的情况发生了多大的变化，这个《宣言》中所阐述的一般原理整个说来直到现在还是完全正确的。某些地方本来可以作一些修改。这些原理的实际运用，正如《宣言》中所说的，随时随地都要以当时的历史条件为转移，所以第二章末尾提出的那些革命措施根本没有特别的意义。如果是在今天，这一段在许多方面都会有不同的写法了。由于最近 25 年来大工业有了巨大发展而工人阶级的政党组织也跟着发展起来，由于首先有了二月革命的实际经验而后来尤其是有了无产阶级第一次掌握政权达两月之久的巴黎公社的实际经验，所以这个纲领现在有些地方已经过时了。特别是公社已经证明："工人阶级不能简单地掌握现成的国家机器，并运用它来达到自己的目的。"（见《法兰西内战。国际工人协会总委员会宣言》德文版第 19 页，那里对这个思想作了更详细的阐述。）其次，很明显，对于社会主义文献所作的批判在今天看来是不完全的，因为这一批判只包括到 1847 年为止；同样也很明显，关于共产党人对待各种反对党派的态度的论述（第四章）虽然在原则上今天还是正确的，但是就其实际运用来说今天毕竟已经过时，因为政治形势已经完全改变，当时所列举的那些党派大部分已被历史的发展彻底扫除了。

　　但是《宣言》是一个历史文件，我们已没有权利来加以修改。①

这段话是马克思在世时与恩格斯合作的。到 1888 年，恩格斯再次加以引用，强调了他们在《共产党宣言》中论述的整个"一般原理"发表 40 年后还是"完全正确的"，但也有过时的地方，主要是在对这些一般原理的实际运用方面，必须"随时随地都要以当时的历史条件为转移"；同样，通过

---

① 《马克思恩格斯文集》第 2 卷，人民出版社 2009 年版，第 5—6 页。

历史实践的检验，有的思想也需要改变，例如巴黎公社的实践已经证明：
"工人阶级不能简单地掌握现成的国家机器，并运用它来达到自己的目的。"
德里达认为，在所有的思想家中，马克思和恩格斯的伟大之所以无与伦比，
就在于他们早就自知并承认具有不可避免的历史局限性，同时也在于《共产
党宣言》对全球化时代资本主义发展的准确预见、清楚论述，都体现了马克
思主义的科学性、预见性和开放性。这应该就是为什么不管何种立场的人们
在今天都还需要马克思和摆脱不了马克思的"幽灵"的重要理由之一。可
见，德里达至少在此处对马克思主义的解读并不含糊，流露有"令人感动的
真诚"，① 并非满篇都是策略性解构的能指游戏！

　　当然有人会和美国新实用主义哲学家罗蒂一样，怀疑德里达所说的不
读和不反复读马克思会是"一个错误"，"也许它至多只是对我们这些懂得希
腊文和哲学的人才算是一个错误？也许对每个其他人来说，马克思现在不过
只是一个沉重的负担吧"。② 这样的疑惑和想法，出现在对马克思和肯定马
克思的评价都"不以为然"并且如罗蒂一样自称没有耐心再去读马克思的人
身上，当然不足为奇了。在罗蒂们的眼里，"马克思过时了"是相当肯定的，
因为他们坚信"不存在这样的历史科学，也不存在对一种正确的、正当的、
恰当的环境的发现（被马克思或被任何其他人所发现），按照它们可以处置
失业、黑帮、死亡商人、全球化劳工市场等等问题"。③

　　特里·伊格尔顿这位蜚声国际的当代西方马克思主义文学理论家、文
化批评家，对德里达的《马克思的幽灵》批评也极为尖锐。他认为，德里达
出于其后结构主义的盘算，瞅准在马克思主义处于边缘之时才想靠近它，不
免机会主义的嫌疑。而且，德里达声称要把马克思主义的批判精神与作为本

① ［英］特里·伊格尔顿：《没有马克思主义的马克思主义：雅克·德里达和〈马克思的幽灵
　们〉》，载［英］特里·伊格尔顿：《历史中的政治、哲学、爱欲》，马海良译，中国社会科学
　出版社 1999 年版，第 121 页。

② ［美］R. 罗蒂：《一个幽灵笼罩着知识分子：德里达论马克思》，李幼蒸译，《世界哲学》2004
　年第 4 期。

③ ［美］R. 罗蒂：《一个幽灵笼罩着知识分子：德里达论马克思》，李幼蒸译，《世界哲学》2004
　年第 4 期。

体论、哲学或形上学体系、作为辩证唯物主义的马克思主义区别开来，与作为历史唯物主义或方法的马克思主义、作为党派、国家或工人国际的机器部分的马克思主义区别开来，可见出"他想要的其实就是一种没有马克思主义的马克思主义"，无非是"只想把马克思主义用作一种批判，异见，进行痛斥的方便工具"。① 不过，特里·伊格尔顿在 2011 年出版的《马克思为什么是对的》这部新书里对"马克思主义过时"论的否定，还是与 40 年前的萨特和数年前的德里达同调，对罗蒂而言，也可视为有力的回应。伊格尔顿笔力雄健，妙语迭出：

> 与政治家、科学家、军人和宗教人士不同，很少有思想家能真正改变历史的进程，而《共产党宣言》的作者恰恰在人类历史的发展进程中发挥了决定性的作用。历史上从未出现过建立在笛卡尔思想之上的政府，用柏拉图思想武装起来的游击队，或者以黑格尔的理论为指导的工会组织。马克思彻底改变了我们对人类历史的理解，这是连马克思主义最激烈的批评者也无法否认的事实。就连反社会主义思想家路德维希-冯·米塞斯也认为，社会主义是"有史以来影响最深远的社会改革运动：也是第一个不限于某个特定群体，而受到不分种族、国别、宗教和文明的所有人支持的思想潮流"。但是，有一种盛行的观点认为马克思和他的理论已经可以安息了——在世界资本主义体系刚刚经历了有史以来破坏性最强的金融危机的背景下，这样的观点更显得格格不入，滑稽且可笑。②
>
> ……马克思主义对资本主义制度的批判，作为有史以来对资本主义制度最彻底、最严厉、最全面的批判，马克思主义大大改变了我们

---

① ［英］特里·伊格尔顿：《没有马克思主义的马克思主义：雅克·德里达和〈马克思的幽灵们〉》，载［英］特里·伊格尔顿：《历史中的政治、哲学、爱欲》，马海良译，中国社会科学出版社 1999 年版，第 124 页。

② ［英］特里·伊格尔顿：《马克思为什么是对的》，李扬等译，新星出版社 2011 年版，"英文版出版前言"。

的世界。由此可以断定，只要资本主义制度还存在一天，马克思主义就不会消亡，只有在资本主义结束之后，马克思主义才会退出历史的舞台。①

为什么不少具有国际影响的社会科学家都与马克思主义有着千丝万缕的联系？不论是伊格尔顿这样的西方马克思主义者，还是海德格尔这样备受争议的存在主义大师或德里达这样的解构主义者，还有卢卡奇、葛兰西、阿尔都塞、阿多诺、威廉斯、马尔库塞、哈贝马斯、吉登斯、詹姆逊、齐泽克……名单可以拉得很长，甚至当年高调宣称："我们正在见证的不仅是冷战的结束，或者是二战后一个特别的历史时期的结束，而是下面这种历史的终结，即人类思想进化史的终结，而且西方的自由民主政体将作为政府的最终形式得到普遍推广"的"历史终结论"者福山，后来也自称为"马克思主义者"②；为什么在人文社会科学领域很多学派的产生和发展都明里暗里与马克思主义有着或多或少的关系？马克思主义之所以对人文社会科学领域产生如此广泛深远的巨大影响，有学者认为，主要原因首先在于其辩证法、唯物史观、阶级分析等对自然界和社会历史发展具有极强解释力的方法论！③

显然，我们应当毫不犹豫地把文学思潮理论研究的方法论哲学原则确立于马克思主义哲学这一基点上。

列宁认为可以用"辩证唯物主义"来概括马克思主义哲学，因为，"马克思和恩格斯几十次地把自己的哲学观点叫作辩证唯物主义"④。可见，辩证唯物主义是马克思主义的核心观点和基本原则，唯物的辩证思维方法则是马克思主义哲学原则在思维方式上的具体化。辩证思维是最古老的逻辑形式，

---

① ［英］特里·伊格尔顿：《马克思为什么是对的》，李扬等译，新星出版社 2011 年版，第 6—7 页。

② ［美］萨拉·巴克斯特：《〈历史的终结〉作者福山自称为"马克思主义者"》，《环球视野》总第 112 期，摘自 2006 年 3 月 19 日英国《星期日泰晤士报》，http：//globalview.cn/ReadNews. asp？NewsID=7409。

③ 参见闫健编：《民主是个好东西——俞可平访谈录》，社会科学文献出版社 2006 年版，第 15 页。

④ 《列宁选集》第 2 卷，人民出版社 1995 年版，第 12 页。

"人们远在知道什么是辩证法以前，就已经辩证地思考了，正像人们远在散文这一名词出现以前，就已经用散文讲话一样。"① 但在古代只有亚里士多德曾比较精密地研究过辩证法，真正使辩证法这一"最高的思维方式"得到恢复从而建立了巨大功绩的是黑格尔。然而，黑格尔的辩证思维方法却安放在客观唯心主义的哲学原则之上，因而是头足倒置的。在绝对理念的威权之下，黑格尔往往为了体系的需要而窒息了辩证法的生命力。只有当马克思和恩格斯把黑格尔辩证法的唯心原则清除出去而灌注到唯物主义精神中后，辩证思维方法作为理性思维的最高形态，才真正与"现实世界中一切运动、一切生命、一切事业的推动原则"同一，才名副其实地成为"知识范围内一切真正科学认识的灵魂"。② 在1872—1873年《资本论》第一卷的《第二版跋》中，马克思明确地指出了自己的辩证法与黑格尔的辩证法的区别，他说：

> 我的辩证方法，从根本上来说，不仅和黑格尔的辩证方法不同，而且和它截然相反。在黑格尔看来，思维过程，即甚至被他在观念这一名称下转化为独立主体的思维过程，是现实事物的创造主，而现实事物只是思维过程的外部表现。我的看法则相反，观念的东西不外是移入人的头脑并在人的头脑中改造过的物质的东西而已。
> ……辩证法在黑格尔手中神秘化了，但这决没有妨碍他第一个全面地有意识地叙述了辩证法的一般运动形式。在他那里，辩证法是倒立着的。必须把它倒过来，以便发现神秘外壳中的合理内核。③

也就是说有两种截然相反的辩证法：一是黑格尔那种神秘化的、成为"德国的时髦东西，因为它似乎使现存事物显得光彩"的辩证法；而另一种就是马克思使用的"合理形态"的辩证法，这种辩证法"引起资产阶级及其空论主义的代言人的恼怒和恐怖"，因为它"在对现存事物的肯定的理解中同时包

---

① 《马克思恩格斯文集》第9卷，人民出版社2009年版，第150页。
② [德] 黑格尔：《小逻辑》，贺麟译，商务印书馆1980年第2版，第177页。
③ 《马克思恩格斯文集》第5卷，人民出版社2009年版，第22页。

含对现存事物的否定的理解，即对现存事物的必然灭亡的理解"；它"对每一种既成的形式都是从不断的运动中，因而也是从它的暂时性方面去理解"；它"不崇拜任何东西，按其本质来说，它是批判的和革命的"。① 马克思和恩格斯对辩证思维方法的批判继承和发展，不仅使古老的思维方式焕发出巨大的青春活力，而且有力地证明了哲学原则是否科学在方法论的建构中处于何等重要的主导地位，绝对不能掉以轻心。在马克思、恩格斯之后，尤其是 20 世纪以来，西方哲学、美学和文艺学体系虽然层出不穷，也不乏新鲜的局部创见与发现，不可否认它们在人类认识史上也作出了一些"片面的深刻"的贡献，但在思维方式的变革上却未能达到或超越马克思主义，其根本原因也就在于它们的方法论背离了辩证思维方法的唯物主义原则。

其次，在文学思潮理论研究的思维格局上，应该形成一个立体多维的模式。

恩格斯对辩证法有过一个精确的概括，他说："辩证法是关于普遍联系的科学"②，因为客观世界本身就是普遍联系的，"当我们通过思维来考察自然界或人类历史或我们自己的精神活动的时候，首先呈现在我们眼前的，是一幅由种种联系和相互作用无穷无尽地交织起来的画面，其中没有任何东西是不动的和不变的，而是一切都在运动、变化、生成和消逝。"③ 任何一个事物都存在着本体内部与外部的联系，在内部联系中有各构成要素之间的联系，有构成要素与整体的联系；在外部联系中有直接联系，也有间接联系，有必然联系也有偶然联系；有的联系是本质的联系，有的联系则是表面的联系；既有时间性的纵向联系，又有空间性的横向联系，更有纵横交叉的网状联系……"每个事物（现象等等）的关系不仅是多种多样的，并且是一般的、普遍的。每个事物（现象、过程等等）是和其他的每个事物联系着的。"④ 联系是每一事物存在的条件，联系的相互作用构成了事物和世界的运动和发

---

① 《马克思恩格斯文集》第 5 卷，人民出版社 2009 年版，第 22 页。
② 《马克思恩格斯文集》第 9 卷，人民出版社 2009 年版，第 401 页。
③ 《马克思恩格斯文集》第 9 卷，人民出版社 2009 年版，第 23 页。
④ 《列宁选集》第 2 卷，人民出版社 1995 年版，第 411—412 页。

展，运动和发展又促使联系发生新的变化……总之，联系是错综复杂的、立体网状的、多维的、动态的。不用说，文学思潮就是处于这样丰富繁杂的联系之中的人类精神现象，要在理论上考察它的本质、结构、特征、功能、历史形态、发展规律，不能不在思维格局上形成与其复杂联系相对应的立体多维的研究模式。这一研究模式至少应是三维交叉的思维空间，即由层次性、共时性和历时性三个维度相交的整体的、动态的研究视界。层次性剖析针对文学思潮的内部联系，旨在把握其内部构成、各要素如何组织、表层结构与深层结构的关系，深入探索文学思潮的深层基因及其内在动力。共时性考察则主要研究文学思潮的外部联系，特别是文学思潮与社会思潮、文学思潮与社会历史文化诸条件的关系，以弄清文学思潮的特征与功能。历时性追溯和展望则从发生学角度探视文学思潮的历史演变与未来发展，以描述出其不同的历史形态、面貌和发展规律。三个维度的研究并不是孤立进行的，它们相互包含，或彼此重叠，或随时穿插。总之，必须做到辩证思维所要求的归纳与演绎相结合，分析与综合相交融，逻辑与历史相统一以及从抽象上升到具体。

最后，在文学思潮理论研究方法的选择上，必须具有开放性。

以马克思主义唯物辩证法为基本哲学原则的方法论，本身就是一个开放的系统，有巨大的包容性，因为辩证法不承认任何绝对的最终的神圣的东西，当然也不承认有任何永恒的终极的绝对的研究方法。

文学思潮的多质多层次性、历史性和动态性等等客观规定性丰富复杂，需要多角度、多层面、多向度的探讨，研究方法必须多样互补。封闭的方法论体系背离研究对象的客观性，无异于画地为牢、作茧自缚。在坚持马克思主义基本哲学原则的基础上，根据文学思潮本身客观规定性和研究目的的需要，可以海纳百川地选择运用多样的方法。无论何种方法，都有可能在文学思潮理论研究中找到用武之地。

研究方法的选择应该多样互补，并不意味着方法与研究对象的关系是一种可以由研究者随心所欲决定的主观性对应。客体的客观性规定了在众多的方法中可与其对应的方法的等级，因而，至少就文学思潮研究而言，在当代认识水平的制约下，有的方法成了要达到某一研究目的就必须选用的唯一正确的、最有效的工具，此外，你别无选择，除非你想绕更远的路途，费更多的力气。即使你重新开辟了一条超越当代知识条件限制的未来航道，但仍不能据此否定任何方法在一定历史时空中与主客体某方面统一的唯一正确性。

文学思潮复杂的结构和丰富的内部、外部联系决定了研究者只有选用系统方法才能明确它的系统定位、结构的层次、特征、模式、整体联系的秩序和运动的方式，避免偏于一隅，陷入局部而见木不见林的片面性。

文学的社会性即使在强调文本中心、反对从文学与社会的联系方面进行"历史的"即"外部的"研究的"新批评"派重要理论家韦勒克那里，也无法一笔抹杀。他不得不承认："文学是一种社会性的实践，它以语言这一社会创造物作为自己的媒介，诸如象征和格律等传统的文学手段，就其本质而言，都是社会性的。这些手段是只有在社会中才能产生的通例和准则。"文学的内容包括它描写的生活，"模仿"的"自然世界和个人的内在世界或主观世界"也是社会性的内容，"诗人是社会的一员"，'"文学具有一定的社会功能或'效用'，它不单纯是个人的事情。因此，文学研究中所提出的大多数问题是社会的问题"。[1]"总之，文学无论如何都脱离不了下面三方面的问题：作家的社会学、作品本身的社会内容以及文学对社会的影响等。"[2] 文学思潮的超个体性本身就是相当明显的社会性，要了解文学思潮的性质、产生、发展、变化、内部组织、外部联系和功能价值等等属性，就不能不运用文艺社会学的研究方法。在文学思潮研究史上，勃兰兑斯的《十九世纪文学主流》是运用文艺社会学方法的一个颇为成功的范例。该书的主要内容是分析 19 世纪初法、德、英等几个国家浪漫主义文学思潮的兴衰过程，以及现实主义文学的产生与浪漫主义文学的内在必然关系。由于作者立足于整体联

---

[1] [美] 雷·韦勒克、奥·沃伦：《文学理论》，刘象愚等译，生活·读书·新知三联书店 1984 年版，第 92 页。

[2] [美] 雷·韦勒克、奥·沃伦：《文学理论》，刘象愚等译，生活·读书·新知三联书店 1984 年版，第 94 页。

系的研究视角，因此能看出"许多分散的，似乎互不关联的文学活动"，其实都服从于"一个巨大的有起有伏的主导运动"即浪漫主义文学浪潮。① 他认为，"如果从历史的观点看，尽管一本书是一件完美、完整的艺术品，它却只是从无边无际的一张网上剪下来的一小块"②。每一作品和每一国家的每一种文学现象都是特定历史阶段的时代精神的局部形态。《十九世纪文学主流》最大的优点也是最大的特色就是能从整体、全局、联系的观点出发，运用比较研究的方法分析局部的来龙去脉。他把 19 世纪初的西欧浪漫主义文学看作是对 18 世纪文学的反动以及这一反动本身又如何被压倒的一个过程，"是一个带有戏剧的形式与特征的历史运动"③。这场文学运动恰如一部大戏，活动于其中的"六个不同文学集团"，就是这部"大戏中的六个场景"。"第一组是在卢梭启发下产生的法国流亡文学，反动由此开始；但这里反动的潮流还到处和革命的潮流掺合在一起。第二组是德国天主教性质的浪漫派，反动有所加强；它更加有力更加脱离当代争取进步和自由的斗争。第三组包括约瑟·特·梅斯特尔，处于严格正统阶段的拉马奈和在王朝复辟以后还是正统派和教权派支柱的拉马丁和雨果，他们代表了战斗的胜利和反动。拜伦和同代的一些英国人构成了第四组。正是这个拜伦引起了这部大戏的突然转折。希腊的解放战争爆发了，一股使万物复苏的清风刮过欧洲文艺上空，拜伦英勇地为希腊的解放事业牺牲了，他的死给整个欧洲文艺界留下了极深的印象。七月革命前不久，法国大作家中间的阵线发生变化，形成了法国的浪漫派，这就是我们的第五组，参加这个新的自由运动的有拉马奈、雨果、拉马丁、缪塞、乔治·桑等。这一运动由法国传到德国，在这个国家自由思想也取得胜利。我在《青年德意志》中论述的作家构成了第六组，他们受到希

---

① 参见［丹麦］勃兰兑斯：《十九世纪文学主流》第一分册《流亡文学》，张道真译，人民文学出版社 1997 年版，"引言"。

② ［丹麦］勃兰兑斯：《十九世纪文学主流》第一分册《流亡文学》，张道真译，人民文学出版社 1997 年版，"引言"。

③ ［丹麦］勃兰兑斯：《十九世纪文学主流》第一分册《流亡文学》，张道真译，人民文学出版社 1997 年版，"引言"。

腊解放战争和七月革命思想的鼓舞，像法国作家们一样，把拜伦的伟大形象看作是自由运动的领导力量。青年德意志的作家海涅、波尔内、古慈塔夫、鲁格、费尔巴哈等和同代的法国作家一道，为1848年的大动荡作好了准备。"① 作者在书中通过丰富的历史事实对各国文学之间、文学集团之间、作家作品之间存在的时代的、历史的、空间的、精神的等等方面纵横交叉的种种联系进行了综合分析，揭示了每一文学流派兴衰的历史必然性和整个文学发展过程所体现的历史进步性。尽管其方法论哲学原则还不是真正的唯物论，但提出了一个较科学的文学史研究方法，具有极高学术价值。

文学思潮的传播、影响具有鲜明的跨国性，近现代以来尤为明显，如果不采用比较文学的方法，文学思潮在各国各民族之间互动的影响关系或平行关系就无法弄清，也就难以深入把握文学思潮产生发展的历史性以及形态特征、变化规律。不少文学思潮研究著述都自觉地运用比较文学的方法，而且，正因为比较文学方法的兴起与发展，对文学思潮的宏观研究也才随之逐渐增多。前面提及的梵·第根的《欧洲文学中的浪漫主义》，就是对德、英、法、意、西、葡、荷、匈等国的浪漫主义文学思潮进行的比较研究；马里奥·普拉兹的《浪漫的痛苦》，则"从性爱引起的痛苦这样一个特定的角度具体分析比较了许多欧洲浪漫主义作家的作品"；亨利·雷马克的论文《西欧浪漫主义的定义和范围》，比较了浪漫主义观念在一些主要欧洲国家中的异同。② 韦勒克作为学识渊博的比较学者非常成功地运用比较文学的方法，全面细致地考察了古典主义、浪漫主义、现实主义、象征主义等文学思潮术语的源流发展演变。例如，"浪漫主义怎样首先在德国形成思潮，施莱格尔兄弟怎样首先提出浪漫主义是进步的、有机的、可塑的概念，以与保守的、机械的、平面的古典主义相区别，浪漫主义的概念又如何传入英、法诸国，

---

① ［丹麦］勃兰兑斯：《十九世纪文学主流》第一分册《流亡文学》，张道真译，人民文学出版社1997年版，"引言"。

② 参见［美］R. 韦勒克：《文学思潮和文学运动的概念》，刘象愚选编，中国社会科学出版社1989年版，"前言"。

而后形成一个全欧性的运动"①。勃兰兑斯在《十九世纪文学主流》开篇就非常自觉地意识到，"只有通过比较研究才能理解"19 世纪头几十年具有全欧意义的浪漫主义文学现象，因而，决定"对法、德、英文学中最重要运动的发展过程通过比较加以描述"。②

　　研究方法的开放性、多样性还表现在主要方法之间互相融合或在主要方法中吸收其他方法，形成新的方法形态，构成互补，增加研究的深广度。例如，在勃兰兑斯的《十九世纪文学主流》中，作者除了运用文艺社会学这一主要方法之外，还引进了比较文学方法、历史传记方法和心理学方法。法国学者吕西安·戈德曼在文艺社会学方法中吸收了皮亚杰发生认识论结构主义方法，将马克思主义、结构主义、心理分析学说、法兰克福学派的理论方法兼收并蓄，创立了"发生学结构主义文学社会学"方法，大大扩展了文学社会学方法的内涵。还有艺术文化学方法，既是对西方形式主义方法的否定之否定，又是文化理论、系统方法和社会学方法借形式主义走入穷途末路的历史契机而融汇的结果。这些方法既可运用于文学思潮理论研究，也对文学思潮理论研究方法论的构建和方法的选择具有深刻的启发意义。

---

① ［美］R. 韦勒克：《文学思潮和文学运动的概念》，刘象愚选编，中国社会科学出版社 1989 年版，"前言"。
② ［丹麦］勃兰兑斯：《十九世纪文学主流》第一分册《流亡文学》，张道真译，人民文学出版社 1997 年版，"引言"。

第一章
文学思潮观谱系

当我们说"文学思潮"的时候，至少有三种意义选择：一是文学史上存在的具体文学思潮，如公认的"古典主义"、"浪漫主义"、"现实主义"、"自然主义"、"象征主义"等等；二是类型学上的文学思潮，即对文学思潮进行类型学研究时，以某些共同属性为依据，而把具体的"古典主义"、"浪漫主义"、"现实主义"、"自然主义"、"象征主义"等等文学思潮分类，如按哲学、心理学标准，可以把它们分为理性主义文学思潮和非理性主义文学思潮。按社会政治尺度，把它们分别归类于进步、革命文学思潮和反动、保守文学思潮，或把它们按左、中、右一划三块，或分为资产阶级文学思潮和无产阶级文学思潮；三是形而上的文学思潮，即对具体的文学思潮进行考察，通过分析归纳，将其普遍性抽象出来，建立一个逻辑模型，形成理论体系，为文学思潮研究提供基本知识和理论、方法的指导。三种意义的"文学思潮"互相区别，又具有内在的逻辑关联，它们的逻辑关系可表述为：具体的文学思潮（个别）——类型学的文学思潮（特殊）——形而上的文学思潮（一般）。除了这三种意义在日常运用中常被混淆之外，还有将文学思潮与一般文学思想、文学观点、文学理论、文学风格、文学流派、文学运动、创作方法、创作现象、文艺论争以及哲学思潮、政治思潮等社会思潮混同的现象，造成了相当复杂的意义混乱。为了正名，本章先从"文学思潮"的知觉模型切入，进而梳理、探讨已有主要文学思潮观。笔者拟从理论属性的角度将已有文学思潮观区分为类型论和分期论两大类型,每一类型下列举有代表性的观点进行剖析。

第一节 感性发现与知觉模型

人类认识史表明,心灵对事物的理解要依赖于知觉模型的建构。开始的知觉模型比较简单,随着实践的发展,人们的头脑对外部世界的区别和分类能力日益增强,对事物的观察也越来越细致,其心理结构也在不断发展变化。知觉模型也就逐渐由简单发展到复杂,从粗糙趋于细腻,从片面而日臻全面,最终上升到对认识对象的理性的具体的把握。心灵对事物表象暗示出来的结构的最初领会,是一种感性的发现。这种感性发现在心灵里形成一种心理意象,这就是最初的知觉亦即视觉的理论模型。比拟是感性发现即知觉模型建构的最初而且是最长久地存在的基本方式。原始时代人类对外在世界的认识,以及后来对物理世界的解释与理解,往往是通过拟人化的途径,以一种拟人或与生物相仿佛的心理意象作为理论把握的知觉模型。宇宙的形态和活动,世界的由来,天地万物的诞生,在远古原始思维的产物——神话故事中,几乎都被以拟人化的故事加以描述。在《旧约·创世记》中,用六天时间创造了天地万物的是人的原型——耶和华神,世界的一切就是根据耶和华神的意志产生出来的。"神说:'要有光。'就有了光。""神说:'我们要照着我们的形象,按着我们的样式造人,使他们管理海里的鱼、空中的鸟、地上的牲畜,和全地,并地上所爬的一切昆虫。'神就照着自己的形象造人,乃是照着他的形象造男女。"① 古希腊人也认为神先于人类出现在宇宙中,最先出现的是混沌神卡俄斯,混沌神生下地母神该亚,地母该亚生出天神乌拉诺斯,然后母子结合,生了六男六女——提坦众神,其中之一的克洛

---

① 《旧约全书·创世记》,《新旧约全书》(和合本),圣经公会 1919 年版中文译本,第 1 页。

诺斯推翻其父，后自己又被其幼子宙斯取代，由宙斯建立起一个庞大的神的家族——奥林波斯神统。而人类则由普罗米修斯以泥土与河水捏塑出来。在中国，则有"盘古开天地"和"女娲造人"的故事。即使在哲学以至后来的科学那里，也都没有抛弃拟人的知觉模型建构手段。古希腊哲学家的宇宙论认为，宇宙本身是从混沌无形中产生出的形式。"原初物质是无边无际、倏无定形的，他们把它比作活动多变的水和空气，认为它的活泼多变是由一种无形的'生命'所导致的"，"混沌"这个字眼，最初"是指一种裂开的大缝隙"，"实际上是指一种最古老的有秩序状态，即由一分为二的生殖状态。这一为许多文化传统的宇宙论所坚持的'分裂'原理，或许是得自于生物的两性分化现象。……这里所指的分裂，或许又是指世界本身在一开始时至少分裂成两个既是创造者又是被创造者的实体。这种持两极对立的观点也许把这种'性的二元'视为自然的模型。在中国古代思想中，一切存在物都产生于阴阳两极的对立统一"。① 牛顿对天体运动基本原理的研究和理解，也借助于拟人的心理意象，他觉得在太阳那里有一只肉眼看不见的巨手，伸向行星，拉着行星跟太阳一起旋转。又用一根绳子系一块石头，人们用手抓着绳子的一头，使石头绕着人体旋转的意象，建构起天体旋转运动的可视的知觉模型，这一理论模型仍保留着拟人的特征。

当人类面对自身的时候，如何把握那不可见的思想、意识呢？于是，与拟人相反的拟物便派上了用场。这方面最典范的知觉模型就是威廉·詹姆斯关于"意识流"的感性发现。他认为，人的意识并不是由某些始终不变的简单的意识元素不同配合的结果，人的意识是流动的，形容意识的最自然的比喻是"河"或者"流"，在说到意识的时候，我们可以把它叫作"思想流"或者"意识流"，又或者"主观生活之流"。② 这一可视的知觉模型被人称为"不朽的詹姆斯的不朽的表达方法"。③ 詹姆斯以"河流"的心理意象比拟人

---

① [美] 鲁道夫·阿恩海姆：《视觉思维——审美直觉心理学》，滕守尧译，光明日报出版社1986年版，第400页。

② [美] 詹姆斯：《心理学原理》（选译），唐钺译，商务印书馆1963年版，第87页。

③ 《外国文学报道》1980年第2期。

的意识过程，不仅抓住了意识所具有的流动的切割不断的连续的涌流特征，而且注意到了思想的模糊的疾飞般掠过的不确定的和非实质的东西，确实对构造派心理学的"心理元素说"有较大的超越，更接近意识过程的本性。

无论是科学还是艺术，知觉模型的建构都在于要把看不见的变成看得见的，为深入发展和解释提供必要的心理基础。

人类在自己涉足的所有领域的思维，很大一部分是通过比拟手段进行的。深明此理的艾布拉姆斯教授在其著名的文学批评理论著作《镜与灯》中，对比拟——比喻与人类思维普遍的密切关系有过精辟的阐述。他认为，不论是新生的还是垂死的比喻，都是所有话语中不可分割的成分，包括那些既非劝说性亦非审美性的，而是描述性或信息性的话语。形而上学的系统尤甚，它在本质上是一个比喻的系统。正如斯蒂芬·C.佩珀所说，各种主要的世界观都是一个庞大的提喻，即以宇宙整体来喻指一个部分。甚至自然科学的传统语言也不能保证完全使用字面意义，尽管人们常常觉察不到其关键术语是比喻性的，但随着时间的推移，人们已广泛地使用了新的类比，从而烘托出了原有的类比。诗歌批评中的隐喻或类比尽管不像在诗歌中那样一望便知，但其作用却毫不逊色。传统的看法认为，许多说明性的类比都是偶发的、图解性质的；然而，却有少数几个似乎经常出现，它们不是说明性的，而是构成性的，它们能生发出一种文学理论或任何理论的总纲及其基本的构成因素。而且，它们还能对一种理论所包含的"事实"作出选择并施加影响。因为事实也叫事实行为，既是人为的东西也是发现的东西，有些事实就是通过类比而产生的。类比如同镜片，人们透过它来观察世界。当我们面对一个有待探讨的领域时，假如没有先在概念作框架，没有达意的术语来把握它，简直无从下手。我们常用的补救方法，就是寻觅一些物体，以其类似的特性来了解新的领域中感觉不明显的方面，用较为熟知的事物来说明相对陌生的事物，借有形的事物来论述无形的事物。这种类比程式似乎是许多智力事业的特征。人们通常用"它像什么"来对事物的本质提出疑问，这句通俗的问话包含着丰富的智慧。我们常用明喻、暗喻来描述事物的本质，当我们对这些反复出现的比喻的媒介物进行分析时，常常发现这些媒介物正是某个没有明说的类比特征，我们也正是透过这个类比来观察我们所描述的事物的。①

"文学思潮"就明显是一个比喻性概念，它以可见的、生动的"潮"的形式来类比一种文学现象。这种文学现象显然是有别于其他文学现象的、本来是看不见的东西。从这种文学现象所暗示的结构及其存在的历史来看，"潮"的比喻不应视为偶发的、图解性质的说明性类比，而应看作是一个构成性的知觉模型。尽管包括最初的术语发明者在内的许多人并没有充分了解这一知觉模型寓含的种种关系、它的内涵与外延、它的结构与特征，但毋庸置疑的是我们只有透过"潮"这一类比，才有可能建构起文学思潮的理论体系，弄清它的内在的、外在的种种关系，把握它的本质、结构、特征、功能及其历史发展的规律。

然而，正如列宁所指出过的那样，任何比喻都是有缺陷的。以类比为基本方式建构的感性模型，既可能引导人们深入把握其复杂的微妙的内在属性和种种关系，也可能使人误入歧途，片面极端地了解思维对象的内涵和外延、构成与规律。因为"复杂的过程很难为人类意识所直接把握，人们能够直觉到的，是这一过程产生的结果，或者说，人类理智所能做到的只是把它的一些组成成分单独再现出来。……'统一体'的复数性质（或多维性、多方性）只能由人类思维指出来，但无论如何也不能将它再现出来，因为同一个意象一次只能做一件事情（只能再现其一个方面，或一个方面的情景)"②。这就是知觉模型的局限性所在。

要对文学思潮的本质性内涵作出令人满意的界定显然存在着巨大的困难，因为涉及这一概念表述的构成部分本身就存在着不确定的内涵，不仅作为知觉模型的"潮"的感性形式中隐藏着巨大的需要理性阐释的意义空间，而且，什么是"文学"？它仅指以作家作品为中心的创作活动、创作成

---

① 参见［美］M. H. 艾布拉姆斯：《镜与灯　浪漫主义文论及批评传统》，郦稚牛等译，北京大学出版社 1989 年版，第 43—44 页。

② ［美］鲁道夫·阿恩海姆：《视觉思维——审美直觉心理学》，滕守尧译，光明日报出版社 1986 年版，第 408—409 页。

果呢，还是应把理论、批评和接受等活动都包含其内？"文学思潮"之"思"指什么？是"文学的'思'"还是"文学中表现的非文学之'思'"？自然中的"潮汐"是由于月球和太阳引力的影响使海水定时涨落的一种现象，"潮汐"又影响海水产生周期性流动，从而形成"潮流"。"文学思潮"产生的动力——只是影响它的"月球"和"太阳"的引力吗？这种引力实际上是何种社会事物、社会现象所发出？文学的"海水"是否被动的受外来引力的影响而"潮"起"潮"落？"思潮"是"潮汐"还是"潮流"？抑或二者兼之？没有人反对把欧洲17世纪的古典主义文学、19世纪的浪漫主义文学和现实主义文学等等称为"文学思潮"。但是，"古典主义"、"浪漫主义"和"现实主义"的内涵到底是什么，至今仍然是人言人殊的问题。"古典主义"、"浪漫主义"和"现实主义"同时又被人们运用于文学风格、文学流派和文学运动的领域。它们不仅是文学的范畴，而且还是文化思潮。种种错综复杂的关系，令人眼花缭乱，要对这些问题作出满意的回答，往往绞尽脑汁而不可得。在勃兰兑斯笔下，19世纪文学的"主流"或"主潮"就是六大文学集团的活动构成的一场"文学运动"——"一个巨大的有起有伏的主导运动"。①在他的《十九世纪文学主流》这部文学史巨著中，找不到对"文学思潮"和"文学运动"内涵的明确界定，倒是使人觉得二者就是一回事，运动的起落就是思潮的涨退。也许，要给文学思潮下定义确实太难了。所以，历史上许多研究者在使用该概念时尽量避免直接下定义，至多加以貌似周全的描述，却仍逃脱不了漏洞百出的尴尬。如今，要找对"文学思潮"概念作出明确定义的文献资料并非难事，但在大同小异的表述中，却多与事实大异小同。例如，《中国大百科全书》（中国文学卷）给"文学思潮"下的定义是："指一定历史时期和一定地域内形成的，与社会的经济变革和人们的精神需求相适应的，具有广泛影响的文学思想和文学创作的潮流。"这个定义的最大优点是强调了文学思潮的历史特征和价值特征，但在性质上，却仍然停留于类比

---

① [丹麦] 勃兰兑斯：《十九世纪文学主流》第一分册《流亡文学》，张道真译，人民文学出版社1997年版，"引言"。

的感性意象——"潮流"来定义，这对于从感性发现深入到理性把握并无太大的助益。另外，这一定义以及对定义的补充阐释，表明它仅是在西方文学现象基础上所进行的理论概括，缺乏世界范围内历时与共时维度的普适性。尤其是以近现代西方文学的准绳来衡量中国文学，断言中国古代明清以前没有文学思潮，明清时代的文学思潮也不过是与西方浪漫主义、感伤主义、批判现实主义特征相似的文学现象，其标准就是西方文学思潮的"具有共同创作纲领"、"大规模"、"普遍性"、"与时代发展方向相一致"等特征，这无异于以"金发碧眼高鼻梁"为尺度来判断中国人是否"人类"一般狭隘。

第二节 逻辑抽象与历史分期

对文学思潮这一感性发现知觉模型进一步的理性具体把握，亦即对文学思潮本质的认识，可以从研究者对具体文学思潮概念（如"古典主义"、"浪漫主义"、"现实主义"、"自然主义"、"象征主义"等等）的理论性质定位这个角度分为两大类：一是逻辑抽象的类型论，二是历史归纳的分期论，迄今所能见到的文学思潮定义大体上都可以分别归入这两大类别。类型论把文学思潮视为根据研究者需要而自定标准进行抽象划分出来的类型，其中又明显有两种理路：一是两分法，认为有史以来只有两种文学思潮；二是多分法，任何时期的文学思潮多种多样，研究者可随意抽象划分命名。与类型论相对立的是分期论，肯定文学思潮的历史具体性，并非逻辑抽象划分的类型。主要有美国学者韦勒克的"时期"论，苏联学者波斯彼洛夫的"阶段"论，日本学者竹内敏雄的"特殊类型"论，这三家观点最有代表性。

具体概念的理论性质定位制约着文学思潮理论模型的建构及其内涵与外延的解释与理解，从具体概念理论性质定位——亦即理论视角的辨析可以见出各种文学思潮定义——本质认识的优劣短长，找到文学思潮理论混乱现象的根源，明了科学认识的正确方向。

一、抽象类型论

文学上的类型有两方面：一是指文学作品的体裁种类，一是指文学作品中塑造的有一定代表性的人物形象，或称"典型人物"。文学作品的类型，按日本学者竹内敏雄的意见，除了体裁种类之外，还应包括艺术风格。他说，种类是"根据与作品的结构因素相关的客观的标志而区分、归纳的类型"，风格则是"以与创作的活动方面有关的主观的标志为准则而设定的类型"①，任何类型都是逻辑抽象演绎或经验归纳概括的产物，也就是人们在认识事物的思维过程中，"比较许多不同的个体、抓住它们之间可以普遍发现的共同的根本形式，按照固定不变的本质的各种特征把它们全部作为一个整体来概括；同时，在另一方面，把这种超个体的、同形的统一的存在与那些属于同一层次的其他的统一的存在相比较，抓住只有它自己固有的、别的任何地方均看不到的特殊形象、把这一整体按照它的特殊性区别于其他的整体时，在这二者的关系中形成的概念。"② 逻辑抽象的分门别类方法的主要特点，就是在一个有限的范围内舍弃在较低层次上个体之间相异的个别性、偶然性的细节抽取出的共同点，建立一种属性联系，以形成一个在较高层次上统一的系统整体认识模型，从而达到对思维对象整体把握的认识目的。同时，相对于同一层次的其他类型以及在包含它的更大系统中，这一类型的共同性又是它的个别性、特殊性。

类型的划分有较强的主观性，划分的标准往往随时代、社会、地域、文化背景以及主观着眼点的差异而千差万别，可以划分出无数的类型。亚里士多德在摹仿说文学观的基础上，依据摹仿方式的不同而把文学划分为史诗、抒情诗和戏剧三个种类。曹丕的《典论·论文》和陆机的《文赋》以功能和形式特征为根据，分别把文学分为四科八类或十类。古典主义的类型划分具有规则性和命令性，注意体裁种类的独立、不得相混，强调体裁种类

① ［日］竹内敏雄：《艺术理论》，卞崇道等译，中国人民大学出版社1990年版，第88页。

② ［日］竹内敏雄：《艺术理论》，卞崇道等译，中国人民大学出版社1990年版，第80页。

的等级。现代的类型划分却与古典主义相反，它是说明性的，"它并不限定可能有的文学种类的数目，也不给作者们规定规则。它假定传统的种类可以'混合'起来从而产生一个新的种类（例如悲喜剧）。它认为类型可以在'纯粹'的基础上构成，也可在包容或'丰富'的基础上构成，既可用缩减也可以用扩大的方法构成。在浪漫主义者强调每一个'创造性天才'和每一部艺术作品的独一无二性之后，现代的类型理论不但不强调种类与种类之间的区分，反而把兴趣集中在寻找某一个种类中所包含的并与其他种类共通的特性，以及共有的文学技巧和文学效用。"① 本来，比较科学的文学类型划分应以"文学性"为准绳，即从文学的内在与外在两个方面的特征为根据确定文学类型，但实际上总有偏颇与片面。例如前述西方最早试图对文学进行理论分类的学者亚里士多德就没有贯彻统一的原则，他依据叙述时有无感情的表现这一摹仿方式，区分了史诗和抒情诗，但把戏剧另立一类，依据的是戏剧作者让人物出来"表演"，不仅用言语，还用表情、手势来加以表现。"须知言语、表现、手势，这些已不是摹仿的'方式'，而是摹仿的'媒介'了。这说明亚里士多德未能根据同一个特征将文学分为三类，而且以后也没有人做到过这一点。"② 甚至还有将非文学的分类法用到文学分类之中，例如以题材的不同为依据的社会学分类法，常常被用于文学分类，按此法进行小说的亚类型划分，可以分出"政治小说"、"历史小说"、"战争小说"、"农村小说"、"工业小说"、"都市小说"、"文化大革命小说"、"改革小说"、"金融小说"等等不可胜数的类型。

分类本来是科学研究的基础，文学类型的划分与研究在文艺学中更有巨大的意义和理论价值。但是，将文学思潮这一历史性范畴完全等同于逻辑学上的类别概念来理解和运用，就引起了极大的理论混乱。不少人正是因为不明了文学思潮的历史性特质，而受文学分类思维定式的影响，把历

---

① ［美］雷・韦勒克、奥・沃伦：《文学理论》，刘象愚等译，生活・读书・新知三联书店 1984 年版，第 268 页。

② ［苏］格・尼・波斯彼洛夫：《文学原理》，王忠琪等译，生活・读书・新知三联书店 1985 年版，第 119 页。

史分期概念与类型概念相混淆，其结果便形成了定义大战，诸如"浪漫主义"、"现实主义"等文学思潮术语"一直在界定、再界定，和争论"，[①] 定义越来越多，却始终不能达成一致意见，其原因就在于参加讨论的人多是坚持依据类型概念来下定义，把"时期"术语等同于"类型"术语。因此，在文学思潮内涵的界定和理解上就趋于两个极端：一是抽象狭义化，一是滥用泛化。抽象狭义化的表现如厨川白村在《文艺思潮论》中所主张的那样，认为整个文学史贯穿的只是"灵"与"肉"两种思潮的兴衰交替或交融；或如我国长期以来有人认为从古到今只有现实主义和浪漫主义两股文学思潮，犹如长江、黄河一泻万古；或说文学的历史就是现实主义文学思潮与反现实主义文学思潮斗争的历史。这些观点的错误，就在于把文学思潮从历史中抽象出来，视为可以不受社会历史条件制约而天马行空、自在自为地在历史中反复出现的类型。这种以类型学两分法指称一切时期的文学的做法，被韦勒克嘲笑为就像把所有的人都"简单地分成好人和坏人两部分一样"[②]。类型论的简单化更为有害的后果是将历史具体的特殊性错误地夸大为永恒的普遍性。例如，法国人曾将"古典主义"视为至高至美，认为"一切好的文艺都必须是古典的"，连克罗齐也持这一观点。德国人崇奉浪漫主义，弗·施莱格尔有句名言说："一切诗歌都是浪漫主义的"。[③] 在 19 世纪 30 年代以后的现实主义与浪漫主义的论争中，不管是俄国革命民主主义批评家别林斯基和车尔尼雪夫斯基，还是站在无产阶级立场上的马克思和恩格斯，都坚决支持新兴的现实主义而批判当时的消极浪漫主义。他们都自觉地把文艺斗争和政治斗争结合起来，因为当时的现实主义流派代表的是进步势力，而消极浪漫主义流派代表的是反动势力。于是，有人"据此得出结论：在任何时代，浪漫主

---

① ［美］雷·韦勒克、奥·沃伦：《文学理论》，刘象愚等译，生活·读书·新知三联书店 1984 年版，第 309 页。

② ［美］R. 韦勒克：《文学思潮和文学运动的概念》，刘象愚选编，中国社会科学出版社 1989 年版，第 254 页。

③ ［美］R. 韦勒克：《文学思潮和文学运动的概念》，刘象愚选编，中国社会科学出版社 1989 年版，第 253 页。

义都是必须反对的，只有现实主义才是唯一正确的创作方法"，这种片面认
识"抽去作为流派运动的浪漫主义与现实主义论争中的具体历史内容，根据
别林斯基和车尔尼雪夫斯基以及马克思和恩格斯针对那种具体历史内容所发
的言论，来判定作为一般创作方法的现实主义和浪漫主义的优劣，因而片面
地强调现实主义"。① 以至于不仅在理论实践上独尊现实主义，排斥浪漫主
义，而且在文学史和文学批评研究中，把许多历来公认为浪漫主义的名家名
作也贴上"现实主义"标签。与此相对的另一极端即"泛化"的表现是把
凡是具有一定代表性的文学现象——如我国 20 世纪 80 年代出现的"伤痕
文学"、"反思文学"、"反封建文学"、"寻根文学"、"改革文学"、"花环文
学"、"大墙文学"、"朦胧诗"等等，都称之为"文学思潮"。有一位论者对
此尖锐地批评说："要是说'反思文学'等文学现象都是文艺思潮，那么人
们可以照此类推，把解放初期的'土改文学'、'抗美援朝文学'、'三反五反
文学'，1958 年的'大跃进文学'……统统称为文艺思潮，因为它们同样体
现了我国当代文学发展的'阶段性'，具有鲜明的倾向性。"② 这一驳斥显然
一针见血地揭示了这种文学思潮观念的荒谬性。但有趣的是，这位论者在同
年稍后发表的另一篇文章中，尽管明显坚持自己的同一文学思潮观，却又说
"反思文学"不仅是文学思潮，而且是"新时期的文学主潮"之一，③ 他并没
有对这一主张的突变进行理论阐释，颇令人费解。要说明这一自相矛盾的根
源，我们还得回头看看他对文学思潮的概念和范围是如何界说的。这位论者
在前一篇文章中首先列举了三种主要的错误文艺思潮观：第一种观点是把文
艺思潮视为特定时代里有影响的创作方法和创作原则；第二种意见是将文艺
思潮等同于文艺观点或文艺主张；第三种看法认为，只要一种文学现象的倾
向具有一定的代表性，就可以称为文学思潮。他认为，这几种观点的错误都
在于"见木不见林"，只看到文学思潮的局部性质，而看不到文艺思潮的整

---

① 朱光潜：《西方美学史》下卷，人民文学出版社 1979 年版，第 721 页。

② 陈剑晖：《文艺思潮：关于概念和范围的界说——〈新时期文艺思潮漫论〉之一》，《批评家》
1986 年第 1 期。

③ 参见陈剑晖：《骚动与喧哗——新时期文学思潮一瞥》，《当代作家评论》1986 年第 6 期。

体属性，是认识不够全面的问题。为此，他提出了一个关于文艺思潮内涵的描述性界定："文艺思潮是指这样一种现象，在历史发展的某一个特定时期，由于时代生活的推动，社会思潮的影响，哲学思想的渗透，一些世界观、艺术情趣相近的文学艺术家，在共同或相近的文艺思想指导下，用共同的或相近的题材、表现手法创作了一大批艺术风格接近的文艺作品。这些作品不仅具有鲜明的时代和个人特色，而且在社会上产生广泛的影响，形成了某种思想倾向和潮流（有时是运动），于是，我们便把它称为文艺思潮。在这里，需要明确的是，能够称为文艺思潮的，必须包括如下几个方面：（1）有社会思潮、哲学思想做基础；（2）有文艺思想、创作理论的指导；（3）有一批艺术风格相近的作品体现了这种文艺思想和理论。单有创作倾向而不伴随着相应的文艺思想和创作；或者单有文艺思想、文艺主张，而没有与这种理论相一致的创作；或者两者都具备，但没有社会思潮的推动和哲学思想的影响，都不能构成严格意义上的文艺思潮。"① 论者从社会条件、理论指导和创作实践三方面给"严格意义上的文艺思潮"概念作了规定，似乎是很全面的。但是，姑不论这种界定的立论依据从何而来，只就这界定的内容而言，其可操作性就十分模糊，"伤痕文学"、"反思文学"、"改革文学"、"反腐败文学"先后出现于大体相同的社会环境和时代里，若拿界定中所列举的三方面条件来衡量，可以说都符合，为什么单说"反思文学"是思潮，而否定"伤痕文学"、"改革文学"、"反腐败文学"也是思潮呢？以"伤痕文学"来说，在反映生活方面也许存在着"表层化"的不足，没有达到"反思文学"那样的思考深度，在艺术上"伤痕文学"也可能是较"粗糙幼稚"，但是却不能否认这些作品"不仅具有鲜明的时代和个人特色"，而且正如论者也承认的那样，它"曾经以其犀利的现实主义力量震撼了七十年代末期的中国文坛"，当然够得上已"在社会上产生了广泛影响，形成了某种思想倾向和潮流"的条件，为什么不能与"反思文学"一视同仁呢？可见，即使这样一种试图以全

---

① 陈剑晖：《文艺思潮：关于概念和范围的界说——〈新时期文艺思潮漫论〉之一》，《批评家》1986 年第 1 期。

面整体的属性来区别文学现象是否文学思潮的努力，仍然不免陷入悖论的处境。在笔者看来，将"伤痕文学"、"反思文学"、"改革文学"、"反封建文学"、"寻根文学"等等视为文学思潮，错误不仅是只看到这些文学创作"带有倾向性"、"有一定的代表性"的认识片面性，更致命的是以类型论的思维模式而又误用非文学的即社会学的分类法——以题材为依据——给文学分类编组这样一种双重谬误。分类是类型研究的初级阶段，在分类过程中，"类型的各成分是用假设的各个特别属性来识别的，这些属性彼此之间互相排斥而集合起来却又包罗无遗——这种分组归类方法因在各种现象之间建立有限的关系而有助于论证和探索，……一个类型可以表示一种或几种属性，而且包括只是对于手头的问题具有重大意义的那些特性"①。无论是只看到一两种属性的"片面认识"，还是看到几种属性的自以为"全面"的抽象，都是分类法的"特别属性识别"，其"假设性"相当明显。因此，前述批评者和被批评者的看法在本质上是一样的，至多不过是五十步笑百步的不同而已。因为他们都没有从根本上正确认识文学思潮概念的理论属性，而自觉或不自觉地将文学思潮当作逻辑上的类型概念，同时又没有找到科学的分类依据而认同于社会学的分类法，因而必然要陷入悖论的怪圈。

二、历史分期论

即使公认属于文学思潮的概念，其本身又不只是文学思潮的范畴，诸如"浪漫主义"、"现实主义"、"自然主义"、"象征主义"等，它们同时又可以指文学流派、文学风格、文学运动、文学创作精神或创作方法。它们之间有联系，有时甚至重合交叠，但不能等同。要把握文学思潮的基本内涵，首先就得将文学思潮概念与同属文学范围内的其他概念区别开来。区别的第一步，就是要弄清文学思潮概念的理论性质。众所周知，可以称为文学思潮的"浪漫主义"、"现实主义"、"自然主义"等等，它们与文学流派、文学运动一样，是局限于一定历史时期内的；而作为创作方法、创作精神、创作风

---

① 《简明不列颠百科全书》第 5 卷，中国大百科全书出版社 1986 年版，第 184 页。

格的"浪漫主义"、"现实主义"、"自然主义"等等，则是可以在历史上反复出现的。因此，前者是历史的、具体的文学史的时期概念，后者是逻辑的抽象的文学类型学术语。以学识渊博著称的美籍学者韦勒克在 20 世纪 40 年代就曾明确地指出，文学思潮的概念，例如"浪漫主义"，"不是一个理想类型或一个抽象模式或一个种类概念的系列"，"不是一个像传染病或瘟疫那样传播的单一的质，当然也不仅仅是一个词语符号"，而是"一个以埋藏于历史过程中并且不能从这过程中移出的规范体系所界定的一个时间上的横断面"，即一个"时期"，"它可以说是一个历史的范畴或一个'范导性的观念'（'regulative idea'），或者毋宁说是一个整体的观念体系（a whole system of idea），我们借助它来解释历史过程。不过，这个观念系统是我们已经从历史过程本身中发现了的"①。

文学思潮作为时期概念，不能像逻辑学上的类型概念那样被规定，"因为一个时期是被文学规范系统控制的一段时间。这样，时期仅仅是一个调节性的概念，不是一种必须被直觉到的玄学本质，当然也不是一个纯粹随意的语言学标签。……各种时期和运动的存在，意思是说在现实中它们可以鉴别出来，可以加以描写，加以分析"②，但是我们永远不可能给这类概念下一个明确的终极的定义。我们应该把文学思潮理解为"一种'包含某种规则的观念'（regulative idea），一套规范、程式和价值体系，和它之前和之后的规范、程式和价值体系相比，有自己形成、发展和消亡的过程"③。

韦勒克不仅在《文学理论》这部权威著作中，从原理和方法论的宏观视野界定文学思潮概念的理论性质，而且在后来收入《批评的各种概念》（*Concepts of Criticism*）和《辨异：续批评的各种概念》（*Discriminations*：

---

① [美] 雷·韦勒克、奥·沃伦：《文学理论》，刘象愚等译，生活·读书·新知三联书店 1984 年版，第 306—307 页。

② [美] R. 韦勒克：《文学思潮和文学运动的概念》，刘象愚选编，中国社会科学出版社 1989 年版，第 28 页。

③ [美] R. 韦勒克：《文学思潮和文学运动的概念》，刘象愚选编，中国社会科学出版社 1989 年版，第 254 页。

Further Concepts of Criticism）两个文集的一大批论文中，对具体的文学思潮概念术语所作的全面细致的追索考察，以及在诸如《近代文学批评史》那样的鸿篇巨制中，一句话，在他的全部著作里，都坚持不懈地论证文学思潮作为"时期"概念的理论特性。尽管不能排除"新批评"学派背景的形式主义理论立场对他的学术研究的片面性错误影响，但在关于文学史方法研究中对文学思潮概念性质的理论定位这一"局部"上，我们不能不承认，他的观点虽然是建立在主张"内部研究"的"以文学为中心"的理论基础上，然而由于符合文学史本性，而且并未完全排除外部因素对文学发展的影响，故立论的深刻显而易见，可以澄清文学思潮研究方面所存在的许多理论混乱，具有不可估量的方法论价值。他的看法至少有三点值得我们高度重视：第一点，文学思潮属于历史性范畴，指的是文学史上某一个固定的时期，这个时期是独一无二的，与所有历史阶段相区别；第二点，文学思潮是历史的自然存在，不能等同于逻辑抽象的类型、种类概念，它只能为人们所描述、分析、鉴别出来，而不能像具有假定性、人为性的类型概念那样，可以下一个明确的终极定义；第三点，文学思潮作为时期概念，不只是文学史上一段岁月的名称，更重要的是指被某种"文学规范系统控制的一段时间"，可以理解为"一个整体的观念体系"。这三点既为文学思潮理论研究指明了正确的方向，也留下了亟须解决的迫在眉睫的问题。例如，文学思潮作为历史性范畴不能和类型学概念相混淆，那么，在文学思潮研究中，"历史"是否与"逻辑"水火不相容？我们如何去了解文学思潮生成发展更替的客观规律性？某一时期的"文学规范系统"或"完整观念体系"的内涵和外延是什么？如何界定？

在文学思潮概念理论性质的定位上，苏联莫斯科大学教授波斯彼洛夫的观点与韦勒克的看法一致。波斯彼洛夫在他的文学理论代表作之一——《文学原理》（1978 年出版）中，明确地将"文学思潮"和文学流派视为文学发展的"阶段"，他在区别作为文学思潮的"浪漫主义"和作为"激情"的"浪漫主义精神"这两个概念时写道："浪漫主义是相应的文学思潮的总和，是某种历史具体的和不再重复的东西；而浪漫主义精神是反映在艺术创作中的感受的激情，是一种更为普遍的历史上重复出现的类型学上的现象。"① 虽然，波斯彼洛夫把"分期"与"分阶段"相区别，他认为，"分期——这是把时间从外部和有条件地分割为若干'片断'：数年、数十年、数百年、数千年；分阶段——这是民族文学创作自身形成的合乎规律的若干梯级，每一级都有自己的民族生活特点所决定的本质特征。"② 而在韦勒克那里，波斯彼洛夫所说的按年代顺序的"分期"是指他所反对的编年史的分期，波斯彼洛夫的"阶段"与韦氏的"时期"实质上并无不同。

波斯彼洛夫通过对欧洲文学史发展的几个阶段的考察，尤其是在对公认的古典主义、浪漫主义和现实主义等文学思潮的研究中，对文学流派与文学思潮的关系、文学思潮产生、形成的基本规律、文学思潮的主要特征等方面提出了自己的看法。比韦勒克的观点有所深入、更具体化，也可以视为对韦勒克观点的一种发展。波斯彼洛夫认为，在古典主义之前，任何一个民族文学中都没有形成过文学思潮。只有到了 17 世纪法国的古典主义文学，才算是第一个文学思潮。他的理论依据是什么呢？他强调的是作家集团创作的理论自觉。他说："文学思潮是在某一个国家和时代的作家集团在某种创作纲领的基础上联合起来，并以它的原则为创作自己作品的指导方针时产生的。这促进了创作的巨大组织性和他们作品的完整性。……是创作的艺术和思想的共性把作家联合在一起，并促使他们意识到和宣告了相应的纲领原则。"③ 波斯彼洛夫的这段话并不是给文学思潮概念下定义，但说明了文学思潮的主要特征。

第一，文学思潮是在特定国家特定时代的作家集团的创作中体现出来的；第二，文学思潮具有巨大的创作组织性和促进作品的完整性的功能；第

---

① ［苏］格·尼·波斯彼洛夫：《文学原理》，王忠琪等译，生活·读书·新知三联书店 1985 年版，第 27 页。

② ［苏］格·尼·波斯彼洛夫：《文学原理》，王忠琪等译，生活·读书·新知三联书店 1985 年版，第 167 页。

③ ［苏］格·尼·波斯彼洛夫：《文学原理》，王忠琪等译，生活·读书·新知三联书店 1985 年版，第 173 页。

三，凡是文学思潮，必有共同的创作纲领；第四，先有创作的艺术和思想的共性，才有作家的联合和自觉，然后才有共同创作原则的确立。在这四点中，很明显第三点处于主要地位。共同创作纲领的确立是理论自觉的标志，是创作组织性的来源。因此，具有创作纲领是文学思潮的首要特征。波斯彼洛夫认为，文学思潮就是指"某个国家和时代的那些以承认统一的文学纲领而联合起来的作家团体的创作"，"文学流派"则是"那些仅仅具有思想和艺术的共性的作家集团的创作"。① 共同的创作纲领包含哪些内容呢？波斯彼洛夫指出，俄国文学史家沙霍夫断言创作纲领仅仅包括文学手法和艺术技巧的理论这一说法是错误的。他主张，创作纲领还应包含创作内容方面的东西，"创作内容方面的一些原则通常在其中占首要地位"。例如法国古典主义从古代文学作品中寻找各种体裁的范例，他们认为体裁首先是内容的现象，然后才是形式的现象。在"感伤主义"和"浪漫主义"文学思潮的纲领中，居首位的是作品的激情特性，在"自然主义"和"现实主义"文学思潮纲领中，则是艺术地反映生活的特性占首要地位。② 波斯彼洛夫把作家集团创作的理论自觉性和理论与实践的结合，作为文学思潮产生与存在的重要标志，这在一定范围内是合理的，可视为对韦勒克关于文学思潮概念的"时期"性定位中所标举的"文学规范系统"或"完整的观念体系"的一种具体阐释。

不过，波斯彼洛夫以有无明确的共同创作纲领作为判别是否文学思潮的重要尺度，无疑是依据于对欧洲文学 17 世纪以来的几个阶段的文学思潮现象的历史考察，从而建立了一个文学思潮的理想模式，将它绝对化、普遍化，完全看不到文学思潮历时形态的变化和共时形态的差异，更没有考虑不同文化、不同民族和不同地域中的文学思潮所可能具有的不同模式，存在着以偏赅全的理论缺陷。

波斯彼洛夫的文学思潮观在中国有较大的影响。《中国大百科全书》（中

---

① ［苏］格·尼·波斯彼洛夫：《文学原理》，王忠琪等译，生活·读书·新知三联书店 1985 年版，第 175 页。

② 参见［苏］格·尼·波斯彼洛夫：《文学原理》，王忠琪等译，生活·读书·新知三联书店 1985 年版，第 173 页。

国文学卷）中对"文学思潮"条目的阐释，基本上与波斯彼洛夫观点一致。除了前述对中国的文学思潮情况的判断之外，该条目在讨论文学思潮与文学思想和文学流派的区别时，依据的都主要是波斯彼洛夫关于有无共同创作纲领的标准，认为文学思潮是许多有影响的作家，"通过各种各样的方式，自觉地实践某种共同的文学纲领，形成一种遍及社会的思想趋向。……文学流派通常表现为由思想和艺术的共性而不一定由纲领上的共性联系着的作家集团，出现文学流派并不一定能形成文学思潮。"由于理论来源本身就是一种不可靠的局部归纳，其科学性已大打折扣，以之作为普遍尺度必然引起理论混乱和激起对"欧洲中心论"的强烈反感。

1941 年，日本学者竹内敏雄发表了一篇《文艺思潮论》，比韦勒克、沃伦的《文学理论》问世早了好几年。在《文艺思潮论》这篇近三万日文字符的论文中，竹内敏雄讨论了文学思潮概念及与之有直接关系的问题，分为三方面：一是文学思潮的定义；二是文学思潮的构成因素；三是文学思潮的风格类型定位。就笔者所知，这是迄今为止，唯一一篇较系统地对文学思潮原理进行宏观研究的颇有分量的专题文献。

竹内敏雄在《文艺思潮论》这篇论文末尾的"附记"中说，要彻底深入地讨论文学思潮的话，必须涉及三个领域：首先是文学史理论基础，其次是文学史哲学，最后是历史哲学。可见他十分明确地认定文学思潮是历史性范畴，在这一点上，他与韦勒克、波斯彼洛夫的看法相同。然而，竹内敏雄却又认为，文学思潮"在某种意义上可以称之为类型性的存在"，所谓"某种意义"，是指"从兼有其自身内在的普遍性与相对于其他文学思潮而言的特殊性这一点"上来说，文学思潮具有类型的本质。所以，他断言文学思潮"一定是特别的类型性精神现象"。[①] 如何理解竹内敏雄对文学思潮概念的"特别的类型"这一理论定位，还得从他给文学思潮所下的定义说起。

---

① 　［日］竹内敏雄：《文艺思潮论》，载［日］河出孝雄编：《新文学论全集》第 5 卷《文艺思潮》，河出书房 1941 年版，第 7 页。此文所谓"文艺思潮"，实际含义指"文学思潮"。

《文艺思潮论》在开头一段就给文学思潮下了这样一个定义："我们所谓的文艺思潮也就是作为语言艺术的文学领域的精神潮流。"[①] 这种"精神潮流"实际上是怎样的东西呢？它不是从事文学活动的人们（创作者、欣赏者）的"想象、感动、热情、思考这样的个人意识的集聚"，"既不是主观的集合形成的，也不存在于意识主体的总和之中"，它是一种"超个人的"精神存在形式——客观的精神，"文学思潮确实可以称为文学的客观精神"。[②] 所谓"客观精神"原是黑格尔哲学的用语，意指与主观精神相对的社会意识，但竹内敏雄却是直接从德国哲学家、批判本体论的创始人尼古拉·哈特曼那里借用这一术语的。哈特曼认为存在有两种形式：一种是"由特殊事物组成的实体的存在，它们是存在于时间与空间之中的"；一种是"由抽象观念组成的精神的存在，包括本质、价值和数等等，它们存在于时间与空间之外"。[③] 哈特曼认为两种存在都是客观的，而且在逻辑上精神的存在先于实在的存在。哈特曼还把存在分为由低至高的几个阶层："无机、有机、意识以及超个体的文化即客观精神。"[④] 然而，竹内敏雄对"客观精神"的看法，与哈特曼并不完全相同。他认为没有一般的时间存在的、没有实在的发展和变化的精神是"抽象的精神类型或类概念"，"是超脱了实在世界而被推到本质性领域的东西"。[⑤] 作为"客观精神"的文学思潮甚至也不是文学作品中的"被客观化的精神"，因为后者——作品的精神内涵也是"超脱了现实的实际潮流而提升到观念性领域"的、失去了实在的生动性和动态性的、凝固了的"存在"，只能说是客观精神潮流的"沉淀物"。在竹内敏雄看来，客观精神——文学思潮是超个人的，具有共同性、生动性、实在性的存在，"它

---

① ［日］竹内敏雄：《文艺思潮论》，载［日］河出孝雄编：《新文学论全集》第5卷《文艺思潮》，河出书房1941年版，第3页。

② ［日］竹内敏雄：《文艺思潮论》，载［日］河出孝雄编：《新文学论全集》第5卷《文艺思潮》，河出书房1941年版，第4页。

③ 《中国大百科全书》哲学卷（Ⅰ），中国大百科全书出版社1987年版，第277页。

④ 《中国大百科全书》哲学卷（Ⅰ），中国大百科全书出版社1987年版，第277页。

⑤ ［日］竹内敏雄：《文艺思潮论》，载［日］河出孝雄编：《新文学论全集》第5卷《文艺思潮》，河出书房1941年版，第6页。

不是抽象的、固定的类型，而是具体的、生动的类型"。① 为了更好地理解竹内敏雄关于文学思潮是"具体的、生动的"、"特别的类型"这一理论性质的定位，还有必要进一步了解一下竹内敏雄对"类型"的解释。在他主编的《美学事典》中，类型的本质被界定为"个性的一般者"②，也就是说，类型是作为整体的普遍本质与个别存在之间的中介，是两者联系的桥梁。因为，相对于个体来说，类型是一般；相对于整体以及同一层次的其他类型来说，它又是特殊。所以，竹内敏雄才在"兼有其自身内在的普遍性与相对于其他文学思潮而言的特殊性"这一意义上说，文学思潮具有类型的本质。说文学思潮是"具体的、生动的"，显然是强调了文学思潮的历史性、具体性，是从历史归纳角度的定位，但又不偏于此端。尽管文学思潮是"具体的、生动的"，可到底又存在着"类型性特征"，虽然不是在"概念的思考"中抽象的、固定的类型，而其作为类型所包涵的"一般性"，可以说是"直观的思考"的产物，终究需要伴随着某种程度上的逻辑抽象去把握。这样，竹内敏雄实际上是力图兼顾逻辑与历史两方面去给文学思潮进行理论性质的定位，其思维指向是辩证的，虽然没有达到彻底的历史和逻辑的统一，然而在文学思潮理论性质的定位上却比其他观点有较大的超越，既没有纯逻辑抽象的类型论那样明显的假定性、随意性，也避免了波斯彼洛夫不彻底的历史归纳的以偏赅全，理论涵盖面无论是从历时维度还是从共时方向看都有较大的拓展，预示了一个颇有突破性的理论空间。然而，非常遗憾的是，竹内敏雄在讨论文学思潮的内涵界定时，很快就把它与文学的历史风格和集团风格相等同，认为文学思潮就是文学的历史风格或集团风格的现象，"思潮和风格，只能说是在各种情况下都相互不能完全区分的相关性概念。"只是由于文学是语言艺术，其风格不如美术风格那么便于直观把握，所以，在文学领域，人们就常用"思潮"概念，在美术领域，则常用"风格"概念。而这种概念使用习惯，"毕竟限于意味着相对的差异，而决不是在这两个概念根源的同

① ［日］竹内敏雄：《文艺思潮论》，载［日］河出孝雄编：《新文学论全集》第 5 卷《文艺思潮》，河出书房 1941 年版，第 7 页。

② ［日］竹内敏雄主编：《美学事典》（增补版），弘文堂 1974 年版，第 211 页。

一性上有什么变化。"①

韦勒克的"时期"论并非是直接对文学思潮内涵的界定，他对文学史上的巴罗克、古典主义、浪漫主义、现实主义、象征主义等一系列概念的梳理辨析及其内涵的探讨，主要是着眼于对文学史现象的历史具体性的论证，强调这些现象作为客观存在而非人为的抽象类型和唯名论标签，虽然不能说不包括思潮——例如，在《文学史上象征主义的概念》一文中，韦勒克写道，象征主义和古典主义、浪漫主义、现实主义等时期术语一样，能"使我们不仅想到单个的作家和作品，而且想到流派、思潮、运动和更大的国际范围"，是抵制不科学的文学史分期的一个文学术语，"它为综合作了准备，引导我们的思想离开单纯的事实和材料的观察与积累，为未来的文学史成为一种艺术铺平了道路"。②但主要是定位于包含文学运动、流派、风格、思潮在内的一个时间性和空间性重叠的内涵十分丰富的整体性"时期"概念。波斯彼洛夫的"阶段"论，虽然明确针对文学思潮而言，除了和韦勒克一样正确地论证了文学思潮是非抽象类型的历史具体性存在之外，又陷入以"共同纲领"为标准，将文学思潮定义为自觉的流派创作，既混淆了思潮与流派的界限，又坠入唯创作外延的思潮观窠臼。竹内敏雄的"特殊类型"论也充分肯定文学思潮的历史具体性存在，并最早从自然环境、社会经济生活、文化传统、时代精神、个人人格、文学自律等方面的因素、制约关系较系统地考察了文学思潮生成、发展的原理，理论贡献突出。然而，他又将思潮与风格相等同，与波斯彼洛夫一样不自觉地陷进唯创作论思潮观的泥淖。

上述已有文学思潮观对文学思潮内涵的提示或界定，尽管显示了人们认识的不断进步，但显然还是一片混乱，不能满足文学思潮研究最基本的理论需求，导致不少文学思潮研究者迄今还执迷于类型论或唯创作论的思维误

---

① ［日］竹内敏雄：《文艺思潮论》，载［日］河出孝雄编：《新文学论全集》第5卷《文艺思潮》，河出书房1941年版，第12页。

② ［美］R. 韦勒克：《文学思潮和文学运动的概念》，刘象愚选编，中国社会科学出版社1989年版，第286页。

区。例如，2011 年出版的一部《中国现代文学思潮史》①，编著者自我评价为具有"思想的前沿性、体系的宏观性和整体性，以及历史叙述的创新性"等特征，已经超越了以往的同类著作，最像"史"。② 令人遗憾的是，主编者虽然吸取了韦勒克的思想资源，认同文学思潮是历史性概念，但其在书中却又不自觉地重蹈类型论思潮观的覆辙，以西方思潮的抽象属性为标尺来定义中国的现代文学现象，如把 17 世纪古典主义的政治性、规范性抽象出来，把 17 世纪法国统治者巩固王权的意志，唯宫廷贵族趣味是趋的规范化与中国现代文学为反封建、反帝国主义侵略的新民主主义革命、社会主义革命和占人口大多数的人民大众——工农兵服务的文学现代性混为一谈，生造出一个中国的"革命古典主义"概念，称之为中国现代文学思潮之一。这种类型论思潮观的思维方式不可避免地将编著者的文学思潮史书写引进自相矛盾的处境中，一个最显眼的例子是：茅盾的代表作《子夜》既被归入"现实主义"，又属于"革命古典主义"，同一部作品竟是两种思潮的代表作之一！一个作家可以出入于不同的思潮，写出属于不同思潮的作品，而如果同一部作品可以归入不同思潮的话，那只能是特别属性识别的类型抽象结果。归根结底，关键还是在于是否真正弄清了"什么是文学思潮"的问题。

---

① 杨春时主编，南京大学出版社 2011 年出版。
② 参见杨春时：《如何重写中国现代文学思潮史》，《粤海风》2011 年第 1 期；林朝霞：《思愈深，史遂真——评杨春时主编〈中国现代文学思潮史〉》，《文艺评论》2011 年第 11 期。

第二章

文学思潮观新说

从分析哲学的知识论立场来看，若提出"什么是文学思潮"的问题，就犯了传统形而上学的错误，应该拒斥这样的提问方式。如此，我们是否可以按分析哲学的路子，给这个问题贴上一个"假命题"的标签而保持沉默？至少，在一大批文学思潮研究者的已有学术实践或即将付诸实施的研究宏图中，拒斥这个问题是不可能的：没有明确对象定位的研究如何进行？或者，为了有话可说，选择一个时髦的反本质主义提问方式："文学思潮不是什么"或"什么不是文学思潮"来尽情发挥？的确，这似乎是很聪明、前沿性很强的学术策略。可是，我们如果确认自己要从事的是"文学思潮"研究，而不是应付小学生考试中四选一那样的选择题，可以用"不是"的排除法来赌一把，那么，就无法回避这样的追问：既然你不知道"什么是"文学思潮或文学思潮"是什么"，那你怎么判定"什么不是"文学思潮或文学思潮"不是什么"？你判定"不是"的时候，依据什么标准呢？就如我们没有一个起码的"高个子"的内涵作为尺度，如何判断谁"不是高个子"或"高个子不是"谁呢？"有无相生，难易相成，长短相形，高下相盈，音声相和，前后相随。"① 老子所说不是事实吗？即使从普通逻辑来看，"是"与"不是"

① 陈鼓应注译：《老子今注今译》（修订版），商务印书馆 2003 年版，第 80 页。

都关联着对一个判断中的主项和谓项的相对确定的内涵及其外延的了解，否则无法判断两者关系。无论把"文学思潮"作为主项还是谓项，以否定判断的提问方式在理论和实践上都并不比肯定判断的提问方式更聪明。如果一种文学现象与文学思潮的差别跟大象与苍蝇一样明显，用否定判断当然是有效的。（如此也还得有一个"文学思潮"是大象还是苍蝇的某种感性确定性预设！）在文学思潮理论上，我们面临的并不是如此简单的判断任务，而是如同要在一群真假悟空混杂的猴子中辨识出哪个是真正的孙悟空！当务之急的难题是要区分出作为风格、流派、运动、思潮、题材、主题、创作方法等等共名的常见对象中例如哪些"浪漫主义""不是"文学思潮，没有作为文学思潮的"浪漫主义"的内涵"是什么"来作为潜在尺度（哪怕是假定的），如何可能在外延上进行有效的排除呢？反本质主义的盲目追随者恰如时尚的跟风者，片面唯新是趋的价值取向，视任何本质属性的探究都是本质主义，既违背"有无相生"的基本事实，又把"不是"的提问方式本质化，自身成为自己反对的对象而不自知。

　　严格说来，没有"文学思潮"概念起码界定的文学思潮研究，并不存在而且也不可能存在。因为，思想只有表达清楚才能存在！韦勒克非常赞同克罗齐的这个看法，他在《文学史上古典主义的概念》一文中进一步主张，思想要表达清楚的话，"我们就必须重视对术语的解释。我认为，古典主义像文艺复兴、浪漫主义、巴罗克和现实主义之类的术语一样在外延价值和内涵上无论怎样不稳定，有多少歧义，都凝聚着思想，形成了文学史上的不同时期和影响深远的风格，并成为历史编写不可或缺的工具。它们不被使用说明人们对理论抽象和时代风格丧失了兴趣，对于它们包含的特殊性和一般性丧失了兴趣。"① 也就是说，基本的概念、术语的解释，内涵的界定，是清楚表达思想的必要基础，无论他们本身的内涵和外延有多么复杂，也不能放弃使用或回避对它们进行解释和界定，特别是像文学思潮这样的概念、术语，

---

① ［美］R.韦勒克：《文学思潮和文学运动的概念》，刘象愚选编，中国社会科学出版社1989年版，第68页。

不仅凝聚着思想，而且是文学史上的客观存在，更是文学史研究不可或缺的
工具，舍之，则文学史的学术研究无法进行。韦勒克坚持理论澄清对文学研
究的重要性，而理论的澄清，则基于基本概念的精确界定、阐明。倘若基本
概念未能界定，文学研究必然受到很大损害。因此，他数十年间不懈地对文
学批评（理论）的一系列基本概念尤其是文学思潮和文学运动的重要概念反
复研究，深入阐释，理论创见丰富，成就突出。即使在反本质主义、解构主
义流行的后现代主义文化氛围中，我们仍然看到不少著名学者始终坚持这种
基础性的学理研究。例如，1977 年，美国学者马泰·卡林内斯库出版了其
重要专著《现代性的五副面孔——现代主义、先锋派、颓废、媚俗艺术、后
现代主义》，在这部"堪称当代国外学术界少见的博学之作"[①] 的开篇，作者
就以一个完整的页面醒目地单独引述了 T. S. 艾略特早在 1929 年发表的《批
评中的实验》中的一段话："现在，在一种新型批评中迫切需要实验，这很
大程度上就在于对所使用的术语进行逻辑和辩证的研究……在文学批评中，
我们始终在使用我们不能界定的术语，并用它们来界定别的东西。我们始终
在使用那些内涵与外延不太相配的术语：从理论上说它们必须相配；但如果
它们不能，我们就必须找到某种别的途径来弄清它们，这样我们才能每时每
刻都知道自己要表达什么意思。"[②] 显然，在卡林内斯库的眼里，艾略特的话
就是自己研究现代性概念应该遵从的"训谕"。再如法国结构主义叙述学代
表人物热拉尔·热奈特，他在其《虚构与行文》中对本质论诗学和条件论诗
学都做了批判性的分析，指出虽然条件论诗学把本质论的提问方式"什么
是"或"是什么"变更为"什么条件下是或不是"，在非虚构性文本的文学
性认定上补充了本质论诗学的某些理论缺失，但它不能取代本质论诗学，因
为它与本质论诗学——更确切地说是与自亚里士多德以来的所有诗学一样，
都存在着试图以自身有限的局部真理性代替整体的真理性的错误。"从严格

---

① ［美］马泰·卡林内斯库：《现代性的五副面孔——现代主义、先锋派、颓废、媚俗艺术、后
现代主义》，顾爱彬等译，商务印书馆 2002 年版，第 469 页。

② ［美］马泰·卡林内斯库：《现代性的五副面孔——现代主义、先锋派、颓废、媚俗艺术、后
现代主义》，顾爱彬等译，商务印书馆 2002 年版。

意义上的普遍性的意图而言，上述诗学中的任何一种都是不称职的，但是它们在各自的范围内是有效的，并且无论如何保持着曾经阐明和确立文学性众多标准之一的功绩。"① 因此，在"经典叙述学已经过时"的一片鼓噪声中，热奈特的头脑仍然十分清醒，为了解决不断地困扰文学研究的"术语的缺失"问题，始终孜孜不倦，不遗余力地对叙述学的一些基本理论范畴进行本质性澄清、阐释和界定。例如，对原本边缘化的传统修辞学辞格"转喻"的研究就很有代表性，他从 20 世纪 70 年代起历经三十余年，系统完整地探究其内涵的演变与发展，发现并清楚地阐明了其内涵与功能如何变异、扩展为叙述学方法"转叙"的理路印迹，澄清了"转喻"与"转叙"术语的内涵与功能在修辞学和叙述学领域中的差异。

可见，理论的澄清首先需要对研究对象和基本的术语、概念进行定义，但这并不意味着就是以绝对的本质主义的立场来探讨和对待定义。列宁曾经正确地指出："所有定义都只有有条件的、相对的意义，永远也不能包括充分发展的现象一切方面的联系"②，因此，对任何原理、定义，都要历史地，并同其他原理、定义和具体的历史经验联系起来加以考察和运用，而不是片面地形式主义地无条件地对待和运用。③

"文学思潮"就是我们长期使用而未能科学界定的、内涵与外延不相配的概念、术语，必须进行"逻辑和辩证的研究"。任何难题虽然可以暂时搁置，但是最终无法绕开，哪怕它是地狱，我们也得根绝一切犹豫和怯懦，义无反顾地迈进它那黑洞洞的大门。

"文学思潮"这个概念是由"文学"和"思潮"这两个词（也是两个概念）合成的，什么是"文学"？什么是"思潮"？"文学思潮"与"文学"之间存在着怎样的联系和区别？"文学思潮"与一般所谓的"思潮"有何异同？要把握文学思潮的基本内涵，不能不回答这些问题。反过来说，明确把握好这些问题，也就抓住了文学思潮的结构特征，在一定程度上接近了文学思潮

① ［法］热拉尔·热奈特：《热奈特论文集》，史忠义译，百花文艺出版社 2001 年版，第 87、101 页。

② 《列宁选集》第 2 卷，人民出版社 1995 年版，第 651 页。

③ 参见《列宁选集》第 2 卷，人民出版社 1995 年版，第 785 页。

本体。因为，在"文学"范围内，"文学思潮"的个别规定性是"思潮"，它显然不是"文学风格"、"文学思想"、"文学流派"、"文学运动"、"创作方法"等等，尽管它们之间有着千丝万缕、错综复杂的关联，但相对于这些范畴来说，"思潮"正是与它们区别开来的最重要的个别特殊性。而在"文学思潮"与其所在的文化系统各层面尤其是同一意识形态层面的各种社会思潮（如哲学思潮、政治思潮、宗教思潮、道德思潮、艺术思潮等等）这一层面上，"文学思潮"的"文学"性则是区别于其他意识形态的主要特征了。因为它作为"思潮"之一种，"文学"性正是标志它与众不同的本体的特殊性。不容置疑，澄清与"文学思潮"关系极为密切的"文学"和"思潮"概念的相关情况是认识文学思潮的本质、特征及其规律的一个不可或缺的重大前提，并不是玩什么文字游戏。

第一节　文学思潮与文学

提起"文学"，似乎无人不知，然而要说出它是什么来，却又并非易事。它的含义至今仍是聚讼纷争的难题。"文学"这词在我国最早见于《论语·先进》："德行：颜渊、闵子骞、冉伯牛、仲弓。言语：宰我、子贡。政事：冉有、季路。文学：子游、子夏。"这里说的是孔门弟子的素养专长，子游、子夏有"文学"素养之长。但孔子称的"文学"却不是今日意义上的文学，而是包含了诗、礼、乐的学问，如同现代所称的学术。直至清末学者章炳麟，还在他的《文学总略》中说："文学者，以有文字著于竹帛，故谓之文；论其法式，谓之文学。"如同外国有人把凡是印刷品都称为文学那样，涵盖广阔无边。因而遗憾得很，作为艺术之一种这一意义上的"文学"，在汉语中竟属于外来词，乃是由日本人意译英语的"literature"为"文学"，然后再舶来中国的。[①] 相当于今日"文学"的概念，在中国古代常用"文"

---

① 参见刘正埮等编：《汉语外来词词典》，上海辞书出版社1984年版，第359页。

或"诗"等具体的文学体裁名称指涉。追溯古今中外对文学内涵的阐释历史，判断其中是否正确或错误不是我们这一课题的任务，我们要着眼的是，人们到底是从何种对象范围内给文学作出本体界定的？因为这对于确定"文学思潮"的本体结构具有举足轻重的意义。

要回答这个问题似乎并不难。稍稍涉猎文学观念史，我们就可以看到，人们基本上是从作品——作家，或概言之即创作范围来界定"文学"的含义的。如孔子著名的"兴观群怨"说，被公认为中国最早的文学功能论，就是说，孔子当时主要是从功能方面认识文学的性质。其着眼对象是"诗"，就是具体的创作成果——作品，"不学诗，无以言"①。这里的"诗"指的也是作品。魏晋"文学自觉"时代的文学观亦然。所谓"自觉"，也就是说，人们通过内心省察到文学作为相对独立的、与其他事物不同的对象性存在，而且对其性质有所了解。从"诗赋欲丽"②、"诗缘情而绮靡，赋体物而浏亮"③，到刘勰《文心雕龙》所说有韵为文无韵为笔的"文笔之辨"，再到萧绎在《金楼子·立言》篇中对"文"的概括："吟咏风谣，流连哀思者，谓之文。……至如文者，惟须绮縠纷披，宫徵靡曼，唇吻遒会，情灵摇荡。"④都是从文学作品的内容或形式方面来认识文学的审美特征。又如韦勒克在界定文学的本质时，不管是他反对的两种定义——"凡是印刷品都可称为文学"、文学就是具有"出色的文字表达形式"的"名著"，还是他自己提出的"想象性"本质的定义，⑤都是以作品为对象性存在的。直到当代，几种有代表性的文学观，例如反映论文学观、本体论文学观、主体论文学观、象征论文学观、审美意识形态论文学观等等，仍然是对作家作品或创作过程的本质阐释。说到文学，人们立即想到的就是作家作品，想到的就是创作。这种思维定式，

① 《论语·季氏》，郭绍虞主编：《中国历代文论选》第一册，上海古籍出版社 1979 年版，第 16 页。
② 曹丕：《典论·论文》，郭绍虞主编：《中国历代文论选》第一册，上海古籍出版社 1979 年版，第 158 页。
③ 陆机：《文赋》，郭绍虞主编：《中国历代文论选》第一册，上海古籍出版社 1979 年版，第 171 页。
④ 陆机：《文赋》，郭绍虞主编：《中国历代文论选》第一册，上海古籍出版社 1979 年版，第 340 页。
⑤ 参见［美］雷·韦勒克、奥·沃伦：《文学理论》，刘象愚等译，生活·读书·新知三联书店 1984 年版，第 7—9 页。

自然而然地被置于对"文学思潮"的认识过程中。因此，文学思潮往往被作为仅是创作范围内的文学现象，文学思潮似乎就是创作思潮的意义，它不过是一种创作潮流。不少的思潮史、思潮批评都局限于这一范围内来理解，造成了极大的片面性。文学思潮与文学流派、文学运动、文学风格、创作方法等等范畴之所以经常被混淆，区分不清，就与把文学思潮局限于创作思潮这一褊狭认识密切相关。

美国人类学家阿兰·P. 马里安在《人类学的视界》中，从人类学的视角，批评了艺术研究中忽视文化的人本主义方面的错误倾向。他指出，这种错误根源于人们对艺术的误解。他写道："艺术中包含了四重组织模式：观念、观念导致的行为、行为的结果——作品、对观念的反馈。在艺术创作过程的这四个方面中，只有作品才得到各种方式的详尽研究。观念、行为以及对观念的反馈几乎被完全忽略了。"① 也就是说，人们不仅把艺术局限于创作方面来认识，而且还褊狭到只看见创作的结果——作品，而忽视了创作过程的其他三个重要方面，这种误解迄今尚未得到普遍改观。虽然马里安仍然是在创作范围内理解艺术的本质，但他提出的艺术的四重组织模式这一看法对我们却有很大的启发性。首先，这四重组织模式，从主体方面来说，不应只局限于创作主体——作家；从观念方面来看，不能把理论与批评的主体排除在外；从行为与反馈层面上说，也应将理论批评和鉴赏的主体包含其内。作品的产生表面是作家个人行为的结果，但从其内含的观念及其必须依赖于鉴赏接受才成其为艺术、才作为艺术而存在这方面来说，它内里也包含着理论、批评、鉴赏的主体。按照马里安的意见，应把艺术视为行为，作品不过是艺术的一部分。② 更全面地看，我们应该赞同卡冈的系统观，他认为，艺术实际上应该是人类的一种活动，它包括创作、科研（理论）、批评、消费（鉴赏、接受）等主体行为在内的一个共同活动系统。③ 其次，马里安对创

---

① 周宪等编：《当代西方艺术文化学》，北京大学出版社 1988 年版，第 298 页。

② 参见周宪等编：《当代西方艺术文化学》，北京大学出版社 1988 年版，第 299 页。

③ 参见 [苏] 莫伊谢依·萨莫伊洛维奇·卡冈：《美学和系统方法》，凌继尧译，中国文联出版公司 1985 年版，第 100—108 页。

作过程划分的四重组织模式，可简化为观念与实践两层而扩及整个文学活动系统，文学思潮属于观念层面，它涉及的不只是创作活动，还表现于理论、批评、鉴赏（接受）的活动过程，制约与支配着这些方面的实践活动。公认的法国 17 世纪古典主义文学思潮，就并不仅仅是创作思潮。在那个时代，作家要"按照被视为公众需要的代言人的评论家的指导进行创作"①。高乃依的《熙德》被认为不合古典主义的规范而受到法兰西学院的指责，作者只好搁笔数年。夏普兰秉承黎塞留旨意代表法兰西学院起草的《关于悲喜剧〈熙德〉对某方面所提意见的感想》，被视为奠定古典主义文学理论基础的文献。如此与其说古典主义是创作思潮倒毋宁说首先是理论批评思潮。而当时的评论家所持的艺术评价标准，依据的是专制政体和上流社会的欣赏趣味。正如丹纳在《艺术哲学》中所指出的那样，法国悲剧的总面目"都以讨好贵族与侍臣为目的"，为了迎合过惯客厅生活的宫廷贵族的温文尔雅的习惯，法国悲剧往往冲淡不雅的事实，决不把凶杀的事件搬上舞台，凡是兽性的都加以掩饰，对耳目难堪的粗暴景象如打架、杀戮、号叫等等一律回避。摒弃荒诞的幻想，避免狂乱的表现，讲究结构的匀称，"绝对没有突如其来的事故、想入非非的诗意。前后的场景都经过安排，人物登场都有说明，高潮是循序渐进的，情节的变化是有伏笔的，结构是早就布置好的。对白全用工整的诗句，像涂着一层光亮的油漆，用字精炼，音韵铿锵"，甚至剧中人物都是穿着法国款式服装和具有法国气质的宫廷人物。②足见欣赏趣味对创作的支配是如何全面和深刻。故可知古典主义文学思潮不仅是创作思潮、理论与批评的思潮，同时还是欣赏（接受）的思潮。近年文艺传媒中业已出现诸如"文论中的人文主义思潮"、"当前文艺理论中的现代主义思潮"、"文论思潮"、（文学）"理论思潮"、（文学）"批评思潮"等术语，③说明人们或多或少地意识到文学思潮在理论、批评中是一种客观存在，与创作思潮一样都是文学思

---

① ［法］罗杰·法约尔：《法国文学评论史》，怀宇译，四川文艺出版社 1992 年版，第 63 页。

② 参见［法］丹纳：《艺术哲学》，傅雷译，人民文学出版社 1963 年版，第 57 页。

③ 参见《当代作家评论》1995 年第 1 期、《文学评论》1984 年第 7 期、《台港文学选刊》1996 年第 2 期。

潮的表现形态。个别学者甚至已经很深刻地明确认识到：文学思潮是个纲，但这个纲不易把握。因为，"它隐蔽在许多文学现象的背后，渗透到许多方面"，不仅在文学创作，也在理论、批评、流派及文学论争等文学现象中体现出来。①

将文学思潮的对象范围定位于文学活动系统，不仅有利于更客观、科学、完整地确定文学思潮的本质和属性，而且对文学史、文学批评和文学创作都具有巨大的方法论意义。以文学史研究为例，以往的文学史研究者，由于出发点囿于对文学本质的错误的或褊狭的认识，因而他们写出的"大多数的文学史著作，要么是社会史，要么是文学作品中所阐述的思想史，要么只是写下对那些多少按编年顺序加以排列的具体文学作品的印象和评价"②。把文学史写成社会史或思想史，重视的是文学作品的认识功能，在这类研究者眼中，文学并不是一种艺术，而是与历史相等同的，文学作品不过是一堆历史资料。所以他们的文学史著作是一种非文学史。而承认文学是一种艺术，却把文学史写成编年式作家作品史的原因，则在于对文学本质认识的片面性，以为文学只是创作活动的结果。我们在"导论"中提到，常见文学思潮史著作不是写成文学流派史、文学运动史，就是写成文学创作方法史、文学风格史，或与文学思想斗争史、文学批评史相混淆，这种现象，犯的同样是对文学思潮本质认识片面的错误。其根本问题就在于确定研究对象范围时的一叶障目。在某种意义上可以说，真正的文学史就是文学思潮史，反过来也可以说，真正的文学思潮史才是真正的文学史。因为，文学自觉以后的文学史，基本上以文学思潮现象为主流，因而大部分时段的文学史应是文学思潮史。文学思潮在文学活动的整体系统中展开，完整的文学思潮不仅涉及创作，也涉及理论、批评和鉴赏（接受）等活动。文学思潮史研究就是要将文学思潮在这几个方面相互联系的动态发展过程进行体系性的整体考察，全面把握文学和文学史的特性与规律。若把文学视为人类的一种活动，那么，真

---

① 参见严家炎：《文学思潮研究的二三感想》，《河南大学学报》（社会科学版）1992年第5期

② ［美］雷·韦勒克、奥·沃伦：《文学理论》，刘象愚等译，生活·读书·新知三联书店1984年版，第290页。

正的文学史就应该是文学活动整体的历史，就必须改变过去那种创作史、理论史、批评史、欣赏史等各自独立分裂的局面，那是把文学史仅仅局限于创作而排除其他文学活动层面的知性思维偏见所造成的。我们要以文学思潮为中轴，打破创作史、理论史、批评史、欣赏史的人为界限，把它们贯通和整合起来，恢复文学史本来的完整面目。

第二节　文学思潮与思潮

澄清了"文学"的概念后，再考察"思潮"的阐释情况，我们才有可能进一步了解文学思潮的本质。

"思潮"，也是源自日语的外来词。① 而日语的"思潮"则是英语"the trend of thought"或"ideological trend"的意译。众多的日语词典对"思潮"的释义大同小异，都强调思潮是一定时代具有社会普遍性的或支配性的思想潮流，有的把"思想潮流"改为"思想主流"，有的则改为"思想倾向"，还有的日语词典干脆把"思想倾向"和"思想潮流"都囊括于该词条释义内。我国《辞海》（1990 年版）的释义是："某一历史时期内反映一定阶级阶层的一种思想倾向。"《现代汉语词典》的解释是："某一时期内在某一阶级或阶层中反映当时社会政治情况而有较大影响的思想潮流。"可见国内定义与国外定义的不同之处，只是对思潮的阶级性、政治性和价值特征加以强调。但所有这些解释，除了对思潮的历史性特点和把"思潮"之"思"定位于"思想"范围内这些方面是正确的之外，对核心性质的界定，不论是"倾向"还是"潮流"，似乎都不大确切。有人指出，英语中的"trend of thought"或"ideological trend"说的是"思想、观点的转变、变化、更改"。② "思潮"之"潮"本来就是一个形象比喻，定义再用"潮流"解释，岂不是同语反复，

---

① 参见刘正埮等编：《汉语外来词词典》，上海辞书出版社 1984 年版，第 323 页。

② 马以鑫：《"五四"思潮史论纲》，《文艺理论研究》1997 年第 2 期。

不合定义规矩吗？至于"倾向"，心理学上一般指的是对一定的刺激表现出一定的反应的心理素质。因而，远不如《现代汉语词典》的另一个释义："接二连三的思想活动"更接近"思潮"本身所强调的思想、观点的动态变化特质。不过，需注意的是，这种动态变化不是指个别的，而是指大范围内激烈的、持续的、群体的共同思想状况。

总之，"思潮"之"思"即思想，是精神性的东西；"潮"这一知觉意象所暗含的内涵是指"思"在较大范围内的动态性特征。这两点是我们在理解"思潮"概念时务必明确并重视的主要内容。

文学思潮与"思潮"有何异同呢？毫无疑问，文学思潮也是思潮，即思潮之一种。既是思潮，就具有思潮的普遍性，最主要的就是上述两点：精神性和在较大范围内的动态性特征。但文学思潮又不能完全等同于思潮，与其他思潮相比，它具有自己与众不同的特殊性和相对独立性。最重要的区别，在于它是"文学"的思潮，而非"哲学"的或"政治"的或"宗教"的等等思潮。"文学性"正是文学思潮的特殊性，并靠这一特殊性而显示其相对独立性。

关于文学思潮与"文学"、"思潮"的关系，我们在后面讨论文学系统内和文化系统内的文学思潮两章中还要进一步阐明。

第三节　文学思潮的内涵

文学思潮的"文学性"往往受到忽视，文学思潮不是被理解为文学的思潮，而是被误解为文学中反映的思潮。厨川白村的《文艺思潮论》系统地说明的只是"奔流于"西方"文艺根底"的"思潮"——重"灵"的基督教思潮（希伯来思想）和贵"肉"的异教思潮（希腊思想），也就是冷酷的、精神的、思索的北欧思潮，与热烈的、肉欲的、本能的南欧思潮的两相对峙。尽管有时触及一点文学思想和创作倾向，但全书中心要研究和阐释的是文学中表现的这两种对立、斗争或交互融合的哲学思潮、宗教思潮，并以此为依据把西方文学思潮作为类型性现象。我国学者蔡振华写的《中国文艺思潮》并没有把"文艺思潮"作为一个完整的概念，而是把其割裂开来，所谈的实际上也是文艺中反映的社会思想、文化思潮，或者说是作为文艺背景的思想、思潮。他认为中国的思潮有自己的民族特性，与西方民族完全不同，"根本上决不能用西方文艺上的各种主义来衡量一切的"①。这个观点还是非常正确的。但他对"中国文艺思潮"概念的认识却十分模糊和混乱。他写道："什么是中国文艺思潮？思是思想，潮是潮流。写一部中国文艺思潮，至少需把已有的全部作品，一一分析其思潮背景，以求能找到一个线索，然后说明其嬗递转变之故。可是谈何容易……构成这背景的原因，又很复杂，非在宗教、哲学、社会、经济各方面都有相当的认识不可"②。可见著者观念中的"文艺思潮"与"文艺的思潮背景"或作为文艺背景的"思潮"以及"构成思潮背景的原因"等等纠缠不清。这一点从该著的目录即可一目了然，该书共八章，分别是：一、民族特性；二、宗教和哲学；三、对于自然界；四、恋爱；五、民族思想；六、非战；七、社会经济；八、新文学运动。书中唯独难寻"中国文艺思潮"的踪迹。另一方面的问题是，即使着眼点已转移到文学思潮的"文学性"上来的文学思潮观，也多有片面的局限，多把文学思潮局限于文学活动的某一方面去理解。例如，1939 年写毕 1940 年春出版的我国研究中国现代文学思潮的开山性专著《近二十年中国文艺思潮论》（李何林著），论述了从五四前后至抗日战争爆发期间中国现代文学的理论主张和文艺论争，也就是说，作者心目中的文学思潮不过是文学理论的思潮而已。而一些辞书和文学理论教材对文学思潮内涵的界定，不是在定义上就是在阐述上把文学思潮局限于创作思潮。如《中国大百科书全书》（中国文学卷）的"文学思潮"词条，定义似乎不只局限于创作思潮，但在诠释时到处都表明文学思潮等于创作思潮。至于把文学思潮解释为文学"思想倾向"或"创作潮流"的定义，其意指很明显也是局限于创作思潮这方面。

---

① 蔡振华：《中国文艺思潮》，世界书局 1935 年版，第 1 页。
② 蔡振华：《中国文艺思潮》，世界书局 1935 年版，第 1 页。

　　文学思潮与思潮的区别，首先要确定在其中"思"之差异。"思"即思想，文学思潮之"思"无疑就是成"潮"的文学思想，而不能理解为文学中反映的社会思想。文学被视为文化的自我意识，也就是说，文学必然要反映文化的丰富内容，其中就包括各种社会意识：哲学的、宗教的、政治的、伦理的、道德的等等。若把文学思想视为文学中反映的思想，文学思想势必与哲学思想、政治思想等等相混淆。那么，文学思想是怎样的思想？这又得从"思想"说起了。"思想"的内涵极广，基本意义是人对客观存在的看法，它是思维的结果。思想可分为成体系的和不成体系的两类。人们对文学的看法，可称为文学思想，也可称为文学观念或文学理论。文学思想和文学观念既可指有体系的也可指不成体系的，而文学理论，就基本上是指体系形态的文学思想。从历时维度而言，文学思想有一个从非体系形态向体系形态发展的过程，即使体系形态也存在着从不够完整到逐步完整的演进阶段。而且，无论从历时维度还是共时维度来看，体系性的文学思想还有显形态和潜形态之分。也可以说，所有的文学思想，不论成体系的不成体系的在形态上都有显潜之别。显形态的文学思想，即以理论表述的形式存在，潜形态的文学思想就是暗寓于具体文学作品之中的非成文性理论形态的存在。成"潮"的文学之"思"是何种形态之思想？大多数的文学思潮观似乎都倾向于有体系的思想形态。尽管国内不少文学思潮观在定义上看不出所确认的是体系形态还是非体系形态之"思"，而在进一步的阐述中则表明是赞成体系形态的。如《中国大百科全书》中国文学卷的"文学思潮"条目，在阐释文学思潮与文学思想文学流派的关系时，认为"文学思潮在概念上比文学思想要宽泛得多，它不只是在少数作家的创作中有所反映，而是表现为许多有影响的作家，通过各种各样的方式，自觉地实践某种共同的文学纲领，形成一种遍及社会的思想趋向。……文学流派通常表现为由思想和艺术的共性而不一定由纲领上的共性联系着的作家集团"①。所谓对作家集团起着组织作用的以及他们共同实践的"共同文学纲领"，指的就是一种理论形态的有体系性的文学

----

① 《中国大百科全书》（中国文学Ⅱ），中国大百科全书出版社 1986 年版，第 955 页。

思想，正因为大家都按这一思想体系从事创作实践，形成普遍的思想趋向，故成"潮"——文学思潮。这种观点明显来自波斯彼洛夫的共同纲领论文学思潮观。波斯彼洛夫就明确地把共同纲领视为理论形态，他认为有的作家没有使自己的创作上升到纲领性的水平，没有创立文学理论，就不属于文学思潮。[①] 这种看法是否科学，不能不涉及具体的文学思潮事实。

在波斯彼洛夫的阐释中，创作集团的理论自觉性是判断文学思潮是否形成和存在的主要标准。作家们有没有"明确的成文"的共同创作纲领，是否自觉地以这一纲领原则指导自己的创作，这是文学思潮的具体衡量尺度。这一标尺十分明确，似乎可以很方便地使用，但实际上并非如此。以波斯彼洛夫心目中的文学思潮典范——17 世纪法国古典主义——来考察，这一标尺也碰到了历史事实的障碍。波斯彼洛夫自己就承认，古典主义的共同纲领是从马莱伯到夏普兰再到布瓦洛历经数十年才形成的。那么，真正称得上是古典主义文学共同纲领的应是布瓦洛的《诗的艺术》，其问世时间是 1674 年。这部诗体文学理论著作被公认为法国古典主义文学的"法典"，作者布瓦洛被称为古典主义文学的立法者。而古典主义最重要的三位戏剧家的主要创作成就都产生在《诗的艺术》问世之前，拉辛的《昂朵马格》是标准的古典主义悲剧，早在 1667 年就已上演。波斯彼洛夫认为"以归附古典主义思潮的戏剧家身份出现，并在某种程度上创造性地赞同了它的纲领"的作家莫里哀，则在《诗的艺术》问世前一年，就倒在舞台上，溘然长逝。高乃依 1636 年发表的悲剧代表作《熙德》正是因为没有"自觉"遵循"三一律"规则，在内容上有违当时专制王权的政治、道德要求，从而受到了斯居代里等人的猛烈攻击和法兰西学院的指责，引发了一场论争。由于此次论争，夏普兰代表法兰西学院起草的《关于悲喜剧〈熙德〉对某方面所提意见的感想》迟至 1637 年年底（或谓 1638 年年初）才正式发表，即使把这篇代表官方意见的文献视为已基本形成的古典主义"共同创作纲领"，《熙德》也很难

[①] 参见［苏］格·尼·波斯彼洛夫：《文学原理》，王忠琪等译，生活·读书·新知三联书店 1985 年版，第 174 页。

说是自觉遵循古典主义共同纲领所创作的作品。何况夏普兰的《关于悲喜剧〈熙德〉对某方面所提意见的感想》不过是对这场剧坛论争的一篇评述，并非具有严密逻辑的系统的"纲领性"理论著作。如果说法国古典主义戏剧家在布瓦洛《诗的艺术》问世之前已有共同创作纲领，那也只能说是像夏普兰为戏剧"三一律"的辩护、马莱伯关于词汇、句式选择要使上流社会的贵族们听来"愉快"的主张和杜梅耶"必须遵守规则"之类观点，它们至多可称为古典主义文学思潮的某些零散原则，远非波斯彼洛夫言下之体系性的"共同创作纲领"。如此，以波斯彼洛夫的标准，17世纪法国古典主义也不能算是"文学思潮"。

韦勒克指出，作为文学思潮的古典主义一般指三种显著文学，17世纪的法国文学、17世纪晚期和18世纪早期的英国文学、18世纪末期的德国文学。"这三种文学在内容和形式方面，在对权威和大作家大作品的追随方面和与古代的关系方面是有很大差别的。……法国17世纪的古典主义将显然是巴罗克式的———种减弱的、压低了调子的巴罗克，……而英国的古典主义却似乎是最有启蒙精神的、符合常情的，甚至现实主义的，虽然它有时和人们所说的洛可可风格很相近。……德国古典主义即使在其自觉意识最强烈的新古典主义阶段，……似乎也是浪漫主义的，或者可能是怀旧的，乌托邦似的。"[1] 同一文学思潮的国别差异如此遥远，显然难以用"共同创作纲领"的固定模子加以框范。

19世纪欧洲声势浩大的现实主义文学思潮（即高尔基命名为"批判现实主义"的思潮），就"共同创作纲领"而言，各国的差异更大。在法国，称得上属于明确纲领的理论性文献不过是司汤达在1823—1825年发表的《拉辛和莎士比亚》，还有巴尔扎克在1842年写的《〈人间喜剧〉序言》。司汤达的现实主义主张是混淆在"浪漫主义"之中的，他此时尚未分清何为现实主义，哪是浪漫主义，在他眼里，只要与古典主义相颉颃的新潮流文学就

---

① ［美］R.韦勒克：《文学思潮和文学运动的概念》，刘象愚选编，中国社会科学出版社1989年版，第100—111页。

都是"浪漫主义"。当然，我们可以分辨出其中某些观点实际上就是后来人们才明确的"现实主义"的基本原则。不过，与其前及稍后的古典主义和浪漫主义两大文学思潮相比，在"共同创作纲领"这一性质上来看，《拉辛与莎士比亚》无论如何也不如布瓦洛的《诗的艺术》和雨果的《〈克伦威尔〉序言》那样具有明确的体系性的纲领形态。巴尔扎克的序言比司汤达的《拉辛与莎士比亚》对现实主义的基本原则说得更明确一些，但也只限于现实主义小说的某些特征和创作方法的阐明，离"主义"形态尚有一段距离。英国的现实主义文学思潮要找出共同创作纲领的话，则只能举出狄更斯在1838年发表的《奥列佛·推斯特》的第一篇自序。狄更斯在这篇自序里强调自己的写作要追求的是"无情的真实"，而揭示真实则旨在为"惩恶扬善"的目的服务，做"一件很需要的、对社会有益的事情"。因此，他要写出"伦敦居民中最堕落的犯罪分子"的"实在的样子"，"不折不扣地描述他们的变态，他们的痛苦，和他们肮脏的受罪日子"，写出他们"永远在生活的最龌龊的道路上鬼鬼祟祟地溜过，而不管转向何方，绞架的黑影永远挡住他们的去路"①。他之所以要追求真实，是因为当时许多以强盗、罪犯为主人公的作品完全脱离了现实生活的真相，把强盗的生活表现得令人羡慕和向往，在这类人物身上罩上一种"诱惑和魅力"，"他们都很讨人喜欢，（多半挺和气），衣冠楚楚，钱袋饱满，骑着骏马，样子威武非凡，而且无论调情、唱歌、喝酒、赌博，他们样样都是能手，总之，可以跟最英俊的少年站在一起而毫不逊色"。这样的强盗、罪犯形象不但不会使人引以为戒，反而会从这类人物在社会上获得的"声名"、"巨大的成功和许多优越的条件"等等，"看到一条宽敞漂亮的大道，把高尚志向引到——待时机成熟时——绞刑架上"②。这样一种从文学功能价值角度上阐明的"真实论"，也很难说得上是一种体系性的"共同创作纲领"。所以，波斯彼洛夫也不得不承认，狄更斯在这篇序

---

① 参见中国社会科学院外国文学研究所外国文学研究资料丛刊编辑委员会编：《欧美古典作家论现实主义和浪漫主义》（一），中国社会科学出版社1980年版，第305页。

② 中国社会科学院外国文学研究所外国文学研究资料丛刊编辑委员会编：《欧美古典作家论现实主义和浪漫主义》（一），中国社会科学出版社1980年版，第305—306页。

言中仅是"接近于承认自己是现实主义者"。实际上，正如朱光潜先生直言不讳地指出的那样，英国的现实主义文学思潮"几乎自始至终都是自发的，它不曾和敌对派浪漫主义进行过公开的斗争，没有提出过明确的纲领，也见不出有什么哲学思想的基础"①。如果硬要以"共同创作纲领论"标尺来丈量，岂不是要把英国的现实主义文学思潮一笔抹杀了吗？

"自觉性"是"共同纲领"论思潮观的另一个重要尺度。据波斯彼洛夫对文学思潮形成规律的描述，"自觉"一方面体现在作家们寻找共同创作原则的过程；另一方面体现在"明确的成文"的共同创作纲领拟定之后，作家们又以之为自己创作的指导方针。作家们必须达到这样"高度的"或表现出这样"巨大的"、"创作自觉性"，才算形成了文学思潮，他们才是该思潮的作家。当然，"自觉性"确是文学思潮形成的一个重要条件，而且不仅限于作家们的创作自觉，还要遍及文学活动系统各个领域的自觉。然而，如果按照波斯彼洛夫的主张，把"创作自觉性"定到那么高的刻度上，可以称为文学思潮者就所剩无几了。例如，19 世纪法国的现实主义文学思潮，无论是司汤达还是巴尔扎克直到福楼拜，都并不自觉到自己是从事"现实主义创作"。司汤达是第一位自称为浪漫派的法国人，他说："我是一个疯狂的浪漫派，这就是说，我赞成莎士比亚，反对拉辛；赞成拜伦，反对布瓦洛。"② 很明显，司汤达所"自觉"的是自己与拜伦同调。尽管在司汤达看来，文学史上所有出类拔萃的作家都是浪漫主义者，但他说的"浪漫派"、"浪漫主义"是从文学的当代性和自由主义角度说的，并不是作为文学思潮的"浪漫主义"。巴尔扎克也自认为是浪漫主义作家。巴尔扎克逝世数十年后出版的两部赫赫有名的文学史巨著，也都把司汤达和巴尔扎克划入浪漫主义：一是法国文学史家朗松写的《法国文学史》，一是丹麦文学史家勃兰兑斯所著《十九世纪文学主流》。而且朗松曾很明确地把浪漫主义界定为以抒情为主导的自由的文学。勃兰兑斯在《高老头》中看见"巴尔扎克实际上是按照霍夫

---

① 朱光潜：《西方美学史》下卷，人民文学出版社 1979 年版，第 730 页。

② ［美］R. 韦勒克：《文学思潮和文学运动的概念》，刘象愚选编，中国社会科学出版社 1989 年版，第 120 页。

曼的风格，写出了离奇的传说"，认为他和雨果、乔治·桑一样，"风格和偏好都纯粹是浪漫主义的"。① 再看福楼拜，他在给乔治桑的信中断然否认自己的创作属于"现实主义"或"自然主义"。他说："大家都同意称为'现实主义'的一切东西都和我毫不相干，尽管他们要把我看成一个现实主义的主教。……自然主义者所追求的一切都是我所鄙视的，我所苦心经营的一切也是他们漠不关心的。在我看来，技巧的细节，地方的资料以及事物的历史精确方面都是次要的，我到处寻求的只是美。"② 无独有偶，在英国浪漫主义文学思潮中也存在着同样性质的非自觉现象。当司汤达把自己和拜伦都称为浪漫派的时候，拜伦却没有意识到自己属于浪漫派，而且，当时的英国诗人没有一个承认自己是浪漫主义者。因此，韦勒克认为，如果要以有一个"有意识地形成的纲领"作为标准的话，那么，英国就不存在"浪漫主义"文学思潮。③ 无疑"共同创作纲领论"思潮观对"文学思潮"之"思"的理解过于机械、褊狭，不符合文学史的事实。其本意是强调文学思潮的理论与实践高度结合的特性，但绝对化于过分理想的"成文的明确纲领"和"高度自觉"的假定。文学理论的活跃与创作活动的繁荣可能同步，也可能不同步，但创作繁荣而理论活动沉寂的时代，并不意味着创作没有理论指导。文学思潮史的事实说明，没有成文的明确纲领，不等于没有体系性文学思想，达不到所谓"高度的创作自觉"，也并不是没有创作自觉。英国的现实主义文学思潮表面上是自发的、无纲领的，但在其作品中却表现出了现实主义的基本原则，体现了作家们新的艺术追求的创作自觉性。虽然司汤达、巴尔扎克和福楼拜没有意识到或拒绝承认自己是现实主义者，也不能说他们没有创作自觉性而不属于现实主义文学思潮，正如不能因为拜伦不知道自己是浪漫主义作家，我们就得把他排除于英国浪漫主义思潮之外那样。事实上，这些作家早

---

① ［丹麦］勃兰兑斯：《十九世纪文学主流》第五分册，李宗杰译，人民文学出版社1982年版，第24、25页。

② 朱光潜：《西文美学史》下卷，人民文学出版社1979年版，第732、733页。

③ 参见［美］雷纳·韦勒克：《近代文学批评史》第二卷，杨自伍译，上海译文出版社2009年版，第144页。

已清楚地意识到自己所从事的是摒弃旧文学规范的创新，他们的文学观念已经伴随着时代精神的潮流，发生了变化。

也许我们可以赞同竹内敏雄的主张，把文学思潮看作文艺领域的客观精神潮流。这样，就可以在确定文艺思潮的精神性、动态性、超个体性的层面上，把显与潜两种体系形态的思潮之"思"涵盖于其中了。不过，这样一来，非体系性之"思"当然也可以归于其内。那么，能成潮之"思"是否可以包括非体系性之文学思想？就竹内敏雄所举的文学思潮例子而言，他只限于古典的、浪漫的、写实的、象征的几种，似乎不承认无体系性理论的文学思潮的存在。再说，如前面曾指出过，以"潮流"来阐释"思潮"之"潮"，还是一个心理意象的同语反复，难以明确把握。"客观精神"的提法容易使人误解，以为文学思潮是一种抽象类型，可以脱离社会历史现实的独立存在，甚至趋于神秘化。还有，竹内敏雄在论述文学思潮的概念时把文学思潮视为与文学的"历史风格"、"集团风格"同一的概念，"是在各种情况下都相互不能完全区分的相关性概念"①。显然是以风格为文学思潮区别于其他思潮的特殊性，这样又把文学思潮局限于创作思潮范围内了。

怎样理解文学思潮之"思"更合理呢？韦勒克的观点可能更有启发性。

在前面有关文学思潮观谱系的分析中，我们已经知道，韦勒克几乎在他的全部著作中都不遗余力地论证文学思潮作为"时期"概念的理论特性。他从文学史方法论角度对文学思潮作为"时期"概念的论述，其实也包含着普遍意义上的"文学思潮"本质的精确概括。他说，"一个时期是一个由文学的规范、标准和惯例的体系所支配的时间的横断面"②，"一个时期就是被文学规范系统控制的一段时间"③。在本质上说，文学思潮就是"包含某种规

① ［日］竹内敏雄：《文艺思潮论》，载［日］河出孝雄编：《新文学论全集》第 5 卷《文艺思潮》，河出书房 1941 年版，第 12 页。

② ［美］雷·韦勒克、奥·沃伦：《文学理论》，刘象愚等译，生活·读书·新知三联书店 1984 年版，第 306 页。

③ ［美］R. 韦勒克：《文学思潮和文学运动的概念》，刘象愚选编，中国社会科学出版社 1989 年版，第 28 页。

则的观念"①，即"整体的观念体系"中包含着一个"文学规范系统"，也就是说文学思潮是在某种"文学规范系统"支配下的群体文学活动所形成的"整体的观念体系"。它是"文学规范系统"被采用、传播、变化、综合以及消失的过程中形成的文学精神活动的总和。它不是文学活动主体的行为或行为的结果——作品、著述，而是贯串于行为和结果中的观念，其中核心就是"文学规范系统"。

那么，"文学规范系统"是怎样的一个系统呢？韦勒克明确地说，这个"文学规范系统"就是"文学的规范、标准和惯例的体系"②，即"一套规范、程式和价值体系"③。例如"古典主义"文学思潮，模仿古典、崇尚理性和遵守"三一律"等是其"文学规范系统"所包含的基本原则、行为和评价的标准，古希腊罗马的作品以及如亚里士多德的理论著述就是他们的范例。作为规范，不仅在文学本质、功能等方面提供基本观点，还有题材、主题、文体、人物类型、技巧、手法和审美趣味等方面的一套程式，所有的原则、程式，都体现其价值规范。这样的一个规范体系并不是一成不变的，它随着主体群体活动的发展而变化以至被综合或消失或为别的规范体系所取代。

确实，只要考察一下历史上公认的任何一个文学思潮，都不难发现它们各自内在的"文学规范体系"。因此，我们似乎可以确定文学思潮之"思"首先是一种体系性的文学思想，但这种体系性不能绝对化，不能像波斯彼洛夫所说的必须是一个具有明确的"共同创作纲领"的显体系。它可以是显体系，也可以是潜体系，或显、潜共在的体系。它作为规范系统，颇近于科学史上的"范式"。科学史中的"范式"既包含理论，也包括"具体的科学成就事例"——范例，成为一个科学共同体的共有规范、科学研究的模型或

---

① [美] R. 韦勒克：《文学思潮和文学运动的概念》，刘象愚选编，中国社会科学出版社 1989 年版，第 254 页。

② [美] 雷·韦勒克、奥·沃伦：《文学理论》，刘象愚等译，生活·读书·新知三联书店 1984 年版，第 306 页。

③ [美] R. 韦勒克：《文学思潮和文学运动的概念》，刘象愚选编，中国社会科学出版社 1989 年版，第 254 页。

模式。体系性的文学思想作为文学思潮的支配性模型或模式，可以是理论形态的也可以是包含在具体的文学范例（如文学作品）中，呈潜在形态存在。"科学家可以直接向范式或公认的模型学习，而不必经过任何抽象化过程，不必把那些足以构成理论的因素加以抽象化，艺术家通过审视具体艺术作品来学习，这种做法不是类似于科学家向范式学习吗？"① 对文学思想的体系性，也不能限定于理想化的或已有最高阶段的完整。因为任何事物都有发展的阶段性，文学思想的体系也永远处于发展的历史过程中，从不够完整到完整是一个渐进的包含着多级次发展的过程。要尽量涵盖文学思潮的不同历史形态和空间形态，就不能脱离历史事实而把文学思想体系性的指标定得偏高。其次，文学思潮之"思"，又是文学活动系统中主体群体在文学规范体系之"思"支配下的动态的观念整体，亦即成"潮"之"思"，它显然是文学规范体系之"思"在群体活动中的展开、增殖，群体活动既受其制约和支配，又对其产生反作用，促使其随着社会现实的发展演变而兴衰生灭。

至此，我们可以这样界定文学思潮的内涵：文学思潮是特定历史时期文学活动系统中受某种文学规范体系所支配的群体性思想趋向。当然，这是一种探索性的界定，它不可能揭示文学思潮的全部内涵，但相对于已有的文学思潮定义而言，这一新的界说至少有如下几点长处：

第一，这一新的定义可尽量避免一些不必要的误解。常见的文学思潮定义，一般都把文学思潮界说为"……思想倾向"、"……创作潮流"，极易误导人们对文学思潮的理解陷于片面。这种片面理解主要包括两方面：一是"思想倾向"的说法，容易与文学作品的"倾向性"相混淆，使人误以为创作的"倾向性"就是文学思潮的主要本质，导致把凡是具有某种倾向性的文学现象都看成是文学思潮；二是"创作潮流"的说法，本意是以"潮流"比喻创作的态势，但因为是一种"比喻"，不能确指其主要本质属性，而且也容易使人以为文学思潮仅指创作现象，甚至局限于文学作品的层面去理解。

---

① 　[美] 托马斯·库恩：《必要的张力科学的传统和变革论文选》，范岱年等译，北京大学出版社 2004 年版，第 342—343 页。

我们以文学活动主体的"群体性思想趋向"来界定文学思潮，能比较明确地揭示文学思潮所具有的群体性、动态性、文学性、精神性等等特质，不容易引起上述那些已有定义的误解。

第二，强调文学思潮的历史性，就是强调文学思潮产生、形成、发展的社会政治、经济变革和阶级斗争、社会思潮等社会历史条件、思想基础的制约和影响，承认这些因素是"特定历史时期"和"某种文学规范体系"题中应有之义。虽然，不能否认文学思潮有社会思潮的反映、互渗和联动，但不能把两者相混淆，更不能把文学思潮视为社会思潮的简单的分泌物和刻板的等价物，应当防止和克服只强调文学思潮形成的社会原因而不重视文学思潮内在本质的流弊。

第三，把文学思潮规定为"文学活动系统"范围内的"思想趋向"，也是防止把文学思潮局限于创作思潮或文学活动中某一方面的思潮的片面理解，使这个定义能在历时的过去、现在、未来与共时的广阔空间等多向维度上，都有符合客观实际和必然可能的外延广容性。

第四，这样的界定突出了文学思潮在文学系统内的"思潮"属性和在社会意识形态系统中的"文学"属性，可以强化文学思潮的特征在系统内外两方面的辨识有效性。

第三章

文学思潮的构成

文学思潮作为观念系统，在本体上是一个精神性结构。按照系统论的观点，系统的功能和特征都决定于结构，对系统特征的了解，不能离开对结构的认识；把握了结构也有助于更深入地了解事物本质的丰富性。可是精神性结构犹如黑箱，其非直观的抽象性是研究的主要困难。因此，对文学思潮结构的探讨，就目前条件而言，我们仅限于在系统构成方面辨析常被忽视、误解和混淆的几个问题，既深化对前述文学思潮内涵的理解，也有利于后面对文学思潮特征和功能的阐释。

第一节　文学思潮与创作潮流

有史以来，只要知道"文学"这个词的，不管是目不识丁的俗众，还是学富五车的文士，一提到"文学"，脑海里自觉不自觉地马上浮现的心理意象就大多是作品、作家，既可能是自己曾经接触过的印象深刻的具体作家、作品，也可能是一般意义上的抽象概念。难以设想没有作品与作家的"文学"的存在，其道理之浅显似乎无须证明。因此，不难理解，为什么那么多的文学定义都建立在作品本位的基础之上。自亚里士多德以来，无数的诗学体系建构的目的只在于总结创作规律，提供给时人或后来者作为创作可遵循的原则或教条，至多捎带着给欣赏文学的人们指点理解作品的途径和方法。艾布拉姆斯在研究浪漫主义文论及批评传统时，设计了一个三角形坐标系，以区别传统艺术理论基于不同出发点的几种体系类型。这个坐标系的四个坐标都是与作品相关的要素，其中的两个要素就是"作品"和"艺术家"，而且"作品"赫然处于三角形坐标系的中心。这自然也是对文学观念史的客观反映。有几部研究中国文艺思潮史的著作，如日本学者青木正儿的《中国文艺思潮论》（1933 年出版的中译本改题为《中国古代文艺思潮论》）、我国学者李何林写于 20 世纪 30 年代末的《近二十年中国文艺思潮论》（1940 年春出版）、20 世纪 80 年代末朱寨主编的《中国当代文学思潮史》、叶易于 1990 年出版的《中国近代文艺思潮史》等，在其研究领域的历史上，都可谓是开山之作，却因为只研究文艺思想、理论主张、批评争论，没有涉及创作潮流，所以，在其筚路蓝缕的开拓之功受到赞扬的同时，也招来了所谓局限于"赤裸裸的"文学思想的批评，有的甚至还被不客气地评论为"一部文艺思想斗争史的资料汇编"①，或"太像文艺运动史而不像思潮史"②。这些著作确实忽视了创作，在文学思潮观念上，将文学思想而且仅将理论形态的文学思想视为文学思潮。但是，重视创作，或以创作为中心来理解文学思潮，把文学思潮等同于"创作潮流"，也会导致另一狭隘的极端——把文学思潮视同文学创作。例如，前面我们曾提到过的谭丕谟，他在 1932 年出版的《文艺思潮之演进》一书中，主张文艺思潮就是文学史，与一般文学史的研究对象相同，不同的是文学思潮在研究方法上运用了先进的、科学的、辩证唯物主义的观点和方法，强调经济基础对文学的决定作用。与此同类的还有"文化大革命"后出版的上海师范大学、上海师范学院中文系编写组编写的《欧洲近代文学思潮简编》，除了以欧洲几个著名文学思潮概念作为分期的依据外，其内容主要是分析重点作家和作品，与一般文学史的论述内容相

---

① 陈剑晖：《文艺思潮：关于概念和范围的界说》，《批评家》1986 年第 1 期。
② 陈墨、应雄：《历史与我们——〈中国当代文学思潮史〉对话会侧记》，《文学评论》1988 年第 2 期。

似。此外，还有一种特别重视创作潮流的文学思潮观，甚至把文学思想和文学思想原则的自觉作为文学思潮构成的必要条件，而把文学创作实践视为充分条件，以形成独特的文学创作方法作为文学思潮的核心标志。① 这些现象和观点至少暴露了几个需要澄清的问题，一是"潮流"的实质指什么？二是文学思潮之"思"是否只有一种存在形态？三是文学思潮与创作方法有什么样的关系？四是文学思潮系统构成涉及哪些范围？以"潮流"一词用于社会事物，当然是一种比喻用法，它的含义在这里既可以指特定时期整个文学活动的整体或其中某一方面如创作领域的局部，也可以仅指贯串于这些文学活动中的某种具体的理论思想和纲领体系。按前一种理解，文学思潮无疑等同于文学活动或其中某一领域的行为结果——作品。按后一种指向，则只限于观念层面，而且仅是理论形态的即"赤裸裸"的文学思想。前一种理解显然不合文学思潮作为观念系统的本质；后一种理解虽然确认了文学思潮的观念本质，但又局限于理论形态之"思"，而否认非理论形态的成"潮"之"思"在文学中的存在。这实际上已进入了第二个问题，这个问题连同第三个问题即文学思潮与创作方法的关系，我们将在后面论述。在这里要着重探讨的是第四个问题：文学思潮系统构成的范围。在上一章中，我们已主张文学思潮涉及的不只是创作活动，还表现于理论，批评、鉴赏（接受）的活动过程，并制约与支配这些方面的实践活动。也就是说，一个特定的文学思潮作为观念系统，它贯串于整个群体性文学活动各领域。例如 17 世纪的古典主义，不仅是文学创作思潮，也是文学理论思潮、文学批评思潮和文学鉴赏（接受）思潮，简言之，它的系统构成范围包括了理论和实践两大领域。需要特别指出的是：

第一，文学思潮在文学实践的领域中，不能等同于实践行为和作为行为结果的作品，而是支配创作行为、鉴赏行为的文学观念。

第二，作为群体性精神结构的文学思潮，必须与创作结果即作品以及

---

① 参见周晓风：《论文学思潮的创作方法特征》，《重庆师院学报》（哲学社会科学版）1992 年第 4 期。

固定于作品中的"被客观化"的文学观念相区别。正如竹内敏雄所说的，文学作品是文学史不可缺少的构成因素，"但其精神内涵则是超脱了现实的历史的实际潮流而提升到观念领域"的一种凝固的精神存在，文学作品"作为精神潮流的沉淀物"，只为人们提供了观察历史的资料。① 竹内敏雄把文学思潮视为"超越和包涵各个艺术家个人的精神,·并且与之同样具有活生生的实在性，随着时间不断变化，依场所能分为多方面的客观精神之流"②。他的意思似乎可以用这样的比喻来理解：文学思潮如同大河，作家如同生长于河边的植物，作品是植物吮吸河水而结出的花果，花果与大河有着密不可分的关系，但很明显，花果不等于大河，作品不等于思潮，文学思潮也不等于作品中"被客观化的精神"机械相加之和。人们可以通过沉淀于作品中的精神构想出文学思潮的生动本体，尽管它随着历史的逝去已不复存在。即使正在现实中涌流着的文学思潮，也是活的，不断流动变化的。相对而言，作品仍是凝固的精神"沉淀物"，只能作为追踪文学思潮的线索，而不能等同于文学思潮。竹内敏雄正确地揭示了文学思潮作为精神潮流的超个体性和动态性，但他还是局限在创作思潮范围内来理解文学思潮，他没有说明文学作品与文学思潮关系中蕴涵的更重要的文学思潮系统构成的意义。

　　文学思潮不能等同于创作潮流或不能归结为仅是创作领域中的文学思潮，特定的文学思潮在理论与实践两个领域中构成系统。两大领域构成的文学思潮，既有统一的一面，又有相异的一面。文学理论思潮、文学批评思潮与文学创作思潮、文学鉴赏思潮，在文学观的根本问题上，应该是统一的，审美原则必须是基本一致的，但在思维方式、思维趋向、表现形态和构成的比例配置上可能有不同程度的这样那样的差异。这些差异的普遍存在和共同作用，使文学思潮的结构形态呈现历时维度与共时维度的种种不同，同时影响着文学思潮在文化系统中的功能和价值。例如，同是现实主义文学思潮，法国的、英国的、俄国的，它们在内容、形式、成就与对现实、历史的影响

---

① 参见［日］竹内敏雄：《文艺思潮论》，载［日］河出孝雄编：《新文学论全集》第 5 卷《文艺思潮》，河出书房 1941 年版，第 5 页。

② ［日］竹内敏雄：《艺术理论》，卞崇道等译，中国人民大学出版社 1990 年版，第 198 页。

上大不相同，其中最重要的原因在于各国文学思潮系统构成的特殊性。英国的现实主义文学思潮在理论和批评的领域并不发达，几乎找不到什么理论形态的共同纲领，而以创作实践领域的思潮为主体；法国的现实主义文学思潮在理论和实践的领域都有相应的呈现，但理论领域相对于实践领域则略显逊色，不如俄国现实主义文学思潮在理论与实践两方面的比例与配置那么和谐与平衡。结构越合理，系统的功能越趋于优化。因此，19世纪欧洲现实主义文学思潮在所取得的成就和对现实的历史发展的影响上，英国不如法国，法国不如俄国。这种系统构成的不同表现，也决定了文学思潮的特定历史形态。这一点，我们将在后面文学思潮的历史形态一章中，有进一步的论述。

第二节　理论要素与非理论要素

文学思潮系统由文学观、世界观和美学观等方面的要素共同构成，一些文学思潮史著作之所以被认为是"文学思想史"、"文学运动史"或"文学思想斗争史资料汇编"，并不是因为它们否认文学思潮系统是包含多种思想要素的结构，而在于这些著作把这些要素都局限于理论形态来理解，而忽视了非理论形态思想要素的存在。某些文学思潮在理论领域不发达，没有明确的共同纲领，并不意味着这些文学思潮没有理论要素，或者说没有一个文学规范体系，缺乏体系性文学思想。波斯彼洛夫关于艺术的意识形态本性的论述，对我们认识非理论形态的体系性文学思想的存在具有深刻的启发意义。他认为，广义的思想泛指一切对生活本质现象的概括性论断，根据它们在社会中所起的作用的不同，可分为包含关于生活的某些普遍规律性的"知识"和对某种社会关系结构所产生的现实现象进行概括性评价的"意识形态"或"意识形态观点"。"知识"的系统渐渐形成自然科学各部门，如天文学、几何学、农学、医学等等；"意识形态"或"意识形态观点"可朝两个方向发展，一是作为人们抽象思维的内容，形成各种理论体系，如哲学的、法律的、政治的、道德的、伦理的、艺术的等等思想体系；一是通过生动的形象体系来表达的非理论形态的文学艺术。意识形态观点首先是在人们对生活的综合评价的观点中形成和表现出来的，然后才产生出后来的理论形态思想体系或非理论形态的文学艺术。如果主体是艺术家，那么，这种意识形态观点在他的头脑中既可形成抽象的理论思想，也可以通过他的艺术才能表现于艺术形象之中，或者同时兼而有之。这就是波斯彼洛夫强调的艺术家世界观所具有的两个方面：理论观点和具体感受的世界观。"具体感受的世界观"这一概念，原是杜勃罗留波夫在为奥斯特罗夫斯基的戏剧集所写的评论文章《黑暗王国》中首先提出来的。杜勃罗留波夫运用这个概念，旨在说明艺术家意识中未经理论化和系统化的对世界和周围事物的具体感受和看法与已经理论化、抽象化的认识的"理论观点"的存在和区别。波斯彼洛夫认为，杜勃罗留波夫提出的"具体感受的世界观"这个概念是一个非常重要的、值得认真探讨的理论新观点。但是波斯洛夫也指出，杜勃罗留波夫是基于人本主义立场提出这个概念的。杜勃罗留波夫说明艺术家对世界的看法也存在于其创造的艺术形象中，此外，更主要的是主张应通过在艺术形象中的艺术家的"具体感受的世界观"来评价艺术家的才能。也就是说"具体感受的世界观"是艺术家才能的标志，因而也是一种评价艺术家创作才能高低的依据。才能的特征，是艺术家对周围的社会事物具有"敏锐而强烈的感受力"。才能的本质是人的一种自然属性，也就是一种天赋的特性。波斯彼洛夫认为这种人本主义的才能观是错误的。杜勃罗留波夫同 19 世纪 60 年代的俄国革命民主主义者一样反对区分人的自然本性和社会本性。因此，杜勃罗留波夫虽然意识到"理论观点"和艺术家的"抽象议论"具有社会倾向性，却没有充分认识到艺术家的"具体感受的世界观"的社会倾向性。他说，才能固然是一种天赋特性，但它的发现和发挥离不开相应的特定社会需要、历史环境和时代条件。所以，艺术家的"具体感受的世界观"总是具有社会倾向性的，总是意识形态的"具体感受的世界观"。波斯彼洛夫还援引列宁对托尔斯泰的评论和普希金、契诃夫的作品证明艺术家的世界观中确实如杜勃罗留波夫发现的那样，具有"理论观点"和"具体感受的世界观"两个方面。他的结论是，艺术家对世界、对生活的看法，可能是历史地抽象的"理论观点"，也可以是历史地具体的"具体感受的世界观"——非理论形态的思想观点。而且，艺术家的真正看法往往不在于他的抽象的"理论观点"中，而在于他所创造的艺术形象中所包含的"具体感受的世界观"的思想观点。甚至艺术家抽象议论所表达的观念还常常和他在艺术活动中所表现的观念处于明显相反的地位。①

如果承认波斯彼洛夫的分析是正确的，与马克思主义的意识形态理论和艺术活动的实际情况是基本一致的，那么，在文学思潮的意义上，我们还可以进一步补充，艺术家对艺术的看法既可以是历史抽象的理论形态的，他可以建立自己的理论，或接受已有的与他的具体感受的世界观相一致的理论；同时，他的艺术观也可以是历史地具体的，通过艺术形象表现出来的非理论形态的思想观点，有的艺术家可能同时两面具备，均有表现。而只擅长于其中一面的就可能是理论家、批评家，或是只顾创作的艺术家，或是只参与鉴赏活动的艺术接受者。由此也可以说明，文学作品中包含着文学观，甚至可能比理论形态表述的更重要，因为它比理论形态更真实地表现作家对世界、对艺术的看法。因此，在考察文学思潮系统构成的时候，必须同时关注其理论形态与非理论形态的思想构成要素。另外，艺术家世界观的理论观点和具体感受的世界观的统一性和差异性、矛盾性同时也是文学理论（包括批评）领域的思潮和文学实践（创作、鉴赏）领域的思潮的统一性和差异性、矛盾性。简言之，就是文学思潮的理论形态要素和非理论形态思想要素之间既有统一的一面，也存在着差异甚至矛盾的一面。例如 19 世纪自然主义文学思潮，理论上把文学等同于自然科学，主张用科学研究的实验方法写小说，按照生理学、遗传学的观点去描写人。在具体创作中，大体上贯彻着与这种理论基本一致的精神，但在不少作品中又程度不同的体现出与这种理论观点不一致甚至矛盾的文学观点。左拉虽是自然主义理论的代表人物，他很

---

① 参见 [苏] 格·尼·波斯彼洛夫：《文学原理》，王忠琪等译，生活·读书·新知三联书店 1985 年版，第四章。

重视人的生理条件与生理状况，在创作中也极力贯彻自然主义的理论观点，为了突出遗传因素对后代的决定性影响，在《卢贡·马卡尔家族》这部巨著中不惜编造了一份卢贡·马卡尔家族世系遗传树状图。然而作品中的大部分内容还是背离了他的自然主义理论观点，没有写成纯生活的记录，却真实地描写了人物的社会生活和社会行为，社会环境对人物命运的影响远远超过了遗传因素的作用。甚至在《萌芽》中还出色地反映了工人运动的历史实况，具有强烈的现实主义精神。理论形态要素与非理论形态思想要素种种不同的对立统一，造成了文学思潮形形色色的结构形态，决定了文学思潮各自的独特个性。

第三节　美学要素与历史要素

在文学思潮系统的内部层次构成中，一般认为包含着在一定的哲学观、人生观等基础上形成的文学观、审美观等观念。作为观念系统，可以分为"人"的观念和"文"的观念。"人"的观念包含对社会历史人生的看法；"文"的观念包括艺术原则、审美趣味、审美理想等美学意识。因此，也可以根据恩格斯的观点，把文学思潮的结构要素分为既紧密联系又有区别的美学要素和历史要素。

恩格斯在1847年写的书评《卡尔·格律恩〈从人的观点论歌德〉》以及1859年致拉萨尔的一封私人信件中两次明确地提出了必须从"美学观点和历史观点"[①]进行文艺批评的主张，但在马克思、恩格斯的著作中再未见有如此明确的提法，更无片言只语对"美学观点和历史观点"的直接说明，因此长期以来并未为人注意。在20世纪70年代末至80年代初我国对文艺批评标准问题的讨论中，才开始涉及恩格斯提出的"美学观点和历史观点"，

---

① 新译为"美学观点和史学观点"，见《马克思恩格斯文集》第10卷，人民出版社2009年版，第177页。

此后逐渐引起人们的重视，并引发了一定程度的争论。争论的重点，大体上集中在"美学观点和历史观点"的理论性质与内涵两大方面。尽管认识愈来愈趋深入，但在研究过程中，似乎都没有重视对"美学观点和历史观点"理论渊源的考察，人们偏重于从"逻辑的"方面去思考，而忽视与"历史的"考察相统一，因而阻碍了研究的深化。笔者以为，只有努力弄清楚"美学观点和历史观点"的来龙去脉，才有可能使我们对这一命题的认识取得新的突破性进展。

有人曾经指出，恩格斯提出的"美学观点和历史观点"，"并非恩格斯本人的独创，而是师承于黑格尔的"。[①] 而且，"美学观点和历史观点"作为批评方法，在马克思、恩格斯的时代"已经被广泛采用着"，除了黑格尔外，"丹麦评论家勃兰兑斯曾用美学的和历史的方法研究文学现象"。[②]1842 年，俄国的别林斯基"就明确提出了'历史的、美学的'批评"。[③] 还有人认为，恩格斯作为批评方法师承的"美学观点和历史观点"这个"黑格尔术语"来源于黑格尔的《美学》第二卷中的这段话：

> 面对着这样广阔和丰富多彩的材料，首先就要提出一个要求：处理材料的方式一般也要显示出当代精神现状。……我们在这里应该从历史和美学的观点对法国人提出一点批评，他们把希腊和罗马的英雄们以及中国人和秘鲁人都描绘成为法国的王子和公主，把路易十四世和路易十五世时代的思想和情感转嫁给这些古代人和外国人。假如这些思想和情感本身比较深刻优美些，这种转古为今的办法对艺术倒还不致产生那样恶劣的影响。与此相反，一切材料，不管是从哪个民族和哪个时代来的，只有在成为活的现实中的组成部分，能深入人心，能

---

① 罗漫：《论恩格斯的"美学观点和历史观点"师承于黑格尔》，《中南民族学院学报》（人文社会科学版）1987 年第 3 期。

② 李国平：《马克思主义美学的和历史的批评三题》，《西北师院学报》（人文社会科学版）1985 年第 3 期。

③ 樊篱、袁兴华：《马克思主义文艺思想发展初论》，湖南文艺出版社 1987 年版，第 69 页。

使我们感觉到和认识到真理时，才有艺术的真实性。①

　　笔者赞同关于恩格斯提出的"美学观点和历史观点"师承于黑格尔这段话中的"历史和美学的观点"的看法，但不同意把黑格尔说的"历史和美学的观点"仅仅看成是"偶尔一用便不再理会"②的批评方法，还应将它与黑格尔在《美学》中艺术研究的具体实践和美学方法论联系起来深入分析。

　　可以证明黑格尔的"历史和美学的观点"并非"偶尔一用"的最明显的事实，就是《美学》第一卷第三章讨论"理想的艺术作品的外在方面对听众的关系"这一节的论述。黑格尔在这里与在第二卷一样批评了法国人处理历史（或异域）题材的纯主观表现方式。他说："在法国的艺术作品里，中国人也好，美洲人也好，希腊罗马的英雄也好，所说所行都活像法国宫廷里的人物。"拉辛的悲剧《伊斐琪尼在奥理斯》中古希腊英雄阿喀琉斯"就是一个彻头彻尾的法国亲王"。拉辛的另一部悲剧《艾斯特》在路易十四时代之所以特别受欢迎，原因也是"法国化"——把古代波斯皇帝初上台的气派处理成"完全像路易十四出朝时一样"③。

　　黑格尔批评的这种纯主观表现方式，除了法国人的"法国化"外，他还举了16世纪德国纽伦堡的鞋匠汉斯·萨克斯取材于《圣经》的作品，把"上帝、亚当、夏娃以及希伯来族的祖先们都真正地'纽伦堡化'"、德国剧作家考茨布那种抽去题材中过去时代和现时代的真正艺术内容（意蕴），处理成人们"平凡生活中的日常意识的表现方式"。黑格尔认为它们与"法国化"方式一样具有极端片面性，"不能产生实在的客观形象"。④ 也就是没有艺术真实性。

　　与纯主观方式相对的另一极端，即所谓纯客观的历史题材的方式，"谨

---

① 〔德〕黑格尔：《美学》第二卷，朱光潜译，商务印书馆1979年版，第381页。

② 罗漫：《论恩格斯的"美学观点和历史观点"师承于黑格尔》，《中南民族学院学报》（人文社会科学版）1987年第3期。

③ 〔德〕黑格尔：《美学》第一卷，朱光潜译，商务印书馆1979年版，第340页。

④ 〔德〕黑格尔：《美学》第一卷，朱光潜译，商务印书馆1979年版，第338、341页。

守纯然客观的忠实"，要求时代、场所、习俗、服装、武器，甚至在极不重要的外在细小事物上，也要做到极端的精确，止于纯然形式的历史的精确和忠实，"既不管内容及其实体性的意义，又不管现代文化和思想情感意蕴"①，也受到了黑格尔的批评。

在批评纯主观和纯客观两种片面方式的同时，黑格尔肯定、赞扬了歌德在《西东胡床集》里那种具有"真正的客观性"的处理历史（或异域）题材的方式。歌德"在描写东方的人物和情境中始终既维持住东方的基本色调，又完全满足我们的近代意识和他自己的个性要求"，"以远较深刻的精神把东方色彩放进德国现代诗里，把它移植到我们现在的观点上"。②

黑格尔虽然没有像在《美学》第二卷那段话中那样明说自己的这些批评是"从历史和美学的观点"出发的，但只要从观点、论据和论证过程方面来稍作对照，其惊人的相似、相同，就很难使人否认它们都是"从历史和美学观点"出发的批评。

同样明显的例子在《美学》中还可以举出很多。例如黑格尔对17世纪荷兰绘画精细入微地再三分析，从荷兰绘画产生形成的社会历史背景入手，找出了这种绘画何以取材于平凡事物并达到了高度完美艺术水平的客观原因，肯定表现心灵的自由活泼的"爽朗气氛和喜剧因素就是荷兰画的无比价值所在"③。而像这样的批评要求："拿来摆在当时人眼前和心灵前的东西必须也是属于当时人的东西，如果要使那东西能完全吸引当时人的兴趣的话。"④以及批评得出的结论："凡是适合于每一种艺术作品的题材也就适合于绘画：包括凡是对于人、人的精神和性格的认识，对于人究竟是什么以及这个人究竟是什么的认识。在这里形成的诗的基本特征的东西就是大多数荷兰画家所表现的这种对人的内在本质和人的生动具体的外在形状和表现方式的认识，这种毫无拘束的快活心情和艺术性的自由，……从荷兰画家的作品里我

---

①　[德] 黑格尔：《美学》第一卷，朱光潜译，商务印书馆1979年版，第337、343页。

②　[德] 黑格尔：《美学》第一卷，朱光潜译，商务印书馆1979年版，第350、349页。

③　[德] 黑格尔：《美学》第三卷上册，朱光潜译，商务印书馆1979年版，第326页。

④　[德] 黑格尔：《美学》第一卷，朱光潜译，商务印书馆1979年版，第216页。

们可以研究和认识到人和人的本质。"① 这些观点与黑格尔批评法国人的纯主观表现方式时提出的观点，如"处理材料的方式一般也要显示出当代精神现状，……一切材料，……只有在成为活的现实中的组成部分，能深入人心，能使我们感觉到和认识到真理时，才有艺术的真实性"②，"历史的事物……必须和我们现代的情况、生活和存在密切相关，它们才算是属于我们的"③等等，它们的意旨完全一致。

还有，黑格尔推崇莎士比亚"能在各种各样的题材上都印上英国民族性格，尽管他同时也能保持外国历史人物的基本特征"，以及他批评莎士比亚在《麦克白》中处理历史题材时"完全抛开"编年纪事史里载明的关于麦克白犯罪的真正初因：麦克白是国王邓肯最近而且最长的亲属，在王位继承上理应比邓肯的儿子还有优先权，但邓肯却指定自己的儿子继承王位。这件不公正的事完全可以作为麦克白弑君辩护的正当理由。莎士比亚不顾这一点，他的目的只在于把麦克白的欲望写得可怕，"来讨好英王詹姆士一世"，把麦克白"写成一个罪犯，才符合英王的利益"。④ 以致造成剧情漏洞：使人对麦克白不杀邓肯的儿子们而让他们逃走的原因莫明其妙。这些都使我们不由自主地想到黑格尔对歌德《西东胡床集》处理东方题材的肯定以及对法国人迎合宫廷审美趣味的批评。不能不认为黑格尔在这些地方仍然是"从历史和美学观点"出发所进行的批评。

从上述例子可以看出，黑格尔的"历史和美学观点"的批评，总是把具体的文艺现象放在具体、特定的社会历史关系中，从整体联系的角度，根据艺术品所表现的美的普遍性与特殊性统一的程度来判定它的优劣高低，揭示美与艺术的规律。如果我们抓住"历史和美学观点"批评的这种特质来考察《美学》对艺术现象的研究，我们会惊讶地发现，"历史和美学观点"贯穿、渗透于《美学》全书！

---

① ［德］黑格尔：《美学》第三卷上册，朱光潜译，商务印书馆 1979 年版，第 327 页。
② ［德］黑格尔：《美学》第二卷，朱光潜译，商务印书馆 1979 年版，第 381 页。
③ ［德］黑格尔：《美学》第一卷，朱光潜译，商务印书馆 1979 年版，第 346 页。
④ ［德］黑格尔：《美学》第一卷，朱光潜译，商务印书馆 1979 年版，第 349、265 页。

　　"历史和美学观点"既然是在《美学》全书中广泛运用的批评方法，那么，它与黑格尔的美学方法论——研究方式有什么关系呢？

　　在《美学》开篇的"全书序论"中，黑格尔阐述了"美和艺术的科学研究方式"。他首先对历史上存在过的两种相反的研究方式进行了深入的探讨。一种是"经验作为研究的出发点"的方式。它是从现存的个别艺术作品出发进行的研究，这种研究"主要是历史的研究"，"它的任务在于对个别艺术作品作审美的评价，以及认识从外面对这些艺术作品发生作用的历史环境"。这种研究方式强调艺术品与它所产生和存在的历史环境的联系，重视历史对艺术品产生和存在的作用。但由于它"只围绕着实际艺术作品的外表进行活动"，因而只能把实际艺术作品"造成目录，摆在艺术史里，或是对现存作品提出一些见解或理论，为艺术批评和艺术创作提供一些普泛的观点"。不过，如果它的评价是"用全副心灵和感觉作出的，如果又有历史的知识可为佐证，就是彻底了解艺术作品个性的唯一途径"。[1] 黑格尔认为，亚里士多德的《诗学》就是运用这种方式研究艺术的。

　　与"经验作为研究的出发点"相反的研究方式是"理念作为研究的出发点"的方式。它"完全运用理论思考的方式，……要认识美本身，深入理解美的理念"，即认识美的普遍性。故而"单就美进行思考，只谈些一般原则而不涉及艺术作品的特质"。其结果"就产生出一种抽象的美的哲学"。[2] 例如柏拉图对美的研究。

　　以经验作为研究出发点，认识到的主要是美和艺术作品的个性，即特殊性；以理念作为研究出发点，只要求认识美和艺术的普遍性。而黑格尔认为"必须把美的哲学概念看成上述两个对立面的统一，即形而上学的普遍性和现实事物的特殊定性的统一"[3]。美学研究应该把上述两种片面的方式统一起来，才是科学的研究。因此，他提出了一种新的研究方式——"经验观点和理念观点的统一"。这是对前述两种方式的批判继承并使之统一而成的一

①　[德] 黑格尔：《美学》第一卷，朱光潜译，商务印书馆 1979 年版，第 18—26 页。
②　[德] 黑格尔：《美学》第一卷，朱光潜译，商务印书馆 1979 年版，第 27、18 页。
③　[德] 黑格尔：《美学》第一卷，朱光潜译，商务印书馆 1979 年版，第 28 页。

种新的研究方式。这种研究方式，所要求的是尽量从整体联系方面，从发展的观点，从感性与理性相统一、历史与逻辑相统一的方面，去认识和把握美和艺术。而这正是辩证法主要精神的体现。所以，"经验观点和理念观点的统一"就是黑格尔把辩证法贯彻在美学研究中的具体方式，就是以客观唯心主义和辩证法为哲学基础的美学方法论。正是从这一方法论出发，黑格尔把美的理念看成是由各种不同的差异面构成的整体，艺术品就是这种差异面的具体化。由于这种具体化状况的不同而形成三种具有历史阶段性的和有内在联系的不同艺术类型：象征型、古典型和浪漫型。在这三大艺术类型中，又各自有与特定历史发展阶段、特定艺术精神相适应的、使用各种不同材料的艺术门类：建筑、雕刻、绘画、音乐和诗等等。《美学》几乎涉猎探索了各时代世界各国的艺术，"经验观点和理念观点的统一"这一方法论贯穿渗透全书的每一角落。尽管由于黑格尔客观唯心主义作怪，把事物及其发展看作先于世界存在的绝对"理念"的现实化的反映，把一切弄得头足倒置，但实在的内容却处处渗透，使他天才地猜测到了美和艺术的一些客观规律。这无疑与其方法论的先进有极大的关系。

　　从黑格尔对"美和艺术的科学研究方式"的解释以及《美学》对"经验观点和理念观点的统一"这一方法论的具体运用、贯彻来看，它与黑格尔在《美学》第二卷提到的"历史和美学的观点"存在着内在的一致性。因为"经验观点"即"经验作为研究出发点"的研究方式，其主要特征就是一种"历史的研究"，从方法论意义上称之为"历史的观点"似无不可。而"理念观点"即"理念作为出发点"的研究方式，着重从抽象的要领出发，以理论思考的方式，主要考察美的普遍性，这种美学便是一种"抽象的美的哲学"。而且，在黑格尔之前，欧洲美学研究主要是经验派美学和理性派美学。从鲍姆嘉通以"美学"命名这一学科之后，一般明确标以这名称的以及人们一般认为可称为"美学"的美学体系都主要是理性派美学——一种由哲学体系推演而来的，即运用形而上学的思辨方式——"自上而下"的方法的美学。黑格尔在这种意义上将"理念观点"偶尔称为"美学观点"，在当时也许不会造成误解吧。再者，"美学"（Asthetik）一词自诞生以来便因时代和人的不同而存在着内涵上的差异。在鲍姆嘉通那里，美学是一种低级认识论，所以，他才取希腊字根原意为"感觉学"的"Asthetik"命名之。黑格尔则认为美学的对象只是艺术的美，所以，鲍姆嘉通的命名是不适当的，而应称为"艺术哲学"或"美的艺术的哲学"。① 很明显，我们不能在现代意义上去理解黑格尔在《美学》中以及恩格斯在特定场合中说的"美学"、"历史"两个概念。

如果黑格尔的美学方法"经验观点和理念观点的统一"和他"偶尔一用"的"历史和美学的观点"具有同一性，那么，"历史和美学的观点"的完整表述方式就应该是"历史观点和美学观点的统一"。

确认"历史和美学的观点"与"经验观点和理念观点的统一"之间的内在的同一关系，也就可以明确肯定"历史和美学的观点"并不仅仅是文艺批评方法，而是黑格尔的美学——"艺术哲学"方法论。

恩格斯的"美学观点和历史观点"对黑格尔的"历史和美学的观点"的批判继承关系，可从两者的表述形式和文艺研究实践中体现的诸多相同特征、类似观点找到有力证据。

众所周知，青年时代的马克思、恩格斯都曾经一度是"青年黑格尔派"，甚至在19世纪70年代德国知识界有人全盘否定黑格尔并把他当"死狗"打的时候，马克思还"公开承认"自己是"这位大思想家的学生"。② 他们非常推崇黑格尔哲学中的辩证法，称之为"最高的思维形式"③，认为黑格尔哲学的合理内核和革命方面就是自觉的辩证法。马克思主义哲学就是在批判地继承、发展黑格尔唯心辩证法的基础上创立起来的。他们对黑格尔的《美学》的钻研，并不亚于他们对黑格尔其他哲学著作的研究。1859年，恩格斯在为马克思《政治经济学批判》第一分册写的一篇重要书评中说过，黑格尔的思维方式与别的哲学家不同之处，就在于其辩证法有巨大的历史感为基础。黑格尔的《美学》与他的那些主要哲学著作一样，书中"到处贯穿着

---

① ［德］黑格尔：《美学》第一卷，朱光潜译，商务印书馆1979年版，第4页。
② 《马克思恩格斯文集》第5卷，人民出版社2009年版，第22页。
③ 《马克思恩格斯文集》第3卷，人民出版社2009年版，第538页。

这种宏伟的历史观，到处是历史地、在同历史的一定的（虽然是抽象地歪曲了的）联系中来处理材料的"①。因此，很难设想，作为贯彻于美学研究中的辩证法的具体形式——黑格尔本人在《美学》中详尽阐明、处处运用而且威力巨大的美学方法论，马克思、恩格斯会对之视若无睹，而对黑格尔"偶尔一用便不再理会"，让它"淹没在他那庞大而复杂的美学体系之中"的一点"批评方法"，②却花大力气去打捞起来加以继承。当我们了解了黑格尔的"历史和美学的观点"并不只是批评方法，而实质上应是其美学方法论的另一表述形式的时候，更不能相信对黑格尔的思维方式特别重视的马克思、恩格斯会是捡芝麻丢西瓜者流。

首先看看恩格斯对"观点"的表述形式。他第一次说的是"美学和历史的观点"③，这显然是对黑格尔的"历史和美学的观点"提法的直接承用。恩格斯第二次提到"观点"时，表述形式成了"美学观点和历史观点"④，如果我们了解黑格尔美学方法与他偶尔所提的"历史和美学的观点"的一致性，也就不难看出恩格斯这一提法与黑格尔的"经验观点和理念观点的统一"有着明显的相似性。这是否可视为恩格斯最初直接对"观点"的理论性质及其渊源所作的一点提示呢？而且从恩格斯两次表述都将"美学观点"置于"历史观点"之前来看，就清楚地显示了其与黑格尔表述的关系不是简单地照搬的继承，而是结合研究对象——艺术的特质的一种发展的创新性继承！

当然，某些美学观点的承继关系或许更能说明问题。如我们熟知的马克思、恩格斯的典型论，就与黑格尔的人物性格理论关系密切，而恩格斯关于典型"是一个'这个'"⑤的论点，就包含着对黑格尔观点的直接引述。还

---

① 《马克思恩格斯文集》第 2 卷，人民出版社 2009 年版，第 602 页。

② 罗漫：《论恩格斯的"美学观点和历史观点"师承于黑格尔》，《中南民族学院学报》（人文社会科学版）1987 年第 3 期。

③ 《马克思恩格斯全集》第 4 卷，人民出版社 1958 年版，第 257 页。

④ 《马克思恩格斯全集》第 29 卷，人民出版社 1972 年版，第 586 页。（新译首次见于《马克思恩格斯选集》第 4 卷，人民出版社 1995 年版，第 561 页。）

⑤ 《马克思恩格斯文集》第 10 卷，人民出版社 2009 年版，第 544 页。

有马克思关于"莎士比亚化"和"席勒式"的观点，① 恩格斯关于人物性格"不仅应表现他做什么，而且应表现他怎样做"② 的看法、马克思把济金根看作是一个"被历史认可了的唐·吉诃德"③ 的评价、马克思和恩格斯的悲剧理论等等，都可以从黑格尔的《美学》中找到来源。我们可以具体地考察一下马克思、恩格斯对拉萨尔的《济金根》的评论中涉及历史题材作品的艺术真实性问题与黑格尔观点的联系。

马克思、恩格斯对拉萨尔的历史悲剧《济金根》的不满，不仅在于其内容与形式上的诸多缺陷，很大程度上是集中于这部剧作的不真实，即歪曲历史真实，否认悲剧冲突的历史必然性，把一个过时的骑士——"被历史认可了的唐·吉诃德"——济金根打扮成一个革命英雄，主观地将其悲剧根源归结为他的外交手段，也就是"狡智"——智力和伦理的过失。拉萨尔这种处理题材的方式与黑格尔批评的法国人的"法国化"、汉斯·萨克斯的"纽伦堡化"以及考茨布之流的"日常化"这类方式一样，是片面的主观的。马克思、恩格斯一方面指出拉萨尔在对济金根悲剧题材的处理上，没有正确表现济金根生活时代的现实关系，没有把济金根叛乱放在当时更有时代特征更体现历史主流的农民革命运动的背景下加以表现，以致未能正确地揭示出济金根悲剧的真正原因，没有体现出历史的本质真实；另一方面，马克思、恩格斯又指出了《济金根》存在的与此紧密相连的在表现现代意识问题上的错误。马克思要求拉萨尔："革命中的这些贵族代表……不应当像在你的剧本中那样占去全部注意力，农民和城市革命分子的代表（特别是农民的代表）倒是应当构成十分重要的积极的背景。这样，你就能够在更高得多的程度上用最朴素的形式恰恰把最现代的思想表现出来。"④ 恩格斯在批评拉萨尔为自己剧本的缺点找借口时认为："……较大的思想深度和自觉的历史内容，同莎士比亚剧作的情节的生动性和丰富性的完美的融合，……无论如何，……

① 《马克思恩格斯文集》第 10 卷，人民出版社 2009 年版，第 171 页。
② 《马克思恩格斯文集》第 10 卷，人民出版社 2009 年版，第 174—175 页。
③ 《马克思恩格斯文集》第 10 卷，人民出版社 2009 年版，第 170 页。
④ 《马克思恩格斯文集》第 10 卷，人民出版社 2009 年版，第 170—171 页。

这种融合正是戏剧的未来。"①马克思所要求以"最朴素的形式"表现的"最现代的思想"与恩格斯强调的"较大的思想深度和自觉的历史内容"是一致的。就是说，历史题材作品要在反映历史本质真实的基础上体现当代精神。济金根是作为垂死阶级——贵族阶级的代表反对现存制度的，他领导的骑士叛乱要取得胜利，务必要与现存制度的一切反对者尤其是农民结成同盟，但这又是不可能的。因为贵族与农民之间存在着水火不相容的阶级矛盾，"当时广大的帝国直属贵族并没有想到要同农民结成联盟；他们靠压榨农民获得收入，所以不可能与农民结成联盟。……当贵族想取得国民运动的领导权的时候，国民大众即农民，就起来反对他们的领导，于是他们就不可避免地要垮台。"②这是济金根悲剧的真正根源所在，也是对现代来说还未成为过去的内容（意蕴）所在。马克思认为，济金根领导的骑士暴动失败的悲剧本来可以用来表现 1848—1849 年德国革命失败的悲剧性冲突，以总结革命失败的教训，为未来的革命寻找正确的路径。当时德国的"革命政党"——资产阶级立宪派在革命开始时，利用了无产阶级和人民群众的力量而一度打败了封建势力，取得了统治权。但马上又向反动派妥协，叛变革命，反过来勾结反动派一起镇压革命，结果导致了革命的失败，而资产阶级立宪派本身最后也被反动派一脚踢开。他们的命运与济金根极为类似。拉萨尔写《济金根》的时代，已是无产阶级革命的时代，无产阶级革命要取得胜利，也必须与农民联盟。认识到农民力量在革命中的重要性，对无产阶级来说，在当时也是极为需要的革命意识。这大概就是马克思所要求拉萨尔应该表现出来的"最现代的意识"，也即是恩格斯要求的"较大的思想深度和自觉的历史内容"。黑格尔关于历史题材作品的艺术真实性观点也是既要求在处理历史（或异域）题材时"在大体轮廓上维持"③历史题材的本来形状、基本色调，又要求"显示出当代精神现状"④，即"把内在的内容配合到现代的更深刻的意识

---

① 《马克思恩格斯文集》第 10 卷，人民出版社 2009 年版，第 174 页。

② 《马克思恩格斯文集》第 10 卷，人民出版社 2009 年版，第 176—177 页。

③ [德] 黑格尔：《美学》第一卷，朱光潜译，商务印书馆 1979 年版，第 350 页。

④ [德] 黑格尔：《美学》第二卷，朱光潜译，商务印书馆 1979 年版，第 381 页。

上去"。因为在黑格尔看来，"历史的东西……，如果它们和现代生活已经没有什么关联，它们就不是属于我们的，尽管我们对它们很熟悉；我们对于过去事物之所以发生兴趣，并不只是因为它们一度存在过。历史的事物只有在属于我们自己的民族时，或是只有在我们可以把现在看作过去事件的结果，而所表现的人物或事迹在这些过去事件的联锁中，形成主要的一环时，只有在这种情况之下，历史的事物才是属于我们的"①。可见，马克思、恩格斯关于艺术真实性的基本思想是来自黑格尔的。所不同的是，黑格尔要求保持历史题材本来的本质真实，指的是地方色彩、道德习俗和政治制度等外在方面所反映的普遍人性的真实。他认为，只有这种东西才是对现代来说没有成为过去的而是紧密相关的内容（意蕴）。所谓"当代精神状态"，也主要是有关人类普遍旨趣——普遍人性的意识现实。马克思、恩格斯抛弃了黑格尔的唯心因素，而在唯物主义基础上，要求历史题材作品反映其特定现实关系的本质真实，表现促进人类解放事业，推动社会历史向进步方向发展的"最现代的意识"。

　　从一些美学观点基本思想的相同，甚至运用场合、论证过程的诸多相似性来看，可知马克思、恩格斯与黑格尔的思维方式有共同的基本特征，如经验概括与理性思考的结合，具体事物的特殊性与抽象概念的普遍性相统一，历史与逻辑相统一，无论是宏观扫描还是微观剖析，都处处体现出从整体联系、动态发展中把握对象本质规律的辩证性。如同在黑格尔的《美学》中处处体现那样，这些思维特征在马克思、恩格斯的美学、文艺研究中也贯串始终。人们往往忽视了这一点，在黑格尔那里本来是美学方法论或美学思想，为马克思、恩格斯批判继承之后，人们却因为它们常见于马克思、恩格斯的一些评论文艺现象的文字中而只视之为文艺批评方法、文艺观点、文艺思想，并没有注意马克思、恩格斯是在更高的美学层次上对文艺进行研究的。当然，美学和文艺学有交叉重合之处，某些美学观点甚至方法论在一定程度上也可视为文艺观点或文艺学方法论。但美学和文艺学到底是有区别

---

① ［德］黑格尔：《美学》第一卷，朱光潜译，商务印书馆1979年版，第350、346页。

的。最突出的一点区别是，美学的研究对象和范围比文艺学宽广，若把美学观点、美学方法论只看成文艺观点、文艺学方法论或文艺批评方法的话，就缩小了它的适用范围和理论价值。

需要特别指出的是，马克思、恩格斯对黑格尔的继承不是机械照搬，而是批判地扬弃。在方法论意义上，恩格斯的"美学观点和历史观点"与黑格尔的"历史和美学的观点"（或"经验观点和理念观点的统一"）的主要区别不在于表述形式和具体方法、研究手段，而在于方法论的核心——哲学原则或曰哲学基础。黑格尔把历史看作是先于世界存在的绝对理念本身的具体化过程，认为美和艺术的本源在于绝对理念的运动。因而，头足倒置的客观唯心主义成了他的方法论的哲学原则。为了体系的需要而往往窒息辩证法的生命力，在他的美学体系中既不乏实在的内容，又充满自相矛盾和荒谬。马克思、恩格斯清除了黑格尔"历史和美学观点"的唯心主义原则，注入了唯物主义基础，使之成为新的方法论、彻底唯物主义的美学方法论，比黑格尔的更科学，更有生命力。

恩格斯曾在具体的文学批评中提出过"美学观点和历史观点"的命题，主张运用"美学观点和历史观点"来评论作家作品。这一命题从而被人视为文学批评标准或文学批评方法。如果从方法与对象的对应性来看，文学批评方法是在对文学本质认识的基础、前提上形成的批评模式，"一定的批评模式往往体现着、折射着一定的观念模式。……有什么样的观念，也往往有与这种观念相适应的方法；有什么样的方法，也总能体现和衍射出与这种方法大体吻合的观念"。因此，完全有理由认为，"美学观点和历史观点"反映着恩格斯对文艺本质的深刻洞悉，在恩格斯看来，文艺的本质就是审美本质和社会历史本质的辩证统一。[①]

文学思潮作为观念系统，也是美学观念要素和历史观念要素辩证统一的整体构成。古典主义文学思潮形成于市民阶级和封建贵族阶级势均力敌，需要王权权威的砝码维持平衡的历史基础之上，因而，拥护王权，理性至

① 参见陆贵山：《美学·文论·批评》，广西师范大学出版社1996年版，第225—226页。

上，以及与之相统一的崇尚古典、摹仿"自然"、恪守"三一律"之类艺术规范，迎合贵族上层社会的审美趣味的美学观在法兰西学院的倡导和监督下，贯彻于法国17世纪的文学活动之中，形成了具有由封建文化向资产阶级文化发展时期的过渡性特征的文学思潮。而当法国大革命胜利后，人们期待的理想社会并没有像启蒙主义者预言的那样降临，却迎来了动荡、混乱和灾难的局面。恩格斯在《反杜林论》中生动地写道：理性国家完全破产了，早先许诺的永久和平变成了无休止的掠夺战争。富有和贫穷的对立在理性社会中更加尖锐化了，工业在资本主义基础上的迅速发展，使劳动群众的贫穷和困苦成了社会的生存条件。犯罪的次数逐年增加，以前只是暗中偷着干的资产阶级罪恶更加猖獗了。"商业日益变成欺诈。革命的箴言'博爱'化为竞争中的蓄意刁难和忌妒。贿赂代替了暴力压迫，金钱代替刀剑成了社会权力的第一杠杆。初夜权从封建领主手中转到了资产阶级工厂主的手中。卖淫增加到了前所未闻的程度。婚姻本身和以前一样仍然是法律承认的卖淫的形式，是卖淫的官方的外衣，并且还以大量的通奸作为补充。总之，同启蒙学者的华美诺言比起来，由'理性的胜利'建立起来的社会制度和政治制度竟是一幅令人极度失望的讽刺画。"① 对现实的不满和强烈的反感，使人们趋向主观理想、追求个性的绝对自由，审美趣味、艺术原则也随之挣脱古典主义的理性本能和规范框限，而高扬情感、想象、幻想的旗帜，刻画个性、特殊，描写自然风光，重视中世纪民间文学。18世纪末到19世纪初期兴起的浪漫主义文学思潮便是这样的美学要素和历史要素的特定构成。

　　美学要素和历史要素随时代的发展而变化，决定了文学思潮的历史的具体的特征。另外一种情况是美学要素或历史要素受到特别偏重甚至走向极端的畸形构成，使文学思潮趋于唯美主义或科学主义、庸俗社会学的死胡同。例如，自然主义文学思潮把现实主义的客观性、真实性、历史性无限推衍至与自然科学等同，认为"作家和科学家的任务一直是相同的，双方都须以具体的代替抽象的，以严格的分析代替单凭经验所得的公式。因此，书中

---

① 《马克思恩格斯文集》第3卷，人民出版社2009年版，第527页。

不再是抽象的人物，不再是谎言式的发明，不再是绝对的事物，而只是真正历史上的真实人物和日常生活中的相对事物"①，作家应照相式地描写一切生活细节，否定艺术创作必要的激情、灵感、想象、典型化，取消了文学作为艺术的特性。对历史要素的过分强调导致庸俗社会学倾向的文学思潮在社会主义文学的发展中曾有过深刻的教训，如 20 世纪二三十年代苏联的拉普文学思潮，把文学艺术等同于政治，在文学创作中照搬党的政治口号和领袖报告，使文艺沦为"时代精神的单纯的传声筒"。甚至提出"辩证唯物主义方法"作为创作方法，把创作方法与哲学方法或世界观混为一谈，无视艺术掌握世界方式的独特性。

象征主义文学思潮则贬抑历史要素而滑向为艺术而艺术的泥淖。他们反对文学直接地描写生活现实，因为现实世界在他们看来只是一种表面的真实，艺术应该追求最高真实——内心的或彼岸世界的真实，文学应当永远是一个谜，暗示、梦幻以及由此而形成的神秘性是诗的本质特征。"诗除了自身外无其他目的，它不可能有其他目的，除了纯粹写诗而快乐而写诗之外，没有任何诗是伟大、真正无愧于诗这个名称的。"② 象征主义文学思潮虽然开拓了艺术思维的新领域，极大地丰富了文学创作的手段。然而由于过分偏重美学要素，而与历史、真实愈去愈远，终至堕入空想、虚幻之域，在纯粹化的唯美追求中，自我毁灭，丧失了存在。

总而言之，首先，文学思潮系统构成的范围广及文学活动的整体，可以说，文学思潮是在文学理论、文学批评、文学创作和文学接受等领域中构成的共同观念系统。其次，作为观念系统的文学思潮，从其要素形态来说，是由理论形态思想要素和非理论形态思想要素构成的。最后，从构成要素的性质来看，文学思潮则是美学观念要素和历史观念要素辩证统一的整体融合。三个层面不同的构成，决定了文学思潮的历史的具体的特征。

---

① ［法］左拉：《戏剧上的自然主义》，载伍蠡甫主编：《西方文论选》下卷，上海译文出版社 1979 年版，第 246 页。

② ［法］波德莱尔：《波德莱尔美学论文选》，郭宏安译，人民文学出版社 1987 年版，第 205 页。

第四章

文学思潮的特性

在关于文学思潮内涵的讨论中，我们已初步触及文学思潮的基本特性，但仅是触及而已，还需要深入阐述才能明晰。文学思潮作为一个精神性结构，其基本特性可归纳为四个主要方面：群体性、动态性、复杂性和历史性，它们之间互相关联，互为因果，多向互动，有不可割裂的整体联系。

第一节　文学思潮的群体性

某种文学现象之所以被称为文学思潮，就因为它是一种超个体的文学现象，是涉及整个文学活动系统各领域的特定群体、集团的观念整体。所以，群体性无疑是文学思潮的首要特征。在超个体的意义上，文学思潮可以说是一种群体意识。它不是个体意识，又依存于个体意识；它离不开个体意识，但又不是个体意识的总和。

从表面层次而言，群体性是指某一特性在一定范围内为多个体所共有。文学思潮的群体性一般被理解为一群（不是一个或几个）作家在某一文学主张思想指导下进行创作，写出了一大批在思想、艺术上具有共同特征的作品，产生了较大的社会影响。确实，要是仅有司汤达的《红与黑》或即使包括他个人的全部现实主义创作，而没有巴尔扎克《人间喜剧》的鸿篇巨制，没有梅里美、福楼拜、莫泊桑、法朗士、罗曼·罗兰等人在反映生活真实原则上异彩纷呈的杰作涌现，19世纪的法国文学顶多只是司汤达偶然激起的一束现实主义浪花，哪里会有现实主义的大潮？如果《抒情歌谣集》全是华兹华斯对大自然、对"微贱的田园生活"的吟唱，而柯勒律治并未加盟其中，骚塞、济慈、雪莱和拜伦都不是诗人或即使是诗人却没有写出与华兹华斯同调的诗章，那么，在英国文学的海洋上，浪漫主义思潮也就无处寻觅。但是，这样一来，我们就会把文学思潮的群体性狭隘地局限在创作的领域之内，将难以划清文学思潮与文学流派、文学运动、文学风格、文学创作方法的畛域。用这样的视角来看俄国的现实主义文学思潮和20世纪的现代主义、后现代主义文学思潮的群体性就更充分暴露出这种视角的片面与狭隘。因为，很明显，排除了别林斯基、车尔尼雪夫斯基和杜勃罗留波夫等革命民主主义者在文学理论、文学批评方面的贡献，俄国的"自然派"——现实主义文学思潮的群体性将是残缺的、不完整的。20世纪西方文学理论力图摆脱批评和创作基础的制约，直接在上层横向生成，走在批评和创作的前面，有时甚至抛开批评和创作，具有强烈的独立性、自主性和超前性。对这样的理论思潮若视而不见，眼睛仍然只盯着创作成果，将无法触及20世纪西方文学思潮的时代脉搏。只要把文学思潮的群体性囿于创作领域，那么，不管如何努力，都免不了导致盲人摸象的结论。强调读者中心论的接受美学否定传统文学史的创作中心论和形式主义美学的本文中心论的片面性，而自己又往往走到读者决定一切的极端。尽管如此，接受美学的思路仍然具有极大的意义，它至少提醒人们关注接受层面在文学活动中的地位和系统功能，启发人们以系统整体的观点看待文学。因此，文学思潮的群体性必须包含接受层面以及它与创作甚至理论、批评等文学活动的多向交流关系。

　　勃兰兑斯曾以诗人的激情和语言生动活泼地描述了19世纪法国浪漫主义文学流派的形成过程。他写道，"这种形成过程是具有一种神秘的魔力的。某一位杰出的人物，经过长期无意识的半意识的斗争后，终于具备充分的意识，从各种偏见之中挣脱出来，并在视觉上达到晶莹清澈的境地；然后，一切就绪，天才的闪电照亮了他看到的一切。这样一个人表达了以前从未以同样方式思考过或者表达过的某些思想——雨果在二十来页的散文序言《克伦威尔序言》中表达了这些思想。这些思想或许只有一半是真实的，或许是模糊不清的，然而它们却具有这个显著的特点：尽管或多或少不那么明确，它们却冒犯了一切传统的偏见，并在最薄弱的环节上挫伤了当代的虚荣，同时它们就像一声召唤，就像一个新的大胆放肆的口号在青年一代人的耳边回响"，于是"从挫伤了的虚荣和受损害的派系方面，像回声那样迅速而准确地传来了千百喉舌的答复，就像一百群猎犬发出了一阵阵猖猖的狂吠。以后又怎样呢？最初是一个人，接着是另一个人，然后是第三个人，各自带着他自己的观点，各自带着他的反抗精神，他的抱负、他的需要、他的希望、他的决心，走向这个新倾向的代言人。他们向他表示，他所倾吐的语言已经体现在他们身上了。有些人和他直接交往，有些人则以他的精神和他的名义互相交往。前不久还是彼此互不相知的人们（正如他们现在仍然不为一般群众所知一样），各自在离群索居中一直在精神上沮丧颓唐的人们，现在聚会在一起了，并且惊奇地发现：原来他们是互相理解的，他们说着同一的语言，这种语言是他们同时代的其余的人所不能领会的。他们都很年轻，可是都已经具有对他们来说构成生命的那些东西。这一个拥有他曾付出昂贵代价的欢乐，另一个却有着刺激人心的痛苦，正是从 些生命的基本要素中，每个人都取了他自己的那一份热忱。他们的会面是电的交流；他们以青年人的迫切心情彼此交流着思想，互相授受他们各式各样的同情和反感、热忱和憎恶。所有这些感情的源泉，就像万道溪流归入江河一样汇流到一起来了"①。一群人汇集一起，表面上是因为某位杰出人物的思想、口号召唤。而实际上，这位杰出人物

---

① ［丹麦］勃兰兑斯：《十九世纪文学主流》第五分册，李宗杰译，人民文学出版社 1982 年版，第 13—14 页。

所表达的新思想之所以具有吸引力和冲击力，并不是杰出人物的天才独有的效果，而是这种思想在天才人物喊出来之前就已存在于特定群体之中。所以一经有人喊出，才会引发该群体在思想、情感上的共鸣谐振。正如梁启超在 1902 年所说，思潮的形成，乃是人们在文化发展的某一时期之中，"因环境之变迁，与夫心理之感召，不期而思想之进路，同趋于一方向，于是相与呼应汹涌，如潮然"①。概言之，文学思潮就是体现在文学活动中的具有一定范围的广泛性和群众性的整体观念系统。群体性的形成由文学规范体系所支配，而文学规范体系则是一定阶级、阶层或集团在特定历史条件下所形成的群体意识的美学升华。它可以是一种明确的或不免带有模糊性的理论体系，也可以是一定的行为或行为结果的范例。所以，文学思潮的群体性不仅是文学活动主体观念的共同性、社会性，在更深的层面上，还是文学思潮主体所在时代和阶级、阶层或集团意识的共同性、社会性。

文学思潮的群体性有赖于个体性而存在，而且，就文学活动来说，个体创造性是非常重要的。那么，说群体性是文学思潮的首要特征，是否泯灭了个体性呢？个体与群体本来就是互相关联的、内在统一的。诚如马克思在《关于费尔巴哈的提纲》中所指出："人的本质不是单个人所固有的抽象物，在其现实性上，它是一切社会关系的总和。"② 毫无疑义，个体意识并不是纯粹个体意义上的意识，无论从纵向还是横向而言，它都是群体性（社会性）很强的意识。在文学思潮中，个体更主动更自觉地融合到群体中去，而群体性本身，实际上就是个体性的融合和上升。日本学者竹内敏雄认为在文学思潮生成发展的综合因素中就包括有个人的个体性影响。他既不赞同卡莱尔认为人类世界展现的历史毕竟是活动于其中的伟人的历史这种极端的解释，也不同意像黑格尔那样轻视个人在历史上的创造性意义的见解。在他看来，"作为客观精神的文艺思潮实际上也是在代表它的各个创造的个人的精

---

① 梁启超：《清代学术概论》，《梁启超论清学史二种》，复旦大学出版社 1985 年版，第 1 页。
② 《马克思恩格斯文集》第 1 卷，人民出版社 2009 年版，第 505 页。

神活动中开始具体化的，因此，个人的经营作为测定其运动方向的必要标志具有重要意义"①，而且，"每个作家在文学史上具体地代表着其时代的文学思潮，不只有益于对一般发展的认识，还往往以其天才的创造力推动或着色于诗的精神潮流，在这一点上他们具有不可抹杀的作用。"② 客观精神自身没有意识，它必须依赖每个人的意识而存在，既支配和制约个人精神，反过来又要靠个人精神支持并受其制约，两者关系难解难分。由此可知，"作为客观精神的文艺思潮受到个人的从而还有心理条件的影响。"③ 但是，竹内敏雄还是从群体性的决定性上看待这种个人性的作用。他认为，即使是天才的艺术家，其独创性行为也必须植根于时代精神的整体层面后才能发挥其个人性，"靠理解和兴味为客观精神接受并能推动它"，作为客观精神的文艺思潮是由自然的、社会的、文化精神的诸因素所规定并以一定的方向前进、变化的，因而可以说，文艺思潮是一种群体性结构，"但每个诗人的经营在大体上若不与它保持同一方向，就得不到历史的力量和作用"。另一方面，"天才的'走在时代前头'的精神如果迅速地抓住同时代人尚不明确、苦苦追求摸索而得不到的东西，并把它清楚地显示出来，促进它朝新的方向发展，那么，其所作所为对历史发展决非毫无意义。"④ 在客观的根本倾向上，诗人个人的创造不能改变时代的群体性的文艺思潮，"但却可以在它的方向上予以某种改观，给那个潮流添上特殊的色调。"⑤ 例如，即使没有"巴罗克之父"米开朗基罗，文艺复兴的风格也免不了应被抛弃的命运，但他的存在却加

---

① ［日］竹内敏雄：《文艺思潮论》，载［日］河出孝雄编：《新文学论全集》第 5 卷《文艺思潮》，河出书房 1941 年版，第 31 页。

② ［日］竹内敏雄：《文艺思潮论》，载［日］河出孝雄编：《新文学论全集》第 5 卷《文艺思潮》，河出书房 1941 年版，第 32 页。

③ ［日］竹内敏雄：《文艺思潮论》，载［日］河出孝雄编：《新文学论全集》第 5 卷《文艺思潮》，河出书房 1941 年版，第 32—33 页。

④ ［日］竹内敏雄：《文艺思潮论》，载［日］河出孝雄编：《新文学论全集》第 5 卷《文艺思潮》，河出书房 1941 年版，第 33 页。

⑤ ［日］竹内敏雄：《文艺思潮论》，载［日］河出孝雄编：《新文学论全集》第 5 卷《文艺思潮》，河出书房 1941 年版，第 34 页。

快了新风格的形成。卢梭作为改变启蒙主义思潮引发浪漫主义运动的先驱者，在全欧文艺史的发展上扮演着重要的角色。若排除了歌德，"歌德时代"就无法想象，甚至整个德意志精神、德意志文艺的全部发展都无法充分把握。① 可见，竹内敏雄对群体性与个体性关系的阐释无疑是合理的、客观的、辩证的。

文学思潮群体性的组织内驱力是某种文学规范体系，它对个体有强大的吸引力和支配性，当然对个体有必要的框范。然而，不同的文学思潮，由于生成它的时代、历史条件和主体状况的不同，其规范体系结构殊异。有的对个体创造性束缚较大，有的较小。17世纪法国古典主义文学思潮由于封建专制王权和统一的民族国家的需要，其规范体系要求文学活动主体严格服从公民理性、等级、规则，要求戏剧家严守"三一律"，使作家创作如同带着沉重的镣铐跳舞。只有如同拉辛那样的天才作家，才可能举重若轻地在严格的规范中取得最大的自由，创造出既合规范，又充分发挥个人独创性的杰作。而其他作家（包括古典主义悲剧的奠基者高乃依）的个人创造性往往被规则所损害甚至被窒息。结构较合理的规范体系能给个体创造性预置广阔的自由空间，使文学思潮主体在奉行规范的同时，让个体特殊性和创造性自由翱翔。在要求按照生活本来面目写作的现实主义文学的客观性、真实性规范下，司汤达对外在画面、色彩毫不在意，而一头闯进人物心灵，把人物默默无言的心理活动揭露无遗，把人物最内在的思想用独白的方式表达出来。巴尔扎克却执着于外在环境、面貌、细节的详尽、精确描绘，"他先描写城市，然后描写街道和房屋，他解释房屋的门面，石墙的窟窿，门窗的构造和木料，柱子的基座，藓苔的颜色，窗栏上的铁锈，玻璃上的裂口。他解说房屋的分布，壁炉的样式，壁衣的年岁，家具的种类和位置，然后过渡到衣服和用品。到了描写人物的一章，他还要指出手的结构，脊骨的曲直，鼻梁的高低，骨头有多厚，下巴有多长，嘴唇有多阔。他细数他手动多少次，眼瞥多

---

① 参见［日］竹内敏雄：《文艺思潮论》，载［日］河出孝雄编：《文艺思潮》，河出书房1941年版，第34页。

少下，脸上有几个肉丁。他弄清他的家世，他的教育，他的生平，他有多少田产，有多少进款，他出入于什么社交场合，和什么人往还，花多少钱，吃什么菜，喝什么酒，他的厨子是跟谁学的手艺，总而言之，形成而且渲染人性和人生表和里的一切，纵横交织，繁不可数的情况"。① 他的描写那么冗长却又那么有力量。而托尔斯泰尽管也与司汤达一样属于内倾的现实主义一路，却把细致的心理分析与外在自然画面的清晰而饶有诗趣的描绘融为一体，而且创造了特有的"心灵辩证法"，即"最最注意的是一些情感和思想怎样发展成别的情感和思想；他饶有兴趣的观察着，由某种环境或印象直接产生的一种情感怎样依从于记忆的影响和想象所产生的联想能力而转变为另一些情感，它又重新回到以前的出发点，而且一再循着连串的回忆而游移而变化；而由最初的感触所产生的想法又怎样引起别的一些想法，而且越来越流连忘返，以至于把幻想同真实的感觉，把关于未来的冥想同关于现在的反省融合一起"，写出"心理过程的本身，它的形式、它的规律"。② 还有屠格涅夫、陀思妥耶夫斯基、契诃夫、狄更斯、马克·吐温等等，无数的作家都在同一规范下在不同的时间和国度里释放出个体创造性的最大能量，以缤纷的色彩丰富着现实主义文学思潮的群体性。20 世纪的西方文学思潮则多以反传统、反规范为文学规范体系，文学思潮主体渴望随心所欲的绝对自由，要求去做想做的一切。其结果是一方面开辟了人们从未见过的奇异的五光十色的美学新疆域，一方面又无法摆脱与非理性主义结伴而来的艺术本性在象征的密林、混乱的意识流、形式的囚笼和语言的乌托邦中迷失的命运。

---

① ［法］泰纳：《巴尔扎克论》，载易漱泉等选编：《外国文学评论选》上册，湖南人民出版社 1982 年版，第 405 页。

② ［俄］车尔尼雪夫斯基：《〈童年〉和〈少年〉、〈列·尼·托尔斯泰伯爵战争故事集〉》，载易漱泉等选编：《外国文学评论选》下册，湖南人民出版社 1983 年版，第 260 页。

第二节　文学思潮的动态性

个体意识的活动如"河"如"流",变动不居。作为群体意识、群体精神结构的文学思潮同样也是流动的,而且是规模更大、变化更复杂的流动。文学思潮是一个具有历史规定性的群体文学意识的活动过程,它同所有思潮(政治的、哲学的、宗教的,艺术的……)一样,都是一个具有发生、发展和衰落等不同演变阶段的过程。每一个文学思潮都处在不断的变革之中,不同的思潮此伏彼起,不断更替。有时以某一思潮占据主流,独领风骚;有时是数潮竞胜,争为霸主。有的思潮起落短暂,有的思潮绵延漫长。从近代以来,不少文学思潮的兴起演变都伴随着风风火火的文学流派纷争或声势浩大的文学运动,而且总与社会变革、政治形势有着千丝万缕的关联。有的文学思潮直接就是社会运动、政治斗争的组成部分。例如,17 世纪法国君主专制政体的政治需要决定了古典主义文学思潮的审美标准。大权在握的黎塞留毕生致力于奉行国家体制与公民纪律的原则,不仅在政治上无情取缔一切危害专制政体的行为,而且要求文学艺术也从属于专制王权的政治。他建立了法兰西学院,制定了严格的艺术规则,监督一切艺术活动,利用古典主义的理论,打着艺术使命的旗号,干涉作家的创作。他以违反规则为借口,发起对高乃依著名悲剧《熙德》的围攻,强迫作家依附于政治。17 世纪法国的古典主义文学思潮因而具有强烈的保守性和封建色彩。而 19 世纪俄国的现实主义文学思潮则与俄国解放运动同步,表达了贵族革命者、进步平民知识分子和广大人民群众反对沙皇专制农奴制以及资本主义的思想、情感和意志,使文学成为人民的"讲坛",诉说人民自己的"愤怒的呐喊和良心的呼声"。[1]

"文变染乎世情,兴废系乎时序。"[2] 文学思潮的动态性固然也系乎"世

---

① [俄]赫尔岑:《赫尔岑论文学》,辛未艾译,上海文艺出版社 1962 年版,第 58 页。

② 刘勰:《文心雕龙》,姜书阁:《文心雕龙绎旨》,齐鲁书社 1984 年版,第 172 页。

情"、"时序"，同时又有其内在因由。其中之一，与文学思潮的群体性密切相关，群体性的形成与存在要以一致性为基础，而一致性则依赖于某一共同的标准与尺度。就文学思潮而言，其标准尺度即文学规范体系。按韦勒克的意见，文学思潮的嬗替也就是文学规范体系的变动。他的观点不无道理。文学思潮主体群体遵循某一共同的规范体系从事文学活动，而群体主体本身的主观多样性，在"世情"、"时序"的外部条件影响下，不断反作用于文学规范体系，使其在发展过程中显示无限的丰富变化和多向度探索，群体主体也不断分化组合，使文学思潮从量变而达到质变。在矛盾的张力中，有的思潮吸收整合新的思想因素，孕育出新思潮的萌芽，在恰当的时候，完成新旧交替的变革。例如，在英国浪漫主义创作思潮中，所有作家都遵循自然主义倾向的浪漫主义规范，但在个体实践中呈现出种种不同的理解和特殊的变异。在开端阶段的湖畔诗人那里，华兹华斯的自然主义浪漫主义是以强烈而真挚的感情赞美大自然——与城市相对的乡村，体现出对一切具有永恒意义的自然现象的爱。柯勒律治和骚塞则追随德国浪漫主义的前驱，用自然主义的手法去写超自然主义的题材，进入神话与迷信的世界。司各特的自然主义体现为以鲜明的色彩对民族性格和民族历史进行生动的描绘。在早夭的诗人济慈笔下，自然主义的浪漫主义开出了最芬芳的花朵，那是热血沸腾的严肃的感觉主义，它无所不涉，包罗万象，拥抱一切。在穆尔的作品里，自然主义变调为色情的讴歌。坎贝尔则把它变成了对英国海上霸权的歌颂和英国自由主义思想的传声筒。而兰多的自然主义是以一种异教的人道主义面目出现的。到了雪莱和拜伦那里，自然主义的浪漫主义达到了顶峰，化成了激进主义，尤其是拜伦，他的自然主义成了惊天动地的激进吼声。高潮之后则很快衰落，浪漫主义不久就被现实主义创作思潮所取代。[①] 英国浪漫主义文学思潮的文学规范体系就这样经历了一个由反抗文学中的传统因袭的自然主义到有力地反抗宗教与政治的反动的激进主义的发展过程。勃兰兑斯勾画的这幅英

---

① 参见［丹麦］勃兰兑斯：《十九世纪文学主流》第四分册，徐式谷等译，人民文学出版社1984年版。

国浪漫主义文学思潮流变图，清晰地显示了文学思潮的动态性以及它与群体性的内在关系。

第三节 文学思潮的复杂性

包含着多样的个体主观性的群体性和动态性的多向互动必然导致文学思潮的复杂性。这种复杂性至少体现为三个方面。

第一是矛盾性。特定的文学思潮往往在性质、形式、社会意义、理论与实践上都存在着种种复杂的矛盾。例如浪漫主义的矛盾不一和千变万化，正如阿诺德·豪塞尔在风格层面上所指出的，既存在着一个属于社会进步阶层的倾向积极的浪漫主义，也存在着一个属于社会保守阶层的倾向消极的浪漫主义；有希腊风格的浪漫主义，又有中世纪骑士风格的浪漫主义，也有后期哥特式的浪漫主义或西班牙气质的法国贵族的浪漫主义；还有反对革命的法国浪漫主义及与其相对立的、决心不惜一切代价维护法国革命精神遗产尤其是它对个人的解放的阶级的浪漫主义。在一个国家中，浪漫主义具有最显著的革命特征，而在另一个国家里的浪漫主义却是反对革命的；即使在同一个国家里，浪漫主义有时发挥了积极的解放作用，激励个人具有自信心，有时却作了蒙昧主义的工具，在人心中布满了乌云增加混乱。[①] 从《欧那尼》演出的决死性斗争可以想见法国浪漫主义文学思潮与古典主义文学思潮不共戴天的敌对矛盾，然而取古典主义而代之的法国浪漫主义却又在许多方面具有它的敌人——古典主义的特征。法国浪漫主义者蔑视古典主义文学中的清晰明净和理性上的晶莹透彻，他们不愿意像古典主义作家那样把人类生活分割为支离破碎的片断，不想去表现那种形成戏剧化对比的，互相脱节的情感和热情，不肯在基本成分上作任何辞藻的堆砌重叠，他们决心追随莎

---

① 参见 [美] 阿诺德·豪塞尔：《艺术史的哲学》，陈超南等译，中国社会科学出版社 1992 年版，第 265 页。

士比亚和歌德的伟大典范，按照人生错综复杂的本相将它搬上舞台，"但结果怎样呢？按照他们的处理方式，在拉马丁、维尼、乔治·桑、圣伯甫的手里，现实生活重新融化，又重新分解了。在雨果和大仲马手里，人生的极端形成了均匀的对照，恰如在古典悲剧里一样，秩序井然，节制适度，贵族的典雅，明朗而严峻的朴素风格，形成了诺地叶、司汤达和梅里美的特色，正如它们形成18世纪的古典作家的特色一样。一种混合着诗人心灵里变化多端的想象的轻快、洒脱、飘逸的幻想，在同一部作品中将近处和远方、今天和远古、真实存在和虚无缥缈结合在一起，合并了神和人、民间传说和深刻寓言，把它们塑造成为一个伟大的象征的整体——这种真正浪漫的禀赋，却不是他们所固有的，他们从未听说过小精灵们的歌声里细弱而清越的袅袅音调飘遍了牧场草地。这些作家虽说论出身是凯尔特人，实际上却是拉丁人；他们像拉丁人一样地感觉和写作；但'拉丁'这个词就等于是古典的。如果我们按一般的理解来理解浪漫主义，也就是说，题材压倒了风格，内容不为形式的任何规律束缚，……那么，一切法国浪漫主义作家都是古典主义作家了——像梅里美、乔治·桑、戈蒂叶，甚至连雨果本人也包括在内，结构严整的，清晰明了而又富于辞令的"①。司汤达自称是浪漫主义者，实际上，做的是现实主义；福楼拜按现实主义原则创作，却否认自己是现实主义，还说自己憎恨现实主义。福克纳也声称反对现实主义，但他的理论主张却是现实主义的。左拉理论上极力强调自然主义，创作却不是完全的自然主义，而自觉或不自觉地回到现实主义的轨道上来。还有的作家同时涉足不同的甚至是互相矛盾的思潮。如巴尔扎克一边构筑《人间喜剧》这一现实主义丰碑，一边又写出《驴皮记》、《长寿药水》这样的浪漫主义作品。普希金早期涉足浪漫主义文学思潮，然后转入现实主义。英国"湖畔"派诗人开始表现了积极的浪漫主义倾向，后来却反对革命趋于保守消极的浪漫主义，甚至像骚塞那样成为御用文人，为暴君歌功颂德。俄罗斯的马雅可夫斯基曾上了要把普希

---

① ［丹麦］勃兰兑斯：《十九世纪文学主流》第五分册，李宗杰译，人民文学出版社1982年版，第27页。

金"扔下海去"的未来主义"现代汽船"，和未来主义者一起在公开场合喧嚣寻衅，咄咄逼人地宣称要"给公众趣味一记耳光"，十月革命后才从未来主义之船跳下来，逐渐脚踏实地，终于成为苏联社会主义现实主义诗歌的奠基人。在强调价值取向多元趋异的新时期文学中，更不乏流星般穿梭于各种思潮流派之间的作家，其中最显眼的莫如王蒙了，他的"将'翻（旧）'与'变（新）'奉为创作宗旨，倡言'凡存在的都是合理的'，主张'四面出击'、'打一枪换一个地方'，像变色龙一样变换创作路数，以致他的作品一部与一部风格迥异、一篇与一篇趣味绝殊，而且变化的速度之快，突破的范围之广，很少有人能够比肩，几乎每一篇新作问世，都会带来一片惊诧，引起一阵骚动，从传统的现实主义（《布礼》）到意识流（《蝴蝶》）到纪实小说（《在伊犁》），到新通俗小说（《球星奇遇记》），到荒诞小说（《冬天的话题》），再到象征主义（《坚硬的稀粥》）再到新状态小说（《恋爱季节》），再到尚无以确切名之的《暗杀》，简直像走马灯一样飞速旋转"[1]。

　　文学思潮的继承性是复杂性表现的第二方面。每一种文学思潮，不管在表面上与其前面的文学思潮如何势不两立，实质上却有着割不断的联系，前述法国浪漫主义与古典主义的关系就是一个典型的例子。有的文学思潮甚至直接是在其企图超越的文学思潮那里衍变而来的，也可以说，每一个新潮都是在它以前的许多思潮的产物，与过去的思潮有着千丝万缕的种种联系。自然主义和现实主义具有共同的哲学和美学的思想基础，即孔德的实证哲学和在其上发展出来的泰纳的自然主义美学观点，都受自然科学的影响，强调科学与文艺的综合，但自然主义却是在现实主义基础上把客观性、真实性和科学的精确性绝对化的结果。象征主义意识流脱胎于浪漫主义，支撑着象征主义诗歌观念的是浪漫主义的理论骨干，象征主义的内向性和意识流等现代主义心理描写使浪漫主义的主观性极端化，同时也是自然主义由外向内的延伸，即一种追求描摹心灵活动每一细微踪迹尤其是潜意识的心理自然主义。也就是在这个意义上，意识流小说——乔伊斯的《尤利西斯》有时候被人称

---

[1]　姚文放：《当代审美文化的哲学基础》，《北京社会科学》1996 年第 3 期。

为"自然主义"小说，也有人称为象征主义小说的最高成就。①

　　由于文学思潮的群体性、动态性以及文学思潮之间的矛盾性、继承性使它们在美学原则、艺术理想等方面的思想要素产生了不同程度的融合，有的作为前后思潮之间过渡性的标志，有的作为自觉整合的"合金"形态。因而使每一个文学思潮都具有一定程度的模糊性，许多思潮递嬗的起点和终点难以确切地划清，不少作家作品的思潮归属众说纷纭，莫衷一是。法国浪漫主义文学思潮的特征恰恰是与它所坚决反对的古典主义文学思潮的某些一致性，它"在许多方面却是一种古典主义的现象，是法国的古典绚丽辞藻的产物"②。往后，与取代它的地位的现实主义文学思潮也界线模糊，前述司汤达是法国第一个自称浪漫主义的作家，但对他的创作，一般都认为属于现实主义文学思潮，但也有人看出他的作品既有现实主义一面，还有浪漫主义的一面。法国文学史家朗松在《法国文学史》中把司汤达和巴尔扎克都划到浪漫主义作家队伍里去，勃兰兑斯在他的《十九世纪文学主流》中亦然，甚至说无论从情绪生活还是从刻画人物的手法来看，司汤达都显然是个浪漫主义者。其浪漫主义是"坚强的心灵和批判的心灵的浪漫主义；在以明智和坚定为其突出特征的人物身上，有时找得到一种濒临疯狂的热情因素，一种达到自我牺牲顶峰的温柔因素"③。再往后，现实主义和自然主义也纠缠不清，法国人自己一直没有对二者作出严格的区分，反而常常把它们混淆起来。以左拉为首的自然主义作家们自认为是现实主义，一些文学史家则把现实主义称为自然主义。之所以如此，是因为法国现实主义和自然主义两大文学思潮都是在同样的时代社会条件和哲学美学思想基础上形成的。在文学观念上有不少一致之处。现实主义一开始就带有自然主义倾向，跟后来的自然主义一

---

① 参见［英］马·布雷德伯里、詹·麦克法兰编:《现代主义》，胡家峦等译，上海外语教育出版社 1992 年版，第 427、429 页。

② ［丹麦］勃兰兑斯:《十九世纪文学主流》第五分册，李宗杰译，人民文学出版社 1982 年版，第 26 页。

③ ［丹麦］勃兰兑斯:《十九世纪文学主流》第五分册，李宗杰译，人民文学出版社 1982 年版，第 268 页。

样，强调在文学里注入自然科学的精神和方法。巴尔扎克说他写《人间喜剧》的最初动念就是"由于对人道和兽性所作的比较"，他想模仿法国生物学家布丰在《自然史》一书中描绘全体动物那样，替社会写一部"卓越的著作"。① 有人还从自然主义文学运动形式的影响，看到了自然主义不仅与象征主义甚至与后来种种现代主义文学思潮的一致性。"自然主义"成了包罗广泛和值得赞美的名词。"到最后，人人都是自然主义者了。那些不辞辛苦，细心模仿外部世界的全部细节，严格保存它的一切偶尔巧合或无关宏旨或不相连贯的凌乱面目的人，是自然主义者。那些沉浸于内心世界，如饥似渴地辨寻心灵活动的每一细微踪迹的人，也是自然主义者。终至每个浪漫主义者都成了自然主义者。每个优秀诗人都成了自然主义诗人，不论他们的姿态是理想主义的，还是象征主义的。"② 各种文学思潮中存在的不同文学思潮的美学的、艺术的、哲学的因素以及艺术技巧的交叉复合，表现在作家作品中时更显扑朔迷离，引发没完没了的争议。乔伊斯的《尤利西斯》除了前述的意识流、自然主义、象征主义的几种定位外，还有人认为是自然主义和象征主义的"十分贴切的综合"。③ 奥地利作家卡夫卡一般被归入现代主义范畴，他的创作被视为表现主义的代表作。可是也有人认为若把卡夫卡的作品屏除在现实主义之外，是不公平的。如《变形记》虽然用了不合常理的艺术手法，却写出了具有典型意义的人和事。④ 高尔基承认现实主义和浪漫主义很难正确区分，所以干脆提出这样的观点："在伟大的艺术家们身上，现实主义和浪漫主义时常好像永远是结合在一起的。"⑤ 韦勒

---

① 参见伍蠡甫主编：《西文文论史》下卷，上海译文出版社 1979 年版，第 164—165 页。
② [英] 马·布雷德伯里、詹·麦克法兰编：《现代主义》，胡家峦等译，上海外语教育出版社 1992 年版，第 174 页。
③ 参见 [美] R. 韦勒克：《文学思潮和文学运动的概念》，刘象愚选编，中国社会科学出版社 1989 年版，第 285 页。
④ 参见马良春等编：《中国现代文学思潮流派讨论集》，人民文学出版社 1984 年版，第 365—366 页。
⑤ [苏] 高尔基：《我怎样学习和写作》，戈宝权译，生活·读书·新知三联书店 1984 年版，第 49 页。

克则在对作家的理论与实践的矛盾性以及小说艺术的独立发展的分析中得出了与高尔基同样的结论，他说："一切伟大的现实主义作家，说到底，都是浪漫主义者"，例如，福楼拜在至少半数以上的作品中"是一位鲜血与金钱、情欲与珠宝的浪漫主义幻想作家"。陀思妥耶夫斯基则把普遍的现实改造成精神世界的象征，他的艺术技巧同法国浪漫主义耸人听闻的情节小说中的许多手法有联系；托尔斯泰的作品比所有小说大师的更具体真实，但他同时又是小说史上最涉及个人、甚至从字面看来也最自传化的作家；易卜生的作品具有明显的象征主义风格；左拉虽然极力倡导自然主义，但实际上他是一个采用极端的情节剧和象征主义手法的小说家。① 文学思潮的复杂性造成了见仁见智的无尽的争论和定义工作的艰难，但并不意味着文学思潮之间没有任何界限，文学思潮的实质不可知。在基本倾向、艺术原则上，无论如何交叉复合，不同的文学思潮的本质还是有迹可寻的。如现实主义和自然主义，虽然都强调客观性、真实性和科学精确性，但前者不拘泥于表象，而着重于反映本质，后者则相反，重视的是现象的纤毫毕备的摹仿，反对任何概括化和典型化。

第四节　文学思潮的历史性

前面我们说过，诸如厨川白村那样认为文学史上从古至今只有相互对立、交叉或融合的两种文学思潮的观点是错误的，这种观点之所以错误，关键就在于无视或否认文学思潮的历史性。马克思在《哲学的贫困》中批判法国小资产阶级社会主义者蒲鲁东时曾经指出："人们按照自己的物质生产率建立相应的社会关系，正是这些人又按照自己的社会关系创造了相应的原理、观念和范畴。所以，这些观念、范畴也同它们所表现的关系一样，不是

---

① 参见［美］雷内·韦勒克：《现实主义和自然主义》，杨正润译，《文艺理论研究》1987年第1期。

永恒的。它们是历史的、暂时的产物。"① 文学思潮作为一种整体观念系统，它的产生，存在和发展，是以一定历史时期的物质生产以及人们由此建立的社会关系为基础的，因而也不是永恒的，而是暂时的、历史具体的。文学思潮的历史性又可以分为时代性、民族性和阶级性三个方面。

时代性是文学思潮最主要的历史规定性。具体的文学思潮都产生于特定的时代，随着该时代的发展变化而兴衰更替。特定时代的经济、政治、文化等历史条件是文学思潮的必要基础，时代精神是文学思潮的主宰和基调。17 世纪法国古典主义文学思潮为何那么自觉地拥护王权、崇尚理性和恪守规范？离开 17 世纪法国社会所处的"过渡时期"的物质生产状况以及与之相应的社会关系将无从解释。"那时旧封建等级趋于衰亡，中世纪市民等级正在形成现代资产阶级，斗争的任何一方尚未压倒另一方。"② 在这样一个时代，君主政权的存在，建立专制制度的绝对权威就成为历史的必然，贵族阶级要利用君主制度抵制平民，资产阶级要依赖它来抑制贵族。王权趁机采取一边依靠城市资产阶级，一边对封建贵族阶级作出某种让步的政策，在一定的完全相对的程度上建立和巩固最高王权的绝对权威。在这种社会关系上产生的美学观念、艺术观念也是绝对化的。古典主义文学思潮的理论基础就是美的理想的永恒性与绝对性的学说。布瓦洛主张艺术美是永恒的、固定的、普遍的绝对概念，理性是艺术真理的主要标准，也是艺术美的主要标准。他号召人们·"首先须爱理性"，一切创作都"永远只凭着理性获得价值和光芒"。③ 在布瓦洛看来，只有理性才能创造艺术美，因为理性是绝对的、普遍的、最高的艺术审美力。在 17 世纪的法国，这种理性只存在于社会上文化最高的阶层，尤其是宫廷贵族阶层才具有这种最高的艺术审美力。所以布瓦洛要求诗人们研究宫廷，认识城市，也就是要作家适应宫廷的鉴赏力、理解力、观点和对美的评价，作家要按照宫廷的艺术审美尺度进行创作。由于

① 《马克思恩格斯文集》第 1 卷，人民出版社 2009 年版，第 603 页。原注："生产率"在 1885 年德文版改为"生产方式"。

② 《马克思恩格斯全集》第 4 卷，人民出版社 1958 年版，第 340 页。

③ 参见伍蠡甫主编：《西文文论选》上卷，上海译文出版社 1979 年版，第 290 页。

法国专制制度的政治需要，古典主义者曲解古希腊戏剧，并以之为依据制定框范戏剧创作的普遍法则——三一律。王权、理性、艺术规则三者的相关同一，体现了 17 世纪法国社会"过渡时期"的时代精神，从而成为古典主义文学思潮的灵魂和主调。18 世纪由新兴的棉纺织业开始的工业革命首先发生于英国，然后很快扩展到欧洲大陆和北美，推动了生产力的飞速发展。加上法国大革命所带来的遍及整个欧洲的政治大变革，还有自然科学上划时代的种种新发现，影响到社会阶级阶层的变化和社会关系大变革。正是在这些特定的时代条件土壤上，产生了以"自由"、"科学"、"进步"和"进化"等概念为核心的新的时代精神，也才可能出现以追求主观、个性"自由"为主要倾向的浪漫主义文学思潮和强调"科学"精神以客观性、真实性为艺术原则的现实主义文学思潮。

　　同一文学思潮在不同国度、民族中的特征性区别在于民族性的差异。一般认为，文学的民族性是指文学反映民族的社会生活、文化传统、生活方式、风俗习惯、心理素质以及语言等特点所形成的特色，它包括主客观两个因素，客观因素指民族生活，主观因素指作家的民族意识。相对而言，民族意识、民族精神作为主观因素要比客观因素在文学的民族性中作用更重要。正如斯宾格勒所言："在民族历史的川流中，我们也看到了一种内在的秩序。民族既非语言的单位、政治的单位，也非动物学的单位，而是精神的单位。"[1] 俄罗斯著名作家果戈里在赞扬普希金为最有代表性的民族诗人时曾指出："真正的民族性不在于描写农妇穿的无袖长衫，而在于表现民族精神本身。诗人甚至描写完全生疏的世界，只要他是用含有自己的民族要素的眼睛来看它，用整个民族的眼睛来看它，只要诗人这样感受和说话，使他的同胞们看来，似乎就是他们自己在感受和说话，他在这时候也可能是民族的。"[2] 俄国革命民主主义批评家别林斯基感叹：没有谁能比果戈里在寥寥数

----

① 〔德〕奥斯瓦尔德·斯宾格勒：《西方的没落　世界历史的透视》（上册），齐世荣等译，商务印书馆 1963 年版，第 304 页。

② 〔俄〕果戈里：《关于普西金的几句话》，载〔俄〕果戈里等：《文学的战斗传统》，满涛译，新文艺出版社 1952 年版，第 2—3 页。

语中把文学的民族性特点规定得更好、更明确的了！① 他进一步指出：“无论如何，在任何意义上，文学都是民族意识、民族精神生活的花朵和果实。”② 像普希金、歌德这样的伟大诗人，无论他们创作的内容从哪一个世界提取，无论他们作品的主人公们属于哪一个国家，诗人都永远是自己民族精神的代表，都以自己民族的眼睛来观察事物并按下自己民族的印记。③ 黑格尔和恩格斯比别林斯基更早地表达了同样的观点。黑格尔在其《美学》中推崇莎士比亚“能在各种各样的题材上都印上英国民族性格”④。恩格斯在 1840 年发表的《风景》一文中写道：伟大的民族作家即使写异邦故事也会洋溢着本民族的精神。例如莎士比亚的喜剧，不管剧中的情节发生在什么地方——在意大利，在法国，或在纳瓦腊，展现在我们眼前的基本上总是欢乐的英国！“莎士比亚笔下古怪的乡巴佬、精明过人的学校教师、可爱又乖僻的妇女全都是英国的，总之，你随处都会感到，这样的情节只有在英国的天空下才能发生。”⑤ 在文学思潮中，民族性体现更充分，尤其是在历史进入资本主义世界体系建构的近现代时期，文学思潮随着资本主义的世界扩张——全球化的进程，一种新的文学思潮在某一国家、民族兴起并形成强势后，很快地会在国际层面受到关注，被不同国家、民族译介、接受，从而对不同的民族文学发生影响，造成国际性的文学思潮。同时，在国际传播、接受过程中，不同空间的民族性必然程度不同地赋予外来思潮以本土性改造，使其发生变化，形成思潮差异，甚至催生全新的文学思潮。

　　韦勒克指出，17 世纪的法国文学、17 世纪晚期和 18 世纪早期的英国文学、18 世纪末期的德国文学都属于古典主义文学思潮，但是，由于民族

① 参见 ［俄］别林斯基：《一八四一年的俄国文学》，载《别林斯基论文学》，梁真译，新文艺出版社 1958 年版，第 79 页。

② ［俄］别林斯基：《玛尔林斯基作品全集》，载《别林斯基论文学》，梁真译，新文艺出版社 1958 年版，第 73 页。

③ 参见 ［俄］别林斯基：《论人民的诗》第二篇，载《别林斯基论文学》，梁真译，新文艺出版社 1958 年版，第 77 页。

④ ［德］黑格尔：《美学》第一卷，朱光潜译，商务印书馆 1979 年版，第 349 页。

⑤ 《马克思恩格斯全集》第 2 卷，人民出版社 2005 年版，第 178 页。

文化传统和现实的不同，这三种文学在内容和形式方面，在对权威和大作家大作品的追随方面和与古代的关系方面，都有很大差别，体现了不同的民族性、本土性特色。法国 17 世纪的古典主义显然是一种减弱的、压低了调子的巴罗克式的风格；英国的古典主义的风格虽然有时和人们所说的洛可可很相近，却似乎是最有启蒙精神的、符合常情的，甚至现实主义的；德国古典主义即使在其自觉意识最强烈的新古典主义阶段，也似乎是浪漫主义的，或者可能是怀旧的，乌托邦似的。① 再看浪漫主义文学思潮，法国的浪漫主义有着鲜明的古典主义特征，体现了对其民族传统的继承，也就是固有的民族性在文学思潮中的表现。英国的浪漫主义与法国以及其他国家浪漫主义相区别的主要特征，勃兰兑斯称之为"自然主义"，那是英国民族气质所使然。他说，英国浪漫主义诗人都是大自然的爱好者、观察者和崇拜者，在他们的笔下，无论是对真实自然还是想象中的自然都显示了一种精确描写的趋向。这种自然主义源于一种英国气质——民族性。由于生活环境和文化传统的关系，英国人普遍热爱乡村、大海、家庭甚至家畜。即使在旅行或搬迁的时候，他们都喜欢把全家和家畜带在身边。据说青年时代的拜伦对马、狗和野生动物十分喜爱，他身边拥有的动物之多，简直就是一座完整的动物园，其中甚至有熊和狼。即使生活在异国他乡，拜伦仍保持着这种兴趣。当他 1821 年离开意大利拉文纳时，就随身携带着马、猴子、猎犬、猛犬、猫、珍珠鸡和其他禽鸟。小说家司各特在迁居时同样也带着火鸡、母牛、小马、猎犬和哈巴狗。对大海的热爱更是英国人的显著特质。浪漫主义文学中很多自然描写都是海洋的画面。英国最优秀的诗歌作品，都洋溢着大海的新鲜和自由的气息。华兹华斯在他的《献给自由的十四行诗》中说山与海的声音都是声震天庭的伟大声音，都是令人最为倾心的音乐。柯勒律治的《老水手》在神话的幻想中真实地描绘了令人恐怖和战栗的大海。在社会领域中的自然主义是具有革命性的激进主义，根源于英国人所具有的个人独立性的民族性

---

① 参见［美］R. 韦勒克：《文学思潮和文学运动的概念》，刘象愚选编，中国社会科学出版社 1989 年版，第 100—111 页。

格，个人的独立性成为英国作家的特色，引导他们对政治产生强烈的兴趣，这种政治兴趣是英国民族一向讲求实际的产物。英国浪漫主义作家几乎都是政治家，都是党派人士，华兹华斯是君主主义者，司各特是托利党人，雪莱和拜伦是激进主义者……①

在历时维度上，民族精神具有历史流动性、内容变易性的特点。因而，文学思潮中体现的民族性不是一成不变的东西，它也受时代性制约，并通过一定的时代性表现出来，而特定文学思潮的时代性的显现也必然带有民族性的特征，二者密不可分。这一关系，在后面文学思潮与现代性一节中我们还将进一步讨论。

与民族性一样受时代性制约的还有文学思潮的阶级性，同样是构成文学思潮历史具体性的重要方面。近年不少文学理论著作和论文有意回避文学的阶级性问题，并不说明文学和文学思潮的阶级性子虚乌有。马克思主义十分重视阶级及其历史作用，反马克思主义者要么攻击马克思把资本主义时代的社会关系简单化地分为资产阶级和无产阶级两大对立阶级，要么以高级资本主义时代人们身份地位的迅速变化而导致阶级、阶层边界的模糊而否认阶级的存在，并以之为马克思主义已经过时的重要证据之一。改革开放之前中国社会饱受阶级斗争扩大化之苦，因而不少人对"阶级"、"阶级斗争"概念和话语视若灾星。随着苏东社会主义世界的解体，马克思主义跌落低谷，反马克思主义的意识形态也趁机泛滥，国内文艺学界在知识更新、与国际接轨的旗号下，一些人有意无意地淡化、抛弃、鄙视甚至敌视文学阶级性、人民性和党性的学术话语和理论研究。西方学界有些人深信马克思视界中的工人阶级在现实中已经消亡了，阶级没有了，历史"终结"了，对阶级问题的关注要转移到文化、种族、性别和后殖民主义等问题了，文学研究的话语和课题于是也转向于文化、种族、性别和后殖民主义的领域，这一学术思潮也迅速覆盖于国内文艺学领域。马克思主义视界中与资产阶级相对立的工人阶级

---

① 参见［丹麦］勃兰兑斯：《十九世纪文学主流》第四分册，徐式谷等译，人民文学出版社1984年版，第6—16页。

真的消亡了吗？我们是否已处身于没有阶级斗争的无阶级社会？生活在当代高级资本主义社会中的英国学者特里·伊格尔顿直言不讳地斥责反马克思主义者制造的这些关于阶级及其消亡的"愚蠢的观点"。他严正地指出，马克思所谓的"工人阶级"、"无产阶级"并非仅是作为体力劳动者的产业工人即蓝领阶层。在《资本论》中，马克思就认为凡是在资本主义生产模式中被迫向资本家出售自己劳力的人都是工人阶级，他们受尽压迫，苦苦挣扎，却无力改变自身的劳动条件。因而，除了手抡大锤那样的产业蓝领之外，无产阶级还包括数量越来越多的白领、服务行业中的大量劳动者，甚至随着技术和行政管理行业的发展，马克思早就提到的"位于工人和资本家中间"的"数量持续增长的中产阶级"与工人阶级的界限也日趋模糊，愈来愈多的中产阶级被无情地卷进无产阶级化的浪潮之中。尽管发达资本主义国家的蓝领工人显著减少，但是就连一个英国地理学家也知道"目前全球无产阶级的数量远远多于以往任何时候"！西方有学者估计全球工人阶级的数量已达 20 亿或 30 亿的规模。无论资本主义社会如何变化，怎么改良，也不仅没有改变资本主义财产关系的基本性质，反而更多的是扩大和巩固了这种基本性质！当今世界的文化、身份、种族、性别、后殖民主义的问题，仍跟过去一样和阶级、阶层问题紧密交织。① 伊格尔顿和反马克思主义者的言说孰是孰非？谁是"花言巧语的诡辩"？例如凯文·威廉森② 将促成 2008 年金融危机的"罪魁祸首"认定为马克思，因为诸如房利美和房地美的抵押贷款风险的社会

---

① 参见［英］特里·伊格尔顿：《马克思为什么是对的》，李扬等译，新星出版社 2011 年版，第163—179 页。

② 凯文·威廉森（Kevin D. Williamson）是美国《国民评论》执行副总编，著有《社会主义的政治不正确指南》，2011 年 5 月发表书评《伊格尔顿为什么错了》（Why Eagleton Is Wrong，见 http：//www.commentarymagazine.com/article/why~eagleton~is~wrong/）批判 2011 年 4 月耶鲁大学出版社出版的伊格尔顿的新书《马克思为什么是对的》，声称这本书"缺乏有力的证据"或有"明显的论证缺陷"，是"一篇花言巧语的诡辩"，当他才看到该书第二章伊格尔顿"坚称残暴的东德警察国家拥有一流的儿童福利设施"并说"马克思主义的国际主义者立场是必要的，因为没有哪个国家能够单独'消除匮乏'"时，就"气得简直难以再读下去"。稍稍对照一下伊格尔顿文本，就知道凯文·威廉森的书评实乃滑稽奇文。[此注释引文见吴万伟译文（http：//www.impencil.org/portal.php？mod=view&aid=2497）]

化、信用评级机构的卡特尔化、借贷标准从属于政治命令等等都是推行科学唯物主义者马克思之流设想的中央经济计划的产物！美国居然是以马克思主义为理论指导的国家？如果没有像凯文·威廉森那样气极近乎神经错乱，谁能相信这是确凿的客观事实？

　　阶级的存在迄今还是明显的社会现实，并不因为反马克思主义者的矢口否认就成为"马克思主义者的凭空想象"，子虚乌有。对文学艺术这类意识形态的阶级性的关注，在当前不仅不能淡化、疏离、抛弃，而应该更加重视，才能认清自我标榜具有发现事物永恒特质的普遍性的一些"分类和描述性的理论"的真面目。例如英美国家流行的艺术审美理论，它集中体现了"唯美主义"倾向，"在英语国家的艺术哲学家中间，有一种很明显的倾向，即把认知、道德、政治、语境等艺术的维度统统看成截然不同于审美的维度，并把这些因素贬低为与对艺术的恰当欣赏无关。上述排斥活动的支持者们的所作所为掩盖了一种潜在的偏见，即支持与艺术审美理论最具天然联系的形式主义，尽管他们可能并不总是意识到这一点"。① 这种艺术审美理论视审美为涵盖所有艺术的永恒本质，认为艺术品都是基于给鉴赏者以审美经验的目的而设计、制作和表演的，审美是艺术品本身的固有价值。对此理论，美国当代学者诺埃尔·卡罗尔指出，从广阔的历史视域来考察一下，就能找到无数反例，可以证明历史上的大多数艺术品都是用来为社会的、政治的、宗教的、文化的等等各种利益服务的。"例如，很多我们今天初看上去属于艺术的部落面具和盾牌，都并不是以促成因其自身而有价值的经验为首要目的而计划和设计的。因为这些面具和盾牌是为了恐吓敌人而设计的，它们有意要让入侵者感到恐怖。如果这些面具和盾牌为敌方的旁观者提供了因其自身而有价值的经验，那么这些艺术品就会与其想要产生的功能相悖。它们是为了灌注令观看者憎恶的经验而创造出来的。同样的，大量前现代的艺术品，如彩色玻璃窗，是为了引起敬畏、支撑信念而设计的。'教区居民们

---

① ［美］诺埃尔·卡罗尔：《英美世界的美学与马列主义美学的交汇》，李媛媛译，《文学评论》
　　2012 年第 3 期。

会试着为其形式的具有内在价值的经验而使用它们'的观念会因为'渎神'而让这些物品的创作者感到胆战心惊。甚至今天的很多（甚至大多数?）艺术品都不仅仅是出于引起受主要旨在引起因其自身而受重视的经验引导的反应的意图而制作的。例如，许多当代严肃美国小说致力于重新讲述我们到达当前历史时刻的方式的传奇，以达到与未来相沟通的目的。这些小说同时拥有认知的、政治的、道德的目标。它们的作者并不想要他们的作品因其所引起的具有自身目的的经验，而是其作品介入并改变我们生活的方式而受到重视。"① 艺术审美理论实际上只适用于 18 世纪以来尤其是 20 世纪常常称之为现代主义的一些艺术作品，它们的确是为了促进对作品的形式结构的静观经验而设计的，这些经验被设定为因其自身的原因而有价值。"艺术"的内涵与外延古今有极大的差异。在古希腊、罗马时代，艺术是指任何与技艺有关的实践，诸如航海、驾车、医药等等都是艺术，它们本身是可以传授的知识。这些作为可传授的知识的艺术与一些美的艺术可以归为一类，"音乐可能同数学而不是诗歌属于一组，而诗歌可能同修辞归为一类。绘画有时甚至同化学和药理学归为一类，因为画家和化学家、药剂师都属于辗磨东西（如颜料和药丸）的工匠行会"。今天所谓"艺术"这一概念所指涉的是包括绘画、诗歌、雕塑、音乐、舞蹈、戏剧、电影、录像和摄影在内的一系列都汇聚于美的实践活动，也就是欧洲 18 世纪出现的"现代艺术体系"。艺术审美理论与"现代艺术体系"同步出现、发展，属于现代产物，是资产阶级的知识生产，具有鲜明的阶级性。在 18 世纪以前的艺术，其目的并不是唯一地以提供审美经验而创作的，资产阶级出现后，为了消磨他们所拥有的太多的闲暇时间而使艺术转型为商品，形成艺术市场，艺术的价值从过去服务于认知、政治、宗教、伦理、道德等等社会目的的客观性转向主观化，康德的审美无利害论应运而生。艺术在新兴的资本主义体制下被重构为一种对艺术品的形式所做的静观性游戏，排斥认知的、政治的、社会的、精神的或道德的

---

① ［美］诺埃尔·卡罗尔：《英美世界的美学与马列主义美学的交汇》，李媛媛译，《文学评论》2012 年第 3 期。

内容和功能，艺术越来越成为资产阶级的消费对象，满足资产阶级寻求美的事物来活跃其生活的目的。在这样的社会氛围中，"趣味"、"品味"逐渐成为新兴的中产阶级的社会资本的一个标志，成为阶级区隔的特征。诺埃尔·卡罗尔毫不留情地批评英美国家的艺术哲学家试图将艺术审美理论普遍化，希望人们以对待现代主义艺术的方式去看待所有艺术，并自以为是对所有艺术品永恒特质的发现，这不过是一种潜意识中对市场经济试图将艺术品的功能重新规定为一种休闲商品的认同，恰如神经官能症导致的麻痹症一样的顽疾。①

　　毋庸否认，在阶级社会里，作为社会意识形态的文学和文学思潮必然受到一定阶级关系、阶级斗争的影响和制约，有的文学思潮实际上就是一定时代错综复杂的阶级关系、阶级斗争的直接产物，有着鲜明、强烈的政治色彩。个别的作品可能看不出有什么阶级性，但作为群体观念系统的文学思潮，阶级性的存在是显而易见的。这样说并不意味着一定的文学思潮只是一个阶级或一个阶层的单一意识。无论在横向构成还是纵向流动方面，文学思潮的阶级性都具有相当复杂多变甚至自相矛盾的呈现。韦勒克在论述19世纪现实主义文学思潮时，曾正确地从创作思潮层面上指出过这种阶级性的复杂表现。他说，虽然19世纪现实主义文学的大量作品反映了中产阶级的胜利，但是，如把伟大的现实主义作家都看作中产阶级的发言人或代言人，那将是一个错误。"巴尔扎克政治上是个天主教君主制的拥护者，在拿破仑失败后，他欢呼波旁王朝的复辟，但是他又具有一种异乎寻常的想象力洞察了那些导致中产阶级胜利的进程。福楼拜带着强烈的痛恨和自觉的艺术家所具有的高傲，鄙视第三帝国的中产阶级社会。狄更斯对中产阶级和工业文明的过分发展变得日益持批判态度。陀思妥耶夫斯基早年曾参加过反对俄国政府的密谋，并在西伯利亚度过十年流放，但他却成为一个极端保守的民族主义的宗教纲领的倡导者，这一纲领是明确反对俄国革命力量的。托尔斯泰本人

---

① 参见［美］诺埃尔·卡罗尔：《英美世界的美学与马列主义美学的交汇》，李媛媛译，《文学评论》2012年第3期。

是一个伯爵和地主，他对沙皇政权的批判是激烈的，特别是在他的后期；但是对中产阶级、对西欧民主运动的目标，对当时的科学，他不能说是持友善态度的。易卜生的政治态度是个骄傲的个人主义者的态度，他蔑视'密集的多数及其专制'。"① 几乎每个作家身上及其创作都体现着程度不同的复杂阶级性，这是普遍的现象。众所周知的英国湖畔派诗人，初时曾为法国大革命热烈歌呼，与第三等级同喜共乐，但从 1793 年雅各宾党人专政之后，他们便急激逆转，倒向第三等级敌人一边，在贵族政府面前卑躬屈膝，甘为五斗米折腰。有的还戴上正直诗人不屑的官方授予的"桂冠"，肉麻吹捧刚死去的乔治三世，用"美德"的谀辞粉饰国王的老朽昏庸。就阶级基础而论，浪漫主义文学思潮中的派别既有封建贵族分子和小资产阶级反动分子，又有民主主义和社会主义分子。既有从反动的敌视进步的立场上对资本主义矛盾进行的批判，也有民主主义的设想，甚至是从资产阶级现实前进一步的革命浪漫主义的设想。如果说 17 世纪的古典主义文学思潮融合着统治阶级——专制王权贵族和被统治阶级——资产阶级的阶级意识，那么，这一思潮流派到 18 世纪末叶的过程中便逐渐失去了资产阶级的色彩，成了封建主义在美学上的最后营垒。在阶级性的维度上，也明显地体现了文学思潮的动态性、丰富性、矛盾性与复杂性。

　　把文学思潮的基本特性分为群体性、动态性、复杂性和历史性只是一种相对意义上的划分，不能绝对化，它们之间除了前述所及的互相关联、互为因果、多向互动的关系外，还有相互交叉和相互重合的关系。不仅阶级性体现了文学思潮的动态性、丰富性、矛盾性与复杂性，群体性也同样，它在纵与横的向度上都是动态的，也具有复杂性和历史性，也受一定时代、民族、阶级等条件所支配。所以，从统一的方面来看，这几个特性不能截然孤立地存在。换句话说，它们各自都是文学思潮特性整体的有机构成因素，因而，与其说文学思潮具有这几个方面的特性，毋宁说这几个方面特性的统一共同构成了文学思潮的基本特征。

---

① 　[美] 雷内·韦勒克：《现实主义和自然主义》，杨正润译，《文艺理论研究》1987 年第 1 期。

第五章

文学系统内的文学思潮

将文学思潮放在包含它的不同层次的更大系统中进行考察，可以更详尽地了解它的特征。因为不同层次的大系统内，同一个子系统由于结构地位的不同，随之也就带来了相对不同的特征。这种特定层次系统中的特征与普遍规律背景上的特征相辅相成，使作为认识对象的子系统在认识过程中从抽象上升到规定更丰富的具体。

在文学系统内，文学思潮与文学风格、创作方法、文学流派和文学运动有着种种无法割断的联系，因而极易为人所混淆。但它们之间又有着不容抹杀的本质区别，因而，通过文学思潮与这些范畴的对比，辨别它们的异同，确定文学思潮在文学系统内的相对特征是十分必要的。

第一节　文学思潮与文学风格

文学风格包括个体风格和群体风格、具体风格和抽象风格（基本风格），它们的内涵和外延都没有公认的界定，无论在含义的理解还是实际运用上都相当复杂和混乱。最容易和文学思潮相混淆的是群体风格和抽象风格，它们在使用时一般具有好几种含义。托马斯·门罗曾告诫人们注意一些风格名称在使用时有三种主要含义往往会从其中一种开始转向另一种，游移不定，含混不清。这三种含义分别是：（1）时期。它涉及一些领域、历史阶段或时期，即包含某一段时间、地域、人物以及该时期创作的一批艺术作品。（2）历史的风格、时期的风格。它可能涉及某种特征，被假定为该时期的艺术特征。（3）抽象的风格或类型。它可能涉及一些反复出现的或持久的类型，不仅仅局限于任何一个时期，而是跨越不同时期存在的一种特征或一系列特征。例如"浪漫主义"这一名词，既可以指 18 世纪末至 19 世纪初这样一个特定的艺术时期，也可以指这一时期各种艺术所具有的"浪漫主义"特征的历史风格、时期风格，还可以指历史上任何时期具有浪漫主义特征的艺术的或文化的类型。① 文学思潮也与包含一定时段、地域、人物及其文学作品的"时期"和创作的"艺术特征"相关联，一些文学"类型"生成于某一文学思潮或某些文学思潮本来就是由某种"类型"转化而来，因此，上述风格的三种含义或其中任何一种都可能不知不觉地就与文学思潮混为一谈。

日本学者竹内敏雄甚至在理论上明确地提出了思潮风格同一说的观点。他认为，在"兼有其自身内在的普遍性与相对于其他文学思潮而言的特殊性这一点上"，作为"客观精神"的文学思潮是一种"类型性的存在"。所谓"类型"在这里不是指抽象的、固定的类型，而是"具体的、生动的类型"。文学风格——历史风格或集团风格这样的具体风格（群体风格）也是"客观精神现象"，"通常含有'类型的形式规定性'的意味"，也是现实的历史的现象，不是抽象的、固定的类型，"而是以其自身固有的'特性'生成、发展、衰亡"的生动的、具体的"类型"。因而，可以断定，"作为客观精神的文学思潮确实可谓是这种风格的现象。实际上当我们谈论到文艺思潮的时候，首先想到的是古典的、浪漫的、写实的、象征的等等风格概念，也就是这个缘故"。② 可是，我们知道，文学思潮在竹内敏雄看来不过是"在文艺

---

① 参见［美］托马斯·门罗：《走向科学的美学》，石天曙等译，中国文联出版公司 1984 年版，第 298—299 页。

② 参见［日］竹内敏雄：《文艺思潮论》，载［日］河出孝雄编：《新文学论全集》第 5 卷《文艺思潮》，河出书房 1941 年版，第 8—9 页。

领域中的精神潮流",并且特别强调它不是在作品中"被客观化的精神",而是在文学史背后"不断流动的活生生的实在的精神之流",艺术风格却"不只是规定精神性的东西的类型。只有精神的动态在感觉形态上被具象化的东西付诸直观,可以在其类型的规定上予以把握时,才能称之为风格","所谓风格,可以说特别是艺术领域的创作者的'精神'特质在作品'形态'上表现出来的'样子'"。因而,"具象性"是风格的重要特征,缺乏"具象性"的话,就不是充分意义上的风格,而且,只有"艺术风格才是真正意义上的风格,本来意义上的风格"。① 那么,作为"不断流动的活生生的实在的精神之流"的文学思潮怎能与这种作为在作品中被表现出来的"具象性"的"样子"的文学风格等同呢?竹内敏雄说,如果单纯在"类型的形式规定性"的意义上,或者即使把风格视为"涉及艺术和生活诸方面的一定类型的形式把握和形式赋予方法的总称",如果只在表面的意义上理解"形式",就不能把文学思潮等同于风格。他之所以把文学思潮视为与风格同一的东西,是从风格的本质即风格的本源上说的,而不是在"形式"即在直观的"具象性"的"样子"上说的。"风格本来是基于人的精神的个性法则而成立的,那么,在根本上与其说它存在于作品这样的精神创造的成果中,还不如应该说是在于创作它的精神里面。"因此,文学思潮和文学风格就"不外是从稍为不同的观点来看的同一的客观精神现象。……只能说是在各种情况下都相互不能完全区分的相关性概念"。概言之,当我们注目于艺术的形式层面的"样子"时,称之为"风格",如果只关心其内在根源时,把握到的就是"思潮"。竹内敏雄举了美术史和文学史何以前者多用"风格"概念而后者常用"思潮"概念为例加以证明,他认为,面对造型艺术,人们凭着可以直接感觉的直观性一眼就能立即看到对象整体的统一形式(风格)。而文学是以语言为媒介的想象的艺术,读者要经过一个个语词和句子的连续阅读、一个部分一个部分地体验的过程,达到整体把握之后才能领会到作为相继出现的印象总和的风格,它要涉及作品的许多层面,具有十分复杂的难以把握的结构,"所以,

① 参见 [日] 竹内敏雄:《艺术理论》,卞崇道等译,中国人民大学出版社 1990 年版,第 86 页。

比起表面形式来，这种情况无论如何更易于决定把重点置于内部形式和创造精神的个性法则之上"①。无可否认，某些历史风格和集团风格在本源上与文学思潮密不可分，这在创作思潮范围内是确凿不移的事实。然而，并不是所有的历史风格和集团风格都有对应的文学思潮根源，试问如温克尔曼说的"高贵的单纯和静穆的伟大"这一希腊艺术的历史风格根源于何种文学思潮？我们可以像对古典的、浪漫的、写实的等等近现代风格那样毫不迟疑地作出满意的回答吗？竹内敏雄虽然特别强调作为"客观精神之流"的文学思潮与作为"客观精神潮流的沉淀物"的文学作品及其中的"被客观化的精神"是不能等同的，必须加以区别的，但把文学思潮与文学风格视为同一的东西，尽管有"在根源"的意义上来说的这一限制，而他所强调的上述界限还是变得模糊不清了。所以竹内敏雄的思潮风格同一说的不妥，首先在于将作为观念层面的文学思潮与作为实践结果的文学作品体现出的审美特征混为一谈，显然有违逻辑，同时也表明他的视野始终将文学思潮局限于创作范围，从而取消了理论、批评、鉴赏等领域文学思潮的存在。其次，无论竹内敏雄如何声明风格和思潮作为"类型性存在"具有"生动的具体的"特殊性，不是抽象的固定的，但因为诸如"古典的"、"浪漫的"、"写实的"、"象征的"等风格概念同时具有抽象风格的"类型"含义，思潮风格同一说就极易使人将文学思潮视为抽象风格那样的"类型"，使文学思潮失去历史规定性。

文学思潮与文学风格的主要区别可以归纳为五个方面。

第一，文学思潮属于文学活动系统中的观念层面，是一种精神性结构，具有抽象性。而文学风格无论个体风格还是群体风格，都是通过文学作品体现出来的创作特征、审美风貌。正如歌德所说，风格"建立在极深刻的认识基础上，扎根于事物的本质之中，因为我们可以在看得见、摸得着的形象中认识事物的本质"，也就是说，风格是感性艺术形象的特征，而不是形象中

---

① ［日］竹内敏雄：《文艺思潮论》，载［日］河出孝雄编：《新文学论全集》第 5 卷《文艺思潮》，河出书房 1941 年版，第 12 页。

"被认识的事物本质"和人们对这种本质的"认识"本身。① 所以，具象性是风格的主要特点。

第二，文学风格局限于创作领域，依存于文学作品。文学思潮则贯串于整个文学活动系统，不仅存在于创作领域，也活跃于理论、批评和鉴赏范围。离开作品，风格无从把握。文学思潮既可以是理论思潮与实践（创作、鉴赏）思潮同步，也可能先行或后到于实践。正如一位学者所正确指出的那样，"文学理论的广泛活动不一定是在文学高度繁荣的时期，而文学高度繁荣的时期则不一定有广泛的文学理论活动。也就是说，文学理论的杰出建树和文学创作的高度成就常常不是在同一个时间出现的。似乎是这样：理论的探讨与总结是在文学繁荣之前或之后，在文学创作繁荣到来之前，为它探索发展的道路；在繁荣告一段落之后，总结它的成就与经验。而处于繁荣的高潮中，理论有时反而显出相对的沉寂（当然也有创作和理论同时繁荣的时候）"②。可知文学思潮在发展过程中也可以理论思潮的形态在一定范围内特立独行，尤其是 20 世纪，"理论鼓吹在先、创作效果在后的情况并不少见"③。

第三，文学风格永远是自然发展的结果，而非自觉或有意所能造成。"气之清浊有体，不可力强而致。……虽在父兄，不能以移子弟。"④ 在风格层面上理解"气"，足见其自然性、自发性。"一种风格只不过是许多意识和目的所实现的产物而已；决不能说它自身是自觉地或有意地造成的；它不是任何人的意识的一部分，这些人的作品只不过催化了它的存在，创造了我们称之为一种'风格'的东西。"⑤ 文学思潮既可是自然发展的结果，自发性的

① 参见［苏］格·尼·波斯彼洛夫：《文学原理》，王忠琪等译，生活·读书·新知三联书店 1985 年版，第 401 页。
② 罗宗强：《隋唐五代文学思想史》，上海古籍出版社 1986 年版，第 90 页。
③ ［荷］佛克马、易布思：《二十世纪文学理论》，林书武等译，生活·读书·新知三联书店 1988 年版，"中译本前言"。
④ 曹丕：《典论·论文》，载郭绍虞主编：《中国历代文论选》第一册，上海古籍出版社 1979 年版，第 158、159 页。
⑤ ［美］阿诺德·豪塞尔：《艺术史的哲学》，陈超南等译，中国社会科学出版社 1992 年版，第 203 页。

存在，也可以是自觉形成的。就观念性质而言，文学思潮可以是发生学的、目的论的概念，它可先于作家而由理论家所创设，成为理论思潮，再由作家作为目标而接受，运用于创作，扩及群体，就形成创作思潮。

第四，风格与不同艺术门类的特性、规律有关，它要服从所用感性材料的各种条件的限制，而且它还要适应一定艺术种类的要求和从主题概念产生出的规律。人们不能把某一门艺术的风格规律应用到另一门艺术上去。[1]文学思潮正好相反，与其说它不受艺术形式制约毋宁说是它支配着艺术的形式。浪漫主义作家何以较多采用诗歌体裁创作？原因显然应追溯到浪漫主义文学思潮的表现论文学观。而且，这种文学观不只适用于一种体裁，如浪漫主义文学思潮既有诗歌，也有小说和戏剧。文学思潮的艺术观、美学观可与各门类艺术思潮共通互用，涵盖不同门类艺术的形式。因而，浪漫主义、现实主义既是文学思潮，又是艺术思潮，甚至是文化思潮。

第五，阿诺德·豪塞尔曾指出文学风格具有守旧性，主要是因为"深刻的精神兴趣和情感上有意味的形式的忠实"，常常有效地阻止了变革的要求。[2]文学风格的守旧性在文学思潮变革时表现得特别明显。法国浪漫主义文学思潮与古典主义文学思潮进行过殊死的斗争，终于取而代之，但又始终在许多方面具有自己的敌人——古典主义的特征，为什么呢？这其中既有民族性根源，也有文学传统影响的关系，实际上毋宁说是民族性、文学传统以风格的形式对新的文学思潮的渗透。而作为观念层面的文学思潮相对于文学风格来说，就显示出鲜明的易变性、流动性。

第二节　文学思潮与创作方法

"现实主义"、"浪漫主义"等"主义"名称既可视为文学思潮，又可看

---

[1]　参见［德］黑格尔：《美学》（第一卷），朱光潜译，商务印书馆1979年版，第372、373页。

[2]　参见［美］阿诺德·豪塞尔：《艺术史的哲学》，陈超南等译，中国社会科学出版社1992年版，第223页。

作文学风格，但在更多的时候，它们被当作创作方法。这种共名现象，导致了思潮风格同一说，当然也因之不可避免地产生了思潮与方法的同一观。把文学思潮等同于创作方法的始作俑者也许要追溯到高尔基，因为他在谈论"现实主义"（"批判现实主义"）、"浪漫主义"的时候，尽管有时候也冠之以"潮流"或"思潮"的名称，但其实际意思指向的是创作方法或文学流派。例如，他在《谈谈我怎样学习写作》中说："在文学上，主要的'潮流'或流派共有两个：这就是浪漫主义和现实主义。对于人和人的生活环境作真实的、不加粉饰的描写的，谓之现实主义。浪漫主义的定义则有好几个，但是能为所有的文学史家都同意的正确而又十分全面的定义目前却还没有，这样的定义还没有制定出来。在浪漫主义中还必须把两个极端不同的流派区别开来：消极的浪漫主义，——它或者粉饰现实，企图使人和现实妥协；或者使人逃避现实，徒然堕入自己内心世界的深渊，堕入'注定的人生之谜'、爱与死等思想中去，——堕入不能用'思辨'、直观的方法来解决，而只能由科学来解决的谜里去。积极的浪漫主义则力图加强人的生活意志，在他心中唤起他对现实和现实的一切压迫的反抗。"① 因此，在我国，不仅有人把现实主义和浪漫主义作为中外文学发展史上的两种基本方法，还有学者认为，"文学思潮的概念，根据高尔基的意见，主要指影响一定时代的创作方法、创作原则"②。还有人说创作方法是文艺思潮的"凝聚"，似乎也有将二者等同的倾向。③ 除同一说外，还有一种意见虽然没有将二者等同，却认为文学思潮之所以常常与创作方法共名，是因为文学思潮必须依赖于创作方法而存在。因而把创作方法视为文学思潮的主要特征，决定着文学思潮的质的规定性，缺少创作方法这个特征，就不是真正的文学思潮。④ 究竟文学思潮是否

① ［苏］高尔基：《我怎样学习和写作》，戈宝权译，生活·读书·新知三联书店 1984 年版，第 48—49 页。

② 吴奔星：《关于识别文学流派的几个关系问题》，载马良春等编：《中国现代文学思潮流派讨论集》，人民文学出版社 1984 年版，第 82 页。

③ 参见季红真：《文学批评中的系统方法与结构原则》，《文艺理论研究》1984 年第 3 期。

④ 参见周晓风：《论文学思潮的创作方法特征》，《重庆师院学报》（哲学社会科学版）1992 年第 4 期。

与创作方法同一呢，或者文学思潮确实必须依赖于创作方法而存在？如果创作方法的内涵有公认的科学界定，这些问题就不难回答。更遗憾的是，创作方法概念不仅含义众说不一，甚至连它本身是否存在也有人怀疑。曾经有过一种创作方法否定论，否认文学史上有"创作方法"的存在，因为，若把现实主义、浪漫主义说成是文学史上的两种基本的创作方法，就意味着有一种可以超越民族、超越阶级和超越历史的"方法"或"原则"。事实上，作家从事创作时所遵循的艺术原则或美学原则总是与某种美学观念或美学理想联系在一起的，而这类美学观念和美学理想却是在特定的历史条件下产生的特定的历史现象，具有十分具体的历史内涵，决不是超越历史的抽象概念。例如常见的对现实主义的解释："按照生活的本来面目再现生活"等等，不过是从欧洲 19 世纪现实主义作品中总结出来的，人们却把它作为永恒的原则去套中外古今的各种文学现象，就不免会在理论上陷入矛盾之中，若再用之指导今后的文学创作，就更不恰当了。文学上的浪漫主义、现实主义，无论是作为文艺思潮还是作为艺术观念或美学原则，都是在人类对社会历史和自我的认识发展到一定阶段才能产生并在特定历史阶段内才能存在的文学现象，它们是不可重复的。[①] 诚然，把文学思潮及其艺术观念或美学原则等同于创作方法是错误的，将文学史上的创作方法归结为只有浪漫主义和现实主义两种，也是极不科学的。但创作方法否定论很明显是强调事物的特殊性、历史具体性而否定事物的普遍性，无视任何事物都是个别与普遍的统一的客观规律，完全取消了事物间的一般联系。作为一种极端片面的观点，创作方法否定论是站不住脚的。

没有主体与客体的中介——方法，任何物质生产和包括文学创作在内的精神生产都是不可能的。艺术大师的"无法之法"与先锋派对传统成法不屑一顾而放任感觉随意漂流或故意"无话则长"的自由书写都是方法，只不过前者是更高的方法创新，而后者则是一种对传统和现存秩序强烈反叛的狂

---

① 参见徐缉熙：《关于"创作方法"的再思考》，载北京师范大学中文系编：《当代文艺学探索与思考》，高等教育出版社 1987 年版，第 425—436 页。

欢式解构"策略"。所以，问题不在于创作方法是否存在，而在于怎样理解创作方法的内涵。作为一个明确概念的"创作方法"，首先是由歌德提出来的。1830 年 3 月 21 日，歌德与爱克曼谈到他正在写的一部剧作时说："……我力图使一切在古典意义上具有鲜明的轮廓，丝毫没有符合浪漫派创作方法的那种暧昧模糊的东西。"在这里，歌德把古典主义和浪漫主义看作是两种创作方法，并且简洁地从艺术表现的效果上概括了两者的特征：前者明晰，后者模糊。接着，歌德又就"古典诗"和"浪漫诗"两个概念继续说道："古典诗和浪漫诗的概念已传遍全世界，引起许多争执和分歧。这个概念起源于席勒和我两人。我主张诗应采取从客观世界出发的原则，认为只有这种创作方法才可取。但是席勒却用完全主观的方法去写作，认为只有他那种创作方法才是正确的。为了针对我来为他自己辩护，席勒写了一篇论文，题为《论素朴的诗和感伤的诗》。他想向我证明：我违反了自己的意志，实在是浪漫的，说我的《伊菲姬尼亚》由于情感占优势，并不是古典的或符合古代精神的，如某些人所相信的那样。史雷格尔弟兄抓住这个看法把它加以发挥，因此它就在世界传遍了，目前人人都在谈古典主义和浪漫主义，这是五十年前没有人想到的区别。"[①] 从歌德的这段话中可以见出，"古典诗"就是"素朴的诗"，也是"古典主义"；"浪漫诗"就是"感伤的诗"，也是"浪漫主义"。三种称呼指的是同一种"类型"，据以分类的标准是"创作方法"。两种方法最根本的区别是艺术原则的不同：古典主义是从客观世界出发，浪漫主义是"完全从主观"出发——在席勒看来也就是"情感占优势"。应该说，歌德与席勒的见解对怎样理解创作方法的内涵是很有启发意义的。但是，创作方法的概念得到普遍重视却不自歌德始，而是迟至十月革命后。在 20 世纪 20 年代和 30 年代初，苏联的一个最大、最有影响的文学团体——"拉普"提出了一个"辩证唯物主义方法"，竭力把它推举为无产阶级艺术的创作方法。他们把创作方法等同于世界观和哲学观，无视艺术方法的特殊性，对创作方法的认识远比歌德落后，极为幼稚和不科学。由于其庸俗社会学的危害

---

① ［德］爱克曼：《歌德谈话录》，朱光潜译，人民文学出版社 1978 年版，第 220、221 页。

性十分明显，作为创作方法，很快就被人们抛弃了，但其对创作方法的重视及其片面认识却影响久远。1932年，苏联文艺界提出了"社会主义现实主义"的概念，并于1934年全苏第一次作家代表大会上被确定为苏联文学的创作方法。然而对其内涵的解释一直含糊不清，尽管高尔基极力强调该方法是浪漫主义和现实主义的融合，也无法扭转这一方法在苏联以及包括我国在内的许多社会主义国家导致长期独尊现实主义、排斥浪漫主义、扼杀创作方法多样化的错误趋向。因此，也给反现实主义者以否定现实主义的口实，现实主义被歪曲为机械反映论、直观唯物主义、违背艺术本质的创作方法等等。对创作方法内涵的各持己见，不一定是引起种种争执的唯一根源，但起码是一个重要原因。创作方法是什么？在我国，一般都解释为关于艺术创作的（或作家塑造形象所遵循的）"原则和方法"，这种界定不能说是明确的、严密的，以致于对世界观与创作方法的矛盾、夸张和想象是否浪漫主义专有的"方法"等问题都引发没完没了的争议。无疑，创作方法与世界观、哲学观、文学观、审美原则、艺术原则、艺术手法（包括具体的描写手法，表现手法）等等都紧密关联或属于创作方法本身的构成成分，但它们是怎样一种结构关系，却是言人人殊的。有人认为，创作方法包含着三个方面：基本艺术观、具体艺术观和特征性艺术手法。基本艺术观是指诸如文艺和现实的关系，艺术对人和世界的认识和把握等等属于文艺思想和美学思想范畴的艺术观点，实际上就是关于文学、艺术的本质的观点。具体艺术观是指在基本艺术观基础上形成的艺术创作的主张。特征性艺术手法是与具体艺术观相适应的、对创作方法的形成具有举足轻重的决定性作用的某些艺术手法。举例来说，认为文艺家是通过艺术想象创造客体，表现主体，而客观世界只有提供素材的作用，这是现代派的基本艺术观。在这种观点的基础上，波德莱尔把山水草木看成是向人们发出信息的"象征的森林"；艾略特提出寻找"客观对应物"以表现情绪；庞德认为诗是"人类情绪的方程式"等等，这就形成了象征主义的具体艺术观。加上由这些艺术观支配选择、创造的特征性艺术手法——一系列象征手法，就形成了象征主义创作方法。这样，特征性艺术手法就是创作方法形成的标志，基本艺术观和具体艺术观则是创作方法形成的基础。世界观对创作方法的制约是通过对艺术观的决定性影响而起作用的，因而世界观（哲学观）也就是创作方法形成的思想基础。① 由于运用层次性原则对创作方法进行分析，把艺术观和特征性艺术手法以及作品呈现的艺术世界联系起来，突出了特征性手法对创作方法的重要性，因而，这一观点基本上言之成理，比一般阐释更有说服力。不过，其中仍存在着难以逾越的矛盾。论者把特征性艺术手法局限于只承认现实主义、浪漫主义和象征主义才具有，只有这三种才称得上是创作方法，那么，如果其他种种文学现象例如论者提及的唯美主义和存在主义都没有产生出特征性艺术手法，只能说是一种文艺思想的话，它们到底运用哪种方法创作呢？虽然可以赞同基本艺术观不一定总是与创作方法浑然一体地结合在一起的意见，但既是创作方法，按照论者阐述的内在关系，它就必然与具体艺术观和基本艺术观是一个整体，这样，说唯美主义和存在主义文学运用了仅有的那三种创作方法的任何一种都似乎有违逻辑，那样的话，艺术原则必然要随创作方法的运用而改变。这样一来，唯美主义和存在主义岂不是要变成现实主义或浪漫主义或象征主义或什么也不是了吗？它们本身的文艺思想能在创作中离开创作方法而存在吗？显然，这样规定艺术观和艺术手法的关系还是过于简单化了。

对创作方法内涵的阐释，首要前提是应该明确该概念的逻辑层次，否则难免混乱和自相矛盾。人们说的创作方法起码包括三个逻辑层次上的含义：一是每个作家创作时运用的具体方法，二是特定时期、特定社会历史条件下某一创作群体运用的有一致性的特殊的方法（类型），三是从前二者基础上抽象出来的一般方法。三者之间有明显的内在联系，又有不可否认的区别。一般方法是从抽象出来的共同性而言的，例如歌德说的古典主义和浪漫主义两种创作方法的区别：一是从客观世界出发，一是从主观世界出发，显然这是在根本的艺术原则上概括的共性。特殊方法是具有历史规定的群体一致性的类型，它是从个别创作方法归纳而来，舍弃了个别的特殊性而上升到

---

① 　参见邹平：《现实主义精神和多样的创作方法》，《文学评论》1982 年第 5 期；《为浪漫主义一辩》，《华东师范大学学报》1983 年第 6 期。

特定群体的共性，相对于一般方法来说它是特殊的，具有与其他类型的方法区别的个性，处于个别与一般的中介地位。这类创作方法就是常说的古典主义、浪漫主义、批判现实主义、自然主义、象征主义等等方法。个别方法即每一类型中具体作家运用的独特的方法，例如同是批判现实主义作家，司汤达、巴尔扎克和托尔斯泰等人运用的创作方法具有类型的一致性和一般意义的共性，但又各有独特的不可替代的个别性，司汤达和托尔斯泰是内倾的现实主义，巴尔扎克则以外倾为特征，前两人以人物心理描写为重点，但司汤达是以内心独白为主体，托尔斯泰则是在结合外部世界描绘的同时展现人物心理的全过程的"心灵辩证法"的心理写实；巴尔扎克也不是不重视人物的心理，而是着重通过外在环境（自然的、社会的）、外在面貌、言行的详尽描绘来提示人物的灵魂。个别方法与特殊方法都是历史的具体的，不可重复的。但从普遍意义上说，现实主义的这些个别与特殊的方法又蕴含着"从客观世界出发"的再现这样一种"一般"，这种一般的共同性是可以超越时空、民族、个体而反复出现的。它只是作为个别作家选择艺术掌握方式的基本出发点（原则），在具体的历史、社会条件的制约下和个体特性相融合才能成为具有操作价值的具体创作方法。

在三个逻辑层次的创作方法中，最易于与文学思潮混淆的是一般方法和特殊层次的类型方法。不可否认，从创作层面来说，创作方法是文学思潮的"凝聚"，创作方法是文学思潮的重要特征，两者的联系不可分离。但是不能说创作方法也是理论、批评和鉴赏层面上的文学思潮的"凝聚"或主要特征。要说创作方法与这些层面的文学思潮有联系的话，也只是创作方法中的艺术原则、审美原则等"文学思想"的内容，而不是创作方法的全部。顾名思义，创作方法就是创作的方法，其主体是作家，它只对作家有意义，它依赖于作家而产生、存在。理论、批评、鉴赏各有自己的方法，它们当然要与创作方法互相适应，然而，这种适应只是艺术原则上的而不是艺术手法上的。在文学活动系统整体内之所以能形成统一的文学思潮，也就是因为群体在文学思想这一观念层面上趋向一致。

创作方法可以在文学思潮之外存在，而历史上公认的文学思潮似乎都离不开创作方法。这就在思潮与方法的联系上引出关于思潮与方法谁依赖谁的问题，有人认为创作方法很多时候是在文学思潮中产生或得以发展、得以完善的。例如古典主义和自然主义两种创作方法，就是在同名的文学思潮中产生的，而现实主义和浪漫主义两种"古已有之"的创作方法，则是借助于文艺复兴时期的人文主义文学思潮、19世纪的批判现实主义文学思潮和18世纪末19世纪初的浪漫主义文学思潮分别得以完善和飞跃发展的。[1] 这里说的几种创作方法不是在同一逻辑层次上的方法，古典主义和自然主义两种方法是类型层次上的特殊方法，而所谓"古已有之"的现实主义和浪漫主义则是在普遍层次上的一般方法，将它们作为同一层次上的概念说明文学思潮和创作方法的关系，明显存在着逻辑上的混乱，但在这里对论者的观点并无大碍，无论是在类型性特殊方法还是在一般方法层面上统一起来，都可以强调创作方法对文学思潮的依赖性。也有人持相反的观点，认为文学思潮依赖于创作方法，西方公认的几种主要文学思潮与创作方法的共名现象就是这种关系的标志。具体地说，文学思潮对创作方法的依赖性表现在两方面：第一，创作方法是文学思潮区别于社会思潮的特殊性——文学性之所在，同时又是社会思潮、文学思想转换为审美形态的文学思潮的"中介"，没有特定创作方法的形成，就不算是文学思潮；第二，创作方法是文学思潮的超越性之所在，即文学思潮的产生演变更迭递移，其内在根源主要是创作方法的变迁。[2] 两种相反的观点在一定范围内具有合理性。特殊方法的形成确实有赖于文学思潮，但个别方法和一般方法的产生与存在就不一定依赖于文学思潮。创作方法标志着文学思潮的特殊性，这一点只能在创作思潮层面上说才是正确的。如果在包括创作、理论、批评和鉴赏的文学活动系统整体层面上说，文学思潮的特殊性——它与社会思潮相区别的"文学性"就只能从观念本质上去界定，其独特之处应是文学的掌握世界的方式的不同。马克思曾经指出过这种区别，他说："整体，当它在头脑中作为思想整体而出现时，是

---

[1]　参见张冠华：《文学思潮论》，《郑州大学学报》（哲学社会科学版）1990年第4期。

[2]　参见周晓风：《论文学思潮的创作方法特征》，《重庆师院学报》（哲学社会科学版）1992年第4期。

思维着的头脑的产物，这个头脑用它所专有的方式掌握世界，而这种方式是不同于对于世界的艺术精神的，宗教精神的，实践精神的掌握的。"① 在创作活动中，艺术掌握世界方式的原则"辩证地把该艺术发展阶段上个人的、集团的和普遍的创作定向结合起来，形成创作方法"②。但是，艺术掌握世界方式的原则不仅支配着创作活动，而且管辖着所有的文学活动。它是方法论原则，在艺术活动不同领域结合该活动形态的需要和特点而形成适用于该领域的方法（创作方法、理论方法、批评方法、欣赏方法）。所以，从根本上说，文学思潮整体相对于社会思潮的特殊性决定于文学掌握世界方式的原则。至于文学思潮的递变，从逻辑顺序上看，应是在特定社会历史条件制约下，首先是文学观念发生变化，才引起创作方法和创作面貌的变迁。但在具体的历史过程中，二者的关系实际上是互动的，要确定谁先谁后、谁依赖谁，恐怕不会比判别"鸡生蛋还是蛋生鸡"的命题更容易。

　　对任何事物的区别都需要比较，而比较必须是合理的。黑格尔曾认为能看出极似之似或极异之异者，如知道橡树与槐树的相似和粉笔与骆驼的不同，不是比较的目的。有价值的比较是能够识别极异事物之同或极似事物之异。③ 这就提出了一个属于可比性范畴的重要问题。有人说文学思潮与创作方法在特征上不同：文学思潮是特定历史条件下的产物，具有鲜明的时代特点，而创作方法则有一定普遍性，在一定条件下可以获得时空上的传播。④ 在这里所比较的"文学思潮"和"创作方法"属于不同逻辑层次，前者是个别层次上的概念，后者是一般层次上的概念，这样的比较倒有点像粉笔与骆驼的比较。创作方法若在个别概念层次上的话同样具有历史规定性特点，上升到"类型"和"一般"逻辑层次的文学思潮也有普遍性。文学思潮的传播影响不仅通过创作思潮，也通过理论思潮、批评思潮的成果以及欣赏思潮所

---

① 《马克思恩格斯文集》第 8 卷，人民出版社 2009 年版，第 25 页。

② ［苏］莫伊谢依·萨莫伊洛维奇·卡冈：《美学和系统方法》，凌继尧译，中国文联出版公司1985 年版，第 89 页。

③ 参见 ［德］黑格尔：《小逻辑》，贺麟译，商务印书馆 1980 年版，第 253 页。

④ 参见张冠华：《文学思潮论》，《郑州大学学报》（哲学社会科学版）1990 年第 4 期。

体现的审美理想、审美趣味而实现。

概而言之，文学思潮和创作方法有内在联系，但二者不能等同。文学思潮不只涉及创作领域，也涉及理论、批评和欣赏领域。创作思潮是文学思潮整体中的部分，而创作方法则是创作思潮这个部分中的部分，文学思潮的内涵比创作方法更丰富。就理论性质而言，文学思潮概念主要是文学史范畴，创作方法属美学范畴。在外延上，文学思潮可以包含创作方法，而创作方法既可以隶属于思潮，也可以独立于思潮之外而存在。

第三节　文学思潮与文学流派

相对于文学风格、创作方法、文学思潮等概念而言，人们对文学流派似乎有更多的共识。在各种定义中，基本上都把文学流派描述为特定社会历史条件下在某种相同相近的思想倾向、审美理想、艺术主张、风格方法的基础上自觉或不自觉地形成的作家群体（集合体、结合体）。也就是说，对文学流派的构成要素、存在形态和"作家群体"的性质等方面，都有基本一致的看法。当然并不意味着没有争议，也不见得在这种具有基本一致共识基础上存在的争议要比风格、方法、思潮等复杂概念的问题更易于解决。例如，大家都承认构成流派的因素有思想倾向、艺术主张、审美理想、风格方法等等，但是，对其中哪些因素是最重要、最具有决定性意义的问题，就见仁见智。有人主张流派的核心是思想、思潮；[①] 有人认为风格是流派形成的决定性因素和流派相互区别的重要标志，[②] 或进一步确认风格是流派深层结构。[③] 有人则以为流派的形成是由于作家群体有共同的追求，但这

---

① 参见丁守和：《马克思主义在中国的传播及其对文学的影响》，马良春等编：《中国现代文学思潮流派讨论集》，人民文学出版社 1984 年版。

② 参见吴奔星：《关于识别文学流派的几个关系问题》，马良春等编：《中国现代文学思潮流派讨论集》，人民文学出版社 1984 年版。

③ 参见钱中文：《文学原理——发展论》，社会科学文献出版社 1988 年版，第 201 页。

种追求与艺术风格的一致性无关。① 又如流派在文学发展中的功能、地位问题，著名作家孙犁对于人们津津乐道的"流派"颇不以为然，因为在他看来，"流派"一词即含有"不固定及易变化之义"，要说清楚是很不容易的。倘一定要个个拘泥定形命名之，他认为"甚无谓也"，他的态度似乎倾向于"疏而略之"的"达观"。② 苏联学者波斯彼洛夫则把文学流派视为文学发展的中心。他认为，"每一种民族文学的历史发展就是各种不同的文学流派的产生、互相影响和替代的过程。在这些流派的作品中，不同程度地体现出相应的艺术体系，这些流派还常常创立出相应的创作纲领，作为文学思潮出现。"③ 由于流派涉及风格、思想倾向、艺术主张、审美理想、创作纲领等因素和具有群体性、动态性等特征都与文学思潮相近似，因而流派与思潮的关系作为流派研究的一个重要方面无可回避，任何指向更深入、更彻底的流派研究都直接或间接地要涉及流派与思潮的关系。反过来说，这同样也是文学思潮研究不可或缺的一个重要的问题。如果说造成文学思潮与文学风格、创作方法相混淆的原因在于双方内涵与概念运用的复杂混乱，那么，相对而言文学流派与文学思潮的关系问题恐怕主要是出在人们对文学思潮的认识模糊不清。

正如方法、风格之与思潮共名的情况那样，某些流派与思潮的共名现象难免也要导致把思潮流派相等同的错误认识。于是，将思潮等同于流派便成为"泛思潮化"的重要现象之一。思潮成了流派的同义语，被随便地加在某些流派、社团名称之后，如"无产阶级文化派思潮"、"'拉普'文学思潮"、"七月诗派思潮"、"九叶诗派思潮"、"现代派小说思潮"等等。④ 思潮与流派完全等同，二者之间没有什么实质性区别，似乎一个流派就是一种思

① 参见马良春等编：《中国现代文学思潮流派讨论集》，人民文学出版社1984年版，第74页。
② 参见孙犁：《再论流派》，《文汇报》1982年2月3日。
③ ［苏］格·尼·波斯彼洛夫：《文学原理》，王忠琪等译，生活·读书·新知三联书店1985年版，第410页。
④ 参见李辉凡：《二十世纪初俄苏文学思潮》，社会科学文献出版社1993年版；刘增杰：《四十年代文学思潮论稿》，《河南大学学报·中国现代文学研究专辑》，1988年。

潮，或反之，一种思潮就是一个流派。显然，这是由于没有明确文学思潮的内涵所导致的"泛思潮化"。文学流派和文学思潮都是历史范畴，两者的确常有重叠、交叉的关系。然而，文学思潮是一个整体观念系统，属于文学活动系统中占支配地位的最高层面的观念，它决定着活动主体的实践行为，体现于行为成果及其产生的信息反馈之中。而文学流派只是创作领域中的特定作家群体，虽然也涉及文学思想、实践行为和创作成果，但就其性质来说，它是人（作家）的集合，思潮却是文学思想的系统。思潮的核心是"思"——一种规范性文学思想体系，流派的中心是"派"——艺术派别，它的形成基础和聚合标志主要是艺术风格。文学流派只在思想观念层面与文学思潮重叠、交叉，即一定的作家群体在自己的创作观念里接受某一文学思潮的文学规范体系，并努力贯彻于创作实践之中。一种思潮往往不只涵盖一个流派，如属于18世纪末19世纪初欧洲浪漫主义文学思潮的流派就有德国的耶拿派、海得堡派、施瓦本诗派、英国的湖畔派、"恶魔"派等等。一个流派也不一定只忠于一种思潮。例如中国现代文学史上的浪漫派从一开始就不是完全属于浪漫主义文学思潮的流派，"它强烈地受着现实主义、现代主义等其他西方文艺思潮流派的吸引，因而其浪漫主义之中融汇进了不少它们的成分；……它是浪漫主义，却又具有较强的现实性和革命性，对现代主义也兼收并蓄"①。后来，甚至还转向了提倡"社会主义写实主义"的无产阶级文学思潮。

对文学思潮内涵的不同理解，引出了对流派与思潮关系另一个问题的争议，这就是思潮与流派谁先谁后、谁决定谁的问题。一种观点认为，文学流派的生命是文学思潮赋予的，文学思潮包孕文学流派。波斯彼洛夫不同意这一观点，他从"共同创作纲领论"的思潮观出发，把"有时就像同义词一样使用"的思潮和流派的性质都定位于"创作"。他说，文学思潮是特定国家、特定时代的那些"以承认统一的文学纲领而联合起来的作家团体的创作"，文学流派则是"仅仅具有思想和艺术的共性的作家集团的创

① 马良春等主编：《中国现代文学思潮史》上册，北京十月文艺出版社1995年版，第287页。

作"。① 从文学发展史上看，在古希腊古典时期就已出现了文学流派，而文学思潮则迟至 17 世纪才诞生。因为 17 世纪以前的文学流派都仅是有思想和艺术的共性的作家集团的创作，只有 17 世纪法国的古典主义文学才是具有共同创作纲领的作家团体的创作，如此文学史上才有了第一个文学思潮。又如俄国的浪漫主义文学思潮，波斯彼洛夫认为它是从具有贵族革命精神的文学流派中分化出来的具有公民浪漫主义精神的创作和其他宗教浪漫主义流派的创作汇合而成的。该流派中的代表赫尔岑后来还成了"自然主义"（批判现实主义）文学思潮的奠基人之一。因此，波斯彼洛夫断言，"文学思潮是在相对较晚的发展阶段上并永远是在某些流派文学的思想艺术内容的基础上形成的"②。

仅从创作范围而论，波斯彼洛夫的观点不无道理，在古典主义文学思潮之前，确实难以找到明确承认共同创作纲领的作家群体的创作。有无明确的共同创作纲领，自觉不自觉地按纲领创作，似乎确是一种明显的分界线和可以方便使用的尺度。然而，我们在前面讨论波斯彼洛夫的思潮观时，曾经指出，把思潮局限于创作范围内且以"共同创作纲领"为判断是否思潮的标准过于狭隘，并失之于绝对化，与文学思潮的实际情况并不相符。仅从创作层面判定思潮流派的关系也是不可靠的，因为他无视文学思潮作为文学活动系统观念体系的整体性、特殊性，同时，在发生学角度上也忽视了对文学思潮作为观念体系的历史发展过程进行整体考察，没有看到文学思潮历史形态的差异性。文学思潮与文学流派的关系不是有无"共同创作纲领"的群体创作之间的关系，如果承认文学思潮的观念性质，那么，思潮与流派就是观念与行为的关系，亦即意识（艺术观念）与实践（艺术生产）的关系。从哲学原理而言，意识产生于和依赖于实践活动，只有从这一本原意义上说文学思潮依赖于文学流派，才是正确的。同时还应该看

---

① ［苏］格·尼·波斯彼洛夫：《文学原理》，王忠琪等译，生活·读书·新知三联书店 1985 年版，第 175 页。

② ［苏］格·尼·波斯彼洛夫：《文学原理》，王忠琪等译，生活·读书·新知三联书店 1985 年版，第 205 页。

到，在实际的社会活动中，意识与实践行为处于一种无限往复的双向作用的动态过程，"实践、认识、再实践、再认识，这种形式，循环往复以至无穷，而实践和认识之每一循环的内容，都比较地进到了高一级的程度"①。在文学历史过程中的文学思潮与文学流派的联系也应是这样一种辩证的统一关系。一种文学思想从非群体性或小群体性存在发展到群体性或大群体性观念体系，必须经过这样一种意识与实践往复循环的双向作用的建构过程。既然文学思潮存在着一个发展过程，那么它的任何一个阶段都是整体不可或缺的构成部分。成潮的文学观念可能是从个体存在的文学思想或无共同创作纲领阶段的文学流派的文学观念发展而来，它们就不应被排除于该思潮之外。作为以风格一致性为基础和标志的创作群体，不管有无共同创作纲领，都是"流派"。不正确把握思潮与流派的性质、内涵，就不能科学地认识两者的区别与联系。

第四节　文学思潮与文学运动

具体文学思潮的名称除了可以同时包含流派、风格、创作方法的含义以外，有的还是表示文学运动的概念。例如"象征主义"就包含着好几层的含义：在最狭窄的意义上，它指 1886 年自称为"象征主义者"的一组法国诗人，他们当时尚无完备的象征主义理论，只不过是为了与雨果的浪漫主义诗风决裂而提出了一些基本原则，如诗歌不要玩弄辞藻，诗的语言不仅要陈述，还要暗示，希望诗歌具有"音乐性"，隐喻、寓言、象征应是诗歌的组织原则等等，在这组法国诗人的称谓上，"象征主义"已具有流派的含义。但作为"流派"名称，一般认为它包括法国前、后期象征主义，即从奈瓦尔、波德莱尔开始直到瓦雷尔等一批诗人；第二层含义是指由于这个流派掀起、参与而形成的一场法国文学运动；第三层意义是指 19 世纪末至 20 世纪

---

① 《毛泽东选集》第一卷，人民出版社 1991 年版，第 296—297 页。

初先在法国产生、流行而后波及全欧洲的一股国际性文学思潮；第四层含义是指一种风格类型，它是一种超越历史、时代具体性的一般抽象的文学审美特征。此外，象征主义还指一种艺术本质观——即认为一切艺术都是象征的观点。甚至也有人认为，象征主义是和现实主义、浪漫主义并列的、在文学史上早就存在着的一种创作方法。①

　　大多数文学思潮术语都与"象征主义"一样包含着多层含义，这就意味着，当我们说到某一文学思潮的名称时，它既可指文学思潮，也可指文学流派或文学风格或创作方法或文学运动等等。因而，由于共名，文学思潮不仅与文学风格、创作方法和文学流派容易混淆，也会与文学运动混为一谈，那些把文学思潮史写成文学运动史的著作就是明证。有的文学思潮名称本身就是以"运动"命名的，例如我国唐代的"新乐府运动"和"古文运动"，则更易于使人将思潮与运动相等同了。难怪有人甚至在理论的角度上未加任何论证就断然宣称"文学思潮是大规模的文学运动"②。

　　什么是"文学运动"？比较文学界国际知名学者韦斯坦因认为，所谓"文学运动"，就是一批文学创新者的创新和实验活动形成了思想与艺术的统一性，发展出独特的纲领。运动的核心是一个地位大体相同的青年作家群，有时候也有老一代的代表作家参与，增强其势头。③ 概言之，文学运动"是一群趣味相同的人有意识的、在多数情况下有理论指导的、旨在说明艺术的一种新概念的努力"④。韦斯坦因的看法基本上是准确的，但其对活动主体的强调则易与文学流派混淆不清，尽管他特意对二者进行了区分，然而因其把区分的标准定位于中心人物与群体关系的差异：流派中作为领袖、代表的中心人物与成员是"导师——弟子的师承关系"，而运动的领袖"未必一

---

① 参见［美］R. 韦勒克：《文学史上象征主义的概念》，载［美］R. 韦勒克：《文学思潮和文学运动的概念》，刘象愚选编，中国社会科学出版社 1989 年版，第 251—286 页。

② 杨春时等：《现代性与文学思潮》，《厦门大学学报》（哲学社会科学版）2007 年第 3 期。

③ 参见［美］乌尔利希·韦斯坦因：《比较文学与文学理论》，刘象愚译，辽宁人民出版社 1987 年版，第 87 页。

④ ［美］乌尔利希·韦斯坦因：《比较文学与文学理论》，刘象愚译，辽宁人民出版社 1987 年版，第 91 页。

定是它的导师"，① 仅就流派的复杂性而论，韦斯坦因的说法也显然过于简单化了。

　　文学运动与文学思潮一样，明显具有具体的历史规定性、群体性和动态性等相似特征，但它同政治、生产及其他文化领域的运动更相近，大多是有组织、有目的而且有一定规模（声势）的群体性活动。在形式上与其他社会运动基本同构，不同的是其内容。文学运动是为了达到某种文学目的而组织起来的、在各方面努力并造成一定声势的群体性活动。它涉及文学活动的各个领域——理论、批评、创作和鉴赏，而且往往还包括非文学的行为。例如，围绕着《欧那尼》演出而进行的那场法国浪漫派与古典主义分子的激烈争斗。古典主义一派故意定了包厢，却让它们空着；他们纠集人马在剧场捣乱，演出时他们背对舞台，看报，或做鬼脸、吹口哨；或尖声怪叫；或轻蔑狂笑，乱喝倒彩；还事先准备好大堆垃圾要在适当时候推进剧场扰乱演出；甚至给雨果寄匿名信，扬言要暗杀他。而拥护雨果的一派青年人则蓄着小胡子，长着长头发，衣着千奇百怪，打扮得狂放不羁，活像一群江洋大盗。他们满街涂写"雨果万岁"的标语，连续一百个夜晚在剧场里与蓄意破坏演出的古典主义者进行针锋相对的斗争，用暴风雨般的喝彩来盖过古典主义者的骚扰。这些都已远远超出了文学活动的界线而近乎社会政治斗争一样激烈的行为。又如俄国未来主义者常常在公开的场合喧嚣寻衅，肆意谩骂，大打群架；他们放浪形骸地在咖啡馆和餐厅举行"即兴表演"；有的自我标榜是"世界总统"，叫声震耳欲聋；有的身穿奇装异服，戴着面具招摇过市；马雅可夫斯基则在盛大集会上咄咄逼人登台粗鲁表演，用鼻音吟诵诗歌，大声讲粗话……文学运动常常和政治运动结合在一起，有的本身就有着强烈的政治性质。未来主义文学运动就是一个始终具有极强政治性的运动，在他们不断发表的宣言中，有的干脆就称为《未来主义政治宣言》、《未来主义政党宣言》，马里内蒂等意大利未来主义者甚至与法西斯分子一起袭击米兰社会党人报刊

---

① ［美］乌尔利希·韦斯坦因：《比较文学与文学理论》，刘象愚译，辽宁人民出版社1987年版，第91页。

《前卫》的办事处。再如 1976 年天安门诗歌运动，则"突破了文艺的范围，直接成为一场惊心动魄的革命政治运动"①。可见，从本质上说文学思潮作为观念体系与作为系统活动整体的甚至超出文学活动范围的文学运动有着鲜明的区别，两者绝对不能等同。

文学运动的目的性极强，为此，策划、组织、制造声势、促使运动在广大区域内以惊人速度发展，尤其是例如 20 世纪西方的现代主义运动，其策划性极为突出。1912 年，庞德在一家菜馆里策划了"意象主义"文学运动。通过诗作署名打出"意象主义者"旗号，亲自撰写意象主义宣言，接管刊物职务，吸收作家加入意象主义阵营，尽管他们对意象派主张并没有明确认识，也把他们的作品以意象派名义推出，迅速扩大队伍，造成广泛影响。意象主义运动就这样——利用命名、宣言、期刊、各种活动来大造声势，发挥流派功能，取得声誉。任何社会运动"使人们聚集在一起的主要东西是思想意识，它提供了一种共同的社会现实，这种社会现实能作为与他人结群的一个牢固的基础"②，文学运动的凝聚力也以思想意识为基础，但可以偏于哲学的、政治的、行为的倾向，也可以通过社团机构、刊物等发展成员，组织结群。文学思潮之所以成为群体性思想趋向，组织基础是其中的文学观念规范体系。文学思潮的群体性是精神层面的，文学运动则是活动整体的群体性，既包括思想也包括行为并且更偏重于行为；既有文学的因素，也有非文学的因素，社团、刊物、宣言、表演、宣传、谩骂、搏斗……都是文学运动的组成部分。

不管是内涵、结构，还是特征、功能等方面，文学思潮和文学运动都有着本质的不同。然而二者却又常常结合在一起，文学思潮往往是文学运动观念层次的主要构成，它随着文学运动的发展而发展，与文学运动共命运。文学运动塑造了文学思潮的社会形象，加强文学思潮的社会功能。大多数文学思潮形成于文学运动，而文学运动不一定都伴随着文学思潮，国际性文学

① 参见朱寨主编：《中国当代文学思潮史》，人民文学出版社 1987 年版，第 519 页。
② ［美］埃德温·P. 霍兰德：《社会心理学原理和方法》，冯文侣等译，广东高等教育出版社 1988 年版，第 525 页。

思潮一般都包含着多个文学运动，如现代主义文学思潮，"在很大程度上是由运动组成的运动"①。非国际性的文学思潮，有的与一个文学运动同始终，如中唐时代的新乐府诗歌运动、古文运动。

　　文学思潮、文学流派、创作方法、文学风格和文学运动之所以多有共名，就因为它们常常结合一体。只有抓住各自的本质、内涵、特征、功能的不同，才可以明确地加以区分。确认文学思潮在文学系统内的特征是"思"——属于文学活动的观念层面，那么它与文学活动的其他范畴就不难区别。当它们融合一体的时候，文学思潮是它们的灵魂、核心，流派、运动则是文学思潮的两翼，创作方法是文学思潮与创作实践的中介，文学风格（群体风格）是在创作成果中表现的文学思潮的审美特征。

---

① ［英］马·布雷德伯里、詹·麦克法兰编：《现代主义》，胡家峦等译，上海外语教育出版社
　　1992年版，第167页。

第六章
文学思潮的逻辑类型

　　具体的文学思潮是历史范畴，不是逻辑抽象的类型，在文学思潮研究的理论和实践中明确文学思潮的理论属性及其内涵的逻辑层次十分重要，只有在这样的前提下，我们才有可能恰当地运用这一概念，进行相关的研究活动。然而，明确文学思潮是历史概念，并不意味着对文学思潮不能进行类型研究。文学思潮史的宏观把握，文学思潮批评的价值评估以及文学思潮理论体系的模型建构，都离不开文学思潮的类型研究。

　　文学思潮类型可从共时（横向）和历时（纵向）的不同维度分为基本类型和历史类型（形态），分别着重从逻辑和历史两个方面揭示文学思潮类型的特征。本章从逻辑方面讨论文学思潮的基本类型，而文学思潮的历史类型将在下一章论述。

第一节　文学思潮的分类原则

　　对文学思潮进行类型研究并没有错，而且还是必要的。但是，如果把文学思潮仅仅视为类型而进行的研究，则会产生不少的谬误。这类研究最致命之处则在于往往与创作类型研究相混淆，视文学思潮仅是创作类型或创作理论的类型。认为文学思潮不过是"后人为了更清楚地说明问题而从当时人的思想活动中抽象出来的"①。这是类型论文学思潮观持论者共同的思维起点。由于这一"抽象"、"分类"的成见，从而抹杀了文学思潮的历史具体性和文学思潮作为"一个整体的观念体系"的独一无二的系统特性，文学思潮研究也就必然混同于建立在假定的特殊属性识别基础上的对作品或创作理论进行分类编组的创作类型研究了。所以，在讨论文学思潮类型之前，有必要首先澄清文学思潮与创作类型的关系。

一、文学思潮与创作类型

在第一章，我们已对什么是类型以及文学思潮与创作类型的差异有所论及，在这里不妨再作一个简单的归纳。文学思潮与创作类型的不同至少体现在各自性质、外延及特征方面。首先，从性质与外延方面来说，文学思潮是贯穿于文学活动整体（包括理论、批评、创作和接受）的观念范畴，而创作类型只是文学创作领域的范畴，创作类型可以是作为文学思潮一部分的创作思潮领域内的作品按体裁种类或作品的人物形象——典型或作品体现出的艺术风格等方面的特征进行的分类，也可以是非文学思潮或跨文学思潮的作品分类；其次，从特征方面来看，创作类型是一种"特别属性识别"，具有人为的抽象的假定性、主观性和可重复性。根据不同的分类标准，一部作品可以归入不同的类型，同一类型可以在不同时代反复出现。文学思潮作为历史范畴，具有生成的具体的确定性、客观性和不可重复性。它是"一个以埋藏于历史过程中并且不能从这过程中移出的规范体系所界定的一个时间上的横断面"——"时期"，或者说它是"一个整体的观念体系"。②它有自己形成、发展和消亡的过程，我们只能在历史过程中发现它，可以对它加以描述，加以分析。它可以在特定的时代传播到不同的空间，但不可能在同一个空间的不同时代里反复出现。例如浪漫主义，作为创作类型，它可以把古今中外从

① 陈伯海主编：《近四百年中国文学思潮史》，东方出版中心1997年版，第298页。

② [美] 雷·韦勒克、奥·沃伦：《文学理论》，刘象愚等译，生活·读书·新知三联书店1984年版，第306、307页。

神话、诗歌、小说到戏剧的无数作品囊括其内，只要它们具有研究者设定的"浪漫主义"特殊属性。而作为文学思潮的"浪漫主义"，则是专指 18 世纪末产生于欧洲而后传播到世界各国的在一定时期中贯串于文学活动各领域的一个"整体的观念体系"，浪漫主义文学思潮只能是"资本主义萌芽期或资本主义急速发展时期的产物，也即封建主义出现了解体的征兆或急速走向解体时刻的产物。"① 这就是它的历史规定性、不可重复性。

　　尽管文学思潮不能等同于创作类型，但它们又不能截然分开，二者之间有着内在的联系。文学思潮的抽象性、群体性、动态性、复杂性、广延性等等内在特质决定了文学思潮的识别具有较大的难度。而事实上，创作类型研究往往成了文学思潮识别的前提和基础，可以说，创作类型研究有助于文学思潮的发现。其原因在于，文学创作到底是文学活动中较为重要和明显的活动领域，尤其是 19 世纪以前的文学思潮，往往是倾斜于创作的系统结构，大多以创作思潮为中心，甚至一些以创作原则为归类标准的创作类型名称随着研究的发展而转化为文学思潮的名称。据韦勒克的考察，"古典主义"、"浪漫主义"、"现实主义"等概念的内涵就都经历了从创作类型到文学运动、文学流派、文学思潮的扩张，因此，同一术语概念也随之具有多义性。"古典主义"原来是一个评价术语，在拉丁文中的含义是"最高级的、经典的"。公元 2 世纪，罗马作家奥格列乌斯首次将这个本来是罗马人用来分别税收等级的词用到文学领域，说明作家的最高等级："头等的"、"极好的"、"上乘的"。中世纪似乎没有使用这个术语，文艺复兴时期这个词又出现在拉丁语和各地的俗语作品中，这时候这个词也常被用于指称古代的伟大作家。真正作为类型术语使用的"古典主义"概念发展的决定性事件是施莱格尔兄弟引发的浪漫主义——古典主义之争，这个词由一个评价术语转变为一种风格倾向的术语，代表一种典型的术语，或者代表一个兼容并包的时期的术语，标志着这个概念发展的一个转折。② "浪漫主义"概念最早来自"浪漫的"一

① 　钱中文:《文学原理——发展论》，社会科学文献出版社 1989 年版，第 215 页。
② 　参见 [美] R. 韦勒克:《文学思潮和文学运动的概念》，刘象愚选编，中国社会科学出版社 1989 年版，第 67—104 页。

词，本来意指"传奇故事似的"、"离奇"、"荒谬"、"生动逼真"等等，以后尤其是在 19 世纪初期，此词则用来修饰作家、作品、艺术风格，到后来则扩展到指特定的文学运动、文学流派、文学思潮。①"现实主义"最初是哲学术语，意思是相信理念是真实的。18 世纪末席勒和弗·施莱格尔才把这词用到文学领域，但含义不明确。19 世纪在法国，"现实主义"被应用于具体的文学，到杜朗蒂编辑《现实主义》论文集时，"现实主义"成为要求客观地、真实地表现现实的创作信条，这个术语开始同一批特定作家联系起来，并被作为一个文学团体或一个文学运动的口号。② 黑格尔划分的象征型、古典型、浪漫型三种艺术，无论是将其视为历史的风格还是抽象的基本艺术风格，都是艺术类型的划分，而且主要着眼点在于创作、在于作品。"艺术类型不过是内容和形象之间的各种不同的关系"，艺术类型之所以产生，就是"由于把理念作为内容来掌握的方式不同，因而理念所借以显现的形象也就有分别"。③ 席勒关于"素朴的"诗和"感伤的"诗的划分，也是风格类型的划分。斯泰尔夫人《论文学》一书对西欧文学所作的南北之分，巴尔扎克在论述司汤达的文章中把当时的文学分为"形象文学"、"观念文学"和"折衷主义文学"，实际上也还是创作类型研究。勃兰兑斯的《十九世纪文学主流》无疑属于断代文学史著作，其写作目的是"通过对欧洲文学中某些主要作家集团和运动的探讨，勾画出 19 世纪上半叶的心理轮廓"，"描绘的是一个带有戏剧的形式和特征的历史运动。……分作六个不同的文学集团来讲"。④ 也就是说，作者以六个作家集团——流派为中心，研究 19 世纪头几十年欧洲文学中的浪漫主义运动。可见创作类型仍然是勃兰兑斯这部巨著关注的中心。其最终目的应该说是"文学中的"思潮而不是"文学的"思潮。

① 参见［美］R. 韦勒克：《文学思潮和文学运动的概念》，刘象愚选编，中国社会科学出版社 1989 年版，第 105—213 页。
② 参见［美］R. 韦勒克：《文学思潮和文学运动的概念》，刘象愚选编，中国社会科学出版社 1989 年版，第 214—250 页。
③ ［德］黑格尔：《美学》第一卷，朱光潜译，商务印书馆 1979 年第 2 版，第 95 页。
④ 参见［丹麦］勃兰兑斯：《十九世纪文学主流》第一分册《流亡文学》，张道真译，人民文学出版社 1997 年版，"引言"。

因而，他所理解的文学史就是"一种心理学，是灵魂的历史"，文学作品的价值如何，在于它是否"清楚地向我们揭示出某一特定国家在某一特定时期人们内心的真实情况"①。尽管勃兰兑斯的《十九世纪文学主流》并没有超出创作类型研究的畛域，还不是真正自觉的文学思潮的研究，然而其类型探索对我们认识 19 世纪的浪漫主义文学思潮不无助益。说到底，不管是作家也好，作品也好，还是流派也好，运动也好，只要他们属于某一文学思潮，就不能不体现出支配这一群体性文学活动的观念规范，能把握住这个观念归范，也就有可能深入辨识由这一规范支配的观念整体——文学思潮。

文学类型研究与文学思潮研究有紧密的联系，如果是在自觉的文学思潮意识基础上的文学类型研究对文学思潮研究更有助益，因为这种文学类型研究最终要导向文学思潮的思考，而不是终止于文学类型研究自身的目的。

二、文学思潮的分类原则

文学思潮的类型研究应以具体文学思潮的明确辨识为基础，否则，很容易与一般的创作类型相混淆，甚至以创作类型取代文学思潮类型，其结果必然取消文学思潮及其类型研究。

遗憾的是，我们面对着的正是在类型论文学思潮观指导下的大量自以为是文学思潮研究的创作类型探讨。随便翻翻我们的文学思潮研究著作或论文，就会看到诸如"文学革命文学思潮"、"复古主义文学思潮"、"游戏的消遣的金钱主义的文学思潮"、"工农兵文学思潮"、"抗战文艺思潮"、"抗日救亡文学思潮"、"和平文学思潮"、"自由主义文学思潮"、"左倾文学思潮"、"反修文学思潮"、"爱国主义文学思潮"、"民族主义文学思潮"、"人道主义文学思潮"、"人性论文学思潮"、"伤痕文学思潮"、"反思文学思潮"、"寻根文学思潮"、"改革文学思潮"、"战争文学思潮"、"尊汉排满文学思潮"、"个性解放文学思潮"、"非理性主义文学思潮"、"科学主义文学思潮"、"人本主义文

---

① 参见［丹麦］勃兰兑斯：《十九世纪文学主流》第一分册《流亡文学》，张道真译，人民文学出版社 1997 年版，"引言"。

学思潮"……当然还有公认的古典主义、浪漫主义、现实主义、现代主义、后现代主义等等文学思潮的名称。这些概念往往混杂排列，没有逻辑层次，不分个别、特殊（类型）与普遍地融于一书（文）。只要高兴，就可以给任何创作现象戴上一顶"思潮"的桂冠，其自由随意使人觉得几达随心所欲的化境。同时也让人越看越纳闷，我们的文学海洋上或文学江河中是否真有这么多大潮小潮汹涌澎湃盖地铺天？由于它们或多或少涉及已有明确辨识的某些文学思潮，频繁地运用这些文学思潮的术语和概念，其论述就似是而非，或是或非，错综复杂。

大凡类型学都是"一种分组归类方法的体系"，其功能是"因在各种现象之间建立有限的关系而有助于论证和探索"①。"有助于论证和探索"什么呢？"类型"所处的逻辑层次即"普遍"与"个别"之间这一"特殊"的中介地位，决定了类型学研究的具有面向"普遍"和"个别"两方面的认识意义。从"普遍"方面来说，通过类型研究有助于我们把握有关文学的本质规定的一般性原理，了解文学内在发展变化的总体趋向；从"个别"方面来看，由于类型研究扩展了历时与共时的视野，在一定广度的整体联系、比较中，对"个别"的性质、特征、价值就能予以更为准确的定位和判断。

文学类型学或艺术类型学研究的对象主要是文学作品，即文学（艺术）作品的体裁、种类、作品所表现的典型人物（意境）、作品所体现出的艺术风格，由于某种现实的需要，还可以扩大到作品反映的社会历史内涵、思想倾向等等，在研究作品的同时顺带涉及作家（艺术家）。其研究领域局限于创作，所以，不妨称之为创作类型学。

文学思潮作为受某种文学规范体系所支配的群体性思想趋向，存在于特定历史阶段文学活动的整体系统之中，从我们前面所已论述的文学思潮与文学创作潮流、文学作品、文学风格、文学运动、文学流派等范畴的关系来看，无论从性质还是从外延上说，文学思潮都不能等同于文学创作，不能等同于创作思潮。创作类型研究有助于创作思潮的辨识，但不能由创作这一斑

---

① 参见《简明不列颠百科全书》第 5 卷，中国大百科全书出版社 1986 年版，184 页。

而代替包括理论、批评、接受这样一个广阔领域的文学思潮整体——"全豹"的考察和辨识把握，创作类型研究当然也不能取代文学思潮类型的研究。

类型学研究的第一步就是确定分类的原则，而这原则的确定又基于研究者对研究对象性质的一定认识（至少是一种假设）。

分类标准的统一和连贯是保证类型学研究科学性的根本条件，而实际上文学类型研究的标准往往不能统一，一般在分类上都有多重标准。正如波斯彼洛夫指出的那样，从最早尝试创作类型划分的亚里士多德开始，就没有人能做到按照同一个标准来进行分类。竹内敏雄从类型学本身具有的相对性特征上说明过这种不能以统一标准进行分类的合法性。他说："从任何方面对置、区别的各种类型，都不可能截然分割成为那种所有的个体和个别事例都乐意毫无遗漏地归入其中的群。它只是从概括的倾向及特征上看分别被归纳为一个整体表象，相互之间只有在相对的意义上可以区别。因此，其相互之间的界限并非像国境和行政区域那样可以截然划定。在各种经验的现象上，无法避免明显的流动化。"① 但是，无论如何流动、相对，都应该以分类对象本身所具有的属性、特征为依据。对文学而言，分类标准应该是"以特殊的文学上的组织或结构类型为标准"，具体地说，文学作品的分类应建立在两个根据之上，"一个是外在形式（如特殊的格律或结构等），一个是内在形式（如态度、情调、目的等以及较为粗糙的题材和读者观众范围等）"。也就是说，创作类型划分要同时考虑内外形式两方面的依据。而像仅仅按题材的不同这样的标准辨识小说而分成"政治小说"、"基督教小说"就不对，因为这"纯粹是一种社会学的分类法"，而不是"文学的"分类。② 所以，倘如我们在前面曾指出过的类型论文学思潮观持论者那样，把以题材为依据命名的"伤痕文学"、"反思文学"、"改革文学"、"花环文学"、"大墙文学"、"三反五反文学"等创作类型视为文学思潮，必然会导致思潮泛化，直至取消文学思潮。

到目前为止，我们可以见到的国内自称为文学思潮类型研究的分类原

---

① ［日］竹内敏雄：《艺术理论》，卞崇道等译，中国人民大学出版社 1990 年版，第 82 页。

② 参见［美］雷·韦勒克、奥·沃伦：《文学理论》，刘象愚等译，生活·读书·新知三联书店 1984 年版，第 257、263 页。

则，有人归纳为两种角度，也有人归纳为三种角度。所谓两种角度是指：一是创作方法角度，以创作原则为标准，把中国20世纪文学思潮分为三大类型或四大类型或五大类型。三大类型即浪漫主义文学思潮、现实主义文学思潮、现代主义文学思潮。各大类之下还可分若干小类，如现实主义文学思潮可分为包括晚清文学、新时期伤痕文学和反思文学在内的批判现实主义文学思潮、五四文学中的为人生现实主义文学思潮、以左翼文学、延安文学和十七年文学为主的革命现实主义文学思潮、七月派心理现实主义文学思潮，还有20世纪80年代中期后兴起的"新写实"文学思潮和90年代提出的重构现实主义文学思潮等等。四大类型则是由前述三大类加上"古典主义文学思潮"，这一思潮包括五四时期的学术派、20世纪20年代的新月派、30年代的京派等等。这四大类型再加上后现代主义文学思潮就是五大类型了。二是文化学的角度，以文学思潮的文化内涵为标准，把文学思潮分为"人文主义（启蒙主义）文学思潮"、"民族主义文学思潮"、"大众文学思潮"、"自由主义文学思潮"。同样，每一类型下又包含若干思潮，如"人文主义文学思潮"有"以个人为本位的人文主义"和"泛爱众的人文主义"之分；而"民族主义文学思潮"还可以从"文化层面上"区分出"狭隘的民族主义"和"开放的民族主义"，更可以"从政治上"分出"反动的民族主义"和"进步的民族主义"。这位学者还提出，如果"从文学母题的角度"进行分类，"对于深化和拓展新文学思潮的研究也是大有可为的"。[①] 另有人把文学思潮的划分角度归纳为三种：一是"从所表现的社会政治观念出发"，如把文学思潮分为左、中、右三类；二是"从审美原则（或者说是创作方法）出发"，如把文学思潮分为浪漫主义、现实主义、现代主义等等；三是"从文化研究的角度出发"，分出"人道主义文学思潮"、"通俗文学思潮"等等。[②] 可见，

---

① 参见朱德发：《中国百年文学思潮研究的反观和拓展》，《烟台大学学报》（哲学社会科学版）1999年第1期。

② 参见胡有清：《品格·角度·整合》，《文学评论》1996年第2期；《中国现代文学思潮研究十五年》，《社会科学战线》1996年第3期；《中国现代文学中的纯艺术思潮》，《中国社会科学》1997年第3期。

三角度与两角度其实没有什么不同，只不过两角度说没有把"从所表现的社会政治观念出发"独立而已，事实上它也混杂在两角度中。从以上归纳出的分类角度、原则和划分出来的文学思潮来看，可知新时期以来我国文学思潮研究的蓬勃兴旺。然而，也应该指出，这些分类研究大多是类型论文学思潮观——即把文学思潮视为类型的研究，与我们说的文学思潮类型研究不是一回事。创作方法的原则和文化学的原则的运用如果是站在自觉的文学思潮类型研究意识基础上的话，当然可以作为文学思潮分类的众多标准之一。文化学的原则可以作为文学思潮分类的标准，但要防止跨学科方法容易出现的偏颇，如社会学的渗入所形成的文学社会学研究，很容易导致仅仅把文学作为一种社会文献，只从文学作品中寻找社会学意义。当然这样的研究也有其价值，但取消了文学本体的文学社会学研究只具有在文学中研究社会的社会学价值，而不是在社会中研究文学的艺术学价值或美学价值。我们可以按文化研究的视角，将文学思潮划分为人道主义、民族主义、自由主义、爱国主义等等类型；分析这些类型中的人道主义、民族主义、自由主义、爱国主义等思想倾向、思想内容的产生、发展、演变，但不能到此为止，更重要的是必须研究这些思想倾向、思想内容的文学性质如何体现，这些文学思潮的文学规范体系及其整体观念系统如何变迁。创作方法的原则也可用于文学思潮类型的划分，而且给人的感觉似乎更合适，尤其是 19 世纪以前的文学思潮，其结构一般倾斜于创作思潮，创作方法原则就更有用武之地。不过，要防止将思潮类型等同于创作类型。分类的标准不能只适用于创作类型和创作思潮，还要适用于包括理论、批评和接受等领域的文学活动整体意义上的文学思潮。这是文学思潮类型划分原则应该具备的起码功能。因此，分类原则应尽可能往文学思潮类型最高层次的范畴进行抽象。

第二节　文学思潮的基本类型

　　类型研究是一种假定性很强的"特殊属性识别"，研究者可以根据不同的研究目的和论述需要而设定不同的标准将对象分类。文学思潮当然也可以按照不同的原则进行分类研究。不过，作为文学思潮理论体系建构需要的基本类型划分不是一般的分类研究，其任务是应该尽量找到与文学思潮本质特征相一致的逻辑分类原则，区分出具有"原型"意义的基本类型。

　　文学思潮的不同，主要决定于作为其支柱的文学规范体系的差异，而文学规范体系的核心则是文学观。一定的文学观就是对有关文学是什么（本质）、怎么样（结构、特征、发生、发展规律）、为什么（功能、价值）等问题的理性思考和回答（或是通过范例获得的直觉感悟）。因此，我们可以从不同文学观的认识特征寻找文学思潮基本类型的划分原则。

　　任何认识都存在着客观的和主观的两个对立面，文学观的思考也存在着这两个对立面。歌德在谈到自己和席勒在创作方法上的对立时，所谈的是艺术原则层面的对立，他"主张诗应采取从客观出发的原则"，而席勒却认为自己从"完全主观"出发的原则才是正确的。① 这里的艺术原则的对立，也就是文学观的对立，实质上这是从主观出发还是从客观出发去认识文学、从事文学活动的思维方式的对立。因此，我们可以把从客观出发还是从主观出发的艺术掌握方式作为文学思潮基本类型划分的原则。由于主客观的区别也是相对的，所以没有完全纯粹的主观或客观。事实上两者总是互相矛盾又互相渗透融合，两者之间的若即若离存在着无限的层次。不过两方面总有轻重主次之分，同时也存在着历时或共时向度的错杂而难分伯仲的情况。据此，我们把文学思潮分为客观型（从客观出发的原则为主体的）、主观型（从主观出发的原则为主体的）和复合型（主、客观原则难分主次的）三大类型。

一、客观型

　　从客观世界出发的艺术掌握方式占主导地位而形成的文学观，把文学视为客观世界的摹仿或反映，文学的任务在于忠实地再现客观世界，真实性是衡量这类文学价值的美学准则。在主体与客体的关系上，艺术关注指向

---

① 参见〔德〕爱克曼：《歌德谈话录》，朱光潜译，人民文学出版社1978年版，第221页。

客体；在理想与现实的对立中，要求文学倾斜于现实；对待情感与理智的矛盾，则要求让理智占上风。客观型文学思潮就是由这样的文学观念规范体系支配的文学活动系统的群体性观念整体。现实主义、自然主义、魔幻现实主义、后现代主义都属于这类客观型文学思潮。现实主义要求以真实的细节、典型化的艺术形象、按照生活的本来面目再现社会生活，不仅要如实地再现社会生活的外在形态，更要通过这种形态揭示出它的内在本质、价值及其必然性。由于认识到文学是社会的反映，所以巴尔扎克才立志要通过自己的小说写出 19 世纪前期的法国历史。契诃夫清楚地知道按照生活本来面目描写生活的现实主义必须做到"无条件的、直率的真实"①。高尔基则把现实主义称为"对于人和人的生活环境作真实、不加粉饰的描写"② 的艺术。普希金、果戈里的现实主义文学创作在俄国刚出现不久，别林斯基就在对他们的创作进行的批评实践中，建构起俄国的现实主义理论体系，促进了俄国现实主义文学思潮的形成和迅猛发展。现实主义要求冷静、精确地剖析现实，但并不排斥主观倾向和理想，只是要求这些主观倾向和理想在艺术形象的客观描写里自然而然地流露出来，无须直白。自然主义与现实主义一样要求真实、客观地反映现实，但更彻底，要求达到科学般精确，严格地再现，把观察到的事实按原样描写出来，不进行任何增、删，不作任何政治的道德的和美学的评价，让读者看来就像报道和记录一般。

　　魔幻现实主义文学思潮所具有的"魔幻"一面的特征，似乎不符合"从客观世界出发"的客观型文学思潮标准。而且在人们对魔幻现实主义的论评中，早就存在着种种异议，有人根据它与超现实主义的关系及其对现代主义创作方法、技巧的借鉴而把它归入现代主义文学思潮；还有人把魔幻现实主义纳入后现代主义的范畴；而魔幻现实主义的一些文学大师却始终坚称自己的创作是现实主义。尽管从创作特征上看，魔幻现实主义表面上与现代主义、后现代主义有许多相似之处，而与传统的现实主义的面目也相去

---

① ［俄］契诃夫：《契诃夫论文学》，汝龙译，人民文学出版社 1958 年版，第 53 页。
② ［苏］高尔基：《论文学》，孟昌等译，人民文学出版社 1978 年版，第 163 页。

甚远，但是细细考察之下，会发现它与现代主义、后现代主义是末同而本异，与现实主义的文学观、审美原则却是一脉相承，不过这种一脉相承不是简单的重复，而是具有了新的发展。从文学观、审美原则而言，魔幻现实主义和现实主义一样，坚持文学是现实的反映、再现。现实的真实性是魔幻现实主义文学活动的审美依托和价值准则。著名的魔幻现实主义大师、诺贝尔文学奖得主、哥伦比亚伟大作家加西亚·马尔克斯在谈论文学与现实的关系时，就宣称在自己所"写作的任何一本书里，没有一处描述是缺乏事实根据的"。在他看来，"现实是最高明的作家，我们自叹不如。我们的目的，也许可以说，我们的光荣职责是努力以谦虚的态度和尽可能完美的方法去反映现实"。他还说自己常有"力不从心的感觉，总感到在自己所构思的和能够写出来的东西中，从未有一件事是比现实更令人吃惊的。我力所能及的只是用诗的手法移植现实"。[1] 魔幻现实主义作品中有神话，有与现代主义相似的荒诞、幻想和夸张，形成了神奇的美学特征，但这一切都有客观的现实基础，都不是无端的主观虚构。因为拉丁美洲社会生活本身就是充满神奇色彩的现实，全部美洲的历史也可以说是"一部神奇现实的编年史"[2]。拉美文化是拉美本土的印第安文化和来自欧洲的基督教文化，还有非洲的黑人文化的融合物。"美洲是不同时期共存的大陆。在这块大陆里，20世纪的人可以向4世纪的人伸手，可以向如同没有报纸、没有通信的居民伸手。"[3] 印第安土著的无穷想象力、黑人的无穷想象力以及西班牙人的幻想和鬼神崇拜的混合，成为拉丁美洲现实神奇性的精神沃土。马尔克斯列举过拉丁美洲暴君的神奇暴政事实，他说："海地的老杜瓦利埃曾下令把全国的黑狗宰尽杀绝，因为据说他的一个政敌，为了逃避这位独裁者的迫害，甘愿不再当人而变成一条黑狗。弗朗西亚博士享有哲学家的盛名，但他却把巴拉圭共和国封锁得

---

[1] ［哥伦比亚］加西亚·马尔克斯：《也谈文学与现实》，转引自陈光孚：《魔幻现实主义》，花城出版社1986年版，第156—157页。

[2] ［古巴］阿莱霍·卡彭铁尔：《〈这个世界的王国〉序》，载［古巴］阿莱霍·卡彭铁尔：《小说是一种需要》，陈众议译，云南人民出版社1995年版，第85页。

[3] 李德恩：《拉美文学流派的嬗变与趋势》，上海译文出版社1996年版，第56页。

像一所房子，只让打开一扇收取邮件的小窗，……路佩·德·阿吉雷（委内瑞拉）的一只断手在河里顺流而下，漂浮了多日，凡是看见断手漂过的人无不胆战心惊，生怕那只杀人的手在那样的情况下还会挥舞屠刀。尼加拉瓜的索摩查·加西亚，在自己家的院子里喂养动物。每只笼子都分成两格，中间只有铁栅间隔，一边放着猛兽，一边关着他的政敌。萨尔瓦多笃信鬼神的独裁者马丁尼斯，让人们把全国的路灯统统用红纸裹起来，说是可以防止麻疹流行。他还发明了一种像锤子那样的东西，在进餐前先在食物上摆动两下，便知道食物中是否下过毒药……"。还有，在拉丁美洲的一些国家，"一夜之间，强盗变成了国王，逃犯变成了将军，妓女变成了总督"，或与此相反的情况都是实实在在的社会现实。① 魔幻现实主义文学是在印第安文化背景下运用印第安人原始思维来观照现实的，这也是其神奇性的重要根源。"印第安人以想象来思考问题，看不见发展过程中的事物，而是把事物带到另外的领域。在那些领域里，现实的东西消失了，出现了梦幻；在那些领域里，梦幻的事物又变成了可能触摸的和可见的事实。"② 印第安人的"现实"包含着物质世界的现实和幻想世界的现实，两种现实的统一组成了他们生活的全部内容，两种现实在他们看来是没有区别的，都是客观的、真实的，魔幻现实主义所反映的正是这样一种"现实"——拉美大陆独有的、无处不在的神奇现实，它生动、奇妙、原始。它或者如卡彭铁尔的《这个世界的王国》那样，"叙述的历史是建立在真实的基础上的，不但历史事件真实，连人物（包括次要人物）、地点、街道以及一切细节都真实无误"③ 的"原封不动地予以再现，不需要任何加工；因为这一现实本身便是神奇的、现成的、看得见摸得着的，并且是伸手可及的"④。或者如加西亚·马尔克斯那样无论怎样夸

---

① 参见［哥伦比亚］加西亚·马尔克斯：《也谈文学与现实》，转引自陈光孚：《魔幻现实主义》，花城出版社 1986 年版，第 156 页。
② 李德恩：《拉美文学流派的嬗变与趋势》，上海译文出版社 1996 年版，第 6—7 页。
③ 李德恩：《拉美文学流派的嬗变与趋势》，上海译文出版社 1996 年版，第 135 页。
④ ［委内瑞拉］马尔克斯·罗德里克斯：《卡彭铁尔的神奇现实论》，转引自陈光孚：《魔幻现实主义》，花城出版社 1986 年版，第 202 页。

张、幻想，都"百分之百源于现实"——拉美"特有的现实"。

　　资本主义的飞速发展和科技文明的空前进步，反而给人类社会带来了普遍的日益严重的异化现象。如果说现代主义文艺表现的是人们在异化生活中内在的恐惧感、危机感和灾难感的话，后现代主义则关注人的自我的消失、人的物化、世界的无意义和不确定性。例如理论上的解构主义就"产生于一种特定的政治失败或幻灭感"，导致对真理、现实、意义、知识等传统概念的怀疑直至否定。在政治颠覆的尝试（1968年席卷欧洲的学生运动）失败后，"转入地下，进入语言领域"，通过对传统"逻各斯中心主义"的批判，进行语言结构的颠覆。① 运用这一理论的批评实践就是从似乎清楚严密的原作中找出"一些弱点和缝隙，然后努力扩大已经露出的裂口，终于使原来似乎明确的结构消失在一片符号的游戏之中"。这种解构批评旨在指出作品本文的自我消解性质，论证不存在恒定的结构和明确的意义，否认语言有指称功能，否认作者有权威和本文有独创性，否认理性、真理等等学术研究的理想目标。② 后现代主义的文学观表现在创作上是对传统创作模式的全面颠覆，他们的小说没有传统小说那样完整的故事情节，主人公和人物也不再是作品的中心，作品的主要篇幅让位于大量物象的详细描写，主人公在小说中就像摄像机的镜头，所起的作用不过是将所有场面、人、事、景物组接起来，他没有思想感情，没有性格特征，甚至连面貌、经历、家庭、社会关系、行为及其动机，在作品里都找不到明确交代。在叙述方式上，时空混乱、杂糅、任意切换，语句矛盾或模棱两可。后现代主义文学创作所要表明的就是不同于传统观念中的现实世界的真实，它不再是"充满心理的、社会的和功能意义的世界"③。真实的情况是：人不是世界的中心，客观世界是独立的存在，它不以人的意志为转移，世界充满了偶然性、不确定性，复杂多

―――――――――――――

① 参见 [英] 特里·伊格尔顿：《文学原理引论》，刘峰译，文化艺术出版社1987年版，第169页。

② 参见张隆溪：《二十世纪西方文论述评》，生活·读书·新知三联书店1986年版，第164、165、167页。

③ [法] 阿·罗伯-格里耶：《未来小说的道路》，载吕同六主编：《20世纪世界小说理论经典》上卷，华夏出版社1995年版，第521页。

变，无规律可言。不仅客观世界而且主观世界也像迷宫一样，人们无法辨识。正由于世界是"不稳定的，是浮动的，令人捉摸不定，它有很多含义难以捉摸"，所以，后现代主义文学创作就应该"从各个角度去写，把现实的飘浮性、不可捉摸性表现出来"①。给读者"制造出一个更实体、更直观的世界"②。可见，后现代主义文学思潮尽管对"现实"的理解不同于传统现实主义，但在文学与现实的关系上，强调前者必须"真实"、"客观"地表现后者，这一"从客观世界出发"的原则还是一致的。

　　1987 年在中国出现的"新写实"小说（或称"新写实"主义小说）标志着先锋态势的现代主义文学思潮的转向，它的主要特征是"写实"，但与传统现实主义的"写实"不同，它所要写的不是蕴含着崇高、理想等社会价值的"典型环境"和"典型人物"之"实"，而是芸芸众生日常生活的原生态，流水账般记录普通人平庸琐碎的生活事实。"新写实"作家也强调真实、客观，自称"我写的就是生活本身……生活的本来面目"③。池莉声称她的小说《烦恼人生》中的细节非常真实，主人公印家厚的一天，早晨"是从半夜开始的"，因为儿子从床上滚下地上，惊醒了全家，这时候是"凌晨四点缺十分"。八点上班之前，他得送孩子去幼儿园，乘公共汽车，为保证上班不迟到，得赶上六点五十分的那班轮渡。这一天赶到工厂时，还是迟到了一分半钟。然后是上午、中午、下午，在工厂工作、扯皮、发牢骚，晚上下班回到家里为家务杂事忙碌、争吵、烦恼；"上床时，时针指向十一点三十六分"。作者说这里记述的"时间、地点都是真实的，我不篡改客观现实"④。作家为了在记述原生态生活时达到客观、真实，坚持以冷眼旁观的局外人态度——"零度的感情"进行叙述，不加任何评价，力求达到比较彻底的"无

---

① ［法］阿·罗伯-格利耶语，转引自柳鸣九：《艺术中不确定性的魔力》，载［法］罗伯-葛利叶：《嫉妒》，李清安等译，漓江出版社 1987 年版，134 页。

② ［法］阿·罗伯-格里耶：《未来小说的道路》，载吕同六主编：《20 世纪世界小说理论经典》上卷，华夏出版社 1995 年版，第 521 页。

③ 刘震云语，载《"新写实"作家、评论家谈"新写实"》，《小说评论》1991 年第 3 期。

④ 《"新写实"作家、评论家谈"新写实"》，《小说评论》1991 年第 3 期。

情观"——"用一种冷酷的态度把所见到的生活中的人和事娓娓道来"。①"新写实"小说"真诚直面现实、直面人生"②，注重生活画面的逼真和细节的真实，不放弃人物故事，这与现实主义传统何其相似，但它却没有像现实主义一样致力于"塑造典型环境中的典型人物"，抛弃了典型化的艺术概括原则。"新写实"小说一方面吸收了西方现代主义的历史、美学意识，采用了现代主义的一些艺术手法，但其重视细节和人物故事又与现代主义作品相去甚远。它对"原生态"生活的还原追求与自然主义相通，可是它虽有生理、心理病态的描写却又没有完全强调生物学的决定论。它的平面化、"零度情感"与后现代主义的要求抛弃"深度"、意义，冷漠叙述、记录所见所感知的世界的零碎片断的主张一致，但其对人的生存状态的描写还没有超出现代主义的模式，没有跨进后现代主义把人物淡化为影子而以物象为描绘中心的境域。将"新写实"小说纳入上述任何一种文学思潮都有可能引起异议，但从类型的意义上，把它归入"从客观世界出发"的客观型文学思潮范畴内，应该是合适的。

二、主观型

以"从主观出发"为原则的文学观念规范体系是主观型文学思潮的核心，其审美依托与艺术指向是主体的主观愿望或幻想，对人性、主观情感、非理性的幻想世界、直觉、潜意识、生命冲动等等的表现被视为文学的本质。这类文学思潮的主体失去了与自然或其自身的统一性，在主客观的对立矛盾中，很容易取消二者的差别，混淆二者的界限，而用主观取代客观。因此，要求文学排斥客体、实体，以主观的理想、幻想、思辨的观念取代既存现实。即使作品中有指向外部世界的客观事物，也应该是与自身相对立的主观的象征。非理性主义倾向是主观型文学思潮的共同特征。但是，不同的主观型文学思潮的非理性主义倾向有强弱之分，艺术指向也有不同维度的差

---

① 参见李书磊：《刘震云的勾当》，《文学自由谈》1993年第1期。
② "'新写实'小说大联展·卷首语"，《钟山》1989年第3期。

异。例如，浪漫主义文学思潮的主观性非常强烈，然而它与现代主义的种种文学思潮、中世纪的宗教文学思潮的主观性就有所不同。浪漫主义文学思潮和其他主观型文学思潮在与现实的关系上，都表现出强烈的拒斥和脱离现实的趋向，但浪漫主义对现实的排斥体现为对日常生活、艺术情感以至传统道德全部领域的习俗束缚的轻蔑，要求与过去的、现在的现实完全断绝关系，主张"以审美的标准代替功利的标准"①，所以，喜欢奇异的、遥远的、异域的和古代的事物，从宏伟的、渺远的、恐怖的事物中寻求刺激，赞赏破坏性极大的激情，凶猛的老虎因而得到布雷克的赞美。在浪漫主义的小说故事里，读者可以"见到汹涌的激流、可怕的悬崖、无路的森林、大雷雨、海上风暴和一般讲无益的、破坏性的、凶猛暴烈的东西"。或者是"幽灵鬼怪、凋零的古堡、昔日盛大的家族最末一批哀愁的后裔、催眠术士和异术法师、没落的暴君和东地中海的海盗"。拜伦笔下的"拜伦式英雄"不是反社会、无政府的叛逆者，就是好征服的暴君。②但是，浪漫主义追求的是个体人格的解放，尽管有着反理性的倾向，但其理想主义的主观愿望"还主要停留在社会理想、社会意愿的层面上，因此它并不全然抛弃现实生活，只是主张通过对现实生活进行想象和幻想性的加工处理而将理想展现出来"③。中世纪的宗教文学思潮呢，虽然也是要求与现实断绝关系，却比浪漫主义更彻底，文学完全是宗教教义的图解，世俗生活被描写为罪恶的悲哀的渊薮，而空想、梦幻、彼岸性的世界却是真实的、美的领域。现实的所有事物都只是象征、寓意的符号，任何能引起审美兴趣的东西，无非是指向彼岸的能使人们推测到比现实更美的世界的东西。女人的形象如果不是天使的象征，就是魔鬼的化身。文学的内容主要是对原罪、世俗生活的罪恶和死后世界的赏罚不同以及种种宗教奇迹的描写，梦幻、象征和寓言是主要的艺术形式和表现手段。但丁的《神曲》虽然透露着新世纪的人文主义的曙光，但从内容到形式，仍然保留着宗教文学思潮的许多特征。作品在宗教幻想中的

---

① ［英］罗素：《西方哲学史》下卷，马元德译，商务印书馆1976年版，第216页。

② 参见［英］罗素：《西方哲学史》下卷，马元德译，商务印书馆1976年版，第217、221页。

③ 周来祥、陈炎：《西方历史上的五大文学思潮》，《文艺研究》1990年第2期。

地狱、炼狱和天堂三界的空间中展开了一个神秘的梦幻故事，全诗弥漫着浓厚的禁欲主义的宗教气氛。它所写的一切都是象征，诗人象征人类精神，贝阿特丽采象征信仰，维吉尔象征理性，黑暗的森林象征意大利丑恶的现实，三头拦路的野兽象征着邪恶势力。诗人游历三界，象征着人类在理性和信仰的引导下，认识罪恶与错误而觉醒，获得新生，并达到理想的至善境界的历程。宗教文学思潮从主观出发，建造的是一个极端反理性的彼岸世界，既否定现实，也否定主体，可以说是主观的异化。而现代主义从主观出发的非理性主义并没有离开主体，只是深入发掘主体局部的非理性的精神因素，并将其夸大成世界的、人类的、文学的、艺术的本质，达到荒谬和神秘的地步。现代主义文学观可以说是强调自我表现的文学观，真实、真理都在于自我的主观感受，主观性就是真理，自我永远是唯一真实的存在。但这种"自我"已不同于浪漫主义的反抗现实要求通过文学改造世界的"自我"，现代主义者心目中的"自我"、"自我存在"、"主观"、"人"甚至现实"世界"都是非理性的个体的情绪体验。生活也只是这样一种情绪体验，是人们的头脑在日常中接受的"千千万万个印象"，"这些印象来自四面八方，宛然一阵阵不断坠落的无数微尘"，文学的任务就是真实地"记录"这些"微尘"般的印象，"不管表面上看来互无关系，全不连贯"。① 这种印象可以是由墙上的一个斑点而引起的漫无边际的自由联想，也可以是在世界的荒诞、人世的险恶、灾难临头之类恐惧感、危机感压迫下出现的人变甲虫、人变犀牛的梦境、幻觉。一切非理性、非逻辑的直觉体验、本能冲动、潜意识心理、瞬间情绪、梦境幻觉的表现，都植根于社会异化、理性危机、人与自然、人与社会、人与自我彻底分裂的现实土壤。当自然、社会、客观世界、宗教、道德、理想、祖国、家庭、民族感情等等的真实感、神圣性和信念都破灭之后，"自我"就成为唯一可以抓住的现实，犹如在大海中抓住的一块救命的木板。现代主义者只能在"那由于孤独和难以表露的性欲和失去理性的心灵"——一个未知的非理性领域里寻找"表达人

---

① 伍尔芙语，载《外国文艺》1981 年第 3 期。

类共同性的新语言"。①

三、复合型

从文学观的认识特征来看，顾名思义，复合型文学思潮的文学观就是主观型和客观型的合成，即它既有"从主观出发"一面，又有"从客观出发"的一面。事实上，任何文学思潮都有一定的复合性，只不过复合的比例、程度有种种不同而已。因为，从主观出发还是从客观出发不可能绝对化。强调"从客观世界出发"，仍然离不开主观性，外界现实的再现，仍然是通过主观审美的投影，再现的客观世界即使是自然主义或"新写实"文学都做不到真正原汁原味的"原生态"，无论如何隐蔽，主观性仍像上帝一样，虽然不直接露面，却又无处不在。同理，"从主观出发"也不可能丝毫不沾客观的边边，无论怎样的自我表现，都有其产生的现实基础；不管多么荒谬、怪诞、神秘的非理性主义抽象表现，都有其现实性的反映，都离不开客观时空、物象媒介的传达。我们这里说的复合型文学思潮是指这样的一种复合状态：这种类型的文学思潮若按"从主观出发"的原则去考察，它完全具备主观型文学思潮的特征；如果拿"从客观出发"的标准去衡量，它也符合客观型文学思潮的要求。然而，我们又不能把它划进任何一边，因为两者的特征都明显，划进任何一边似乎都有失公允。古典主义文学思潮就体现了这种复合型的特征。

过去，大多数观点都把古典主义视为现实主义，其实，这是一种错觉。有人指出了这一认识的不当，并分析了这种错觉的根源和古典主义文学思潮所具有的主客观复合的特征。人们为什么会把古典主义看作是再现主义或现实主义呢？主要原因在于布瓦洛提出的理论主张："我们永远也不能与自然寸步相离"。这一主张表面看来是从客观世界出发的再现主义审美原则。但实际上，布瓦洛所说的"自然"是从亚里士多德那里继承的。众所周知，亚里士多德主张"艺术摹仿自然"，长期以来，人们也认为亚里士多德的摹仿论是现实主义的艺术观，都没有注意到亚里士多德《诗学》中的这样一段

---

① 王宁等编:《诺贝尔文学获奖作家谈创作》，北京大学出版社 1987 年版，第 129 页。

话："如果有人指责诗人所描写的事物不符合实际，也许他可以这样反驳：
'这些事物是按照它们应当有的样子描写的'。"① 论者认为，这段话可以证明
亚里士多德"所谓的'艺术摹仿自然'并不是要求艺术作品'符合实际'，
而是要求艺术作品按照'应当有的样子'去描写生活。"② 的确，亚里士多德
在《诗学》第 25 章中谈到艺术有三种摹仿对象："过去有的或现在有的事、
传说中或人们相信的事、应当有的事。"③ 哪一种更好呢？《诗学》表明亚里
士多德更赞成第三种，即像索福克勒斯那样"按照人应有的样子来描写"。
为什么呢？在亚里士多德看来，艺术的目的即功能在于通过摹仿使人产生怜
悯和恐惧并从这些情感的体验中得到陶冶（净化）。因此，"如果诗人写的
是不可能发生的事，他固然犯了错误；但是，如果他这样写，达到了艺术的
目的，……能使这一部分或另一部分诗更为惊人，那么这个错误是有理由
可以辩护的"④。"为了获得诗的效果，一桩不可能发生而可能成为可信的事，
比一桩可能发生而不能成为可信的事更为可取。"⑤ "应当有的事（样子）"既
"可能"发生，也不排除"不可能"发生的情况，"应当有"的实质按亚里士
多德对诗的本质的规定应指"普遍性"、"必然性"。17 世纪古典主义对亚里
士多德"艺术摹仿自然"这一观点中"自然"这一概念的理解，强调的就是
这种"普遍性"和"必然性"。朱光潜先生在《西方美学史》中也正确地指
出过，古典主义理解的"自然"，"并不是自然风景，也还不是一般感性现实
世界，而是天生事物（'自然'在西文中的本义，包括人在内）的常情常理，
往往特别指'人性'，自然就是真实，因为它就是'情理之常'。新古典主义
者都坚信'艺术摹仿自然'的原则，而且把自然看作是与真理同一，有理性
统辖着的，这就着重自然的普遍性与规律性"⑥。请听布瓦洛的阐释："谁能知

---

① ［古希腊］亚理斯多德：《诗学》，罗念生译，人民文学出版社 1962 年版，第 93、94 页。
② 周来祥、陈炎：《西方历史上的五大文学思潮》，《文艺研究》1990 年第 2 期。
③ ［古希腊］亚理斯多德：《诗学》，罗念生译，人民文学出版社 1962 年版，第 92 页。
④ ［古希腊］亚理斯多德：《诗学》，罗念生译，人民文学出版社 1962 年版，第 93 页。
⑤ ［古希腊］亚理斯多德：《诗学》，罗念生译，人民文学出版社 1962 年版，第 101 页。
⑥ 朱光潜：《西方美学史》上卷，人民文学出版社 1979 年版，第 188 页。

道什么是风流浪子、守财奴，／什么是老实、荒唐，什么是糊涂、嫉妒，／那他就能成功地把他们搬上剧场，／使他们言、动、周旋，给我们妙呈色相。"① 体现在创作中，就是"类型化典型"——人物都成了"普遍性"——某种观念或情致的化身：熙德——"荣誉"、贺拉斯——"义务"、安德洛玛克——"贞节"、阿巴贡——"吝啬"、答丢夫——"伪善"。"类型"是一种特殊属性的抽象结果，它排除了事物的个别性、偶然性，也就使得类型化的人物性格缺乏丰富性、生动性和发展的动态性。文学思潮的主体在进行文学活动之前，头脑里就预置了审美对象的固定模型："每个年龄都有其好尚，精神与行径。／青年人经常总是浮动中见其躁急，／他接受坏的影响既迅速而又容易，／说话则海阔天空，欲望则瞬息万变，／听批评不肯低头，乐起来有似疯癫。／中年人比较成熟，精神比较平稳，／他经常想往上爬，好钻谋也能审慎，／他对于人世风波想法子居于不败，／把脚根抵住现实，远远地望着将来。／老年人经常抑郁，不断地贪财谋利；／他守住他的积蓄，却不时为着自己，／进行计划慢吞吞，脚步僵冷而连蹇；／老是抱怨着现在，一味夸说着当年；／青年沉迷的乐事，对于他已不相宜，／他不怪老迈无能，反而骂行乐无谓。"② 这就是歌德指出的"为一般而找特殊"的"程序"。朱光潜先生认为"为一般而找特殊"的意思就是"从一般概念出发，诗人心里先有一种待表现的普遍性的概念，然后找个别具体形象来作为它的例证和说明"。③ 例如莫里哀的《伪君子》，就是以答丢夫这个"特殊"表现"伪善"这个一般概念。所以答丢夫才成为追求自家恩人的妻子时是伪善的，侵占财产时是伪善的，讨一杯水时也是伪善的——如此类型化的扁平人物，或者说是"寓言式的抽象品"。可知，古典主义文学观并不是完全从客观出发的，也有从主观——概念出发的一面。古典主义者既要再现客观生活，又要表现主观的观

---

① 〔法〕布瓦洛：《诗的艺术》，载伍蠡甫主编：《西方文论选》上卷，上海译文出版社 1979 年版，第 301 页。

② 〔法〕布瓦洛：《诗的艺术》，载伍蠡甫主编：《西方文论选》上卷，上海译文出版社 1979 年版，第 301—302 页。

③ 朱光潜：《西方美学史》下卷，人民文学出版社 1979 年版，第 416 页。

念，"因而只能将那些与观念相吻合的生活内容纳入自己的艺术作品，而将那些不符合认识范式的生活内容全部舍弃"。古典主义文学思潮中主客观的对立统一，"必然导致理想与现实的和解"，"情感与理智、天才与勤奋的结合"。古典主义文学创作中尽管展示了理想与现实、情感与理智的矛盾和尖锐冲突，但冲突的结果"并没有像历史的本来面目一样得到充分的展开和完成，而是在一种'大团圆'式的艺术梦幻中被人为地化解和冲淡了"①。悲剧《熙德》中的贵族青年罗狄克和施曼娜面对爱情和伦理的冲突，按现实的发展，他们只能选择爱情而抛弃伦理责任，或反之，只能顺从伦理而牺牲爱情，作者却从观念出发，借助于国王出面干预，年轻人既不悖于伦理，又实现了理想的爱情。《伪君子》中的资产者奥尔恭上了伪君子的当，本该难免被答丢夫篡夺财产和受到法律惩治的悲剧下场，但莫里哀也突然搬出国王，以国王的英明，洞察秋毫，使奥尔恭转危为安，害人的答丢夫则被逮捕。善有善报、恶有恶报的观念就这样贯串于古典主义文学活动的所有领域。

---

① 周来祥、陈炎:《西方历史上的五大文学思潮》,《文艺研究》1990 年第 2 期。

第七章

文学思潮的历史形态

我们将文学思潮界定于观念层面，并不是要把它们与文学实践和社会历史时代的基础相割裂，也不意味着主张文学思潮是纯粹主观的产物。正如前面对文学思潮基本特征的探讨那样，我们强调文学思潮所具有的历史具体性。因为，"思维永远不能从自身中，而只能从外部世界中汲取和引出这些形式（概念范畴的形式——引者）。……原则不是研究的出发点，而是它的最终结果；这些原则不是被应用于自然界和人类历史，而是从它们中抽象出来的；不是自然界和人类去适应原则，而是原则只有在符合自然界和历史的情况下才是正确的。"① 为了深入把握文学思潮的本质和特征，逻辑的分析还需结合历史的考察。

第一节　文学思潮的发生发展

我们先从历时性的发生学角度讨论文学思潮产生形成的诸条件，再从动态维度考察文学思潮的发展规律。

---

① 《马克思恩格斯文集》第9卷，人民出版社2009年版，第38页。

一、文学思潮的发生

在文学史上，到底什么时候开始出现文学思潮？它是怎样出现的？有人认为文学思潮是较晚的历史阶段才出现的，有人则主张文学思潮的发生时间较早。孰是孰非，归根到底必须追问：文学思潮的形成起码应该具备哪些条件？

（一）共同纲领论和文学思想说辨析

前面我们已经知道，波斯彼洛夫持关于文学思潮是 17 世纪才开始出现的这一观点，他的观点在我国也有不少的赞同者。波斯彼洛夫的依据有三方面：第一，没有人谈到 17 世纪以前的文学史上存在文学思潮，"显然是因为在任何一种民族文学中，从埃斯库罗斯时代到莎士比亚时代，都还没有明确形成思潮。品达和索福克勒斯、薄伽丘和拉伯雷、塞万提斯和莎士比亚是在没有思潮的情况下创作的"①。第二，人们之所以称 17 世纪的古典主义为文学思潮，是因为 17 世纪法国整个作家团体创作出现了"前所未有的新特质，就是这些作家由于自己世界观的特点，达到了高度的创作自觉性。他们不仅创作，而且思考一般应当怎样创作，并且终于意识到和形成了自己文学创作的一些共同原则，……第一次拟定了一定的创作纲领，并在创作自己的作品时以它的原则为指导方针"②。第三，17 世纪古典主义文学具有自己独特的世界观——唯理性世界观，或者说，他们的世界观具有"唯理性"的新特点。这三个依据的头一个显然依赖于后两个而成立的。所以，实际上后两个依据是波斯彼洛夫立论的关键。在把文学思潮定位为作家集团创作的基础上，波斯彼洛夫以有无"高度的创作自觉性"和共同的"创作纲领"为标准对文学思潮和文学流派两种作家集团创作区分开来。他认为，文学思潮和文学流派几乎是同义词一样被人使用，就因为文学思潮是在流派的基础上形成

① ［苏］格·尼·波斯彼洛夫：《文学原理》，王忠琪等译，生活·读书·新知三联书店 1985 年版，第 172 页。

② ［苏］格·尼·波斯彼洛夫：《文学原理》，王忠琪等译，生活·读书·新知三联书店 1985 年版，第 172 页。

的。"是创作的艺术和思想的共性把作家联合在一起，促使他们意识到和宣
告了相应的纲领原则。"① 只有思想和艺术共性的集团创作是流派，既有思想
和艺术的共性又提出了纲领原则并以之指导创作的便是思潮。他强调思潮本
身必须先是一个流派，然后才是思潮。这一依据的不当我们在前面已有所论
及，在此不妨再次简略地重申一下。波斯彼洛夫的疏忽在于：首先，他将思
潮的观念性质等同于流派的实践性质，混淆了意识与存在（实体）的界限。
其次，把贯串于文学活动系统的思潮局限于创作范围，只见局部不见整体。
最后，把古典主义理想化为自觉的流派，有违历史事实。实际上古典主义作
家并无自觉的"流派"意识，与其说共同的"创作纲领"是他们自觉寻求并
遵循的原则，毋宁说是出于专制王权政治需要的产物。这些失误也许是波斯
彼洛夫囿于流派中心论文学史观所致。然而，并不止于此，更深的根源恐怕
还在于他的"意识形态性论"文学观。他认为集团创作的高度自觉性和共同
创作纲领是依赖于"世界观的特点"才达到的。② 他在俄国文学史家沙霍夫
观点的基础上主张文学思潮的形成过程是这样的："社会生活状况创造出某
些可能为许多作家所共有的具体认识的世界观特点，它们成为这些作家艺术
作品内容的独特性的根源。作家们表现出巨大的创作自觉性，建立起相应的
理论纲领来组织他们的创作，他们就是某一思潮的作家。"③ 因而可以说，世
界观的独特性才是形成文学思潮的最重要的依据。波斯彼洛夫正是以此为准
则否定古典主义之前的文艺复兴文学以及其后的启蒙主义文学是文学思潮。
他认为人文主义和启蒙主义都不是"独特的世界观"，只能说是"思想方式"
或"意识思维的共同方式"。④ 从原理上说，坚持社会意识形态是阶级社会

---

① ［苏］格·尼·波斯彼洛夫：《文学原理》，王忠琪等译，生活·读书·新知三联书店1985年
版，第173页。

② 参见［苏］格·尼·波斯彼洛夫：《文学原理》，王忠琪等译，生活·读书·新知三联书店
1985年版，第172页。

③ ［苏］格·尼·波斯彼洛夫：《文学原理》，王忠琪等译，生活·读书·新知三联书店1985年
版，第173页。

④ ［苏］格·尼·波斯彼洛夫：《文学原理》，王忠琪等译，生活·读书·新知三联书店1985年
版，第172、185页。

文学的根本特性的观点是正确的。文学思潮的产生形成，也的确是首先由于社会生活本身的变化促使文学活动主体意识（世界观）发生变化，形成新的文学观念规范体系，一定的群体在整个文学活动中贯彻这一新的文学观念规范体系，才导致在一定时间和空间范围内形成群体性的文学思想趋向。然而，波斯彼洛夫对"世界观的独特性"和"世界观"内容与形式的关系的理解存在着片面性。先看"世界观的独特性"问题。他曾正确地说过，艺术家的世界观有两方面：一是历史地抽象的理论观点，即艺术家对生活的一般概念；二是意识形态的具体感受的世界观，它是历史地具体的。作家的创作更多地决定于后者而不是前者。对导致文学思潮产生形成的世界观的"独特性"，他明确断定为"具体感受的世界观的特性"。① 对于作为世界观构成方面之一的历史地抽象的理论观点，在他看来对创作并不重要，因而它的作用可以忽略不计。就个别作家或某个较早的历史阶段来说，具体感受的世界观对创作起决定性作用是可能的，但不能因此认为艺术家的理论观点从来没有而且永远不会对创作起任何作用。世界观是一个丰富、复杂、发展的整体，抽象的理论观点和具体感受的世界观可以相互激发和转化，两者是相依共存的关系，不能截然割裂开来。而且，随着时代的发展，20世纪的文学状况已有许多抽象理论观点先行，随后才有创作实践跟上的事实，例如存在主义文学就不过是对存在主义哲学这种抽象理论观点的图解和演绎。对世界观独特性的界定不当必然导致对文学思潮性质的错误定位，仅把文学思潮视为与流派一样的集团创作，既混淆了观念与实践的区别，又抹杀了文学思潮在理论、批评、欣赏层面的存在，还以古典主义为绝对化的文学思潮理想模式，扼杀了文学思潮在不同历史时空产生、存在和发展的形态丰富性。

　　再看波斯彼洛夫在世界观内容和形式方面的看法。他认为人文主义和启蒙主义只是思想方式，而不是"独特的世界观"，② 这一观点令人费解。人

---

① ［苏］格·尼·波斯彼洛夫：《文学原理》，王忠琪等译，生活·读书·新知三联书店1985年版，第175页。

② 参见［苏］格·尼·波斯彼洛夫：《文学原理》，王忠琪等译，生活·读书·新知三联书店1985年版，第185—186页。

文主义尽管与古希腊罗马人道主义有渊源关系，但作为文艺复兴时期的世界观无论相对于古希腊罗马的人道主义还是相对于中世纪的神学世界观来说，都已具有独特的历史内容，并且在彼特拉克、薄伽丘、拉伯雷和莎士比亚等作家的创作中见出其具体感受的世界观所具有的共同性特点，只因为他们没有像古典主义文学那样有一个成文的共同的纲领而否认其思潮性质，未免有失公允。在启蒙主义文学中，也许的确存在着各种不同的具体世界观，可是同样的情况也存在于古典主义、浪漫主义、现实主义等文学思潮中，高乃依与拉辛、湖畔派诗人与"恶魔"派诗人、巴尔扎克与托尔斯泰……他们的世界观当然不是一致的。波斯彼洛夫在论述古典主义文学思潮时，也承认莫里哀在具体感受的世界观方面是具有民主主义信仰的人，并不属于古典主义流派，却赞同古典主义的创作纲领，归附于古典主义文学思潮。① 波斯彼洛夫要说明的意思是，文学思潮可以容纳不同流派，并不是一个思潮只能由一个流派的创作构成。但是，在这里也可以推导出这样的结论：不同的具体世界观并不能成为否认一种文学思潮形成和存在的依据。这当然符合历史事实，是正确的。然而波斯彼洛夫却否认人文主义和启蒙主义文学是文学思潮，显然自相矛盾。并且，波斯彼洛夫把人文主义和启蒙主义从历史具体的特定内容中抽象分离出来，视为一种思维方式，成为类型化的东西，以为这种思维方式在不同的民族文学、不同的历史时代都可以出现，"不同文学思潮的作家都能按这样的方式进行思维"②。这也不见得妥当。就文学思潮的传播和影响来看，思维方式的作用是很重要的，但又不仅仅是思维方式的影响。一定的思维方式必然带有一定的思维内容，当人们运用某种思维方式把握对象世界时，同时包含着对于对象世界的特定理解，这个思维方式中就涵盖着特定的观念性内容。人文主义、启蒙主义如果作为思想方式，不能完全排除其特定的历史内容而等同于可以超越历史、时代和民族的一般思维方式。启蒙时

---

① 参见［苏］格·尼·波斯彼洛夫：《文学原理》，王忠琪等译，生活·读书·新知三联书店1985年版，第178页。

② ［苏］格·尼·波斯彼洛夫：《文学原理》，王忠琪等译，生活·读书·新知三联书店1985年版，第186页。

期的文学的确带有其前或其后的文学思潮的某些特征，如伏尔泰的创作带有古典主义形式特征，卢梭的小说具有感伤主义的特点，但在内容上却明显与其前或其后的文学思潮不同，将它们划入其前或其后的文学思潮，不见得合适。按波斯彼洛夫的意见，称得上文学思潮的就只有 17 世纪以来的古典主义、浪漫主义、现实主义和社会主义现实主义几种。对于现代主义，虽然他也称之为文学思潮，但态度十分勉强，因为他觉得这些背离现实主义创作传统的文学思潮的纲领性原则"通常都是非常不明确的"，现代主义各种思潮术语的"模糊不清和五花八门"，表明创作者"思想探索和创作思维的混乱"。① 即使在西方范围内，无论后顾还是前瞻，这种共同创作纲领论思潮观都难免捉襟见肘，可见其科学性有限。

以这一理论指导对中国文学思潮状况的考察，必然得出这样的结论："在中国文学史上，虽然有各种文学流派各树旗帜，递嬗相继，但像欧洲近代那样连续形成几次大规模文学思潮的现象比较少见。中国古代以明清时期形成的文学思潮较有代表性。"② 也就是说，中国迟至明清时代才有文学思潮发生，而此前仅有文学流派的活动而已。不少人并不赞同这一权威性论断，认为它与中国文学思潮的实际情况不相符，于是，趋于一种要求较"宽泛"地理解文学思潮含义的倾向。虽然这种要求在具体的文学思潮史研究中早有体现（如朱维之先生在 20 世纪 30 年代所写的《中国文艺思潮史稿》），然而至今尚缺乏系统的理论阐述。就笔者所见，仅有研究日本文学的叶渭渠先生在这方面的见解较有理论价值。

在《日本古代文学思潮史》③ 的"绪论"中，叶渭渠先生认为，共同纲领论那样的文学思潮观是一种狭义解释，其主要缺点在于"将文学思想与文学思潮严格区别开来"。因此，他在赞同竹内敏雄的文学思潮定义的基础上，将文学思潮理解为包括以"主义"形态出现和普及以前的文学思想。他认

---

① 参见 [苏] 格·尼·波斯彼洛夫：《文学原理》，王忠琪等译，生活·读书·新知三联书店 1985 年版，第 208 页。

② 《中国大百科全书》（中国文学卷 II），中国大百科全书出版社 1986 年版，第 955—956 页。

③ 叶渭渠：《日本古代文学思潮史》，中国社会科学出版社 1996 年版。

为"从广义上说，文学思潮是在文学流动变化过程中，伴随文学的自觉而超个体地、历史地形成的文学思想倾向"。这样一来，文学思想与文学思潮就属于"同一个概念范畴，两者不能绝对区别开来。如果说有区别的话，就是对不同发展阶段的不同称谓罢了"①。无疑，叶先生的主张不仅是给文学思潮下一个广义的定义，而且，其中还包含着两个对理解文学思潮发生与发展规律至关重要的理论焦点：一是文学思潮与文学思想的关系；二是文学思潮在文学史上发展的阶段性——文学思潮的历史形态问题。的确，从发生学角度看，任何事物都有一个发生过程，文学思潮的发生与文学思想具有密不可分的联系。文学思潮在本质上就是文学思想，它不过是从文学思想发展而来，是一种成"潮"形态的文学思想。叶先生说的文学思想与文学思潮的区别不过是不同发展阶段的称谓，这当然是指成潮的文学思想——"超个体的客观的文学精神"而言。还有另一个区别不能不看到，也就是说，并不是任何文学思想都可以成为文学思潮，既有作为文学思潮的文学思想，也有非文学思潮的文学思想。正如森林由树木构成，既有构成森林的树木，当然也有零散生存于非森林地带的树木。从文学思想与文学思潮的关系认识文学思潮，体现了系统整体观的科学性。不仅在文学发展史的纵向上要系统整体地考察，承认文学思潮与文学思想联系的历史特征——阶段性，同时还对具体文学思潮的生成也应以系统整体观辨析它如何由非成潮形态的文学思想向成潮形态文学思想的发展过程，避免孤立片面地只看到创作层面的文学思潮或已经成潮的形态。特别应指出的是，叶先生并不把文学思潮局限于团体创作层面，而认识到文学思想"包括文学理论、文学批评、创作理念"等层次，这是颇有见地的。当然，在我们看来，还应该包括文学欣赏层面的审美趣味、审美观念，作为文学思潮的文学思想才更完整。也就是说，要从整个文学活动系统的观念层面去理解文学思想。而且，还要明确文学思想不只是理论形态的抽象观念，也包括文学作品中反映出来的文学思想。正如罗宗强先生所说："文学思想不仅仅反映在文学批评和文学理论著作中，它还大量反映在文学

---

① 叶渭渠：《日本古代文学思潮史》，中国社会科学出版社1996年版，第2页。

创作中。……一个时代的文学思潮的发展与演变，大量的是在创作中反映出来。因此，研究文学思想史，除了研究文学批评的发展之外，很重要的一个内容，便是研究文学创作中反映出来的文学思想倾向。离开了对文学创作中所反映的文学思想倾向的研究，仅只研究文学批评和文学理论的发展史，对于文学思想史来说，至少是不完全的。"[1]

（二）文学的"自觉"

就文学发展的本身来看，文学思潮的发生应该具备的起码条件是文学必须进入"自觉"的阶段，这种"自觉"不一定要达到具有明确的共同创作纲领的"高度"，而是人们开始意识到文学自身的特征，从而讲究、研讨它的创作规律和审美形式，自觉地创作具有自身价值意义的文学，自觉地将文学作为文学来欣赏。只有在这样的阶段，才可能有"文学的"思想，一定的文学思想才可能超越个体的褊狭，生成一定群体公认、接受并奉行的文学观念规范体系，"在不断流动、发展、变异的运动过程中，与各种社会文化的力量形成一个统一体"[2]，支配着一定群体的文学活动系统，这样形成的群体性文学思想趋向，就是文学思潮。各民族文学自觉的历史阶段并不一致，文学思潮的发生就有先后之别。那种把某一民族某一文化圈文学自觉和文学思潮发生的历史阶段夸大为世界普遍规律的做法是非常危险的。例如，由于欧洲17世纪以后才出现大规模的文学思潮，就以为全世界各民族的文学思潮的发生也应该是在17世纪欧洲这样的社会历史发展阶段上才有可能，这样的观点显然建立在臆测的基础上，经不起实践和历史事实考察的检验。

按照鲁迅的观点，中国的文学自觉时代就是公元2—3世纪的曹魏时代。实际上，可以把整个六朝时期视为一个较为完整的文学自觉时代。在此阶段，人们发现、开拓了文学的功用、内容与形式的审美特性，提出了一系列重要的文学美学范畴，树立了影响深远的审美理想，形成了崭新的文学观念规范体系，掀起了文人诗歌创作的高潮，出现了建安文学这样的文学思潮。

---

① 罗宗强：《隋唐五代文学思想史》，上海古籍出版社1986年版，第2页。

② 叶渭渠：《日本古代文学思潮史》，中国社会科学出版社1996年版，第4页。

　　我们可以从理论维度考察一下六朝文学美学自觉的历史行程。

　　自从文学产生之后，人们就竭力要认识它的功用，并随着功用的认识而逐渐深入了解文学的本质及其特征，探索并力图把握其内在规律性。魏晋以前，文学尚未有真正意义上的独立，对其功用的认识大抵只停留在政教实用功利性上。孔子的"兴观群怨"说对文学的功用作了最早的较全面的概括，而他的着眼点主要还是在于"迩之事父，远之事君；多识于鸟兽草木之名"。至《礼记》、《毛诗序》张扬"诗教"、"美刺"，自此，文学以至所有艺术都不过是政教工具的观点便成为儒家文学价值观的核心，文学的美感功能、审美价值往往被狭隘功利所排斥。多少贤哲由于儒家功利文学观的浸染，即使偶尔触摸到文学的审美规律，也疑为谬误，或拒之门外，或比附于先人之儒家意识。文人们也自卑自贱，视文学为"童子雕虫篆刻"。

　　汉末魏初，随着儒学独尊权威的崩溃，儒家传统文学观不得不面对异端的种种挑战，文学的审美意识终于迎来了觉醒的契机。魏文帝曹丕的《典论·论文》的问世，标志着中国文学一个新时代的开始。其最令人振聋发聩之处就是关于文学功用的新见解："盖文章，经国之大业，不朽之盛事。"认为作家凭文学创作，"不假良史之辞，不托飞驰之势，而声名自传于后"。写文章简直是比做帝王将相还要惬意的事业！如此重视文学的作用，而且出自一位帝王之口，前所未有。尽管从根本上看，"经国"以及求个人声名"不朽"，并未超出儒家功利文学观的范围，还没有真正从文学的审美特质上认识文学的功用，但曹丕把文学的地位、价值一下子推到极高的级次，这就必然促使人们愈益重视文学，重视对文学本质特征、规律等方面的深入探究，为美学自觉的进程奠下了飞跃的基础，启示了前进的方向。

　　沿着曹丕开辟的道路，陆机、刘勰继续强调文学的重要。他们的文学功用观主要点与曹丕并无大异，即基本上还染有浓厚的儒家功利文学观色彩，仍然只是从抬高文学地位的级次上着眼。不过，他们却使文学更神圣化。如刘勰竭力把文学与"道"紧密联系起来，为"文"之重要寻找哲学依据。

　　自觉地在功用问题上程度不同地揭示了文学审美功能的是钟嵘和萧纲。

钟嵘《诗品序》：“照烛三才，晖丽万有，灵祇待之以致飨，幽微借之以昭告。动天地，感鬼神，莫近于诗。……使穷贱易安，幽居靡闷，莫尚于诗。”这话虽然还带有儒家功利观的印痕，但联系“嘉会寄诗以亲，离群托诗以怨”来看，则可见出钟嵘的文学价值观已转向情感感染、愉悦和慰安的审美作用方面了。萧纲更直截了当地把文学看作是一种愉悦情性的嗜好、娱乐，他说：“吾辈亦无所游赏，止事披阅。性既好文，时复短咏。虽是庸音，不能搁笔，有惭伎痒，更同故态。”①

　　文学何以具有这种作用？这牵涉到文学的本质属性。“诗缘情而绮靡”②，“气之动物，物之感人，故摇荡性情，形诸舞咏”③。正因为文学是情感的抒发和表现，所以才能产生感染、陶冶、慰安和娱乐的审美作用。文学是情感的产物，“吟咏情性”是文学的本质特征之一。儒家似乎也不否认这一点，他们也讲：“诗者，志之所之也，在心为志，发言为诗。情动于中而形于言，言之不足故嗟叹之，嗟叹之不足故永歌之”，诗歌是“发乎情”，“吟咏情性”。④ 但他们所说的“情”、“情性”是局限于政教伦理范围之内的，是“美刺”、“讽其上”、“止乎礼义”之情。⑤ 而陆机、刘勰，尤其是钟嵘和萧纲所说的“情”却远远超出了儒家政教伦理的层面。“遵四时以叹逝，瞻万物而思纷”⑥，陆机重于自然外物感发之情。刘勰既注意到“物色之动，心亦摇焉”⑦ 的感物之情，又看到了诸如建安文学那种由“世积乱离，风衰俗怨”等社会、时代原因所触动的情感。钟嵘则以审美的眼光，更具体地阐明了

① 萧纲：《与湘东王书》，载郭绍虞主编：《中国历代文论选》第一册，上海古籍出版社 1979 年版，第 327 页。

② 陆机：《文赋》，载郭绍虞主编：《中国历代文论选》第一册，上海古籍出版社 1979 年版，第 171 页。

③ 钟嵘：《诗品序》，载郭绍虞主编：《中国历代文论选》第一册，上海古籍出版社 1979 年版，第 308 页。

④ 《毛诗序》，载郭绍虞主编：《中国历代文论选》第一册，上海古籍出版社 1979 年版，第 63 页。

⑤ 《毛诗序》，载郭绍虞主编：《中国历代文论选》第一册，上海古籍出版社 1979 年版，第 63 页。

⑥ 陆机：《文赋》，载郭绍虞主编：《中国历代文论选》第一册，上海古籍出版社 1979 年版，第 170 页。

⑦ 刘勰：《文心雕龙》，载姜书阁：《文心雕龙绎旨》，齐鲁书社 1984 年版，第 177 页。

诗歌所表现的种种"情性"："若乃春风春鸟，秋月秋蝉，夏云暑雨，冬月祁寒，斯四候之感诸诗者也。嘉会寄诗以亲，离群托诗以怨。至于楚臣去境，汉妾辞宫。或骨横朔野，魂逐飞蓬。或负戈外戍，杀气雄边。塞客衣单，孀闺泪尽。或士有解佩出朝，一去忘反。女有扬娥入宠，再盼倾国。凡斯种种，感荡心灵，非陈诗何以展其义？非长歌何以骋其情？故曰：'诗可以群，可以怨。'"[1]诗歌可以表现极为丰富的情感，而"怨情"则被钟嵘视为诗情的中心。但其含义在此已大大超出儒家局限于讽上化下之"怨"了。萧纲的见解与钟嵘极为相似："至如春庭落景，转蕙承风；秋雨且晴，檐梧初下，浮云生野，明月入楼，时命亲宾，乍动严驾，车渠屡酌，鹦鹉骤倾，伊昔三边，久留四战，胡雾连天，征旗拂日，时闻坞笛，遥听塞笳。或乡思凄然，或雄心愤薄。是以沈吟短翰，补缀庸音，寓目写心，因事而作。"[2]凡是自身生活中的感触，都可入诗。萧纲所说的"情性"，已干脆不沾儒家功利文学观的边边。钟嵘强调"怨"情，还要借孔子的"怨"来张目，萧纲则无所顾忌，直言主张。他对文学审美本质的认识，显然又前进了一步。当然，萧纲对"情性"的"吟咏"，也有侧重。这就是他写作并提倡的宫体诗所表现的"闺阃"之"情"，以至于他授意徐陵编集的《玉台新咏》"非闺阃不收"。写男女之情，写美人，兼之萧纲还说过"文章且须放荡"，这更与主张"美刺"、"诗教"的儒家功利文学观格格不入。于是被后人斥为"淫荡"，萧纲等人的宫体诗也就成了"止乎衽席之间，……思极闺闱之内"[3]，把"床笫之言，扬于大庭"[4]的色情文学。由于儒家功利文学观的影响，很少有人能看到萧纲以及宫体诗在美学自觉方面的进步性和历史贡献。倒是清人袁枚见解深邃："且夫诗者由情生者也，有必不可解之情，而后有必不可朽之诗。情

[1]　钟嵘：《诗品序》，载郭绍虞主编：《中国历代文论选》第一册，上海古籍出版社1979年版，第309页。

[2]　萧纲：《答张缵谢示集书》，载严可均辑、冯瑞生审订：《全梁文》，商务印书馆1999年版，第114页。

[3]　长孙无忌等：《隋书经籍志》，商务印书馆1955年版，第137页。

[4]　章太炎：《国故论衡》，上海古籍出版社2003年版，第89页。

所最先，莫如男女。"① 所以，"艳诗宫体，自是诗家一格"②。"情所最先，莫如男女"，这可以看作萧纲为何专以闺阃之情为吟咏对象的合理解释吧。写男女之情，状人体之美，这也是魏晋人伦鉴赏风气的进一步发展，人性觉醒大潮必然所及。尽管由于萧纲的地位和倡导，引起朝野纷纷仿效，一窝蜂地写宫体，至使泥沙俱下，难免混杂下流庸俗之作。这里有时代的、社会的各种原因，而并非全是萧纲之过。

文笔之辨在对文学审美本质属性的认识上，更明显地展示了六朝人文学美学自觉的逐渐深入。六朝人一般都以有韵无韵区分文学与非文学，"以为无韵者笔也，有韵者文也"③。这当然没有触及文学的本质审美属性。刘勰虽然不同意以韵的有无区分文与笔，但他也没有明确说明什么是"文"，什么是"笔"。萧统编《文选》，对文学有了"事出于沉思，义归乎翰藻"的认识，但仍以有韵无韵来作为区分文笔的标准。这表明他对文学审美本质属性的认识还有模糊之处。唯有萧绎对文笔的区分才算基本上把握了文学的本质审美属性。他说："吟咏风谣，流连哀思者谓之文。至如文者，惟须绮縠纷披，宫徵靡曼，唇吻遒会，情灵摇荡。"④ 从内容到形式都较准确地对文学的本质属性作了界定，真可谓"直抉文艺之奥府、声律之秘钥"⑤。也可以看作是六朝人对文学审美本质属性和功能认识的总结。

六朝人对文学形式美的探索和追求是文学美学自觉的又一个重要表征。曹丕不仅从价值级次上抬高了文学的地位，还初步区分了文体特点，提出了"诗赋欲丽"的观点。虽然西汉扬雄早就说过"诗人之赋丽以则，辞人之赋丽以淫"，也抓住了"丽"的形式美特征。然而，扬雄是在视辞赋为"壮夫

---

① 袁枚：《答蕺园论诗书》，载郭绍虞主编：《中国历代文论选》第三册，上海古籍出版社 1980 年版，第 474 页。

② 袁枚：《再与沈大宗伯书》，载郭绍虞主编：《中国历代文论选》第三册，上海古籍出版社 1980 年版，第 473 页。

③ 刘勰：《文心雕龙》，载姜书阁：《文心雕龙绎旨》，齐鲁书社 1984 年版，第 166 页。

④ 萧绎：《金楼子·立言》，载郭绍虞主编：《中国历代文论选》第一册，上海古籍出版社 1979 年版，第 340 页。

⑤ 朱东润：《中国文学批评史大纲》，古典文学出版社 1957 年版，第 65 页。

不为"的"童子雕虫篆刻"的前提下，强调"丽"必须依从于儒家政教内容的关系，这与曹丕在崇扬文学的基础上，不仅仅是概括而且是自觉地主张诗赋形式之"丽"，显然不可同日而语。当然，曹丕并没有从理论上进一步阐述这个主张。这恰恰说明了曹丕尚处于文学形式审美特征自觉的朦胧阶段。曹丕去世三十多年后才出生的陆机则以"绮靡"来概括诗歌的形式美特征。"绮靡"与"缘情"曾招致许多贬斥，其含义被曲解为"浮靡"、"淫靡"、"艳薄"、"形式主义"和"唯美主义"等等，被认为是文学的弊病、"渣秽"，甚至是"堕落"。诗歌"自陆平原缘情一语引入歧途，其究乃至于绘画横陈，不诚已甚欤?"① 纪昀的这种看法颇有代表性。他们以囿于儒家强调文学政教内容的褊狭目光，当然不可能认识作为语言艺术的文学与一般政教工具乃至他种艺术的一个极其重要的区别，正在于文学以语言形式的外在感性美突出地显示了自己的个性特征。"绮靡"主要指由语言的形、声、色所共同构成的文学外在感性形式美，即"遣言也贵妍，暨音声之迭代，若五色之相宜"②。"缘情而绮靡"，既抓住了诗歌内容的特征，又把握了与内容密切相关的形式特征，暗示了诗歌的美感特点。陆机继承了曹丕的观点并有所发展，但理论上的阐述仍略嫌粗疏。弥补了这方面不足的是刘勰，他的《文心雕龙》许多篇章讨论了文质关系，并专设《情采》篇强调文质统一的重要。更立《声律》、《丽辞》和《练字》等专篇详论语言在形、声、色等方面的外在感性形式美：讲声韵平仄的配合谐和，对偶排比的工巧自然，甚至在选用文字时也要从字形上考虑，需"避诡异"、"省联边"、"权重出"、"调单复"——追求文字的视觉感性形式美!"善酌字者；参伍单复，磊落如珠矣。"③

与刘勰同时的钟嵘，既主张"干之以风力"，又提倡"润之以丹采"。④

---

① 纪昀：《云林诗钞序》，载《纪晓岚文集》第一册，河北教育出版社1991年版，第199页。
② 陆机：《文赋》，载郭绍虞主编：《中国历代文论选》第一册，上海古籍出版社1979年版，第172页。
③ 刘勰：《文心雕龙》，载姜书阁：《文心雕龙绎旨》，齐鲁书社1984年版，第149、150页。
④ 钟嵘：《诗品序》，载郭绍虞主编：《中国历代文论选》第一册，上海古籍出版社1979年版，第309页。

他之所以把曹植推崇为文学上的最高代表，是因为他觉得曹植的诗不只"骨气奇高"，而且"词采华茂"。他虽然反对沈约等人的声病说，却也认为"……文制，本须讽读，不可蹇碍，但令清浊通流，口吻调利"①。

梁代萧氏兄弟更高唱同调，谓文学乃"事出于沉思，义归乎翰藻"②；认为"了无篇什之美"的法古制作"质不宜慕"③；直言"至如文者，惟须绮縠纷披，宫徵靡曼，唇吻遒会"。既是文学，语言形式就应当华美！这是他们一致的看法。

由曹丕、陆机和钟嵘的只论诗赋，到刘勰的泛论文章，最后至萧氏兄弟尤其是萧绎的确指文学，这一过程展示了文学语言外在感性形式审美特征自觉的渐进轨迹。

关于文学形式美的自觉，沈约声律论的出现具有代表性的意义。齐梁时，沈约吸取前人和同时代人的研究成果，提出诗歌音律运用上的"八病"之说，正式确立平上去入四声的名称，并用之于诗的格律，把通晓声律视为文学活动最起码的首要条件："夫五色相宜，八音协畅，由乎玄黄律吕，各适物宜。欲使宫羽相变，低昂互节，若前有浮声，则后须切响。一简之内，音韵尽殊；两句之中，轻重悉异，妙达此旨，始可言文。"④ 当然，声律的研究非自沈约始，早在陆机，就已正式提出文学创作中的声律问题："暨音声之迭代，若五色之相宣。"不过把音节美推到诗歌创作之首要位置，并在理论与创作上对后世产生深远影响的则是沈约。声律论及其实践的产物——永明体的功过，历代众说纷纭，但在文学美学自觉这一方面，我们应该承认并充分肯定它们具有划时代的重要意义。因为声律论的出现，表明人们已明确

① 钟嵘：《诗品序》，载郭绍虞主编：《中国历代文论选》第一册，上海古籍出版社1979年版，第311页。
② 萧统：《文选序》，载郭绍虞主编：《中国历代文论选》第一册，上海古籍出版社1979年版，第330页。
③ 萧纲：《与湘东王书》，载郭绍虞主编：《中国历代文论选》第一册，上海古籍出版社1979年版，第327、328页。
④ 沈约：《宋书·谢灵运传论》，载郭绍虞主编：《中国历代文论选》第一册，上海古籍出版社1979年版，第216页。

地认识了文学作为艺术在媒材上的特异之处，抓住了语言形式这一文学外在感性审美特征所在，进行了初步深入细致的研究，总结并提出了文学语言形式的一系列审美要求，并自觉地运用于文学实践。无疑，这是人们认识文学审美特性的一次巨大的飞跃。可以设想，倘无声律论的出现，当难以产生后来的律诗绝句词曲，中国文学的成就和民族特色或许就不是今天呈现在我们面前的这种风貌了。

在发现、开拓文学的功用、内容与形式的审美特性的同时，六朝人提出了一系列重要的文学美学范畴，树立了影响深远的审美理想。例如"文气"、"风骨"、"滋味"还有"放荡"等范畴，都广泛地涉及了文学创作和鉴赏批评中多方面的审美问题，内涵极为丰富、深刻。

曹丕在《典论·论文》中提出"文以气为主"的命题，第一次把"气"确立为文学美学范畴，强调了主体的个性、气质、天赋是构成文学美的重要因素。曹丕把文学和个体人生、生命现象联系了起来，这对于人们把握文学的审美特征、解开文学本质的历史之谜，展示了令人乐观的前景。刘勰继承曹丕的文气说，进一步探讨了主体之"气"在审美心境、审美想象以及文学作品审美特征中的表现和作用。他主张作家在创作活动中要"务盈守气"、"调畅其气"，以"气志"统率审美想象，且需"情与气谐"等等，才能保证创作的成功。他认为建安作家"慷慨以任气，磊落以使才"[1]，所以建安文学的风格美便表现为"梗概而多气"[2]。曹丕和刘勰论"气"都主要着眼于创作主体的个性气质、天赋和才能。钟嵘则在此基础上把"气"扩及天地间万事万物，认为文艺创作的动力来源于大自然万事万物的客观生气与主体主观灵气的契合。"气"既是创作的动力，又是文学作品的审美特征，更是品评文学作品的审美尺度。从曹丕到刘勰、钟嵘以至整整一个时代，在品评作家作品时，都普遍运用了"气"这一尺度。文气说出现之后，很快波及其他艺术领域，成了文学与艺术的共同美学范畴。

---

① 刘勰：《文心雕龙》，载姜书阁：《文心雕龙绎旨》，齐鲁书社1984年版，第19页。
② 刘勰：《文心雕龙》，载姜书阁：《文心雕龙绎旨》，齐鲁书社1984年版，第171页。

"风骨"是刘勰在《文心雕龙》中提出并设专篇深入论述的一个美学范畴。刘勰认为，优秀的文学作品之所以优秀，有生命力，首先在于它有"风骨"。"故练于骨者，析辞必精；深乎风者，述情必显；捶字坚而难移，结响凝而不滞，此风骨之力也。"① 刘勰十分强调"风骨"的重要，"若丰藻克赡，风骨不飞，则振采失鲜，负声无力"②。此外，刘勰还指出"风骨"和"气"与"采"具有密不可分的关系，"是以缀虑裁篇，务盈守气，刚健既实，辉光乃新；其为文用，譬征鸟之使翼也"，"若风骨乏采，则鸷集翰林；采乏风骨，则雉窜文囿。唯藻耀而高翔，固文笔之鸣凤也"。③ 总之，"风骨"既是文学作品的审美特征、美感力量，又是文学的审美理想、审美标准。它强调文学作品要具有端直骏爽的气势，刚健清新的力之美和动人心脾的强烈感染力。

"滋味"与"风骨"一样，既指文学作品的审美特征、美感力量，又指文学的审美理想。钟嵘《诗品》认为，"五言居文词之要，是众作之有滋味者也"④。因为五言诗"指事造形，穷情写物，最为详切"⑤。钟嵘称"干之以风力，润之以丹采"⑥ 的诗是最好的诗，也就是最有"滋味"的诗。"风力"即"风骨"，说明诗的"滋味"与"风骨"有直接的联系。"滋味"就是"风骨"说的进一步发展，对文学作品的审美特征、美感力量的概括更全面、更突出。陆机和刘勰等人都曾以"味"论文学之美，钟嵘的"滋味"说就是在前人和同代人观点基础上形成的，但不同的是，刘勰等人只是一般地论及"味"、"余味"，钟嵘则从根本上把"滋味"放到最突出的位置上，作为其诗

---

① 刘勰：《文心雕龙》，载姜书阁：《文心雕龙绎旨》，齐鲁书社 1984 年版，第 111 页。
② 刘勰：《文心雕龙》，载姜书阁：《文心雕龙绎旨》，齐鲁书社 1984 年版，第 111 页。
③ 刘勰：《文心雕龙》，载姜书阁：《文心雕龙绎旨》，齐鲁书社 1984 年版，第 111 页。
④ 钟嵘：《诗品序》，载郭绍虞主编：《中国历代文论选》第一册，上海古籍出版社 1979 年版，第 309 页。
⑤ 钟嵘：《诗品序》，载郭绍虞主编：《中国历代文论选》第一册，上海古籍出版社 1979 年版，第 309 页。
⑥ 钟嵘：《诗品序》，载郭绍虞主编：《中国历代文论选》第一册，上海古籍出版社 1979 年版，第 309 页。

论的一个核心观点、品评诗歌的最高标准。"滋味"作为一个文学美学范畴，才算真正受到重视并确立。

　　文学的美学自觉到钟嵘、萧氏兄弟，可谓达到了这个阶段的高峰。而在反对儒家功利文学观的偏颇方面，萧纲似乎是最大胆、最彻底的一个。他说的"文章且须放荡"①令人咋舌，千百年来颇受曲解，"放荡"一语与写美女的宫体诗联系起来，就被完全等同于色情下流的"淫靡浮荡"了。直至现代，还有学者认为，"放荡"说旨在把统治者纵欲荒淫的要求寄托在文章上，"借着联想作用来得到性感的满足"，"使由生理的满足提高为心理的满足"。②

　　其实，萧纲"好文"并不是为了"得到性感的满足"，而是"寓目写心，因事而作"，兴趣在于文学的发抒情性，能给人以精神愉悦慰安的审美价值。这在他的《答张缵谢示集书》、《与湘东王书》等文中都有明确阐述。正是基于他对文学审美特质已有较为成熟的认识，所以才要求把审美的文学与受伦理道德规范的"立身"——生活区别开来，使文学挣脱政教道德功利的束缚，而步入更广阔的审美世界。"放荡"一词也并非只有色情淫荡一义，在古籍中可以看到不少非指色情淫荡的"放荡"用例。如《汉书·东方朔传》说东方朔"指意放荡，颇复诙谐"；《汉书·三国志·魏志》谓阮籍"才藻艳逸而倜傥放荡"；《南齐书·武陵昭王纪》称"康乐放荡，作体不辨有首尾"。上述几处的"放荡"都是从美学意义上而不是从道德意义上的运用。即使用于伦理道德范围的"放荡"，也不一定就是指色情淫荡。如《世说新语》注引名士传语："刘伶肆意放荡，以宇宙为狭。"《三国志·魏志》说曹操"少机警，有权数，而任侠放荡"。再从史书中及有关资料看，都找不到萧纲本人色情下流劣迹的记载。倒是说他性宽宏，喜怒不形于色，"尊严若神"。后被侯景软禁时，萧纲在壁上自题："有梁正士兰陵萧世缵，立身行道，终始如一，风雨如晦，鸡鸣不已。弗欺暗室，岂况三光。"③以前，论者

_____

① 萧纲：《诫当阳公大心书》，载严可均辑、冯瑞生审订：《全梁文》，商务印书馆1999年版，第113页。

② 参见王瑶：《中古文学思想》，棠棣出版社1951年版，第104页。

③ 姚思廉：《梁书》第一册，中华书局1973年版，第108页。

证明"放荡"是齐梁统治者腐朽色情生活的反映，所举也只是宋齐统治者的下流劣迹，而找不出萧纲的任何风流色情放纵的事实。何况萧纲即帝位时，其实只是侯景的傀儡，并非享有真正的皇权。

综观萧纲在《诫当阳公大心书》、《昭明太子集序》、《答新渝侯和诗书》和《劝医论》等文中所阐述的文学观整体思想，笔者以为"放荡"的主张至少包含了萧纲对文学审美创造规律与审美特征的深刻认识。他极力反对摹仿经典、好师古人的"儒钝"文风，主张不受经典、古人和儒家功利文学观的束缚，要求以新的手段、美的形式，抒发人们在生活中所触发的情感，诸如四季风物、明月浮云触发的"凄然乡思"，胡雾征旗、坞笛塞笳引发的"愤薄雄心"等等。这就必然要求主体在审美创造心理意态上首先要摆脱不符合艺术审美规律的种种约束，进入审美创造的自由心境。如蔡邕《笔论》所说："欲书先散怀抱，任情恣性，然后书之。"相对于摹经师古、墨守"王化"之"本"的心态来说，任情恣性自出新意的放达不正是"放荡"吗？

在《与湘东王书》中，萧纲嘲笑当时京师文体"吟咏情性，反拟《内则》之篇；操笔写志，更摹《酒诰》之作。迟迟春日，翻学《归藏》；湛湛江水，遂同《大传》"。而把"谢朓、沈约之诗，任昉、陆倕之笔"推崇为"文章之冠冕，述作之楷模"。也就是强调文学不同于经典，其主要特征之一，就是要以华美的形式抒发强烈的情感，使人在情感上引起强烈的共鸣，获得美的享受。谢朓、沈约是永明体的代表诗人，他们的诗作讲究音韵谐和，形式华美，诗风清新飘逸，流丽倜傥。这与萧纲所追求的"风云吐于行间，珠玉生于字里，……性情卓绝，新致英奇"①风格是一致的。而以当时顽固地维护儒家功利文学观的裴子野一类人看来，"摈落六艺，吟咏情性，……斐尔为功"的文风，背离了"劝美惩恶"的"王化"之"本"，甚至"深心主卉木，远致极风云"也属于这一类"淫文破典"之作。②注重文学审美特质，

---

① 萧纲：《答新渝侯和诗书》，载严可均辑、冯瑞生审订：《全梁文》，商务印书馆1999年版，第115页。

② 参见裴子野：《雕虫论》，载郭绍虞主编：《中国历代文论选》第一册，上海古籍出版社1979年版，第324页。

追求华美，自然是追求"荡目淫心"的艳丽，伤风败俗。可见，若以"放荡"来概括萧纲所理解的文学审美特征及美学追求，或许裴子野也会欣然颔首。

因此，对萧纲的"放荡"说不能理解为主张文学色情诲淫，而应是标举挣脱政教道德功利束缚，拓宽文学的审美空间。倘把它当作美学范畴看待，似乎更合理。

从上述六朝文论中展示的理论轨迹来看，六朝是文学美学自觉的一个具有相对完整性的开端阶段。这个阶段在理论和创作上，似是都以曹氏父子为起点，最后终结于萧氏兄弟的一个渐进的历程。其中钟嵘和萧氏兄弟的文学观对于前述几个方面的美学自觉来说，具有总结的性质。这一阶段对文学审美价值、审美特征的发现和初步深入的探索，一系列影响深远的文学美学范畴的提出和确立，以及创作方面所取得的巨大实绩，奠定了中国文学美学的民族特色，为后来文学的长足发展打下了深厚的基础，在中国文学史和美学史上具有不可磨灭的贡献。审美意识的觉醒，使六朝人惊喜地沉浸于美的天地。他们讲情，追求华丽好看。就像一个孩童，突然获得一件意外的新奇玩具，爱不释手，甚至乐而忘归。六朝人发现了文学的审美属性，且孜孜以求，形成了一个追求美、创造美的时代风尚，他们经历了一场文学观念的伟大变革。既是变革，总难免矫枉过正，于是有唯美的偏颇。即使文学理论批评著作也追求形式之华美，"俪采百字之偶，争价一句之奇"①。就连处处强调文质统一，主张"文采所以饰言"、"辩丽本于情性"② 的刘勰，实际上与"佩实"相比，更重"衔华"。一部"体大虑周"的《文心雕龙》，体系结构、语言表达都极为讲究。"位理定名"，也要"彰乎大易之数"——整五十篇，其中又分为上下两部，各为二十有五篇；每篇还是清一色的二字题，体现了一种整一均衡的形式美。行文，则"四字密而不促，六字格而非缓，或变之以三五，盖应机之权节"③，排偶连绵，声韵铿锵。在形式上追求谐和完美的

---

① 刘勰：《文心雕龙》，载姜书阁：《文心雕龙绎旨》，齐鲁书社 1984 年版，第 19、20 页。

② 刘勰：《文心雕龙》，载姜书阁：《文心雕龙绎旨》，齐鲁书社 1984 年版，第 122 页。

③ 刘勰：《文心雕龙》，载姜书阁：《文心雕龙绎旨》，齐鲁书社 1984 年版，第 131 页。

用心无处不见。大家手笔，任气使才，可纵横驰骋，再严格的律法，也能驱遣自如，无拘无束。但流而下于"竟学浮疏"的"贵游总角"之辈，"随声逐影"，就不免"弃指归而无执"；过求声律则陷"文多拘忌，伤其真美"；苦为隶事便失于"文章殆同书钞"；吟咏情性而或迷入歧途……不可避免地出现"为艺术而艺术"的追求和形式主义的倾向，逐渐导致文学的质变和文学思潮的起伏更替。

而在日本，则迟至公元 8 世纪《万叶集》中后期歌谣文学意识的萌生，日本文学才逐渐进入"自觉"的时代。经过漫长的历史发展过程，形成分别以"真"（まこと）、"哀"（あはれ）、"幽玄"、"风雅"，包括"空寂"（わび）和"闲寂"（さび）等文学思想为基础的写实、浪漫和象征等观念形态的文学思潮。①

（三）社会存在与社会心理

社会意识的生成和发展，决定于社会存在。任何精神现象都不可能离开它所依存的现实基础而获得合理的解释。文学思潮的发生、发展与社会经济变革的依存关系是不可否认的。没有物质和科学的巨大进步以及与之相伴随的社会进步，没有生产力的高速飞跃，没有资本主义蓬勃发展的经济基础，在近代欧洲发生大规模的文学思潮是不可能的。20 世纪西方文学思潮的五花八门、流变纷繁，显然不能离开 20 世纪西方的经济基础，离开诸如交通、传播媒介和高科技等空前发达的客观前提。但像弗里契那样机械地搬用经济基础决定上层建筑的原理，将欧洲从古典主义经浪漫主义到现实主义三大文学思潮的发展过程与资本主义经济发展的几个阶段一一对应起来，把经济因素视为文学思潮产生发展的直接的唯一的因素，这种庸俗社会学的观点和方法是不可取的。马克思一方面强调物质生产对艺术生产的决定和制约，一方面又指出了艺术生产与物质生产存在着不平衡关系。恩格斯晚年在致约·布洛赫和康·施米特等人的信中对经济基础决定上层建筑的原理作了辩证的补充说明，强调经济基础对上层建筑、尤其是对哲学、宗教、文学、

---

① 参见叶渭渠：《日本古代文学思潮史》，中国社会科学出版社 1996 年版，第 3 页。

艺术等文化层次的决定意义是从最终根源上说的。他说："历史过程中的决定性因素归根到底是现实生活的生产和再生产。无论马克思或我都从来没有肯定过比这更多的东西。如果有人在这里加以歪曲，说经济因素是唯一决定性的因素，那么他就是把这个命题变成毫无内容的、抽象的、荒诞无稽的空话。经济状况是基础，但是对历史斗争的进程发生影响并且在许多情况下主要是决定着这一斗争的形式的，还有上层建筑的各种因素：阶级斗争的政治各种形式及其成果——由胜利了的阶级在获胜以后确立的宪法等等，各种法的形式以及所有这些实际斗争在参加者头脑中的反映，政治的、法律的和哲学的理论，宗教的观点以及它们向教义体系的进一步发展。这里表现出这一切因素间的相互作用，而在这种相互作用中归根到底是经济运动作为必然的东西通过无穷无尽的偶然事件（即这样一些事物和事变，它们的内部联系是如此疏远或者是如此难于确定，以致我们可以认为这种联系并不存在，忘掉这种联系）向前发展。否则把理论应用于任何历史时期，就会比解一个最简单的一次方程式更容易了。"① 客观的经济因素并不是"唯一决定性的因素"，创造历史的因素很多，因此，恩格斯进一步作了一个"合力"论的清楚阐释。他说："历史是这样创造的：最终的结果总是从许多单个的意志的相互冲突中产生出来的，而其中每一个意志，又是由于许多特殊的生活条件，才成为它所成为的那样。这样就有无数互相交错的力量，有无数个力的平行四边形，由此就产生出一个合力，即历史结果，而这个结果又可以看做一个作为整体的、不自觉地和不自主地起着作用的力量的产物。因为任何一个人的愿望都会受到任何另一个人的妨碍，而最后出现的结果就是谁都没有希望过的事物。所以到目前为止的历史总是像一种自然过程一样地进行，而且实质上也是服从于同一运动规律的。但是，各个人的意志——其中的每一个都希望得到他的体质和外部的、归根到底是经济的情况（或是他个人的，或是一般社会性的）使他向往的东西——虽然都达不到自己的愿望，而是融合为一个总的平均数、一个总的合力，然而从这一事实中决不应作出结论说，这些意

———————
① 《马克思恩格斯文集》第 10 卷，人民出版社 2009 年版，第 591—592 页。

志等于零。相反，每个意志都对合力有所贡献，因而是包括在这个合力里面的。"①

　　就文学思潮而言，其形成与发展的主客观因素到底包含哪些方面呢？日本学者竹内敏雄对这一问题作过比较全面而辩证的论述。竹内敏雄认为，要追问"种种文艺思潮的形成或文艺思潮的盛衰一般基于什么样的原理"，"无非是追问文艺历史风格的形成和发展的原理"。文学思潮——文学的历史风格是一种精神性存在，从精神存在及其历史过程的层次结构来看，制约文艺历史展开的因素有两方面："一方面受诸如地理的风土的环境、人种的血族的条件、社会的经济的形势、个人的心理的影响等等属于在精神之下的诸存在层次所制约；另一方面，作为精神的存在它又保持着固有的规律性。而且，一般属于精神存在层次的诸文化之间关联十分密切，它们互相制约、互相影响；同时，如果按照各自领域特有的原理而变化的话，文艺的发展还可以区分精神史的或文化的条件和自律的内在的动因。"② 竹内敏雄接着分别从自然地理风土环境、人种血族条件、社会的、特别是经济关系的存在、与经济因素密切联系的政治因素、客观精神——时代精神的自律性、个体人格性等方方面面，论述了参与文艺思潮的历史风格运动的各种因素。很明显，其主要理论资源有泰纳的"种族、环境和时代"三要素说，也有马克思主义。在论述社会的经济关系因素时，列举了弗里契套用马克思主义经济基础决定上层建筑的理论企图辩证地说明欧洲文艺风格的发展的事例，甚至直接引用马克思原话："随着经济基础的变更，全部庞大的上层建筑也或慢或快地发生变革。"③ 但竹内敏雄反对把经济因素视为上层建筑的唯一决定因素，也肯定"仅仅一味地排斥唯物论而全然无视这种经济的因素同样也是错误的"④。

----

① 《马克思恩格斯文集》第10卷，人民出版社2009年版，第592—593页。
② ［日］竹内敏雄：《文艺思潮论》，载［日］河出孝雄编：《新文学论全集》第5卷《文艺思潮》，河出书房1941年版，第13、14页。
③ ［日］竹内敏雄：《文艺思潮论》，载［日］河出孝雄编：《新文学论全集》第5卷《文艺思潮》，河出书房1941年版，第19页。
④ ［日］竹内敏雄：《文艺思潮论》，载［日］河出孝雄编：《新文学论全集》第5卷《文艺思潮》，河出书房1941年版，第21页。

他主张，应该承认社会的、经济的关系是决定文学发展的一个重要基础，同时，制约和影响文学产生和发展的还有自然地理风土环境、人种血族的条件、同属于精神存在层的诸文化形态（如政治、哲学、宗教……）、个体人格和心理条件以及文学自身的自律性等等因素。这些"地理的、人种的、社会的、精神文化的、内在的"等等各种因素是一种"综合的存在"，"其作用程度即使因场合而有种种不同，但常常是同时发生作用的"。① 总之，"文艺要依靠国家的、社会的、经济的等等文化的下层基础，同时又与别的理念性上层建筑尤其是与宗教和哲学不断地相互作用、相互影响和相互制约"②。在20世纪40年代，竹内敏雄能持有这样的辩证观点，应该说是难能可贵的，但基本上没有超出恩格斯历史"合力论"的范围，或者，可以看作是较早吸取恩格斯"合力论"思想对文学思潮进行理论阐释的尝试。不过，由于竹内敏雄所持的文学思潮观是"思潮风格同一说"，着眼点只在于"追问文艺历史风格的形成和发展的原理"，因而，运用"合力论"的论述最终仍停留在对文艺历史风格以至文艺的形成和发展的一般规律的探讨上，不自觉地游离了具体的研究对象——文学思潮。坚持"合力论"的观点仅是对文学思潮进行发生学考察的方法论基础，更重要的不仅在于弄清合力的构成因素，还在于把握这些因素的构成关系——合力的结构以及它如何作用于文学思潮的生成和发展。

如果不局限于把"社会心理"仅仅视为"阶级心理"，不像弗里契那样把普列汉诺夫的社会学公式贫乏化、简单化地理解为"经济——阶级心理——艺术"，那么，普列汉诺夫提出的"艺术的社会心理中介"论对于正确把握艺术与生活的关系就具有巨大的指导意义。同样，对于理解"合力"的结构及其与文学思潮的关系也具有十分重要的理论价值。马克思的历史唯物主义把复杂的社会结构分成"生产力"、"生产关系"、"上层建筑和意识形态"三个层次，普列汉诺夫则对其中的第三层次——"上层建筑和意识形态"

---

① ［日］竹内敏雄：《文艺思潮论》，载［日］河出孝雄编：《新文学论全集》第5卷《文艺思潮》，河出书房1941年版，第14—35页。
② ［日］竹内敏雄：《文艺思潮论》，载［日］河出孝雄编：《新文学论全集》第5卷《文艺思潮》，河出书房1941年版，第24页。

更具体地分解为"政治制度"、"社会心理"和"思想体系"三个独立的层次。而其中的"社会心理"这一层次，普列汉诺夫认为它在社会结构中具有极为重要的地位，因为社会心理"一部分是由经济直接所决定的，一部分是由生长在经济上的全部社会政治制度所决定的"①。也就是说，作为基础的经济及在其上的上层建筑首先在人的心理中综合表现出来，然后这种社会心理再经由人们进一步加工才成为哲学、宗教、艺术等等高级的意识形态——思想体系。因而，可以说社会心理是哲学、宗教、艺术等高级意识形态的直接源泉，而哲学、宗教、艺术等高级意识形态实际上就是经过提炼、加工过的社会心理。社会心理处于高级意识形态与经济基础的中介地位。所以，"要了解某一国家的科学思想史或艺术史，只知道它的经济是不够的，必须知道如何从经济进而研究社会心理；对于社会心理若没有精细的研究与了解，思想体系的历史的唯物主义解释根本就不可能。……因此社会心理学异常重要。甚至在法律和政治制度的历史中都必须估计到它，而在文学、艺术、哲学等学科的历史中，如果没有它，就一步也动不了"②。普列汉诺夫在这一社会结构五层次论的基础上提出的"艺术的社会心理中介"论，就是强调在艺术和社会生活中间，社会心理是一个必不可少的中介因素。在终极的意义上，我们可以说社会生活是艺术的源泉，但艺术并不是社会生活的直接反映，艺术所直接反映的是处于特定社会生活中的人们的心理。艺术中反映的是通过人们心灵的镜子折射出来的社会生活。"艺术同经济基础只是间接地发生关系的"③，研究艺术与社会生活的关系绝对不能忽视其中间环节——社会心理。艺术与社会生活之间是一个具有中介的环环相扣的关系序列，用普列汉诺夫的话来表述，那就是："任何一个民族的艺术都是为它的心理所决定的；它的

---

① [俄] 普列汉诺夫:《普列汉诺夫哲学著作选集》第3卷，汝信等译，生活·读书·新知三联书店1962年版，第195页。

② [俄] 普列汉诺夫:《普列汉诺夫哲学著作选集》第2卷，汝信等译，生活·读书·新知三联书店1962年版，第272、273页。

③ [俄] 普列汉诺夫:《普列汉诺夫哲学著作选集》第2卷，汝信等译，生活·读书·新知三联书店1962年版，第322页。

心理是由它的境况所造成的，而它的境况归根到底是受它的生产力状况和它的生产关系所制约的。"①

在文学系统中，文学思潮与社会心理这一中介的距离最近，也就是说，作为文学活动系统中的观念形态的文学思潮，首先是其直接源泉的社会心理的升华和凝聚，然后再从理论、批评、创作和接受形态中显现出来。已有文学思潮连同其他意识形态反过来又与一定的经济基础条件形成合力，作用于社会心理，使社会心理发生变化。而发生了变化的社会心理又必然要作用于文学思潮，进一步影响着文学思潮的发展演变与起落更替。文学思潮与社会心理的双向互动，在文学思潮的发生与发展中是一个不可忽略的重要机制。法国大革命的成功宣告了"理性的胜利"之后，何以会产生对资本主义现存秩序持全面否定态度的浪漫主义文学思潮呢？而当资本主义进一步巩固与发展的时候，浪漫主义文学思潮又为什么会被强调客观的、写实的但同样是对资本主义、资产阶级进行猛烈批判的现实主义文学思潮所取代？如果说17世纪封建君主专制时代的经济、政治制度的需要与古典主义文学思潮的美学追求之间的一致关系显而易见，忽略社会心理中介于人们的理解似无大碍；但是，浪漫主义和现实主义文学思潮的产生、更替与资本主义经济、政治制度之间的矛盾关系就远为令人费解，只要忽视社会心理中介的辨析，就将永远坠于五里雾之中。资产阶级的冲击和资本主义生产关系的建立，首当其冲的受害者自然是封建贵族阶级，他们优越的生活条件遭到破坏，他们的社会地位一落千丈，新的社会现实成了他们的囚笼和地狱。衰亡阶级的天性使他们眼前一片漆黑，无法超越前瞻，倒退怀旧的情绪成为他们唯一的精神出路，日夜梦想回到他们心满意足的老皇历上去，恢复昔日宗法生活的风光。继"理性的胜利"之后实行的种种社会和政治措施，无休无止的征服战争，不断扩大的贫富对立，受害者不仅是风光不再的封建贵族，同时也殃及日趋灭亡的小资产阶级和小农，使他们与贵族阶级不约而同地一起对资本主义"坏的方面"展开尖锐的批判。小资产阶级和小农阶级在意识形态上的代

---

① ［俄］普列汉诺夫：《普列汉诺夫美学论文集》，曹葆华译，人民出版社 1983 年版，第 350 页。

表人物以本阶级的尺度来衡量一切，也不免被卷进怀旧的浪漫主义思潮中去。在这种社会心理的土壤中，滋生出以中世纪的浪漫主义眼光看待一切事物的封建浪漫主义思潮，在政治上表现为公开主张复辟的反动观点。在经济学上则有诸如被马克思和恩格斯批判过的西斯蒙第学派，他们理想的社会秩序就是工业中的行会制度和农业中的宗法经济。① 哲学方面则出现了强调天才、放纵自我、宣扬宗教和神秘主义的唯心主义思潮。在文学上则出现了具有不同倾向的浪漫主义文学思潮。文学上的浪漫主义无论是在德国、英国还是在法国，最先引人注目的都是反对法国革命和启蒙运动的消极怀旧倾向。无疑，这是封建浪漫心理的艺术升华。例如德国的浪漫主义文学，"它不是别的，就是中世纪文艺的复活"，它"来自基督教，它是一朵从基督的鲜血里萌生出来的苦难之花"。② 德国文艺为何要乞灵于中世纪和基督教呢？海涅以非常俏皮的笔墨形象地描述了这种文艺思潮的社会心理根源，他写道："'忧患使人祈祷'，的确，德国的忧患再也没有比那时更甚的了，因而人民在当时也比任何时候都更容易接受祈祷、宗教和基督教。没有一个民族比德国人民更效忠于他们君王的了。他们看见这些兵败臣服的君王匍匐在拿破仑的脚下，呈现出一副可怜相，这比当时德国由于战祸频仍和异族统治所陷入的那种悲惨境地，更使德国人民难过。德国人民就像那些大户人家赤胆忠心的老家人，他们感受主子遭到的屈辱比主子自己感受得更为深切；要是看到主人家里不得不变卖银器，他们便在暗中涕泪纵横、满怀忧思。他们甚至悄悄地掏出自己那点可怜的私蓄，去买贵族气派的洋蜡，为了让主人的席面上不至于燃点市民的油烛。……这种普遍的难受心情在宗教里找到了安慰，于是大家便虔诚地一心一意信赖上帝的意志，认为只有上帝才会给人救星。事实也的确如此，要反抗拿破仑，除了上帝本人，谁也帮不了忙。对于尘世间的军队已经没什么可指望的了，人们只好满怀希望地仰望苍天。"③

由于阶级基础、社会心理的复杂，浪漫主义文学思潮的趋向也随之不

① 《马克思恩格斯文集》第2卷，人民出版社2009年版，第57页。
② 参见［德］海涅：《论浪漫派》，张玉书译，人民文学出版社1979年版，第5页。
③ ［德］海涅：《论浪漫派》，张玉书译，人民文学出版社1979年版，第28、29页。

同。既有怀旧的从反动的方面对资本主义进行批判的流派，也有民主主义的甚至从资产阶级现实超前一步的积极浪漫主义潮流。后者如继湖畔诗派之后兴起的以拜伦为代表的摩罗诗派，他们表现了人们在残酷的现实环境中迸发的自然主义和理想主义精神。

与过去一切时代相比，资产阶级社会的独特性在于它的生产不断发展和变革，一切社会状况不停地动荡起伏，无休无止的不安定和变动。因而，"一切固定的僵化的关系以及与之相适应的素被尊崇的观念和见解都被消除了，一切新形成的关系等不到固定下来就陈旧了。一切等级的和固定的东西都烟消云散了，一切神圣的东西都被亵渎了。"① 现金交易的飓风把社会刮得犹如万花筒般瞬息万变，但整个资产阶级社会的内在精神特征却是冷静务实。金钱关系的冰水不仅浇灭了死灰复燃的中世纪鬼火，也冲走了如拜伦所推崇的最伟大的激情和狂喜。19 世纪欧洲在追求政治自由的曲折历程中所遭遇的不幸，日益发展的科学精神尤其是达尔文主义和孔德的实证哲学思想，不断加深着整个社会的悲观情绪，扼杀了一切浪漫主义的希望，越来越多的人们"终于不得不用冷静的眼光来看他们的生活地位、他们的相互关系"②。在这种社会心理的沃土上，18 世纪已在英国小说中破土而出的现实主义萌芽终于勃然兴起，迅猛成潮，汹涌于欧美，取代了浪漫主义文学思潮的主流地位。作家们热衷于以历史学家和科学家的职责为己任，"编织恶习和德行的清单，搜集情欲的主要事实"，"写出许多历史学家忘记写的……风俗史"。当然，他们不只是要做一个如同描绘人类典型的画家、私生活的讲述者、社会设备的考古学家、职业名册的编纂者、善恶的登记员那样的作家，他们对现实的严格摹写是"根据社会全部善恶来忠实描绘"，在他们所摹写的社会图画中要体现出他们作为艺术家对自己笔下的社会现象之所以产生的原因及其意义的思考，并且力求对之作出道德的、真理的和美学的评断。③

---

① 《马克思恩格斯文集》第 2 卷，人民出版社 2009 年版，第 34—35 页。

② 《马克思恩格斯文集》第 1 卷，人民出版社 2009 年版，第 35 页。

③ 参见 [法] 巴尔扎克：《人间喜剧·前言》，载伍蠡甫主编：《西方文论选》下卷，上海译文出版社 1979 年版，第 168 页。

勃兰兑斯关于文学史是心理学的观点颇为人称道，但他的立足点只在于文学作品的内容——"一个国家的文学作品，不管是小说、戏剧还是历史作品，都是许多人物的描绘，表现了种种感情和思想"① 这一层面上。若就文学思潮与社会心理中介这一问题而言，文学史作为心理学的范围还要扩展到整个文学活动，不仅在于活动的结果，还在于包括理论、批评、欣赏等在内的文学活动各领域。文学思潮的心理学对象不只是作品中表现的社会心理，更重要的是社会思潮如何经社会心理这一中介而文学化——审美化为文学思潮。

二、文学思潮的发展

人们对文学思潮的研究后起于对一般文学的研究，对文学思潮发展规律的认识不可避免地受一般文学发展规律认识的影响。这并不奇怪，因为事实上文学思潮无论如何特殊，仍然是从属于文学活动系统中的一个层面，必然要受文学活动一般规律的支配。问题在于，仅仅停留在运用关于普遍性的已有观点并不能把握文学思潮的特殊性，对文学思潮发展规律的研究就不免处于取消研究对象的不自觉状态。

对一般文学发展规律的认识如果依时间的先后而言，不外是由他律论至自律论再到试图超越他律与自律的对立和矛盾的一类观点。三者之间并没有先后取代的关系，先出现的观点并没有随着新观点的出现而衰灭，各种观点都拥有自己的支持者，都在以不同的声音坚持不断地呐喊。

所谓他律论是指那种认为决定文学的运动和发展的根本力量是外在的社会因素的观点。自律论则相反，主张文学的发展与外部因素全无关系，而只依赖于文学的内在因素独立实现的。第三类观点则是或把自律论与他律论糅合一体，认为文学的运动和发展是由文学内在与外在因素的整体联合推动和决定的；或主张自律与他律关系的辩证统一，其中以自律因素为主体，同

---

① ［丹麦］勃兰兑斯：《十九世纪文学主流》第一分册《流亡文学》，张道真译，人民文学出版社1997年版，"引言"。

时承认他律因素即外因也制约着文学的运动和发展，但它必须通过文学的自律因素而起作用。

　　关于文学思潮发展规律的观点也受一般文学发展规律认识的影响，但对文学思潮史观较有影响的是钟摆论、经济决定论、扬弃论这类他律论和自律论的钟摆论以及自律他律因素综合论等三类。

　　（一）钟摆论

　　钟摆论是一种比喻说法，即认为历史的发展有两极或两种倾向，恰如钟摆般交替循环。厨川白村的《文艺思潮论》中译本是在我国出现较早的文学思潮著作之一，就是运用钟摆论阐释文学思潮发展规律的。这部著作介绍的是欧洲文学思潮，著者认为整个欧洲文学就是灵与肉这两种思潮的循环往复，此伏彼起。所谓灵与肉都是人类本性，即"圣明的神性与丑暗的兽性，精神生活和肉体生活，内在的自己与外在的自己，基于道德的生活和重自然本能的个人生活"①，在欧洲表现为重灵的希伯来思潮和贵肉的希腊思潮。两者之间的冲突是人类自有意识以来就苦闷烦恼的根源。在宗教上，两者表现为基督教思潮和异教思潮的对立。欧洲文明的发展史就是这两种思潮互相斗争，此起彼伏、循环往复的历史。古希腊罗马时代，是希腊思潮支配的时代，中世纪则是希伯来思潮即基督教思潮胜利的时代。随着中世纪的终结，由文艺复兴时代开始，希伯来——基督教思潮退隐而希腊——异教思潮复活。文学思潮的发展与文明史的发展完全同步。古希腊以来的文学史经历了两个转折，即由古希腊罗马文学至中世纪，再由中世纪文学变为文艺复兴以来的近代文学。为何会出现这样的转折？两大思潮此伏彼起如钟摆般循环往复的原因是什么？厨川白村认为是由于人类喜厌的本能。"罗马帝政末年，人们都厌倦于肉的欢乐，他们的生活疲劳、颓废，糜烂透顶，于是产生了对新鲜事物的强烈渴求，正当此时，在遥远东方伯利恒的天空中，射出了灵的曙光。"② 于是基督教思潮主宰了漫长的中世纪文学。而到了中世纪末期，人

---

① ［日］厨川白村：《文艺思潮论》，大日本图书株式会社 1914 年版，第 7 页。

② ［日］厨川白村：《文艺思潮论》，大日本图书株式会社 1914 年版，第 26 页。

们的心灵又出现了与过去"厌恶肉而求灵"正好相反的趋向，开始"厌倦中世纪暗冷的宗教生活"而复又向往于"肉的现世方面"，并且努力于复兴古希腊卓越的文明和灿烂的艺术了。① 厨川白村这种钟摆论思潮观把欧洲文学三千年的历史归结为灵肉两大思潮的斗争史，显然没有正确认识文学思潮的本质，误以为文学思潮只是一种类型概念，把文学思潮与文学中表现的社会思潮混为一谈。同时，正如我们在"导论"中所指出，这种钟摆论的致命弱点在于把抽象的普遍人性即"厌"与"喜"视为文学思潮运动发展的根本动力，在人的自然本能、普遍本性方面寻找文学思潮发展演变的规律，把文学思潮与其所依存的社会的、经济的、时代的客观历史条件割裂开来。再者，把文学的历史视为钟摆式的往复运动，以为两大思潮斗争的结果是希腊——异教思潮的胜利，20世纪的文学思潮似乎正在朝着既有肉的伟大又不乏灵的崇高的古希腊"光辉的异教时代回归"②。欧洲文学在经过一番两大思潮的斗争后又回到了原点。这样一来，实际上否定了文学的发展，严重地偏离了真实的历史。

钟摆论文学思潮史观渊源于黑格尔关于人类历史的发展是一种螺旋形运动的历史循环论，19世纪后期的欧洲史学界受其影响，人们相信历史的一极行将结束时，向相反一极的运动必然到来，这样的历史观在当时相当流行。例如，勃兰兑斯本是一个自觉的实证论者，当他研究19世纪欧洲文学思潮时，很注意结合相互联系的丰富的历史事实和历史背景进行综合分析，但在谈到文学思潮发生发展的根源时，我们仍然看到了钟摆论的影响。他认为18世纪末之所以兴起浪漫主义文学思潮，就是因为古典主义的东西太严格、太冷漠沉闷，人们厌烦了这种文化，于是重又回首曾曾长期被古典主义否定、忽视的中世纪，心灵中产生了对神奇古怪东西的向往，愿意像儿童一样诚信，想感受骑士的热情、修道士的狂喜，想听到草木的成长，想听懂鸟儿的歌声，想沐浴在朦胧的月光里，与银河的精灵神秘地互通信息……于是，

① 参见 ［日］厨川白村：《文艺思潮论》，大日本图书株式会社1914年版，第78页。
② ［日］厨川白村：《文艺思潮论》，大日本图书株式会社1914年版，第220页。

童话、神话就兴盛起来。①

与其前辈相比，黑格尔当然具有巨大的进步性，但他的艺术史观是思辨的艺术史观，为了体系的完整与逻辑性，真实的历史往往被削足适履地置入其思辨的体系框架，大量丰富的历史事实被废弃于体系之外，这正是其头足倒置的客观唯心主义哲学的致命之处，也注定了由其衍生的钟摆论文学思潮观必然具有无法掩饰的荒谬。

（二）经济决定论

他律论的另一种代表性观点是自称建立在唯物主义基础上的"经济决定论"，其理论依据是马克思关于经济基础决定上层建筑、意识形态的论述。持论者认为，文学思潮是社会物质生活的反映，是从社会物质生活产生出来的。相信"文艺思潮必与社会经济同一步伐而随之演变。因之一个时代有一个时代的文艺思潮，社会进化到某种程度，文艺思潮也与之相伴随"②。这种观点其实来源于苏联学者弗里契的庸俗社会学思潮史观。弗里契最早把从古典主义以来的文学思潮与欧洲资本主义经济发展的各个阶段一一对应起来。他认为，古典主义文学思潮的形成，是由于17世纪所产生的法国的独裁君主制度，这种制度是由于资本主义的发展要求而产生的。为了在国内积储更多代表国民主要财富的金币，外贸成了独裁君主制国家敛财的主要途径，当时的主要外贸货物一是谷物，一是工业产品，从事谷物贸易的是贵族大地主，从事工业产品生产贸易的则是资产阶级，于是两者成了君主独裁国家的支柱。构成了以重商主义为名的经济组织，这种经济组织对工业和农业的生产贸易施行严格的规则法制。资本主义的发达更要求政治权力集中化，要求地方的独立组织服从于唯一的政府之权力下面。这样，行政的规则法制与经济组织内的规则法制完全相同，全社会的生活都必须依据独裁君主制中央政府所制定的规则运行。因此"同样的特质，也就在绝对主义时代的文学创作

---

① 参见［丹麦］勃兰兑斯：《十九世纪文学主流》第一分册《流亡文学》，张道真译，人民文学出版社1997年版，第160页。

② 谭丕谟：《文艺思潮之演进》，文化书社1932年版，第3—5页。

中反映出来了"①。18世纪末叶，贵族阶级趋于没落，而资本主义经济尚未发达，资产阶级在取代贵族阶级地位尚未确定的时代，和贵族阶级一样都陷入脱离现实生活而趋于过去时代或幻想世界，因此产生了浪漫主义文学思潮。待到资产阶级的统治终于确立，人们都渴望着适应、探究和征服生活。与适应资本主义发展的要求而发展的科学知识那样，文学思潮也随着资本主义经济发展的需要而转向了现实主义。弗里契所描绘的这幅欧洲文学发展图景成为其追随者常用之理论依据。例如谭丕谟在《文艺思潮之演进》一书中就把古典主义直到20世纪苏联无产阶级文学等文学思潮都与各自经济基础联系起来，视为与经济基础同步的产物。

徐懋庸在批评厨川白村的钟摆论文学思潮史观时，提出了一个"扬弃论"的观点。他认为每一文学思潮都是对于其前的某一文学思潮的扬弃，浪漫主义是对古典主义的扬弃，现实主义是对浪漫主义的扬弃，而现实主义也免不了被其后来的文学思潮所扬弃的命运。"扬弃论"的观点尽管超越了钟摆论循环史观，但其理论根基仍免不了受20世纪30年代庸俗社会学思潮观的影响，认为文学思潮是阶级斗争的现实生活的产物，"各种思潮的发生，都可以根据资本主义的发展的各阶段分别加以解释"，主张"从社会进化的过程上去观察文艺思潮的发展"。② 他的《文艺思潮小史》对欧洲文学思潮的介绍几乎全是弗里契所描绘的欧洲文学发展图景的复述，如果说有什么不同，那只在于徐著是弗里契《欧洲文学发展史》的摘要"撮述"。很明显，"扬弃论"也没有超出"经济决定论"的范畴。

（三）自律论和综合论

由于竹内敏雄把文学思潮视为广义的风格，即"历史风格"或"集团风格"，认为文学思潮是风格的现象，因而，他在思潮风格同一观的视野内把奥地利艺术学家阿洛伊斯·里格尔的"艺术意志"论、瑞士美术史家海因里希·沃尔夫林的"形式史"观和德国文学史家弗里茨·施特利希的"完美

---

① ［苏］弗里契:《欧洲文学发展史》，沈起予译，新文艺出版社1954年版，第58、59页。

② 徐懋庸:《徐懋庸选集》第一卷，四川人民出版社1983年版，第434页。

和无限"概念当作文学思潮形成发展的自律论一脉。里格尔所说的"艺术意志"是指人类根据特定历史的、社会的条件同世界抗衡的根本态度。如果按照里格尔的观点，文学思潮就是由贯穿于其中的"文学意志"在根本上按它的目标决定发展方向的。但这样一来，会给人以这样的印象：文学思潮形成发展的动力单纯是主观作用而已。因此，竹内敏雄主张，在推动风格朝着受其他力量抗拒的一定方向前进这方面，可以承认"艺术意志"属于风格发展的自律性动力，但不能认为它是风格发展的唯一动力。里格尔在美术史风格演变问题上还提出过一对范畴："触觉的"与"视觉的"。他主张，美术史的风格演变就是艺术描绘形式的"触觉"原则和"视觉"原则的交替。这一理论对沃尔夫林产生了重要的影响。沃尔夫林被认为是继温克尔曼、布克哈特之后又一位伟大的美术史家，他继承了菲德勒、里格尔的形式主义艺术史观，在艺术史研究中，将文化史、心理学和形式分析统一起来，把美术史视为对风格变化的解释和说明，力图创建一部"无名的艺术史"，即以艺术品的形式特点为中心，把艺术家、艺术品的思想内容及其整体价值判断排除在外的"形式史"或"风格史"。他在《艺术史的基本概念》（又译《艺术风格学》）中通过对文艺复兴艺术和 17 世纪的巴罗克艺术形式的比较对照，提出了五对基本的抽象风格概念：线描和图绘、平面和纵深、封闭的形式和开放的形式、多样性的统一和同一性的统一、清晰性和模糊性。这五对概念实际上是基于两种普遍的观察方式而导致的两类一一对应的不同风格：一种是基于文艺复兴的观察方式形成的文艺复兴风格，一种是巴罗克观察方式导致的巴罗克风格；前者又可称为古典艺术的风格，后者为近代艺术的风格。他的后继者进一步发展继承了他的理论，致力于将这种理论提升为适应不同时代和不同民族艺术的风格史方法论，并尝试了将它应用于日本艺术、古代北欧艺术和现代抽象艺术的形式分析。沃尔夫林在其《文艺复兴与巴罗克》一书中还比较分析了阿里奥斯托的《疯狂的奥兰多》和塔索的《解放了的耶路撒冷》，将这两部作品的风格比拟为文艺复兴与巴罗克的区别，这是初次在文学上转用他的形式分析理论。后来，德国学者弗兰茨·施特利希在《德国古典派与浪漫派：完美与无限》中继续尝试把沃尔夫林的形式主义艺术史观转用于文学史的分析。施特利希把古典艺术和浪漫艺术之间的对比与人类对长存或永恒的追求结合起来，他所描述的文学的发展，就是基于人类的"永恒意志"的两种现象形式即"完成与无限"两极根本对立上的风格不断交替的历史。他不仅通过18、19世纪之交的德国古典派与浪漫派的对比分析，说明了这两种特殊文学现象所体现的文艺思潮的两极性，而且，他把"永恒意志"设想为一切精神创造的动因，人类所追求的永恒可以在完美与无限中达到。"完美要求静止。无限要求运动与变化。完美是封闭的，无限是开放的。完美是明晰的，无限是黑暗的。完美寻求形象，无限寻求象征。"[①] 人类的历史就在完美与无限这两个极点中间摆动，所有时代的各国文学思潮的发展都是基于这两极风格的律动变化。施特利希既巧妙地将沃尔夫林的艺术史标准转用于文学史分析，又远远超出了沃尔夫林的观点而"进入精神史的或者文化哲学的解释领域"[②]。无论是里格尔的"触觉的"和"视觉的"理论，还是沃尔夫林的"文艺复兴"、"巴罗克"概念与施特利希的"完美和无限"的主张，都强调艺术风格的演变具有钟摆般两种相反倾向的特征，因而这些理论也属于钟摆论的范畴，但这是自律论的钟摆论，不同于厨川白村基于人的本能的他律论的钟摆论。不管是对艺术史还是对文学思潮史发展过程的这些自律论的钟摆论阐释，都存在着形式主义的片面性。竹内敏雄十分明确地意识到这种形式主义自律论和诸如弗里契的经济决定论的他律论的片面性，同时也肯定了两类观点中存在的合理一面，因而他主张自律与他律的综合论。他认为，文学思潮的形成与发展，"一方面受诸如地理的风土的环境、人种的血族的条件、社会的经济的形势、个人的心理的影响等等属于在精神之下的诸存在层次所制约；另一方面，文学思潮作为精神的存在它又保持着固有的规律性"[③]，

---

① 转引自 [美] R. 韦勒克：《文学思潮和文学运动的概念》，刘象愚选编，中国社会科学出版社1989年版，第194页。

② [日] 竹内敏雄：《文艺思潮论》，载 [日] 河出孝雄编：《新文学论全集》第5卷《文艺思潮》，河出书房1941年版，第30页。

③ 参见 [日] 竹内敏雄：《文艺思潮论》，载 [日] 河出孝雄编：《新文学论全集》第5卷《文艺思潮》，河出书房1941年版，第14、35页。

"地理的、人种的、社会的、精神文化的"等等他律因素和文学思潮"自身内在"的自律性因素往往"同时发生作用",它们以一种"综合的存在"决定着文学思潮的形成和发展。正如笔者在前面所指出,竹内敏雄的综合论与恩格斯的"合力论"是一致的,或可以看作是较早吸收恩格斯"合力论"思想对文学思潮进行理论阐释的尝试。但其理论视角却囿于思潮风格同一说,以"历史风格"和"集团风格"取代文学思潮,始终在风格类型的抽象和文学形成与发展的一般规律的探讨上停步不前,不自觉地游离了文学思潮这一具体的研究对象,这是竹内敏雄"综合论"观点令人遗憾的局限。另外,竹内敏雄的"综合论"认为他律与自律两方面的因素"同时发生"的作用决定着文学思潮的形成和发展,这一观点显然比单纯强调他律或自律因素的片面看法更合理,更符合文学思潮的实际情况。不过,只强调自律和他律因素同时作用这一"综合的存在"似乎还是浅尝辄止。因为,自律和他律之间究竟是怎样的一种关系?它们到底是在怎样的机制下"同时发生"作用的?"综合论"本该深入探讨的这些问题却被搁置了起来,没有得到充分的、系统的理论阐释。

与思潮风格同一说观点相近似的是思潮即创作类型观。从歌德、席勒、黑格尔到弗·史莱格尔、谢林、斯泰尔夫人直至巴尔扎克等人论及的文学创作类型都被某些学者视之为文学思潮。具体的文学思潮与特殊的文学思潮(类型)、文学作品的历史风格、民族风格等概念常常混为一谈。文学思潮的发展过程被视为文学风格或文学创作类型演变的历史。黑格尔继承了温克尔曼在艺术领域的重要发现之一——"心的机能",他和他的后继者遂把完全形而上的"精神"视为文学风格、文学创作类型发展变化的内在动力,在不少思潮风格(类型)同一说者的眼里,这种完全形而上的"精神"自然也成了文学思潮发展的内在动力。

自律与他律因素"同时"作用的机制可以用我们熟悉的内因与外因的辩证关系加以说明。内因是事物变化的依据,外因是事物变化的条件,外因只有通过内因、转化为内因才能对事物的变化发展产生作用。这就是一定的温度为何能把鸡蛋孵化为小鸡而不能把石头变成小鸡的缘故。虽然熟知不一定都是真知,但真知却也不会因为大家耳熟能详而失却其真理性。我们在这一基本关系原理的基础上需要进一步追问的是文学思潮发生发展的内在动力究竟是什么。如果我们承认内因是事物发展变化的根据，那么，在动力学上，我们就应该肯定文学思潮发生、发展的运动主要是文学思潮内部种种对立要素的矛盾运动的结果。其中，尤其是支配性的文学观念规范体系的内部自我矛盾运动的结果。一定的文学观念规范体系在一定的历史时期内形成、发展，但其本身自始即潜伏着种种内在矛盾，如文学本质观念、内容与形式、意义与符号的关系，历史要素与美学要素的结构配置，甚至语言、修辞、情节、结构等等方面的审美选择，都处在不断的矛盾对立中，随着社会历史等外部条件的变化影响，其间的冲突由小至大，由轻而重，由缓到急，终于达到非"革命"转型不可的程度，于是嬗变出新的文学观念规范体系，形成新的文学思潮。

第二节　文学思潮的历史类型

从历时的系统角度上考察，不难发现文学思潮发展的历史阶段性特征。由于这种阶段性特征以不同的结构存在而显示出来，所以，完全有理由认为，文学思潮系统构成的不同在历时性上的表现，决定了文学思潮的特定历史形态。类型学的文学思潮历史形态研究，可以更有效地把握文学思潮的发展规律。

文学思潮类型研究迄今为止主要以风格类型研究的面目出现。在并不少见的此类研究先例中，又绝大多数是基本类型研究而非历史类型——历史形态研究。例如，西方较早地提出风格类型划分理论的席勒，把文学的风格区分为古代"素朴的"与近代"感伤的"两大类。"古代诗人打动我们的是自然，是感觉的真实，是活生生的当前现实；近代诗人却是通过观念的媒介打动我们。"[1] 这里所谓的"古代"、"近代"，席勒在自注中说："非谓时代，

---

① ［德］席勒：《素朴的诗和感伤的诗》，载伍蠡甫主编：《西方文论选》上卷，上海译文出版社 1979 年版，第 490 页。

乃言体制。"① 可知席勒研究的是基本风格类型,而不是历史形态。可以称之为历史类型研究的大概是黑格尔的三大艺术类型的学说较有代表性。黑格尔在他的《美学》中,按照美的理念(内容)与它的感性显现(形式)是否统一以及统一的程度为标准,把艺术划分为象征型、古典型和浪漫型三大类。它们各自的特点及其差异的原因在于:"象征型艺术在摸索内在意义与外在形象的完满的统一,古典型艺术在把具有实体内容的个性表现为感性观照的对象之中,找到了这种统一,而浪漫型艺术在突出精神性之中又越出了这种统一。"② 黑格尔的类型理论运用了历史与逻辑相统一的方法,因而,三大艺术类型既是艺术发展的三大历史形态,与艺术历史的发展阶段相呼应,又是艺术基本风格的抽象划分。但相对而言,黑格尔的三大类型学说作为艺术基本风格的抽象划分较为合理,作为艺术的历史类型则有悖于艺术史实,其理论除了某些方面符合于艺术发展的历史实际外,大多是为了体系的完整和需要而不惜歪曲、篡改历史事实,把丰富的艺术史实削足适履地纳入其简单刻板的类型公式的结果。此外,还需要指出的是,黑格尔研究的是艺术的类型,因为文学包含于艺术之内,故有人也视之为文学思潮的类型理论或至少包含着文学思潮历史类型的划分标准。岂知艺术的历史类型与文学思潮的历史类型之异相去甚远,若以黑格尔的艺术历史类型学说去套文学思潮的历史类型,表面上似乎顺理成章,实际上却可能谬以千里。

根据对文学思潮在不同时代文化系统中的结构变化与相关因素的差异等事实的考察,按照笔者在前面章节中阐述的对文学思潮的内涵及其系统构成的理解,文学思潮的历史发展至少可以根据两种标准进行形态划分:一是以文学思潮主体意识的是否自觉和自觉的程度为标准而区分为古代的自发型、近代的过渡型、现代的自觉型和当代的超自觉型四种;二是从文学思潮外在表现的特征为依据分为古代的萌芽型、近现代的主潮型、当代的多元型三种。按前一标准的划分似乎过于抽象,用后一原则吧,近代和现代则界限

---

① 钱钟书:《谈艺录》,中华书局 1984 年版,第 2 页。
② [德] 黑格尔:《美学》第二卷,朱光潜译,商务印书馆 1979 年版,第 6 页。

模糊。为了更易于阐述，笔者拟将两种标准融合使用，把文学思潮的历史类形分为古代的自发型，近代的过渡型，现代的主潮型和当代的多元型。

下面顺序讨论这四种历史类形。

一、古代的自发型

在肯定文学思潮与文学思想属于不能绝对区别的同一个概念范畴的前提下，有学者对文学思潮历史发展的形态变化分为三个阶段。"第一阶段是无自觉阶段，文学创作只赖于生活意识，包括原始的劳动生活、信仰生活、性欲生活等生活意识或刚萌发的朦胧的文学意识，尚未达到半自觉的文学意识的程度，更不用说产生自觉的文学思想（无论是个体的或超个体的）和形成文学的观念体系。第二阶段是萌芽、生成、发展中阶段（或未完全成熟阶段）。经过个体以一种自觉来创作文学到超个体的自觉创作文学，发生了第一次质的飞跃，促使朦胧的文学意识发展到自觉的文学思想，并形成观念体系，影响着一定时期一定地域的文学创作的思想倾向。这种超个体的文学自觉的历史性转变，作为以观念形态出现的整体的共同文学思想倾向，便成为文学思潮发展的初级阶段。第三阶段是发达期（或成熟期）。从以观念形态为中心的文学思想发展为以主义形态为中心的文学思潮，发生了第二次质的飞跃，促使人们在共同的文学纲领指导下进行文学创作，对文学运动的发展起着决定性的作用。"①

充分重视文学思潮与文学思想的关联性，视文学思潮与文学思想的区别是不同发展阶段的不同称谓，这样的看法不仅对文学思潮内涵的界定而且对文学思潮历史形态的研究都具有极为重要的方法论意义。不过，正如笔者在前面所指出，这里所谈的"文学思想"不该是泛指，而应是专指成"潮"形态的文学思想，或成为"超个体"文学思想之前作为"超个体"文学思想前身的文学思想。与文学思潮无关的、没有成为文学思潮的文学思想不属此列。因此，将进入文学"自觉"阶段之后成"潮"的文学思想作为文学思潮

---

① 叶渭渠：《日本古代文学思潮史》，中国社会科学出版社 1996 年版，第 2、3 页。

历史类型的研究对象是合理的。但把前艺术时代与其他意识浑然一体的文学意识称为"文学思想"，将这样一个尚无一点点自觉的文学观念的阶段也视为文学思潮历史发展的第一个阶段，则似乎过于牵强，易于重陷泛思潮化的误区。文学思潮的发生必须具备文学已经进入"自觉"阶段这一起码的条件，只有当人们开始意识到文学自身区别于其他意识形态的某些重要特征，从而讲究、研讨它的审美规律、审美形式，自觉地创作和鉴赏具有自身价值意义的文学，唯有在这样的阶段，才可能有"文学的"思想生成，"文学的"思想才可能自发或自觉地由"个体"形态发展为"超个体"形态而成"潮"。

　　自发型文学思潮是从其形成过程而言的，即文学活动主体在观念层面上形成的群体性是非自觉的，这是古代文学思潮的首要特征。文学的自觉与文学思潮的自觉并不是一回事。文学的自觉意味着文学从原始时代社会意识的混合体中逐步剥离出来，成为相对独立的意识形态存在，但其发展的过程是漫长的，自觉的程度也随着历史发展阶段的不同而有种种差异。时至今日，我们对文学、对艺术的本体及其规律仍不能说已达到了清楚明确毫无疑义的了解。所以，文学自觉的历史还在继续，并且还需要往前延伸。而文学思潮的自觉必须以文学自觉发展到一定阶段之后才能出现。只有当人们对文学的本体的特征、规律及其功能价值的把握达到一定水平之后，人们才有可能自觉地有意识地创立和遵循一定的文学观念规范体系从事文学活动。在没有这种自觉意识之前的文学思潮，只能说是文学意识的一种自发的"不约而同"的群体性的呈现。由于当时人们的自我意识与其所归属的氏族部落集体意识刚刚分裂，个性尚未达到真正的独立，仍然不自觉地要服从于奴隶制时代和封建时代的集体性，因而文学意识的群体性虽然建立在一定的个性基础上，但其群体性特征并不引人注目。人们对集体性的服从与依托遮蔽了萌芽时期的文学思潮的群体性。世界各民族对文学本体的体认似乎都从功能视角切入，都以道德伦理作为研究和评价文学艺术的标准，无论是对作为历史遗产的准文学艺术作品还是对当下作家艺术家的创作的评价，都以集体性——道德伦理要求为尺度，其趋向明显在于规范作家与艺术家的个性统一于集体性。公元前 6 世纪，在古希腊出现了最早的文艺评论——对荷马史诗的争论，塞诺法涅斯认为荷马史诗中的神不道德，而忒阿革涅斯和阿那克萨戈拉则为荷马辩护，说神是抽象的东西，并非真实的人物，不能用道德标准去评断。到公元前 5 世纪，阿里斯托芬在其喜剧《地母节的妇女》和《蛙》中，对希腊的悲剧作家、作品进行了批评。阿里斯托芬借《地母节的妇女》剧中人之口，责备欧里庇得斯向"观众宣称没有神"，并热衷于描写妇女的激情和变态心理，对社会产生不良影响。《蛙》则以虚构的埃斯库罗斯和欧里庇得斯的争论，肯定了两人的艺术各有千秋，但埃斯库罗斯宣扬勇敢的爱国精神，比欧里庇得斯描写人们不道德的生活更有教育意义。又过了一个世纪，柏拉图和亚里士多德作为真正的哲学家、美学家出现，他们的诗学观点尽管相左，例如，无论是柏拉图对诗人的攻击，说诗人逢迎人性中卑劣的部分，要把诗人逐出理想国的主张，还是亚里士多德肯定诗表现真理，能陶冶性情，于人有益的观点，其表面的相左却掩盖不了深层的共同道德依托。至少在公元前 6 世纪至公元前 4 世纪希腊文化的黄金时代，可以断定已经出现了最早的自发型文学思潮。公共剧场的建立，定期举行的戏剧比赛以及观剧津贴的发放，使文学艺术的活动具有了广泛的社会性，文学观念的群体性——自发型文学思潮的形成因而有了坚实的社会基础和适宜的文化土壤。从赫拉克利特、德谟克利特到柏拉图和亚里士多德，都认为文学与艺术的本质是摹仿，这种见解逐渐成为希腊人普遍的文学观。尤其是柏拉图和亚里士多德对诗和戏剧的识别和界定，标志着古希腊的文学自觉业已存在。戏剧竞赛和其他竞技活动的开展，表明了公众审美意识的形成及其对创作活动的支配达到了如何深广的程度。从几位著名剧作家的作品数量来看，不难想象那个时代文学艺术活动是如何繁荣。就拿三大悲剧家的现存作品来说，在人物性格、戏剧冲突和人物情感的描写等方面都明显存在着许多共同之处。索福克勒斯说自己是按照人应有的样子来描写，欧里庇得斯是按照人本来的样子来描写，柏拉图以为摹仿是"照镜式"的，亚里士多德却认为摹仿是创造性的。他们对摹仿的理解虽有不同甚至相反，却始终没有超出摹仿的规范之外。公元前 4 世纪希腊大画家宙克什斯画的葡萄竟然引来鸽子啄食，对于这个"从古到今都被公认为艺术的胜利，同时也被公认为摹仿自然原则的胜利"① 的古老例子，虽然在黑格尔眼里是应该受到谴责的艺术观，但也从一个侧面有力地说明了古希腊的确存在着一个由摹仿论艺术观念规范体系所支配的自发型文学思潮。

倘若承认古希腊文学在古典时期以戏剧活动为主体的文学活动已存在着一个自发型文学思潮的话，我们还应该注意到这一思潮构成上的特征，这就是从理论、批评、创作和接受四大领域来看，理论、批评显然落后于创作和接受，它们出现在创作大潮的末期或消逝之后。理论、批评在西方最早以亚里士多德的《诗学》而得名。它一开始就以"教授作诗的技艺为己任"，因而，它必然要以已有的作品为基础，"确定范本，从中提取规则，作为评断后世创作之优劣的准绳"，它"强调学问教养，强调范本规则，强调技艺熟巧，摹仿说乃其灵魂，摹仿自然，摹仿范本"。因此，这样的诗学"属于范本的规则的诗学"。② 这种畸形的文学思潮构成，不仅在古希腊出现，同时也在其他民族的自发型文学思潮中存在。魏晋时代文学自觉的诗学成果产生于建安文学创作和接受思潮的实践之上。日本诗学的肇始似乎是在《万叶集》编纂过程中体现出的批评意识，而日本最早的文学思潮应在《万叶集》包含的公元4—8世纪的诗歌创作和接受活动中出现。印度的戏剧理论著作《舞论》诞生的具体时间虽然无法落实，但它作为印度戏剧创作、接受活动的经验总结，却是众所公认的。史诗《罗摩衍那》虽然被称为"最初的诗"，其文学性远远超过《摩诃婆罗多》，但其实质仍与《摩诃婆罗多》一样，是古代印度意识的融合体，并不是独立的文学创作，史诗时代因而不可能产生文学思潮。只有到了马鸣、跋娑、首陀罗迦和迦梨陀娑等戏剧家创作活跃的时代，印度文学才以戏剧活动为主体出现自发型的文学思潮，其构成范围不免也是重于创作、接受活动。诗学思潮后起，以总结的面目出现。

重于创作、接受的特征，导致了自发型文学思潮的第三个特点，这就是文学观念规范体系以文学活动主体的非理论形态的具体感受的世界观为本

---

① ［德］黑格尔：《美学》第一卷，朱光潜译，商务印书馆1979年版，第53页。

② 参见［瑞士］埃米尔·施塔格尔：《诗学的基本概念》，胡其鼎译，中国社会科学出版社1992年版，"译本序"。

体，它通过具体的作品，通过生动的艺术形象为别的艺术家、接受者所感知、接受，并以之为规范，不约而同于一致的文学思想倾向，自发成潮。

从自发型文学思潮构成要素的性质来看，则是历史要素重于美学要素，无论是创作、接受还是理论、批评，其关注的焦点乃作品与艺术形象的社会性，艺术性明显被放在社会性之后，道德内涵和道德评价在自发型文学思潮中占据主体地位就是这种构成的理性标志。其原因也许应该归之于文学从原始文化的母体中刚刚剥离出来，远未达到真正独立的阶段，它与其他社会意识形态的界线尚无明确区分，因而常常受着惯性思维的纠缠。希腊悲剧中虽然出现了埃斯库罗斯的《波斯人》那样直接取材于现实生活的作品，但大多数希腊悲剧作品还是不免与荷马史诗一样，取材于古老的神话和传说，通过原始文化意识融合体中的题材、形象间接地表现社会生活。印度文学活动尤其是梵语文学活动在史诗以后的发展，基本上都是以两大史诗中的题材和形象作为原型的延续。魏晋六朝中国人对文学的形式审美特征虽然有了新的认识和关注，但文学活动仍然是围绕着"经国之大业，不朽之盛事"意识为中心，以至在漫长的封建社会种种文学思潮的起落中，"载道论"始终是贯穿其中的主流文学观。

前面我们概括了跨越很长历史阶段内的各民族自发型文学思潮的主要特征，但这不能说是它们的全部特征，每一民族的自发型文学思潮都在不断地发展，有的较快地演变到后一阶段，有的发展较迟滞、曲折、反复；有的文学观念规范体系内的矛盾冲突较激烈，有的较和缓。各自都取决于特定的社会土壤和文学文化传统的制约。犹如植物的生长，从种子入土至萌芽至开花结果，其间可以分为不同的若干阶段，但每一阶段内也无时不刻不在变化。例如希腊时代和中世纪欧洲的文学思潮在基本特征上可以说都属于自发型，但其文学观念规范体系无疑随着时代和世界的变化而移步换形。希腊古典时期以戏剧活动为主要标志的文学思潮所焕发的人文主义光芒，在中世纪作为宗教附庸的文学思潮中荡然无存，取而代之的是基督教梦幻世界的神秘主义，神性至上的象征、奇迹、寓意如同一个模子，浇铸出大同小异的英雄史诗、宗教道德诗篇和骑士文学作品。

二、近代的过渡型

所谓近代在不同的国家与地区其具体时间并不相同，在欧洲，从文艺复兴直到 18 世纪都属于近代；在中国，则指 19 世纪中叶至五四运动这一时期。作为文学思潮历史形态所依托的近代，时间的上限或下限在不同国家、地区还应该有所扩展或收缩。例如在中国，文学思潮史上的近代，上限还要从 19 世纪中叶往前移至明代中叶的 16 世纪。文化史上的近代，一般是封建主义意识形态与资本主义意识形态相互斗争、相互交织的时代，过渡性是其总体特征。这一历史阶段的文学思潮不可避免地显示出同一的过渡性文化类型特征，故称之为过渡型。具体说来，这种过渡性首先表现在文学思潮主体意识的自发与自觉的交织。由于是过渡时代，文学思潮的群体性既有自发型时期自发性的沿袭，又在一定程度显示出自觉性，但远未达到大多数的、整体的自觉。其次，在文学思潮构成的配置上，仍然是创作、接受思潮为主流，理论、批评思潮比自发期有了新的突破性发展，但并没有在总体上与创作、接受思潮相称或同步。最后，支配群体文学活动的文学观念规范体系虽然出现了与自发型文学思潮对立的新规范，但没有完全摆脱原有规范体系的限制，新旧思想既互相冲突又相互依存，只有在最后的临界点上，新思想才以绝对优势战胜旧观念，跃转为新的文学思潮形态。这种过渡阶段的特殊性使近代时期的文学思潮显得扑朔迷离，难以定位，甚至有时被人们否认其是文学思潮。例如前面提过的波斯彼洛夫的文学思潮观，这位苏联教授以有无共同创作纲领为尺度，只承认欧洲近代只有古典主义才是文学思潮，并且是世界上第一个文学思潮。人文主义以及后来的启蒙主义都只是一种思想方式，而不是文学思潮。他认为作为思想方式的人文主义和启蒙主义可以为不同时代不同文学思潮的作家所运用。为此，他还列举了伏尔泰、卢梭等一批法、英、俄等国家的作家为例加以论证，他说："在十八世纪的法国，伏尔泰是最杰出的启蒙作家，就其创作的思潮而言，他是属于古典主义的。而在法国启蒙作家中间，他的对立者是写了感伤主义小说的卢梭。十九世纪十至二十年代初的英国，雪莱就其创作思潮而言是明显地属于浪漫主义的，他却是一个启蒙思想的诗人。在十九世纪四十至八十年代的俄国，现实主义作家涅克拉索夫、萨尔蒂科夫-谢德林、柯罗连科等人是启蒙主义者"，因此，他断言，"把启蒙运动作为文学发展本身的特殊阶段是没有任何道理的"。① 同类的观点在国内也出现过，20世纪80年代初，就有人对称人文主义文学、启蒙主义文学为文学思潮的观点提出质疑。其持论尺度是："文学思潮是某一历史阶段上，由有共同的纲领、共同的创作理论以及相同或近似的艺术风格的作家群掀起的思想潮流。"② 用这样的尺度来衡量，必然要得出这样的结论：人文主义文学和启蒙主义文学没有共同的纲领、共同的创作理论，因而不能称之为文学思潮。笔者在前面已论证了"共同纲领"论和关于认为人文主义和启蒙主义只是思维方式的不当，这里要进一步指出的是，波斯彼洛夫一派由于基本思潮观的局限而在文学思潮历史形态的考察方面所导致的失误。在他们眼里，文学思潮仿佛是横空出世，一下子就以一种成熟、完整的形态出现在文学史上，除此之外，前无古人，后无来者。也就是说，它没有雏形和发展的种种历史形态。正是这种狭隘视角，使他们看不到文学思潮历史发展事实上存在着的丰富形态。既看不出古典主义、浪漫主义、现实主义在历史形态上所具有的质的区别，更看不到人文主义、启蒙主义与古典主义都是作为文学思潮存在所具有的过渡性历史类型的特点。卡冈曾指出，文化类型"像所有活物一样，经历形成、繁荣和衰落的时期，它能够在文化的活的躯体中，同消亡着的文化类型的萎退器官或者（而有时和）同正在成长的文化类型胚胎共存并处；最后，一种历史类型的文化被另一种排挤掉的过程，每次总产生过渡型文化。在过渡型文化中，过去文化和未来文化的特性在活动的平衡中，或则相互矛盾地冲突和对抗，或则相互趋向协调"③。从文艺复兴到启蒙运动的文化都是具有这种过渡型特征的文化类型。"文艺复兴

---

① ［苏］格·尼·波斯彼洛夫：《文学原理》，王忠琪等译，生活·读书·新知三联书店1985年版，第187页。

② 富扬：《人文主义、启蒙主义是文学思潮吗?》，《广西大学学报》1984年第2期。

③ ［苏］莫伊谢依·萨莫伊洛维奇·卡冈：《美学和系统方法》，中国文联出版公司1985年版，第307—308页。

的本质正在于探索关于世界、人、艺术的综合的、完整的观念；文艺复兴文化虽然已经摆脱宗教神秘主义，但是没有把人本主义引导到个人主义的极端；它确证认识、理性和思维的最高价值，但是不把它们同信仰、体验、享受对立起来。虽然十七世纪已经无情地摧毁了文艺复兴世界观的幻想，暴露出资本主义所带来的所有矛盾，然而在启蒙运动时代，仍然进行了英勇的、虽然是没有前途的努力，以创造人、艺术、世界的完整模式……这样，启蒙运动是文艺复兴乌托邦的最后回声。"① 只有到了 19 世纪，新型文化和作为它的基础的新型意识才以纯粹的和历史原型的形式展开。卡冈对文艺复兴至启蒙运动这一时期的过渡性文化史类型的特质的概括，当然统摄着这一历史阶段中作为精神文化类型之一的文学思潮。无论是人文主义、古典主义，还是启蒙主义，它们的文学观念规范体系及其所支配的文学活动都贯穿着新旧两种文学意识的矛盾，并且也"时而或多或少是尖锐的冲突，时而或多或少是紧密的交织"②。《神曲》的宗教寓言艺术形式、神秘主义与写实的笔触共存一体，神学的构思中放射出思想和艺术上的世俗追求的新世纪的曙光。这种过渡性也体现为人文主义创作理论与实践的各行其是，例如，在戏剧方面，对情节因素的强调和倾向于类型化的性格塑造理论主张，并没有为代表文艺复兴文学最高成就的莎士比亚所接受，在他的戏剧创作中倾力而为的是人物心灵的全新探索，以展示人物个性的千差万别、五光十色，甚至因此而不惜淡化情节。莎士比亚心中有自己的主张："自有戏剧以来，它的目的始终是反映自然，显示善恶的本来面目，给它的时代看一看它自己演变发展的模型。"③ 古典主义的文学观念形成于贵族阶级和资产阶级势均力敌的过渡时期，它所崇奉的理性及其遵循的文学准则，也无不体现着新旧意识的混杂。

---

① ［苏］莫伊谢依·萨莫伊洛维奇·卡冈：《美学和系统方法》，中国文联出版公司 1985 年版，第 319—320 页。

② ［苏］莫伊谢依·萨莫伊洛维奇·卡冈：《美学和系统方法》，中国文联出版公司 1985 年版，第 319 页。

③ ［英］莎士比亚：《哈姆莱特》，载《莎士比亚全集》第九卷，朱生豪译，人民文学出版社1978 年版，第 67 页。

布瓦洛的《诗的艺术》把真善美的统一推举为文艺的最高标准，洋溢着新时代的精神，而这部古典主义艺术的"法典"的基本观点实际上又都是亚里士多德和贺拉斯文艺思想的翻版。伏尔泰虽然崇尚古典主义的典雅风格，称颂17世纪法国古典主义戏剧才是文明的艺术，拉辛胜于莎士比亚，但其文学观点却与古典主义的艺术主张存在着质的差别。古典主义尊重古代传统和权威而趋于泥古，伏尔泰却认为，"在任何方面都逐字逐句地学步古人是一个可笑的错误"①，因为今日的一切已与古代大相径庭。古典主义强调恪守艺术规则，而伏尔泰却断然宣布，"几乎一切的艺术都受到法则的束缚，这些法则多半是无益而错误的"，即使有些法则是正确的，但对创作也没有多大用处。因为像荷马、维吉尔、塔索和弥尔顿这样的伟大作家"几乎全是凭自己的天才创作的。一大堆法则和限制只会束缚这些伟大人物的发展，而对那种缺乏才能的人，也不会有什么帮助"②。他对天才和想象的重视，更是超越了古典主义的局限而接近浪漫主义的畛域。与其将伏尔泰这样一位作家粗暴地归之于古典主义文学思潮，还不如承认其客观存在的复杂性、矛盾性更合情合理。何况这位启蒙思想家还开辟了哲理小说这一富于启蒙主义特色的艺术新形式，仅此就足以表明他代表着一个并不属于古典主义的文学新潮流。比起18世纪的大多数启蒙作家来，卢梭身上显示的趋新意识更突出。是的，在某种意义上，他也许可以称得上是浪漫主义运动之父，因为他排斥理性而推重感情，否定科学、文明而号召"回归自然"，这些观念都极大地影响了后来的浪漫主义文学思潮。可是，他否定科学艺术的理由不过是柏拉图观点的重复，他对感情的推重，也只是表现了18世纪法国已经存在的"善感性崇拜"这一"潮流倾向"，③ 他对艺术的否定甚至使他不惜加入清教主义者行列，支持日内瓦对一切戏剧的禁演，扮演了一个"禁欲美

---

① [法] 伏尔泰：《论史诗》，载伍蠡甫主编：《西方文论选》上卷，上海译文出版社1979年版，第323、324页。

② [法] 伏尔泰：《论史诗》，载伍蠡甫主编：《西方文论选》上卷，上海译文出版社1979年版，第318、319页。

③ [英] 罗素：《西方哲学史》下卷，马元德译，商务印书馆1976年版，第213—214页。

德斗士的角色"。① 而浪漫主义文学思潮对感情的赞赏和对自然的向往，并不建立在否定文学与艺术的基础上，恰好相反，他们主张诗歌是"强烈情感的自然流露，它起源于在平静中回忆起来的情感"②，"诗歌的目的是要引发一种激情，使它与失去平衡的快感并存"，诗歌的作用并不是卢梭所说的那样使人浪费时间、败坏德行，而是直接给读者以愉快，通过愉快激发人们的同情心，矫正人们的情感。甚至于认为"诗是一切知识的起源和终结，——它像人的心灵一样不朽"③。在卢梭那里，文学艺术与情感和自然是对立的、矛盾的，他否定前者而肯定后二者；在浪漫主义者那里，文学（诗）与情感和自然是浑然一体的，否定前者也就是否定后二者，因为前者——文学（诗）恰恰是后二者——情感和自然的必然产物。由此可知，这是两种差距极大的文学观念。韦勒克在谈到法国浪漫主义文学思潮时的一段话也可引以为证。他说，在研究法国浪漫主义文学思潮的源头时，"卢梭自然不断地吸引着人们的注意，甚至被称为全部浪漫主义的源泉；其中有 J. J. 泰克斯特这样的友人，也有想把浪漫主义贬低为卢梭主义这样的敌人。然而，如果把卢梭说成是这类姿态的激发者，那么，对他的估计是不恰当而又过分的；他不过是促进了这类态度的传播，并没有制造这类态度。但是，所有这些分散的法国学术著作，都分别地预示出了浪漫主义的态度、思想、情感，而不是十八世纪的一个真正的浪漫主义运动"④。因此，我们应该清楚地意识到，卢梭与伏尔泰一样，属于过渡性的启蒙主义文学思潮，而不能贸然地把他从该思潮中开除出去，并将其硬塞进后来的文学思潮。再看 18 世纪伟大的启蒙思想家狄德罗，他在文艺观上的过渡性质更为明显。他同时主张着种种不同甚至相互之间极为矛盾的文艺观点，例如他对诗歌的看法颇重激情。他认

---

① [英] 罗素：《西方哲学史》下卷，马元德译，商务印书馆 1976 年版，第 230 页。

② [英] 华兹华斯：《〈抒情歌谣集〉1800 年版序言》，载伍蠡甫主编：《西方文论选》下卷，上海译文出版社 1979 年版，第 17 页。

③ [英] 华兹华斯：《〈抒情歌谣集〉1800 年版序言》，载伍蠡甫主编：《西方文论选》下卷，上海译文出版社 1979 年版，第 13—15 页。

④ [美] R. 韦勒克：《文学思潮和文学运动的概念》，刘象愚选编，中国社会科学出版社 1989 年版，第 152 页。

为，诗人应是集情感和天才于一身的人，是充满悲剧性的忧郁的人物，诗人"执笔之前，他肯定翻来覆去，面对眼前的题目，战栗不已，夜不能寐，深更半夜爬起来，套上睡衣，光着双脚，借着夜明灯的光亮，连忙手不停笔，挥洒草稿"①。诗人要是没有犹如狂飙般的情感，就做不出好诗来。显然，在狄德罗眼里，"强烈的个人情感的专注，乃是衡量诗歌伟大品质的标准"②。推崇天才，重视情感，这不正是浪漫主义的诗歌观吗？如果仅仅凭此而论，狄德罗的文学观当然可以划进浪漫主义文学思潮了。可是，狄德罗还有与这种浪漫主义观点完全对立的古典主义的文学主张，例如他倡导市民悲剧这一新体裁，但他"几乎完全是用新古典主义理论所能接受的说法揭橥的。他精心阐发了一个戏剧体裁的等次体系，其中家庭悲剧似乎填补了悲剧与喜剧之间的空白，而反讽喜剧和惊奇剧，则降低至下等的次要体裁的地位。悲喜剧，他明确斥之为一种不良体裁，因为它混淆了由一层天然屏障截然分开的两种体裁"③。在后期的狄德罗看来，"艺术，或者至少就戏剧这门艺术而论，显然并非是指单纯的情感主义，而是指模仿自然；当然，所谓'自然'，狄德罗指的是典型者、普遍者、假想中的自然和谐"④。除了上述的浪漫主义和古典主义的文学艺术观点以外，在狄德罗的著述里，还可以看到"十九世纪布尔乔亚的自然主义"，甚至"象征主义的诗歌观念也不无先声"。⑤ 面对狄德罗这样充满矛盾性和复杂性的大杂烩般的文艺观，如果只看到他的这种难以捉摸的非连贯性而认为其文艺观无足轻重，或者相反，"大胆地挑选出我

---

① ［美］雷纳·韦勒克：《近代文学批评史》（中文修订版）第一卷，杨自伍译，上海译文出版社 2009 年版，第 63 页。

② ［美］雷纳·韦勒克：《近代文学批评史》（中文修订版）第一卷，杨自伍译，上海译文出版社 2009 年版，第 62 页。

③ ［美］雷纳·韦勒克：《近代文学批评史》（中文修订版）第一卷，杨自伍译，上海译文出版社 2009 年版，第 64 页。

④ ［美］雷纳·韦勒克：《近代文学批评史》（中文修订版）第一卷，杨自伍译，上海译文出版社 2009 年版，第 64 页。

⑤ ［美］雷纳·韦勒克：《近代文学批评史》（中文修订版）第一卷，杨自伍译，上海译文出版社 2009 年版，第 75 页。

们认为属于他的基本观点的那些内容，而他的其他学说，我们统统视为左道旁门，或者是对时代所作的妥协，而一笔抹杀"①，都是错误的。就文学思潮而言，对待诸如狄德罗体现出的这样复杂矛盾的文学观念，正应该客观地承认其处于新旧时代交替之间不可避免的历史过渡性特征，才是我们唯一可以选择的科学态度。也只有这样，我们才有可能找到其多变而且多样的观念所具有的共同特性，而不至于迷失方向。

中国近代文学思潮的过渡性特征也非常明显。主要表现在这个时代由各种新旧意识和文学观念所支配的文学思潮交错并存，它们或呈数足鼎立态势，或此伏彼起、各领风骚。大体上是代表传统的载道功利主义文学观念和表现新时代强调文学审美本质、价值的主情文学观念的对立冲突，形成了总体上的拉锯对抗局面，或在具体文学思潮内纵向与横向上的矛盾因素的混杂流变。

明中叶以后前后七子复古、拟古主义的出现，其初衷为反对八股文和台阁体文风，具有文学革新的积极意义，只是他们所选择的复古、拟古、贵古贱今的反抗道路导致文学走向另一种因循守旧、模拟剽窃的极端。他们对八股文和台阁体文风的破坏功不可没，但复古的建设却偏了方向，违背了文学发展的历史趋势。作为复古、拟古主义的矫正，出现了唐宋派和主情的洪流。唐宋派反对独尊秦汉，主张"文字工拙在心源"，既肯定了秦汉的文学成就，也承认唐宋文学的继承和发展，而且特别推重和提倡唐宋古文，革命性比前后七子更强，可谓远远超出拟古主义一大截。但唐宋亦为古，仍然没有走出"复古"的圈子。其文章创作虽然扩大了表现范围，加强了与生活的联系，却还是在"载道"传统囿范之内。主情的文学思潮从李贽的"童心说"强调文学出于人的真实感情，到公安、竟陵派大事张扬个体情欲、才情、情趣对于生命、文艺的意义，要求文艺"独抒性灵，不拘格套"②，无拘无束地抒发一己之真情至性，一反传统载道文学观，显示了与前后七子和唐

① ［美］雷纳·韦勒克：《近代文学批评史》（中文修订版）第一卷，杨自伍译，上海译文出版社 2009 年版，第 53 页。

② 袁宏道：《序小修诗》，载《中国历代文论选》第三册，上海古籍出版社 1980 年版，第 211 页。

宋派完全不同的面目。但到后来的陈子龙、黄宗羲等则一变而强调"众情"、"天下之情"，甚而如黄宗羲之复重儒墨"治天下"、"为民用"的文艺实用功能观，而轻视"词章之学"和文艺的审美价值，文学观念显然转向对传统载道论的回归。

　　有清一代，这种新旧文学观念相互冲突、混杂的局面仍在继续，如桐城派继唐宋派之余绪，重兴复古思潮；性灵派则高张主情旗帜，与复古派对峙。过渡时期的文学思潮大多具有革新的要求和倾向，但又没有完全摆脱旧观念的束缚，充满了复杂多变的矛盾，即使趋新倾向相当明显的文学思潮，仍然不免掺杂着传统文学观的种种因素。清代以袁枚为旗帜的性灵派所具有的两重性较为典型，这一派集正统与非正统和反正统的文学观念于一体，其"正统性质主要反映在理论和创作两方面。从理论观念上说，性灵派还是以儒家的传统文论范畴和观念作为树帜立派的思想基石，性灵派则攻讦'道统''文统'的主张，然而却不反对'圣道'本身；性灵派反对腐儒之道，却又认为宋儒之道无可非议，……性灵派虽然主张文学应有其独特的审美功能和价值，但从根本观念上说，却依然未能超越'诗言志'范畴。性灵派只是不赞成将'志'字看杀，排斥言情之作，但并不否认'为国家者'之情。从创作倾向上说，性灵派诗人的反复古主义的成就集中反映在革新诗体即解放诗体上。他们的作品具有鲜明的创作个性，自抒性灵，富有生活情趣，可是在思想内容和主题上却大多抒写个人的哀怨伤感或男女之情，大多抒写在自然山水怀抱中的独特感受，缺乏反正统的公安派诗人或近代诗人作品中所创造的新理想和新境界。……总之，乾隆时期性灵派虽时有突破正统的种种表现，但终未蝉蜕正统而呈现新质"①。这一分析及其结论也正好揭示了中国近代文学思潮的过渡性特征。

　　三、现代的主潮型

　　在中国，"现代"指的是从五四时期直到中华人民共和国成立的 1949

----

① 　陈伯海主编：《近四百年中国文学思潮史》，东方出版中心 1997 年版，第 237 页。

年。而在西方或我们对西方的"现代"这一时期的界定，则并不一致。有的把文艺复兴以来的时代都称为"现代"，有的把法国大革命以后至第二次世界大战之前的这段时间称为"现代"，也有人把"现代"界定为 20 世纪。作为文学思潮历史形态时间背景的"现代"该如何定位呢？首先，这个"现代"指的是在"近代"与"当代"之间的一个历史时期；其次，具体的时间应在 18 世纪即法国大革命时期至第二次世界大战这个时段。但其主体似乎在于整个 19 世纪。这个时代作为资产阶级文化类型的时代特征最为明显，它是"资本主义凯旋"的时代，同时也是它的"危机的开始"，这个时代体现的意识和文化与过去时代已有全新的区别，它既与封建主义时代的文化和意识相比有了质的突变，又摆脱了近代形态的过渡性纠缠，而"以纯粹的和历史原型的形式展开"。① 罗素在第二次世界大战期间写作的《西方哲学史》就把 18 世纪后期出现的浪漫主义运动看作是新时代开始的一个鲜明的标志。"从 18 世纪后期到今天（作者著书之时即第二次世界大战期间——引者），艺术、文学和哲学，甚至于政治，都受到了广义上所谓的浪漫主义运动特有的一种情感方式积极的或消极的影响"，而且，浪漫主义的观点成了现代哲学大部分思想的"文化背景"。② 当然，也是现代大部分文学思潮的"文化背景"。文学领域中产生了一场遍及欧洲而后向世界扩展的浪漫主义运动，接着是作为浪漫主义的反动的现实主义的展开，其波澜壮阔及持续时间之长比浪漫主义有过之而无不及。尽管现代的文学思潮不只是浪漫主义和现实主义，但浪漫主义和现实主义作为文学思潮，却以此前从未有过的成熟和系统结构的完整形态，占据着绝对压倒其他任何文学思潮的主流地位，相继成为支配整个时代的文学主潮，呈现出鲜明特征。

（一）文学活动主体的自觉

这里说的"自觉"，不是波斯彼洛夫说的"创作自觉性"——仅是在创作领域内作家们共同寻找创作原则、形成和贯彻明确的成文的共同创作纲领

---

① ［苏］莫伊谢依·萨莫伊洛维奇·卡冈：《美学和系统方法》，凌继尧译，中国文联出版公司 1985 年版，第 320 页。

② 参见［英］罗素：《西方哲学史》下卷，马元德译，商务印书馆 1976 年版，第 213 页。

的自觉性。主潮型文学思潮的自觉是贯穿于整个文学活动各领域（理论、批评、创作和接受）的主体意识的自觉，这种自觉主要是一种文学转型意识的清醒。虽然现实主义作家司汤达和巴尔扎克都曾自称是浪漫主义者，拜伦却否认自己属于浪漫主义，并且英国的浪漫主义诗人都没有承认自己是浪漫主义者，甚至像德国的浪漫主义理论家弗·施莱格尔还把"浪漫的"当作全部诗歌的一种因素，并断言全部诗歌都一定是浪漫的。① 但是，他们全都是站在反对古典主义的立场上赞成或主张浪漫主义的，尽管他们还没有十分清楚地了解与古典主义相对立的新潮的具体内涵和外延，但他们对旧潮的断然拒绝与对新潮术语的认同和采用，表明了文学思潮的自我意识的程度已大超越了过去的任何时代。韦勒克认为，文学批评及其术语和口号的历史标志了"艺术家自己的自我表现意识的程度"，"有的时代理论自觉性远落后于实践，甚至与其发生冲突"。例如"文艺复兴"和"巴罗克"这两个术语是在其所指情况发生之后数世纪才开始使用的，而浪漫主义的术语及其传播和确立与浪漫主义的实践几乎是同时存在的，"采纳这些术语就已表明对某些变化的意识"。尽管只有在最早开展浪漫运动的意大利，"这个运动本身意识到自己是浪漫运动"，但"作为诗歌的一个新标志，一个与新古典主义诗歌对立的、从中世纪和文艺复兴吸取灵感和榜样的诗歌标志，'浪漫主义'的意义的确不曾遭遇到误解。这个术语在全欧洲都是在这个意义上得到理解的"。② 英国诗人虽然不承认自己是浪漫主义者，但他们"早已清楚地意识到，有一场摈弃 18 世纪批评观念和诗歌实践的运动正在发展；它已形成一个整体；欧洲大陆也出现了类似的运动，特别在德国"③。现实主义文学思潮的出现也是这样，如前所述，现实主义作家对自己的归属和现实主义的内涵也曾有过自

---

① 参见［美］R. 韦勒克：《文学思潮和文学运动的概念》，刘象愚选编，中国社会科学出版社 1989 年版，第 120、112 页。

② ［美］R. 韦勒克：《文学思潮和文学运动的概念》，刘象愚选编，中国社会科学出版社 1989 年版，第 107、120、132 页。

③ ［美］雷纳·韦勒克：《近代文学批评史》（中文修订版）第二卷，杨自伍译，上海译文出版社 2009 年版，第 145 页。

相矛盾的表述，但同样具有明确的转型自觉。"人们普遍认为 1830 年七月革命前后是一个时代的结束，也是一个文学新时代的开始。……当时普遍的感觉是浪漫主义结束了，一个关注现实、科学和现世的新时代正在兴起。"① 因此，韦勒克在对浪漫主义文学运动进行了一番通盘考察之后，以"普遍摈弃新古典主义信条"作为标准，主张承认"可谓出现过一场普遍性的欧洲浪漫主义运动"。② 这就是一种转型的自觉。法国浪漫主义者与古典主义者之间进行的"欧那尼决战"，乃是历史上从来没有过的思潮转型的斗争，新旧思潮的矛盾冲突以远远超出文学活动的范围而与社会政治斗争相类似的生死搏斗的形式出现，至少体现了法国浪漫主义文学思潮主体对转型的高度自觉。这种自觉还表现在新潮的理论和实践所具有的反传统的强烈色彩，无论是浪漫主义还是现实主义，虽然不能完全割断与传统的联系，但其新旧意识的掺杂并不像近代文学思潮那样扑朔迷离、变幻不定，倒是自始至终以新的文学意识作为主体支配该思潮的文学活动。浪漫主义兴起的时代，人们并不能完全说得清什么是浪漫主义，可他们却非常明白："对古典主义旧传统的反叛称作浪漫主义"，所以，司汤达才会自称是浪漫派，并明确宣布自己"赞成莎士比亚，反对拉辛；赞成拜伦，反对布瓦洛"。③ 施莱格尔兄弟明显地对古典主义表示了强烈的反对，奥·施莱格尔 1801—1804 年在柏林所作的讲演，就把古典的和浪漫的对比作为古代诗歌和现代诗歌之间的对比，为了反对古典主义而把古代一些优秀作品也说成是浪漫的文学楷模。

（二）文学思潮系统结构配置的完整均衡性

文学思潮不仅仅是创作领域的现象或潮流，它应该是贯穿于文学理论、文学批评、文学创作和文学接受等文学活动全部领域的一个精神系统，这个

---

① ［美］R. 韦勒克：《文学思潮和文学运动的概念》，刘象愚选编，中国社会科学出版社 1989 年版，第 233—234 页。

② ［美］雷纳·韦勒克：《近代文学批评史》（中文修订版）第二卷，杨自伍译，上海译文出版社 2009 年版，第 2 页。

③ ［美］R. 韦勒克：《文学思潮和文学运动的概念》，刘象愚选编，中国社会科学出版社 1989 年版，第 71、120 页。

系统的理想模式是各领域的均衡配置、共同发展、相辅相成。自发型和过渡型文学思潮基本上是创作、接受领域兴盛，理论与批评领域或者寂然无声，或者落后于创作和接受。非理论形态要素是系统构成的主体，理论形态要素缺乏或比例大大失衡。文学的历史内容和功利价值总是人们注意的中心，美学要素没有得到自觉的重视，处于一种自然的自发状态。总之，古代和近代的文学思潮的系统结构在整体上是一种畸形构成。而现代的主潮型文学思潮呈现的是一个全新的系统结构，表现在以下几个方面：

1. 在系统构成的范围上，不再是创作、接受领域独自发展或遥遥领先，而是和理论、批评领域齐头并进。这在浪漫主义、现实主义及其后来的自然主义等文学思潮中体现得最明显，创作、接受思潮总是伴随着理论、批评思潮的配合，推波助澜。甚至有时候在某些国家是理论、批评的主要概念先期出现，然后才在文学活动中产生广泛影响，形成文学思潮。例如法国在 18 世纪末期，"根据许多不同的哲学立场，即卢梭、狄德罗、孔狄亚克和圣马丁的立场，诗歌的情感概念已经确立"。但直到 19 世纪 30 年代才在文学活动的各领域发生全面影响。原因在于，"一则由于缺乏真正的大诗人和戏剧家，能把理论付诸实践；其次，因为许多提出十分大胆的理论学说的人，在实践上保持着一种不越雷池的趣味，同时作出许多让步和妥协；再则，因为法国大革命再度诉诸古典主义的古代文学。拿破仑，虽然进军埃及时，随身携带《莪相诗篇》和《少年维特的烦恼》，却将新古典主义重新规定为官方信条，甚至波旁王朝在复辟之后，也没有改变这一官方路线"①。前两层原因是文学自身发展规律的问题，最后一层原因则是政治因素对文学的制约。新理论一度缺乏实践者和理论上的先见者在实践上却因循守旧，可以说都是理论与实践脱节的表现，但却鲜明地标志着现代主潮型文学思潮已具有强烈的自觉性这一全新特征。同时，这些原因也更有力地证明了卢梭等 18 世纪人物身上以及该时代的文学思潮所具有的过渡性矛盾。18 世纪许多法国人

---

① ［美］雷纳·韦勒克：《近代文学批评史》（中文修订版）第一卷，杨自伍译，上海译文出版社 2009 年版，第 95 页。

都处于同一困境，他们"洞见到新生事物，却又深陷于根深蒂固的传统之中"①。联系当代文学思潮来考察的话，我们还似乎可以说，浪漫主义文学思潮主要思想概念的形成先行于文学实践的现象开辟了一个新的传统，这就是文学理论的自觉源自哲学、美学意识或与哲学、美学意识的自觉同步。值得注意的是，卢梭等人的立场首先是一种哲学或美学的创新见解，其本身还不能说就是浪漫主义文学观念的完成。其理论与实践的脱节不是文学理论与文学实践的脱节，而是与文学理论既有密切关系但又不能等同的哲学、美学理论与文学实践的脱节，从哲学、美学的理论自觉到文学理论与实践的自觉存在着一定的距离。实际上，相同的哲学、美学基础可以形成不同的文学观念和文学思潮，同一文学思潮可以渗透着不同的哲学、美学基础。

系统结构配置的完整均衡性是从世界范围内文学思潮的总趋势方面和占支配地位的主流方面而言的，不能理解为一种历时与共时或空间上都毫无差别的机械的绝对的平均分布。同一文学思潮在不同国家或同一国家先后出现的不同文学思潮，其系统结构的配置都会出现程度不等的差异。浪漫主义文学思潮在德国、英国、法国兴起的时候，创作、接受领域的实践总是伴随着理论批评领域的同时呼应、呐喊或争论，而在俄国，却只有茹科夫斯基、雷列耶夫和普希金的浪漫主义吟唱，而无理论、批评的浪漫主义鼓呼，不像英、德、法的浪漫主义文学思潮那样同时喊出自己的理论宣言。德国的浪漫主义文学思潮尽管成就上不及英、法两国，但在文学史上仍有其独特的贡献。可是，当现实主义文学思潮先后席卷英、法等国时，德意志民族却风平浪静，水波不兴。夏多勃里昂、斯泰尔夫人、雨果、乔治·桑、"欧那尼决战"……标志着法国浪漫主义文学思潮的全方位齐头并进；司汤达、巴尔扎克、福楼拜、莫泊桑等一系列名字则代表着现实主义文学思潮，无论在理论批评领域，还是在创作实践范围的展开都不亚于浪漫主义的红火。而英国的现实主义文学思潮，从笛福、理查逊一直到狄更斯等等名字，就仅仅是创作

---

① ［美］雷纳·韦勒克：《近代文学批评史》（中文修订版）第一卷，杨自伍译，上海译文出版社 2009 年版，第 99 页。

领域的旗帜，而不像华兹华斯、柯勒律治、雪莱等人那样既是创作的代表，又是理论与批评的喉舌，可见其现实主义文学思潮的系统结构远没有浪漫主义均衡完整。

俄国恰恰又与英国相反，如果说俄国浪漫主义文学思潮理论领域落后于实践领域，那么现实主义文学思潮却后来居上，其理论与实践领域结构的合理及其由此带来的成就和影响的巨大，远远超过了任何国家。以别林斯基、车尔尼雪夫斯基和杜勃罗留波夫为代表的革命民主主义批评，在理论上总结了普希金、莱蒙托夫以来的创作经验，又在果戈理的现实主义创作遭到非难攻击的时候，别林斯基及时地从理论上对果戈理的创作的现实主义原则进行了论证，肯定了其成就，并宣布这样的现实主义原则代表了俄国文学的正确方向，坚定地支持这一创作倾向，有力地回击了围攻果戈理的非难者。正是在革命民主主义理论批评的正确引导下，俄国以"自然派"为标志的现实主义文学思潮才迅猛发展，风起云涌，使俄国文学跃上了 19 世纪世界文学的高峰。

俄国革命民主主义理论批评对俄罗斯现实主义文学思潮的形成和发展之所以具有如此举足轻重的作用，完全得力于以下四大特色。

第一，密切结合现实斗争的革命性。整个 19 世纪，俄国处于人民解放运动的时代。以别、车、杜为代表的俄国革命民主主义文学批评最突出的特点就是把反对农奴制和沙皇专制制度的这一场政治斗争和文学美学的斗争紧紧地联系起来，他们的文学批评，全力以赴地直接服务于这场社会政治斗争的现实需要。

他们从革命民主主义立场出发，要求文学与现实的革命斗争联系起来。为此，他们强调文艺是现实生活的再现，重视文艺与生活的联系，要求文艺真实地再现生活，以"赤裸裸到令人害羞的程度，把全部可怕的丑恶和全部庄严的美一起揭发出来，好像用解剖刀切开一样"①。他们高度肯定并称赞以果戈理为代表的"自然派"的创作，就因为这些创作"极度忠于生活"，表

---

① ［俄］别林斯基：《别林斯基选集》第一卷，满涛译，上海译文出版社 1979 年版，第 154 页。

现了"生活的十足的真实","不阿谀、也不诽谤生活","把生活的一切美的人性的东西显示出来，同时也不掩饰它的丑陋"。① 敢于对俄国的黑暗现实进行大胆的揭露和讽刺，把批判的锋芒直指腐朽的专制制度和农奴制。正是出于配合现实的解放运动这一革命性的需要，他们坚决反对西欧派和斯拉夫派所宣扬的"纯艺术论"，强调文艺的社会功能，主张文艺作品不但要真实地再现生活，而且要"说明生活，对生活现象下判断"。② 使艺术作品成为"生活的教科书"，或革命的讲坛。他们认为，文学的意义，首先在于为社会服务，"人类的一切事业，只要它们不是空虚而怠惰的勾当，就应当为造福人类而服务；……艺术也应当为了一种重大利益而服务，而不是为了无结果的享受"③。

俄国革命民主主义文学批评的革命性还鲜明地表现在他们提出了人民性这一批评标准。赫尔岑和别林斯基都高度重视文学的人民性，杜勃罗留波夫继承了他们的思想，在《俄国文学发展中人民性渗透的程度》一文中，集中探讨人民性的问题，论述了人民性提出的依据、人民性的内容、意义、人民性的发展等等。使人民性的概念更为明确、科学。他们指出，民族生活不是统一的，其中有民众的生活和"有教养的社会"的生活之分，而文学必须表现人民的生活，首先要描写农民的命运。文学的人民性在于无情地批判统治阶级、反映人民的思想、感情、愿望和利益，在于真实而深刻地描写现实生活。他们把文学的人民性同批判农奴制现实，揭露沙皇专制统治和人民的解放斗争联系起来，用以评价进步作家及其作品所起的团结人民、反对农奴制和沙皇制度的进步作用，要求作家艺术家丢弃阶级的偏见和脱离实际的常识，跟人民站在同一的水平，体验他们的生活，感受他们所拥有的一切质朴的感情，使作品渗透着人民的精神。可见，人民性主张的主要意义乃在于使文艺批评和俄国文学能与俄国人民的解放运动更紧密地结合在一起。

---

① 参见［俄］别林斯基：《别林斯基论文学》，梁真译，新文艺出版社1958年版，第104页。
② 参见［俄］车尔尼雪夫斯基：《生活与美学》，周扬译，人民文学出版社1957年版，第104页。
③ ［俄］车尔尼雪夫斯基：《车尔尼雪夫斯基论文学》中卷，辛未艾译，人民文学出版社1965年版，第191页。

　　俄国革命民主主义文学批评的这种革命性，主要来自批评家们强烈的忧患意识。这种忧患意识包含着对人生和社会的深刻理解，对民族、人民和祖国的热烈而诚挚的爱心，对人类未来的执著而痛苦的探索和追求。他们把人民的解放事业当作是自己的事业，看作是历史赋予他们的重任。他们不仅是文学批评家，而且是思想家和革命家，他们不只利用文学批评和文学创作宣传革命思想，揭露批判沙皇专制农奴制社会的腐朽丑恶黑暗，有的人还直接参加了旨在推翻沙皇专制统治的秘密革命组织，从事革命活动。他们成了沙皇专制制度的敌人，因而许多人都曾受过沙皇政权的残酷迫害，以至献出了宝贵的生命。俄国革命民主主义文学批评的革命性这一特色，并不是一般的批评特色，它是人类在奔向解放、追求自由的进步历程中由批评家们用自己的鲜血和生命铸就的一座神圣的里程碑。

　　第二，爱憎分明的强烈倾向性。俄国革命民主主义批评家自觉地将文学批评与俄国解放运动的现实斗争紧密结合起来，把文学批评作为反对沙皇专制制度和农奴制的斗争武器，宣传先进的革命民主主义思想，这就决定了他们的批评具有爱憎分明的强烈倾向性。这首先表现在批评态度上。别林斯基指出，批评有两种态度：一种是"直率的"，一种是"躲闪的"。他主张"直率的"批评，"不怕被群众所笑，敢于把虚窃名位的名家从台上推下来，把应该代之而起的名家指点出来"①。而对"阿谀群众、审慎地、用暗示、带有保留条件来说话"②的"躲闪的"批评，别林斯基是坚决否定的。他斩钉截铁地说："尊敬是尊敬，礼貌是礼貌，真理也总是真理，阿谀和情歌只适用在客厅里、镶在地板上，却不适用在杂志上。"他认为批评家在实践中"最重要的是正直的、独立的、不管个人利害的、但却坚定的顽强的意见"③。车尔尼雪夫斯基也反对含含糊糊、吞吞吐吐、倾向不明的"无力的"批评，而主张倾向性鲜明的"坦率的"批评，"对一切优秀之作，应该称扬，而对一

---

① 〔俄〕别林斯基：《别林斯基选集》第二卷，满涛译，时代出版社1952年版，第54页。

② 〔俄〕别林斯基：《别林斯基选集》第二卷，满涛译，时代出版社1952年版，第55页。

③ 〔俄〕别林斯基：《别林斯基选集》第二卷，满涛译，时代出版社1952年版，第321、322页。

切拙劣的，但又自命不凡的作品却要一视同仁地指斥"①。这类主张，在他们的批评实践中贯串始终。当以果戈理为代表的"自然派"初出茅庐的时候，受到了反动保守势力的围剿、谩骂。别林斯基旗帜鲜明地给"自然派"的创作以正确的评价，坚持不懈地捍卫"自然派"及其现实主义文学原则，同反动保守势力进行了顽强的斗争。他揭露了"自然派"的反对者在思想上、理论上和艺术上的反动、虚伪和荒谬、批驳他们对"自然派"的歪曲和诽谤，论证和阐释"自然派"的现实主义原则，"以毫无什么疑问之处的完整回答了对'自然派'的一切责备，他用历史来证明现在的文学倾向底必然性，用美学来证明它的完整的规律性，用道德要求来证明它是我们的社会所必需的"②。他在驳斥论敌们对"自然派"的种种责难和攻击时，曾一针见血地指出："你们要的是虚谎，我们要的却是真实"③，这就从根本上揭示了保守反动势力与"自然派"两者尖锐对立的艺术观的本质。俄国革命民主主义者在文学批评中坚持的鲜明倾向性，完全是以忠于真理捍卫真理的原则为出发点的，他们的爱憎并不受私人关系和偏见所左右，他们的文艺批评始终坚持以作品画线，而不是以人画线和以名论价。他们之所以支持果戈理为代表的"自然派"，并不是因为他们和"自然派"作家有什么私人的关系。如别林斯基本人与"自然派"代表作家果戈理就没有任何私人交往。而且，果戈理对别林斯基等平民知识分子的态度可以说是不屑一顾的。而别林斯基全然不计较个人间的恩怨，而尽全力为之辩护，给予高度评价。但当果戈理后来背弃"自然派"的现实主义原则，在《与友人书信集》中美化沙皇专制制度和农奴制，进行反动的神秘主义说教的时候，正在国外治病、已奄奄一息、生命垂危的别林斯基愤怒地写了《给果戈里的一封信》，毫不留情地严厉谴责了自己一生所钟爱的果戈理，说他背叛了人民。

① ［俄］车尔尼雪夫斯基：《车尔尼雪夫斯基论文学》中卷，辛未艾译，人民文学出版社 1965 年版，第 152—153 页。

② ［俄］车尔尼雪夫斯基：《车尔尼雪夫斯基论文学》上卷，辛未艾译，人民文学出版社 1965 年版，第 529 页。

③ ［俄］别林斯基：《别林斯基选集》第二卷，满涛译，时代出版社 1952 年版，第 263 页。

　　第三，唯物主义的高度科学性。仅有结合现实斗争的革命性和倾向性，并不能保证文学批评的正确和成功。要使文学批评真正成为反对沙皇专制制度和农奴制、宣传革命民主主义思想的有力武器，文学批评就不能没有高度的科学性。俄国革命民主主义文学批评是建立在严格的科学的唯物主义美学理论基础之上的，因而它具有唯物主义的科学性。无论是批评标准、批评态度还是批评方法，都突出地体现了这种唯物主义的高度科学性。

　　在文学与生活的关系上，俄国革命民主主义批评家都坚持文学是现实生活的再现这一原则。别林斯基在其文学活动的初期，就发出过"哪里有生活，哪里就有诗"的呼声。到19世纪40年代初，他更进一步明确地认识到，"现实之与艺术和文学，正如同土壤之与在它怀抱里所培养着的植物一样"①，肯定了现实生活是文艺创作的唯一源泉。杜勃罗留波夫把文学比喻为社会生活的"晴雨表"。车尔尼雪夫斯基更断言"美是生活"，艺术美不过是现实美的复制，"艺术的第一个作用，一切艺术作品毫无例外的一个作用，就是再现自然和生活"②。他把艺术作品与现实生活的关系，比作印画与原画，画像与它所描绘的人的关系，认为艺术只不过是充当现实的"代替物"。车尔尼雪夫斯基这种观点虽然有机械唯物论的成分，但他肯定现实生活是文艺的唯一源泉却是正确的。正是基于这种唯物主义的认识，他们要求艺术再现生活必须具有高度的真实性，要把现实的"全部可怕的丑恶和全部庄严的美"揭示出来。当然，这种再现并不是机械的复制，不是自然主义的罗列，而是"创造性地复制"③。在再现时还要对生活加以"说明"，作出"判断"，给人以激励与鼓舞，而不是颓唐悲观和失望。除了真实性之外，他们提出的人民性、典型性等等现实主义文艺的批评标准，都具有唯物主义的高度科学性。

　　在批评态度方面，他们既倡导具有鲜明倾向性的"直率"，又强调要冷静、客观与公正。这就要求批评家必须具有独立的正直的品格，不计较个人

---

① ［俄］别林斯基:《别林斯基选集》第三卷，满涛等译，上海译文出版社1980年版，第700页。

② ［俄］车尔尼雪夫斯基:《生活与美学》，周扬译，人民文学出版社1957年版，第91页。

③ ［俄］别林斯基:《别林斯基论文学》，梁真译，新文艺出版社1958年版，第113页。

利害，一切以事业为重，从作品客观实际出发，不抱任何个人感情的、宗派的、小集团利益的偏见来评价作家作品。车尔尼雪夫斯基对当时以名论价的文艺批评非常不满，所以他极力主张无论是指摘缺点还是赞美优点，都应从作品实际情况出发，"一视同仁"。不管作者是大人物还是小人物，是自己的朋友还是尊师，决不能厚此薄彼、亲亲疏疏。车尔尼雪夫斯基本人的批评实践就是坚持公平正直和文学事业利益高于个人感情这一原则的典范。他和涅克拉索夫是亲密的战友，但他对涅克拉索夫的评价却不是出于个人的感情，而是根据作品的价值。他说："我对于他的热爱在我关于他的历史意义的见解中并不起任何作用。这种意义是历史的事实。而我个人的爱好没有必要干涉对事实的评价。这是科学的事，而不是学者个人趣味的事。"① 即使对论敌，革命民主主义批评家也主张要公平正直客观地对待，而不应过分贬抑。例如车尔尼雪夫斯基对波列伏依的评价。波列伏依是俄国 19 世纪 20—40 年代著名的作家和批评家，曾以浪漫主义反对过时的古典主义，一度走在时代潮流的前头。但他对现实主义文学却全然不理解，对果戈理的《钦差大臣》、《死魂灵》等现实主义作品持完全否定的态度。车尔尼雪夫斯基坚持对他予以公平正直的评价，他认为波列伏依对现实主义的否定，并不是出于个人恩怨、卑微的打算或自尊心的唆使，而是出于真诚的信念，怀着善良的愿望，尽管其意见是错误的，但在争论中却可以有助于正确观点的形成和发展。车尔尼雪夫斯基还一再提到，尽管波列伏依晚年犯了错误，但不应忘记他过去对俄国文学与教育曾经立下的许多功绩。这种全面的历史的评价，充满了唯物主义的、辩证的客观性和科学性。

　　为了贯彻正确的批评标准、公平正直地评价文学现象，不能没有科学的批评方法。别林斯基所确立的历史的审美的批评方法就是俄国革命民主主义文学批评的方法论。别林斯基认为："每一部艺术作品一定要在对时代、对历史的现代性的关系中，在艺术家对社会的关系中，得到考察；对他的生

---

① ［俄］车尔尼雪夫斯基：《车尔尼雪夫斯基全集》第 15 卷，苏联国家文学出版社 1939—1950 年版，第 150 页。转引自马莹伯：《车尔尼雪夫斯基关于文艺批评的主张》，《文史哲》1983 年第 3 期。

活、性格以及其他的考察也常常可以用来解释他的作品。另一方面，也不可能忽略掉艺术的美学需要本身。……不涉及美学的历史的批评，以及反之，不涉及历史的美学的批评，都将是片面的，因而也是错误的。"① 这就明显地指出了文艺批评既是一种历史的批评也是一种美学的批评，二者是统一的，密切结合在一起的。换句话说，历史的审美的批评就是对"表现在艺术中的那个现实所赖以形成的一切因素和一切方面"② 进行评价。这一批评方法与文艺本身的客观内在规律和特征是吻合的，因为任何文艺现象都必然是一定历史阶段的审美结果，与社会的经济、政治、哲学、道德、宗教……以及文艺本身的继承发展状况等有着千丝万缕的联系，文艺批评如果不从审美感受出发把文学现象放在特定的社会状况和文艺状况中去进行分析和评价，就不可能得到客观公正的结论。正是由于运用了这一建立在唯物主义基础之上的历史的审美的批评方法，俄国革命民主主义文学批评才显示出它的高度科学性，取得了巨大成就，开辟了俄国文学的新时代。但在当时，有人攻击革命民主主义文学批评是纯粹的政论，缺乏艺术分析，没有艺术鉴赏力，不是真正的文学批评，而是政治功利主义批评。甚至连屠格涅夫这样的优秀作家，也曾一度指责过车尔尼雪夫斯基重思想内容、轻艺术形式；陀思妥耶夫斯基也曾指责过杜勃罗留波夫的批评是"功利主义"，违背所谓"艺术的永恒法则"。事实上，革命民主主义批评无论是在理论上还是在实践上，都是将历史的批评和审美的批评紧密结合统一起来的。别林斯基甚至强调"确定一部作品的美学优点的程度，应该是批评的第一要务。当一部作品经受不住美学的评论时，它就已经不值得加以历史的批评了"③。可见，革命民主主义批评并非只重内容而轻艺术形式。普列汉诺夫曾经为之作过有力的辩护，他说："假如'60 年代人'是用'启蒙运动者'的眼光去看文学艺术，即首先要求它'对生活现象下判断'，那末这还不是意味着他们没有艺术鉴别力。至少关于他们的最杰出和最光辉的代表人物如车尔尼雪夫斯基、杜勃罗留波夫和

① ［俄］别林斯基：《别林斯基选集》第三卷，满涛译，时代出版社 1952 年版，第 595 页。
② ［俄］别林斯基：《别林斯基选集》第三卷，满涛译，时代出版社 1952 年版，第 595 页。
③ ［俄］别林斯基：《别林斯基选集》第三卷，满涛译，时代出版社 1952 年版，第 595 页。

皮萨列夫,是决不能这样说的。在他们每个人的著作中——有时恰恰在他们比谁都偏重理性的地方——可以看到一些最无疑义的证据,说明他们有敏锐的文学鉴赏力。"① 例如车尔尼雪夫斯基对托尔斯泰作品的分析就是一个有力的证明。还在托尔斯泰刚出版自传性三部曲的前两部:《童年》与《少年》而在文坛崭露头角之时,车尔尼雪夫斯基就在评论中以敏锐的洞察力和细腻准确的艺术鉴赏力,抓住了托尔斯泰创作所显示的主要艺术特色——"心灵的辩证法"。车尔尼雪夫斯基认为,托尔斯泰在人物刻画中,最感兴趣的是心理过程本身,是这过程的形态和规律。他善于抓住一种情感向另一种情感,一种思想向另一种思想的戏剧性的变化过程。他不限于描写心理过程的结果,他所关心的是心理过程本身,那种异常迅速地千变万化的难以捉摸的内心生活现象,托尔斯泰却能巧妙自如地描写出来。这就是他的新奇独创的特点,在所有俄国优秀作家中,唯有他是这方面的能手。②

第四,惊人准确的超前预见性。正确而科学的文艺批评往往必然地具有超前性,它能披沙拣金,以深邃的洞察力和远大的目光,发现代表历史前进方向的但还处在弱小而不引人注目甚至受到压抑的萌芽,并竭尽全力保护、扶持、鼓励和促进其成长和发展。俄国革命民主主义批评正是这样的一种批评。1842 年,果戈理的《死魂灵》第一部刚发表,反动保守势力就拼命攻击、谩骂,竭力歪曲和否定这部现实主义杰作,从人物、题材到语言、风格,都把它骂得一无是处。还有的人虽然表面肯定《死魂灵》,赞颂果戈理的才华,却又把作品说成是荷马史诗的复活,否定它与俄国生活的联系,实际上也就从根本上否定了这部作品的真正价值。只有别林斯基慧眼独具,首先给果戈理的创作予以正确的评价,并坚持不懈地为捍卫和发挥它的现实主义原则而斗争。别林斯基有力地驳斥了反动势力对果戈理和《死魂灵》的攻击,热情地称赞这部作品的成就,深刻地阐明它的伟大意义,并豪迈地预言,从此以后,只有果戈理,和遵循批判现实主义原则进行的文艺创作,才

---

① [俄]普列汉诺夫:《尼·加·车尔尼雪夫斯基》,汝信译,上海译文出版社 1981 年版,第 248 页。

② 参见伍蠡甫主编:《西方文论选》下卷,上海译文出版社 1979 年版,第 426、427 页。

能适应俄国社会的需要，受到公众的欢迎。他从果戈理的创作中，敏锐地发现了代表着俄国文学发展趋势的具有巨大生命力的批判现实主义文学的萌芽，满腔热情地加以赞扬、肯定和扶持。并以他主编的《祖国纪事》杂志为阵地，团结了一大批当时还默默无闻的青年作家，结成了后来取得巨大成就的"自然派"。这一派的重要作家除果戈理外，还有莱蒙托夫、屠格涅夫、冈察洛夫、赫尔岑、陀思妥耶夫斯基等人，都是别林斯基首先发现了他们的天才并准确地预言了他们的远大前程的。车尔尼雪夫斯基在托尔斯泰初涉文坛之际即预言他将来会以"心灵辩证法"的主要特色取得辉煌成就。托尔斯泰后来的创作，尤其是《战争与和平》、《安娜·卡列尼娜》和《复活》三大巨著，都证明了车尔尼雪夫斯基的洞察与预言是极富于远见的。

从以上的粗略分析中，我们也可以看出，俄国革命民主主义文学批评的这四点特色其实是不可分割的一个有机整体，它们之间有着内在的必然联系。其中密切结合现实斗争的革命性是俄国革命民主主义文学批评的基本出发点，正因为批评家们自觉地以俄国解放运动的现实需要为出发点，这就决定了他们的文学批评不能没有鲜明强烈的倾向性和唯物主义的科学性。而惊人准确的预见性则是革命的科学的正确批评的必然结果。但是如果没有其中任何一个方面，就不成其为俄国革命民主主义文学批评的独特个性了。要是没有强烈的倾向性和唯物主义的科学性，那么革命性也就没有实际内容而成为一句空话，当然更谈不上会有任何一星半点的准确预见性了。

俄国革命民主主义文学批评当然不是十全十美的批评模式，距马克思主义文学批评还有一定差距。但它作为文艺批评史上一个罕见的成功范例，至少有力地说明了：文学批评和文学创作决不能避开现实斗争的需要，不能脱离人民，走向所谓"纯批评"、"纯美学"和"纯艺术"的道路！也正因为有如此富有特色的理论批评的及时引导和推动，使得19世纪俄国现实主义成为具有系统结构配置完整均衡性的文学思潮典范。

英国现实主义文学思潮只有实践领域的单骑独进，法国的现实主义文学思潮尽管也有理论批评的配合却与实践领域的蓬勃发展不大相称，相对于英、法两国的现实主义文学思潮结构而言，俄国的现实主义文学思潮在系统结构上就是最均衡合理的配置了，所以其成就和影响都远远超过了英法及其他任何国家的现实主义文学思潮，成为世界文学发展史上的一个奇迹。

2. 近代及以前的文学思潮由于创作、接受领域的独自发展，故其具体感受的世界观形态的观念要素成为文学思潮观念体系的主体，偶有理论形态要素的出现，也不成比例，而且往往落后于具体感受的世界观。现代主潮型文学思潮系统的理论形态要素和非理论形态要素的构成，在总体上趋向均衡，最显著的特征是 19 世纪的代表作家大多数同时又是理论家，他们既有明确的理论形态的文学观，又有贯彻这种文学观念的卓越创作。他们在创作中再也不是自发地而是有意识地思考文学的理论问题，并自觉地将自己的创见体现于创作实践。他们不再是柏拉图、亚里士多德式的以理论形态思想名世者，或如莎士比亚、拉辛等以创作著名的作家。他们一般都是理论与实践两栖的人物。弗·施莱格尔在 1797—1800 年就发表了被称为浪漫主义奠基作的《片断》，同时又于 1799 年推出浪漫主义小说《路琴德》。英国的华兹华斯、柯尔律治、拜伦、雪莱、济慈等既是著名的浪漫主义诗人，又都在浪漫主义的理论建树上有所贡献。华兹华斯为《抒情歌谣集》所写的序言系统地阐释了英国的浪漫主义文学理论，他对诗歌本质的界定颠覆了亚里士多德以来的摹仿说的主流地位。雨果的《〈克伦威尔〉序言》则成了法国浪漫主义文学的宣言。现实主义和自然主义文学思潮的情况也一样。司汤达、巴尔扎克、左拉，既是各自所属思潮创作上的代表人物，同时也是该思潮的理论喉舌。俄国既有革命民主主义批评家阐述的一套现实主义文学思潮理论形态的观念体系，又有融化于众多现实主义杰作中的非理论形态的"具体感受的世界观"体系。托尔斯泰既写出不朽的《战争与和平》、《安娜·卡列尼娜》、《复活》等等名著，又留下了《艺术论》这一理论名篇。车尔尼雪夫斯基为《祖国纪事》、《现代人》杂志撰写了大量的文学评论，推动现实主义文学思潮的发展，又以《艺术与现实的审美关系》一书在美学史上作出了创新的贡献，还有被普列汉诺夫誉为"自从俄国有印刷机开动以来"最受人欢迎的出版物《怎么办?》①这部小说,以及在他生前没有在俄国发表的小说《序幕》。

　　3. 从主潮型文学思潮构成要素的性质来看,美学的和历史的两种要素都被置于同样重要的地位,即使在局部——某一时段、某些国家某些个体主体——不一定都达到这样高度的自觉,但统观全局,不能不承认现代主潮型文学思潮在总体上和高峰时期达到了这样高度的自觉。19世纪同18世纪及其以前一样,文学活动包含了理论、批评、创作和接受四个方面,仍然各有其相对独立性。但更多的是综合和融合,人们更自觉到自己是文学活动的主体,他们不再局限于一个方面的活动,尤其是作家,已大大不同于过去的作家了。过去的作家大多仅仅是作为作家而出现,现在的作家既是作家又是理论家、批评家和别人作品的读者,他们自觉地展示自己的多重角色,体现或创造着时代的审美趣味和审美潮流。他们对自己、对别人考究的不仅是写什么,还有怎么写,为什么写。"诗是强烈情感的自然流露,它起源于在平静中回忆起来的情感。"②浪漫主义者把诗的本质定位于内在方面的感情,而不是传统所说的外在"自然"或"理性"。文学的功能不是教诲,而是使人愉快,"诗人作诗只有一个限制,即是,他必须直接给一个人以愉快",给人愉快就是"宇宙之美"。③为什么诗能给人愉快呢?"和谐的韵文语言的音乐性,克服了困难之后的感觉,以往从同样的韵文作品里所得到的快感的任意联想,对这种语言(它与实际生活的语言十分相似而在韵律上却又差别很大)的一再的模糊的知觉,——所有这一切很微妙地构成了一种复杂的快乐感觉,……诗人在安排韵律上的轻巧和优美就是使读者感到满意的主要源泉。"④诗不仅给读者以愉快,诗人自己也从诗的创作中获得愉快,"我们不管描写什么情绪,只要我们自愿地描写,我们的心灵总是在一种享受的状态

---

① [俄] 车尔尼雪夫斯基:《怎么办?》,蒋路译,人民文学出版社1959年版,译本序。

② [英] 华兹华斯:《〈抒情歌谣集〉1800年版序言》,载伍蠡甫主编:《西方文论选》下卷,上海译文出版社1979年版,第17页。

③ 参见 [英] 华兹华斯:《〈抒情歌谣集〉1800年版序言》,载伍蠡甫主编:《西方文论选》下卷,上海译文出版社1979年版,第13、14页。

④ [英] 华兹华斯:《〈抒情歌谣集〉1800年版序言》,载伍蠡甫主编:《西方文论选》下卷,上海译文出版社1979年版,第18页。

中"①。他们不仅把自己的文学观念写成理论文字或贯彻于创作，还会像福楼拜和乔治·桑那样热烈争论，按自己的文学观和美学原则来批评对方，评论他人，品优鉴劣。现实主义和浪漫主义在内容上都有强烈的批判性，但现实主义与浪漫主义的理想主义审美趣味不同，它奉行的是"真实"、"客观"和"历史"的原则，它"反对浪漫主义的自我膨胀和颂扬、对想象的强调、象征的方法、对神话的关心以及万物有灵的观念等"②。甚至像福楼拜那样非常自觉地强调作者要在作品中隐藏起来，或者完全退出作品，取消任何来自作者的干预。现代文学思潮"历史"要素的自觉主要是"对十八、十九世纪相交时期大变动的自觉意识：工业革命、资产阶级的胜利（英国在十八世纪就已发生了）以及随之而来的新的历史感；一种更强烈的认识：人是社会上一种有机的、鲜活的生命而不是面对上帝的一种道德存在；自然观的变化：从十八世纪时自然神论的、有目的的、即便是机械论的世界转向十九世纪的决定论的、科学的、非人性的、无人性的世界"③。对美学要素给予与历史要素同样甚至更多的重视可以别林斯基对文学批评的见解来概括之。他说："确定一部作品的美学优点的程度，应该是批评的第一要务。当一部作品经受不住美学的评论时，它就已经不值得加以历史的批评了；因为如果一部艺术作品缺乏非常重要的历史内容，如果在它里面，艺术本身就是目的，那么，它毕竟还可能具有哪怕是片面的、相对的优点；可是，如果它虽然具有生动的现代兴趣，却并不标志着创作和自由灵感的痕迹，那么，它无论在哪一方面都不可能具有任何价值，它即使具有迫切的兴趣，当强制地在跟它格格不入的形式里表现出来时，这兴趣也将是毫无意思的、荒谬绝伦的。……不涉及美学的历史的批评，以及反之，不涉及历史的美学的批评，

---

① ［英］华兹华斯：《〈抒情歌谣集〉1800 年版序言》，载伍蠡甫主编：《西方文论选》下卷，上海译文出版社 1979 年版，第 18 页。

② ［美］R. 韦勒克：《文学思潮和文学运动的概念》，刘象愚选编，中国社会科学出版社 1989 年版，第 248—249 页。

③ ［美］R. 韦勒克：《文学思潮和文学运动的概念》，刘象愚选编，中国社会科学出版社 1989 年版，第 249 页。

都将是片面的，因而也是错误的。"① 当然，我们不能把别林斯基的见解仅仅理解为批评观念，它其实代表着主潮型文学思潮中具有普遍支配性的文学规范观念。

（三）文学观念反传统的强烈创新性和影响的广阔深远

浪漫主义的文学观把传统的摹仿说这面"镜子"打破了，而视文学为个性情感的表现，并为个性、情感而服务之"灯"。浪漫主义所运用的一些概念和艺术手法尽管在传统的文学中也曾存在过，例如"关于诗和诗的想象功能和性质的相同概念，关于自然与人的关系的同一概念，还有基本上相同的诗歌风格，及其对比喻、象征手法和神话的使用"等等，在 18 世纪就可以见到，然而却"与 18 世纪的新古典主义的用法是截然不同的。如果注意到其他一些经常被人讨论到的因素：主观主义、中世纪风格、民间文学等等，则这个结论也许可以加强或者修正。但是下面三个标准应该是特别令人信服的，因为每一个标准对于文学实践的某一个方面来说都至关紧要：想象力之对于诗歌观点，自然之对于世界观，象征和神话之对于诗歌风格"②。对想象和象征的重视及其概念，在韦勒克看来是浪漫主义文学思潮的特点，也是考察浪漫主义文学的依据和标准。就浪漫主义文学思潮的理论和创作现象而言，这一认识是正确的。但与传统的文学规范观念比较起来，浪漫主义文学思潮的特征似乎还可以进一步作出更抽象一点的概括，这就是从普遍到特殊，从一般到个别。传统关心的是普遍、一般，而现代的总体理性方向是对一般、普遍概念的抵制，转而关心个别和特殊。这正是现代与传统的最核心的掌握世界的方式和价值取向的区别，它体现在人类活动的各个领域中。浪漫主义文学思潮推重的情感、想象和象征，体现了这一重特殊反一般的时代精神。讲求真实、客观、历史的现实主义文学思潮尽管在文学观念上与浪漫主义对立，但在重特殊反一般这一掌握世界的思维方式和价值取向上却是完全一致的。

① ［俄］别林斯基：《别林斯基选集》第三卷，满涛等译，上海译文出版社 1980 年版，第 595 页。

② ［美］R. 韦勒克：《文学思潮和文学运动的概念》，刘象愚选编，中国社会科学出版社 1989 年版，第 142 页。

现实主义文学思潮的发生一般以为始于 19 世纪 30 年代的法国，从"全欧性"的特征来说，这样界定并没有错。但是，作为思潮的产生，在形成全欧性的兴盛之前，现实主义文学思潮已存在于 18 世纪的英国，在浪漫主义文学思潮出现之前，与浪漫主义一致的反一般重个别的个人主义和独创性的思潮特征已体现在以笛福、理查逊和菲尔丁的现实主义小说创作为中心现象的文学活动中。伊恩·P. 瓦特在《小说的兴起》一书中从情节的运用、人物的取名、时空背景的设置和语言的风格这几个方面揭示了英国现实主义小说所具有的与传统相对立的重视个性、特殊性的现代特征。18 世纪初期的批评传统还受古典式的对一般性和普遍性的强烈情绪所支配，文学的适当对象是传统的情节、人物和故事。反传统而重特殊性的美学观点出现在霍布斯和洛克的心理学方法在文学上的运用之后，卡姆斯勋爵在其《批评要素》（1762）中就明确否定抽象性、一般性对文学具有积极作用，而宣称"想象所能构成的只能是特殊对象"[1]。然而，距此理论观点出现更早之前，笛福和理查逊就已在他们的小说创作中确立了这一反传统而重个性特殊性的文学方向。在情节方面，从古希腊罗马的作家一直到乔叟、斯宾塞、莎士比亚和弥尔顿等人，他们创作中的情节都取自历史、传说或先前的文学作品。这样做的原因在于他们"接受了他们所处时代的普遍的认识前提；因为大自然是基本上完整不变的，因此，关于它的记录，无论是《圣经》上的、传奇中的、还是历史上的，都构成了人类经验的确定不移的全部组成部分"[2]。而笛福最早地抛弃了这种传统，在他的小说创作中创始了虚构故事的重要的新倾向：情节采用自传体回忆录的模式，强调在小说中占首要地位的是个人经验。他的第一部小说《鲁滨逊漂流记》的情节就是根据一位苏格兰水手被遗弃在荒岛上的真实事件而构思的。笛福之后，理查逊、菲尔丁继承了这种非传统情节的运用，他们作品的情节"或是完全虚构的，或是部分以当代事件为基础

---

[1]　[美] 伊恩·P. 瓦特：《小说的兴起》，高原等译，生活·读书·新知三联书店 1992 年版，第 10 页。

[2]　[美] 伊恩·P. 瓦特：《小说的兴起》，高原等译，生活·读书·新知三联书店 1992 年版，第 7 页。

的"①。人物性格的塑造与情节设计一样是小说的重要成分，伊恩·P. 瓦特从人物取名这一现象说明现实主义小说所具有的反传统的特征。18 世纪以前，文学作品中的人物虽然也有专名，但其基本倾向是文学化、传统化。也就是说，这种专名是历史的类型化的名字，主要取自过去的文学作品，而不是取自当代生活环境。文艺复兴以来的情况有所变化，拉伯雷、锡德尼、班扬、李利、阿夫拉·贝恩和曼利夫人的作品中人物的名字似乎是特殊的，但他们往往是有名无姓，因而既不独特也不现实，表明作者"并非努力确认他的人物是完全个性化的存在"，运用这些名字，只是"指明特殊品质"或"古代的"、"文学上的含义"，"它们排斥了任何对当代生活的暗示"②。现实主义小说中的人物却完全不同，笛福小说中的主要人物几乎都既有名又有姓，完整而又现实。理查逊更细心，他的作品中所有的主要人物甚至次要人物都有名有姓还有教名，听起来真实可信，又符合人物的个性。笛福等作家以与传统完全不同的方式——按照日常生活中给特殊的个人取名的方式为人物取名，代表性地说明了文学观的转换，也就是说他们把自己笔下的人物都视为特殊的个人，而不是一种类型。个性与时间、空间有密切的关联，小说中的人物只有处于某种特殊的时间和空间背景中才有可能是个性化的人物。传统作品并不关心时间，潘奈洛佩与丈夫奥德修分别了二十年，"起码也有四十多岁了，这时她还被许多求婚的年轻人包围，已经是不大可能的事；等到刻尔吉的儿子帖雷恭诺长大成人时，潘奈洛佩恐怕总有六七十岁了，又嫁给年轻的帖雷恭诺做他的妻子就更荒谬了"③。莎士比亚剧作在时间安排上犯过"时代错误"，从古希腊悲剧到 17 世纪，不少作品的时间尺度都含混不清。而古典主义"三一律"中规定悲剧的剧情应限制在 24 小时内的"时间一致性"，就

---

① 　[美] 伊恩·P. 瓦特：《小说的兴起》，高原等译，生活·读书·新知三联书店 1992 年版，第 8 页。

② 　参见 [美] 伊恩·P. 瓦特：《小说的兴起》，高原等译，生活·读书·新知三联书店 1992 年版，第 12—13 页。

③ 　杨宪益：《〈奥德修纪〉译本序》，载 [古希腊] 荷马：《奥德修纪》，杨宪益译，上海译文出版社 1979 年版，第 7 页。

是"对人类生活中时间尺度重要性的一种否定。因为，与古典主义的现实存在于无时间的一般性之中的世界观相一致。……它们的作用是吞没我们日常生活的意识，以使我们做好面对永恒的准备。……它们基本上是与历史无关的"。① 这就是运用无时间的故事反映不变的道德真理的"按照价值"描写"生活"的传统文学观。笛福等现实主义小说家却是"按照时代"描写"生活"。"笛福似乎是我们的作家中第一个使其全部事件的叙述具体化到如同发生在一个实际存在的真实环境中的作家"，"理查逊非常精心地将所叙述的所有事件都置于一个前所未有的详细的时间表里"。② 这样做可使小说的结构更严谨，但重要的是通过特定时空环境更能突出人物的个性。在语言风格方面，传统作品追求浮华绚丽，或如法国古典主义之强调优美、简洁。而笛福、理查逊他们采用的是平铺直叙的文体，不避重复、冗长，这样做要达到的唯一目的，就是使读者相信他们所写的东西完全是"真实的"，突出描写对象的具体特殊性。所以，现实主义小说作家从笛福、理查逊到巴尔扎克、哈代、陀思妥耶夫斯基，"通常以并不优美的文字写作，而且时而直接采用粗俗的语言"③。瓦特在该书最后一章肯定英国现实主义小说在现实主义文学中的开拓性地位，指出笛福、理查逊等 18 世纪小说家与后来的现实主义作家之间具有相似性，确认他们已"形成了一种文学运动"，他们都是这一文学运动的成员，司汤达、巴尔扎克是在继承笛福、理查逊等英国前辈开拓的文学新传统的基础上才成为比他们的前辈更伟大的作家的。④ 瓦特的精细分析不仅揭示了英国 18 世纪现实主义小说的特征和现实主义文学思潮的统一性，还见出该思潮超越国界的广阔深远的强大影响力。浪漫主义、现实主义

① 参见〔美〕伊恩·P. 瓦特：《小说的兴起》，高原等译，生活·读书·新知三联书店 1992 年版，第 17 页。

② 参见〔美〕伊恩·P. 瓦特：《小说的兴起》，高原等译，生活·读书·新知三联书店 1992 年版，第 21、19 页。

③ 〔美〕伊恩·P. 瓦特：《小说的兴起》，高原等译，生活·读书·新知三联书店 1992 年版，第 26 页。

④ 参见〔美〕伊恩·P. 瓦特：《小说的兴起》，高原等译，生活·读书·新知三联书店 1992 年版，第 344—346 页。

文学思潮在现代确实是世界性的，无论在其所波及的欧美各国或在中国等东方国家，都具有共同的反传统的强烈创新性特征，而且在不同的时间不同程度地成为支配各国文学活动的主潮。

鲁迅在 1908 年发表的《摩罗诗力说》里系统地将拜伦等浪漫主义诗人介绍到中国，浪漫主义因此而成为最早影响中国现代文学的西方文学思潮。1921 年，郭沫若的诗集《女神》和郁达夫的小说集《沉沦》出版，成为五四时期中国浪漫主义文学思潮的代表作品。不过，如同俄国一样，浪漫主义文学思潮在中国延续的时间和影响也极为有限，能否称为主潮存在着争议。但其后的现实主义文学思潮在中国现代文学活动中所处的主流地位却是无法否认的。中国的现实主义文学思潮可分为两个阶段，前一阶段从 20 世纪 20 年代到 30 年代，其文学规范体系包含两个外来影响之源：一是法国的理论形态思想要素，二是俄国 19 世纪批判现实主义文学的大量优秀作品。后一阶段是 20 世纪 30 年代以后受苏联的社会主义现实主义影响，中国的现实主义文学思潮发生了变化，为了适应时代的需要，逐渐受政治所支配。后来还提出了"革命现实主义和革命浪漫主义两结合"的原则，实际上与苏联的"社会主义现实主义"原则没有什么不同。无论人们对这一原则指导下的文学活动有多少不同的评价，作为一种支配性的文学主潮却是毋庸置疑的。由此看来，现代形态——主潮型的文学思潮在中国不应以 1949 年——现代文学的下限为界，而应延后至文化大革命结束的 20 世纪 70 年代末 80 年代初为止。

印度学者虽然强调印度现代文学的"浪漫主义"概念与西方不同，但也承认其浪漫主义文学思潮吸收了 19 世纪西方（英国）浪漫主义思潮的成分，不管两者有无直接的影响关系，在 20 世纪两次世界大战中间的 20 年里，浪漫主义成为现代印地语印度文学的主潮，那是不争的事实，其影响之广泛可谓空前绝后。[①]

---

① 参见刘安武编选：《印度现代文学研究》，中国社会科出版社 1980 年版，第 44 页。

四、当代的多元型

20 世纪具有国际性影响的文学思潮，无疑是现代主义和后现代主义。不过，无论是现代主义还是后现代主义，都不是前一历史阶段上的浪漫主义或现实主义那样的主潮型文学思潮。也就是说，浪漫主义和现实主义是具体的、个别的文学思潮，而"现代主义"和"后现代主义"却不是具体的、个别的文学思潮，而是文学思潮的历史类型名称，各自包含着多个具体的、个别的文学思潮，因而具有明显的多元性。

现代主义一般被认为是文学运动、文学流派或者时代风格的总称。也就是说，现代主义包含着许许多多的文学运动以及与之紧密相连的文学运动的主体——文学流派、文学集团。诸如象征主义、意象主义、印象主义、表现主义、未来主义、立体主义、达达主义、超现实主义等等，这些运动或流派的性质并不一致，有些还是相互矛盾的对立面。特定的文学观念规范体系伴随着这些文学运动或流派的运作而得以传播、流行、增殖成潮。由此可知，现代主义并不是浪漫主义、现实主义那样的"主义"。无论是从其文学观念规范体系还是从文学思潮生成、发展、存在的样态来说，"现代主义"与其前各历史阶段的文学思潮相区别的一个主要的类型特征就是多元性。所谓"多元"，也就是说，不管从何种角度来看，现代主义文学思潮都呈现着无限的复杂和多样。在这里，我们至少不能无视它最基本的两个层面的含义：一是支配文学思潮的文学观念规范体系的五花八门；二是在此基础上形成、存在与发展的文学思潮形态的多种多样。

标志着从主潮型文学思潮向多元型转换的象征主义在 19 世纪末出现，在象征主义者心目中，文学既不是浪漫主义者所说的"强烈情感的自然流露"，也不是现实主义者所主张的历史和现实的客观、真实的记录。文学是什么呢？是梦幻，是谜，是象征。他们的创作追求的是隐喻和暗示。马拉美说，事物存在于暗示之中，诗必须永远是个谜。因而他的诗作漫无中心，句法古怪而讲究，他要创造的是令人迷惑不解的"奇文"，目的就是要让人"一点一点地去猜想"。所以，象征主义者的创作对神秘性、多义性和音乐性有着强烈的迷恋和追求。

意象主义的文学观本来受象征主义的影响，但逐渐演变为反象征主义的思潮。庞德意识到："象征主义者处理的是'联想'，也就是某种程度上的引喻，几乎是比喻。他们把象征降低到词的地位。他们把象征变成换喻的一种形式。譬如，你用'十字架'一词表示'考验'的意思，你就成为十足的'象征主义者'了。象征主义者的'象征'含义是固定不变的"，而他主张的意象主义诗歌"仿佛就是绘画或雕刻'走进说话里来'"，"某一景物引起诗人的感兴，他就挑选某些意象，把它们并列在彼此分离的诗行里，借以暗示或呼唤出他感觉到的那种状态，……两个可见的意象形成一种不妨叫作视觉和弦的东西。它们联合起来提示一个和两者都不相同的意象"，即"表现某一时刻理智和感情的复合"。意象是情感的"对等物"，是事物间的关系所固有的。① 庞德的《在一个地铁车站》这首只有两句的短诗："人群中这些面孔幽灵一般显现，湿漉漉的黑色枝条上的许多花瓣。"② 也就是意象主义文学观最形象的阐释。如果没有作者的说明，谁能猜到与"湿漉漉"的黑色枝条上的花瓣这一意象并置的幽灵般的"面孔"竟是妇女儿童的美丽脸庞呢？又有多少人能顺利解读诗人在地铁车站瞬间由于"理智和感情的复合"而产生的这一直觉意象"方程式"？③

表现主义则产生于对只注重描绘外在事物的印象主义画派的不满，他们主张抛弃事物的表象，而直取事物的本质，认为文学应是这种直接本质的

---

① 参见［英］马·布雷德伯里、詹·麦克法兰编：《现代主义》，胡家峦等译，上海外语教育出版社 1992 年版，第 210—211 页。

② 袁可嘉等选编：《外国现代派作品选》第一册（上），上海文艺出版社 1980 年版，第 130 页。

③ 1916 年，庞德在《高狄埃-布热泽斯卡：回忆录》中说到这首诗的创作经过：三年前他在巴黎一个地铁车站走出车厢，突然间接二连三地看到好几位美女还有一个儿童的漂亮面孔！然后一整天他都在努力寻找能表达自己这种突发感受的文字，晚上忽然找到了一个方程式——"不是用语言，而是用许多颜色小斑点。……这种'一个意象的诗'，是一个叠加形式，即一个概念叠在另一个概念之上"。于是，他赶快写了一首三十行的诗，却不满意，然后销毁了；半年后又写了一首十五行的诗，还是销毁了；一年后才写成现在这首只有两句的日本和歌式的短诗。参见袁可嘉等选编：《外国现代派作品选》第一册（上），上海文艺出版社 1980 年版，第 130 页。

表现。这种本质并不是客观的，而是主观的感受和幻象，是主观感受的真实。未来主义以一种极端的历史虚无主义反叛传统，他们叫嚷要"摧毁博物馆、图书馆，同道德主义、女权主义以及一切机会主义和功利主义的卑鄙作斗争"，因为博物馆、图书馆和学院"都是些浪费精力的墓地，消灭理想的受难场合，使尝试遭到失败的坟台"。文学应该讴歌"机器文明"、"速度"和"力量"，甚至"野性"和"战争——使世界健康化的唯一手段——军国主义、爱国主义、无政府主义者毁灭一切的手臂，杀生的优美思想，对妇女的蔑视"。① 艺术家应该像"魔术师"或"巫师"那样通过幻象来表现这一切。

超现实主义的文学观则是无意识的"自由表达"。超现实主义创作不过是"一种不受理智的任何控制、排除一切美学的或道德的利害考虑的思想的自动记录"②。

　　……

作为文学思潮或文学流派、文学运动，它们既互相区别又相互渗透、纠缠、重叠，甚至和过去的思潮成分相混合，显示出鲜明的复杂性和矛盾性。"现代主义在大多数国家里是未来主义和虚无主义、革命和保守、自然主义和象征主义、浪漫主义和古典主义的一种奇特的混合物。它既歌颂技术时代，又谴责技术时代；既兴奋地接受旧文化秩序已经结束的观点，同时面对这种恐怖情景又深感绝望；它混合着这些信念：既确信新的形式是逃避历史主义和时代压力的途径，又坚信他们正是这些东西的生动表现。"③

对于后现代主义和现代主义的关系问题，存在着种种不同的认识。有人只看到二者的承续性和一致性，有人强调二者的对立和相悖。相比之下，

---

① 伍蠡甫主编：《现代西文文论选》，上海译文出版社 1983 年版，第 65、64 页。
② 《超现实主义宣言》，载《法国作家论文学》，王忠琪等译，生活·读书·新知三联书店 1984 年版，第 66 页。
③ ［英］马·布雷德伯里、詹·麦克法兰编：《现代主义》，胡家峦等译，上海外语教育出版社 1992 年版，第 32 页。

作为上述两种观点的综合的第三种视野——既承认二者的差异又不否定二者的承续性和一致性——似乎更合理、更客观。后现代主义理论家哈桑和杰姆逊都从历时和共时的维度分析了后现代主义与现代主义的异同。

哈桑把20世纪的文艺发展归纳为三种模式的嬗变：先锋模式、现代模式和后现代模式，三者先后承续，以否定之否定的轨迹显示着其间的历史联系。先锋模式是20世纪初先锋派艺术活动的模式，在他们的创作、宣言和怪诞的行为中，体现出强烈的行动主义和无政府主义倾向，作为艺术运动虽然显赫壮观，风行一时，却没有留下什么艺术成就。现代模式即现代主义艺术活动模式，比先锋派更稳定、更有深度，出现了一批伟大的作家，留下了经典性的创作。后现代主义则否定了现代主义的深度模式，而代之以游戏的、平面并置的解构新模式。为了在共时态方面展示后现代主义和现代主义的差异，哈桑列出了一个二项对立的图表，内容涉及三十多个方面，详细地区别了两者的不同。作为对这个图表不足的补充，哈桑进一步指出"不确定性"和"内在性"是后现代主义的根本性构成原则和特征。哈桑的分析很清晰明了，但杰姆逊对后现代主义与现代主义的比较似乎更高明。因为他在历时维度的考察中，坚持运用马克思主义的基本观点，按照生产方式决定意识形态的关系这一原理，分析后现代主义和现代主义的历史联系和区别。同时，他不是以抽象的议论，而是结合具体的文艺作品，通过精细的分析，深入浅出地阐明后现代主义与现代主义或现代主义与现实主义艺术和文化在共时维度上的相对特征。杰姆逊将马克思主义的基本观点和西方当代最新理论成果——曼德尔、德鲁兹、加塔里和里斯曼等人的文化分期见解——融合起来，提出了资本主义社会三阶段文化分期的主张。他认为，第一是国家社会主义阶段，形成了国家的市场，这就是马克思写《资本论》的时代。第二是列宁所论述的垄断资本或帝国主义阶段，在这个阶段形成了不列颠、德意志等帝国。第三阶段则是第二次世界大战之后的资本主义，主要特征可概括为晚期资本主义，或多国资本主义。这三个阶段的文化有各自的特点，文艺也就具有各自的准则。第一阶段的艺术准则是现实主义的，第二阶段便是现代主义，第三阶段则是后现代主义。这三个阶段在欧美呈历时性承续，而在第三世界各国，则是三种不同时代并存或交叉的时代，文化具有不同的发展层次。① 现实主义、现代主义和后现代主义既是不同历史阶段的艺术准则，同时也是时代的美学风格、文化风格，分别反映了人们在三个阶段的不同的心理结构，标志着人的性质的三次改变或曰"革命"。由于引进了德鲁兹关于社会发展的信息理论和里斯曼在《孤独的人群》一书中对社会形态的划分及其所使用的"引导"概念，使杰姆逊的文化理论具有他人难以相比的深刻性。

不过，从文学思潮的历史形态这个角度来说，现代主义和后现代主义应该都属于一个类型，因为两者都具有基本一致的内在特征。

（一）重视理论与批评

如果说浪漫主义和现实主义文学思潮在结构上以配置的均衡为特点，那么，在现代主义和后现代主义文学思潮，则又出现了新的倾斜。这种倾斜与近代以前的文学思潮结构的不均衡状况正好相反，不是重创作和接受，而是重理论和批评，创作和接受在比例、成就和价值上都处于次要地位。韦勒克认为，20 世纪是"批评的时代"，其理由是"我们不仅积累了数量上相当可观的文学批评，而且文学批评也获得了新的自觉性，取得了比从前重要得多的社会地位"②。韦勒克的"批评"概念不仅是指对作品和作家等文学现象的种种评价，而且更主要的是指"迄今为止有关文学的原理和理论，文学的本质、创作、功能、影响，文学与人类其他活动的关系，文学的种类、手段、技巧，文学的起源和历史这些方面的思想"③。他正是基于文学理论和文学批评思潮在 20 世纪文学思潮整体结构中所占据的主导地位这一实际情况，才得出 20 世纪是"批评的时代"这个结论的。现代主义、后现代主义文学

---

① 参见 ［美］杰姆逊：《后现代主义与文化理论》，唐小兵译，北京大学出版社1997年版，第6、7页。

② ［美］雷内·韦勒克：《20 世纪文学批评的主要趋势》，载 ［美］雷内·韦勒克：《批评的概念》，张今言译，中国美术学院出版社 1999 年版，第 326 页。

③ ［美］雷纳·韦勒克：《近代文学批评史》（中文修订版）第一卷，杨自伍译，上海译文出版社 2009 年版，"前言"。

思潮总体结构倾斜于理论与批评思潮，具体表现在：

1. 理论、批评思潮具有鲜明的独立性。一是理论家、批评家不再是 19 世纪以前的作家主体，20 世纪有影响的理论家、批评家多是大学教授。作家主体时代的理论与批评，一般是创作经验、创作主张的自我阐述，或个人印象和直觉的作品评价，缺乏系统性、严密性。专业理论家、批评家的理论、批评，大都有成套的理论，能读出和说出作家不懂的东西。二是由于理论和批评摆脱了对创作的依赖性，不再是创作的附庸，因而得以成为独立的学科，作为文学思潮往往领先于或超越于创作思潮。萨特的文学创作从属于他的存在主义哲学理论体系，主要作为其理论的图解而存在，其叙述的本身即如哲学的抽象、晦涩。三是理论、批评的特立独行。艺术理论本来是对艺术实践的总结，是依赖于艺术实践而形成的，而在现代和后现代，整个关系颠倒了过来。某物能否作为艺术，并不依赖于它本身，而要由某种理论对它进行裁决，理论作用无形中被夸大。理论、批评甚至抛开作品与创作，不再为作品和创作服务，而有自身的目的和功能，理论本身成了创作，取代创作。

2. 由于理论、批评成为 20 世纪文学思潮的中心，研究的对象也发生了变化，已从以前的创作经验中心转移到文本、语言；甚至从阅读的作品缩小到作品的阅读，出现以读者为中心的接受美学。

3. 理论、批评思潮的多元复杂。一是哲学基础的多元，不同的理论、批评思潮有不同的甚至多种哲学基础。二是理论、批评与其他学科互相渗透，如结构主义与索绪尔语言学，神话—原型批评与人类学和分析心理学，接受美学与阐释学等等。三是由前述原因而形成了各种各样的理论、批评流派，出现了繁多的理论、批评思潮。

（二）对历史和美学要素的毁灭性颠覆

现代主义和后现代主义文学思潮对传统文学观中的美学观点和历史观点彻底反叛，进行了毁灭性的破坏和颠覆，都具有强烈的反艺术、反美学、反历史、反文化的非理性主义倾向。什么是文学？什么是艺术？传统的文学、艺术观在 20 世纪已全面崩溃。在现代主义者眼中，艺术不过是"纯粹的精神的无意识活动"，是"不受理性的任何控制，又没有任何美学和道德的偏见时，思想的自由活动"。文学创作就是一种无意识的自由书写，"在思想最易集中的地方坐定后，叫人把文具拿来。尽量使自己的心情处于被动、接纳的状态。不要去想自己的天资和才华，也不要去想别人的天资和才华。一遍又一遍地对自己说，文学确是一条通向四面八方的最不足取的道路。事先不去选择任何主题，要提起笔来疾书，速度之快应使自己无暇细想也无暇重看写下的文字。开头一句会自动跃到纸上；不言而喻会这样，因为下意识的思想活动所产生的句子无时无刻不在力图表达出来。"① 对传统的艺术观念和艺术规则已不屑一顾，艺术创作最重要的成分是"反叛"，或者说艺术就是反叛，反叛就是艺术。到了后现代主义者那里，文学创作的自由表达更上升到怎么写都行的无拘无束，可知二者艺术观的一脉相承之处。也因此，20世纪艺术与非艺术的界限越来越模糊，艺术的泛化、非艺术化趋向越来越明显。正如迪尚把一只小便池命名为"喷泉"当作艺术品提交艺术博物馆要求展出那样，现代主义艺术观的核心就是"反艺术"。迪尚把小便池作为艺术品，"决非为了满足我们的静观，……重要的是这一提交的姿态以及这一姿态的理由，而不是这一姿态所涉及的对象。在这种姿态中存在着一种对审美的否定"②。这样的审美否定即"反叛"，它直接导致的结果是否定艺术作品的存在，"存在的唯有艺术情景。一种没有艺术作品的艺术，这也就是'最伟大的新奇'"③。后现代主义也不把艺术视为静观的对象，而是行动和参与的艺术。后现代主义文学作品的一个显著特征是"种类混杂"，是一种大杂烩式的专事拼凑、仿作的"副文学"，"题材的陈腐与剽窃，拙劣的模仿与东拼西凑，通俗与低级下流使艺术表现的边界成为无边的边界。高级文化与低级文化混为一缸，在这多元的时刻，所有文体辩证地出现在一种现在与

---

① ［法］布勒东：《什么是超现实主义？》，载伍蠡甫主编：《现代西文文论选》，上海译文出版社1983年版，第169页。

② 朱狄：《当代西方艺术哲学》，人民出版社1994年版，第56页。

③ 朱狄：《当代西方艺术哲学》，人民出版社1994年版，第59页。

非现在、同一与差异的交织之中"①。纳博科夫的小说代表作《洛丽塔》由忏悔录、日记、诗、证词、剧作说明和广告解说等文体构成，极力摆脱传统小说以情节、人物为中心的叙述模式，而刻意对他视为庸俗的形式进行"揶揄式模仿"。品钦的长篇小说《万有引力之虹》篇幅浩大，人物达四百多个，却没有中心情节，在五花八门的零散插曲与作者的讨论中拼凑了数学、物理学、导弹工程学、性心理学、艺术等等内容，展示出一个支离破碎的邪恶世界。巴思的《迷失在开心馆中》大部分篇幅是在讨论文学理论和语言学知识，与纳博科夫的《微暗的火》一样混淆了小说和学术著作的界限。文学艺术的反历史、非人性化，更体现了一种极端的虚无主义。现代主义已"逐渐消除浪漫主义和自然主义创作中突出的人性因素、过多的人性因素"②，而在后现代主义那里，不仅"上帝"死了，"作者"死了，连"人"也死了！后现代主义艺术家沃霍尔有一句名言：我想成为机器，我不要成为一个人，我要像机器一样作画。"因为当代西方的'个人'或'人格'已完全无意义了，人们急于扔掉这个人格。"③乔伊斯认为历史是一场噩梦，他的《尤利西斯》呈现在艾略特眼里就成为"无意义和无政府状态的巨幅全景"④。后现代主义认为历史只是纯粹的形象和幻影，历史事件不过是照片、文件和档案。这种极端的虚无主义，使现代主义和后现代主义艺术家唾弃一切，包括自己在内，世界和艺术本身都是乌有、真空和空虚。杰姆逊告诉我们，现代主义所处的时代是焦虑的时代，现代主义文艺表现的中心内容是人的焦虑情绪。而后现代主义表现的是：在一切都商品化的后工业社会中由于过度工作而导致的人们的"耗尽"。尽管"焦虑"或许还存在着强烈的人性诉求，但其归宿不外乎尼采一样的精神失常，梵高那样的疯狂、自杀。后现代的"耗尽"是一种"零散化"，人

---

① 哈桑语，见王岳川：《后现代主义文化研究》，北京大学出版社 1992 年版，第 260 页。

② 〔英〕马·布雷德伯里、詹·麦克法兰编：《现代主义》，胡家峦等译，上海外语教育出版社 1992 年版，第 10—11 页。

③ 〔美〕杰姆逊：《后现代主义与文化理论》，唐小兵译，北京大学出版社 1997 年版，第 206 页。

④ 〔英〕马·布雷德伯里、詹·麦克法兰编：《现代主义》，胡家峦等译，上海外语教育出版社 1992 年版，第 11 页。

在吸毒状态般的"幻游"的噩梦中成为自己也无法忍受的无数碎片，① 这种自我的消失与现代主义的疯狂和自我毁灭，实质上并无二致。

反艺术与反美学是紧密关联的。迪尚提交小便池作为艺术品的行为，对审美的否定不是孤立的、偶然的，现代主义和后现代主义都贯穿着反审美的艺术精神。这种精神，既体现在艺术本质观，又体现在艺术价值观和艺术特征等方面。现代主义和后现代主义对传统艺术观的挑战，首先表现为对美的挑战。艺术与非艺术界限的模糊，关键也在于否定美与艺术的必然联系。一位名叫罗伯特·莫里斯的艺术家，竟至于在公证人面前签署《撤销审美的声明》，宣布撤销自己作品的审美特质。他认为，一件艺术品根本不需要去完成，有了构思和意图就已经是艺术，人们无须面对作品去鉴赏，通过"传闻"也能达到鉴赏的目的。贝克特的《呼吸》演出仅 30 秒，但只有帷幕的开合，中间既无故事也无人物，舞台上空空如也，同凯奇的钢琴曲《4—33》这首"沉默音乐"一样，将艺术的取消推到极致。② 由于对美和审美的排斥，丑和审丑就毫不费力地成了现代主义和后现代主义文艺的价值追求。从波德莱尔的《恶之花》开始，20 世纪的艺术进入了一个审丑和嗜丑的时代。在反审美的艺术观指导下创作出来的文艺作品，大多抽象、晦涩、荒诞、神秘，形式和语言混乱，不堪卒读。不确定性和模糊性是现代主义和后现代主义创作的共同特征。反审美的艺术趋向表现在艺术价值观上也与传统完全背离，现代主义艺术家对艺术的泛化，必然导致或者如达达主义和超现实主义者那样宣称，他们的创作没有任何特定的目的，它的用处无法说明。文学不再是至高无上的，它们仅仅是引起幻觉的一种手段而已。③ 或者如乔伊斯、普鲁斯特那样要求"艺术能做一切事情"，要艺术"成为一个没有宗教的社会里的宗教"，他们要写小说的话，"不是想写一堆小说，而是要写一部小

① 参见 [美] 杰姆逊：《后现代主义与文化理论》，唐小兵译，北京大学出版社 1997 年版，第 195、196 页。
② 参见朱狄：《当代西方艺术哲学》，人民出版社 1994 年版，第 57 页。
③ 参见 [英] 马·布雷德伯里、詹·麦克法兰编：《现代主义》，胡家峦等译，上海外语教育出版社 1992 年版，第 306 页。

说，甚至不仅仅是一部小说，而是唯一的一部小说。甚至更进一步，他不满
足于写唯一的一部小说，而是想写出宇宙之书，即包含一切的一本书"。要
写诗的话，也要写出"圣经一样的诗，具有神圣性的书"。概言之，现代主
义要表现的是"绝对"的、最终的真理。① 例如乔伊斯的《尤利西斯》，"就
强调自己是一部'绝对'的作品，所有的一切都包括在里面，任何读者都没
有必要再去读任何其他的书，只有一本书便足够你去阅读、解释、理解的
了，所有的图书馆都是没有用的"。乔伊斯希望自己这部书成为像《圣经》
一样，是唯一的一本书，读者会像读《圣经》那样，没完没了地解读它那无
穷无尽的意义。② 而后现代主义则要消解这样的深度模式，后现代主义作品
不需要解释，也不可以解释，它的内容意义都在表面上完全表达出来了。读
者可以去体验，因为"文学的刺激性就是目的，而不是要去追寻隐藏在后面
的东西"③。现代主义的深度追求和后现代主义的深度模式削平的浅薄化，都
是对传统文学审美属性的否定，同时也是对读者大众的蔑视与背叛。他们主
张，文学作品给读者带来的不应是审美愉悦，"真正的艺术品就是随时让你
感到不舒服"④。卡夫卡说得更形象，他认为，一本书的作用就是要使读者读
到时仿佛被人在头上猛击一拳般震惊，又如同经历了一次极大的不幸，感到
比死了自己心爱的人还要痛苦，或如身临自杀的边缘，感到因迷失在远离人
烟的森林中而彷徨。一本好书就是一把利斧，能划破读者心中的冰海。⑤ 后
现代主义无论是理论、批评还是文学创作，都不再关心思想，而只注重于表
述，注重于语言，他们不需要读者的理解，写作只是自己的欲望的实现，只
是个人的一种生活方式。文本的出现不是绝对必需的、非有不可的，文本的

---

① 　参见［美］杰姆逊：《后现代主义与文化理论》，唐小兵译，北京大学出版社 1997 年版，第
　　175 页。
② 　参见［美］杰姆逊：《后现代主义与文化理论》，唐小兵译，北京大学出版社 1997 年版，第
　　199—200 页。
③ 　［美］杰姆逊：《后现代主义与文化理论》，唐小兵译，北京大学出版社 1997 年版，第 201 页。
④ 　后现代主义小说家罗伯-格里耶语，参见何帆等编选：《现代小说题材与技巧》，中国文联出
　　版公司 1989 年版，第 160 页。
⑤ 　参见鲍维娜等：《小说：作家心理"罗曼史"》，青海人民出版社 1990 年版，第 213—214 页。

书写不过是文字游戏，写出来的文本也如同玩具，一种商品。你喜欢就玩一玩，不喜欢就扔了它，再换一个。

（三）现代主义和后现代主义文学思潮的过渡性

20世纪的文学艺术无疑是文艺史上的大变革，出现了与传统文艺迥异的全新面貌。这种变革，有人认为是文艺的解体、退化、崩溃，是灾难，"它新颖得令人震惊，令人困惑"，连罗兰·巴特也认为，从1850年左右开始，"传统的写作崩溃了，从福楼拜到今天的整个文学都成了语言的难题"。丹尼尔·贝尔忧心忡忡地写道："抹杀艺术和生活的界限是艺术种类分解的更深入的一个方面，绘画转化成行动艺术，艺术从博物馆移入环境中去，经验统统变成了艺术，不管它有没有形式。美其名曰讴歌生活，这一进程却大有毁灭艺术之势。"[1] 也有人将20世纪的文艺比作大地震，是一种"灾变性的大动乱"，这些震动似乎颠覆了我们最坚实、最重要的信念和设想，把过去时代的广大领域化为一片废墟。[2] 地震的主要特征就是破坏，现代主义和后现代主义的反艺术、反美学、反文化无疑是对传统文艺观的全面颠覆，所造成的破坏性使海德格尔这样的大思想家也惊呼："伟大的艺术连同其本质已离开人类；近代艺术正经历慢性死亡。"[3] 但是，对文学艺术的悲观绝望是片面的，现代主义和后现代主义的出现虽然意味着一次巨大的文艺地震，然而，毁灭性的破坏给人类带来的不只是损失，在"整个文明或文化受到质疑"的同时，"也激励人们进行疯狂的重建工作"。[4] 如果说传统的文艺大厦在大震中变成了废墟，那么，在灾难中存活下来的人们就会从这片废墟中找来一切能用的材料，建成简易的帐篷、棚舍，暂时栖身其中。这些简易住居与原来的建筑简直无法相比，它可能四不像，你无法用原来建筑的概念来界

① [美] 丹尼尔·贝尔：《资本主义文化矛盾》，赵一凡等译，生活·读书·新知三联书店1989年版，第171页。

② 参见 [英] 马·布雷德伯里、詹·麦克法兰编：《现代主义》，胡家峦等译，上海外语教育出版社1992年版，第3—5页。

③ 杨荫隆主编：《西方文论大辞典》，吉林文史出版社1994年版，第76页。

④ 参见 [英] 马·布雷德伯里、詹·麦克法兰编：《现代主义》，胡家峦等译，上海外语教育出版社1992年版，第3页。

定它。现代主义和后现代主义不正像这些简易棚舍吗？但这并不意味着人类和世界的终结，人们将从这些棚舍中走出来，重建新的城市、新的世界。可以说，现代主义和后现代主义文学思潮具有这样一种过渡性特征。在 1888 年发表的《朱莉小姐》中，作者斯特林堡就指出，现代是"比前一时代更歇斯底里的过渡世代"，这个时代的主要精神特征就是"分裂"、"动摇"，"是过去和现在的混合物"。① 波德莱尔也说："现代性就是过渡、短暂、偶然，就是艺术的一半，另一半是永恒和不变。"② 秩序的混乱、破碎、矛盾、不连续性，正是现代的过渡性特征。现代、后现代不是非此即彼的时代，而是"亦此亦彼"与"或此或彼"不分的时代，③ 理性和非理性，理智和情感，主观和客观，"相互渗透、调和、联合与融合——也许是一种爆炸性的融合"，这种融合在文艺中表现为"关心使主观客观化，使头脑里听不见的对话能够听得见或看得见，使流动的东西停止流动，使理性变成无理性，使预料中的事物失去个性，不再为人们所熟悉，使怪僻的行为变成惯常的东西，明确日常生活的心理病理，使感情理智化，使精神世俗化，把空间看成是时间的作用，把物质看成是一种能量的形式，并把不确定性看成是唯一确定的东西"。这种爆炸性的融合，"破坏了有条理的思想，颠覆了语言体系，破坏了形式语法，切断了词与词之间、词与事物之间的传统联系，确立了省略和并列排比的力量，随之也带来了这项任务——用艾略特的话来说——创造新的并列、新的整体；或用霍夫曼斯塔尔的话来说，'从人、兽、梦、物'中创造出无数新的关系"④。变形、杂糅、拼贴，现代主义和后现代主义都采用这些艺术手段，其体现的不确定性、模糊性、矛盾性，正是过渡性文学思潮内在的重要特征。

---

① ［英］马·布雷德伯里、詹·麦克法兰编：《现代主义》，胡家峦等译，上海外语教育出版社 1992 年版，第 33、34 页。

② ［法］波德莱尔：《波德莱尔美学论文选》，郭宏安译，人民文学出版社 1987 年版，第 485 页。

③ 参见 ［英］马·布雷德伯里、詹·麦克法兰编：《现代主义》，胡家峦等译，上海外语教育出版社 1992 年版，第 69 页。

④ ［英］马·布雷德伯里、詹·麦克法兰编：《现代主义》，胡家峦等译，上海外语教育出版社 1992 年版，第 34、35 页。

　　中国有没有现代主义和后现代主义文学思潮的问题曾引起过激烈的论争。否定的一方认为，现代主义和后现代主义是西方现代社会特定环境的产物，中国没有这样的环境，所以现代主义和后现代主义不可以横移过来。这样的论点之所以出现，恐怕主要基于两个原因，一是习惯于机械地理解马克思主义关于经济基础决定上层建筑的原理，以为一定的意识形态的出现，不管在任何时空之中，都必须具有相应的经济基础，把经济基础绝对化为唯一的决定原因，因此必然依据于中国本土还没有西方社会的资本主义"文明"的事实，而否认作为西方社会文明病态的表现形式之一的现代主义和后现代主义可以传入。这种观点的依据相当脆弱，马克思早就明确地提出过艺术发展与物质生产的发展存在着不平衡的关系的观点。如果不承认艺术领域与社会发展之间存在着不平衡关系这一规律，就不能解释农奴制改革前后的俄国社会根本没有 19 世纪上半叶英国、法国那样的资本主义文明，却可以兴起批判现实主义文学思潮，而且其成就远远超过了英法两国，我们也就更不能解释半殖民地半封建的中国社会何以能传入和实践在西欧资本主义社会土壤上产生的马克思主义这一思潮。否认中国可以传入现代主义和后现代主义文学思潮的第二个原因，在于只看到现代主义和后现代主义文学思潮的破坏性，而视之为洪水猛兽，希望拒之于国门之外。这种缺乏辩证思维的片面认识，当然阻挡不了现代主义和后现代主义文学思潮的国际传播。事实上，在中国现代文学中，现代主义文学思潮已经传入，只不过没有成为现代文学的主潮而只是短命的支流而已。到了新时期的八九十年代，现代主义和后现代主义文学思潮的显赫则已有目共睹。不过，新时期的中国文学并不是现代主义和后现代主义文学思潮独霸，现实主义文学思潮仍在发展并占有不可否认的一席之地，但相对而言，在一定时空范围内已失去了在现代文学中的主潮地位。新时期可以说是现实主义、现代主义和后现代主义文学思潮交叉、重叠、共生互长的时期。不像西方那样可以看出较为清晰的分野和时段，这当然是基于社会主义初级阶段和经济全球化时代的复杂现实土壤的历史必然。

　　（四）文学思潮形态的混杂

　　多元性还表现在文学思潮形态的混杂。现代主义、后现代主义主流之外，以前的文学思潮还在以种种方式坚持、延续，现实主义文学思潮在 20 世纪持续发展就是一个鲜明的例子。

现实主义文学思潮由于拥有 19 世纪就已达到登峰造极的雄厚家底，面对后生而一起跨越世纪门槛的现代主义的迅速兴起和在新世纪后半叶生成的后现代主义咄咄逼人的竞争态势，虽有危机和压力并且失去了上一世纪叱咤风云的主流地位，却并未完全失去世家巨子的雍容优雅，失势而不失志，坚持而不固执，在 20 世纪文学史舞台上坚守时代赋予自己的角色。19 世纪现实主义文学思潮上承欧洲传统的摹仿论艺术观，同时吸纳理性主义、实证哲学、进化论、唯物主义以及科学万能主义等等时代意识，主张文学创作应是对外在世界和社会生活现实的真实而客观的再现，通过典型环境和典型细节塑造出典型的人物形象，从而把握和揭示出特定时代的社会生活本质。巴尔扎克、托尔斯泰等大师既是 20 世纪现实主义作家们的垂范，也是他们创新和超越的路标。巴尔扎克的作品对外在现实和人物形象的忠实、客观再现，托尔斯泰的创作对人物心理意识的开掘，都为新世纪现实主义文学创作既坚持对社会生活的忠实再现又顺遂"内向化"的时代潮流奠定了坚实的基础，并昭示了与现代主义非理性主义"内向化"相区别的发展方向；而讲究情节的莫泊桑式与诗意洋溢的契诃夫式两种创作倾向，则直接地影响了 20 世纪的现实主义文学创作。在此基础上，20 世纪的现实主义文学与时俱进，异彩纷呈，既有欧美各国应时的众多流派，又有苏联以及受其影响的世界各国的无产阶级文学和社会主义国家流行的社会主义现实主义文学，更有拉美的魔幻现实主义文学。

仅就短篇小说来看，法国 20 世纪的反战小说、平民主义小说、社会小说、心理小说、历史小说和乡土小说等不同类型中都有现实主义创作，现实主义短篇小说的代表作家是法朗士、巴比塞、莫洛亚、莫里亚克、阿拉贡、杜拉斯等。法朗士是跨世纪的现实主义作家，他的《克兰比事件》(1901)是 20 世纪最早出现的短篇小说杰作，小说通过一个卖菜老人无辜被控罪、罚款、监禁的不幸遭遇，凸显军警、司法的腐败和社会的黑暗。著名心理小说家莫里亚克的现实主义创作已融入现代主义的特色，《苔雷丝求医》

(1933)、《苔雷丝在旅馆》（1933）是他的短篇小说代表作。

英国的现实主义文学在 19 世纪也已取得巨大成就，但短篇小说创作贫乏，直到 20 世纪才迎来蓬勃发展的态势，著名的长篇小说家如威尔斯、高尔斯华绥、劳伦斯等都留下了不少现实主义短篇小说，甚至出现了以现实主义短篇小说创作赢得最高荣誉的毛姆，以及主要创作短篇小说并标志着英国短篇小说艺术成熟的凯瑟琳·曼斯菲尔德，这位女作家同时还是英国现实主义短篇小说内向化新风的开拓者。

美国的现实主义文学包括自然主义，因为自然主义不是非现实主义，而是现实主义的"特殊形式"。现实主义文学在 20 世纪美国贯穿始终，无论现代主义和后现代主义如何喧嚣，也不曾沉默或断绝，并且彼消我长，不失时机地掀起一轮轮的创作高潮。涌现了欧·亨利、厄普森·辛克莱、杰克·伦敦、德莱塞、斯坦贝克、约翰·契佛、菲茨杰拉尔德、海明威等作家创作的大批优秀短篇小说。20 世纪初，首先是豪威尔斯的大力倡导，为现实主义文学在美国的发展作出了卓越的理论贡献。欧·亨利与爱伦·坡一起被誉为美国短篇小说的创始人，欧·亨利的主要成就则在于现实主义短篇小说创作的成功实践为美国打响了 20 世纪文学的头一炮：从 1902 年到纽约直至 1910 年逝世，欧·亨利以几乎每周一篇的速度，八年中发表了三百多篇短篇小说，他以莫泊桑式的曲折情节、结尾出人意料的精巧构思、对小人物的关注赞美和"含泪的微笑"的幽默风格，博得了平民读者的广泛欢迎。在 20 世纪 20—30 年代，美国文学迎来了 20 世纪头一轮繁荣期，虽然现代主义在这个时期的发展使美国文学深受世界瞩目，但以海明威、菲茨杰拉尔德等为代表的"迷惘的一代"的现实主义短篇小说创作的成就也不容忽视。海明威被视为"美国式"作家典范，拥有最多的青年读者。《没有女人的男人》（1927）是他最优秀的短篇小说集，《乞力马扎罗的雪》（1936）是他最杰出的短篇名作，都典型地体现了海明威创作的"硬汉子"气魄和独特的艺术风格。第二次世界大战后，现代主义思潮繁盛渐去，一代新现实主义作家登上美国文学舞台，现实主义再度崛起，与后现代主义共分后半世纪文学江山。战后现实主义由于对战争苦难的根源刻意于心理、道德的探索而被称为"道德现实主义"。至 20 世纪 70 年代，美国现实主义文学流派纷呈，战争文学、犹太文学、黑人文学、南方文学和妇女文学等先后出现。绵延至世纪末的美国现实主义思潮不断发生着与传统现实主义不同的变化，其中也不乏优秀的短篇小说创作。

现实主义是俄罗斯 20 世纪文学的主流。早在"白银时代"（1890—1917），托尔斯泰、契诃夫等老作家和魏烈萨耶夫、库普林、蒲宁和安德烈耶夫等文坛新秀的活跃，标志着跨世纪的俄罗斯批判现实主义文学依然生机蓬勃。安德烈耶夫创作了《红笑》（1905）、《七个绞刑犯的故事》（1908）等一批优秀的短篇小说，将现实主义和现代主义成功地结合在一起，作品"都含着严肃的现实性以及深刻的纤细"，形成了在同时代的俄罗斯作家中最突出最独特的艺术风格，得到了高尔基和鲁迅的高度肯定与赞扬。而高尔基、绥拉菲莫维奇等人的新型的现实主义创作的出现和成功，则宣告了 20 世纪俄苏无产阶级文学——社会主义文学的隆重登场。在斯大林时代，由于"拉普"的极左幼稚病干扰以及日丹诺夫主义的政治高压干预，苏联作家陷入了长期的文学黯淡年代，这种黯淡甚至延续至斯大林去世后的"解冻"时期。尽管如此，阿·托尔斯泰、肖洛霍夫、左琴科、帕斯捷尔纳克、索尔仁尼琴等一批作家在恶劣的艺术处境中，依然成就了自己的现实主义文学事业。左琴科从 20 世纪 20 年代起发表了一大批短篇幽默讽刺小说，由于在小说中揭露了苏联社会的黑暗面，因而不断招来激烈批判。1946 年发表的《猴子奇遇记》被日丹诺夫指责为"仇恨苏维埃制度"的"毒草"，作家因此被禁止发表作品，生存也陷入了困境。1958 年帕斯捷尔纳克因为在境外发表作品并获诺贝尔文学奖，被苏联作协开除会籍，在全国性的大批判和驱逐的威胁下，被迫表示拒绝到瑞典领奖。索尔仁尼琴则在 1974 年背着"持不同政见者"的罪名被驱逐出境。相比之下，肖洛霍夫却是一个幸运者，他在 20 世纪 20 年代以短篇小说集《顿河故事》进入文坛，斯大林逝世后的"解冻"时期又以短篇小说《一个人的遭遇》（1956—1957），开拓了以深沉的人道主义视角反映战争的"新浪潮"文学模式，尽管他的长篇小说代表作《静静的顿河》（1928—1940）曾被怀疑抄袭而引发长期争议，他的小说中也有对苏维埃制度缺陷的暴露，但这一切都并不妨碍他在国内连获殊荣，身居要职，而且在国外也广受欢迎，摘取了 1965 年诺贝尔文学奖桂冠。

20 世纪拉美的现实主义文学思潮也异彩纷呈，有魔幻现实主义、结构现实主义和心理现实主义等不同流派，其中成就最高、影响最大的是魔幻现实主义。由于魔幻现实主义作品中充满神奇、夸张、荒诞的"魔幻"色彩，与现代主义的艺术风格十分类似，而且魔幻现实主义的作家也并不否认自己曾受欧洲现代主义文学创作的影响，因此有人主张将魔幻现实主义视为现代主义或后现代主义。虽然不少魔幻现实主义作家也不承认自己属于魔幻现实主义这个流派，但也反对归入现代主义或后现代主义。魔幻现实主义最杰出的代表、哥伦比亚作家加西亚·马尔克斯就始终坚称自己的创作是现实主义，所谓"魔幻"的东西，恰恰是拉美的现实特征，并非作家的主观硬造。加西亚·马尔克斯宣称在自己所写作的任何一本书里，"没有一处描述是缺乏事实根据的"，无论怎样夸张、幻想，都"百分之百源于现实"。① 拉美魔幻现实主义从 20 世纪 30 年代出现，60 年代达到高峰。代表作家有危地马拉的阿斯图里亚斯、古巴的卡彭铁尔、墨西哥的胡安·鲁尔福、哥伦比亚的加西亚·马尔克斯、智利的伊沙贝尔·阿连德等人，几乎都有长、中、短篇小说创作。其中哥伦比亚作家马尔克斯的长篇小说《百年孤独》（1967）和短篇小说《巨翅老人》（1970）都是公认的魔幻现实主义文学的代表作品。

奥地利的茨威格、印度的泰戈尔等人也是 20 世纪优秀的现实主义作家，都创作有出色的短篇小说作品。

在中国等非西方国家，由于受到全球化的影响，其文学思潮的形态更为复杂，往往广汲博取，内涵丰富繁杂，边界模糊不定，也是当代文学思潮多元性特征之一。②

---

① ［哥伦比亚］加西亚·马尔克斯：《也谈文学与现实》，转引自陈光孚：《魔幻现实主义》，花城出版社 1986 年版，第 153—157 页。

② 中国当代文学思潮的多元性可参看后面第十一章的分析。

第八章
文学思潮与社会思潮

　　文学思潮作为一种观念整体，始终处于文化系统之中，是文化大系统中的一个子系统，是文化系统结构的构成因素之一，因而它与文化系统的种种构成因素尤其是社会意识形态有着多层次多向度的关联，对文学思潮本体的认识，仅仅局限于文学系统内的辨析当然远远不够。因此，还应该在文化系统的大视野内对文学思潮进行共时考察，研究文学思潮与文化系统其他构成因素的关系到底是怎样的状况，才能更深入、更完整地把握其本质、结构、功能、特征及其发生发展的客观规律。

　　广义文化系统起码包含物质、制度和精神三大层面，每一层面与文学思潮都相关，但关系最复杂者似乎是文学思潮与精神层面的各种社会意识形态之间的关系，尤其是各种社会思潮与文学思潮的关系问题，在文学思潮研究中意义重大而又歧见最多，因此，本章将重点讨论这一问题以及与此相关的文学思潮的社会功能问题。

第一节　文学思潮与非艺术思潮

　　从广义来说，人类精神领域中的思潮都是社会思潮，文学思潮仅是其中之一。要分析文学思潮与其他思潮的关系，较方便的分类方法，就是把所有的社会思潮一分为三，那就是文学思潮、艺术思潮、非艺术思潮，在此所说的"艺术思潮"是指文学思潮以外的艺术的思潮，即狭义"艺术"的思潮，并非否认文学本身即艺术之一，文学思潮本身就是一种广义的艺术思潮。文学思潮与狭义艺术的思潮之类型界限主要限于作为艺术之一种的文学在媒介上的语言性与其他艺术样式不同，但在思潮学理的角度内，当然有着需要仔细辨析的复杂同异关系。

一、两种对立观点及其原因辨析

对文学思潮和社会思潮的关系，在承认两者具有紧密联系的共识上，却又存在着两种截然对立的观点。一种观点认为文学思潮是社会思潮的组成部分，或者说文学思潮实际上就是社会思潮在文学上的反映（表现）。例如，17 世纪法国的古典主义文学思潮，就是"要求统一、崇尚理性、强调个人对国家义务的唯理主义社会思潮"在文艺上的"表现"。[①] 欧洲 18 世纪的启蒙主义文学思潮是当时的社会思潮——"启蒙运动思潮"的"主流"，而我国"五四前后的文学革命思潮在五四时期的新思潮中同样是先锋和主流"，"文学革命思潮，不仅是五四时期要求'科学与民主'的社会思潮中的主流，而且又是这一社会思潮中的先驱。中外文艺思潮的实例表明，文艺思潮与社会思潮是密不可分的，文艺思潮常常是社会思潮的主流和冲击力最强的一部分"。[②] 另一种观点则坚决反对文学思潮是社会思潮在文学中的表现（反映）的说法，甚至强调文学思潮"并不等于社会思潮，也不是它的组成部分"[③]。因为，把文学思潮看成是社会思潮在文学中的表现，或把文学思潮视为社会思潮的一部分，只"注重了文学思潮的社会历史和心理基础"，却

---

① 叶易：《中国近代文艺思潮史》，高等教育出版社 1990 年版，第 3—4 页。

② 陈辽：《社会思潮、文艺思潮和文学流派》，载马良春等编：《中国现代文学思潮流派讨论集》，人民文学出版社 1984 年版，第 41—44 页。

③ 陈剑晖：《文艺思潮：关于概念和范围的界说》，《批评家》1986 年第 1 期；周晓风：《论文学思潮的创作方法特征》，《重庆师院学报》（哲学社会科学版）1992 年第 4 期。

"忽视了文学思潮之为文学思潮的特殊性，致使文学思潮的判断缺乏自身的客观标准"。① 这样就直接导致两种错误现象：一是"用社会思潮代替文学思潮"。把文学思潮史看作文学运动史、文学思想斗争史的错误观念，将所有文学思潮按政治判断标准"分为革新的和保守的、进步的和落后的、左的和右的、革命的和反动的两股，然后寻找它们之间斗争、冲突的线索"。"这种观念从根本上说是把文学作为政治思想斗争的附庸和工具的结果"。② 二是以社会政治生活中的重要事件代替社会思潮直至文学思潮。最"典型的例子"是李何林的《近二十年中国文艺思潮论》和朱寨主编的《中国当代文学思潮史》，两书都是"依社会生活重大政治事件划分文学思潮发展阶段"的，这种做法的结果是把文艺思潮史写成了文艺运动史。还使人误以为，文学思潮"只是政治生活变化的被动反映"③。后一观点对前一观点的批评不无道理，但也不无偏颇。其实，在文学思潮与社会思潮关系上的歧见主要渊源于对"文学思潮"和"社会思潮"两个概念的不同理解，并由此导致在历时和共时方面对两类思潮存在形态及其关系的考察失当。这两种观点的持论者对"文学思潮"概念的理解，笔者在本书前面几章已作了基本的介绍和分析，从根本上说，他们对文学思潮的界定都局限在创作思潮层面，不是以波斯彼洛夫的"共同纲领论"为判断标准，就是将文学思潮混同于创作类型，因而在文学思潮的特殊性和独立性的认识上不免片面。再看"社会思潮"，这一概念的内涵与外延是什么，双方都没有明确的界定和论证，似乎是不证自明的概念，而事实上很容易看出他们所说的"社会思潮"并不是一回事。并且，"社会思潮"概念本身目前也尚无公认的权威界定，在使用过程中更易于出现各说各话的歧异。有人主张，社会思潮属于社会意识的范畴，但它又不同于一般的社会意识，它应该是在一定范围内有某种程度的广泛性或群众性，因而在一定时期对社会产生较大影响的社会意识。社会思潮往往要以一定的理论形态或思想形态作主导，但社会思潮又不能等同于理论形态或思想

---

① 周晓风：《论文学思潮的创作方法特征》，《重庆师院学报》（哲学社会科学版）1992 年第 4 期。
② 马良春、张大明主编：《中国现代文学思潮史》上册，北京十月文艺出版社 1995 年版，第 4 页。
③ 周晓风：《论文学思潮的创作方法特征》，《重庆师院学报》（哲学社会科学版）1992 年第 4 期。

形态。① 从本质与主要特征来看，这样的界说与社会思潮的实际基本上是一致的。在人类文化系统精神层面上形成的具有一定社会影响的群体性思想趋向，无疑都应视为社会思潮，政治的、哲学的、宗教的、经济的、文学的、艺术的……种种思潮都是社会思潮，只是领域不同而已。在这个意义上，认为文学思潮是社会思潮之一，是社会思潮的组成部分，并没有错，而且，也不会因此而必然导致以社会思潮取代文学思潮，只要能正确把握两个概念的内涵与外延，就不可能混淆两者的界限。第二种观点之所以批评前一种观点用社会思潮取代文学思潮，所指的社会思潮并不是前一种观点中作为属概念的"社会思潮"，而是指文学、艺术思潮以外的"社会思潮"——非艺术思潮。将非艺术思潮与文学思潮相混淆，用前者代替后者，当然是错误的。但这种错误不能算在把文学思潮视为属概念的"社会思潮"的组成部分这一正确观点上。要说第一种观点的不当，应是如下几点：第一，把文学思潮视为创作类型，结果将文学思潮泛化，以随意性较强的创作分类取代、以至取消了文学思潮。第二，以为文学思潮总是社会思潮（非艺术思潮）的反映（表现），将文学思潮和非艺术思潮的复杂关系简单化为单向性的反映与被反映的关系，因而只重视理论形态的文学思想，而忽视创作中体现的非理论形态文学思想。第三，混淆了社会思潮和社会政治重要事件的区别，后者对前者的这一批评非常正确，人们尤其容易把政治思想、政治制度、政治活动（政治斗争、政治事件）与政治思潮相等同并以前者取代后者，原因仍然在于对"思潮"的实质没有准确把握，所以当然无法区分文学思潮与非艺术思潮各自的特殊性和独立性，从而造成种种混淆。

前述的批评者和被批评者以及不少文学思潮研究者都赞成这样一个观点，即"社会思潮"往往或常常"先行"，而文学思潮则是尾随"后变"。这样看无疑是主张"社会思潮"要比文学思潮重要，并对文学思潮具有支配性，文学思潮总要受"社会思潮"的主宰、影响，只能像跟屁虫那样被动地

---

① 参见王霁主编：《马克思主义与当代社会思潮——当代社会走向中的思潮论争》，中国人民大学出版社 1994 年版，第 1、2 页。

跟在"社会思潮"后面。甚至有人这样说,"社会思潮"是文学思潮"最直接、最主要"的"社会基础"。① 这种看法的错误主要渊源于以下两点:

(一)将社会心理等同于社会思潮

我们在前面讨论文学思潮的发生时,谈到文学思潮形成与发展的基础问题,笔者赞成普列汉诺夫的"艺术的社会心理中介"论,经济基础和上层建筑的其他意识形态不能直接转化或影响文学思潮,它们都必须通过社会心理这一中介才能对文学思潮产生影响。社会心理是作为基础的经济及在其上的上层建筑在人们心理中的综合表现,哲学、宗教、文学、艺术等思想体系、意识形态是人们对这种社会心理进一步提炼加工的结果。社会思潮同样是在社会心理的基础上形成的,一定的社会思潮是某种社会心理和某种社会意识的综合。梁启超在《清代学术概论》中说:"凡文化发展之国,其国民于一时期中,因环境之变迁,与夫心理之感召,不期而思想之进路,同趋于一方向,于是相与呼应汹涌,如潮然。"② 就强调"环境"与"心理"作为思潮形成的基础的重要性。对文学和哲学(思想)的关系,有种种关于二者紧密联系的看法,如等同论、反映论、合作论、平行论等等,韦勒克在《文学理论》中对之一一进行了辨析,在他看来,文学和哲学之间虽然确实存在着许多联系,甚至有某种程度的相似。但是,"哲学与文学间的紧密关系常常是不可信的,强调其关系紧密的论点往往被夸大了,因为这些论点是建立在对文学思想、宗旨以及纲领的研究上的,而这些必然是从现存的美学公式借来的思想、宗旨和纲领只能和艺术家的实践维持一种遥远的关系"。甚至一般认为文学与哲学的联系与相似是由于具有一个共同的社会背景的说法,也是"不牢靠的","哲学往往是由一个特殊的社会阶层培育倡导的,这个阶层在社会联系与出身方面可能与诗歌的作者很不相同。哲学比起文学来与教会和学院有更多的一致性。像人类所有的其他活动一样,哲学有其自己的历史、自己的辩证法",即它的·"分支与运动和文学运动的关系"并不像有些

---

① 参见周晓风:《论文学思潮的创作方法特征》,《重庆师院学报》1992年第4期。

② 梁启超:《清代学术概论》,《梁启超论清学史二种》,复旦大学出版社1985年版,第1页。

人认为那样紧密。那些夸大地强调哲学与文学的紧密联系的人很容易用哲学的标准取代文学批评的准则，"都是由于混淆了哲学与艺术的功能，误解了思想进入文学的真正方式而造成的"。韦勒克的结论是，诗（文学）不是哲学的替代品，它有自己的评判标准与宗旨。文学研究者思考文学与哲学的关系时，"不必去思索像历史的哲学和文明最终成为一体之类的大问题，而应该把注意力转向尚未解决或尚未展开充分讨论的具体的问题：思想在实际上是怎样进入文学的"。也就是说，应该研究通常意义上和概念上的思想怎样成为象征甚至神话这样的文学形象体系的。① 韦勒克在这里讲的虽然是同为意识形态的哲学与文学的关系，其实同样适用于文学思潮与社会思潮的关系。韦勒克的意思很清楚，哲学不能直接进入文学，只有转换成文学形象体系的思想，才值得文学研究者探讨，而要探讨的不是思想的原状或进入文学的结果，而是其转化的具体过程——"怎样进入"。要弄清"怎样进入"，关键当然在于了解其"中介"途径。哲学进入文学，要通过主体心理的中介。哲学作为理论把握世界的方式，影响主体的心理，通过主体的心理以艺术把握的方式转换成艺术形象体系。像哲学思潮这样的非艺术社会思潮，当然也只能通过社会心理这个中介影响文学思潮的群体主体，才能进入文学思潮，成为文学思潮组织的"基本要素"。社会心理作为经济基础与哲学、宗教、艺术等高级意识形态之间的中介，应该是文学思潮及其他非艺术的社会思潮的直接源泉，文学思潮往往与其他社会思潮几乎同步发生形成，然后在发展过程中通过社会心理的反馈而相互激荡影响、互相渗透，构成推动时代变革的文化思潮系统。朱光潜先生在《西方美学史》上卷介绍 17 世纪法国古典主义时期美学时提到："法国新古典主义文艺就是法国理性主义哲学的体现，这是一般人所公认的。"② 这种"一般人公认"的看法是否正确呢？朱先生没有评说。有趣的是他接着谈到这样的事实：古典主义悲剧的奠基作——高乃依的《熙德》的上演和法国理性主义哲学的开山作——笛卡儿的《论方法》

---

① 参见［美］雷·韦勒克、奥·沃伦：《文学理论》，刘象愚等译，生活·读书·新知三联书店 1984 年版，第十章。

② 朱光潜：《西方美学史》上卷，人民文学出版社 1979 年版，第 182 页。

的问世都在 1637 年。其实，朱先生在这里犯了一个时间上的错误，《熙德》
的上演不是 1637 年，而是比《论方法》的发表早一年，即 1636 年。① 而且，
如果我们赞成朱先生的意见，承认《论方法》是"理性主义思潮的结晶"，
是不是也可以说比它早一年上演的《熙德》也是古典主义文学思潮的结晶？
当然，从思潮角度而言，无论是创作思潮还是哲学思潮，《熙德》和《论方
法》的出现都只能作为各自思潮发生的标志，可以说是社会心理的"结晶"。
《熙德》也许体现了存在于社会心理中的理性主义哲学思想要素而不是理性
主义哲学思潮。著名法国文学史家朗松在《笛卡儿哲学对法国文学的影响》
一文中指出，由于笛卡儿名声很大，使得某些学者想当然地"把十七世纪文
学中的一切都跟笛卡儿联系起来，把 17 世纪文学的一切特征都说成是笛卡
儿学说与方法及主要论点的必然的直接的后果"，笛卡儿及其哲学似乎成了
17 世纪古典主义文学思潮之所以产生的"唯一的、无所不在的原因"。② 朗
松通过年代与作品的具体对照，"有条不紊地、巧妙地给那种古典主义是在
笛卡儿主义保护下得以发展的说法以粉碎性打击"③。怎样才能正确地认识哲
学思潮和文学思潮的关系？以法国古典主义文学思潮是否直接受到以笛卡儿
为代表的法国理性主义哲学思潮的影响这一问题的探讨为例，朗松提出的两
个原则对我们而言也是两点告诫："首先，应该警惕那些仅仅是文字上的相
似之处：词语的一致并不能说明概念的一致。要想在布瓦洛的《诗艺》中去
找笛卡儿主义，光是指出布瓦洛随时都让理性统率一切还不够。因为，显
然不能先验地认为布瓦洛理解的理性跟笛卡儿是一回事。其次，应该避免
将古典主义的某些一般特性归到笛卡儿影响名下，这些特性可能来之于别
的原因"，譬如说，古典主义文学条理分明，那么这个条理"到底是笛卡儿

---

① 参见《中国大百科全书·外国文学》(1)，中国大百科全书出版社 1982 年版，第 343 页；杨
周翰等主编：《欧洲文学史》上卷，人民文学出版社 1979 年版，第 197 页。

② [美] 昂利·拜尔编：《方法、批评及文学史——朗松文论选》，徐继曾译，中国社会科学出
版社 1992 年版，第 231 页。

③ [美] 昂利·拜尔编：《方法、批评及文学史——朗松文论选》，徐继曾译，中国社会科学出
版社 1992 年版，"编者导言"第 15 页。

原理产生的效果，还是希腊罗马艺术留下的遗产？贺拉斯也说过要条理分明（Lucidius Ordo），可能跟笛卡儿的《方法论》起了同样的作用"。① 再如心理分析在 17 世纪的所有作品中都占有重要地位，如果解释为这是受"笛卡儿把精神和物质绝对分开，宣称内在的思维世界要比外在的广延世界容易认识的影响的结果"，那也可能是错误的。因为还有其他的原因，例如戏剧本身受各种清规戒律的束缚，诗人唯有研究人物的心理方面才有些许自由：在三一律那样规死的有限时间和空间内，诗人的才华只能在写出人物丰富复杂、变化万千的心理活动方面才有用武之地。而且当时的上流社会作为文艺的最高判官，不允许作家去写"有教养的人经历不到的特殊事情"②，题材的限制也迫使作家往人物心理活动方面用力，才能说出一些讨那些"有教养的人"喜欢的、能理解的、感兴趣的事情来。这些社会条件和规律早在笛卡儿《方法论》发表之前已经存在，并非笛卡儿《方法论》所促成。任何一部作品，"特别是一部哲学著作，不管它取得怎样的成功，从来不会立即影响人们的思想，也不会在一朝一夕之间促成人们产生新的思想情绪"③。即使在笛卡儿《方法论》发表以后的 17 世纪后半叶，法国古典主义文学思潮也不仅不像人们想象的那样接受它，相反，在很多方面，尤其是"那些重要作品的美并不来自这个主义，甚至是背道而驰的"④。朗松写道，在笛卡儿的学说中，美与真是混淆的，看不出任何美学的因子："笛卡儿体系是以数学的形式表现宇宙，从笛卡儿主义得出的文学只能是纯粹概念的文学，其中的词只能是一些用来代表可理解的物体的符号，句子只能是一些表现可理解的关系的符号的组合；笛卡儿文学只能是以思想意识为内容、以代数学为形式的东

---

① ［美］昂利・拜尔编：《方法、批评及文学史——朗松文论选》，徐继曾译，中国社会科学出版社 1992 年版，第 232 页。

② ［美］昂利・拜尔编：《方法、批评及文学史——朗松文论选》，徐继曾译，中国社会科学出版社 1992 年版，第 232 页。

③ ［美］昂利・拜尔编：《方法、批评及文学史——朗松文论选》，徐继曾译，中国社会科学出版社 1992 年版，第 236 页。

④ ［美］昂利・拜尔编：《方法、批评及文学史——朗松文论选》，徐继曾译，中国社会科学出版社 1992 年版，第 251 页。

西。"① 而古典主义文学——即使在 17 世纪后半叶以后出现的一大批诗人（如布瓦洛、拉辛、莫里哀、拉封丹）的作品中，都有与笛卡儿完全不一致的东西——诗情和艺术！在《诗艺》中，虽然布瓦洛也主张美与真等同，但他说的真并不是笛卡儿那种明确清楚的"概念"，而是"自然，就是事物真正的形态。他要求诗人坚持普遍的真，而诗歌中普遍的真的东西，在他看来就是各种类别的诗歌中的恒常的典型，是典范的形式，而不是抽象的内涵。他甚至说诗歌中的理性，归根结底，不是确切的概念，而是形象的逼真。最崇高的正是把事物或行动最明显地描绘出来的那种表现法。因此，《诗艺》中的整套艺术理论都是跟笛卡儿的科学相重迭、相对立的；在古典主义作品中也是一样，记录明确清楚的概念的抽象符号被模仿生动形态的美学形式所替代"②。朗松的论证雄辩有力，很难反驳。一般而言，哲学思想对文学产生影响的时间，远比人们的想当然更迟缓。朗松还详细地论证了笛卡儿的理性主义哲学对法国文学产生影响的时间，并不是在同时代的 17 世纪中叶，而应当是始于 17 世末至 18 世纪前半叶。③ 这么说来，理性主义哲学思潮对法国文学产生影响之时，已是法国古典主义文学思潮的高峰期之后了。怎么能说古典主义文学是理性主义哲学的体现或反映呢？又怎能说古典主义文学思潮是尾随理性主义哲学思潮之后而兴起的呢？很明显，倘说 17 世纪法国古典主义文学思潮与理性主义哲学思潮有某些精神的一致性，那也不是理性主义哲学思潮影响的结果，而是在理性主义哲学思潮形成之前，文学思潮就已具有与哲学思潮同样的思想，这种思想是全体同时代人共有的思想。

再看存在主义文学思潮与存在主义哲学思潮的关系。尽管作为哲学思想的存在主义产生的时间比存在主义文学要早，但真正成潮，两者也许都应

① ［美］昂利·拜尔编：《方法、批评及文学史——朗松文论选》，徐继曾译，中国社会科学出版社 1992 年版，第 251 页。

② ［美］昂利·拜尔编：《方法、批评及文学史——朗松文论选》，徐继曾译，中国社会科学出版社 1992 年版，第 252 页。

③ 参见［美］昂利·拜尔编：《方法、批评及文学史——朗松文论选》，徐继曾译，中国社会科学出版社 1992 年版，第 268 页。

该从萨特算起。因为存在主义文学与哲学都是由于萨特的倡导才在法国成为颇具影响的"思潮"而后波及别国的。如果这一看法是合理的,那么,存在主义文学思潮和哲学思潮之间也就不存在着"先行"与"后动"的关系。事实上,萨特的表现存在主义的文学创作发表在他的存在主义哲学代表作之前。

黑格尔在《哲学史讲演录》中说道:"政治史、国家机构、艺术、宗教对于哲学的关系,不能说它们是哲学的原因或者反之说哲学是它们的原因,不如说一切都有综合一体的、同一的共同根源——这就是时代精神。它是渗透一切侧面的、在政治的和其他种种要素中显示出的一定的本质、特性,这是在其所有部分相关联的一个状态,它的各个侧面,无论呈现了如何多样、偶然的样子,无论显得怎样矛盾,都不是在根基与本质上包含了不同的东西。"① 黑格尔强调哲学与艺术等其他意识形态形式并非互为因果,而是都植根于时代精神,都是时代精神的表现。这一看法对于我们把握文学思潮与哲学思潮的关系也很有启发意义。

1915 年,陈独秀主办的《青年杂志》(后改名《新青年》)的问世,成为中国新文化运动开始的主要标志。② 新文化运动中的民主与科学的社会思潮与五四文学新潮也不存在着谁先谁后的关系,因为陈独秀 1915 年在《新青年》发表的《本志罪案之答辩书》中打出了民主与科学的旗帜,同时也打出了反对旧道德提倡新道德、反对旧文学提倡新文学的旗帜,它们分别成为社会思潮和文学思潮的旗帜。而对于文学思潮领域反对旧道德提倡新道德、

---

① 此译文转引自〔日〕竹内敏雄:《文艺思潮论》,载河出孝雄编:《文艺思潮》,河出书店 1941 年版,第 23 页。商务印书馆出版汉译本译为:"政治史、国家的法制、艺术、宗教对于哲学的关系,并不在于它们是哲学的原因,也不在于相反地哲学是它们存在的根据。毋宁应该这样说,它们一个共同的根源——时代精神。时代精神是一个贯穿着所有各个文化部门的特定的本质或性格,它表现它自身在政治里面以及别的活动里面,把这些方面作为它的不同的成分。它是一个客观状态,这状态的一切部分都结合在它里面,而它的不同的方面无论表面看起来是如何地具有多样性和偶然性,并且是如何地互相矛盾,但基本上它决没有包含着任何不一致的成分在内。这个特定的阶段是由一个先行的阶段产生出来的。"参见〔德〕黑格尔:《哲学史讲演录》第一卷,贺麟、王太庆译,商务印书馆 1959 年版,第 56 页。

② 参见马良春、张大明主编:《中国现代文学思潮史》上册,十月文艺出版社 1995 年版,第 99 页。

反对旧文学提倡新文学的这两大旗帜，毛泽东在其《新民主主义论》中予以极高的评价，称赞这两大旗帜为新文化运动的发展，"立下了伟大的功劳"①。事实上，作为五四新文化运动组成部分的文学思潮与社会思潮是同步发生的，而在发展过程中才相互影响、相互激荡。文学思潮与非艺术的社会思潮的关系是复杂的，在文化思潮系统之中，它们之间往往是相辅相成、相得益彰的。

（二）以创作思潮取代文学活动整体意义上的文学思潮

一般以为文学思潮受社会思潮支配，落后于社会思潮的发生的观点，多基于创作类型论思潮观。由于体现五四文学新潮的作品较后才出现，所以就误以为文学思潮"后动"于民主与科学的社会思潮。至于理论、批评和接受层面上表现的新文学观念，即使有群体性的思潮形态也并没有被视为文学思潮。当然也有把理论论争视为文学思潮的一类，也仍然不是从文学思潮系统定位上的理解，而是局限于围绕创作的、作品的、更多是文学作品的社会功能方面的文学观念的论争，基本上没有超出创作类型论的文学思潮观范畴。有人在区分社会思潮和文艺思潮的不同时，这样写道："社会思潮可以只是某种思想的张扬（有时则是自发形成），这种思想只要产生广泛影响，形成潮流，就可以称为社会思潮；文艺思潮则不仅需要思想张扬，还要求有文学创作来推波助澜。此外，社会思潮波及的范围较广，但不够稳定，容易消逝；文艺思潮由于有一批具有巨大影响力的作品将它的思想凝固下来，所以它的影响一般都较久远。"② 显然，这就是说，作品是文学思潮得以存在、独立的关键，没有创作的成果，就不是文学思潮。这种判断看来是不大准确的。过去时代有没有无创作"凝固下来"的文学思潮，需要考证才能判定。20 世纪则已出现了欲摆脱创作、超越创作或创作领域无法实践的理论、批评和接受领域的文学思潮，这已是事实。

---

① 《毛泽东选集》第二卷，人民出版社 1991 年版，第 700 页。
② 陈剑晖：《文艺思潮：关于概念和范围的界说》，《批评家》1986 年第 1 期。

二、文学思潮与社会思潮的联系与互动

否定文学思潮总是"后动"于社会思潮，并非否认文学思潮与社会思潮之间的种种联系，而是要求认清两者的联系不是直接的，它们之间需要社会心理的中介。由于这一中介的作用，非艺术的种种社会思潮与文学活动中各领域的思潮之间的联系也就具有形形色色的状态。韦勒克就哲学与文学作品的关系指出，应研究思想"怎样进入"文学，怎样转换成象征或神话的具体问题，这是联系的一种体现。他还提出文学批评需要理论和哲学，他写道："批评就是鉴别、判断，因此，它应用和包含了标准、原则、概念；应用和包含了一种理论和美学，最终是一种哲学，一种世界观。即使是那种号称'从来不屑让终极的哲学问题侵扰头脑、折磨心灵'的文学批评，也采取了一种哲学立场。甚至怀疑主义、相对主义、印象主义的批评，也都要求助于、至少是悄悄求助于某种形式的自然主义、非理性主义不可知论的哲学。"① 这是不是说在理论批评等文学活动领域，哲学思潮可以直接进入文学思潮呢？的确，以哲学概念、范畴研究文学问题的事实并不少见，例如"人道主义"、"非理性主义"等等，然而，如果这些概念不经过主体心理的艺术把握方式的理论转换，那么，这些研究就始终是一种在文学中进行的哲学或社会学研究，结局是离开文学而变成形而上的哲学论辩，文学只是哲学研究的材料，并不是"文学的"研究。所以韦勒克又指出："文学批评中表现出来的哲学信念往往是半心半意的：批评著作常常是几种哲学观念的混血儿，它的面目老是显得混乱和含糊。"② 这种"混乱和含糊"正是经过主体心理中介转换的必然结果。历史上并不总是文学思潮求助于社会思潮，也有相反的情况，文学思潮对社会思潮产生巨大影响，例如罗素提到的卢梭和拜伦"虽然在学术的意义上完全不是什么哲学家，但是他们却是如此深远地影响了哲学思潮的气质，以至于如果忽略了他们，便不可能理解哲学的发展"③。

① ［美］R. 韦勒克：《批评的诸种概念》，丁泓等译，四川文艺出版社 1988 年版，第 298 页。
② ［美］R. 韦勒克：《批评的诸种概念》，丁泓等译，四川文艺出版社 1988 年版，第 300 页。
③ ［英］罗素：《西方哲学史》上卷，何兆武等译，商务印书馆 1963 年版，"美国版序言"。

　　尽管曾经风行一时的西方形式主义美学思潮竭力要将文艺与社会割裂开来，将文艺本体与外部因素对立起来，而事实上文艺与社会的紧密关系无法疏离。否定社会的、外部的因素对文艺的影响和关联性，文艺便不成其为文艺。形式主义思潮的一切努力，终归是一厢情愿。文艺依然只能在社会的、外部的因素的灌浇中生存、绵延、发展。马克思主义文艺观认为，决定文艺产生、发展、嬗变的最终根源是社会的经济基础，但经济基础并不是影响和制约文艺的唯一因素，同属上层建筑的各种社会意识形态对文艺也有不同的影响。诸如政治、宗教、哲学、道德等等与文艺的密切关系，越来越为人们所注目与深入探讨。时至今日，从思潮的角度对同属精神现象的社会思潮对文艺思潮的影响以及二者关系的研究，似乎应予以足够的重视。新时期中国文艺思潮的问题，如果缺乏这方面的思考和探究，也许不可能得出令人满意的答案。

　　"不管艺术家是改革派还是保守派，是革命者还是进化论者，是未来事物的崇敬憧憬者，还是留恋往昔黄金时代的梦幻者，他们自己时代的社会及其思潮，是他们进行艺术活动的出发点。"[1] 美国学者威廉·佛莱明这一观点是对艺术事实的精当概括。无疑，一定历史时期产生的文艺思潮也必然与该时期的社会思潮有着不可分割的种种关系。这种关系或表现为文艺思潮对社会思潮的顺应性，或表现为文艺思潮与社会主潮的逆向性。从顺应性方面来说，如前所述，文艺思潮与其所顺应的社会思潮有着共同的时代历史条件为土壤，有相同的思想观念为指导，共同反映、表现某一阶级、阶层群众的利益和要求，体现着共同的思想趋势和倾向，有时两者同步发生，一起发展；有时一先一后，相继而来。文学史上许多文学思潮都是在社会大变革时代伴随着与之有同一性的社会思潮的产生而形成的。如 14 世纪至 17 世纪初欧洲文艺复兴时期，正是市民阶级形成和壮大的上升时期，以意大利为诞生地的文艺复兴运动很快席卷欧洲各国，反封建、反教会、反神权，主张以人

---

① ［美］威廉·佛莱明：《艺术与观念　西方文化史》，宋协立译，陕西人民美术出版社 1991 年版，第 3 页。

为中心，追求平等自由、个性解放、现世幸福的社会思潮在这场运动中汹涌澎湃。文艺作为这一时代精神主潮的表现而兴起了人文主义文艺思潮，涌现出不少伟大的艺术家和影响久远的伟大作品。18 世纪欧洲启蒙文学思潮的崛起也是与当时反封建的启蒙社会思潮相同步的。我国五四时期反帝反封建的爱国主义思潮同时催生了新文化运动和以鲁迅、郭沫若等作家为代表的新文学思潮。这些文学思潮与当时的社会思潮具有思想倾向的一致性，所以，在精神层面上，可以说它们本身就是社会思潮的一个组成部分，通过文学理论、批评活动、作家的创作及其社会接受，使社会思潮传播更广、影响更大。

如同社会思潮的复杂多样一样，文艺思潮也决不是单一的。文艺思潮对社会思潮的顺应性，既表现在对进步的社会思潮或某一社会思潮的积极方面的一致、顺应，也表现在对落后的、反动的社会思潮或某一社会思潮的消极方面的一致顺应。文艺复兴时代既有顺应时代主潮的人文主义文艺思潮，也有死守中世纪封建、教会意识的封建文学、教会文学的思潮。五四时期既有以鲁迅为旗帜的与社会同步的新文学思潮，也有受西方思潮影响的现代主义思潮。

一定历史时期文艺思潮的主潮与社会的主潮之间的逆向性是更值得注意的，也是二者关系复杂性的突出表现。历史上不少声势浩大、成就突出、影响深远的文艺主潮是与当时的社会主潮相顺应的，然而也有逆向的。例如19 世纪欧美批判现实主义文学思潮，可以说是资产阶级文学有史以来波澜最壮阔、成就最巨大的一个文学思潮，也是 19 世纪继浪漫主义文学之后兴起的一个持续时间更长的文学主潮。但当它诞生之时，整个欧洲正处于资产阶级对封建贵族阶级取得全面胜利的时代，社会思潮的主潮是拜金主义、享乐主义和极端利己主义，代表中小资产阶级利益愿望的思想尚处于弱小的非主流地位。而批判现实主义文学思潮却在法国勃然兴起，并迅速波及欧美各国。以法国的司汤达、巴尔扎克、英国的狄更斯，俄国的普希金、果戈里、托尔斯泰，挪威的易卜生，美国的马克·吐温等伟大作家及其创作为代表的这一文学思潮，对资本主义社会和以拜金主义为主体的社会思潮进行了全面的、激烈的、深刻的批判。他们的作品通过对现实人与人之间纯粹的金钱关系、拜金意识的真实描写，"打破关于这些关系的流行的传统幻想，动摇资产阶级世界的乐观主义，不可避免地引起对于现存事物的永恒性的怀疑"①。批判现实主义文学思潮这种批判倾向在与无产阶级革命思潮会合后才成为社会主潮。在这里，文艺思潮开进步社会思潮风气之先的历史作用不可磨灭。

　　文艺思潮与社会主潮的这种逆向性至少说明：文艺思潮虽然属于社会思潮之一种，与其他社会思潮倾向一致同步发生发展或受其他社会思潮的影响与制约，但它不只是消极地同行、顺应、受动，有时候它也可以抗拒正在流行的落后、反动的社会思潮或社会主潮的消极倾向，而感应尚处于弱小或隐潜的却代表了社会发展进步方向的社会思潮，通过本身的理论、批评、创作与接受活动的实绩，促进新的社会思潮崛起，推动时代与社会的发展。由于文艺是以审美的形式反映生活表现人们的思想倾向和情感的社会意识形态，它与同属社会精神现象的社会思潮既有共同的一面，也有差异的一面，这差异的一面就是文艺思潮的特殊性和独立性。只有正确认识文艺思潮和社会思潮的关系，充分重视文艺思潮的特殊性和独立性，把握文艺思潮的形成、发展的基本规律，我们才可能对具体的文艺思潮作出科学的辨析。

　　20世纪末中国文艺十分繁荣，充满生机。然而，在不断拓展的艺术空间中，不可否认潜藏着令人忧虑的危机。从80年代开始，中国文坛急于走向世界，把西方从浪漫主义到后现代主义的所有思潮都搬弄了一遍。其中，对西方文艺的非理性主义似乎情有独钟，导致一股非理性主义思潮迅猛涌起。在90年代达到登峰造极的地步。不少作品体现出追求感官刺激，沉沦于颓废虚无，甘于平庸、道德堕落，躲避、抵制甚至嘲笑、践踏崇高的思想情绪。功利主义、利己合理、金钱至上、享乐人生的意识泛滥文坛。"性大潮"和"痞子思潮"可谓这股非理性主义思潮的代表。"性大潮"文艺作品从人体艺术画展发端的"人体热"到影视作品床上戏、脱衣镜头的竞相超越，以及文学作品的"写性爆炸、性变态、性疯狂、性的丑风陋俗，用桃

① 《马克思恩格斯文集》第10卷，人民出版社2009年版，第545页。

色、灰色和黄色的格调写'性情结'('恋父情结'、'恋母情结'),描写赤裸裸的性行为,写婚外恋、多角恋、生死恋,写幽会,写野合,写轮奸,写乱伦,写'猫叫春'、'猪发情',简直达到寡廉鲜耻的程度"①。甚至向以创作"严肃文学"著称的作家,有的也为大潮所挟,更弦易辙模仿《金瓶梅》洁本笔法,在涉及性描写之处,用"□□□□□(作者删去 ×× 字)的"挑逗模式,极力渲染沉溺于情欲之中的男主人公——一位号称"文胆"的作家如何寻花问柳,津津乐道其与一个个女人的肉欲过程。这类作品的出现,标志了文人文化也趋于色情化。即使公认审美品位较高的一些作品,也难免商业目的的需要而点缀并非完全必要的性描写。

王朔的作品把"痞子思潮"推到了高峰。他的作品《过把瘾就死》、《玩的就是心跳》、《千万别把我当人》、《我是你爸爸》、《顽主》、《爱你没商量》等等,如同炸弹般轰进文坛。这些作品的题目用词就已痞气淋漓、"一点正经没有"。王朔在这些作品中描写了形形色色的痞子、流氓、无赖、骗子、浪荡子们浑浑噩噩、花天酒地、鼠窃狗盗、尔虞我诈、肆无忌惮的"英雄主义",一切社会公德、天理良心、理想信念都被他们踩在脚下,百般调侃,作品弥漫着一股玩世、厌世的世纪末情绪。

在理论与批评方面,"性大潮"和"痞子思潮"虽然遭到了一些批评和抵制,然而也有颇具影响力的名人和"青年评论家"为之喝彩、辩护。有人称颂写违背道德的偷情的作品是展示了人生中最神圣而完美的片断,张扬了以"自然"和"欲望"为中心的"新的伦理意识";而刻画了由于难耐性饥渴的单身女人呼唤男人前来同居的作品,则被称为"女性意识的苏醒"。甚至有人公开宣称"审美是一种亵渎",文学必须拒绝理性,因为"任何理性因素的介入都必然在某种程度上损害文学的审美的纯洁性"②,"往往被理性认定的邪恶,正是审美中最具魅力的聚光点"③,情欲是人的本质,文艺和审

---

① 陆贵山:《非理性主义文艺思潮》,春风文艺出版社 1993 年版,第 64 页。

② 刘晓波:《危机,新时期文学面临危机》,《深圳青年报》1986 年 10 月 3 日。

③ 刘晓波:《赤身裸体,走向上帝》,《名作欣赏》1986 年第 4 期,第 25 页。

美就是要把感性、非理性、本能、肉（即"性"和"金钱"）强调到极点。①
当批评界对以王朔作品为代表的"痞子思潮"的走俏众说纷纭之际，一位身
份很特殊的著名作家突然发表了倾向十分鲜明的评论，对王朔之类作家及作
品亦即"绝对不自以为比读者高明（真诚、智慧、觉悟、爱心……）而且大
体上并不相信世界上有什么太高明之物的作家和作品，不打算提出什么问题
更不打算回答什么问题的文学，不写工农兵也不写干部、知识分子，不写革
命者也不写反革命，不写任何有意义的历史角色的文学，即几乎是不把人物
当作历史的人社会的人的文学；不歌颂真善美也不鞭挞假恶丑乃至不大承认
真善美与假恶丑的区别的文学，不准备也不许诺献给读者什么东西的文学，
不'进步'也不'反动'，不高尚也不躲避下流，不红不白不黑不黄不算多
么灰的文学，不承载什么有分量的东西"②的文学，倍加激赏，毫不隐讳地
赞誉说，读王朔的作品，觉得"轻松地如同吸一口香烟或者玩一圈麻将牌，
没有营养，不十分符合卫生的原则与上级的号召，谈不上感动……但也多少
地满足了一下自己的个人兴趣，甚至多少尝到了一下触犯规范与调皮的快
乐，不再活得那么傻，那么累"③。对王朔及其创作"躲避崇高"亵渎崇高甚
至践踏崇高的创作倾向、奉行"我是流氓我怕谁"之类"痞子精神"以及对
一切传统价值、理想所进行的调侃嘲弄表示出明显的支持、赞赏；并认为，
批评痞子文学的人没有读懂或都是误读了王朔，或者是想搞文化专制主义的
"大批判手们"由于空前失落而欲趁机复辟。

　　汹涌于世纪末文艺界的浊流理所当然地包括着一些作家、艺术家和批
评家的道德堕落、人欲横流。一些大牌"明星"的唯钱是趋，动辄停演罢
唱，或在大庭广众之中恶语伤人甚至大打出手。一些人毫无敬业精神，视
自己从事的文艺工作为"玩"，有人还大言不惭地宣称艺术家及其创作行为
"和妓女无异"，说自己的写作不过是流氓"转业""码字儿"，将作家降到
痞子流氓妓女的级次，还赤裸裸地表白："我最感兴趣的，我所关注的这个

---

①　参见刘晓波：《危机，新时期文学面临危机》，《深圳青年报》1986 年 10 月 3 日。

②　王蒙：《躲避崇高》，《读书》1993 年第 1 期。

③　王蒙：《躲避崇高》，《读书》1993 年第 1 期。

层次，就是流行生活方式。在这种生活方式里，就有暴力，有色情，有这种调侃和这种无耻，我就把它们给弄出来了。"①

　　非理性主义本来是西方现代哲学、美学、文学、艺术等领域中普遍体现的一种共同的思想特征，称之为"思潮"，无论在哪个领域都不是具体的、个别的思潮名称，而是在类型意义上对精神活动各领域一切具有非理性的思想趋向的涵括。在哲学、美学领域，非理性主义思潮包含了以叔本华和尼采为代表的唯意志论、柏格森的生命哲学和直觉主义、克罗齐的表现主义、弗洛伊德和荣格的精神分析学说、海德格尔和萨特的存在主义、胡塞尔和英伽登以及杜夫海纳的现象学、西方马克思主义学派马尔库塞的新感性论，还有马利坦和吉尔松的新托马斯主义等等形形色色的哲学、美学思潮，黑格尔之后的大多数西方哲学思潮——尤其是人本主义哲学思潮都具有非理性主义的思想特征。这种共同特征表现为对传统理性主义主张的普遍性和确定性的绝对否定，认为世界无规律可循，存在的本质在于个体感性自我的经验实在，因而生命冲动、情感体验、强力意志和本能欲望等非理性因素构成的个体感性存在才是世界的本质，也是审美和艺术的本质。由于审美和艺术只是个体心灵活动的产物，与社会实践无关，因而必须追求绝对的自由和超越，所以，非理性的直觉和领悟的超功利性是审美和艺术的内在规定性，神秘的直觉则是审美和艺术思维的根本方式。西方现代文学、艺术领域的非理性主义思潮与哲学、美学的非理性主义思潮同步发生、发展，哲学、美学思潮直接从根本上道出了非理性主义思想形态的实质，而文学、艺术的思潮则在其活动系统中贯彻并体现出非理性主义的思想特征。早在浪漫主义文艺思潮中的消极一派如德国浪漫主义就已显示出非理性主义的思想趋向，在主要思想特征这一意义层面上，西方现代主义与后现代主义成了非理性主义的同义概念。中国新时期的非理性主义文艺思潮无疑是深受西方非理性主义——现代主义和后现代主义思潮影响的产物。但它并非只是西方影响的结果，作为文艺思潮，必有与之相宜的本土气候和社会土壤，才有可能形成并轰动一时。

---

① 王朔：《我的小说》，《人民文学》1989 年第 3 期。

　　"文化大革命"结束，中国社会进入了一个改革开放的新的转型阶段，随着市场经济的兴起，原有的价值观念、道德原则受到了强烈的冲击，原来崇高的理想失落了，曾经神圣的信仰已不屑一顾。从怀疑一切到否定一切，在这种漠视和空缺的基础上，人们精神的真空急切地需要充填。旧时代的沉渣、西方的各种思想观念乘虚而入，在市场经济的背景下，终于酿成一股世俗化社会大潮。这股社会思潮从 20 世纪 80 年代初便已开始躁动。1980 年 5 月《中国青年》第 5 期发表潘晓的文章《人生的路啊，怎么越走越窄?》由此引发了一场历时十个多月的关于人性、道德观、人生价值和意义的大讨论，不少人肯定"主观为自我，客观为他人"的合理性，承认利己是人的本性的倾向非常明显。两年后，又爆发了一场由北京外语学院学生冯大兴伤人致死，被判极刑而引起的关于人生价值和意义的大讨论。在大讨论中有人提出肯定名利思想的观点，认为名和利是人生的支柱，个人名利在生存竞争中能推动人上进。还有人甚至认为张华牺牲自己救老农①"不值得"，是"金子换豆子"。在上海某大学中文系的一次问卷调查中，在"你最崇拜的人"一栏中填"我"的人最多，表明集体主义观念淡漠，"自我"在青年心目中不断升值。1986 年 9 月，一家报纸发表《无私不是共产主义口号》一文，以反封建为名，反对共产主义道德，露骨地主张个人自私。1988 年 10 月，又有一家报纸发表《对雷锋等人道德精神的评价》，全面否定雷锋等共产主义战士的道德规范和人生价值原则，作者罗列了雷锋精神的"罪状"，诸如"驯服工具的奴性思想"，"个人崇拜的迷信思想"，"只讲义务，不讲权力；只讲奉献，不讲索取的虚无人生"，"助人为乐的非科学"等等，一共有 6 条。文章实质上是用资产阶级自私自利的人生观和道德观，歪曲和丑化雷锋精神。直到世纪末，还有人指责学雷锋运动的"政教合一"，主张"解构"之。还有人发表文章，认为"个人主义伦理原则最适应现代市场经济的要求"，"提倡个人主义伦理是与我国社会转型相适应的"，鼓吹用个人主义取代社会

---

① 1982 年 7 月 11 日，第四军医大学空军医学系大学三年级学员张华因救不慎跌入化粪池的 69 岁老农魏志德而牺牲。

主义的集体主义道德原则。①

从 20 世纪 80 年代开始，拜金主义伴随着利己主义在中国日益泛滥，有人称世纪末的中国社会是一个"人人想钱、要钱、谈钱、捞钱，什么事情都要钱"的社会，这种说法显然言过其实，但却反映了拜金主义日渐风行的现状。某部电视剧中张扬的那句"金钱不是万能的，但没有钱却是万万不能的"，先抑后扬，实质还是重视金钱。不少人把金钱以及由之而来的各种物质享受当作人生的价值和追求目标。为了捞钱，一些人不择手段，"有钱就有一切"，"一切向钱看"等等成了他们的生活信条。拾金不昧成了稀罕的新闻，义务劳动变为一些人的笑料。甚至面对落水者或歹徒行凶，围观者也见死不救，个别人竟然要先"开价"后救人，见义勇为者反倒成为人们惊异、嘲笑的对象，有的还被诬告获罪。部分行政官员的腐败，纳贿受诱，更败坏了共产党的形象，以至于有人以偏概全，对党失望，更张扬了金钱的威力。

西方"性解放"的思潮和弗洛伊德泛性欲的学说随同利己主义、拜金主义和享乐主义，对中国社会形成了极大的冲击。有学者明确指出，西方"性解放"思潮和弗洛伊德泛性欲的学说，直接冲击着中华民族保持了几千年的道德文化栅栏，强烈地刺激了我国部分青年性道德观念的放任倾向，导致他们在日常生活中采取轻率随意的性行为方式。②

所有这一切都说明了世俗化思潮已在中国社会汹涌流荡，功利主义、利己主义、享乐主义成为时代"主题"。

正是在这种社会思潮的基础上，非理性主义文艺思潮勃然涌起，其思想倾向成了世俗化社会思潮的组成部分，"性大潮"、"痞子思潮"的流布，又反过来为整个世俗化思潮推波助澜。

从本质上说，世俗化社会思潮对十年动乱"极左"思潮的反拨，自有其积极意义的一面，但也不必讳言其负面的作用。世纪末中国文艺的现状就向我们提出了极为尖锐的问题：在文化转型期的变革大时代，文艺何以不是

---

① 参见周成名：《道德建设不能超越经济发展的现实》，《探索与争鸣》1996 年第 1 期。
② 参见万俊人：《试析现代西方伦理思潮对我国青年道德观念的冲击》，《中国社会科学》1989 年第 2 期。

顺应当代积极的社会思潮或当代社会思潮的积极方面，而是迎合消极的社会思潮或社会思潮的消极方面？为何非理性主义文艺思潮会在相当长一段时期内势头迅猛、难于遏制，几乎成为文艺主潮？

世纪末中国非理性主义文艺思潮的涌起与世俗化思潮的涌起一样，有其客观的社会历史文化根源：一是经济基础的作用。由于市场经济的运行而形成的市民社会，不仅为世俗化思潮准备了主体、动力，而且其功利原则也为非理性主义的蔓延提供了温床。随着市民社会的形成与发展，原来的社会阶层发生了分化，出现了财大气粗的个体户、乡镇企业的合股人、外来资本持有者、呼风唤雨的股市大户、有闲的食利者、文化科技界将知名度和知识转化为资本的知识分子、亦艺亦商而发达的文体明星、以权谋私的行政官员等等"有产阶级"，他们的利益逐渐与民众的利益相对立或者分道扬镳，在以这些有产阶级为主体的市民文化中构成了以拜金主义、享乐主义、极端个人主义为主旋律的社会思潮。市场经济商品交换中巨大的利益和功利原则渗透到社会各领域，诱使一些人不道德地追逐金钱和聚敛财富；改革开放初期和社会主义初级阶段的探索性和法制的不健全，使一些见利忘义的"冒险者"、"痞子流氓"通过非法手段大获成功，甚至一夜之间暴富，成为"当代英雄"，这种现象更使社会风气受到毒化。二是从"反右"斗争直至"文化大革命"十年中冠之以"马克思主义"的非理性狂热，败坏了社会主义和马克思主义的理性权威。"文化大革命"结束，人们如噩梦初醒，同时也出现了整个社会的信仰危机。由于信仰失落、价值失范导致的精神空虚使外来思潮的渗透获得了可乘之机，以非理性为灵魂为核心的西方新人本主义思潮征服了不少心灵饥渴焦虑急于求助充填的中国人，尤其是涉世未深、思维稚嫩的青年人。诸如否定一切、游戏人生、目空天下、自我中心的非理性意志主义使这些人爱走极端，极易受人利用。甚至发展到"道德死了"取代"上帝死了"，认为个人行为无须任何规范来制约和指导。因而消解一切，嘲笑一切，一切均可"玩"之。弗洛伊德的泛性欲学说则使一些人尤其是青年人"回到自身"，到本能、原欲中去寻找人生的动力和原因，对"性解放"思潮趋之若鹜，加剧了社会生活的混乱与无序。

特定的历史文化条件促使特定的社会思潮产生，但对文艺思潮的形成来说，还需要有其相应的内在的主体条件。也就是说，文艺思潮对某一社会思潮的某一方面是顺应还是逆向，决定于文艺思潮的主体。人们提到文艺思潮的特殊性和独立性时，一般只从表现形式和影响着眼，认为文艺思潮与社会思潮的不同或它的特殊独立性在于：一方面，社会思潮可以只是某种思想的张扬（有时只是自发形成），这种思想只要产生广泛影响，形成潮流，就可以称之为社会思潮；文艺思潮则不仅需要思想张扬，还要求有文学创作推波助澜。另一方面，社会思潮波及的范围较广，但不够稳定，容易消逝；文艺思潮由于有一批具有巨大影响力的作品将它的思想凝固下来，所以它的影响一般久远。对文艺思潮的特殊性、独立性的认识，若停留在这种层面上，似是表面的、肤浅的，它不能解释文艺思潮的能动性。因此，笔者以为，在一定社会历史文化的客观条件下，文艺思潮与社会思潮的关系主要决定于文艺思潮主体的整体状况。文艺思潮的主体是文艺工作者及艺术生产各部门的从业者，他们生活在社会生活之中，具有社会思潮主体和文艺思潮主体的二重性，他们的思想倾向既受客观环境，外部条件的影响甚至左右，也可以反过来影响社会思潮和文艺思潮的趋向。是随波逐流还是力挽狂澜，取决于文艺思潮主体的成分构成和精神素养的高低。正是因为文艺思潮主体的多样性、动态性，才使文艺思潮复杂多变、形形色色。但无论如何，进步的、健康的文艺思潮必然与社会进步的脉搏相一致，代表先进的社会思想倾向，并为之立言，为之呐喊。尤其是在落后、反动的社会思潮面前，更需要文艺思潮主体头脑清醒，有胆有识，有批判精神，敢于反潮流，发挥文艺思潮的主动性。

从文艺思潮与社会思潮的关系看，世纪末中国文艺界非理性主义思潮的涌起泛滥，除了特定的社会历史文化等客观因素外，更主要的根源在于文艺工作者和艺术生产各部门从业者精神素养的下降恶化，认同于世俗化社会思潮。有的人别说把文艺工作看作为崇高的事业，甚至连起码的责任感和敬业精神也弃之如敝屣。一切向"钱"看，艺术商品化，人格也商品化，"跟着感觉走"，"不在乎天长地久，只需要曾经拥有"。连处身"主体"权威话语中的西方作家也有人明白"作家的天职在于使人的心灵变得高尚，使他的勇气、荣誉感、希望、自尊心、同情心、怜悯心和自我牺牲精神——这些情绪是昔日人类的光荣——复活起来，帮助他挺立起来"①。而我们的不少作家、艺术家却把文艺创作视为极端个人化的行为，视为只是个体生命某种状态的呈现，把"不知道教导别人如今是一种恶习"看作是诗人的"最大失败"。某些大红大紫的"大腕"作家、艺术家一头跳进"消费化"旋涡，声称艺术家和艺术创作都是"卖的"，"与妓女无异"。因此，什么销路好，什么能使自己名利双收就去写什么，"弄"什么。什么"性"、"本能"、"原欲"、暴力、痞子、流氓、土匪、白痴，甚至大便、浓痰，只要对消费者富于刺激，全都可以写。有的作家理论家公开声称"真理就是一堆屎……真理都臭"。有的诗人声言"要把屁股撅向世界"……十足一副"我是流氓我怕谁"的痞子面目。更令人遗憾的是一些原先精神素养较高，责任心较强，作品品位不低的文艺界"名流"也发生了蜕变，随波逐流，"躲避崇高"，以"宽容"、"允许探索"、"多样"为由，给痞子思潮喝彩与辩护。有的则堕入"废都"心态，在创作中倾泻世纪末的悲观绝望情绪。至于偷税漏税、出台索高价、生活作风糜烂、动手动脚、崇洋媚外等"明星"轶事可谓不绝于耳，人们不能企望"转业码字儿"的"流氓"和品格低下的艺术家们"玩"出什么精品来。显然，这样的艺术生产者愈是炙手可热，整个社会的非理性主义文艺垃圾便愈是泛滥成灾。

非理性主义的文艺思潮虽然甚嚣尘上，但并不说明中国文艺前景黯淡。即使在非理性主义大潮汹涌的时候，仍有崇尚理性、追求崇高、坚持理想的作家、理论家矢志不移，不为世俗大潮所动。近年来，一些严肃作家发表了以肃穆崇高为主题的作品，一批学者、文论家以呼唤人文精神复归为旗帜展开对世俗化思潮的严肃批判，向非理性主义文艺思潮发起了挑战。一度热衷于非理性主义创作的艺术家，在一番践踏崇高的"狂欢"之后，有的也开始冷静下来，有的已明显"转向"。随着改革开放的深入，社会环境的逐渐有

---

① 福克纳：《在接受诺贝尔文学奖时的演讲》，载《美国作家论文学》，刘保端译，生活·读书·新知三联书店 1984 年版，第 368 页。

序化，"痞子"们失去昔日"辉煌"之时，"痞子思潮"即寿终正寝，非理性主义狂潮将被理性主潮取代。社会在前进，文艺思潮的主体也在不断变化、发展，崇高、理性必在我们的文艺中重放光明。

第二节　文学思潮与艺术思潮

不论中外，很早以来就流传着诗画"相通"、甚至"同一"的种种说法。如"诗是有声画，画是无声诗"，或"诗是无形画，画是有形诗"等等。本来，作为语言艺术的"诗"，若能状物如在目前，具有绘画一般的视觉效果；或作为造型艺术的绘画，画得如诗般意境深远，情韵无限，未尝不是好事。然而，尽管诗画同属艺术，虽有"同一"之处，却并非完全"同一"无异。过于求"同"而无视其"异"，则生种种谬误。例如17、18世纪古典主义者们将"诗画同一"奉为圭臬，写诗拼命向绘画看齐，画画则极力追求寓意。甚而如温克尔曼那样在"诗画同一"观念支配下，在对希腊艺术的考察中，忽视了造型艺术的特殊规律，认为古希腊雕塑作品《拉奥孔》之所以把拉奥孔在被巨蟒缠绕身体极端苦痛的形象刻画成轻微的叹息而并不哀号，是因为艺术家要表现出拉奥孔具有一颗忍受痛苦的伟大而宁静的心灵，由此也说明了古希腊艺术的最高理想是"静穆"。与温克尔曼同时代的莱辛为此写了《拉奥孔，或论画与诗的界限》一书，批驳了温克尔曼的错误观点。莱辛承认在艺术与世界的关系上，诗画确有都要"模仿自然"这样的共同之处，然而，莱辛认为不能因此而无视两者在"模仿"方面的区别，无论是模仿的对象还是模仿的方式，两者都不是"同一"的。在本质上，诗是时间艺术，画是空间艺术，它们使用的艺术媒介，表现的对象和艺术效果都各不相同，都不能违背各自的特殊本质和艺术规律。雕塑《拉奥孔》之所以对拉奥孔形象雕刻成不哀号，这样的艺术处理是因为"雕刻家要在既定的身体苦痛的情况之下表现出最高度的美。身体苦痛的情况之下的激烈的形体扭曲和最高度的美是不相容的，所以他不得不把身体苦痛冲淡，把哀号化为轻微的叹息。

这并非因为哀号就显出心灵不高贵，而是因为哀号会使面孔扭曲，令人恶心"①。而在诗——例如维吉尔的史诗《伊尼德》中，诗人却可以描写拉奥孔放声哀号，那是因为诗是时间艺术，不像造型艺术那样直接诉诸视觉，即使表现丑，也不那么令人反感。作为"模仿"的艺术，诗和画——造型艺术都可以表现丑，但后者由于其视觉的直接感受性，它要尽量避免表现丑而以表现美为其最高准则。虽然莱辛对美的看法有形式主义的片面性，然而他强调了向来被忽视的诗与画的不同特点，这在美学史上、艺术史上都具有进步的意义。文学与艺术同属审美文化，与非审美文化相对而言，文学与各种艺术具有更多的一致之处，在与世界的关系上有共同的艺术掌握方式，在审美方面也有不少相似的理论与公式，而且互相渗透、互相影响的事实并不少见。然而，一致性不应抹杀它们的差异性，它们到底是不同种类的艺术，各有其内在的特殊性、独立性，都有各自发生、发展的独特行程，我们在研究它们之间的关系时，必须充分考虑到它们各自的特殊性以及相互关系的辩证的复杂的构成。正如韦勒克所正确指出："各种艺术（造型艺术、文学和音乐）都有自己独特的进化历程，有自己不同的发展速度与包含各种因素的不同的内在结构。毫无疑问，它们相互之间是有着经常的关系的，但这些关系并非从一点出发从而决定其他艺术的所谓影响；而应该被看成一种具有辩证关系的复杂结构，这种结构通过一种艺术进入另一种艺术，反过来，又通过另一种艺术进入这种艺术，在进入某种艺术后可以发生完全的形变。不是'时代精神'决定并渗透每一种艺术这样一个简单的问题。我们必须把人类文化活动的总和看作许多自我进化系列的完整体系，其中每一系列都有它自己的一套标准，这套标准不必一定与相邻系列的标准相同。"②

　　文学思潮与艺术思潮本来也各有自己的一套标准和自我行程，但是，正如"诗画同一"观那样，我们常常对文学思潮与艺术思潮不加区别，只关注二者的一致性。有一个十分明显而人们又往往不自觉地会犯的错误就是

---

① ［德］莱辛：《拉奥孔》，朱光潜译，人民文学出版社 1979 年版，第 16 页。

② ［美］雷·韦勒克、奥·沃伦：《文学理论》，刘象愚等译，生活·读书·新知三联书店 1984
　年版，第 142—143 页。

用"文艺思潮"这个概念来指称文学思潮和艺术思潮。当然，有时候，我们用"文艺思潮"概念实际上只指向文学思潮，可是，脑子里对二者的区别一般没有明确的清醒的意识，更不在意二者之间存在着的种种复杂关系，否则，就不至于如此随便地运用这一容易引起误解的概念了。尤其是共名或一起隶属于同一艺术运动中的文学思潮和艺术思潮，更易于被人们视为同一的思潮，没有差别性。事实却远非如此想当然。古典主义艺术思潮并不与文学思潮同步兴盛于 17 世纪，例如美术，虽然在路易十四王朝有遵循官方支持和承认的绘画和雕塑研究院倡导的理性主义潮流，把绘画视为由一套法则和观念主宰的艺术。而且早在路易十三时代法国绘画就拥有了可以称为古典主义者的大艺术家尼古拉·普桑，但他却与法国宫廷习俗及艺术趣味格格不入，1624 年就定居于罗马，除了 1640 受路易十三之召回法国勉强住了两年外，至死（1665）再没有回过法国。欧洲古典主义美术大潮迟至 18 世纪后半叶才呼啸而来，其中心不在法国而在罗马。法国的艺术大师都到过罗马接受古典主义的熏陶。只有在这个时候，人们才听到布瓦洛一个世纪前宣示的艺术主张在美术大师的口里共鸣回响：只有以"永恒的美和自然为基础的艺术才算艺术"，唯有古典的美才是"绝对的美"，所以艺术家"要不断地临摹自然"、"学习古人"，遵循古典的法规与严峻的形式。[①] 在达维德的《荷拉斯三兄弟之誓》、《布鲁塔斯》这类画作中，画家选择的古典悲剧题材和表现的古罗马市民英雄主义，强调的不再是布瓦洛、高乃依和拉辛心目中拥护王权的理性主义，他们要激发的是资产阶级大革命时代所需要的英雄主义的理性主义。这是因为资产阶级社会的诞生"需要英雄行为，需要自我牺牲、恐怖、内战和民族间战斗"，所以，"在罗马共和国的高度严格的传统中，资产阶级社会的斗士们找到了理想和艺术形式，找到了他们为了不让自己看见自己的斗争的资产阶级狭隘内容、为了要把自己的热情保持在伟大历史悲剧的高度上所必需的自我欺骗。"[②] 在 17 世纪欧洲的音乐、建筑、雕刻领域，还是

[①]　参见［法］安格尔:《安格尔论艺术》，朱伯雄译，辽宁美术出版社 1980 年版，第 20、51—56 页。

[②]　《马克思恩格斯文集》第 2 卷，人民出版社 2009 年版，第 472 页。

巴罗克艺术观念统治的时代，古典主义思潮也是直到 18 世纪才姗姗来迟。现实主义文学思潮的名称虽然与美术领域的库尔贝个人画展的序言《现实主义》关联密切，而法国美术领域的现实主义思潮的成形与引起人们关注也落后于文学思潮一二十年。浪漫主义艺术思潮大体上也都后起于浪漫主义文学思潮，同时受文学思潮的影响较明显，音乐、美术创作都往往从浪漫主义文学中寻找题材，以表现情感和幻想的主观世界。尽管浪漫主义艺术受文学的影响，不同领域的艺术家却不一定能互相完全理解。浪漫主义绘画大师德拉克罗瓦根据拜伦诗作而画的《萨尔达纳帕尔之死》，是一幅典型的浪漫主义作品，1828 年在沙龙展出时，不仅受到保守的批评家的非难和攻击，更令德拉克罗瓦无法理解的是，连法国浪漫主义文学大师雨果也指责他，说他作品中所画的女人形象不仅不美反而有害。因为，在雨果看来，美的崇高的线应是明亮的，但却被割断了，在德拉克罗瓦画中人物的脸上闪烁着如同鬼脸般刺眼的亮光。[1] 现实主义文学思潮到了左拉一代演变成自然主义，美术领域则由库尔贝一代的现实主义一转而为马奈、莫奈、修拉等人为代表的印象主义。自然主义文学和印象主义美术都追求表面的客观和真实，但文学则以自然的人为对象，用遗传学、生理学的观点去观察和描写；印象主义则接受了自然科学中的光学理论，因而只关心自然中的"光"与"色"，人物在画中不再是描绘的对象，而只是画家描绘"光"与"色"感觉印象的媒介物罢了。自然主义文学代表人物左拉与印象主义息息相通，他说："绘画给予人们的是感觉，而不是思想。"[2] 这话既是印象主义艺术观的概括，也是印象主义绘画特点的归纳。当印象主义发展到热衷于点彩技巧的修拉那里时，"就变成了严格化的形式主义"[3]，成为最纯粹的"色彩和光学的混合"[4] 意义上的艺术。由于强调感觉的真实，印象主义不由自主而且合乎逻辑地从写实的再

---

[1]　参见李浴：《西方美术史纲》，辽宁美术出版社 1980 年版，第 457 页。

[2]　杨蔼琪：《谈印象派绘画》，人民美术出版社 1979 年版，第 3 页。

[3]　杨蔼琪：《谈印象派绘画》，人民美术出版社 1979 年版，第 46 页。

[4]　塞尚语，见［德］瓦尔特·赫斯编：《欧洲现代画派画论选》，宗白华译，人民美术出版社 1980 年版，第 18 页。

现而走向主观的表现，成为美术通向现代主义思潮的桥梁。当塞尚宣称要超越印象主义，"要用圆柱体、圆球体、圆锥体来处理自然"① 时，他就不知不觉地坐上了"现代绘画之父"的宝座，现代主义美术思潮从此涌起。

　　如果说后期印象主义是现代主义美术思潮的开端，那么，象征主义则是现代主义文学思潮的肇始。后期象征主义要求艺术家把自然按"圆柱体、圆球体、圆锥体"的本质抽象来进行艺术对世界的掌握，象征主义却主张"寓理于象"——赋予抽象事物以声、色的物质形式，通过思想情绪的"对应物"托物寄情。同是从主观出发的现代主义艺术思潮，掌握世界的方式却有如此殊异。现代主义文学思潮与艺术思潮的关系还有一个与此前明显不同之处，那就是，现代主义之前的文学思潮一般先行，其他艺术思潮往往后起，基本上受文学思潮的影响，在成就、地位和影响上都不如文学思潮，而在现代主义时代这种关系发生了很大的变化，艺术思潮也有先行而文学思潮却后起的情况。例如表现主义，它最早是美术思潮，20世纪初出现，十多年后才进入文学领域，形成文学思潮。表现主义美术思潮一开始就有两种截然不同的流向，一是法国野兽派的表现主义，一是德国桥社和"青骑士"派的表现主义，前者追求美作为礼物赠给悲惨世界中的痛苦人们，给他们以抚慰，使他们乐观。野兽派领袖马蒂斯说出了他们心目中的表现主义是怎样的一种艺术，即"一种平衡、纯粹而又安详的艺术，没有烦恼和沮丧，对于精神劳动者和艺术家都是一种抚慰，就像一把安乐椅，可供人们休息和解除疲劳"② 。他们追求的"表现"，"并不是从画中人物的脸上所暴露的表情求得的，也不是从什么怪样的姿态中去获得的。……表现是存在于画面全部事物的排列中——画中人物所占有的地位，它们四周的空白处，以及其比例——一切都有它自己的本分。所谓构图，就是把画家所要用以表现其感情的各种要素，依照装饰的意味而适当地排列起来的艺术"③ 。因此，在法国画家的作

---

① ［法］迈克尔·佩皮特：《塞尚——造就纯粹持久的艺术》，史泳译，《世界美术》1982年第2期。
② ［英］里德：《现代绘画简史》，刘萍君译，上海人民美术出版社1979年版，第27页。
③ ［德］瓦尔特·赫斯编：《欧洲现代画派画论选》，宗白华译，人民美术出版社1980年版，第54页。

品里，色彩鲜艳强烈，线条优美，画面响彻欢快的旋律，表现出节日般的热烈和欢乐。而德国表现主义却正相反，在他们的画作中运用了大量黑色和黄褐色的颜料去描画出种种丑怪、恐怖的形象，到处是焦虑、丑恶和恐惧的夸张表现。他们脑海中不断出现魔鬼的景象，仿佛看到成千的骷髅在乱舞；还有坟墓以及烧毁了的城市，眼前到处都是废圩、破烂和灰烬，正因为世界在他们的心灵中投下了如此丑恶黑暗令人恐惧不安的阴影，他们的画笔不能不以丑陋的形象来传达心中的重重忧虑以及世界的末日感。他们面对丑恶与黑暗，似乎只能用感情去夸张自然形象来表现人们在敌对的、不人道的世界（自然）面前所感到的不安和恐怖，才能使自己陶醉和解脱；只有借助于不健康的幻想，尽量增加自己的不安和混乱才能求得自己的解脱。杰姆逊说，萨特曾把资本主义社会的起源和基础概括为"焦虑"，"是自由和死亡等带来的恐惧"，但资本主义社会在其文化的所有方面却又企图阻止人们接触和面对这样一种恐惧。现代主义艺术反对资产阶级的表现，就是对资产阶级感到厌恶，焦虑和恐惧情绪的表达也就成为现代主义艺术"所能遇上的最后一个主题了"①。表现主义绘画代表作之一、挪威画家爱德华·蒙克创作的《呐喊》，以象征的方式，典型地表现了现代人类内心的焦虑和恐惧。蒙克在谈到这幅画的创作灵感时这样说道，一个傍晚，他和两个朋友一起散步，"太阳下去了，突然间，天空变得血样的红，一阵忧伤涌上心头，我呆呆地停在拉杆旁。深蓝色的海湾和城市上方是血与火的空际，朋友们继续前行，我独自站在那里，由于恐惧而战栗，我觉得大自然中仿佛传来一声震撼宇宙的呐喊"②。《呐喊》画的就是画家的这种瞬间感觉，画面上方是"血与火的天际"，下面是"深蓝色的海湾"作为背景，有一条奇怪的桥斜跨于画面左下方，前景是靠桥栏边上站着的一个人，"这个人几乎不是完整的人，没有耳朵，没有鼻子，也没有性别，可以说是没有完全进化为人的胎儿"③。这个

---

① ［美］杰姆逊：《后现代主义与文化理论》，唐小兵译，北京大学出版社1997年版，第192、193页。

② 转引自《世界美术》1981年第2期。

③ ［美］杰姆逊：《后现代主义与文化理论》，唐小兵译，北京大学出版社1997年版，第191页。

"几乎不是完整的"人，从头到躯体呈"S"形扭曲，双手举起欲作抱头状，口型大开如"O"字，这就是发出惊恐呼叫的"唯一表情"。画家用无声的绘画媒介，要表达的就是他所感觉到的"震撼宇宙的"一声恐怖呼喊。杰姆逊认为，蒙克的画"最富有象征意义，几乎是'迷惘'的经典性的艺术表现"。画中前景发出呼叫的这个人，其实就是"人的意识和思维"，他被"剥去了一切和社会有关的东西，退化为最恐怖、最不可名状的自我"。桥上远处作为背景的两个人，画面右上角隐约可见的两三只船和一个教堂的屋顶，以及人物站着的那座桥，都是象征物，都有着深刻的寓意。那两个人面目不清，但可以看出是穿着呢大衣、戴礼帽的男人，"很明显这是那种踌躇满志的实业家、商人。他们代表的显然不是孤独，而是社会性的东西"，即与前景这个惊恐呼叫的人"相对立的社会"。"船常和商业联系在一起"，所以船象征商业，"教堂"则代表着压抑、权威。这样，画面上就有了社会阶级、商业、社会道德等等，也就是说，这些事物象征的是一个完整的现代资本主义社会。而桥呢，具有更浓更丰富的象征意义，它不是任何特定地方的标记，"它只是连结两个不同的地方"，画面上发生的一切"就似乎不是在任何地方，是悬空的，是事物之间发生的事。……这是座很模糊的桥，它的唯一意义似乎在于它表示出一种悬空感"。血红天际和深蓝色的海湾的轮廓与色彩的笔触曲折流动，给人一种旋转感，"这里的旋转感传达出一种对失足跌进深渊的恐惧，因为桥下就是无底的深渊"①。也许因为这种现代焦虑和恐惧的象征表达代表了现代主义艺术的深层本质，所以在表现主义文学思潮里，我们找不到马蒂斯代表的追求美以给人一种安乐抚慰的表现主义，只能看到与蒙克的惊恐呼叫共鸣的变形和象征的表现主义。那就是像卡夫卡的作品那样，不仅不是"安乐椅"，而是雪上加霜的"拳头"和"利斧"，砸向本已痛苦不堪的可怜的人们的脑袋，劈向他们冰海般的心胸。以一种把世界推进黑暗中去的猛力，将读者推进更"无法穿透的黑暗"②。

---

① ［美］杰姆逊：《后现代主义与文化理论》，唐小兵译，北京大学出版社 1997 年版，第 191—192 页。

② 汤永宽：《卡夫卡——一个厌世的天才》，《文艺研究》1982 年第 6 期。

　　未来主义是包含文学、戏剧、绘画、雕塑、建筑、工艺美术、音乐、摄影、电影等在内的一个广义的艺术思潮系统，作为子系统之一的未来主义文学思潮尽管占据主导地位，但我们不要忘记，整个未来主义的前身是纯粹美术思潮的立体主义。因此，一位学者正确地指出，"要了解未来主义，必须先了解立体主义。因为它们的目标有不少相似之处。立体主义和未来主义都受到 20 世纪初的哲学和美学的影响，在艺术中抛弃传统的'优美'与'和谐'的趣味，两者都追求表现几何的、数学的、机械的美。未来主义产生于立体主义之后，它无疑受到立体主义的启发和影响。未来主义的一些手法，它的趋向抽象化的观念，它对交错、重叠形式的迷恋，应该说是来自立体主义的"①，只不过未来主义比立体主义更激进、演变更复杂罢了。

　　20 世纪的文学思潮不再如以前那样总是领先于艺术思潮，而且在成就和影响上，艺术思潮也已出现了与文学思潮并驾齐驱有时甚至超越相应文学思潮的现象，某些艺术思潮借助其支配的艺术运动和艺术革新轰动一时，出尽风头。例如现代主义艺术思潮无论在西方还是在中国，都曾出现过惊世骇俗、掀起轩然大波的事件，其社会影响之大甚至超乎同期文学思潮之上。随着影视艺术的发展，文学逐渐失去接受中心的地位，文学思潮与艺术思潮之间的关系更趋复杂。

---

① 邵大箴：《未来主义评述》，《世界美术》1986 年第 1 期。

第 九 章
文学思潮的社会功能

文学思潮的社会功能可分为在文学系统内的功能和在文学系统之外即文化系统的功能两个层次进行分析。

第一节　文学思潮的文学功能

文学活动领域内的文学思潮功能不妨称之为文学功能，但在这里所用的"文学"应区别于传统意义上专指创作和作品的"文学"概念，我们说的"文学"包括整个文学系统各个领域的文学活动。按照笔者的界定，"文学思潮是特定历史时期文学活动系统中受某种文学规范体系所支配的群体性思想趋向"，那么，文学思潮的文学功能就是这种群体性文学思想趋向对文学理论、文学批评、文学创作、文学接受、文学流派、文学运动、文学史领域等有什么作用。如果按不同领域进行分解，文学思潮的文学功能就又可分为文学思潮的理论功能、批评功能、创作功能、接受功能、流派功能、运动功能和文学史功能等多种。具体的文学思潮既可以同时在文学活动的各个领域里形成，也可以首先出现于其中的某一领域，然后影响其他领域，或者独自以一种倾斜的结构发展。理论和创作是文学活动系统中较重要且形成思潮较易辨认的领域，文学思潮的功能以及两个领域相互之间的影响也极为明显。在文学理论领域，一种文学思潮产生之始乃以一种新的文学观念出现为标志，这一观念逐渐形成范式形态，与已有范式对立或矛盾，但不一定能取代或否定其他已有范式，有的甚至可能被已有范式战胜而式微，这是文学范式与科学范式的不同。而在创作领域，文学思潮主要通过创作方法的中介，起沟通、组织、同化的作用，促成群体性的创作潮流。文学思潮研究形成以来一百多年的历史表明，人们对文学思潮的理论和创作功能的探究已成为文学思潮研究的基本格局和主体流向。勃兰克斯在《十九世纪文学主流》中对雨果登高一呼，应者群起的浪漫主义文学思潮形成的描述，就十分形象地说明了文学思潮在创作领域和理论领域并行的潜在生成和显在涌现过程中巨大的沟通、组织、同化功能。批评、理论和接受往往融为一体，批评家首先是接受者，批评观念基于一定的理论又反映着接受要求。接受主体事实上包括理论、批评、创作主体、一般的读者和与文学相关方面如出版、流通、翻译等活动的从业人员，因此接受领域的文学思潮更为复杂，有时以市场需求或拒斥的反馈方式体现，更多的时候则与理论、批评、创作的思潮相互交织，难分彼此。17世纪的古典主义文学思潮发端于对古希腊罗马文学理论研究中的误读，由于王权政治需要的加入而首先在理论、批评和接受领域形成思潮，然后支配创作并形成创作思潮。天才作家们循此规范的实践成果进一步加强了古典主义的权威性和合法性，故能绵延两百年之久。中国新时期现代主义文学思潮的起点，无疑在于对西方现代主义文学思潮的译介，这种译介就是接受领域的一个方面，由接受领域的选择体现的群体性文学审美趋向不能说不是一种文学思潮——接受思潮，正是在这一接受思潮的作用下为理论、批评、创作提供的现代主义观念规范体系，促成了现代主义文学思潮在新时期文学活动系统中的全面展开。任何文学思潮不管它是以完整的结构还是以偏重于某一领域的倾斜结构出现，都在历史的纵向和共时的横向两个维度上使文学发生新变，有表现为以复古为旗号的以古为新或推陈出新或托古兴新，也有表现为否定一切、唯我独尊的排他性创新。不管何种方式，都要与现存文学观念、文学思潮发生冲突。新的文学思潮有的既破坏又建设，有的则以破坏为主，但是由于矛盾的张力，其结果必然或迟或早地推动文学的内在变革。五四新文学思潮与当时的新文化运动一样，对封建的旧观念旧思潮具有彻底的破坏性，但从其诞生之时始也同时以树立新观念建设新文化新思潮为己任。1917 年年初，胡适和陈独秀相继在《新青年》上发表的《文学改良刍议》和《文学革命论》被视为五四新文学思潮发端标志与划时代宣言，无论是胡适主张的文学改良的"八事"（须言之有物，不摹仿古人，须讲求文法，不作无病之呻吟，务去滥调套语，不用典，不讲对仗，不避俗语俗字），还是陈独秀所提倡的"三大主义"（推倒雕琢的阿谀的贵族文学，建设平易的抒情的国民文学；推倒陈腐的铺张的古典文学，建设新鲜的立诚的写实文学；推倒迂晦的艰涩的山林文学，建设明了的通俗的社会文学）都非常明确地提出了破坏和建设并重的双重任务。在这种新的文学观念规范下形成的新文学思潮推动了中国文学的嬗变和发展，构建了中国文学的全新体系，创立了中国文学的崭新传统。西方现代主义文学思潮和艺术思潮以具有彻底破坏性的反传统为主要标的，主张反文化、反艺术、反美学和反本质论等等艺术观，混淆艺术与非艺术界限，不择手段地消解传统意义上的文学艺术观念，这似乎是文学艺术的灾难，但正是这种破坏性的文学思潮和艺术思潮，开拓了新的视野，刺激人们进一步加强对文学艺术的本质、价值、审美和文化诸层面的广泛深入探究，直接或间接地推动了文学、艺术的发展和进步。

第二节　文学思潮的文化功能

卡冈把文化理解为"人类活动各种方式和产品的总和，它包括物质生产、精神生产和艺术生产"。这一理解与通常只把文学定义为物质生产与精神生产活动成果的总和的观点有明显的不同，他不仅关注人类活动的成果——产品，更在乎活动的过程——人类活动的各种方式。这种理解体现了系统方法所特有的科学性长处。在卡冈看来，艺术也应该是艺术活动及其各种产品的总和，也包含着活动的过程与结果的整体。"艺术与它所归属的文化同形，因此能够把它看作为文化的模型"，那么，艺术对于文化就"具有两种基本功能——成为文化的'自我意识'和不同文化交往过程中的文化'电码'"。① 为什么说"艺术是文化的'自我意识'"呢？那是因为"艺术由于它形象的、综合的本质，能够成为作为整体的、各种成分彼此统一和相互联系的'镜子'。文化在这面镜子中'照见自己'，依赖它在镜子中的所见所视而臻于完善"②。卡冈的这段话有两层含义，（1）艺术如同一面镜子一样反映了其所归属的文化的整体；（2）艺术对文化的这种反映可使文化日臻完善。换言之，也可以说文化要臻于完善离不开艺术的反映。为了说明这一观点，卡冈举了文艺复兴和俄罗斯 19 世纪上半叶以及现代的艺术对文化的功用为例。列奥纳多·达·芬奇的艺术反映了"对感性因素和理性因素、物质因素和精神因素、审美因素和数学因素、真和美、传统和革新、神话和现实和谐平衡的追求"的"成熟的文艺复兴文化"；"而米开朗基罗及以后的替善、莎士比亚、蒙台涅的创作则反映了文艺复兴急剧发展的危机、对世界、人和文艺复兴文化本身的和谐的幻灭的痛苦体验，反映了新型文化的形成"；普希金、莱蒙托夫、果戈理和"果戈理派"的创作也都反映了同时的俄罗斯文化，并"影响俄罗斯文化的许多方面和作为整体的俄罗斯文化的发展"。现代主义中的存在主义、荒诞派和抽象派的艺术则是现代资产阶级文化的"画像"，"这种'画像'刻画出它的存在的难以忍受的悲惨及其命运的毫无前途"；而社会主义艺术则反映了社会主义文化的"意愿和希望、科学清醒和革命毅力、把过去、现在和未来有机地联系起来的能力、民主人道主义和历史乐观主义"。③ 艺术对文化所具有的"电码"（也称"密码"）功用，也基于其"镜子"功能，艺术可以作为其所属的特定文化的代表，在与他文化

---

① ［苏］莫伊谢依·萨莫伊洛维奇·卡冈：《美学和系统方法》，凌继尧译，中国文联出版公司1985 年版，第 243 页。

② ［苏］莫伊谢依·萨莫伊洛维奇·卡冈：《美学和系统方法》，凌继尧译，中国文联出版公司1985 年版，第 186 页。

③ ［苏］莫伊谢依·萨莫伊洛维奇·卡冈：《美学和系统方法》，凌继尧译，中国文联出版公司1985 年版，第 186—187 页。

的交往过程中"揭示"自己所属的文化,因而"艺术在文化的历史'对话'中,在文化相互接近和交流丰富的过程中"具有"不可替代和无法估价的作用"。① 应该说,卡冈的观点颇为独到深刻。

从艺术对文化的反映与文化交往两方面考察艺术的文化功能的方法同样适用于探讨文学思潮的文化功能的场合,文学思潮的文化功能也不外体现在文学思潮对文化(社会)思潮的反映以及它在文化交往过程中的作用这两方面。文学思潮与其他思潮一样,往往是社会激烈变动时代的产物,文学思潮必然反映同时代的文化思潮,因此,人们也极易为文学艺术中体现的社会文化领域的思潮所吸引,这一点从一些文学思潮的命名上可以看得十分清楚。例如"存在主义文学思潮"、"人文主义文学思潮"、"社会主义现实主义文学思潮"、"新历史主义文学思潮"、"'左倾'文学思潮"、"自由主义文学思潮"、"爱国主义文学思潮"、"民族主义文学思潮"、"非理性主义文学思潮"等等,都是以文学思潮中反映的政治的、哲学的、历史的等等社会文化思潮或思想因素来命名的。无论它们是作为文学思潮类型的命名还是个别具体文学思潮的命名,其着眼点均在社会文化思潮而不在文学思潮。从勃兰克斯、厨川白村直到当代的不少文学思潮研究者的著作,都相当显眼地把注意力放在对文学思潮中反映的社会文化思潮的剖析。这种现象一方面说明了文学思潮对文化思潮的反映功能,一方面又暴露了研究者对文学思潮本身的忽视:只关注"反映什么",而不把"如何反映"予以应有的重视。有人指出,上海文艺出版社 1998 年出版的《十年文学主潮》,把 1976—1986 年的新时期头十年的文学思潮定位为,以人性理论为基础,以人道思潮为武器,确立同封建理学相对应的,以"人"为中心的文学宗旨的"新人文主义文学思潮"。它的主要特征是:反对神道、兽道,宣扬人性、人道;谴责蒙昧、禁欲,崇尚科学与天性;否定世俗生活理学化,主张还现实生活以感情特征。为了使人们更易于把握这十年的文学思潮,作者进一步概括出一个总体的特征:揭

---

① [苏] 莫伊谢依·萨莫伊洛维奇·卡冈:《美学和系统方法》,凌继尧译,中国文联出版公司1985 年版,第 187—188 页。

露性大于批判性。不论这种定性与特征概括正确与否，都明白无误地表明：
"作者揭示的还主要是文学思潮发展的政治层面，对艺术层面则缺乏应有的
探讨。"① 从文学思潮的社会功能这一角度上看，无可否认，文学思潮具有巨
大的政治、哲学、道德、伦理、宗教、史学等等多种功用，文学思潮以及由
文学思潮支配的文学运动、文学流派大多与社会文化思潮支配的运动和流派
等等活动或相互配合或交叉重叠，社会文化思潮借助于文学思潮的反映才更
易于深入人心，更有力地影响社会历史的发展。从叔本华、尼采、柏格森到
克罗齐、弗洛伊德、荣格、海德格尔、萨特等等一脉相承的非理性主义哲
学、美学思潮，正是由于同时代种种非理性主义倾向的文学思潮的反映而产
生了广泛久远的影响。中国现当代文学思潮的巨大政治功用更是有目共睹的
事实。从五四文学新潮直到新时期现代主义文学思潮，都在不同层面上受着
政治、政治思潮的左右。新时期文艺政策不再提文艺为政治服务，过去政治
对文艺的主宰为不少人深恶痛绝，甚至有人主张文学艺术彻底摆脱政治，要
求文艺"纯艺术"、"纯审美"化，但这种主张的本身仍立足于一定的政治立
场，并非真能彻底摆脱政治。有一部研究新时期"先锋文学的后现代性"的
著作，对一位知名作家的创作所体现的表面摒弃政治，但骨子里却隐含着另
一种政治的实质的揭示可谓一针见血。这部著作写道，那位知名作家的一系
列"先锋"创作，"拒绝提供任何对现实重大主题的关注，故事的情节仅仅
成为语言自由播散的内在线索"，"把流行隐喻与政治笑话、抽象概念与学究
式的陈词滥调、毫无节制的夸夸其谈和油嘴滑舌混合在一起，他在尽可能嘲
弄现实的同时，也毫无顾虑地玩弄了语言。……他把先前的老辣和幽默变成
毫不负责的放任自流，他把他那一向认真关注社会重大问题和聚焦问题的叙
述，变成东拉西扯、指桑骂槐的文体"。他为什么会有这种"走火入魔"式
的创作巨变？说到底，他不过是以这样一种"有针对性的现代寓言"，表达
"一种拐弯抹角的政治评论"。② "拐弯抹角的政治评论"不应认为是个别作

---

① 刘增杰：《云起云飞》，上海文艺出版社 1997 年版，第 161、162 页。

② 陈晓明：《无边的挑战》，时代文艺出版社 1993 年版，第 57 页。

家某些作品的功能，事实上，贯穿于新时期现代主义、后现代主义文学（艺术）思潮的整体，也就是说，这些文学思潮具有强烈的"拐弯抹角的政治评论"的功能。现代主义艺术家给蒙娜丽莎画上胡子，给音乐掺进噪音，把垃圾和废弃物当作艺术品挤进博物馆、展览馆展出，他们赞美反艺术、野蛮艺术或原始艺术……所有这一切，无非是要宣告传统的艺术体式是"因袭的，从而否定它们"①，这种否定，不仅仅是对传统美和艺术的否定，同时也是对传统的价值——政治的、哲学的、道德的、伦理的、宗教的……价值的亵渎、攻击和否定。特里·伊格尔顿在《文学原理引论》②中直率地强调现代文学理论的"政治性"特征，他的论述对我们理解文学思潮的文化功能更有助益。他写道："现代文学理论的历史就是我们这个时代的政治与意识形态的历史的一部分。从波西·比希·雪莱到诺尔曼·N.霍兰德，文学理论一直是同政治信仰与意识形态密切联结在一起的"。为什么文学理论具有这样的特性呢？原因在于，"任何与人的意义、价值、语言、感觉和经验有关的理论都不可避免要涉及个人和社会的性质、权力与性的问题，对以往历史的解释、对当前的看法以及对未来的希望等等更为深广的信念"。所以，必然导致这样的结论："我们所研究的文学理论是政治性的"，而要求避开政治与其他意识形态的所谓"纯"文学理论则"不过是学术上的神话"。③ 例如后结构主义文学理论思潮，表面上无视历史，回避政治，但从其产生的基础、理论的内涵及其目的来看，都具有强烈的政治性。伊格尔顿认为，后结构主义是在1968年席卷欧洲的学生运动的社会基础上产生的，这场运动极大地冲击了资本主义的国家机器，尤其是在法国，整个国家被冲击得处于崩溃的边缘。但是由于学生运动在政治上没有形成坚强的领导，"又陷入社会主义、无政府主义和幼稚的斗争方式这一片混乱之中"，因而在警察和军队的镇压之下失败。"后结构主义就是1968年那种兴奋和幻灭、斗争和平息、狂欢和遭难的大起大落的产物。由于它无法砸碎国家机器的结构，后结构主义倒发

---

① ［法］杜夫海纳：《当代艺术科学主潮》，刘应争译，安徽文艺出版社1991年版，第15—16页。

② ［英］特里·伊格尔顿：《文学原理引论》，刘峰译，文化艺术出版社1987年版。

③ ［英］特里·伊格尔顿：《文学原理引论》，刘峰译，文化艺术出版社1987年版，第228—229页。

现可以将语言的结构颠覆。"于是这场在大街上被冲垮了的学生运动"转入了地下，进入语言的领域。它的敌人，……是任何一种完整的信仰体系——特别是试图把社会结构作为一个整体来加以分析和改变的一切形式的政治理论和组织"①。因此，可以说，后结构主义"完全是一种政治实践"，其目的在于"摧毁一个特定的思想体系，以及它背后的那种一整套的政治结构和社会制度赖以生存的逻辑"。②

在文化交往中的文学思潮的功能不只是"揭示"其所归属的文化的整体性和个别性，更重要的在于文学思潮本身对他文化所产生的影响作用。这种作用包括"文学"的和"文化"的两个方面。西方浪漫主义和现实主义文学思潮对中国文化的影响，表现在文学的自我表现与典型化的按照生活本来面目的再现的艺术与审美趣味和文化上的理想主义、对现实的暴露性和批判性倾向，这两方面的影响促成了中国现当代文学中的浪漫主义、现实主义文学思潮。拉美的魔幻现实主义文学思潮融入了欧美现代主义——特别是其中的表现主义和现实主义的艺术的、审美的和文化的综合影响。而魔幻现实主义独具特色的艺术、审美观念后来又反馈回赠于欧美并影响其他国家的文学思潮。

文学思潮在文化系统内的社会文化功能及其在文学系统内的文学功能都是客观存在，忽视或无视任何一个方面对文学思潮的发展和研究都是有害的。

---

① ［英］特里·伊格尔顿：《文学原理引论》，刘峰译，文化艺术出版社 1987 年版，第 168—169 页。
② ［英］特里·伊格尔顿：《文学原理引论》，刘峰译，文化艺术出版社 1987 年版，第 175—176 页。

第十章

文学思潮与现代性

文学思潮与现代性的关系无疑属于近现代文学思潮特性需要探讨的问题。由于社会的发展，科技的进步，全球化的加速，近现代文学以流派、运动、思潮形态存在和演变的状态非常明显，诱使波斯彼洛夫这样的学者断定文学思潮是近代才有的文学现象，把世界最早——第一个文学思潮的桂冠戴在17世纪法国古典主义文学头上。在国内，则有学者换了种说法，把文学思潮视为现代性的反应、现代性的产物，似乎没有现代性就不可能产生文学思潮。前面我们在文学思潮的发生、发展及其历史形态的探讨中，实际上已否定了文学思潮是近现代产物的看法。但现代性概念的内涵与外延相当复杂，且与现代主义、后现代主义思潮纠缠不清，本章拟结合中国新时期对现代主义文学思潮的争论和文学思潮中体现的历史观念来深入讨论现代性与文学思潮的关系。

第一节　现代性与现代主义的误读和挪用

现代性话语的引进，对于中国现当代文学研究来说无疑开辟了一片崭新的言说空间。但从现代性的视野审视中国现当代文学中的现代主义或中国现当代文学与现代主义的关系，既可能更加澄明，又可能愈入迷津。

一、"现代性"的单一与多元

20 世纪 90 年代后期，有学者以"现代性"为依据考察中国文学，断言
20 世纪中国文学的本质特征是"完成由古典形态向现代形态的过渡、转型，
它属于世界近代文学的范围，而不属于世界现代文学的范围；所以，它只具
有近代性，而不具备现代性"①。具有现代性的现代文学必须是在"生产力发
达，社会关系建立在新型基础上，专制政治被民主政治所代替，人的个性得
到解放"的社会条件上，"文学挣脱了意识形态的束缚而成为一种独立的存
在"，其"理论和创作实践更关注个体精神世界，突破理性与规范，带有鲜
明的非理性倾向，文学表现形式也因此获得了空前的解放。总而言之，现代
文学体现了个性解放的现代人的审美理想"。欧美 20 世纪文学是世界"现代
文学"体系的典范和标准，因为它"产生了诸多现代主义流派，而现代主
义恰恰又是现代文学的代表性思潮"②。于是，在"现代性"内涵与外延的阐
释争议中，作为焦点的中国文学现代性的问题，实质上又回到了"现代主
义"，回到了"什么是'现代主义'"、"中国有无'现代主义'"等问题上来
了，类似"伪现代派"的思维再次重现。中国 20 世纪文学现代属性否定者
的理论尺度所坚持的是西方现代主义原型，无论"现代性"、"现代文学"还
是"现代主义"都是单一的纯粹西方模式。这些学者眼中的"现代性"、"现
代主义"以及"现代文学"是确定的、封闭的、不变的。所以他们敢于作出
这样的判断："现代性只是西方文化的特产，所谓的'反西方现代性的现代
性'根本上就不可能存在。"③ 这种言说的自信和绝对，带有浓重的"西方中
心论"的色彩。

"现代性"和"现代主义"一样，都是表面"简单却又无比令人困惑"④

①　杨春时、宋剑华：《论 20 世纪中国文学的近代性》，《学术月刊》1996 年第 12 期。
②　杨春时、宋剑华：《论 20 世纪中国文学的近代性》，《学术月刊》1996 年第 12 期。
③　杨春时：《现代性与中国文化》，国际文化出版公司 2002 年版，第 9—10 页。
④　[美] 马泰·卡林内斯库：《现代性的五副面孔》，顾爱彬等译，商务印书馆 2002 年版，"中
译本序言"。

的概念。西方学者从不同角度切入的研究，对"现代性"有过种种见仁见智的界定。众多的定义大致可分为两大类：一类着眼于时间和社会变迁的外在特征：或者把它看作是与"现代"一样的"历史断代术语，指涉紧随'中世纪'或封建主义时代而来的那个时代"①；或者称之为"社会生活或组织模式"，大约 17 世纪首先在欧洲出现，然后程度不同地在世界范围内产生着影响；②或者将"现代性"视为由 18 世纪启蒙哲学家开创的一项包罗万象、迄今尚未完成的事业。另一类则从内在的思考或叙事方式来定义，或者如利奥塔那样把"现代性"理解为"元叙事"这样一种特殊的叙事方式；或者如福柯那样主张把"现代性"理解为"一种态度"，即"对于现时性的一种关系方式：一些人所做的自愿选择，一种思考和感觉方式，一种行动、行为的方式。它既标志着属性也表现为一种使命"。③ 在国内则有学者将"现代性"理解为"现代时期的主导性价值体系"，"独立、自由、民主、平等、正义、个人本位、主体意识、总体性、认同感、中心主义、崇尚理性、追求真理、征服自然"等等，是"现代性"体现的"主导性价值"。④

　　由于认识主体的意识结构不同，即使是对同一事物或对象的性质、意义的理解，也可能相异甚至相反；而在同一认识主体的意识结构中，当一个对象和不同事物相对立时，也同样可能会提炼出不同的性质或意义。"现代性"内涵的界定之所以如此纷杂，除了"现代性"本身的历史复杂性之外，同时与界定者的意识结构、观察角度和思考方式相关联。所有这些定义都在不同视域和不同层面上揭示了"现代性"某一方面的内涵和特征，但至少迄今为止，还没有任何一种定义能够全面囊括"现代性"的应有之义。如果正视"现代"具有犹如巨大旋涡般的动力性时代特征，正视产生于西欧的"现

---

① ［美］道格拉斯·凯尔纳、斯蒂文·贝斯特：《后现代理论——批判性的质疑》，张志斌译，中央编译出版社 2001 年版，第 2—3 页。

② 参见 ［英］安东尼·吉登斯：《现代性的后果》，田禾译，译林出版社 2000 年版，第 1 页。

③ 杜小真编：《福柯集》，王简等译，上海远东出版社 1998 年版，第 533—534 页。

④ 俞吾金等：《现代性现象学：与西方马克思主义者的对话》，上海社会科学院出版社 2002 年版，第 36 页。

代性"在向欧美直至全世界扩张的过程中产生了"不断变化的文化和制度模式"①的客观事实，我们不得不相信只有"多元现代性"，而没有单一的"现代性"，而空前的开放性和不确定性正是"现代性"的核心特征。例如，在南美、非洲、中东的一些国家出现的"现代性"并不是完全趋同于西方，这些国家都以"现代化"为目标，但许多仍然保留着以军阀和宗教狂为领袖的高压政体，甚至如南非那样，既是现代化的、自由的、技术上先进的、最进步最成功的经济大国，又是一个保留着巨大的黑人区的国度。中东的沙特阿拉伯也与南非类似，中世纪关于妇女、社会和政治生活的观念和准奴隶式输入的劳动力与现代技术并存。非西方社会从 19 世纪中期以来出现的各种民族主义和传统主义运动以及最近的原教旨主义运动等等社会运动，即使都"明确地表达出了强烈的反西方或甚至反现代的主题，然而，所有这些运动无疑都是现代的"②，都不能排除在"现代性"之外。由于各种经济并存和经济发展的不平衡所使然，甚至如 20 世纪 20 年代和 30 年代的"共产主义苏维埃"和"欧洲法西斯主义"也是最早出现的"独特的、意识形态的、'可选择的'现代性"，都"完全处于现代性文化方案的框架内，尤其是启蒙运动和主要的革命的框架内。他们对资本主义社会方案的批判，始终围绕着这些现代方案欠完备的看法打圈子"。③ 毫无疑义，"现代性不等同于西化；现代性的西方模式不是唯一'真正的'现代性"④。中国从鸦片战争以来从传统社会向现代社会的过渡和变迁，指导中国社会主义革命和社会主义实践的是西方引进的马克思主义理论，改革开放以来对西方现代科学技术和思想文化的吸纳……都是明显的历史事实。中国的"现代性"当然不可能是完全西化

① [以色列] S. N. 艾森斯塔特：《反思现代性》，旷新年等译，生活·读书·新知三联书店 2006 年版，第 8 页。

② [以色列] S. N. 艾森斯塔特：《反思现代性》，旷新年等译，生活·读书·新知三联书店 2006 年版，第 37 页。

③ 参见 [以色列] S. N. 艾森斯塔特：《反思现代性》，旷新年等译，生活·读书·新知三联书店 2006 年版，第 49 页。

④ [以色列] S. N. 艾森斯塔特：《反思现代性》，旷新年等译，生活·读书·新知三联书店 2006 年版，第 38 页。

的"现代性"，它只能是"多元现代性"中独具特色的一种。

由此看来，西方的"现代主义"模式也并不能等同于全世界范围内文学艺术上的"现代性"，"非理性"也不能放大为判断是否"现代主义"或非西方国家的文学艺术有无"现代性"的唯一标准。而且，西方的"现代主义"概念本身模棱两可，充满了悖论、矛盾和混乱，它"在大多数国家里是未来主义、浪漫主义和古典主义的一种奇特的混合物。它既歌颂技术时代，又谴责技术时代；既兴奋地接受旧文化秩序已经结束的观点，同时面对这种恐怖情景又深感绝望；它混合着这些信念：即确信新的形式是逃避历史主义和时代压力的途径，又坚信他们正是这些东西的生动表现"①。

按丹尼尔·贝尔的说法，理性是资本主义的传统，从启蒙运动以来以理性为主导的社会现代化方案缔造的资本主义在经济、政治（含法律）和文化（由文学、艺术、宗教和思想组成的负责诠释人生意义的部门，大致相当于马克思和恩格斯所说的"意识形态"）三大领域之间发生了根本性的对立和冲突，尤其是文化领域"自我表达、自我满足"的轴心原则，与经济领域的"效益原则"支配下形成的管理、分工的非人化和政治领域在"平等"原则支配下集权的扩大、管理的官僚体制化，发生了最为严重的断裂和逆转。② 形成了两种现代性的矛盾和冲突。马泰·卡林内斯库则把两种现代性分别称之为"历史和资产阶级的现代性"和"美学现代性"，前者是科技进步、工业革命和资本主义带来的全面经济社会变化的产物，把功利主义、商业标准奉为资产阶级的唯一神圣标准；后者则强烈拒斥和否定前者。③ 维尔默则说是"启蒙现代性"与"浪漫现代性"的对峙。国内有学者称之为"启蒙现代性"与"审美（或文化，或浪漫）现代性"的冲突，前者是一种

---

① [英] 马·布雷德伯里、詹·麦克法兰编：《现代主义》，胡家峦等译，上海外语教育出版社1992年版，第32页。
② 参见 [美] 丹尼尔·贝尔：《资本主义文化矛盾》，赵一凡等译，生活·读书·新知三联书店1989年版。
③ 参见 [美] 马泰·卡林内斯库：《现代性的五副面孔》，顾爱彬等译，商务印书馆2002年版，第47、48、62页，"中译本序言"。

认知——工具理性和道德——实践理性话语，后者是一种审美——表现性话语。①

现代主义属于审美现代性。按贝尔的划分法，审美现代性应该包含在包括文学、艺术、宗教和思想在内的"文化现代性"中，都与"启蒙现代性"或"历史和资产阶级的现代性"相对立冲突。因此"现代主义"、"审美现代性"和"文化现代性"三者之间有着逻辑关系上的种属差别，不能混淆等同，其共同性则在于对启蒙理性主导的社会现代化的"现代性"的"反思"与"批判"的特质。现代性的内在悖论和矛盾与生俱来，现代性自其诞生之始就存在着两种现代性的内在冲突。但这两种现代性"同根同源"，文化现代性、审美现代性与"启蒙现代性"或"历史和资产阶级的现代性"之间存在着既对立又相互依赖的辩证关系。而文化现代性、审美现代性对"启蒙现代性"的否定，多元现代性的形成，其动力和功能从根本上说是现代文明发展不断完善所必需的自我修正和试验。

由理性主导的"启蒙现代性"使欧洲社会的资本主义现代化取得了巨大的成就，这就是《共产党宣言》中说的"资产阶级"在历史上所起过的"非常革命的作用"：

> 它第一个证明了，人的活动能够取得什么样的成就。它创造了完全不同于埃及金字塔、罗马水道和哥特式教堂的奇迹；它完成了完全不同于民族大迁徙和十字军征讨的远征。
>
> ……
>
> 资产阶级在它的不到一百年的阶级统治中所创造的生产力，比过去一切世代创造的全部生产力还要多，还要大。自然力的征服，机器的采用，化学在工业和农业中的应用，轮船的行驶，铁路的通行，电报的使用，整个整个大陆的开垦，河川的通航，仿佛用法术从地下呼唤出来的大量人口——过去哪一个世纪料想到在社会劳动里蕴藏有这

---

① 参见周宪：《审美现代性批判》，商务印书馆2005年版，"导言"。

样的生产力呢？①

但是，在资产阶级凭借启蒙理性取得巨大成就的同时，也造成了"异化"的灾难。

> 资产阶级在它已经取得了统治的地方把一切封建的、宗法的和田园诗般的关系都破坏了。它无情地斩断了把人们束缚于天然尊长的形形色色的封建羁绊，它使人和人之间除了赤裸裸的利害关系，除了冷酷无情的"现金交易"，就再也没有任何别的联系了。它把宗教虔诚、骑士热忱、小市民伤感这些情感的神圣发作，淹没在利己主义打算的冰水之中。它把人的尊严变成了交换价值，用一种没有良心的贸易自由代替了无数特许的和自力挣得的自由。总而言之，它用公开的、无耻的、直接的、露骨的剥削代替了由宗教幻想和政治幻想掩盖着的剥削。
>
> 资产阶级抹去了一切向来受人尊崇和令人敬畏的职业的神圣光环。它把医生、律师、教士、诗人和学者变成了它出钱招雇的雇佣劳动者。
>
> 资产阶级撕下了罩在家庭关系上的温情脉脉的面纱，把这种关系变成了纯粹的金钱关系。②

在启蒙理性取得绝对威权的地方，机器、科技给大众带来莫大好处的同时，也把大众变成了机器、科技及其掌控者绝对支配的奴隶，个体在机器面前消失，个人在经济权力部门面前变得一钱不值。财富的增加使大众从身体到感觉和思想都变得更易于被奴役，精神产品商品化、消费化的结果是促使精神走向消亡，信息化社会既提高人的才智，又使人变得更加愚蠢。"启蒙现代性"安排下的现代化结果导致了现代性中潜伏的破坏性、野蛮主义

---

① 《马克思恩格斯文集》第 2 卷，人民出版社 2009 年版，第 34、36 页。
② 《马克思恩格斯文集》第 2 卷，人民出版社 2009 年版，第 33—34 页。

的恶性爆发，造成了自由与控制的激烈冲突，充分暴露了启蒙理性的缺陷。"启蒙倒退成神话"。① 应该像马克思、恩格斯那样，在充分肯定"启蒙现代性"对人类文明发展和历史进步所起的巨大积极作用的同时，也不回避其严重消极的一面，并寻求解决问题的最佳方案。

　　西方"文化现代性"中的非理性主义所反对的"启蒙现代性"的"理性"乃不完善的有缺陷的却自以为是"完美"的"理性"，它所追求的目标是以"非理性"来反对理性的专制，但结果除了短暂的发泄狂欢外，并不能彻底消除启蒙理性的缺陷。"理性"和"非理性"是一物的两面，在人类活动中始终不能完全分离，在人和历史的发展中都起了重要作用，极端的非理性和极端的理性都是不合理的，非理性主义的出现和蔓延是对僵化的理性主义的反叛和惩罚，但矫枉过正地强调"非理性"甚至要以"非理性"取代"理性"，以"审美现代性"取代"启蒙现代性"，那就偏向了另一个极端，无异于要取消人类活动本身一样荒谬。弗洛伊德揭示了人的内在心理中非理性的无意识本我与理性的超我之间的矛盾结构的存在，正是基于一种理性的认知，不能完全视为非理性的胜利，因为无意识本身不可能发现和阐释人的心理结构，更不可能创立精神分析理论。弗洛伊德的精神分析理论的贡献，对现代人克服启蒙"理性"对心理结构的无知是有益的。启蒙理性的本来目标是人的解放，然而由于其本身的不完善和无知领域的存在，使其设计的社会现代化方案在实现的过程中一定程度上走向了反面，使现代社会的生活组织和制度模式越来越成为禁锢现代人的"铁笼"，所以需要具有更深刻、更完善的人道主义内涵的文化现代性和审美现代性来纠正。

　　审美现代性与启蒙现代性之间存在着复杂的既对立又依存的关系。从历时态和共时态的关系来说，现代性主要是历史的概念，历史唯物主义最强调历史因素，注重把问题放到一定的历史结构、历史过程、历史范围、历史

---

① ［德］马克斯·霍克海默、西奥多·阿道尔诺：《启蒙辩证法》，渠敬东等译，上海人民出版社 2006 年版，"前言"。

条件下来考察；现代性既有统一性，又有差别性；由于时间、空间和历史文化传统的差别以及经济发展的不平衡，启蒙现代性和审美现代性必然具有多样性。从启蒙现代性与审美现代性的关系来说，东西方之间就存在着一个时空错位的巨大差异。我们所处的历史阶段决定了我们所提倡的审美现代性不应像西方那样反对启蒙现代性支配下的社会现代化，而应该是主张与社会现代化一致的审美现代性，以促进当代中国现代化的历史进程。同时，也积极借鉴西方审美现代性对现代化的负面的批判精神，使社会现代化得以健康发展。因为，从整体和全局上说，中国还是发展中国家，还没有发展到发达国家的历史状态，因而决不能盲目地站在现代化之上或之外，以"观潮派"和"算账派"的立场，对现代化这一实现民族复兴的伟大事业指手画脚。从启蒙理性和非理性的关系来说，当代中国总人口中还存在着大量文盲，人的低下素质显著，成为社会现代化的最大障碍，而科技、教育和文化还都非常落后，工业化、城市化、市场化、信息化尚属初级阶段，现实还没有达到现代化成熟阶段启蒙理性和科技理性对人的全面压抑和异化，反而是社会由于缺少启蒙理性和科技理性而使人不能全面发展，所以，迫切需要的是张扬启蒙理性和科技理性。在社会主义初级阶段的整个历史过程中，我们亟须形成的是崇尚理性精神的、非资本主义的、有中国特色的"启蒙现代性"和与之相协调而不是完全相敌对的"审美现代性"。

同样，在文化现代性中，审美现代性与相邻各领域如哲学现代性之间也存在着种种顺逆互动的动态性复杂关系。因此，在对现代主义的研究中，文化现代性内部的复杂关系也不容忽视。例如，既然美洲的、中东的、非洲的现代性、社会主义苏维埃和欧洲法西斯主义都曾经是与西欧"原装"现代性相并列的"可选择"的多元现代性，那么，贯彻"最初的现代主义者"①之一的马克思的思想——最典型最具有批判精神的文化现代性——的文学艺术不能说没有"现代性"。整个 20 世纪以来，伴随着中国现代化进程而发展

---

① ［美］马歇尔·伯曼：《一切坚固的东西都烟消云散了》，徐大建、张辑译，商务印书馆 2003 年版，第 45 页。

的无产阶级的社会主义的文学艺术，尽管有种种的失误和缺陷，但其成就是不能抹杀的，今天对其"现代性"的反思，不是否定其对马克思主义这一最革命、最有批判精神和富于建设性的文化现代性的贯彻和实践，而应是抛弃那种盲目地对非理性主义主导的西方文化现代性和以现代主义为代表的审美现代性的全盘接受与错位挪用。

上帝，不，实际上是语言差异表征的文化多样性使人类的巴别塔① 追求成了永恒的烂尾工程，也宿命般注定了误读存在的合法性和难以避免。需要通过不断的反思来区分并重视的是，误读以及随之而来的挪用的价值取向及其对民族文化建设与现代文明发展的损益，而对于现代性与现代主义的误读和挪用，尤其需要予以特别的重视和反思。

二、"现代主义"观念的封闭与开放

在中国，作为文艺思潮的现代主义或曰"现代派"似乎早已"烟消云散"了，经由可见的特定活动方式及其成果显现的"现代主义"已属过去时了。可是，不容忽视的事实是，从西方输入的"现代主义"的幽灵一直或隐或显地活跃于各式各样的文艺潮流或文化活动中，在某些重要的意识活动领域甚至被挪用到了支配性的地位。"现代主义"和它的母体"现代性"一样，在不断地生成和变化，始终在延续。什么是"现代主义"？我们是否需要"现代主义"？中国有无"现代主义"？ 20 世纪 80 年代初在关于"现代化与现代派"的争论中表现出来的这些疑惑一直困扰着我们，80 年代后期这些疑惑又以关于"伪现代派"概念的争议再次出场。到了 90 年代，虽然接踵而来的"后现代主义"、"现代性"言说时尚迅速流行，也丝毫没有减轻反而增加了这些问题对我们的压力。于是，在 90 年代后期，我们又遭遇了一场关于中国现当代文学是否是"现代文学"的争执，论争的焦点表面上是中国现当代文学有无"现代性"的问题，其实还是中国现当代文学有无"现代

① 巴别塔，见于《圣经·创世记》故事：最初人们都说同一种语言，但是因为他们要建一座通天高塔，触怒了上帝，于是耶和华神就变乱了人们的口音，使他们彼此语言不通，高塔被迫停工。"巴别"即"变乱"，故有"巴别塔"之称。

主义"的问题，因为"现代主义"是"现代性"成熟的标志，如果没有"现代主义"，怎能成为"现代文学"？纷争依然观点殊异，迄今尚未消停。可见，"现代主义"问题甩不开、躲不掉，仿佛一个影子，挥之不去。如此看来，在学界，无论是"现代主义"的坚定盟友，还是不共戴天的仇敌，抑或是"怎么都行"的"后现代主义"者以及其他种种主义者，只要研究现当代现实及其文艺、文化，就都不能对"现代主义"和"现代性"的现实存在或作为文艺问题的言说存在漠不关心。

新时期以来，对现代主义的三次论争的发生及其结果，基本上都没有彻底突破封闭性视野的围限，实际上是以误读的"现代主义"和"现代性"尺度衡量中国文学。我们一次又一次地对"现代主义"喋喋不休的争执，表面上似乎每一次争论的命题有所不同，但实质上都是在"什么是'现代主义'"、"中国有无或能否产生过'现代主义'"等问题上纠缠不休。在这些问题中，最根本的无疑是"什么是'现代主义'"？"现代性"以及与此相关的其他问题的阐释似乎都取决于对这个根本问题的回答。

徐迟等人在20世纪80年代初自认为是以经济基础决定上层建筑的马克思主义原理为依据，得出现代主义文艺思潮是现代化社会经济基础的必然产物的判断，认为"现代化必然产生现代派"。并据此宣称，我国要实现四个现代化，必然需要而且一定会产生现代主义文艺思潮。大多数批评意见指出，这种见解并没有真正把握马克思主义的基本原理，更无视物质生产与精神生产的发展还有不平衡的规律，错误地简单地理解西方现代派与西方社会及经济基础的关系，对文艺生成原理的解读陷入了机械唯物主义的误区，把西方"现代派"与西方社会现代化的特殊联系加以普遍化，重蹈20世纪三四十年代庸俗社会学的覆辙。徐迟文章中还提出了"马克思主义的现代主义"和"建立在革命的现实主义和革命的浪漫主义的两结合基础上的现代派文艺"命题。这些观点遭到了强烈的反对，理由是"现代派文艺"或"现代主义文艺"是"专指"20世纪以来"在西方文艺中出现的被称作各种'主义'的资产阶级艺术思潮和流派"，其内容和性质"十分确定"，是与马克思主义"根本不同的两种思想体系和世界观"。两者互不搭界，不能直接绞在一起。由于徐迟命题的语焉不详，难免被认为有"实际上还不过是提倡西方现代主义文艺罢了"①的重大嫌疑。但批评者对"现代主义"内涵的所谓"常识"性静态界定显然十分封闭狭隘，而且本身存在着逻辑上的混乱。作为文艺思潮的"浪漫主义"、"浪漫派"和"现实主义"本来也是属于"表现西方资产阶级和小资产阶级知识分子的思想感情"的文艺，也有着与马克思主义、社会主义根本不同的思想体系和世界观，但为什么可以和"社会主义"或"革命"连接在一起，而变成了"我们的"、"主义"、"流派"、"文艺"？唯独"现代主义"、"现代派"就不能呢？认为"现代主义"或"现代派"只有固定不变的一种，是明显违背历史事实的。即便是西方现代主义文艺本身，也因各国社会现实和历史文化传统的不同而形成面貌各异甚至相互冲突的思潮或流派：超现实主义发端于法国，与"法国人耽于幻想的习气与超现实倾向"相关；表现主义兴盛于德国，与德国人重视精神作用的文化传统具有紧密的联系；意识流小说肇始于英国，是与经验主义哲学传统的影响分不开的。②从意大利诞生的未来主义与其他反科技理性的现代主义截然相反，它高度赞扬社会现代化带来的"机器文明"、"速度"和"力量"，这种思潮的内部也形成了不同的派别，有左翼、右翼之分。现代主义在非西方国家传播的结果也证明了现代主义的非封闭性，如现代主义与拉丁美洲独特的社会现实和历史文化传统相融合后，形成了与欧洲本源的现代主义既紧密相连又大异其趣的魔幻现实主义③；在日本，则有"新感觉派"式的现代主义文学。那么，有没有"中国式的现代主义"呢？一位对西方现代主义文艺深有研究的中国学者非常肯定地认为，从 20 世纪初引进西方现代派以后，"中国式的现代主义一直是存在的"④。

　　"现代化与现代派"的论争不仅没有减弱对"现代派"和"现代主义"

---

① 理迪：《〈现代化与现代派〉一文质疑》，《文艺报》1982 年第 11 期。

② 参见袁可嘉：《西方现代派文学三题》，《文艺报》1983 年第 1 期。

③ 虽然魔幻现实主义的思潮性质归属尚有争议，但仅从加西亚·马尔克斯自述卡夫卡对他的创作思想的震撼而言，可知魔幻现实主义与欧洲现代主义之间存在着不可否认的重要关联。

④ 袁可嘉：《中国与现代主义：十年新经验》，《文艺研究》1988 年第 4 期。

认识的封闭性，反而进一步强化了这种误读意识的牢固性。当现代主义创作在 20 世纪 80 年代中期形成气候之后，曾被指责为"伪现代派"，遭到了来自不同立场的学者的批评和攻击。所谓"伪"的依据表现为：一类是认为中国的现代主义作品徒有表面相似的形式，而内容上却没有表现出西方现代主义作品的非理性主义的"生命本体冲动"；一类是从经济基础上确认中国目前尚无西方的高度工业化、现代化，中国的现代主义作品表现的现代意识实际上是西方的意识，不是中国现实生活的产物，属于一种"矫情"或"冒牌"的"现代主义"；一类是来自站在现实主义至尊价值观上的批评，否定西方"真现代派"的审美价值，或以传统的现实主义价值观附会于西方现代主义者一些只言片语的同调性，贬斥中国现代主义模仿的拙劣。不论是那种观念的指责，其理论标尺都是以所谓"真现代派"——一种被误读了的西方现代主义的静态模式，正如一位批评家所说的，这是"没有意识到现代派文学产生于东、西方文化的价值标准都发生移易的时代"，也没有意识到"反规范"是现代派的根本倾向而设立的一个"先验规范"。①

在 20 世纪 80 年代初，中国学界热火朝天地讨论"现代化和现代派"问题之前，美国学者马歇尔·伯曼已经出版了他的一部关于现代性和现代主义研究的重要专著《一切坚固的东西都烟消云散了》，书名取自马克思和恩格斯的《共产党宣言》中饶有象征意味的一句名言。伯曼著书的初衷是不满于 20 世纪的作家、思想家对"现代性"的思考的"今不如昔"，造成极端化、平面化的停滞和倒退，希望恢复和延续 19 世纪伟大的"现代主义者"们对待"现代性"的辩证传统。因此，他企图通过对 19 世纪现代主义的回顾，回溯到现代主义之"根"，使之得到滋养和更新，并批判今天的各种现代性，为人们提供创造 21 世纪的现代主义所需的见解和勇气。马歇尔·伯曼指出，在 19 世纪，马克思等具有现代思想的伟大思想家、哲学家、学者和作家，准确地把握了"现代"和"现代性"的基本特征：除了固定不变外，包容一切！所有事物都包含有它的反面。正如《共产党宣言》所概括的那样：

---

① 参见黄子平：《关于"伪现代派"及其批评》，《北京文学》1988 年第 2 期。

生产的不断变革，一切社会状况不停的动荡，永远的不安定和变动，这就是资产阶级时代不同于过去一切时代的地方。一切固定的僵化的关系以及与之相适应的素被尊崇的观念和见解都被消除了，一切新形成的关系等不到固定下来就陈旧了。一切等级的和固定的东西都烟消云散了，一切神圣的东西都被亵渎了。①

马克思等 19 世纪的伟大"现代主义者"，既是现代生活的热心支持者，又是现代生活的敌人，他们孜孜不倦地与现代生活的模棱两可和矛盾作斗争。② 而 20 世纪的思想家们却怎样对待"现代性"呢？马歇尔·伯曼以极端遗憾的口吻抨击他们远逊于 19 世纪的先驱，一味倾向于极端化和平面化。"现代性"在他们那里，或者受到盲目的不加批判的"热情拥抱"，如从未来主义者到第二次世界大战后的富勒和麦克卢汉以及托夫勒等对机器和现代科技的狂热歌颂，或者受到一种"新奥林匹亚式"的冷漠和轻蔑的指责，如从首先提出现代性"铁笼"论的韦伯，到马尔库塞等自称继承了马克思批判传统的"新左派"和著述《资本主义文化矛盾》的丹尼尔·贝尔这样一些新保守主义者对现代性的激烈攻击，以及福柯等人对现代人享有任何自由的可能性的彻底否定。不论持何种态度，现代性都被设想为一块封闭的独石，无法为现代人塑造或改变。对现代生活的开放见解被封闭的见解所取代，"既是 / 又是"被"非此 / 即彼"所取代。③ 马歇尔·伯曼对现代性的看法与哈贝马斯可谓异曲同工，但在视界的宏阔和见解的精辟方面各有所长。而他对 20 世纪现代主义者的批评，对于我们反思当代中国文学问题语境中的现代主义，更是难得的理论参照资源。

马歇尔·伯曼对"现代主义"的界定是与众不同的。他在《一切坚固

---

① 《马克思恩格斯文集》第 2 卷，人民出版社 2009 年版，第 34—35 页。

② 参见［美］马歇尔·伯曼：《一切坚固的东西都烟消云散了》，徐大建、张辑译，商务印书馆 2003 年版，第 28 页。

③ 参见［美］马歇尔·伯曼：《一切坚固的东西都烟消云散了》，徐大建、张辑译，商务印书馆 2003 年版，第 28 页。

的东西都烟消云散了》企鹅版前言的开篇宣称，该书是以一种"宽广开放的理解方式"来定义"现代主义"的。因此，该书对"现代主义"的界定与一般的学术著作相比，含义更加宽广丰富。在马歇尔·伯曼看来，"现代主义"可以理解为"现代的男男女女试图成为现代的客体和主体、试图掌握现代世界并把它改造为自己的家的一切尝试"。这样的"尝试"是一种"斗争"——"一种把一个不断变化着的世界改造为自己的家的斗争"。正因为"现代主义"是这样的一种斗争；所以拥有最鲜明的一种特性："任何一种现代主义的模式都不可能是最终的不可变更的。"① 简言之，现代主义不仅仅是文艺思潮，也不只是一种社会文化思潮，而是现代人改造现代世界的一种斗争——现代人自身"现代化"的社会活动。这种社会活动没有固定的模式，它随着现代社会的不断变化而不断地通过自我批判进行自我更新。因而，这是一种"变化的现代主义"。马歇尔·伯曼的现代主义定义或许过于广阔无边，但考虑到"现代"犹如旋涡般的动力性时代特征，突破静态封闭的狭隘性而采取动态开放的宽广视野来审视"现代主义"，无疑是必要而合理的思维转型。

三、现代主义的概念误读与挪用错位

对现代主义的误读，除了源于封闭性视野的囿限外，还出于对"现代主义"概念属性的模糊认识。"现代主义"到底是历史性的时期概念，还是共时性的逻辑抽象的类型概念？历史性概念的内涵相当丰富，不可定义。尼采早对此深有感慨，马克斯·韦伯亦有同感。② 韦勒克则明确指出，各种时期和运动的存在，人们可以在现实中把它们鉴别出来，加以描写和分析，但是永远不可能给这类时间概念下一个明确的终极的定义。③ 如果我们将现代

---

① ［美］马歇尔·伯曼：《一切坚固的东西都烟消云散了》，徐大建、张辑译，商务印书馆 2003 年版，第 1、2 页。

② 参见 ［美］马泰·卡林内斯库：《现代性的五副面孔》，顾爱彬等译，商务印书馆 2002 年版，第 333 页。

③ 参见 ［美］R. 韦勒克：《文学思潮和文学运动的概念》，刘象愚选编，中国社会科学出版社 1989 年版，第 28 页。

主义视为一个历史概念而又希望给它下一个简明的定义，不仅徒劳无功，还会陷入无法自圆其说的阐释矛盾。而当我们以共时性的逻辑抽象的类型概念来界定和使用"现代主义"时，作为分类标准的属性识别的随意性又必然会导致许许多多的阐释的分歧。人们在使用现代主义概念的时候，很少有自觉的概念属性意识，往往在两种概念属性之间摇摆不定，因而产生内涵与外延的不同理解。按时期概念把西方的现代主义作为标准来考察非西方的类型学意义上的现代主义，必然以任何一点与原型不符之处为理由而轻而易举地得出"伪现代派"这样的结论，因为历史和时期的概念是一度性的，是不可能重复出现的。按类型学概念使用"现代主义"，划分的主观性必然造成不同属性的抽象定位，例如从西方的"现代主义"中抽象出"非理性"作为类型属性的核心标准来考量中国的"现代主义"作品，因其缺失而被否定或称之为"伪现代派"。同样，反驳者也可以根据同样的思维方式另立分类标准，作出自己的类型界定，认为"现代主义"表现的是"现代人对世界、对人类、对自我整体存在及其存在命运的体验和感受"。根据这样一个适合于研究中国文学的"独立概念"，"一个不完全等同于西方现代主义的独立的创作方法"，可以完全有理由这么说："五四新文化运动就是中国的一个现代主义文化运动，五四新文学运动就是中国的现代主义文学运动，从那时到现在的新文学创作就是中国的现代主义文学，它不但包括受西方现代主义影响的现当代文学作品，也包括受西方浪漫主义和现实主义文学影响的文学作品。'中国现代主义'是与'中国古典主义'相对举的文学概念，它是在追求中国文学的现代性、摆脱'中国古典主义'的束缚的努力中建立并发展起来的。它同西方的现代主义文学一样，在其产生并发展的过程中，一直居于先锋派文学的位置，是探索性的、实验性的，是与社会群众习惯性的审美心理和固有的文学传统不同的文学。"① 这是一种具有代表性的类型学阐释，但又是对西方"现代主义"概念的"挪用"。正如以色列学者 S. N. 艾森斯塔特所指出的，非西方国家对现代性主题的挪用，使某些西方的具有普遍主义

---

① 王富仁：《中国现代主义文学论》（上），《天津社会科学》1996 年第 4 期。

的要素整合到了自己新的集体认同的建构之中，而不必放弃自己传统的特殊成分。它并没有消除他们对西方的否定或至少是模棱两可的态度。抗议、制度建设、中心和边缘的重新界定等现代性的特有主题，有利于鼓励和促进现代方案转换到非欧洲、非西方的环境中。尽管最初是用西方的术语来表达的，但诸多这类主题在许多社会的政治传统中得到了共鸣。这种挪用"带来了对这些引进观念的持续不断的选择、重释和重构。这一切引起了不断的革新，伴随着新的文化和政治方案的出现，逐渐展现出新的意识形态和制度模式"①。另一位著名的中国学者在20世纪80年代后期回顾中国引进现代主义的情况时，提出了"中国式现代主义"的概念并对其"基本性质"作了这样的界定：随着中国现代化进程而发展的"中国式现代主义"、"应当是在最深刻的意义上（而不是最表面的意义上）为社会主义、为人民服务的，是与现实主义精神相沟通的，是与民族优秀传统相融合的，同时又具有独特的现代意识（即现代化进程中中国人的思想感情）、技巧和风格的，具体表现为心理刻画上的深度和人物塑造上的真度、艺术表现上的力度和艺术风格上的新度"②。这一界定也具有努力把西方概念的普遍主义要素与本土的特殊成分相融合的"选择、重释和重构"的挪用特色。对"中国式现代主义"的类型学上的挪用性阐释不论是否合适，无疑是突破受"西方中心论"局限的单一"现代主义"、"现代性"的封闭性思维方式的有益尝试。

"现代主义"概念之所以"模糊"、没有公认的定义，可以说"有多少现代主义者就有多少现代主义"③，原因还在于这个概念"可能是一种风格的抽象，一种极难用公式表示的抽象"④。因此，可以较为清晰地确认，"朝着深奥微妙和独特风格发展的倾向，朝着内向性、技巧表现、内心自我怀疑发

① [以色列] S. N. 艾森斯塔特：《反思现代性》，旷新年等译，生活·读书·新知三联书店 2006 年版，第 53—54 页。

② 袁可嘉：《中国与现代主义：十年新经验》，《文艺研究》，1988 年第 4 期。（着重号为原文所有）

③ [美] 马泰·卡林内斯库：《现代性的五副面孔》，顾爱彬等译，商务印书馆 2002 年版，第 88 页。

④ [英] 马·布雷德伯里、詹·麦克法兰编：《现代主义》，胡家峦等译，上海外语教育出版社 1992 年版，第 38 页。

展的倾向，往往被看作是给现代主义下定义的共同基础"①。文艺思潮的世界性传播，似乎是接受者对创作范型进行直觉把握或逻辑抽象出来的风格类型的摹仿和挪用，其结果必然形成"貌合神离"或"离形失神"，与原型不可能完全重合甚至差异极大的一种融合了本土因素的新的"意识形态和制度模式"。明智的研究者不应当胶柱鼓瑟，错误地使用特定历史社会环境中的原型性时期概念的某些含义作为标准来判断类型性现象的内容和性质的真伪。

艺术风格是一个具象性的审美范畴。但"风格本来是基于人的精神的个性法则而成立的，那么，在根本上与其说它存在于作品这样的精神创造的成果中，还不如应该说是在于创作它的精神里面"②。风格类型的抽象，往往是对风格根底中的精神属性——创作方法、创作原则的类型属性的识别。接受者往往各取所需，甚至以非风格类型的一般文学分类的属性进行误读和模仿西方现代主义文艺，或热衷于语言、叙事技巧等表面形式特征的照搬，或随意挪用范型主题的某种倾向性。新时期以来被归入"现代主义"的不少作品大体上都是属于这种误读和挪用的产物，有的很容易看出与其直接对应的西方现代主义作品原型。应该充分肯定这些作品表现对传统与现代迷信的叛逆精神的重要意义和勇于探索的艺术创新价值，以及一些作家、理论家努力建构"中国式的现代主义"的创作的可贵尝试，但也不能回避或否认从"最表面意义上"模仿西方现代主义中的潜意识、性本能、语言游戏、叙述圈套、暴力血腥、反传统、反美学、反历史，带有偶然性、宿命论、非理性等倾向的存在。小说抛弃传统叙述脉络，消解意义，颠覆传统价值观，人物陌生化，并侧重于描写被社会抛弃的边缘人物；诗歌依赖所谓的"纯语言"，堆积无法辨识的混乱意象，丧失可读性；绘画拒绝客观形象的再现，醉心于几何立体块面、色块、线条的抽象表现；音乐反对和声，引进噪音，摒弃曲

---

① ［英］马·布雷德伯里、詹·麦克法兰编：《现代主义》，胡家峦等译，上海外语教育出版社1992年版，第10页。

② ［日］竹内敏雄：《文艺思潮论》，载［日］河出孝雄编：《文艺思潮》，河出书店1941年版，第11页。

调,甚至无声……在各类艺术中,"人的声音仿佛丧失殆尽"①。尤其是西方现代主义艺术的瓦解原则中的历史相对主义和历史虚无主义,迄今还广泛渗透于形形色色的文艺创作中,"败坏维系社会团结的各种观念","在美学上向内容或群体和社会发起挑战"。② 这对于尚处于现代化未成熟阶段的中国国情而言,不啻是一种破坏力极强的错位挪用。

第二节　新时期文学思潮历史观与现代性

历史永远是文学的幽灵,与文学随身附形。古往今来,无论人们对中国的"诗史"概念还是西方的"史诗"范畴有多少相差十万八千里的理解或诠释,"诗史"和"史诗"概念存在的本身,就表明历史与文学相互无法分离的关系一目了然,毋庸置疑。只见"艺术"的"纯审美"梦幻或仅重内容的社会学、文化学附庸的文学研究或文化研究,都与文学本体的客观存在风马牛不相及。"美学观点"与"历史观点"的统一作为马克思主义文学研究与批评的"最高标准",顺理成章。而历史在文学作品中呈现的面目及其价值评估,必然决定于创作者的历史观念。马克思和恩格斯经典文学批评中与"美学观点"相统一的"历史观点"瞄准的靶心,笔者以为正是文学思潮、流派和作品中体现的历史观念。

在历史观念上,新时期以来文学中喧哗的众声,尤其是现代主义历史观念的天马行空,似乎都可以清晰地追溯到朦胧诗潮。或至少可以说,朦胧诗潮提供了后来者足以仿效、演绎或反叛的种种本土创作范型。在文学史视野中,无论从时间、艺术属性、变革还是影响等等角度来看,朦胧诗潮都可谓是新时期迄今文学的开端和始源,她汇聚着现实主义、浪漫主义、古典主

---

① ［美］弗雷德里克·R. 卡尔:《现代与现代主义——艺术家的主权 1885—1925》,陈永国、傅景川译,中国人民大学出版社 2004 年版,"前言"第 7—8 页。

② ［美］弗雷德里克·R. 卡尔:《现代与现代主义——艺术家的主权 1885—1925》,陈永国、傅景川译,中国人民大学出版社 2004 年版,"前言"第 7 页。

义、现代主义甚至后现代主义等种种文学思潮的种种因素，斑斓驳杂，而其中尤以现代主义的强光炫人眼目。20 世纪特别是"文化大革命"以来时代和社会的动荡激变，赋予了朦胧诗潮相应的过渡性质和承前启后的历史角色。在人道主义的呼唤和人性的吁求中，历史，特别是主流历史和历史观念的产物，在朦胧诗中被颠覆、被瓦解，取而代之的是带有历史怀疑主义、虚无主义、相对主义和非理性主义浓郁色彩的现代主义倾向。当然这中间也有现代理性倾向等多向度的历史反思和历史重构。可以说，后来作家创作中体现的种种历史观念，无非是步朦胧诗潮的后尘，或拓展或反叛，其间的延续、影响脉络，无疑昭示了新时期以来文学发展的进路和阶段性、整体性。朦胧诗潮已远逝多年，对朦胧诗潮的研究以及所引发轩然大波的批评和争论，迄今还在继续，虽然研究成果已不可胜数，但对朦胧诗潮的历史观念及其影响，还需要系统的重视和深入的探讨。

一、怀疑与反叛

朦胧诗人们的青少年时代正好遭遇"文化大革命"，十年动乱的荒诞现实把他们的青春、理想卷进了一场梦魇。那是一场历史"浩劫"、一场"两千五百多年封建极权战争的延长和继续"和"精神奴役战争的集中和扩大"。"它在每一个人的脸部表情上进行着 / 在无数的高音喇叭里进行着 / 在每一双眼睛的惊惧不定的 / 眼神里进行着 / 在每一个人的大脑皮层下的 / 神经网里进行着 / 它轰击着每一个人轰击着每一个人身上的 / 生理和心理的各个部分和各个方面"，在这场"罪恶的战争"里，"一种冥顽的愚昧的粗暴的力量 / 压倒一切控制一切 / 在无与伦比的空前绝后的暴力的 / 进攻面前"，"人性的性爱在退化 / 活的有机体心理失调 / 精神分裂症泛滥 / 个性被消灭"。① 诗人们和同时代的青年们一样，"在疯狂的季节"里，都曾经虔诚地"寻找太阳"，却如同"烘烤着的鱼梦见海洋"一样，对"从盐碱地似的白纸上"

---

① 参见黄翔：《我看见一场战争——〈火神交响诗〉之三》，载谢冕、唐晓渡主编：《在黎明的铜镜中·朦胧诗选》，北京师范大学出版社 1993 年版，第 9—10 页。

看见的"理想","弓起了脊背",顶礼膜拜，还"自以为找到了表达真理的
唯一方式"。像"一夜之间"连腰带都输掉了的赌徒，一无所有，"又赤条条
地回到世上"，"天地翻转过来"，自己"被倒挂在一棵墩布似的老树上"。①
在"受够无情的戏弄之后"，人仿佛变成了一条"漫无目的地游荡人间"的
"疯狗"，甚至"还不如一条疯狗"。因为，"狗急它能跳出院墙，/ 而我只能
默默地忍受，/ 我比疯狗有更多的辛酸"。更不能像疯狗那样可以"挣脱这
无形的锁链"。② 他们和一代青年们人生的黄金时代，竟这样被葬送在动乱
年代的荒唐幻梦里。无可名状的创痛、悲愤和孤独充满心胸，而"化为一片
可怕的沉默"的"愤怒"，③ 最终转为怀疑与反叛的怒号，"回答"这令人窒
息的世界："告诉你吧，世界，/ 我——不——相——信！""我不相信天是蓝
的；/ 我不相信雷的回声；/ 我不相信梦是假的；/ 我不相信死无报应。"④ 不仅
蓝天、雷声、梦幻和报应可疑，甚至生活中的一切："大理石细密的花纹"、
"小旅馆红铁皮的屋顶"、"楼房里沉寂的钢琴"、"门下赤裸的双脚"、"我们
的爱情"……都是"可疑之处"！⑤

　　一切可疑，怀疑一切，历史、现实和世界被朦胧诗人远远疏离。怀疑
与反叛产生于理想主义信仰与丑恶现实的巨大反差，发酵于曾被谎言遮蔽
的真实的发现，爆发于被愚弄受欺骗后的觉醒和愤怒。一切革新，都起源
于对旧事物和旧观念的信任的动摇和失去；但并不是一切怀疑、一切反叛
或怀疑一切、反叛一切都能导致革新和进步，因为有的怀疑与反叛出于或

---

① 北岛《履历》，载洪子诚、程光炜编选：《朦胧诗新编》，长江文艺出版社 2004 年版，第 27—
　 28 页。
② 食指：《疯狗》，载谢冕、唐晓渡主编：《在黎明的铜镜中·朦胧诗选》，北京师范大学出版社
　 1993 年版，第 32—33 页。
③ 食指：《愤怒》，载谢冕、唐晓渡主编：《在黎明的铜镜中·朦胧诗选》，北京师范大学出版社
　 1993 年版，第 25 页。
④ 北岛：《回答》，载谢冕、唐晓渡主编：《在黎明的铜镜中·朦胧诗选》，北京师范大学出版社
　 1993 年版，第 58 页。
⑤ 北岛：《可疑之处》，载洪子诚、程光炜编选：《朦胧诗新编》，长江文艺出版社 2004 年版，第
　 38—39 页。

掺杂着非理性的情绪。的确，历史创伤造成了个人和民族的巨大伤痛，但是否因此应该对一切历史和整个世界报以怀疑、反叛和否定的态度？朦胧诗的历史怀疑主义和反叛精神既有现实主义社会批判的理性力量，又在人性与个性的追求中步入现代主义"自我表现"和反传统、反权威的非理性主义的偏激：满目疮痍，到处都是冰凌，到处都是残垣断壁，"镀金的天空中，飘满了死者弯曲的倒影"①。世界是充满疯狂、荒诞、黑暗、痛苦、冰冷、阴郁、凄迷、颓败和死亡的人间地狱，历史和现实被内化为荒原废墟和梦魇世界，否定与虚无也随之成为朦胧诗历史观念的一种必然的思维指向。

二、否定与虚无

朦胧诗潮中体现的怀疑和反叛倾向本身已经包含着强烈的否定和虚无的意识，无论是对蓝天和雷声的真实性，还是对梦幻和报应的虚假性这些"常识"意象，都报之以怀疑的意识深层，就隐含着彻底的否定和虚无——尽管这些"常识"意象已被赋予了"以太阳的名义／黑暗在公开地掠夺"②的特定时代内涵。即使否定和虚无没有与怀疑孪生共体，也必然紧随怀疑接踵而至。而像北岛的《一切》则是否定和虚无的历史观念的直接宣告："一切都是命运／一切都是烟云／一切都是没有结局的开始／一切都是稍纵即逝的追寻"③，诗中用了十四个"一切"来囊括历史和现实的丑恶、荒诞和虚无，表达了强烈的否定情绪和反叛意识。在北岛的《空白》中，无论是"贫困"、"自由"和"胜利"，还是"失望"、"背叛"和"厌恶"，甚至"时间"和"历史"，都只是"一片空白"！④ 这些"空白"并非实在的"虚无"，而是主

---

① 北岛：《回答》，载谢冕、唐晓渡主编：《在黎明的铜镜中·朦胧诗选》，北京师范大学出版社1993年版，第57页。

② 北岛：《结局或开始——献给遇罗克》，载谢冕、唐晓渡主编：《在黎明的铜镜中·朦胧诗选》，北京师范大学出版社1993年版，第67页。

③ 北岛：《一切》，载洪子诚、程光炜编选：《朦胧诗新编》，长江文艺出版社2004年版，第9页。

④ 北岛：《空白》，载洪子诚、程光炜编选：《朦胧诗新编》，长江文艺出版社2004年版，第36—37页。

观的自我价值判断或情绪倾向的"虚无":"贫困"和"自由"的"空白"无疑有历史和现实的真实基础;在没有生命的"大理石雕像的眼眶里","胜利"自然是空洞无物;一醉之后,对友情的"失望"随着万千愁绪烟消云散;情人的"背叛",不啻是把原先的爱情一笔抹去;终于收到那等待已久的来信时,长久等待的"厌恶"必由喜悦取代;对医院里死去的病人而言,"时间"还有什么意义?"历史"在没有得到记载和确认之前,就如同"待续的家谱",不能不是"一片空白"。

鲁迅曾以"吃人"二字彻底否定了"仁义道德"的历史。朦胧诗人"在历史课本中"看到的传统,则是西方神话中西西弗斯一次又一次地重复着推巨石上山般的徒劳虚空:"野山羊站立在悬崖上/拱桥自建成之日/就已经衰老/在箭猪般丛生的年代里/谁又能看清地平线/日日夜夜,风铃/如文身的男人那样/阴沉,听不到祖先的语言/长夜默默地进入石头/搬动石头的愿望是/山,在历史课本中起伏"①。就连那"在这世界上飞行"的"许多种语言"也似乎是多余的,因为它们的产生,"并不能增加或减轻/人类沉默的痛苦"②!

朦胧诗中的历史虚无主义情绪在田晓青的《虚构》里体现出更鲜明的现代主义特征:"语言模拟着岁月的变迁/历史,一个虚构的故事/在这个故事里/我被虚构着"③。如果说在北岛的《空白》中,历史的"空白"是符合理性的一种价值判断,似乎还不否认历史本体的存在。那么,在田晓青的《虚构》里,历史却成了"语言"的任意"虚构"——彻底失去真实性基础的虚无!凸显了历史的非理性存在,大大增强了历史虚无主义的否定力度,抵达后现代主义语言决定存在的观念畛域。从顾城的《山影》中,我们也可读出这种已接近后现代主义边缘的历史观念:"山影里,/现出远古的武士,/挽着骏马,/路在周围消失。//他变成了浮雕,/变成了纷纭的故事,/今天

---

① 北岛:《关于传统》,载洪子诚、程光炜编选:《朦胧诗新编》,长江文艺出版社2004年版,第33页。

② 北岛:《语言》,载洪子诚、程光炜编选:《朦胧诗新编》,长江文艺出版社2004年版,第42页。

③ 北岛:《空白》,载洪子诚、程光炜编选:《朦胧诗新编》,长江文艺出版社2004年版,第143页。

像恶魔，／明天又是天使。"①"挽着骏马"的"远古的武士"在山影中出现，本来就面目不清、扑朔迷离，更何况在他变成了"浮雕"和"纷纭的故事"后，其面目竟然可以在不同时空和不同描述里纷纭异样，甚至完全对立，既可以是"恶魔"，又可以是"天使"。真实可疑，历史无定，一切任由语言塑造。这种语言决定存在、历史即主观叙述的观念，在后来马原、余华、格非、莫言等作家的先锋小说创作中，得到了更突出更鲜明更全面的呼应和发展。

　　强烈的否定情绪是现代主义所代表的审美现代性的主要精神。"过去的已经过去，未来尚且遥远，对于我们这代人来说，今天，只有今天！"②这是最早发表朦胧诗大量代表作的民刊《今天》在 1978 年创刊号上的宣告，也暗合朦胧诗潮的历史否定主义和虚无主义观念，他们要将目光从关注"过去"和"未来"的"纵向"改为"横向"：盯住"今天"，"环视周围的地平线"。著名的美国学者丹尼尔·贝尔曾经指出，重视现在和将来，而不是过去，这是现代主义的思维特征。"不过，人们一旦与过去切断联系，就绝难摆脱从将来本身产生出来的最终空虚感。信仰不再成为可能。艺术、自然或冲动在酒神行为的醉狂中只能暂时地抹杀自我。醉狂终究要过去，接着便是凄冷的清晨，它随着黎明无情地降临大地。这种在劫难逃的焦虑必然导致人人处于末世的感觉——此乃贯穿着现代主义思想的一根黑线。这种终结感，这种人人处于天下大乱年代的意识，……正是我们称之为现代主义的事物的主要标记。"③

　　朦胧诗人们否定与诅咒"昨天"，把它视为已经死去的"黑色的蛇"，要展开"暗黄的尸布"，埋葬已经"结束"的"昨天"的一切；他们模仿着艾略特的《荒原》口吻，或悲吟着《三月与末日》："不过礁石上／稚嫩的苔草，细腻的沙砾也被／十九场沸腾的大雨冲刷，烫死／礁石阴沉地裸露着、

---

① 顾城：《顾城的诗》，人民文学出版社 1998 年版，第 34 页。
② 转引自洪子诚、程光炜编选：《朦胧诗新编·序》，长江文艺出版社 2004 年版。
③ ［美］丹尼尔·贝尔：《资本主义文化矛盾》，赵一凡等译，生活·读书·新知三联书店 1989 年版，第 97 页。

不见了 / 枯黄的透明的光泽、今天 / 暗褐色的心，像一块加热又冷却过 / 十九次的钢，安详、沉重 / 永远不再闪烁"①；或咏叹着孤岛般的迷惘、无望："你在雾海中航行 / 没有帆 / 你在月夜下停泊 / 没有锚 // 路从这里消失 / 夜从这里开始 // 没有标志 / 没有清晰的界限 / 只有浪花祝祷的峭崖 / 留下岁月那沉闷的痕迹 / 和一点点威严的纪念 //……/ 地平线倾斜了 / 摇晃着，翻转过来 / 一只海鸥坠落而下 / 热血烫卷了硕大的蒲叶 / 那无所不在的夜色 / 遮掩了枪声 // ——这是禁地 / 这是自由的结局 / 沙地上插着一支羽毛的笔 / 带着微温的气息 / 它属于颤抖的船舷和季节风 / 属于岸，属于雨的斜线 / 昨天或明天的太阳 / 如今却在这里 / 写下死亡所公开的秘密 // 每个浪头上 / 浮着一根闪光的羽毛 / 孩子们堆起小小的沙丘 / 海水围拢过来 / 像花圈，清冷地摇动 / 月光的挽联铺向天边"②。他们在《荒原》式的死亡图景和波德莱尔式的腐尸气息中，渲染"在劫难逃的焦虑"导致的"末世的感觉"。当余华、莫言、残雪等人在小说中对暴力、血腥和死亡像解剖学和活体解剖般冷酷无情、无动于衷地详细展示甚至以黑色幽默的笔调描述时，就凸显了现代主义先锋的否定性、破坏性的极端——对丑恶、血腥、暴力和死亡的迷恋癖，显示了与朦胧诗中《荒原》式的死亡图景和波德莱尔式的腐尸气息相接续的美学观念和历史观念的清晰轨迹。

三、超越与憧憬

朦胧诗人否定和摈弃梦魇似的"过去"，埋葬"黑蛇"僵尸般的"昨天"。"昨天——/ 它什么也没有留下 / 它把该带走的全都带走了。"③ 既然"昨天"已不堪回首，那么"今天"又怎样呢？当他们盯着"今天"来"环视

---

① 根子：《三月与末日》，载谢冕、唐晓渡主编：《在黎明的铜镜中·朦胧诗选》，北京师范大学出版社 1993 年版，第 124 页。

② 北岛：《岛》，载谢冕、唐晓渡主编：《在黎明的铜镜中·朦胧诗选》，北京师范大学出版社 1993 年版，第 61—63 页。

③ 芒克：《昨天与今天》，载谢冕、唐晓渡主编：《在黎明的铜镜中·朦胧诗选》，北京师范大学出版社 1993 年版，第 186 页。

周围的地平线"时，却失望地发现："今天——/ 它简直就像一个 / 野蛮的汉子 / 一个把你按倒在地 / 并随意摆布的汉子"①。或者是对"昨天"和"今天"的失望，或者是早年的理想主义教育的余绪不屈，或者是既重视现在又重视将来的现代主义精神使然，朦胧诗人不能不把目光投向"尚且遥远"的"未来"。他们要用"黑夜"给予的"黑色的眼睛"来"寻找光明"，走出"荒原"、"孤岛"，超越荒诞疯狂，憧憬和追求理想未来，希冀建立"一个自己的世界，正直的世界，正义和人性的世界"。②虽然失去一切，四处流落，人不如疯狗，但还是疾声呼吁"相信未来"："朋友，坚定地相信未来吧，/相信不屈不挠的努力，/ 相信战胜死亡的年轻，/ 相信未来，相信生命。"因为只有"未来"可以信任："相信未来人们的眼睛——/ 她有拨开历史风尘的睫毛，/ 她有看透岁月篇章的瞳孔。""……对于我们的背脊，/ 那无数次的探索、迷途、失败和成功，/ 一定会给予热情、客观、公正的评定。"③"未来"似乎成了宗教信仰中完美的天堂。其思想基础，显然是历史进步论。相对于食指对"未来"一厢情愿的憧憬而言，舒婷回应北岛《一切》中的无望和迷惘的《这也是一切》，则把"希望"——"未来"落实在现在的担当和"斗争"："……不是一切真情 / 都流失在人心的沙漠里；/ 不是一切梦想 / 都甘愿折掉翅膀。//……不是一切呼吁都没有回响；/ 不是一切损失都无法补偿；/ 不是一切深渊都是灭亡；/ 不是一切灭亡都覆盖在弱者头上；/ 不是一切心灵 / 都可以踩在脚下，烂在泥里；/ 不是一切后果 / 都是眼泪血印，而不展现欢容。// 一切的现在都孕育着未来，/ 未来的一切都生长于它的昨天。/ 希望，而且为它斗争，/ 请把这一切放在你的肩上。"④在朦胧诗潮普遍刻意摹状渲染的死寂迷惘的荒原大漠里，舒婷这首诗无疑是一座突兀而起的希望之峰，

---

① 芒克：《昨天与今天》，载谢冕、唐晓渡主编：《在黎明的铜镜中·朦胧诗选》，北京师范大学出版社 1993 年版，第 188 页。

② 北岛语，见老木编：《青年诗人谈诗》，北京大学五四文学社，1985 年，第 2 页。

③ 食指：《相信未来》，载谢冕、唐晓渡主编：《在黎明的铜镜中·朦胧诗选》，北京师范大学出版社 1993 年版，第 26—27 页。

④ 舒婷：《中国当代名诗人选集·舒婷》，人民文学出版社 2007 年版，第 37—38 页。

闪耀着罕有的理性历史观念的光辉。

　　然而，朦胧诗憧憬的"未来"，更多的是像顾城《生命幻想曲》中描绘的那种童话般超越现实的梦幻世界：以贝壳为船，以柳枝为船篷，以新月为黄金的锚，太阳当纤夫，载上诗人的幻影和梦，驶进银河的港湾；用金黄的麦秸编成摇篮一样的车儿，放置诗人的灵感和心，装上纽扣的车轮，让时间的马拖拉，去问候世界。天上几千个星星，草丛中抖动着琴弦的蟋蟀，都在热情欢迎，连空中的太平鸟也飞到车上做窝，亲密同行。合上眼睡着，就可以远离尘嚣。诗人把自己的足迹像图章一样印遍大地，让自己的生命融进世界；千百年后，宇宙中还会共鸣着诗人曾经唱过的一支人类的歌曲。[①] 这样的未来王国虽然美丽，终归还是心造梦幻的自由，无法在现实中实现。

四、反思与重构

　　朦胧诗派是一个松散的精神群体，朦胧诗潮所体现的历史观念也在个体与群体、时间与空间上都有多向度的差异变迁。怀疑一切使朦胧诗人否定历史与现实，但是历史和现实却无可回避。少数头脑清醒的诗人一直亲近历史和传统，即使历史虚无主义泛滥之时也没有随波逐流。不少朦胧诗人在历史怀疑主义和虚无主义的纵情狂欢之后，也终于发现"昨天"、"今天"与"明天"无法分明切割，于是重新睁眼反思曾经用彻底的怀疑和虚无疏离了的历史，有的则积极参与传统的现代重构。

　　在朦胧诗潮中，江河和杨炼的创作表现出最强烈的历史理性意识和使命感，他们都有着创造史诗的宏大抱负，都专注于远古历史的探寻。江河明确宣称："过去——现在——未来，在诗人身上，同时存在，他把自己融入历史中，同富有创造性的人们一起，真诚地实现着全人类的愿望。"[②] "我的诗的主人公是人民。……我认为诗人应当有历史感，使诗走在时代的前

---

①　参见顾城：《生命幻想曲》，载谢冕、唐晓渡主编：《在黎明的铜镜中·朦胧诗选》，北京师范大学出版社 1993 年版，第 107—110 页。

②　江河：《让我们一起奔腾吧——献给变革者的歌·前言》，《上海文学》1981 年第 3 期。

面。……我最大的愿望，是写出史诗。"① 他在《纪念碑》中，将历史、民族和自我融合，浑然一体。"我想／我就是纪念碑／我的身体里垒满了石头／中华民族的历史有多沉重／我就有多少重量／中华民族有多少伤口／我就流出过多少血液"②。江河运用上古神话题材创作的《太阳和它的反光（组诗）》，没有拘泥于神话传说的原型，而是在其基础上加以现代意义的改造，赋以崭新的内涵，进行新的历史重构。既复活了古老的神话，又深化了民族精神的传统。而这样的创作，关键在于主体如何融入历史并用现代意识去省思和开拓传统的含义，《太阳和它的反光（组诗）》中的《斫木》在江河这类诗作实践中堪为成功的典范。流传数千年的吴刚月宫砍伐桂树的神话，家喻户晓。但诗人并不局限于用现代汉语诗句来展示古老神话中的图景："那被砍伐的就是他自己／他和树像两面镜子对视／只有一去一回的斧声／真实地哐哐作响／断了又接上砍了又生长／伤势在万籁俱寂的萌萌之夜／悠然愈合／／……那个人也许是我也许是吴刚／也许是月高风清的遥远颂歌／他们夜守孤灯独自创作／他们不知不觉／溶解在青铜的镜子里"③。开篇一句"那被砍伐的就是他自己"，天外飞来，融入古老神话中的主体现代意识的深刻洞见开门见山，振聋发聩。而当"他"——"那个人"与"我"、"吴刚"和"遥远颂歌"叠合为"不知不觉"地"溶解在青铜的镜子里"的"他们"时，吴刚月宫伐桂悲剧的古老神话，就成了民族甚至人类绵延不息的历史传统和文化创造的整体象征，神话的时间和空间，以及一去一回哐哐作响不断重复的斧声等等，都获得了历史和现实以至延伸到未来的蓬勃生命和无限意义，从而永恒。凸显出主体对历史与文化传统意味深长的现代沉思。

舒婷关于巫山神女美丽而忧伤的古老爱情传说的诗意反思也颇为出色："美丽的梦留下美丽的忧伤／人间天上，代代相传／但是，心／真能变成石头

---

① 江河语，见洪子诚、程光炜编选：《朦胧诗新编》，长江文艺出版社 2004 年版，第 245 页。

② 江河：《纪念碑》，载谢冕、唐晓渡主编：《在黎明的铜镜中·朦胧诗选》，北京师范大学出版社 1993 年版，第 134 页。

③ 江河：《斫木》，载洪子诚、程光炜编选：《朦胧诗新编》，长江文艺出版社 2004 年版，第 274—275 页。

吗 / 为眺望远天的杳鹤 / 而错过无数次春江明月 //……与其在悬崖上展览千年 / 不如在爱人肩头痛哭一晚"①。诗人在对传统女性观念的怀疑与否定中，在理想人性的基础上，重建了具有浓郁现代色彩的女性意识。

正如杨炼所说："……考察历史和环顾世界，是通过昨天透视今天，而不是把今天拉回过去时。历史是一种积淀的现实。文化是精神领域折射的现实。它们永远与我们的存在交织在一起。正是站在此时此地，通过对历史、文化的探寻，将获得对现实多层次的认识。'更深地'而不是'凭空地'使历史和文化成为活生生的、加入现代生活的东西。'作《易》者，其有忧患乎'。……只有当现实、历史、文化合成诗人手中的三棱镜时，智力的空间才可能丰富而有意义。"②"诗的威力和内在生命来自对人类复杂经验的聚合。把握真实和变革语言、批判精神和自我更新，体现诗人的才能。传统不是一条河，它活在我们对自己的铸造中。加入传统要付出艰巨的劳动，但谁放弃这个努力就等于放弃了自身存在的前提。"③ 现实和未来无法摆脱历史和传统，文学当然也不能在历史怀疑主义和虚无主义的土壤上维持自己的存在和可持续发展及其价值意义。江河、杨炼的创作实践，作为文化寻根的先驱，推动了"寻根文学"的产生。

朦胧诗潮多向度的历史观念在后来的文学实践中得到了种种继承、呼应和发展，经受了历史的淘洗。时至今日，其精华与糟粕的深入分辨，理应得到人们的充分重视和清晰确认。

朦胧诗中或隐或显的西方现代主义历史意识的多种流向，随着"现代化与现代派"和"三个崛起"批评论争的影响，深深渗入不少作家尤其是年轻作家的创作观念，很快在新时期的小说和戏剧创作中得到了全方位地铺开和发展，甚至在迄今的种种艺术实践中，还可以看到某些处于支配性地位的现代主义历史观念的挪用和演绎的延续。对深受机械唯物主义、"极左"思

---

① 舒婷：《神女峰》，载谢冕、唐晓渡主编：《在黎明的铜镜中·朦胧诗选》，北京师范大学出版社 1993 年版，第 202—203 页。

② 杨炼：《智力的空间》，载老木编：《青年诗人谈诗》，北京大学五四文学社，1985 年，第 77 页。

③ 杨炼：《诗的威力和内容》，《上海文学》1983 年第 5 期。

潮侵蚀的宏大叙事的历史的怀疑，本来具有现实的合理性，但对西方现代主义不加批判的认同模仿，导致拨乱反正的热情误入偏激极端的歧途，相对主义、虚无主义、神秘主义和不可知论等等历史观念在新时期小说中严重泛滥，热衷于以抽象的精神、意识、非理性的欲望动力、偶然性来说明存在、决定历史，或否定历史运动存在内在规律。唯物史观在新时期文学中被明显疏离，甚至遭遇了现代主义历史观念的强力消解。

五、世界的荒诞与语言的游戏

新时期小说和戏剧的现代主义倾向，最初表现于王蒙等人在艺术形式上对意识流等现代小说表现技巧的"剥离式"借鉴，继而有宗璞、高行健、刘索拉、徐星、马原、残雪等作家对西方现代派文学形神整体上的挪用。刘索拉的小说《你别无选择》不仅被誉为最早的"真正的中国现代派的文学作品"，而且荣获全国优秀中篇小说奖，在文艺制度层面上获得充分肯定。徐星的《无主题变奏》则被批评者称为"'伪现代派'的典型标本"，同样意味着西方现代派文学在中国的巨大影响。对西方现代主义的挪用，包括意义上对历史和现实的否定性抽象思考和艺术形式上的反传统创新追求。对"荒诞"的挪用是新时期小说和戏剧创作最早的现代主义成就与标志。在西方现代主义艺术中，"荒诞"既指哲学意义上的"荒谬"，又指美学形式上的"荒诞"，都与传统的情理坐标相悖逆。"荒诞"意味着人类陷入困境，即人类"与其环境的不和谐的存在的无目的性（荒谬的字面意思就是不和谐）。意识到我们所作所为的一切缺乏目的……导致了一种形而上的极度痛苦状态"①。存在的荒谬和意义的缺席以及人类自觉到这一真实存在后的痛苦、焦虑与恐惧，正是现代主义文学中"荒诞"内容的两个层面。西方现代主义文学表现的"荒诞"，立足于人类在工业社会的"铁笼"中被"异化"的现实，其否定性主要指向启蒙理性支配下的历史和当下的社会生活。中国的现代主义文学挪用"荒诞"的否定性主要指向"文化大革命"的非理性和新时期这一现

---

① ［英］阿诺德·P. 欣奇利夫：《论荒诞派》，李永辉译，昆仑出版社 1992 年版，第 2 页。

代化初级阶段现实中束缚人们自由、创造的僵化保守规范与意识的存在，具有明显的异质性。

　　宗璞于 1979 年发表的《我是谁?》，是最早挪用西方现代主义荒诞因素的新时期小说。这篇反思"文化大革命"历史的作品，以卡夫卡的《变形记》为滥觞，采用意识流的心理独白表现手法，描写主人公韦弥——一位女性知识分子——在"文化大革命"中被批斗毒打而精神恍惚，颠倒错乱，自我感觉和其他被批斗的知识分子一起都变形为虫子，弄不清"我是谁"，终于不堪虐待，投湖自杀。小说荒诞的意象蕴含着对践踏人性的"文化大革命"历史的强烈否定。戴厚英的长篇小说《人啊，人!》也自觉地运用西方现代派的意识流手法，并借人物之口表现出荒诞、虚无的历史意识：历史好像废旧物资，任人随意捆扎，随便扔放；历史也像打毛线，打坏了，拆了从头打，拆来打去，面目全非，"谁也看不出它原来的样子"。一言以蔽之，全部历史不过是"颠来倒去"四个字。① 刘索拉的《你别无选择》和徐星的《无主题变奏》则是对新时期改革开放时代现实生活的观照，都以当代青年的生活及其躁动不安、迷惘、焦虑的精神世界，表现存在的荒诞和生存的虚无。青年人向往个性独立和自由，但现实社会环境却如囚笼，既有音乐学院那样密密层层的制度规范束缚，还有"贾教授"、"老 Q"所代表的传统价值观念对他们的窒息，无论是学问、事业，还是友谊、爱情，任何领域中的个性、理想、创造都被无情扼杀，"你别无选择"——只能循规蹈矩地生存。传统与现代、自由与压制激烈冲突，使人困惑、迷惘，陷入精神危机，弄不清自己是什么，需要什么和等待什么。这些作品观照历史和现实生活的历史意识所具有的强烈的现代主义否定色彩非常突出。其对历史和传统的反叛和颠覆，一方面表现了对人性解放的热烈渴求和直面人生荒诞的勇敢；另一方面又体现出简单化的嘲弄社会和全盘否定历史的态度，对我们的历史和人文传统中那些有生命力的价值观念、科学精神缺乏必要的尊重和发掘，存在着历史虚无主义的严重偏颇。

---

① 参见戴厚英:《人啊，人!》，花城出版社 1980 年版，第 145、37 页。

　　与重在意义范围关注"写什么"方面挪用现代主义的刘索拉、徐星等"现代派"不同，以马原为首的另一路新潮"先锋"作家则在"怎么写"的艺术形式范围内，挪用现代主义反传统的艺术观念和审美意识，通过"叙事陷阱"、"暴露虚构"的艺术探索，以"叙述圈套"、"语言狂欢"的方式掀起"叙事革命"实验，颠覆传统的现实主义的美学权威。在更深层次上看，则是以叙事中真幻难辨的意义模糊、迷惘甚至消散来揭示世界、历史和现实的不确定性和荒诞性。马原的小说体现了典型的叙事膜拜和语言狂欢，他把小说的价值定位于"说"——叙述，无视作品的意义承载，小说创作成为一种语言游戏，不再讲究题材、主题、构思，倾向于超现实主义式的"自由表达"。作者以"元叙事"的方式突出"虚构"性，往往边写边构思，并把构思和写作过程和盘托出，也写进小说中，在故事讲述中还随时停顿下来提醒读者，这是我在讲"虚构"的故事，不要当真。作者在作品中直接出现，而且一会儿是叙述者，一会儿是叙述对象，三者重叠复合，面目不清。有的作品中关键的叙述人的身份也十分模糊，例如《冈底斯的诱惑》，最先出场的叙述者"我"，是作品中的人物之一——探险故事的组织者，但这人到底是谁？简直是个谜，既不能确认是作者本人，因为根本没有《虚构》中开篇自我介绍"那个叫马原的汉人，我写小说"①。那样明确的依据，也不像小说中出现的其他任何人物。故事没头没尾，无因无果，关键环节常常缺失留下空白。有时还把几个互不相干的残缺故事拼装在一起，让读者莫名其妙，摸不着头脑。作者"仿佛是故意保持经验的片断性、此刻性、互不相关性和非逻辑性"②。更典型如《虚构》，小说写的是作者在麻风村——玛曲村的经历故事，作者首先说这个故事是虚构的，可他又说为了杜撰这个故事，自己"把脑袋掖在腰里钻了七天玛曲村"，通过观察的结果来编排的。第十九节，故事突然停顿，作者向读者声明说"下面的结尾是杜撰的"，为的是"洗刷自己"，不希望读者看了前面的故事，"就说我与麻风病患者有染，把我当成妖

---

① 马原：《1980 年代的舞蹈》，春风文艺出版社 2004 年版，第 50 页。

② 吴亮：《马原的叙述圈套》，《当代作家评论》1987 年第 3 期。

魔鬼怪"，以免"所有的公共场所对我关闭，把我送到一个类似玛曲村的地方隔离起来"。① 彻底否定前面所说自己在麻风村经历的真实性。接着说明自己主要是通过老婆听来的关于麻风病医院的事，还有自己看过的两部外国人写的有关麻风病的书，以及自己在西藏到过的一些地方的见闻激发的灵感，才杜撰了这个故事。这似乎也否定了前面所说的为了杜撰这个故事自己"把脑袋掖在腰里钻了七天玛曲村"的真实性。作品最后写作者从玛曲村回来路上在道班过夜，一觉醒来，听到收音机里正在现场直播北京"五四国际青年足球邀请赛"，忽然发现并得到身边的道班工人师傅证实，当天是"5月 4 号青年节"，他清楚记得自己是 5 月 2 日从拉萨出来的，那么实际上才过去了三天时间，与开头说自己去玛曲村用了七天的时间相矛盾，进一步否定了麻风村经历的真实性。如果说在麻风村"与麻风病患者有染"的故事是一场梦境，那么作者到底有没有去过麻风村呢？无从确定。这样的"叙述圈套"，彻底颠覆了传统小说的叙事模式，带有明显的语言游戏性质。但语言游戏的背后却体现着现代主义的真实观：生活真相不可知，混乱无序、芜杂零碎、亦真亦幻、毫无逻辑性可言，一切都不确定，能确定的只是这暂时显示于你目前的语言和叙述本身——这就是世界、历史和现实的本来"真实"！叙述和语言因而具有本体论的意味：语言和叙述塑造世界，决定存在。

　　善于制造叙事迷宫的格非在其被评论家称为"新历史小说"的一批作品中，得心应手地编织一个个扑朔迷离的"叙述圈套"，对历史进行戏谑性解构，彰显怀疑主义的否定意识，强化了历史即叙述，叙述就是一切，或说一切都是叙述的现代主义历史哲学的挪用。但格非并没有采用马原式"暴露虚构"的"元叙事"，表面上很像传统现实主义小说那样写实地讲故事，可叙事并不遵从现实主义的逻辑，故事情节大都没有现实主义强调的整体性和可把握的连贯性，人物若隐若现，关系复杂，暧昧不清，时间跳跃而模糊，情节常随人物偶然、零碎、琐杂的表现而横生枝节，无序弥散，或互相消解，进程经常突然中断，形成空白，留下无解的意义迷惘。例如《青黄》，

---

① 　马原：《1980 年代的舞蹈》，春风文艺出版社 2004 年版，第 92、93 页。

写的是"我"到麦村所做的一次有关民俗史的调查，本来目的是要探寻被称为"九姓渔户"的一支妓女船队最后一代几个张姓子孙四十年前在麦村上岸后的下落，以及相关传说中的"青黄"一词的所指悬疑。时间随着"我"先后接触、采访的六个人的叙述和"我"的观察与心理活动，而在过去和现在之间不停地闪接跳跃，每一个人的叙述不但没有接近悬疑的真相大白，反而旁逸斜出，产生新的疑团。而且，往事叙述者都似乎有意无意地中断或有所掩饰，使探寻的悬疑更加云山雾海。特别是作为小说题目的"青黄"这个词，有人说是一个漂亮少妇的名字，有人说是春夏之交季节的名称，谭教授却以为是一部散落民间的记载九姓渔户妓女生活的编年史。"我"带着这些疑问去麦村探寻的结果是更增加了"青黄"的歧义。六个人的叙述对这个词的反应五花八门、莫衷一是。有的对这个词毫无反应，但又透露说从船上下来的外乡人的女儿好像叫"小青"；有的肯定在当地没听说过，却又相信这个词可能存在，也许是对年轻和年老两类妓女的分类简称；有人绝对否定是一本书的可能；有人告诉"我"他养的一条良种狗叫"青黄"；而"我"在几年后，则偶然从一本书上看到"青黄"这个词条的解释，竟然是一种"多年生玄参科草本植物"。意义似乎在不断消解，也似乎让人想象更丰富。不管朝哪个方向思考，"虚构"似乎是唯一轨迹。就像"我"决定离开麦村的时候突然产生的"不真实的感觉"，连"这个村子——他的寂静的河流，河边红色的沙子，匆匆行走的人和他们的影子仿佛都是被人虚构出来的，又像是一幅写生画中常常见到的事物"。① 暗示了嘲弄性质的探寻其"无意义"之下的意义：没有客观存在的真实，只有差异的虚构的个别叙述！

六、文明的亵渎与历史的消解

西方现代主义的基本精神是批判性、反权威和反规范，因而瓦解和否定历史是其奉行的根本原则。瓦解和否定意味着一种重释，当然也是一种重构。瓦解和否定，重释和重构都依据于一定的判断标准。中国作家挪用西方

① 格非：《青黄》，浙江文艺出版社 2001 年版，第 79 页。

提供的判断标准，往往随意拿来，只要顺手，可以左右开弓。他们可以接受带有后现代主义色彩的语言和叙述塑造世界、决定存在的历史观，同时又搬用性与恶的欲望决定论来终结宏大叙事，重释和重构历史，张扬民间记忆和个性体验。例如格非在《青黄》里将语言和叙述的"虚构"性本体化，否定了历史客观本体的真实存在，而在《大年》、《迷舟》等小说中除了继续强化语言和叙述的本体性外，又试图补充以或者是深化以性欲决定论的历史本体真实观。在格非看来这并不矛盾，因为"小说家和历史学家同样在描绘历史，其区别在于，历史学家所依靠的是资料，而小说家则依靠个人的记忆力以及直觉式的洞察力。小说的作者更关注民间记忆，更关注个人在历史残片中的全部情感活动，更关注这种活动的可能性"①。这与亚里士多德关于历史"叙述已发生的事"，诗歌"描述可能发生的事"②的经典说法似乎基本一致，不同的是，格非特别强调作家的"个人记忆"和"直觉式的洞察力"以及"民间记忆"中个体"情感活动的可能性"。"我想描述一个过程。"这是格非小说《大年》的"题记"，简洁、朴素，具有自然主义般的客观性色彩，作者对整个"过程"——故事的描述，也确实给读者造成了一种"零度情感"的纯粹事实记录的印象。然而，就像传统的现实主义小说一样，卒章见义，小说的倾向性在小说的结尾部分明确地凸显了出来，作者似乎以纯粹事实记录的态度来描述的整个过程，都旨在颠覆和消解作为宏大叙事的历史——新四军张贴的关于处决豹子徐福贵的布告，暴露布告遮蔽下的真相。真相是什么呢？无他，冠冕堂皇的政治、革命、爱国主义、正义也好，卑鄙无耻的阴谋诡计、杀人放火、人物的悲喜剧也好，都根源于人的本能——性欲！标志着权力的"布告"宣布豹子罪行的宏大叙事是："一、民国三十四年二月十五日（大年三十）子时率暴民洗劫开明绅士丁伯高家院，并于次日傍晚将丁枪杀。二、惯偷。三、公然抗拒新四军挺进中队赵副专员让其于民国三十四年二月十五日（大年三十）去江北集训的密令。"作者描述的"事实"

---

① 格非：《小说和记忆》，《文艺理论研究》1994 年第 6 期。

② ［古希腊］亚理斯多德：《诗学》，罗念生译，人民文学出版社 1962 年版，第 29 页。

则是：豹子确实是一个名声不好的惯偷，一个乡村中的流氓无产者，因为贫穷而成为"贼"。但他向乡村塾师唐济尧——在村中俨然是新四军挺进中队的代表——请求加入新四军时，曾和盘托出自己投奔新四军并要借此途径杀掉丁伯高的根本原因，不是因为饥荒，不是因为丁伯高为富不仁，更不是为了爱国主义的抗日，虽然他因为偷丁家的粮食而刚刚被丁家的家丁毒打过一顿，他也"并不怎样憎恨丁伯高"，他"要杀丁伯高这个狗日的"，只是因为丁的二姨太玫这个"狐狸精"！当他在丁家被吊打时见了一眼这个女人，她的美丽马上使一种"模糊的欲望"，"一种他从未体味过的紧张和新奇感悄悄弥漫他整个深不可测的内心"。他如愿以偿，在村中组织了一个新四军支队，终于色胆包天，在大年三十晚"洗劫"丁家大院，次日杀了丁伯高。但他不仅没有得到洗劫之夜逃出的玫，而且在大年初二被他当作父亲一样信任的唐济尧冷不防从背后把他摁进水里淹死。故事的"尾声"是许多天以后玫主动来找唐济尧，三天后两人双双"失踪"。至此读者恍然大悟，故事逻辑一下子明晰起来，形成了一个可把握的整体，新四军"布告"代表的宏大叙事的历史轰然坍塌，被遮蔽的"真相"水落石出。原来唐济尧对丁伯高的二姨太玫这个"狐狸精"也早已垂涎三尺，于是故意让豹子投了新四军，并利用不识字的豹子对他的信任，把新四军密令豹子去江北集训的时间"大年三十"篡念为"正月十七"。于是豹子从容作案，唐济尧达到了借刀杀人占玫为己有而满足情欲的阴险目的。本属抗日的新四军内部清除投机分子的一段宏大叙事的历史，不过是一桩被遮蔽的色欲动力导演的连环杀人案！罪魁祸首竟然是一个八面玲珑、四处通吃、城府极深的知识分子——一个既与新四军关系紧密，又是开明乡绅丁伯高以及乡民甚至连豹子这样的"贼"都十分信任的乡村塾师和医生唐济尧。新四军的宏大叙事实际上是这个不露声色的伪君子别有用心的个人叙事。故事作为"民间叙事"的个体记忆或个案的存在显然无可厚非。然而，当它通过引人注目的艺术视屏的放大频繁展示于群体面前之时，对传统宏大叙事如"新四军"、"抗日"的历史形象所形成的鲜明对照与强力解构的震荡，还能局限在个案的偶然和孤立的个体感受那么微不足道无关大体吗？人为"性"死，《迷舟》中孙传芳所属部队的那位萧旅长在大战之前突然失踪，宏大叙事遮蔽的真相是萧旅长只身前往榆关看望情人而被怀疑向北伐军传递情报，遭到处决。性动力的历史真实观在新时期不少小说中都作为主脑而贯立，不断地重现，广泛地流行，可谓无"性"不成书，非"性"（动力）无历史。作家直觉洞见的到底是个别和偶然呢，还是普遍与规范？这似乎已不是什么难解的问题。

现代主义的历史意识是一种心理主义，即认为推动历史发展的动力乃心理因素即人性——归根结底是人的本能欲望。除了性欲望决定论外，还有例如罗素那样明确主张的权力欲作为根本动力的历史观念。这在新时期先锋小说中也得到了与性欲望动力历史观同样热烈的叙事回应和阐释。刘震云《故乡天下黄花》将一个小村庄在民国初年以来半个世纪岁月中的变迁，描述为一部循环往复地争夺权力的历史游戏：权力的诱惑鼓动村民中一茬茬野心家假借冠冕堂皇的旗号，不惜通过种种阴谋、暴力等等卑鄙手段残害虐杀对手，殃及无辜。在"革命"、"抗日"、"社会主义"等建构的宏大叙事中张扬的正义、真理、爱国、善良的历史理性，在这里遭到"民间记忆"的非理性历史"真实"的叙述彻底颠覆。

对"民间记忆"、"个人记忆"和感性直觉体验的重视和专注，不管有无动机但其结果必然是对宏大叙事的历史观和传统价值观的叛逆和颠覆。西方现代主义用以颠覆理性——批判现代性的非理性主义被中国作家挪用之后，不仅出现了性欲望中心的历史叙事意识，还形成了一种描写丑恶、暴力、血腥和死亡的审丑时尚。在莫言的小说《红高粱》中，出现了活剥人皮过程的血腥描写。高密东北乡有名的杀猪匠孙五在日本兵的逼迫下，不得不对罗汉大爷实施惨无人道的剥皮刑罚，可谓开了先锋小说描写丑恶暴力的先河。日本鬼子让孙五先割下罗汉大爷的两只耳朵，再割"男性器官"，都先后放到日本兵捧着的白瓷盘里，拿去喂日本兵的狼狗。然后，在罗汉大爷凄厉痛苦的叫骂声中，孙五一刀刀地从罗汉大爷身上剥下一整张人皮……自然主义式的细节写实中还穿插进魔幻般的修辞夸张："父亲看到那两只耳朵在瓷盘里活泼地跳动，打击得瓷盘叮咚叮咚响。"掺入黑色幽默般的情调："父亲看到大爷的耳朵苍白美丽，瓷盘的响声更加强烈"，"大爷双耳一去，整个头部变得非常简洁"。① 由于这一丑恶的展示背景是抗日战争，因而在伦理的、道德的层面上还没有远离主流意识形态和传统价值观念支配的历史意识。但当作者在《欢乐》、《红蝗》、《十三步》中津津有味地写起腐尸、跳蚤，还有，赞美大便——"我们的大便"如同一串串"贴着商标的香蕉一样美丽为什么不能歌颂"（《红蝗》），再到精细入微如数家珍般描写车裂、凌迟、檀香刑（《檀香刑》）等残忍酷刑的时候，丑恶的展示即臻信马由缰、漫无节制、"想怎么写就怎么写"的狂欢化状态。对暴力、血腥、冷酷、残忍的人性丑恶的描写在余华、残雪、方方、苏童、北村等先锋作家的创作中也累见不鲜，有的甚至达到了沉迷的程度。余华在《难逃劫数》、《往事与刑罚》、《一九八六年》、《古典爱情》、《现实一种》等作品描写了形形色色的暴力和血腥。尤其是《现实一种》，作品以一个家庭内亲人间的自相残害所展示人性恶的残忍和冷酷令人不可思议。山岗和山峰是亲兄弟，由于山岗四岁的儿子皮皮无意中摔死了堂弟，山峰就残忍地将皮皮一脚踢死，山岗又设计害死山峰，当山峰的妻子得知山岗被判处死刑后，立即冒充山岗的妻子向法院提出将山岗的尸体献给国家，实现使山岗死无完尸的复仇目的。全家几乎人人充满私欲、冷漠、仇恨、虚伪、残忍，互相勾心斗角，骨肉相残虐杀。甚至连四岁的皮皮——一个不谙世事的孩子，竟然也以施行暴力为乐，看着尚在襁褓中的堂弟笑眯眯的脸蛋，他禁不住使劲拧了一下，堂弟被他拧哭了，哭声居然给皮皮以"莫名的喜悦"和"惊喜"。然后，一次又一次地打堂弟耳光，像听音乐似的欣赏堂弟发出的哭声，变着法儿折磨堂弟，打耳光腻味了，就换成卡脖子，他"不断去卡堂弟的喉管又不断松开"，"一次次地享受那爆破似的哭声"，直到堂弟哭不出声了才肯罢手。后来，当他抱着堂弟到屋外看太阳时，树上的几只麻雀吸引了他的注意力，他觉得双手沉重了就一下子松开，堂弟掉到地上被摔死。皮皮虽然听到堂弟落地的声响，却毫无反应，若无其事，继续观赏麻雀。② 这样的叙述也许不是"现实的真实"，但一定是作者

---

① 莫言：《红高粱》，《人民文学》1986 年第 3 期。

② 参见余华：《现实一种》，上海文艺出版社 2004 年版，第 5—7 页。

强调的"精神真实"——皮皮的表现从最深刻的根本层面上被赋予了"性本恶"的形而上隐喻：人性恶乃人类的自然属性，与生俱来，无须后天的教唆濡染。这不只是对传统"人之初，性本善"学说的解构，也是对强调人的社会关系属性的主流价值观的颠覆，更是存在主义"他人即地狱"哲学观念的挪用——只是本土化进一步升级成了"骨肉即地狱"。尽管小说中写到皮皮打堂弟耳光时，加了一句"他看到父亲经常这样揍母亲"，似乎可以解释为皮皮之"恶"乃其父对他的后天熏陶造成，但因此却引出一个无可回避的问题：皮皮为什么只接受父亲的"恶"，而竟然背离"恋母情结"的本能，不从受欺负母亲的痛苦中产生"同情"养成"善良"？这不是暗示人的趋恶性与生俱来吗？不少评论者注意到《现实一种》中剥人皮过程的具体细节描写，有人誉之为"让所有的读者目瞪口呆"的"辉煌的细节"，[1] 尽管医生们在尸体上剥皮、挖心、摘眼时见惯不怪的兴致勃勃谈笑风生可能使一般读者惊讶，而从伦理道德角度来看，女医生在山岗尸体上的剥皮过程不过是一种医学行为，不能与《红高粱》中抗日背景下的活剥人皮同日而语。与其说"让所有的读者目瞪口呆"的是剥人皮过程本身呈现的血腥冷酷，毋宁说是作者展示血腥冷酷时描写态度的平静超然。余华对血腥暴力的兴趣果真隐含着对历史动力和世界本质在于人性之恶的哲学沉思，那么这样貌似冷静客观的思考和认识，实则已深坠偏见和偏激的一隅，渲染的是对人性、人类的悲观主义的绝望。

莫言亵渎文明、颠覆美丑价值定位，其审丑的美学追求确是源于"对城市文明，对权力，总之是与现有的不合理性对抗"[2] 的反现代性精神。在故乡贫困农村二十年生活的艰辛痛苦，使他"对那块土地充满仇恨"，早就幻想远走高飞，不再回来，[3] 但真的离开故乡生活于都市以后，却感受到了更大的屈辱和痛苦。因为，"肮脏的都市生活臭水"把人的肉体"浸泡得每

---

① 参见洪治纲：《余华评传》，郑州大学出版社 2005 年版，第 34 页。

② 王安忆语，见陈婧祾记录：《理论与实践：文学如何呈现历史？——王安忆、张旭东对话》（下），《文艺研究》2005 年第 2 期。

③ 参见莫言：《我的故乡与我的小说》，《当代作家评论》1993 年第 2 期。

个毛孔都散发着扑鼻恶臭",心灵受到"机智的上流社会"的"虚情假意"所污染(《红蝗》),被现代文明的"酱油"所"淹透"(《红高粱》)。与故乡——高密东北乡"杀人越货,精忠报国",活得轰轰烈烈、"英勇悲壮",充满酒神精神的祖先们相比,作为他们后代的"我们"可谓"不肖子孙","相形见绌",使人真切地感到"种的退化"。因而他在小说中挪用西方现代主义文艺张扬的生命意识,建构自己的"以酒神意志为核心的生命本体论的历史哲学与美学"①,高扬起回归自然的旗帜,赞美被传统历史叙事主流话语排斥的边缘性人物——高密东北乡先辈们充满酒神精神的蓬勃生命力,亵渎、叛逆、反抗、批判现代都市文明。在汪洋恣肆地颠覆正统历史的叙述狂欢中,试图还原、重构"真实的历史"——民间叙述的历史。以亵渎精神和自我意识来反抗启蒙理性统辖下的现代性,虽然痛快淋漓,但敌视都市文明追求回归原始生命力之自然的极端美学设计,归根到底也不能彻底有效地解决现代性的冲突和悖论。丑恶现象是人类社会的客观存在,热衷于丑恶、暴力、血腥和死亡图景的审丑叙事无疑是对一味歌颂美善的虚伪粉饰潮流的反拨,在一定程度上推动了历史叙事思辨意识的纠偏、拓宽和深化,纠正了人们历史认识视野的缺失和美丑价值定位的偏颇,激发与壮大人们直面人性恶的勇气。然而,歌颂丑恶,亵渎文明,颠倒传统的美丑价值定位,现代主义的嘲弄特质势必导致人性恶得到了极大的张扬。以张扬人性恶来质疑、亵渎文明、理性和秩序,其必然结果是彻底消解并取代了还有存在和发展合法性和合理性的传统价值观和历史本体,有意无意地引导出"人性恶创造历史"的形而上片面判断。

热衷于人性丑恶和暴力残忍的展示,曾是20世纪60年代美国的文学艺术情绪。在那时的小说、戏剧、绘画和电影中,竞相炫耀丑恶肮脏,展示鲜血淋淋的细节,暴力、性反常的图景泛滥充斥,其目的不是想达到净化,而是追求震惊、斗殴与病态刺激。在威廉·巴勒斯的作品里,"令人作呕的景

① 张清华:《莫言与新历史主义文学思潮——以〈红高粱家族〉〈丰乳肥臀〉〈檀香刑〉为例》,《海南师范学院学报》(社会科学版)2005年第2期。

象变得浑厚坚实。虽然《赤裸的午餐》表面上写的是作者同毒瘾的一场搏斗，但污秽的主题像畅通无阻的污水管道一样贯穿全书：书里绘声绘色地描写肛门性感，描写五花八门的人体排泄物，描写对女性生殖器的厌恶，还反复提到一个受绞刑的人行刑时的反射性射精。人被描写成螃蟹、大蜈蚣或食虫植物"。作者声称希望通过如此描写可以"在读者身上产生下流照片那样的效果"。"类似的热衷也贯穿于让·热内的作品中。不过他的作品首先是讴歌下层阶级的。正如苏珊·桑塔格所写的那样：'犯罪、性与社会的堕落，最重要的，还有凶杀，都被热内理解为赢得荣耀的机会。'热内把小偷、强奸犯、凶杀犯的世界看成唯一诚实的世界。因为在这里，最深刻、最犯禁的人类冲动都以直接、原始的措词表现出来。在热内看来，吃人肉和肉体结合的幻想代表了关于人类欲望的最深刻的真理。"① 文化保守主义者丹尼尔·贝尔站在文化保守主义的立场上，一针见血地指出了这种在艺术上热衷于暴力、污秽的审丑潮流的两点实质：一是艺术家堕落的标志，他们由于缺乏暗示感情的艺术魅力，已经退化到只能通过直接展示丑恶污秽来达到震动读者感情的地步了；二是政治和文化的激进主义的表现，审丑的冲动来自对当下时代的怒不可遏，这种愤怒因此表现出喧闹而又咒骂成性的特征，并流于淫秽肮脏，将艺术与政治熔为一炉，试图建立一种新的社会秩序以取代旧秩序。但这样的叛逆和革命，也暴露了"文化现代主义的一个关键方面的枯竭"。②

　　丹尼尔·贝尔的洞见可以启示我们如何看待中国作家和艺术家对污秽、暴力和血腥的审丑狂热，如果用贝尔的观点指责步武巴勒斯、热内等西方前辈的中国作家无能、堕落和退化是言重了，那么起码也不能否认他们的艺术想象毫无节制走火入魔的盲目，而对"政治和文化的激进主义"的挪用，无疑是一个错位的历史同构。

---

① [美] 丹尼尔·贝尔：《资本主义文化矛盾》，赵一凡等译，生活·读书·新知三联书店 1989年版，第 170、171、190 页。

② [美] 丹尼尔·贝尔：《资本主义文化矛盾》，赵一凡等译，生活·读书·新知三联书店 1989年版，第 192—194 页。

七、历史寓言化的神秘与宿命

中国当代文艺现代主义审丑美学潮流的另一重要走向是寓言化、神话化，以神秘和宿命的历史意识安置历史的迷惘，与性欲望或权力欲望动力观的历史阐释话语平起平坐或交叉重叠，将民族文化的历史反思和西方现代主义的原始主义趋向的挪用融合一体，在反现代性的本土化民族化旗帜下共同拆解传统主流历史意识和价值观念。极端者则投入上帝的怀抱，坚信唯有宗教信仰和基督情怀可以澄明历史雾霭和心灵烟岚，洗净罪孽，解脱苦难，普度众生。

20世纪80年代中期出现的"寻根文学"，本来是在西化思潮刺激下对民族文化的批判性追寻，希望在民族传统文化中寻求力量，使文学之根植入民族文化土壤，重建民族精神。但由于伴随着史无前例的现代性大变局而来的时代迷惘，民族传统文化的深厚积淀，西方现代主义的原始主义尤其是魔幻现实主义的渗入，以及神话化寓言化的象征叙事，使"寻根文学"体现出浓厚的神秘主义色彩。民族历史、文化传统被想象成为浪漫的传奇，或如莫言所说，没有历史，只有传奇。传奇中布满令人难解的谜团，弥漫着理性所不能理解和把握的原始神秘力量。象征体系的寓意也扑朔迷离，"寻根"不仅是追根溯源的传统确认，也包含了对文化之"根"的质疑、拷问，或对文化失"根"的揭示。韩少功的《爸爸爸》是寻根文学最优秀的代表作，小说在广阔的象征艺术空间中蕴含着的寻根寓意具有多向性和丰富性。主人公丙崽是个弱智、白痴，出生下来就没见过父亲，不知道父亲是谁，一辈子只会说"爸爸爸"和"×妈妈"两个词，总也长不大，只有背篓高，老穿着开裆裤。他在寨子里本来是个谁都可以欺负的怪物，曾被选为寨子"祭谷神"的牺牲，但在人们正要动刀子宰他之时，天降霹雳，令人以为天意不满，才活了下来。当村寨间暴力冲突的"打冤"连连失败后，丙崽突然被人们当成了具有神秘预言能力的"活卦"，被奉为"丙仙"、"丙大爷"、"丙相公"。"打冤"依然失败后，丙崽这个失灵的"活卦"又被还原为继续受人欺负的"小杂种"。最后因为饥荒，村寨按照族谱上留下的古训，弃老弱而保青壮，丙崽被灌了半碗剧毒药汤，居然不死，神奇地活了下来。白痴丙崽周围那些身体健全的人物也都愚昧、无知、迷信、粗暴、冷漠、残酷、肮脏不堪，精神畸形病态。他们在闭塞保守的鸡头寨生活的一幅幅风俗画面遥远、古老而神秘，作品中偶然出现的"皮鞋"、"松紧带子"、"汽车"等词语，给这模糊的空间缀上浅淡的"现代"时间定位。传统与现代悄然重合，无分古今。丙崽让人联想到鲁迅笔下的"阿Q"，象征意义就指向"国民性批判"的启蒙精神，接续上五四的反叛传统。丙崽与福克纳《喧哗与骚动》中的傻子主人公班吉的惊人相似，小说中关于蜘蛛精和报应、"花咒"之类的传说、祭谷神的"吃年成"和"打冤"吃敌人尸肉的民俗描写体现出的荒诞不经，则显示着寻根文学与西方现代主义、魔幻主义"接轨"的现代性，象征意义似乎是现实遮蔽着的另一神秘世界，展示的是原始面目的历史"真实"。为何民族的惰性和愚昧陈陈相因？有毒传统如此沉重不死而滞留于现代？难道左右历史的就是神秘和宿命？这到底是"根"的确认还是失"根"的迷惘？"寻根文学"回头注视传统的深渊，不料一脚却踏进了云里雾里。

投入文化寻根的大批创作，都试图对民间的、正统的如儒、道、佛等传统文化重新体认或批判性反思，从原始神秘中寻找强大的力量以反抗现代性对人的异化，继承优秀传统，重构民族精神。但是，也不免有人沉溺于怪力乱神、原始蛮荒、粗野鄙俗和复古怀旧的猎奇式神秘营造。莫言的《红高粱》被认为是寻根文学的强弩之末，其中的"寻根"展示了明确的结果：充满酒神精神的原始生命力，正是民族文化之"根"！"种的退化"根源就在于现代性——都市文明对我们肉体和心灵的浸泡腐蚀，拔掉了我们的"根"，使我们成为"不肖子孙"。浪漫性、传奇性虽然没有多少衰减，但时空的模糊性被抛弃，历史与现实的距离拉近，神秘性渐趋透明：历史不过是原始生命力的传奇。

神秘与宿命往往形影相随，人的命运和历史的行程受种种非逻辑的偶然所显示的神秘力量所决定，这是命定论神秘主义的历史意识。格非的小说《迷舟》中的萧旅长最后的死亡结局似乎早已命中注定，当他带着警卫员深夜潜回家乡时，母亲就发现儿子的眼神没有丝毫新鲜的光泽，竟和丈夫临终前的眼神一模一样，心中顿时充满不祥的预感。在家乡的第一天，萧旅长向一位算命的老道人问卜生死，老道人给他的预言是"当心你的酒盅"，这预言居然与萧的最后结局不谋而合，鲜明地透露出命运的神秘。而萧旅长此行的关键之处都由一些莫名的神秘偶然所决定，"一种更深远而浩瀚的力量"一步步地把他推向死亡的深渊。例如第六天，他本来已经决定立刻赶回部队，但意念深处突然滑过的一个微弱念头却使他又一次改变初衷，连夜去北伐军占领区榆关探望情人，正是这偶然的一闪念直接导致了他最后的死亡结局：一直负责暗中监视他的警卫员不容分说就以通敌罪将他处决。而母亲先是无意中把他的手枪放到了抽屉里，使他失去了武器；当警卫员要处决他时，他本来可以冲出院门逃生，但这时母亲却又为了抓鸡而关起了院门，使他无法逃命。正是神秘命运规定的这一系列偶然，把他顺顺当当地送进了地狱之门。

　　一切皆属偶然，历史没有固定航向，人们无法把握自己的命运。面对宿命的苦难，最好的选择或许就是默默忍受。在余华的小说《活着》里，主人公徐福贵本来是个富家子弟，但吃喝嫖赌，竟把一百亩地家产都赌输光了，沦为穷光蛋。命运夺走他的家产，又先后让他身边的所有亲人一个一个地死去：父亲伤心于他把家产赌光而一命呜呼，母亲在他被国民党军队抓壮丁后亡故，十三岁的儿子给校长——县长夫人输血时丧命，含辛茹苦的贤惠妻子罹患绝症不治身亡，女儿六七岁时因发高烧成了聋子哑巴，三十多岁出嫁成家后却死于分娩后大出血，当搬运工的女婿在上班时不幸被几块沉重的水泥板挤压成了肉饼，饥饿的外孙因贪吃豆子被撑死。可是命运却以种种偶然不让福贵死：曾赢了他家财产的龙二在解放时被枪毙了，做了他的替死鬼，他庆幸自己因祸得福，保住了性命；战场上的枪林弹雨也没有要他的命；饥饿、疾病、眼看着一个个亲人死去的灾难打击，最后全家就剩下他孤身一人，还能和一条老牛相依为命。他有约伯那样失去一切从天堂掉进地狱的人生遭遇，但没有约伯对上帝的怀疑和抵触①，福贵对命运逆来顺受，在

———————

① 《圣经·约伯记》：上帝为了考验信徒约伯是否真正虔诚，故意剥夺了他的所有财产和子女，还让他身患重疾。

他从战场上捡了一条命回来和土改时龙二被枪毙这两件事上，他就觉得自己"该死没死"是命中注定，是"祖坟埋对了地方"。小说的象征意义大概就是作者所说，活着的力量和价值就在于忍受，忍受命运赋予自己的一切——"幸福和苦难、无聊和平庸"。人就是"为了活着本身而活着，不是为了活着之外的任何事物而活着"①。简言之，面对苦难，一是"认命"，二是相信"好死不如赖活"。顺从命运，顺从生命的原始意志。小说虽然体现着作者对平凡人生的悲悯情怀，却对人生和历史放大了其宿命的神秘。虽然可以说作者在小人物身上的关注体现了对人类苦难的深切关注，却对人生和历史极尽渲染其宿命和神秘的不可悖逆，无法掩饰心灵的绝望与悲观。

或许纯粹地为了活着而活着过于虚幻，心灵必须寻找精神的实在寄托。于是有人主张皈依神秘宗教的灵魂救赎。例如北村，在经历婚变打击后的精神彷徨中，他于1992年在厦门皈依了基督教，接着就以"一个基督徒的目光打量这个堕落的世界"②，写出了《施洗的河》、《张生的婚姻》、《伤逝》、《玛卓的爱情》、《孙权的故事》、《水土不服》等小说，鼓吹皈依基督教人才能得救，无宗教信仰者到头来只有自杀一条路可走。这些小说的主人公就是两种人：一种是善良但没有皈依基督教而最后自杀者，一种是奸恶之徒但最后皈依基督而得救者。他们的归宿截然不同：邪恶者上天堂，善良者下地狱！关键就在于是否皈依神。作者用狂热的宗教情绪，开出了一副普度众生的"万应灵方"。此外，作者还把中国历史名人如"孔丘"和"孙权"这些名字安在其小说《消失的人类》、《孙权的故事》中的奸恶之徒或杀人犯身上，以显示颠覆历史和传统价值观的强烈倾向。

八、历史的还原与迷失

历史叙事是新时期以来文学创作驰骋的宽广天地，历史反思与历史重构成为艺术创新的焦点、热点和竞技场。但是，曾经被推崇为历史题材创作

---

① 余华：《活着》，南海出版公司2003年版，"韩文版自序"。

② 北村：《我与文学的冲突》，载《中国当代作家面面观》，华东师范大学出版社2002年版，第199—200页。

灵魂的唯物史观，不是被悄然淡化，就是被公然抛弃，填补空缺的则是现代主义的种种历史观念。新时期以来文学中的现代主义史观不仅火暴一时，并且流延广远。追溯其根源至少包括两方面：一是西方现代主义的强大影响，二是本土历史文化传统和时代转型的社会现实提供的温床。

西方现代主义产生于西方特定的社会土壤。随着资本主义文明的高速发展，科技理性对人性的异化越来越严重。20世纪两次世界大战的历史浩劫，资本主义世界周期性经济危机造成的恐慌，劳资矛盾的不断激化冲撞，冷战的敌对紧张和核大战的恐怖，种种社会矛盾的错综复杂，不断地扭曲畸变人的内在与外在的一切关系，造成心灵的巨大创痛。在巨大旋涡般迅速激变的现代社会中，传统知识和价值观念受到强烈冲击，过去人们笃信不疑的确定性被不断地瓦解和颠覆，世界让人眼花缭乱，使人似乎失去了坚实的基点，像悬在空中随风旋转飘荡般眩晕，无法抓到真实，不明方向和归宿，导致普遍的信仰危机，心理变态，悲观绝望。非理性主义哲学、怀疑一切和虚无主义的思想犹如洪水泛滥，渗透淹没一切。现代主义文艺就是动荡变化中的西方社会的种种矛盾、精神危机和焦虑情绪的反映。而中国由于经历了"文化大革命"的浩劫，"极左"意识形态随着"四人帮"的倒台轰然坍塌，人们过去深信不疑的价值观念突然瓦解，历史和世界一夜之间仿佛完全颠倒，变得无法把握，"文化大革命"浩劫留下的精神创伤和被蒙蔽受欺骗遭愚弄的真相的突然发现，引发了强烈的精神震荡和情绪焦虑，弥漫着严重的怀疑主义和虚无主义，使信仰陷入普遍的危机状态。挪用适于表现这种异质同构的精神危机和焦虑情绪的西方现代主义成了中国先锋文艺表述毫不犹豫的选择，并与本土传统的"民间文化形态"的还原不谋而合。有人把"民间文化形态"定义为：一、它产生于国家权力控制相对薄弱的领域，能较为真实地表达出民间社会的生活面貌和下层人民的情绪世界，形式活泼自由，有自己独立的历史和传统，作为被统治阶级的文化形态，它在政治权力面前属于弱势，但与政治权力又有相互渗透的一面。二、自由自在是它最基本的审美风格。这种自由自在实际上是任何力量都不能约束和规范的人类原始生命力的特点，这种原始生命力在生活本身强力显现的过程构成了民间传统。

三、它是民间的意识形态系统，混杂着民主性的精华与封建性的糟粕，构成了独特的藏污纳垢形态。①西方现代主义的反规范、生命意识、存在主义、非理性主义与这里所说的"民间文化形态"的特点具有明显的一致性。两者的融合构成了中国新时期文学价值取向的多维辐射和艺术探索的丰富多样。但在历史意识的表现上，对西方现代主义历史观念的挪用则尤为显著。

受现代哲学和史学观念转向的影响，西方现代主义文学反传统、反历史的倾向表现在对历史的重新阐释和重新建构，强调"还原"被传统历史意识遮蔽和排斥的历史"真实"。中国当代文学对西方现代主义历史意识的挪用，融入"民间文化形态"的叙述立场，与贯彻国家或党派政治至上的意识形态定位的"庙堂"立场的宏大叙事相对立，表现为对历史的泛化和内化的追求，颠覆和瓦解宏大叙事的历史及其历史意识，重释和重构民间叙事的、个体化的、内向化或主体化的历史。

九、历史扩展的泛化与内化

政治中心主义的传统史学在 20 世纪受到年鉴学派和新史学学派的质疑和否定。历史由政治史、帝王将相史、短时段的事件史扩大为总体性的人类文明史、文化史、群众史和长时段的人类史。这种历史意识其实与马克思在 19 世纪创立的唯物史观有着重要的共同点或可以认为是一种影响的继承。例如要求进行长时段的历史研究，重视研究群众的历史，注意探索经济结构模式，表现为唯物史观和年鉴学派的长时段理论的共同点。但是包括这些学派在内的所有非马克思主义历史观念都在历史动力、研究方法和史学功能等问题上有着根本的差异或对立，无论是"决定论"还是"非决定论"的史学观念，都反对唯物史观的经济动力论，不是主张精神动力论，就是主张弗洛伊德提出的非理性主义的本能和欲望动力论，甚至偶然决定论、神秘宿命论和不可知论等等。在历史研究的功能上，马克思主义的唯物史观强调历史研究不仅是对过去的历史和世界进行"解释"的行为，同时也是"改造"现实

---

① 参见陈思和主编：《中国当代文学史教程》（第二版），复旦大学出版社 2006 年版，"前言"。

和建设未来的革命实践。而非马克思主义历史学派，不是像年鉴学派那样把历史定位于只是解释过去的一种人类学，就是从怀疑主义、相对主义和虚无主义的立场上把历史视为任由主体随意涂抹的一种虚构叙事。持不可知论的波普尔公开亮出反马克思主义唯物史观的立场，主张历史是由人的主观因素直接影响甚至决定的，因而历史多因，解释多元，毫无规律可循，也无任何意义，所有的意义都是人们为了某种利益、目的而主观赋予的。在波普尔看来，主张历史发展有其内在规律的唯物史观是宿命论性质的"历史决定论"，不过是神话或上帝创世说的变种，因此波普尔把马克思主义称之为"开放社会"的"敌人"。话虽说得狠，也不过是一切反马克思主义观点的重复，且为出于站在维护与赞美"开放社会"——资本主义社会的立场而发起对马克思主义和社会主义的攻击，其意识形态敌视的偏激极端，压倒了学术良心的公允平正。

中国当代文学对西方现代主义文艺及其表现的现代哲学、史学观点的挪用相当明显，不仅体现在不少作家自称与西方现代主义大师、作品的亲近师承，也包括作家、理论批评家的直接理论表述。例如，寻根文学倡导者和创作实践的代表作家韩少功在与王尧对谈时谈到他对西方现代史学、人类学、文化学的感触，提到过弗雷泽、汤因比和布罗代尔的学术成就，可见出其理论视野所及与资源所来。尤其他说的这段话："作为一个读者，总的印象是，我们现存的大部分史学教科书是见瓜不见藤，见藤不见根。什么意思呢？就是说，这种史学基本上是帝王史、政治史、文献史，但缺少了生态史、生活史、文化史。换句话说，我们只有上层史，缺少底层史，对大多数人在自然与社会互动关系中的生存状态，尤其缺少周到了解和总体把握。"[1]无疑是年鉴学派史学观念的传达。的确，无论中外的史学关注都长期停留于"帝王史、政治史、文献史"的单一狭窄，亟须补充以"生态史、生活史、文化史"，才能真正恢复总体性历史的真面目。从正面的意义上说，这种企图作为对历史学的一种丰富和补充，实际上与唯物史观的基本精神没有本质

---

[1]　韩少功、王尧：《历史：现在与过去的双向激活》，《小说界》2004 年第 1 期。

上的矛盾，但唯物史观强调局部历史与总体历史、特殊与普遍的辩证统一，即使如与唯物史观具有重要一致性的年鉴学派也显然缺失这样的辩证性，往往沉溺于差异性而抛弃普遍性，其结果是将历史研究定位于解释过去的人类学功能，还被认为走向了忽视政治史的极端，成为剔除了政治史的残缺总体史研究，于是渐渐地又走回复兴政治史和事件史的老路。挪用现代主义历史意识的中国当代文艺思潮在历史叙事上的探索及其成就，极大地纠正了传统史观的偏颇，使人耳目一新。但其局限性也正如年鉴学派以及西方的现代主义文艺一样，由一个极端摆向另一个极端，在反传统、反规范，追求"生态史、生活史、文化史"的同时，陷入历史叙事的极端个人化（个人记忆经验化）和非主流化。为何莫言笔下塑造的抗日英雄形象是土匪？正因为出于对过去主流意识话语历史叙述的怀疑，才刻意以一种"民间的标准"，通过描写"超阶级、超社会、超制度的"充满野性的土匪形象去"有意淡化了历史教科书的正史意识，从而使民间的力量突出在历史舞台上"。① 莫言认为所有的历史教科书都只是对历史的一种想象，一种单一叙事，都值得怀疑。所以，他宣称："在我的心中，没有什么历史，只有传奇。"② 传奇的历史，民间的历史，"作为老百姓写作"的历史，都强调的是历史的个人想象，将历史个人记忆经验化，是一种"自我"的历史。还原历史"真实"或建构总体历史的初衷由于个人化、非主流化的叙事追求而支离破碎，用一种纷乱的个人记忆的单一"真实"取代集体记忆、集体经验的单一"真实"。

所谓个人化、非主流化的历史叙事，书写的是"个人心中的历史"和"生命美学"的历史，必然仰仗于欲望化、潜意识化等非理性主义动力论的历史观念的支撑。"生活是不真实的，只有人的精神才是真实的"③，相对于人的内在精神生活而言，外在的生活没有真实可言，传统所说的客观世界并不存在，所谓真实、世界、历史都是个人内心的感觉、体验，甚至是无意识

---

① 陈思和：《民间的还原——"文化大革命"后文学史某种走向的解释》，《文艺争鸣》1994 年第 1 期。

② 莫言：《我在美国出版的三本书》，《小说界》2000 年第 5 期。

③ 余华：《虚伪的作品》，人民日报出版社 1999 年版，第 165 页。

的冲动。因此在格非等作家的一系列作品中，生动的历史叙事演绎的是"弗洛伊德关于梦境——意识动机对人的记忆的影响的理论"，"人类自身的无意识决定了人的个体命运，也决定了历史在某些关键时刻的走向"。①

十、历史重构的细化与虚化

新时期以来文学历史叙事的泛化和内化，针对的是被认为单一政治化的集体记忆和国家主流意识形态的宏大叙事，因而其功能首先是对宏大叙事的颠覆和消解，在此过程中同时实现另一功能：重构或还原"真实"的历史，即"生态史、生活史、文化史"，或民间记忆的历史。从历史的全貌而言，单一政治化的宏大叙事确实有其片面性、虚假性和局限性，但现代主义历史叙事实施的消解和颠覆策略针对的不只是宏大叙事的这些缺陷，而是以亵渎、叛逆、反讽手段直接摧毁其浪漫主义的崇高、神圣和现实斗争与理想追求的价值观念。杀人越货的土匪形象取代了革命英雄主义宏大叙事中抗日英雄主角的地位，阶级斗争历史观中的"敌人"变成了人们自身内在的黑暗人性。所有的人物，无论是汉奸、土匪还是共产党、国民党，无论是英雄还是懦夫，都是善恶兼备，半兽半人。成败兴衰均系于宿命，命运与历史都取决于人欲与机缘的偶然。是非功过模糊，国恨家仇虚无，思想主义缥缈，"唯有活着，才是真实的"。生活的政治性、社会性、历史性被本能、欲望所清洗和涤荡，"还原"为丑恶、污秽、淫欲、肮脏、黑暗、苦难、死亡、恐惧、绝望的世界"真实"和历史"真实"。个人化及个人记忆和体验化的历史叙述在颠覆与消解宏大叙事中走向细化、矮化、低俗化、零碎化。

唯物史观在新时期文学中明显不受重视甚至遭遇针对性的颠覆和消解，相反曾被马克思主义深刻批判过的精神动力论的、相对主义的、虚无主义的历史观念却伴随着对西方现代主义的挪用大行其道，其中最根本的原因，也许应该说是过去"极左"倾向对马克思主义的损害和扭曲。唯物史观从"归

---

① 张清华：《叙事·文本·记忆·历史——论格非小说中的历史哲学、历史诗学及其启示》，《山东师范大学学报》（人文社会科学版）2004 年第 2 期。

根到底"的意义上强调经济的决定作用，同时也承认在历史的创造过程中各种因素的综合作用，包括精神意志的作用，"最终的结果总是从许多单个的意志的相互冲突中产生出来的，而其中每一个意志，又是由于许多特殊的生活条件，才成为它所成为的那样。这样就有无数互相交错的力量，有无数个力的平行四边形，由此就产生出一个合力，即历史结果，而这个结果又可以看做一个作为整体的、不自觉地和不自主地起着作用的力量的产物。……每个意志都对合力有所贡献，因而是包括在这个合力里面的。"① 但这种辩证的经济决定论却被歪曲为"经济因素是唯一决定性的因素"的单一的经济决定论。19 世纪马克思、恩格斯活着的时候就已出现的这种曲解。20 世纪以来直至今日仍然存在并颇有市场。唯物史观在历史宏观角度上总结的"阶级斗争"理论曾被滥用，无限扩散到生活和历史的任何层面和每一角落，导致"文化大革命"后人们对马克思主义和唯物史观的偏见和拒绝。本土"民间的"、"野史"意识和外来的现代主义历史观念自然而然地成为意识空缺的填充物。用意识说明存在的新老历史观，波普尔重复一切反马克思主义观点的《历史决定论的贫乏》、《开放社会及其敌人》，弗洛伊德的泛性论的历史观念，宿命论直至基督教的神秘主义历史观念等等，获得了不同层次的拥趸。唯物史观主张"历史进程是受内在的一般规律支配的。……在表面上是偶然性在起作用的地方，这种偶然性始终是受内部的隐蔽着的规律支配的"②，偶然性只是必然性的"补充和表现形式"，伟大人物的出现表面上是偶然的，实际上也是社会发展必然性的产物。③ 某些作家却丝毫不理会唯物史观的这种雄辩论证，或只相信个人的心理逻辑，或妄称只有精神的真实，或沉溺于欲望动力的推崇，甚至毫不掩饰对偶然决定论、宿命论的信奉，"我就是要写命运的偶然性、不可捉摸，……在我看来所有的事情你都不可能去把握的"，乐此不疲地创作一系列的作品来"暗示历史，暗示命运"。④ 或者把人

---

① 《马克思恩格斯文集》第 10 卷，人民出版社 2009 年版，第 592—593 页。

② 《马克思恩格斯文集》第 4 卷，人民出版社 2009 年版，第 302 页。

③ 参见《马克思恩格斯文集》第 10 卷，人民出版社 2009 年版，第 669 页。

④ 参见格非、任赟：《格非传略》，《当代作家评论》2005 年第 4 期。

生与历史归结为"活着"，或者投向基督教的怀抱。某些评论家也对偶然性首肯有加，重复着罗素当年阐释历史的调子："历史的某些关节点往往是基于某些偶然的因素，比如，假定荆轲刺秦成功，中国的历史就可能是另一个样子。如果孙中山不是因为癌症而那么早地去世，中国现代的历史也可能完全是另一个格局。……历史往往只是'一念之差'。"① 正是由于拒斥、缺乏或不敢坚持正确深刻的唯物史观指导，作家艺术家的历史叙述才至于全盘挪用现代主义的反历史观念和本土传统的民间"野史"意识。

现代性与历史不相容，所以波德莱尔要以瞬间反对记忆，以差异反对重复，尼采要把历史（记忆）视为仇敌，要求无情地遗忘。作为审美现代性的现代主义，从根本上说是"对历史的拒绝"。② 由怀疑主义开端的现代主义历史观念，必然以历史相对主义和历史虚无主义为重释和重构历史的工具和归宿，相对主义势必催生迷惘和颓废，虚无主义终归坠入神秘与宿命，历史遂被终结，虚化，以致——虚无。

唯物史观之所以是马克思主义对历史科学的伟大贡献，就在于它与仅从抽象的或彼岸的精神、意识、自由意志来说明历史的一切非马克思主义史观截然相反，"它不是在每个时代中寻找某种范畴，而是始终站在现实历史的基础上，不是从观念出发来解释实践，而是从物质实践出发来解释各种观念形态"③，不是用人们的意识说明他们的存在，而是用人们的存在说明他们的意识。马克思主义的唯物史观把历史看作是追求着自己目的的人的活动，历史也就是人类的发展过程，但人们并不能随心所欲地创造自己的历史，而是在"十分确定的前提和条件下"，"在既定的、制约着他们的环境中，是在现有的现实关系的基础上创造的"。这些前提和条件除了从根本上起着决定性作用的经济的因素之外，还包括政治的、传统的、各种意识形态的等等历

---

① 张清华：《叙事·文本·记忆·历史——论格非小说中的历史哲学、历史诗学及其启示》，《山东师范大学学报》（人文社会科学版）2004年第2期。

② 参见〔美〕马泰·卡林内斯库：《现代性的五副面孔——现代主义、先锋派、颓废、媚俗艺术、后现代主义》，顾爱彬等译，商务印书馆2002年版，第57—59页。

③ 《马克思恩格斯文集》第1卷，人民出版社2009年版，第544页。

史因素，尽管其所起的作用相对于经济因素而言是非决定的。历史就是种种互相交错的历史因素共同作用——"合力"的结果，① 唯物史观虽然"屏弃所谓自由意志的荒唐的神话，但丝毫不消灭人的理性、人的良心以及对人的行动的评价。……也丝毫不损害个人在历史上的作用：全部历史正是由那些无疑是活动家的个人的行动构成的"②。唯物史观给自身规定的任务就是发现历史——人类发展过程的运动规律。③ 正是凭借唯物史观，马克思发现了人类历史发展的规律，发现了资本主义生产方式和它所生产的资产阶级社会的特殊的运动规律，恩格斯称之为堪与达尔文发现有机界的发展规律相比肩的科学贡献。④ 因此，诸如把唯物主义称为"经济唯物主义"、"见物不见人"、"宿命论性质的历史决定论"等等一切非唯物史观对唯物史观的种种贬讽攻击，不是出于对马克思主义的浅薄无知，就是出于恶意的敌视而故意歪曲。不可否认，小说家和历史学家描绘相同的历史，历史学家的主要依据是资料，小说家根据艺术创作的特殊性，当然可以依靠个人化的记忆以及艺术家直觉式的洞察力，可以把关注的重点放在民间记忆，放在历史残片中个体的全部情感活动，以及这种活动的可能性。但是如果小说家不是以个人记忆、个体情感活动的"真实"来补充、纠正宏大叙事历史的缺失，而是将其作为历史的本原和动力，否认存在决定意识，否认历史运动具有内在规律，以非理性主义的欲望动力论、偶然论、不可知论甚至宿命论的神秘主义来取代唯物史观，这种思潮长期泛滥发展，其对社会和文学的误导会比机械唯物主义和"极左"思潮主导下的宏大叙事的历史观念的危害性更大。

现代主义的历史观、价值观、艺术观随着现代性话语和后现代主义的流行，迄今还在当下的文艺创作与批评中广泛渗透和蔓延，唯物史观遭受冷遇、敌视、被边缘化甚至颠覆，这种现象不能不引起人们的深思和重视。

---

① 参见《马克思恩格斯文集》第 10 卷，人民出版社 2009 年版，第 592、668、592 页。

② 《列宁选集》第 1 卷，人民出版社 1995 年版，第 26 页。

③ 参见《马克思恩格斯文集》第 9 卷，人民出版社 2009 年版，第 26—27 页。

④ 参见《马克思恩格斯文集》第 3 卷，人民出版社 2009 年版，第 601 页。

第三节　文学思潮的现代性与民族性辨正

人们已明确地意识到，现代社会是由西方资本主义经济的世界扩张而形成的由中心区和边缘区组成并且有动态位移的差别的现代世界体系，所有民族不管是否愿意都不得不置身于这个具有史无前例的经济、文化冲突和融合飞速变异的现代性之中。因此，现代性就成了所有现代文学的时代性，由于民族现实处境的差异和各自文化传统的延伸，现代文学的民族性与现代性一样，也是现代文学历史性的必然内涵，现代社会的文学民族性必然与文学现代性相重合，而现代性也显然是现代文学的民族特性区别于古代文学的民族特性的鲜明标志。

一、文学思潮的民族性、本土性与现代性

非西方国家、民族的文学作为世界文学整体的重要构成部分，其地位和价值决非东方主义"欧洲中心论"学科规训所赋予的从属于西方文学的"他者"性，悠久的历史和多文化圈内多民族的丰富的文学活动，形成了与西方文学迥然有别的现代性和民族性的鲜明历史特征，以及不可替代、不可低估的独创性文化贡献。同属现代的非西方国家、民族的文学与西方文学尽管都是具有现代性的文学，但其显著差别则在于各自以民族性为主要标志的本土特色。现代非西方国家、民族的文学的民族性是包含着现代性的民族性，一种明显区别于其古代文学的民族性；而其文学的现代性则是具有民族性、本土性的现代性，一种与西方现当代文学的现代性既有千丝万缕的种种联系又有明显区别的现代性。

毫无疑义，文学的民族性作为文学活动所体现的民族社会生活、文化传统、生活方式、风俗习惯、心理素质以及语言等特点所形成的特色，包含着民族意识、民族主义、民族生活等主客观因素。但是，每一民族文化作为独特的文化模式的结构，都包含着思维方式、价值取向、知识结构和审美趣

味等四大层次、要素，其中最具根本性、持久性、支配性的是思维方式，它制约着价值取向、知识结构和审美趣味的建构和变异。因而，可以说思维方式是民族性的核心，是贯穿于民族性所有主客观因素中的主干，也是民族性最重要、最鲜明的辨识标志。即使西方文学的现代性也存在着明显的差异性特征，这种差异性特征的形成，其根本原因就在于民族性的不同，特别是民族思维方式的独特性。恩格斯称赞的莎士比亚剧作中无所不在的"英国"视界，就是民族性的鲜明体现，这一民族性的根基，也就是莎士比亚所具有的英国人的独特的思维方式。果戈理强调"民族精神"、"民族气质的眼睛"、民族的"感觉"和话语，才是"真正的民族性"的体现，其"真正"的根基，实际上与恩格斯一样，都是指民族的思维方式，都把民族的思维方式视为民族性的灵魂。

拉美魔幻现实主义文学思潮脱胎于欧洲的超现实主义，一些重要作家原先都曾在欧洲加入过超现实主义文学运动，但当他们脱离超现实主义之后开创的魔幻现实主义文学思潮，虽然被人认为是"经过改造了的超现实主义"，但与超现实主义又有着明显的民族性区别，魔幻现实主义文学思潮明显的民族性特征，就建构于印第安民族独特的思维方式。欧洲超现实主义文学思潮（也包括其他现代主义文艺思潮）建基于欧洲民族传统的二元对立思维方式，无论多么激烈的所谓反传统的艺术革新，都始终囿于这一思维方式，只不过是把主、客观世界的主从、高低、真假、轻重的价值定位颠倒一下而已，所以欧洲超现实主义把"现实"和"真正的真实"定位于主观世界——"纯粹的精神无意识"，用非理性取代理性，无疑是把钟摆从一个极端向另一极端做一个逆向性的反转。魔幻现实主义文学思潮则把客观世界的真实和主观世界的真实——幻想的现实都视为真实的"现实"，都具有同等重要的客观性，印第安民族的思维方式使主客观世界都统一为自己的全部生活内容，而且往往用主观世界的现实——幻想的现实来调节客观现实的矛盾与失败，建构完善的现实真实。魔幻现实主义文学思潮的神奇性就产生于印第安民族的独特思维方式，甚至全部美洲的历史都是"神奇现实的纪录"。其审美现代性也体现了鲜明的民族性、本土性特征：对殖民主义、独裁统治和传统恶习的批判性展示；对现实主义、现代主义和后现代主义艺术要素的多元借鉴。

现代性是现代化的普遍抽象，现代性是现代化过程与结果形成的属性，或谓现代化的结晶。无论社会现代性还是审美现代性都随着时空的变异、民族性和本土性的制约融合而趋于多向多层次的发展路径，呈现多元的历史形态。结合资本主义世界扩张（全球化）的时代条件，资本主义世界体系中边缘区各民族反殖民主义、反帝国主义、反侵略斗争的文化、文学，就是对资本主义文明的反抗与批判。在此背景下，边缘区各民族文学的抵抗方式不一定与西方——资本主义世界体系中心区的审美现代性那样突出非理性主义，其民族传统的、本土的、地域的价值观是其审美现代性应有之义。

探讨文学思潮现代性与民族性的关系，还应该关注审美现代性在历史发展过程中的阶段性差异。两种现代性不是一开始就形成对立，从欧洲文艺复兴至启蒙运动，审美现代性与社会现代性实际上是同向同步的，就是都张扬启蒙理性，反对、批判封建主义和宗教禁欲主义。只是到了浪漫主义，审美现代性才转向批判社会现代性——启蒙理性。这种阶段性在边缘区国家、民族的文学思潮中亦属历史的必然，也是一种客观存在。无视两种现代性发展的这种历史阶段性的复杂存在，既罔顾历史，也违反基本的思维逻辑。马克思和恩格斯在《共产党宣言》中，对资本主义世界化过程带来的现代性巨变有过精炼、深刻、准确的开创性归纳和描述，伊曼纽尔·沃勒斯坦的《现代世界体系》对资本主义世界体系的发生发展及其中心区与边缘区结构的特征及其动态性位移等历史规律的发现，是对马克思主义的继承和深入开拓，无疑是审美现代性研究极为有力和科学的理论依据以及实践参照。

前述中国新时期以来的文学思潮在历史观方面体现出对西方现代性和现代主义文学思潮、文化思潮的误读和挪用，尽管多方借鉴，然而模仿多于独创，始终未能形成魔幻现实主义文学思潮那样鲜明的民族性和独创性。特别是在对魔幻现实主义的接受方面，当代中国作家大多只能停留在魔幻表象的相似性甚至是一些情节和语言的模仿，例如马尔克斯《百年孤独》开头那个著名句式："许多年之后，面对行刑队，奥雷良诺·布恩地亚上校将会回想起，他父亲带他去见识冰块的那个遥远的下午。"① 从《百年孤独》中译本于 1984 年问世后，袭用、改装、演绎这句"多年以后"的"过去未来式"叙述话语"仿制品"，层出不穷地在莫言、苏童、扎西达娃等一大批中国作家的笔下现身。不可否认，接受魔幻现实主义影响的当代中国文学创作在本土文学史上具有一定的创新价值。然而在国际视域里，则未能达到魔幻现实主义接受超现实主义那样脱胎换骨的创新性高度。

不仅创作思潮如此，理论批评思潮亦然，例如文化研究思潮的引进和仿效，也是一个值得我们深入反思的文化事件。

二、文化研究思潮现代性反思

文化研究思潮在 20 世纪与 21 世纪之交的中国文艺学界汹涌澎湃，抢尽风头。倡导参与赞成者呵护其方兴未艾而雀跃欢呼，排斥拒绝反对者目睹它大行其道而抨击与担忧，审慎中立骑墙者也因为文化研究热浪扑面而犹疑难断。尽管倡导者再三声称文化研究思潮兴起的本土必然性，但其舶来理论的洋身份也是不争的事实。正因为他的英文原名"cultural studies"具有限定的"文化研究"含义，其性质、疆界（如果有的话）和方法都不同于一般理解的"the study of culture"或"cultural research"之类的"对于文化的研究"，所以，虽然它与人们曾经耳熟能详或纯熟操练过的文学的社会历史批评（研究）或曰意识形态批评（研究）在功能上没有太大差别，却免不了如同高档球鞋因为有了一个"波鞋"的洋名儿而身价倍增那样，令人感觉迥异，爱恨莫名。而且，就在对这一学术思潮概念的基本内涵，它的研究范围（对象）、方法，它与文化领域现有各学科尤其是文学研究的关系，甚至它在中国兴起、存在的合法性等等问题，即使在倡导者中间也仍然是远未达成共识的时候，这一思潮已迫不及待地在文学理论界流行了起来，时尚的荣辱风险，不免如影随形。

---

① ［哥伦比亚］加西亚·马尔克斯：《百年孤独》，黄锦炎等译，上海译文出版社 1984 年版，第8 页。

如同可口可乐、肯德基、麦当劳之借助其经济技术和文化的强势背景，以其方便、时尚、口感新奇等等"洋味"特色，轻而易举地俘虏了发展中国家青少年的口味，势不可当地在全球扩张那样，产生于与中国本土和第三世界国家完全不同的语境，浸淫衍逸着"欧洲中心论"、西方话语霸权意识的理论资源，也同时一波又一波地席卷全球，征服着中国和第三世界国家一批又一批的知识精英或非精英，几乎所向披靡。文化研究思潮的流行，莫非是这种文化霸权的又一次奏凯？

一位倡导文化研究的中国学者在反思中国 20 世纪 90 年代文化研究的主角——大众文化批评时坦言：90 年代中国大陆几乎所有批判大众文化的著作或文章，"一无例外地直接引证或间接使用了法兰克福（学派）的批判理论"。① 这位学者指名道姓地列出了一批有代表性的专著、论文作为例证，认为它们"没有一部不是大量引用了法兰克福学派的批判理论，尤其是《启蒙的辩证法》中的'文化工业'理论"②，在分析中国的大众文化时，几乎全部都是不同程度地"搬用"法兰克福学派的大众文化批判理论和方法，甚至大部分观点也"基本上是在复述法兰克福学派的文化工业理论"。③ 这位学者承认，包括他自己在内的众多"有学术造诣的学者"都不约而同地存在"简单搬用法兰克福学派大众文化批判理论的倾向"。④ 为何这种"简单地"、"机械地"、"搬用"、"套用"、"复述"西方理论话语的倾向"几乎已经成为中国学者的集体无意识"？⑤ 原因颇多，诸如"中国大众文化本身的历史与现实的复杂性"啦，可以运用的"本土理论话语资源的贫乏"以及由此导致的"言说的艰难"啦，⑥ 等等。或者也可以宽容地归之为那是"开头阶段在所难免"⑦ 的弊病。不过，也不能排除这样的一种通病：在中国 20 世纪对西

① 陶东风：《文化研究：西方与中国》，北京师范大学出版社 2002 年版，第 38 页。

② 陶东风：《文化研究：西方与中国》，北京师范大学出版社 2002 年版，第 39 页。

③ 陶东风：《文化研究：西方与中国》，北京师范大学出版社 2002 年版，第 40 页。

④ 陶东风：《文化研究：西方与中国》，北京师范大学出版社 2002 年版，第 41 页。

⑤ 陶东风：《文化研究：西方与中国》，北京师范大学出版社 2002 年版，第 41 页。

⑥ 陶东风：《文化研究：西方与中国》，北京师范大学出版社 2002 年版，第 42 页。

⑦ 钱中文：《全球化语境与文学理论的前景》，《文学评论》2001 年第 3 期。

方理论资源利用吸纳的历史过程中，不仅是文艺学层面甚至在马克思主义的理论层面，导致机械搬用的主要原因之一，应有在"忘记"中西语境差异时所暴露出的奴性意识。关键就在于我们并没有真正领会我们曾经或还在继续以及正在十分欣赏的马克思主义包括如今的"文化研究"理论（其本身也继承了马克思主义）中最重要的"批判"精神，没有把这种"批判"精神首先运用于对这些外来理论资源本身的认知和接受。在西方理论话语的威权下，不是挺直腰杆，睁大火眼金睛，大胆批判，精选细择地"拿来"；而是俯首屈膝，全盘照搬，饥不择食。

文化研究新潮既已涌入，不管它如何汹涌澎湃，都得坚持批判的审察辨别，这是理论工作者的职责和义务。所以，当务之急是必须首先"对文化研究本身进行文化研究式的分析"①。全面深入的批判与辨析非笔者所能胜任，下面仅就文化研究的"跨学科、超学科与反学科"和"政治学术化与学术政治化"两个主要特点及其与文学研究的关系：是"扩容"还是"回归"、是"越界"还是"出走"，试作粗浅探讨。

（一）跨学科、超学科与反学科

"文化"概念至今众说纷纭，"文化研究"也就必然地要遭遇着与生俱来的定义困扰（当然也可以理解为"文化研究"本身需要尼采对历史现象本身不屑于下定义那样的策略选择）。文化何其广阔悠远，即使按文化研究理论奠基者之一的雷蒙·威廉斯的主张，文化也是"整体的生活方式"，包括诸如"生产组织、家庭结构、表现或制约社会关系的制度的结构、社会成员借以交流的独特形式"等等。② 因而，有人认为文化研究的版图广及"人类一切精神文化现象"，包括"以往被具有鲜明的精英意识的文学研究者所不屑的那些'亚文化'以及消费文化和大众传播媒介"。文化研究"自然是对文化的研究，或更具体地说是对当代文化的研究"。③ 但文化研究的历史开端

① ［美］弗雷德里克·詹姆逊：《论"文化研究"》，载［美］弗雷德里克·詹姆逊：《快感：文化与政治》，王逢振等译，中国社会科学出版社1998年版，第399—400页。
② 参见罗钢、刘象愚主编：《文化研究读本》，中国社会科学出版社2000年版，第125—126页。
③ 王宁：《全球化语境下的文化研究和文学研究》，《文学评论》2000年第3期。

于文学研究，创始人利维斯以及文化研究最早的一个流派——创立于 20 世纪 60 年代英国"伯明翰大学当代文化研究中心"的一批学者，都是文学理论研究者或文学批评家，所以，有人主张，文化研究立足于文学，是用文化视角研究文学，实际上是文学研究本身的内涵扩展，因而文化研究就是一种新型的文学研究。还有人认为文化研究与文学研究有联系，但不能等同，文化研究比文学研究范围更大，可以作为文学研究的背景，为文学研究提供方法借鉴。而在文化研究实践中又确实存在着从文学出发，"将文学置于广阔的文化语境下来考察，并未脱离文学现象漫无边际地探寻"的一派。还有从非文学学科（如历史学、社会学、人类学、地理学、传播学……）出发，"把文化研究推到了另一个极致，使其远离精英文学和文化，专注跨学科的区域研究以及大众文化和传媒研究"①，甚至完全撇开文学对象的研究取向。总之，文化研究作为一个"目前国际学术界最有活力，最富于创造性的学术思潮"，却同时又是"一个最富于变化，最难以定位的知识领域，迄今为止，还没有人能为它划出一个清晰的学科界限，更没有人能为它提供一种确切的、普遍接受的定义"。②

从反本质主义的知识角度来看，纠缠于寻求一劳永逸的本质性的定义是愚蠢的，无效的。因而，从本质主义的对立面——相对主义的立场，考察事物间的关系较易于取得较大的共识。这在对文化研究定义的理解上可能有一定的道理。前述几类对文化研究定义的观点虽然各言其是，但都承认，跨学科、超学科和反学科的开放性是文化研究的最大特点，这一特点体现的正是文化研究产生的动因及其与各学科的关系特征。正如美国学者弗雷德里克·詹姆逊所说，文化研究之所以崛起，就是"出于对其他学科的不满，针对的不仅是这些学科的内容，也是这些学科的局限性，正是在这个意义上，文化研究成了后学科"③。无疑，把握了文化研究与其他学科之间的关系，也

① 王宁：《全球化语境下的文化研究和文学研究》，《文学评论》2000 年第 3 期。
② 罗钢、刘象愚主编：《文化研究读本》，中国社会科学出版社 2000 年版，第 1 页。
③ ［美］弗雷德里克·詹姆逊：《论"文化研究"》，载［美］弗雷德里克·詹姆逊：《快感：文化与政治》，王逢振等译，中国社会科学出版社 1998 年版，第 400 页。

就接近了文化研究的内涵，不管最终是否得出确定无疑的定义，对指导文化研究实践都将卓有成效。

　　学科既有知识、学术体系分类的意义，又指规训制度。学科的出现是社会分工细化与科学发展的产物。知识、学术的分类和学科规训制度的建立，目的在于使社会知识的生产规范化和专业化，提高社会生产力。然而，随着知识的急剧发展，知识范围的迅速扩张，现代世界的学科分类越来越细，学术体制越来越复杂庞大。由于如今的学术知识生产"已深深地和各种社会权利、利益体制相互交缠"，"褊狭的学科分类，一方面框限着知识朝向专业化和日益相分割的方向发展，另一方面也可能促使接受这些学科训练的人，日益以学科内部的严格训练为借口，树立必要的界限，以谋求巩固学科的专业地位"。[①] 这样一来，学科制度既具有"能够建立完整而融贯的理论传统和严格的方法训练"的优点，同时又由于权力和利益的驱动，不可避免地沦为学科门类"偏见的生产地，以服务于自己的利益（self-serving）为尚，建立虚假的权威之虞"。[②] 狭隘的学科偏见一旦形成，就会不断地加固学科之间的壁垒，划出明确的界限，拦阻擅入"领地"的"外人"，激化、恶化学科之间和学者之间的矛盾。本土的学术腐败之所以愈演愈烈，学科歧视、敌视、排斥的现象屡见不鲜，无疑与现行的这类学科体制有着密切的关系。长期的学科自我封闭、画地为牢，使不少学科内部滋生了一种唯我独尊、夜郎自大的集体无意识。在目前高校的学科建设中，这种学科集体无意识常以"加强核心竞争力"的堂皇借口暴露出来，有的学科偏见竟然发展到十分荒谬的地步。例如，某学院既有语言学科又有属于与该学科关系密切的文化类例如文学等既平行又交叉、互渗相依的非语言学学科，但因执掌权力者属语言学背景，于是非语言学的学科就成为该学院的排斥对象，甚至以行政措施强行规定所有教师的科研都必须定位于语言学，大有清除异己以达到

---

① [美] 华勒斯坦等：《学科·知识·权力》，刘健芝等编译，生活·读书·新知三联书店、牛津大学出版社 1999 年版，第 1—2 页。

② [美] 华勒斯坦等：《学科·知识·权力》，刘健芝等编译，生活·读书·新知三联书店、牛津大学出版社 1999 年版，第 2 页。

学科"纯洁化"的趋势。某同类高校则干脆更名，把校名中的"文化"二字去掉。针对此事，民间曾流行过一句歇后语："××改名——没文化"，讽刺幽默，入木三分。

现行学科制度移植于欧美，先天具有自然科学至上的西方胎记，在自然科学与人文社会科学的学科冲突中，自然科学学科总是占上风，原因在于"他们定义了自己为科学而其他学科不是科学"，因此，他们不仅"摄取了西方文化赋予诠释自然之士和生产真理者的认知权威"，而且"成功掌管了学术机关和资源"，成为国家学术研究和发展资源的垄断者。①"重理轻文"，科技至上的偏见在我国既加强了重视科学技术生产力的意识，同时又造成了自然科学和人文社会科学学科发展的严重失衡。自然科学和人文社会科学的关系犹如"车之两轮"、"鸟之双翼"的普通道理，也必须借助国家最高领导人出面来加以强调，可见情况之严重。即使如今人们已经关注自然科学和人文社会科学犹如"车之两轮"、"鸟之双翼"的关系，但自然科学的"科学性"仍然被作为普遍的规范照搬到人文社会学科中来，无视二者的区别。例如，被认为是"科学的"工业企业的管理模式，包括 ISO 的产品质量管理标准，如今都被全盘照搬到学校教育管理中来。"教师的教学工作受到控制，办学有如办工业，受制于生产及市场竞争的逻辑。以行政理性指导的管理制度排拒了教师有效地参与校政的决策。教师被行政程序牵制，集体参与校政决策不再复见"，"教师变成了异化的技工，基本上失去对教学环境的控制权"。② 而校长、行政官僚和高职教师变成了管理者，形成一个管理阶层，他们执行对教师的监控任务，"教师会发现他们的教学工作受到越来越繁复和越来越具压迫性的控制"③。于是，"不同的课程变成了一种传送系统

---

① 参见［美］华勒斯坦等：《学科·知识·权力》，刘健芝等编译，生活·读书·新知三联书店、牛津大学出版社 1999 年版，第 24 页。

② ［美］华勒斯坦等：《学科·知识·权力》，刘健芝等编译，生活·读书·新知三联书店、牛津大学出版社 1999 年版，第 132 页。

③ ［美］华勒斯坦等：《学科·知识·权力》，刘健芝等编译，生活·读书·新知三联书店、牛津大学出版社 1999 年版，第 133 页。

（将林林总总的商品／知识供应到消费者／学生手上），而教师则是生产系统中的技术操作员"①。学生最后也成为学校流水线上生产出来的"产品"，只要严格执行 ISO 标准，就能保证这些"产品"的质量，人们不需考虑有生命的人与无生命的物、人才培养与物质生产有何区别，因为在这类管理者眼里，人与物无异。

现代学科划分及其规训制度造成的条块分割、知识零碎化和特定等级秩序的弊端已到了无以复加的地步。文化研究的跨学科、超学科和反学科的开放性，对僵化的学科体制无疑是有力的挑战，至少从理论上说，文化研究可视为针对学科弊病的理想解毒剂。文化研究作为"从政治和社会角度入手"的一项促成学科的"历史大联合"和"社会群体大联盟"的事业，② 不能说不是"历史的必然要求"！

然而，这一"历史的必然要求"（也就是弗雷德里克·詹姆逊说的"一种愿望"）实际上是否可能实现呢？联系现实，我们不难发现，文化研究的跨学科、超学科和反学科的取向，多少带有浮躁冲动的"乌托邦"色彩。

原因在于文化研究跨学科、超学科与反学科取向的本身就充满了矛盾，面对现实社会强大的学科规训力量，足以自我消解，其归宿也许注定了不是乖乖地接受招安而学科化、体制化，就是硬着脖子无奈地"过把瘾就死"。劳伦斯·格罗斯伯格在《文化研究的流通》一文中坦言了文化研究的困境：文化研究虽然"迅速地进入"当代美国思想生活和学术生活主流，可是它越来越以新的方式"被商品化和制度化，作为商品，它没有自身的同一性"，只有流动性和再生剩余资本的能力；"作为制度化场地，它被重新刻入自己一贯反对的那些学术和学科的礼仪规矩"。这种事与愿违的结果终于使文化研究者自身也迷惘得找不着北："我们对它（文化研究）谈得越多，越不清楚自己在谈什么。当文化研究变成某种确定无疑的主张时，它就失去了特定

---

① ［美］华勒斯坦等：《学科·知识·权力》，刘健芝等编译，生活·读书·新知三联书店、牛津大学出版社 1999 年版，第 132 页。

② 参见［美］弗雷德里克·詹姆逊：《论"文化研究"》，载［美］弗雷德里克·詹姆逊：《快感：文化与政治》，王逢振等译，中国社会科学出版社 1998 年版，第 399 页。

性。这个术语出现的频率越高，它与特定英国作品的关系也就不复存在，而且更不清楚我们正居于一个什么样的空间。"① 也就是说，文化研究遭遇的困境既源于外在的学科规训制度力量的"劫持"，又由于自身概念内在的含混和宽泛无边，结果必然是"一盘散沙"。即使在英美这样的语境中，文化研究尚且不能拒绝学术统治集团送来的"秋波"，无法不接受赋予的权力，② 不能不考虑帮助研究者"解决他们的终身教授职称问题"；③ 那么，在行政权力和学术权力混淆不清的本土学科规训体制语境中，文化研究的前景是否可能比英美更光明？

（二）政治学术化与学术政治化

回顾历史，放眼现实，不能回避的事实是：政治作为社会的强权也好，作为反抗压迫的弱者的意识也好，它始终犹如幽灵一般支配着或寄居于学术与文学。学术与文学不是沐浴于政治的阳光里，就是被笼罩在政治的阴影下，甚或被政治的风暴、地震推升或摧残。学术与文学无法抗拒主流政治或边缘政治的奴役或利用。政治与学术、文学的结合只有程度浓淡的差异，而没有空间的距离远近。所谓"远离"、"接近"、"结合"的说法都只是想象的隐喻的话语表达，而"纯学术"、"纯文学"、"纯审美"就更是天真的乌托邦幻想。

文化研究是一种政治活动，它坚决反对"把文化研究寓于纯粹的学术目的"④。它的跨学科、超学科和反学科取向的目标抑或动机不是学术，而是政治。它是以学术面目出现的社会政治，既是政治的学术化又是学术的政治化。而对已有学科的不满、反抗和冲击，也在于因为他们作为主流政治的工具和合谋，表达的是主流政治的霸权话语。文化研究试图通过自己的反抗性批判，而将其颠覆，使其政治转向；希望通过联合、联盟、交叉的方式，使他们倒戈，成为边缘政治的代言者。无疑，这又是一种学术政治化的实践过

---

① 罗钢、刘象愚主编：《文化研究读本》，中国社会科学出版社 2000 年版，第 66 页。

② 罗钢、刘象愚主编：《文化研究读本》，中国社会科学出版社 2000 年版，第 66—67 页。

③ 罗钢、刘象愚主编：《文化研究读本》，中国社会科学出版社 2000 年版，第 400 页。

④ 罗钢、刘象愚主编：《文化研究读本》，中国社会科学出版社 2000 年版，第 9 页。

程。不管是政治学术化还是学术政治化，焦点都在"政治"、"社会"。一些文化研究者强调文化研究的政治"不是直接实用的政治"，"不是特殊政党或倾向的研究项目"，① 而是"'学术'政治"，即"大学里的政治"以及广义上的"智性生活或知识分子空间里的政治"。② 格罗斯伯格也把文化研究界定为一个"知识的实践"，一种"把理论政治化、把政治理论化的方法"。③ 显然，他们意欲拉开文化研究与"政党政治"或曰"直接实用的政治"的距离。而无法回避的是，"大学里的政治"以及广义上的"智性生活或知识分子空间里的政治"与"政党政治"或"直接实用的政治"之间并没有一堵不可逾越的高墙。在作为"社会差异和社会斗争的场所"④ 的文化领域里，不管是什么样的政治实践，只要履行批判行为，涉及权力、阶级、种族、性别、身份、民族和民族性，就不能不触及现实中的政党政治，无法割断与"直接实用的政治"之间千丝万缕的纠葛，难以摆脱实用政治的反制或授权与利用。而亨利·吉罗、戴维·季维、保罗·史密斯、詹姆斯·索斯诺斯基等呼吁知识分子承担"抵抗的知识分子"责任的学者，他们在合作的《文化研究的必要性：抵抗的知识分子和对立的公众领域》一文中，对文化研究政治性的诠释似乎更坦率一些。他们指出，文化研究要从事的是"严格意义上的社会政治问题的批评，推进对于允许的和非允许的文化维度的理解。这意味着批评的发展与文化研究的形式应当与解放的利益相一致"。文化研究的重要任务之一，就是"找出主流文化意识形态中的裂缝"，通过批评进行解构、颠覆。而且，还应该形成一场"走出大学校园"而抵达"公众领域"的"一个革命性的知识分子运动"，因为"反学科实践的最重要的目标是激进的社会变革"。⑤

---

① 罗钢、刘象愚主编：《文化研究读本》，中国社会科学出版社 2000 年版，第 9 页。

② ［美］弗雷德里克·詹姆逊：《论"文化研究"》，载［美］弗雷德里克·詹姆逊：《快感：文化与政治》，王逢振等译，中国社会科学出版社 1998 年版，第 399 页。

③ 陶东风：《文化研究：西方与中国》，北京师范大学出版社 2002 年版，第 14 页。

④ 罗钢、刘象愚主编：《文化研究读本》，中国社会科学出版社 2000 年版，第 5 页。

⑤ 罗钢、刘象愚主编：《文化研究读本》，中国社会科学出版社 2000 年版，第 78—89 页。

　　在西方资本主义意识形态语境中的文化研究的文化政治抱负是崇高的、正义的。然而，其政治目标也由于"学术性"、"知识实践性"的定位，以及语境的强大压力，最终还是成为"犹如摘除引信（defused）的炸弹，看上去来势汹汹，却不会造成实质性伤害"。① 随着主流权力的招安和体制化，即使是在美国出现的"巨型爆炸性的文化研究"也在迅速地走向专业化和制度化。② 到头来不免沦为批判对象的工具。

　　文化研究的政治性是冲着权力而来的，"文化研究就是研究权力的"③。对此，弗雷德里克·詹姆逊毫不客气地指出，"权力对知识分子来说，是个更加危险而又更令人陶醉的口号，他们往往不切实际地认为自己很接近权力"，而且，"研究权力是一个反马克思主义的步骤，旨在取代对生产方式的分析"。④ "政治"、"权力"、"批判"、"斗争"、"社会变革"……文化研究的这些充满火药味的概念、话语，在语境变换后令人更为敏感。因而，其实践就必然愈加困难。首先是对其实质、精华的理解，倘不深入到这一层面而机械照搬，那就会像中国20世纪90年代的大众文化批评、人文精神讨论等等那样，制造与热烈争论的不少话题都是伪话题，批判矛头指向的是稻草人，轰轰烈烈的知识实践活动不过是让人眼花缭乱的肥皂泡，研究者只能在唐·吉诃德大战风车式的壮烈幻觉中自我陶醉。

　　有人把可以汲取的文化研究的"具有跨文化的有效性与适用性"的精髓归纳为"实践品格、语境取向、批判精神以及边缘立场（即始终为弱势群体伸张正义）"。⑤ 姑勿论其抽象是否恰当，但他后面的一段话却更值得重视，因为这段话具有非常明确的语境针对性："判断一种话语在某种社会文化系

① 朱刚：《世纪之交的美国文学批评理论——尴尬》，《文艺报》2000年11月21日。
② 参见［美］弗雷德里克·詹姆逊：《论"文化研究"》，弗雷德里克·詹姆逊：《快感：文化与政治》，王逢振等译，中国社会科学出版社1998年版，第436页。
③ ［美］弗雷德里克·詹姆逊：《论"文化研究"》，弗雷德里克·詹姆逊：《快感：文化与政治》，王逢振等译，中国社会科学出版社1998年版，第434页。
④ ［美］弗雷德里克·詹姆逊：《论"文化研究"》，弗雷德里克·詹姆逊：《快感：文化与政治》，王逢振等译，中国社会科学出版社1998年版，第434、436页。
⑤ 陶东风：《文化研究：西方与中国》，北京师范大学出版社2002年版，第24页。

统中是否已经处于支配地位的标准，不应当只看到文化活动的表层，而应当深入到文化体制以及更大的权力系统，尤其是政治权力系统（文化场域始终无法脱离权力场域的牵制与支配），离开政治权力系统来谈文化霸权只能是瞎子摸象。"① 的确，文化研究要进行社会政治的批评，实现社会变革的目的，不能不挑战牵制与支配文化场域的主流话语及其背后的政治权力系统。因此，在从事对文化霸权的批判实践之前，务必辨清与看准语境化的批判对象是什么。这确实是所有文化研究者必须深思并慎重对待的首要问题。

不管是否明言，大凡以政治为标的的学术潮流或所谓"知识实践活动"，往往是社会变革甚至革命的先声，文艺复兴、启蒙运动、五四新文化运动，莫不如此。毫无疑义，文化研究者要考虑的最重要的语境问题之一，就是自己所处的历史时间和空间，自己要为之开路的是什么性质的社会变革。

（三）扩容与回归

这一话题主要针对文化研究与文学研究的关系。所谓"扩容"，是指文学与文学研究的范围扩张。向何处扩张？文化！于是，文学研究与文化研究便有了一致性。"扩容"的主要话语资源也来自西方，其中有文化研究的说法，还有特里·伊格尔顿的论点。主要观点是强调文学的边界一直在变化，不像昆虫学的研究对象昆虫那样是一种稳定的、界定清晰的实体。② 而且，以自然客体为依据确定一门学科的研究领域是错误的。因为，"首先，一组特定的客体可以是很多学科的共同课题。同样一个文本，例如《汤姆叔叔的小屋》，既可以被文学家研究，也可以被历史学家研究。第二，一门学科研究的对象在学科的发展过程中也不是一成不变的，'文学'的研究对象——小说、诗歌和戏剧——直到 19 世纪才形成。而且，范畴的界定方式也呈规律性的变化"③。所以，某一学科的研究对象任何时候并不是自然客体，而是由

---

① 陶东风：《文化研究：西方与中国》，北京师范大学出版社 2002 年版，第 25 页。
② 参见［英］特里·伊格尔顿：《文学原理引论》，刘峰等译，文化艺术出版社 1987 年版，第13 页。
③ 罗钢、刘象愚主编：《文化研究读本》，中国社会科学出版社 2000 年版，第 79 页。

该学科的实践研究确立的研究领域。这样的研究领域既是人为的，又是非人为的。说它是人为的，是"因为它随历史环境的变化而改变。因此也反映了文化的、社会的和体制的需要"，说它是非人为的，则"因为它不是随心所欲的任意发展"。①强调研究对象的非恒定性和变化，以及实践的决定性即"人为"一面，无疑是正确的。但更不能忘记的是"非人为"的一面，即不是任何人可以随心所欲地进行界定的一面。讨论这一问题的话语前提明显是一种分门划类的学科意识，并没有跨学科、超学科和反学科。所以，既然承认有文学和文学研究，你就不能一个人、几个人甚至再多一些人说了算。因为实践至少是一个特定历史阶段、特定领域的所有主体的整体的活动，任何人，即使是先知先觉者的发现和提议，都必须经历一定时长的整体（当然不是绝对数的整体）实践来检验，并达成必要范围的共识（约定、确定）。一切实践活动都包含着动机、目的、行为和结果，包含着实践的主体和客体对象及其互动的双向关系。历史学家研究《汤姆叔叔的小屋》的动机、目的、行为和结果定位于历史探讨，那当然不能说是文学研究。有人研究《诗经》中的草木鱼虫，也必须看他是着眼于文学还是生物学抑或其他，才能断定其是否文学研究。这就不可避免地牵涉到研究者所遵循的学科研究范式。当然，正如托马斯·S. 科恩所描述的科学范式那样，所有范式都不是永久恒定的，而是随着历史环境的变化而变化，每一种范式都要经历常规、反常、危机和革命等阶段的演变过程。但文学与文学研究以及文化研究的范式无论怎么革命，其传统无法割断。文化研究虽然是结构主义和后结构主义之类形式主义与非历史倾向研究范式的反动，但其中又有继承，存在着一种结构主义的文化研究范式。文学中的古典主义、浪漫主义、现实主义、现代主义和后现代主义等等思潮，每一个都是前一个的反动，但其范式也都对前面的思潮范式有所继承。文学的体裁、内容、叙述方式等等也都可以变化，但其依存的语言这一载体不能摆脱，它可以口语、书面、纸质或电子媒介等方式存在，但如果把语言和文本的内涵无限扩展，而将电影、电视、音乐、建

---

① 　罗钢、刘象愚主编：《文化研究读本》，中国社会科学出版社 2000 年版，第 79 页。

筑、日常生活的各个领域都囊括其内，视为文学的"扩容"结果，一切"文本化"，一概称之为"文学"，对它们的研究也称之为"文学研究"，恐怕至少在目前和可以预见的较长历史时段内其合理性和合法性相当可疑，难以获得普遍认同。电影剧本、电视剧本、歌词、广告的文学性脚本，当然属于文学，对它们的研究无疑也是文学研究，但如果把对影视的画面、音乐、导演、表演、特技，甚至日常生活中的时装、波鞋、芭比娃的研究都称之为"文学研究"，则明显荒谬。如此"扩容"，其思维方式没有超出文学中心论的旧框架，不承认大众文化与影视等艺术门类的相对独立性，以一种文学帝国主义的独断论吞并大众文化、影视艺术以至全部生活方式，实在是不自量力。其结果，一方面混淆了文学与其他艺术类别以及文化的界限，势必引起不必要的混乱；另一方面又把文学研究等同于文化研究（至少是大众文化研究），这与不少文化研究者关于"文化研究不等于文学研究"的反复强调和文化研究的实践事实也相悖。

文学的"扩容"，也许只能算是一个局限于阶段性视野中的正确判断。从结构主义之类形式主义文学研究阶段转入文学的文化研究阶段，即从文本的分析转入社会政治、意识形态的批评和研究，无疑是研究范围的拓展。但是，从文学的内容本身和更长的历史阶段（长时段）的视野来看，文学的文化性质以及对它的研究，就不是"扩容"而是"回归"，体现了西方文学研究在"内部研究"与"外部研究"两极之间物极必反的钟摆式历史运行轨迹。艺术与文学同是文化的镜像或自我意识，社会政治、意识形态实际上任何时候都不能从文学艺术的内容中排除，只不过是侧重点和浓淡程度有所不同和与时俱变而已。今日的文学研究不一定像原来的外部研究那样局限于党派政治和庸俗社会学的旨趣，但仍然没有超出社会政治与意识形态研究——外部研究的范围。

文化研究使文学研究从原来的结构主义、后结构主义越来越狭隘的形式主义与非历史倾向的偏见中解放出来，"扩容"到社会政治、意识形态的研究。然而，西方理论总喜欢矫枉过正，文学的文化研究走出形式主义的泥淖，又以加速度的态势冲向意识形态的陷阱。荷兰学者杜威·佛克马对文化研究使文学研究"越来越成为意识形态的附庸"表示过强烈的忧虑。他认为，这种趋向是一个普遍性的问题，而且似乎已"在所难免"。因此，他建议用"文化科学"一词来取代"文化研究"。因为，文化研究的宗旨是为了了解文化差异而不是为了确认文化差异，"科学方法同样可以研究文化和文化差异"，科学与政治不能混为一谈，所以，"'文化科学'专指尽量避免意识形态偏颇的文化研究"。他尤其担心中国的"文化研究回到无产阶级'文化大革命'的错误认识论上"，与政治混淆不清，把一切都"用粗俗的政治利益法则加以衡量"，那样的话，将是"可悲可叹的事"。①

中国的文学社会学研究，曾因陷于庸俗化和"极左"的党派政治的狭隘视野，无视文学历史内涵的丰富性，抛弃文学的美学要素，而使人们深恶痛绝；而文学研究也曾因矫枉过正而走向要求"纯审美"、"纯文学"和"纯艺术"的极端。两者的片面性不言而喻。今日文学的文化研究如果不遵循马克思主义的"美学观点和历史观点"相统一的研究原则，将难免"回到无产阶级'文化大革命'的错误认识论上"，重蹈庸俗社会学的覆辙，这样的"扩容"，只能说是倒退和堕落。

（四）越界与出走

"越界"者，即文学边界的扩张性移动与研究者研究范围的拓宽或进入原来界限之外的文化领域。边界的向外移动，即版图的扩张。研究者的越界，则有几种可能：或是不放弃本土的开拓，或是作为过客的游走，或是移民式的离家或弃家出走。文学或文学研究的越界，也称扩容。如果按文学研究等于文化研究的主张，"文学"与"文化"已经同一，文学将原先的其他文化领域一统天下，可谓"普天之下，莫非王土。率土之滨，莫非王臣"②。无疑，这不过是文学中心论者一厢情愿的文学帝国主义幻觉。版图的变化，边界的移动，并非不可能，但是有限。而且，版图界线的位置，需要较长时段才能判断确定，就像国界的划定，除非一方如同晚期满清一样的腐败弱

---

① 参见 [荷兰] 杜威·佛克马：《文化研究：挑战还是幻觉》，《文艺报》1999 年 4 月 27 日。
② 《诗经·小雅·北山》，周振甫译注：《诗经选译》，中华书局 2005 年版，第 287 页。

国，否则，必须经历无数次拉锯式的文、武交锋，甚至是越数代人之后，才能草签边界协议。但主体行为的越界或退守，则随时发生，清晰可辨。因而，与其讨论尚难以明朗的文学或文学研究对象范围的越界"扩容"，还不如探索文学研究主体明晰的越界行为更有现实意义。

不少文学理论研究者投身文化研究，关注大众文化，研究影视、音乐、广告、传媒以及时装、波鞋之类日常生活文化现象，或者转向社会学、历史学、人类学、经济学、宗教学、法学等等其他学科。这些越界行为大约可分两大类：一类是不抛弃文学，只是偶尔涉足其他文化领域，进行跨学科的研究；另一类是彻底抛弃文学，全面地转移阵地，实际上是合法或非法移民式的"出走"或曰"逃离"。"出走"或"逃离"式越界的动机可能诸多，当然不能排除出于知识分子与时俱进的"先天下之忧而忧"的使命感、社会责任感的崇高动机，但也不能否认与文学和文学研究的边缘化有关的功利主义考虑。因为不甘心于失去原来拥有的"中心"权力，而欲"与时俱进"，所以抛弃文学和文学研究，千方百计挤进新的"中心"，谋求权力的复得，明显体现出传统的功利心态作祟，即漫长封建时代养成的功利主义的知识分子心态——热衷于政治、权力，以社会文化权力中心自居，自以为是知识和真理的化身，乐于充当民众的导师与指路人，高高在上——不仅没有消亡，还借着文化研究思潮兴起的时势，扮成"有机知识分子"或"抵抗的知识分子"英雄面目出现。这种越界出走，作为个体的选择，难以厚非；但若成为一种集体无意识，显然已是谋求文化霸权的病态或变态发作，实际上也背离了文化研究的边缘立场与批判精神。文学和文学研究为什么必须永远独占花魁，永蹈于文化空间的中心而不能退守边缘？或者说，文学和文学研究为何不能在作为文化领域的艺术的独特性的坚守与创新上，保持与其他文化领域相对的无可替代的"中心"地位？大众文化的兴起确是人们身边随处可见的事实，谁也不能无视这一社会洪流的奔涌，文学和文学研究倘仍然抱着"中心"的昔日孤傲，当然不合时宜。但完全认同"文学终结论"，义无反顾地投入图像文化的温热胸怀，不仅招来贪新弃旧、趋炎附势与机会主义之嫌疑，还暴露了知识与思维方式的缺陷：多少年与文学同眠共枕，却不知依语言与文字而存活的文学的艺术本性及其真正的文化价值。没有摆脱简单的二元对立思维方式的束缚，按照非此即彼，不白则黑的惯性思维，看到的只是绝对的对立、不可调和，新与旧之间必然是绝对的新取代旧，黑与白之间只是真空、鸿沟，没有任何过渡，不能融合。所以不懂也不顾读书与读图之间并非只有对立与取代的关系。已有学者撰文对文学固有的、特定的、不可取代也无从消亡的人文本性与美学本性——它的内视性和时间性本质、它的精神共享性和心理彼岸性等——进行了细密深刻而雄辩的论证，驳斥了甚嚣尘上的"文学终结论"，点出其历史与逻辑的认知盲目。[①] 笔者要补充的一点是，重视文学与图像之间、纸质媒介与电子媒介之间互动互补、合作依存的密切关系。事实就发生在我们眼前：都说是网络时代了，无纸化办公了，文学可以摆脱纸质媒介的辖制了，但实际上全世界的用纸量不仅不减少反而大量增加，仅我国近几年长篇小说的年产量据说就高达 500 部以上，全国的文学副刊就有 600 多种；网络文学创作虽然也十分繁荣，但优秀的网络写手却都以"能出传统纸质书籍为荣"，可谓"网而优则'纸'"[②]。大多数优秀的影视剧作都从小说改编，或必须依赖有一个好的编剧和一个好的剧本为基础；某些纸质文本的小说本来默默无闻，由于影视改编而一夜之间洛阳纸贵；至于本来就已经畅销的纸质文本，借助于现代传媒、信息技术，其行销空间和速度可以达到史无前例的巨大和全球同步化。英国女作家 J. K. 罗琳创作的小说《哈利·波特》1997 年问世，迄今不过短短几年，就已被译成 60 多种语言，流行于 200 多个国家和地区，其纸质文本在全世界畅销累计已超 2 亿多册。其第 5 集《哈利·波特与凤凰社》于 2003 年 6 月 21 日零时在全球同步上市，首日销量就高达 500 万册。而仅在美国的发行首日，竟有 40 万读者参加午夜购书活动。预计此书发行量将超过《圣经》，这一奇迹就发生在人们哀叹"纸媒介行将死亡"以及"文学终结论"甚嚣尘上的网络时代。毫无疑义，这些事实不能只归因于金钱、权力的运作，更不能从中得出电子媒

---

① 参见彭亚非：《图像社会与文学的未来》，《文学评论》2003 年第 5 期。

② 程文超：《波鞋与流行文化中的权力关系》，《文化研究》（第 3 辑），天津社会科学院出版社 2002 年版，第 250 页。

介比纸质媒介优越的结论。其中明显昭示的是纸质媒介与电子媒介各擅其长而且相互依存、互动互利的合作关系，它们之间并不是只有你死我活的对立、斗争，互不相容，后来者并非必然很快取代先来者。倒是网络时代的高科技条件，更有助于激发文学的生命力，使文学如虎添翼。而且，图像离不开文字的配合才能更有利于理解的接受特点，纸媒介文本的方便、廉价，还有文化需求中普及与提高的层次递进关系，以及读书比读图对于人的智力锻炼与发展创造更有利等等，在很长的历史时期内将使纸媒介与电子媒介的合作共存关系牢不可破。而从读书比读图更有利于智力发展的长处来看，可以预见，以语言、文字为传达基础的文学永远不可能被图像所取代。要说"终结"的话，恐怕得等到地球和人类遭遇毁灭的灾祸——图像与文字"予与汝皆亡"的同归于尽之时，才可能成为事实吧。

　　文学研究实践本来就必须越界，也必然要遭遇界外的困难。正如国际知名的比较文学家乌尔利希·韦斯坦因在《比较文学与文学理论》中所说："从理论上讲，文学研究要想引起足够的重视，就必须不再去研究非文学的现象，而集中探讨文学现象。但是在实际中，有时又不可避免地要把研究的范围扩展到自己的界限之外。……显然，在比较文学作品和非文学作品时，浅薄比附的闸门常常会被冲开，文学史家或批评家常常会发现，他们对自己力图与文学作比较的学科并不很了解，缺乏这方面富有见解的第一手资料。"① 今日大多数越界行为都顶着文化研究的旗号或被视为文化研究的实践，不管是哪一类越界，也都面临着两大难题：一是越界者的知识准备；二是界外的抵抗。先说第一个难题。文化研究是跨学科的综合性的知识实践活动，具有相当的难度，不说学通中西，知贯百科，起码也得"精通几门专门知识，对一些问题确实做过专门研究，发表过一些独到的见解，才有发言权"②。仅是"精通几门专门知识"就非易事。不说别的，就说"国学"吧，"则昔人所谓专门之学者，亦已逾十门。凡古来宏博之士，能深通其一门者，

① ［美］乌尔利希·韦斯坦因：《比较文学与文学理论》，刘象愚译，辽宁人民出版社 1987 年版，第 24—25 页。

② 钱中文：《全球化语境与文学理论的前景》，《文学评论》2001 年第 3 期。

已为翘然杰出之才；若能兼通数门，则一代数百年中，不过数人。若谓综上所列诸门，而悉通之者，则自周孔以来，尚未见其人。何也？人生数十寒暑，心思材力，究属有限；而人之天资，语其所近，不过一二种；兼通数门，已称多材。长词章者未必兼通考据，有得于心性之学者未必乐钻故纸。故精汉学如阎、戴、段、王，若语以宋明诸儒精微之说，未必能解也。工诗文者如韩、柳、欧、苏，若与之辨训诂音韵之微，则非所习也。文人谈禅，不过供临文时掬摭之资；若进而与之论教相，辨判科，则茫然矣。宋元词曲巨子，若与之论经传大义，谈老庄之玄旨，则瞠目结舌矣。天之生人，决无付以全知全能之理；而人之于学，非专习不能精"①。当年裴毓麟驳难胡适所开"最低限度"《国学书目》的这番话，可谓真正道出了治学问之艰难。对今日欲治文化研究者来说，需通中西学问之庞杂艰深，比裴氏所言"国学"之要求大有过之而无不及，故裴氏所言不无可资参考之价值。今日的文化研究虽然门庭若市，但无须讳言，确有一些半路出家（尤其是从文学研究"出走"）而进入文化研究的"越界"者，实际上并没有达到"精通几门专门知识"的要求，就"单凭懂得一些外文，搬用一些外国词汇，对问题并不内行，就拉开架势大谈文化问题；好像天下大事尽在自己掌握之中"②。某些高产学者的不少篇章，占的就是"懂得一些外文"的便宜，捷足先登，追"新"逐"后"，把洋人的时尚甚或过时的货色趸来倾销。既满足理论短缺的本土学术市场需求，又博得某些不学无术只求一切"量化"，可以像擤鼻涕一样简单省力地履行管理职责的单肩或双肩挑的官僚们的赞赏与宠爱，拿基金，升教授，做博导，任职"××级"，一路绿灯，赚得满盘满钵，名、利、权都入囊中，皆大欢喜。

　　文化研究领域的进入标准明显比传统的学科研究高得多，用同样具有高度政治批判性的"无产阶级'文化大革命'"的话语"深挖洞，广积粮，不称霸"来作隐喻性表述似乎也合适。"深挖洞"者，乃指具备深厚的理

---

① 转引自黄修己：《中国新文学史编纂史》，北京大学出版社 1995 年版，第 27 页。

② 钱中文：《全球化语境与文学理论的前景》，《文学评论》2001 年第 3 期。

论造诣，具有深邃独到的思想能力；"广积粮"嘛，不用说，指的是起码必须"精通几门专门知识"的广博；"不称霸"呢，自然是文化研究的本根所在——反压迫、反霸权，文化研究要挑战的就是文化霸权，坚守边缘立场。如果想通过文化研究来摆脱"边缘化"困境，挤进"中心"，"改朝换代"，取而代之，显然是文化研究的误读，其后果必然导致文化研究的异化与自我消解。因而，唯有"深挖洞，广积粮，不称霸"到位了，才可能践行文化研究坚持"边缘化立场"之诉求——"备战备荒为人民"（"始终为弱势群体伸张正义"）！

　　再说界外的抵抗。在学科壁垒林立的时代，文化研究的跨学科"越界"或"游走"，无疑是不速之客，必然遭到被越界领域的抵抗。在那些专业学者充斥、早已人满为患的学科里，量化考核、解聘、末位淘汰的压力已经令人神经极度紧张，忽然间冲进一伙"越界"者，是不是像布什和拉姆斯菲尔德当初的天真想象那么美好：只要美军一进入伊拉克，那些饱受萨达姆压迫的人民就会手捧鲜花夹道欢迎？不说"解放者"常常遭受恐怖袭击那样的悲惨吧，听听弗雷德里克·詹姆逊引述伊恩·亨特描绘的文化研究者"越界"所可能遭遇的时刻就确实"令人寒心、滑稽"："美学批评以及文化研究的问题（只要文化研究仍然陷于滑流［slipstream］之中），在于它自以为单是从大都市的角度，尤其从大学艺术院系的角度就能理解和评价其他文化领域。但进入这些其他领域——律师事务所，媒体组织，政府部门，大公司，广告公司——就会冷静地发现：这些部门里已经充满了它们自己的知识分子。他们看到你时，只会往上翻翻眼皮说：'唔，你到底能为我们干些什么？'"① 伊恩·亨特描绘的图景在美国早已不新鲜，文化研究在美国遭遇到的现实困境远比这幅图景更尴尬、更悲凉。文化研究与生俱来的两大风险——跨学科、超学科和反学科的取向必然导致的外部体制的抵抗与招安，本身理论界域漫无边际不确定的滑溜无可遏止地趋向的泛文化化——使文化研究陷入泥沼。

---

① ［美］弗雷德里克·詹姆逊：《论"文化研究"》，载［美］弗雷德里克·詹姆逊：《快感：文化与政治》，王逢振等译，中国社会科学出版社1998年版，第433页。

主流学术界即使设几个岗位接纳文化研究，也还是视之为"旁门左道"，不是真正的学术，压根就瞧不起它。只是苦了不知就里投进圈内的后生小子，苦读数年，虽然拿了博士学位，却面临就业困难，想谋一个大学教职也不容易。雄心勃勃的"抵抗的知识分子"在强大的学科规训制度的压制、同化下，不仅无法施展文化研究社会政治批判的雄才大略，还不知不觉地走到了反面，乖乖地体制化，成为批判对象的工具和同谋，"不停地复制出它原本想消除的对象，结果越来越难'批判'现实"①。于是，出现了"理论无用论"的自怨自艾，甚至像爱德华·赛义德一类当初引领文化研究潮流的理论权威"也有追悔莫及之感"，开始撰文指责泛文化化的理论批评趋势，斥之为"人文堕落"，呼吁从文化返回文学、文本。②

"大道以多歧亡羊，学者以多方丧生。"③ 西方文化研究思潮的"钟摆"似乎已经回头转向，我们的"钟摆"却正在匆匆前冲，中外文论进入近二十余年来的"第三次错位"④ 已然成型。是否应该继续亦步亦趋，"一往无前"？怎样吸取西方文化研究思潮的精华与前车之鉴？

看清并紧密地结合本土社会实际，坚持马克思主义的批判精神来对待一切外来思潮，我们的文学思潮——理论的、批评的、创作的、接受的思潮系统——才有可能生成具有鲜明民族性印记的审美现代性。

---

① 朱刚：《世纪之交的美国文学批评理论——尴尬》，《文艺报》2000 年 11 月 21 日。
② 参见朱刚：《世纪之交的美国文学批评理论——尴尬》，《文艺报》2000 年 11 月 21 日。
③ 《列子·说符》，杨伯峻：《列子集释》，中华书局 1979 年版，第 266 页。
④ 钱中文：《全球化语境与文学理论的前景》，《文学评论》2001 年第 3 期。

附　录
文艺思潮论

[日] 竹内敏雄　著

卢铁澎　译

一

　　在历史和现实中，人类的精神生活犹如不断流动的互相混杂的潮流，具有极为多样的变化和差异。这种精神的潮流在各个文化领域展开，并构成各自固有价值形成的历史。我们所谓的文艺思潮也就是作为语言艺术的文学领域的精神潮流。

　　这么说来，文艺思潮的概念已是不言而喻的了。不过，稍为深入思考一下，它就未必是单义的那么清楚。构成文学历史的精神生活潮流，实际上是怎样的东西呢？如果人类的精神生活可以还原为各个个体意识中发生的心理过程，那么，文艺思潮也只不过是创作或欣赏文学的人们当时的想象、感动、热情、思考等个人意识过程的集聚吧。可是，精神的存在一般不能归结为心灵生活或意识，而要超越其上形成独自的领域。这一问题早已为心理主义所阐明，因此，在这里用不着再详细论述。而且，这个问题在如同文艺思潮这种超个人的历史现象上有特别明显的证明。总之，每个人不是单纯就其本身来说有其精神的存在，而是一开始就在一定的精神整体状况中成长并仅以此为温床生活和创作的。但是，这个由历史所给予的精神水准与心理的存在是完全异质的东西，既不是主观的集合形成的，也不存在于意识主体的总和之中，而是属于另一层次上的精神现象。如果遵从尼科拉·哈特曼的意见，把这种精神的存在形式称之为历史的或客观的精神，那么，文艺思潮确实可以称为文学的客观精神。每个诗人的生活和创作的心理过程都是各自独有的东西，尽管可以把它"再体验"，但到底是第二次体验，在本质上与原体验不同。可是，很多人会把诗人的观照方法、创作方向之类与文学上的主义、"思想"一样作为同一的东西去把握。对于每个人来说，它们是个别的意识的作用，却又构成同一的文艺思潮。在这个意义上，文艺思潮确实是"客观的"精神。

当然，作为客观精神的文艺思潮也不能离开各个人格而存在。它是有赖于每个诗人和文学爱好者的"个人精神"才构成诗的精神生活的现实世界的。而且，只要把它作为精神性存在的文学史构成因素来把握，就必须是以原生的个体精神固有的纯粹生成发展的超个体超人格的共同精神，与单纯个人精神的理想状态不同。从历史的发展的观点来看，每个诗人作为诗的共同精神的代表，具有可谓文艺思潮标志的象征意义。但是，另一方面，作为历史精神的文艺思潮还必须与创作结果即固定在作品中的"被客观化的精神"相区别。当然，作品是文学史绝对不可缺少的构成因素，但其精神内涵则是超脱了现实和历史的实际潮流而提升到观念性领域的东西，是超越活着的精神之变化的一种坚定不移的存在。与其说文学史存在于这样的作品或者其内涵的系列，毋宁说是存在于其背后不断流动的活生生的实在的精神之流，这就是文艺思潮。文学作品作为精神潮流的沉淀物，给我们提供了观察历史的资料。作为精神科学的文学史，与其说不应仅以作家的历史或作品的历史为始终，毋宁说它本来就应该是前述意义上的文艺思潮的历史。如果按哈特曼所说，本来只有客观的精神才是严格的、本原意义上的历史的保持者，那么，在文学领域这样说也当然是妥当的。而且，只要把作为客观精神的文艺思潮的潮流作为主要着眼点，那么，尽管一个个诗人及其作品是互不连续的存在，但文学的历史也可以把它们作为连续的发展来把握。

那么，文艺思潮是超个人的、共同的精神，同时具有实在的活生生的客观精神的存在形式。这样说的时候，对这种客观精神的存在持怀疑态度的人或者会说，所谓客观的精神，只不过是作为总括每个事实来表现历史的辅助手段而想出的理论观念，难道不是吗？（实际上就有人提出否定论，如格雷贝。）现实中果真存在客观精神吗？或者这是抽象出来的类概念吧？彻底论述这个问题不属于本文的课题，因此按下不论。只是如下一点要加以说明，就是如果要把艺术乃至文学的历史作为精神性的发展来观察和表现的话，我们无论如何也不得不把这种文化领域中的客观精神作为事实上存在的、活生生的精神来考虑。因为，抽象的精神类型或类概念这样的东西，只是超脱了实在世界而被推到本质性领域的东西，是没有一般的时间存在的东西，当然没有实在的发展和变化了。

作为客观精神的文艺思潮虽然不能这样视为仅是抽象的类型，但是在某种意义上可以称之为类型性的存在。一般的客观精神如同“时代精神”、“民族精神”的存在形态那样，文艺思潮也可称为在一定的时代、民族、文化圈、地域、阶级以及其他种种层次上与历史的社会的统一体相关的东西，它具有各种独特性格的方向、倾向或者“理念”，以此普遍左右属于该范围的个人的诗性感受及其形成。与此同时，在另一方面据此明显区别于同一层次上的其他文艺思潮。这样，若从兼有其自身内在的普遍性与相对于其他文艺思潮而言的特殊性这一点上具有类型的本质，文艺思潮这样的客观精神就一定是特别的类型性的精神现象。不过，它不是抽象的、固定的类型，而是具体的、生动的类型。一个时代的文艺思潮，还有艺术上、宗教上、哲学上、政治上的时代思潮，一般都是其自身发生、发展、衰退的过程。作为一种精神的潮流它浸透于该时代人们的精神生活，在他们中间出现共同的、而且与前代相异的见解、感觉方式、思维方式和形成的方法，但不久就不知不觉地被后来时代的思潮所取代。不过，一定的社会集团，例如一个民族在其整个变迁过程中常常显示出与别的民族不同的一定特色作为其性格，但是，作为现实的、活的精神潮流的文艺思潮，即使在一国之内也随时变化发展，就像作为"时髦趣味"一度支配艺术与生活的美感方式也会随着新的形式感的兴起而成为"过时的趣味"被抛弃那样，文学上的趣味也常常具有这样的历史命运。列维·许金正在尝试以社会学的观点考察文学趣味的形成，但若从存在论的观点来看，支配性的趣味也不外是美的文化领域的客观精神现象。可是，文化，尤其是艺术的客观精神现象，对我们的问题具有最重要意义的是"风格"，这个概念含义丰富，但可以说它通常含有"类型的形式规定性"的意味。不过，作为现实的历史的现象的风格还不是固定的类型，而是以其自身固有的"特性"生成发展衰亡的东西。作为客观精神的文艺思潮确实可谓是这种风格的现象。实际上当我们谈论到文艺思潮的时候，首先想到的是古典的、浪漫的、写实的、象征的等等风格概念，也就是这个缘故。

风格的概念，在词源意义上本来是指文书所用的尖笔（Stilus），后来引申为文章作法即指"文体"，最初仅限于文学的领域使用。不过，我们并不是说应该在这本原意义上把文艺思潮理解为风格，因为这样的解释对这个概念未必合适。然而风格一词，在通常的被扩大了的意义上不限于文书形式的场合，而被解释为涉及艺术和生活诸方面的一定类型的形式把握和形式赋予方法的总称。在这个意义上，文艺思潮的现象就属于风格的领域。可是，如果只从表面的意义上解释这里说的"形式"，那么，文艺思潮的概念也不一定可以归结于风格的范围吧。不过，所谓风格在其形式规定性的基础上毕竟是以个性的法则性或者性格的内在统一性为前提的。然而，它只要明显表现出对象性来，就可以称之为风格。总之，风格的本质如果就在人类精神创造方面的"个性法则"上，于是就可以同格尔兰德和诺阿克的风格哲学学说一样，把风格的概念扩大到世界观、个人伦理、教养等范围。无疑，文艺思潮作为具有一定倾向或理念的精神潮流，也属于这个最广义的风格的领域。

可是，风格如果在本质上是基于个性原理的，那么与其说它是在文艺思潮这样的客观精神中还不如说是在个人的精神中形成的，难道不是吗？虽然事实上每个作家的艺术感受和形成都要接受时代的一般风潮的洗礼，可是却不能完全还原为共同的方式，只要以独自的形成法则性创作，基于他的人格个性的风格的存在就不言而喻了。尤其是在文学作为语言艺术的性质上，在其内在关联方面，随着表现作家个人精神生活的可能性的增大，若与造型艺术特别是建筑艺术等相比，可以说个人的风格一般都有显著的表露。"风格即个人"，布封这句话也指的是文学创作方面个人的风格现象。但是，个性决不能仅仅归于个人。任何客观精神对于其所包括的每个人格都有普遍性，但同时对于地位相同的其他客观精神又各受局限，在特殊的个别存在这一意义上，可以说它们自身还有个性。这样说来，作为客观精神现象的风格是基于历史的个性而成立的。因此，说文艺思潮是风格的现象时，所谓风格就尤其意味着是"历史风格"或"集团风格"。

这样，文艺思潮虽然可归于文学的历史风格，可是，另一方面，风格只以对象性的显现为条件，与其说像文艺思潮这样的客观精神，毋宁说被客观化的精神也就是明显处在作品方面的东西吧。事实上我们说风格的时候，常常把它归于精神的形成物，作为作品的风格来考虑的。但是，既然风格本来是基于人的精神的个性法则而成立的，那么，在根本上与其说它存在于作品这样的精神创造的成果中，还不如应该说是在于创作它的精神里面。但是，文艺思潮这样的概念，意味着客观精神的潮流。相对而言，文学的历史风格就是在其对象性显现方面抓住这个精神的个性的——法则的存在方式。因此，这两个概念不外是从稍为不同的观点来看同一的客观精神现象。而且，时代啦，民族啦，以及一般的历史统一体的活的诗的精神，常在其幽暗的发酵和酝酿中，与明显的多彩的现象相辉映，成为语言的韵律性和措辞的形态、世界和人的描写、情节的构成这类表面形式。所有这些形式，又常常植根于创造精神的内在深处，是以一定的精神方向和目标在根本上被规定了的。思潮和风格，只能说是在各种情况下都相互不能完全区分的相关性概念。但是，文学是相继出现的语言的艺术即想象艺术，它既不能像造型艺术那样，凭着直接感觉的直观性一眼就可以立即看到整体的统一形式，而要经过每个部分的体验达到整体把握之后才能领会到作为相继出现的印象总和的风格。而且，它是涉及作品的许多层面的、具有极为复杂的难以把握的结构的东西。所以，比起表面形式来，这种情况无论如何更易于决定把重点置于内部形式和创造精神的个性法则之上。在美术史方面，艺术风格的概念比艺

术思潮的概念更常用。相对而言，在文学史方面，不用说文学风格的概念当
然也存在并被使用，但文艺思潮的概念更受人喜爱和流行，其原因也许就在
于如上所述的缘故吧。可是这毕竟限于意味着相对的差异，而决不是在这两
个概念根源的同一性上有什么变化。

二

　　文艺思潮作为一种客观的精神，如果常常以一定的历史风格表现的话，
那么，在根本上，这种风格的特性是由什么规定的呢？种种文艺思潮的形成
或文艺思潮的盛衰一般基于什么样的原理呢？这些问题无非是追问文学历史
风格的形成和发展的原理。

　　精神性的存在一般不是自身孤立的存在，常常是如同心理的存在（意
识）、有机的存在（生命）、物质的存在（物体）那样，可以说是由低于它们
的诸存在层次支撑和制约并以此为依靠的，同时并不失去自律性，并以固有
的法则或范畴超越底下诸层次，增添新的东西，无论是在它的历史发展过程
还是在原理的方面都能找出同样的关系。也就是说，精神的东西由低下于它
的诸存在层次的力量所承担和推进，与此同时，还以特有的因素而自律发
展。从精神存在及其历史过程的层次结构来看，文学历史的展开，一方面受
诸如地理的风土的环境、人种的血族的条件、社会的经济的形势、个人的心
理的影响等等属于在精神之下的诸存在层次所制约；另一方面，作为精神的
存在它又保持着固有的规律性。而且，一般属于精神存在层次的诸文化之间
关联十分密切，它们互相制约、互相影响；同时，如果按照各自领域特有的
原理而变化的话，文学的发展还可以区分精神史的或文化的条件和自律的内
在的动因。下面就顺次考察这些发展因素或风格形成的因素。

　　"环境"的影响对艺术史的展开具有重要的意义，这已由泰纳等人作过
论述。在广义上，环境包括社会的环境和精神的环境，但首先要说关于自然
的地理风土的环境的影响，在特定的文化圈、特定的地区的风格中可以看到

该地域的气候、气象、地势、景观等等浓重的投影。总之，那是因为所谓风土给予生活于其中的人们的观照及其形成以决定性的影响。在美术史方面，温克尔曼早就开始注意天气对希腊艺术的影响，对艺术与风土的关系作了种种考察。近年，格尔苏丁贝尔克和皮巴以"艺术地理学"的名义对欧洲乃至德意志的美术进行了具体的研究。最近，鲍尔·弗兰克尔又在庞大的艺术学体系中以艺术地理学——它"通常是风格的地理学"——作为艺术史的前提进行论述。我们不是可以在同样意义上考虑建立"文学地理学"吗？不用说，在文学中找不到像建筑风格由其所在地区的气候和气象情况所规定、使用该地区出产的石材作为雕刻材料那样的与地理环境的直接关系。但是。一般来说由于风土给予人们的生活气氛以深刻的影响，如果它在一国人民或一个地区的语言中形成特殊的形态，同时使其美的形式感也出现种种分化，那么，要说明文学风格的地理形成就决非不可能。赫尔德尔早就注目于语言与风土的关系，例如他把古德意志诗歌中的头韵法归之于具有征服一切的"比心心相印的爱情还要厉害的力量"的北欧风土。并且，还把荷马和奥西安或一般所说的希腊和北欧的文学的类型差异视为风土上南北对立的关系。实际上，就像人们一直相信确实有过美丽的爱神那样，碧海的美丽和艺术家巧手的形成，也受惠于富有明媚阳光和温暖气候的希腊自然环境。试比较一下，北欧那面对高高的山脉，在经常阴暗低沉的天底下，苍茫荒凉的浩瀚海洋，杂乱独立的丛山，被阴郁森林遮蔽的陆地，那么，与古希腊的叙事诗和悲剧所具有的统一形式、规矩和表现集体精神的倾向相比，北欧，例如德意志的文学，与其说重视语言形式的齐备，不如说更重视充实的自然的跃动，具有彻底表露孤独内向的个人体验的特色，其原因不能不使人觉得主要在于它的风土环境。如果在南欧自然环抱中的精神生活尤其是促进古典风格诗歌发展的地盘，那么，北欧对于形成浪漫的文学就更是合适的土壤了。在相对的意义上，即使是狭隘的地域也存在着同样的关系。

通过与地理状况的密切关联来规定文艺思潮特性的是人种血族的条件。业已反映了风土特色的文化圈或地区的风格，实际上不外是生活于其中的人们即当地居民的集体风格。但是。每一人种、每一民族、每一种族，都显示了各自基于一定的体质遗传和精神素质的特有风格，也常常在文艺思潮上表现出特殊的色调。这应该说是生物学的条件在遗传素质还受风土的极强制约这一点上，与地理学的条件有密不可分的关系。可是，地理环境因迁移发生变化时，也只保持着血统和遗存着基本的素质。另外相反，就是在同一地理环境内不同的居民相互之间也有不同的素质。即使从这些情况来看，这两个条件也应该是区别明显的。显然，风土与血统（血与土！）可以说是（从下面）赋予文化乃至文学性格特色的最基本的构成因素，这点无须再次强调。即使在美术史方面，也有如沃林杰这样从人种学的观点展开风格论的，但在文艺学领域，奥古斯都·沙威尔在本世纪初举出文学与民族性的关联，提倡"自下而上的文学史的叙述"，他的高足约瑟夫·纳德拉在此基础上写出了以"种族和风土的德意志文学史"为题的大作（新版改为《德意志民族的文学史》，原题改为副题）。此后，种族史的方法便成为这门学问的一个方向。尤其是最近，以民族的或人种的观点研究文艺学之风盛行于德国，这已是众所周知的事实。现在，若遵从纳德拉的观点去看德意志种族的分化，那么，在莱茵河和易北河之间定居的古老的各种族是由文化遗产的集聚和风土的分散形态支配着完成"从理念出发"的倾向，相对而言，在易北河和萨尔州以东的殖民地区域的斯拉夫系居民中间形成的诸新种族，则是从共同神话的缺乏和国土的平远性而"朝着理念"前进，以至出现憧憬无限境界的倾向。这样，按照纳德拉的看法，古典的与浪漫的风格的对立也是由新老种族的差异所导致的，这一见解尽管稍有过火之嫌，但如果查查古典派和浪漫派作家的血统，那么，不容否定，证据似乎相当多。当然，把古典主义和浪漫主义这样涉及全欧洲的精神潮流局限于一定的种族是不妥当的。可是，一般说来，血族的关联通过外来风格的特性着色于文艺思潮，这是不可否认的。尤其是民族这样的单位，在根底上存在着具有由风土状况、人种血统和过去的历史经验所规定的"民族精神"。而且，一定国家的语言仅限于作为其自身语言的国民风格而形成，在文学中特别鲜明地表现出国民风格的统一和对立。并且，在人种类似性基础上超越国民的差异的风格类型的形成也是浅显之理。

　　除了上述"从下而上"制约作为精神存在的文学发展的两个条件外，

还有社会的、特别是经济关系的存在也不能视而不见。人们已经承认反映民族性的国民风格是基于一种社会影响的东西，并且纯社会意义的集体（如社会阶层、阶级）也是在历史的发展上按照其性质和状态以特殊的风格出现的。正如沙米尔·卢布林斯基所著的四卷本《十九世纪文学和社会》(1899—1900) 一书所论证过的那样，无论审美的和学问的东西，还是公共意识的变化，尤其是社会组织的发展、社会阶级的兴衰，都在文学中有着极为清楚的表现，无疑，这已是今日的常识。在他看来，文学史已不是存在于个人发展的共存关系，而存在于由诗人代言要求和意志的集团或阶级的共存之中。可以说，在这里已见出如同豪森斯泰因对造型艺术的各种研究那样的马克思主义色彩。不过，众所周知，把马克思主义唯物史观的方法彻底地应用于文学领域的是俄国人，他们片面地、极端地强调文学的社会的尤其是经济的条件。总之，根据马克思一派的立场，在历史方面决定性的东西往往是经济的诸关系，尤其是生产关系，它不仅规定了交易和现实生活，而且特别是对精神的潮流及其变迁发挥着决定性的作用。因此，文艺思潮的方向也当然是由一时一时的社会经济结构所决定的。"随着经济基础的变更，全部庞大的上层建筑也或慢或快地发生变革。"于是，如阶级这样的社会形式也不外是在经济的生产方式基础上形成的，一定阶级或由之支配的时代精神的倾向和理念在根本上被认为是由经济关系所规定的。根据这种见解，弗拉基米尔·弗里契企图辩证地说明欧洲文学风格的发展。据他所说，从古典主义经浪漫主义到写实主义的发展过程，毕竟相应于资产阶级经济发展的各个阶段。17 世纪由于资本主义发展的要求而产生了独裁的君主制，在此基础上，随着经济组织对工业和商业领域施以严格的规则制度，文学创作也恪守规则，形成了理性主义的"古典风格"。接着，贵族阶级趋于没落，并且理应取而代之领导经济势力的资产阶级在资本主义和机器生产尚未发达及其地位尚未确定的时代，双方都脱离现实生活而趋于过去时代或幻想世界，这时就产生了浪漫主义潮流。然后，资产阶级的统治终于确立，作家也如在物质生产上与生活搏斗的资本家和企业家那样，希望适应、探究和征服生活。犹如随着科学知识为适应资本主义工业发展的要求而发展那样，这时就看到了以现实的观察和认识为宗旨的写实主义的展现。把这种看法极端推进到一切都归之于经济的因素，这当然是不合理的。但是，仅仅一味地排斥唯物论而全然无视这种经济的因素同样也是错误的。我们必须承认，社会的、经济的关系虽然不是决定文学发展的唯一条件，却又是一个重要的基础。

关于社会生活对文学的影响，还有不可忽视的与经济因素密切联系的政治因素的作用。除了在所谓的倾向文学中政治上的倾向作为作品本身的内容表现这一方面以外，一个国家的政治体制或形态一般全面地影响着国民的精神生活，在文艺思潮上也反映出来，这是很明显的事实。卢图尔诺说："一个民族的政治制度与其文学之间存在着必然的关系"，据他看来，可以说一切君主政治的艺术是受限制的、冷漠的、人为的；而民主政治或共和政治的艺术是自由的、民众的、感兴的。尽管这种关系决不能如此简单地看待，但也必须承认，文学风格也有由国家政治生活所规定的一面。以路易十四的"伟大时代"为顶峰的法国古典主义在帝政制度下的兴盛，被夸耀很久，但以那场革命为转机，从共和政治一旦建立开始，就渐渐为浪漫主义所取代，这一事实足以令人相信政治形态与文学风格之间密切关联的存在。不过，政治倾向与经济情况相互缠绕制约作为现实社会生活构成因素的理念的精神文化，同时它自身作为活的精神潮流已进入精神存在的领域。与其说走向共和政治的革命和浪漫文学的勃兴是前者唤起后者，毋宁说双方都是追求"自由"的时代精神的发现，这种观点似乎更接近事实真相吧。然而，问题已转移到客观精神自律发展因素方面了。

本来，所有种类的精神生活——政治倾向、现行的法律道德、世界观、信仰、趣味、艺术、技术、教养、语言……都是所在时代、民族或文化圈的客观精神的必然结果，它们以相互不可分割的内在关联性合成统一的整体，只因抽象的需要而分为各个领域、部分。这样，这个具体的整体的客观精神，受形而下的诸存在层的支撑和制约，同时又保持其固有的法则或范畴，在某种程度上自律地发展。因此，诸精神领域文化形态的历史展开不外是各个侧面的显现罢了。所以，可以说艺术上、文学上的风格的发展与别的精神文化形态的发展之间具有一种平行的关系。关于哲学，黑格尔说过："政治史、国家机构、艺术、宗教对于哲学的关系，不能说它们是哲学的原因或者反之说哲学是它们的原因，不如说一切都有综合一体的、同一的共同根源——这就是时代精神。它是渗透一切侧面的、在政治的和其他种种要素中显示出的一定的本质、特性，这是在其所有部分相关联的一个状态，它的各个侧面，无论呈现了如何多样、偶然的样子，无论显得怎样矛盾，都不是在根基与本质上包含了不同的东西。"① 黑格尔这一洞见对于文艺学也确实是非常剀切的吧。但是，这个"时代精神"决不是由思辨构成的应把时代的诸文化内容填充进去的一个容器，不，它是在诸文化内容相互有机关联的基础上形成、发展的，作为活的整体可以直接看到的东西。所以，在这个意义上，一个时代的文艺思潮作为时代精神在一个方面的显现，必须在与其他精神文化领域的时代思潮的紧密关联方面把握它。文学尤其是具有如狄尔泰在生命哲学解释上所谓"das organ des lebensverstandnisses"的那种本领的话，对于宗教、哲学的领域，在本源上必定具有不可分离的关联。文学要依靠国家的、社会的、经济的等等文化的下层基础，同时又与别的理念性上层建筑尤其是与宗教和哲学不断地相互作用、相互影响和相互制约。

这个关系已在对德意志文艺学精神的考察和对种种文学史对象的论述中所证明，虽说是精神史，却从各种方向划分为温格尔主张和实行的"问题史"的立场、龚尔特尔夫展开的"力"的历史或"作用史"的方法、克尔夫提示并正在贯彻的"理念史"的观点等等，但在根本上，却全是引自黑格尔-狄尔泰的历史观体系，把作为其对象的文学史的现象视为由各个时代性及其国民性所规定的统一的文化整体精神的表现，尤其是要在与世界观的思

---

① 商务印书馆出版汉译本为："政治史、国家的法制、艺术、宗教对于哲学的关系，并不在于它们是哲学的原因，也不在于相反地哲学是它们存在的根据。毋宁应该这样说，它们一个共同的根源——时代精神。时代精神是一个贯穿着所有各个文化部门的特定的本质或性格，它表现它自身在政治里面以及别的活动里面，把这些方面作为它的不同的成分。它是一个客观状态，这状态的一切部分都结合在它里面，而它的不同的方面无论表面看起来是如何地具有多样性和偶然性，并且是如何地互相矛盾，但基本上它决没有包含着任何不一致的成分在内。这个特定的阶段是由一个先行的阶段产生出来的。"参见 [德] 黑格尔：《哲学史讲演录》第一卷，贺麟、王太庆译，商务印书馆 1959 年版，第 56 页。

想相关联的方面观察与表现的东西，作为文艺学方法的精神史的意义在这里不必详尽论述，但因为文学发展的精神史条件即使从这种艺术的本质来看也具有极为重要的意义，所以稍为详细地说明它在历史上的事实并非无益。这里举个例子，按照精神史的文艺学的一个方面的代表人物艾米尔·艾尔玛丁卡所说，试对近代德意志文学的诸风格时代作一个概观——曾经在文艺复兴时代抛弃中世纪宗教世界观而在现世享乐中觉醒的西方人，进入反宗教改革的时代，在另一方面，又因为教会对灵魂的拯救而重新被要求极端蔑视悲惨的现世生活，为这一基督教彼岸思想的约束与世俗之子的立场相互矛盾而苦恼。但文学中的巴罗克风格却反映了这种二元分裂的状态，经常存在着戏剧性的强烈的严酷、紧张。即使人物描写，也时兴以庄严冷静的自制去描写激情的场面。随后，启蒙主义思潮——在英、法等国产生的、针对德国宗教性启蒙主义的世俗的科学的启蒙主义的思潮，也波及德国的精神生活，如比克·霍布士·洛克或狄卡尔德·拉布尼所说的那样，按照凭人类理性而成为世界的自律的立法者的理性主义思想，文学成了涉一切方面的理性的、合理的东西，它拒绝超越日常健全的悟性，专以道义教训为目的。文学上的这种罗可可风格，不久就在德国人自觉到本来的不合理性的同时就被抛弃了。也就是从斯托姆·乌托·德兰克经克拉西克到罗曼蒂克时代，依照海曼·赫尔德尔的思想或康德和他以后的观念论哲学来看的有机自然观，文学作品也在局部与整体的精神的有机关联方面凭内在的合目的性而形成。就这样，在个体内部表现普遍性，在偶然中表现必然的规律性，在这个意义上，文学成为象征的东西。可是，由于黑格尔哲学的支配，文学的生动直观也被概念化。进一步到了费尔巴哈的实在论和自然科学思考方法及世界像的开创，文学也就一味地在模仿现实的意义上追赶真实。这种写实主义不久就极端化为印象主义，但毕竟是基于唯物论世界观之上的。在这种思想的影响下，风格越来越外在化、感觉化，成为碎片性的东西。陀波尔沙克等也曾以美术史为对象进行过这种精神史的考察，但从文学这种艺术的性质来看，在文学史领域的考察应具有特别重要的意义。但是，在这方面我们也必须警惕片面过度。如同常见的精神史的文学研究那样迷恋于精神环境的情况和伴随的现象而陷入丢掉文学作为艺术的本质的危险，或者即使把着眼点放在作品上，也仅专注于理念的或思想的内容而抛开艺术的形成问题，这决不是公正的态度。即使各个时代的文艺思潮与哲学上或宗教上的时代思潮有密不可分的关系，但仍然不应视之为与文艺思潮同一的东西。它到底必须作为属于艺术上的时代精神、作为诗的精神潮流来把握。

如前所述，客观精神作为一个整体是依据固有的规律发展的，但同时又是在各个精神领域以各自特有的根本法则或原理为基础的文化形态的特殊的发展过程。在艺术史上出现的所有风格，虽然作为在该发展阶段统一的整体精神的呈现，在根本上与其他文化现象形态相通，受其他文化领域精神倾向所诱导，但同时又常常是根据自身的发展规律从艺术精神的内部产生出来的。同样的关系也存在于作为艺术的一个领域的文学中。文学的历史风格在根本上与其他艺术相通，互相影响，同时又按照本身固有的规律而展开。作为艺术的文学的本质存在着各种形成可能性，文学的历史发展，也许至少在一个方面可以作为这些可能性按照因果关系相继出现的过程来把握吧。当然，在严格的意义上，这个内在的自律性无法决定。即使哲学的历史发展实际上也已经为种种偶然的情况所左右，要是作为逻辑性构成的纯粹的问题史无法说明的话，那么就只能在有限的意义上阐明艺术的内在逻辑性。可是，即使在这里也存在着要努力融合各种艺术本质形成可能性的潜在对立的"艺术的问题"。同时，一般认为具有不断发展的强力原因，在问题的设定与解决的连续过程中认识发展的内在一贯性，并非完全不可能。利古尔曾强调过一个"艺术意思"的概念，它作为指导正在摆脱与各种外在的或物质的要素相摩擦的艺术发展的创造性精神力量，俨然存在。但这个概念不外是指在艺术风格发展方面内在的自律的动因而已。现在，如果按照利古尔的意见，在文学领域确立"诗的艺术意思"或"文学意思"的概念，那么，作为诗的精神的历史之流的文艺思潮就由在其本身内不断活动的"文学意思"所贯穿，在根本上按它的目标决定方向。不过，说艺术意思和文学意思，令人以为单纯是主观意识作用的表述，这未必妥当吧。因为在这里成问题的毋宁说是风格发展的内在本质的客观的主要方向或倾向。可是，正如 N. 海尔曼所说，这种倾向是每个人对"理念"形式的认识。而且，理念是这种个人共同方向的意识，它在文艺思潮这样的客观精神生活过程中起了动力的作用。在风格的发展方面，它不是唯一的动力，可是，它推动风格朝着受其他力量抗拒的一定方向前进。在这里，我们可以承认风格发展的自律性。（关于"风格发展"的内涵，最近 C.戴维认为客观精神自身没有内在的力量，因此，他在自动发展的意义上否定风格发展的内在自律性。但是他也承认，风格变迁的方向，主要是由它自身内在的素质和倾向所规定的，在有限的意义上可以讨论风格发展的自律性。）

如果对精神史的考察尤其突出了文学历史发展的精神环境的作用，那么，根据所谓风格史的方法就最清楚地证明了文学发展的自律性。这种方法，想来是把文学的历史作为诗的风格的内在必然的变化来理解的吧。在美术史领域显扬艺术发展自律性的是沃尔弗林的形式史的方法。弗利杰·施特利希访效沃尔弗林在文艺学上应用风格史的方法，在他的观点中，也是把文学的发展视为基于人类的"永恒意志"的两种现象形式即"完成与无限"两极的根本对立上的风格可能性的不断交替来把握的。他在 18、19 世纪之交的德国古典派与浪漫派体现的特殊的历史现象中说明文艺思潮的两极性。而且，即使涉及所有时代的德国文学以及别国的文学，都同样能发现风格基于两极的律动变化。但是，他所谓的"永恒意志"是作为不仅诗的创作而且是一切精神创造的动因来设想的。他认为，作为永恒性基本理念的两个可能性的完成和无限，"乃是人类一切文化和艺术的基本理念"。在这一点上他对基本概念的考察与其说远远超出了沃尔弗林的观点，不如应说，他已进入了精神史的或者文化哲学的解释领域。在作为应把所有文化、所有艺术的风格的对立还原的 Urpolaritat 的施特利希的意义上确立"完成与无限"是否合适姑且不论，如沃尔弗林所揭示的美术史基本概念向一般精神史基本概念的普遍化或深化，就客观精神整体的统一性来看，也可以说是理所当然的必要条件。虽然如此，但却不可否定各个艺术领域风格发展的内在规律性。如果在造型艺术方面，从"触觉的"到"视觉的"空间掌握，从"线的"到"绘画的"直观形式的变迁是靠内在的必然性进行的，那么，同样，在语言艺术方面，从古典的生成到向浪漫的推移是作为诗的风格原理的自发变化与生俱来的，诸如精神文化的、社会的、自然的各种外在因素对这种自律的发展仅起或促进或掣肘或变样的作用。实际上，施特利希的文化哲学的考察也主要是为文学特有的美的形式方面所诱导的，在努力张扬文学风格的对立与交替这一点上，又接近沃尔弗林。但是，我们要和他一起超越沃尔弗林的形式主义片面性，就不能忘记应该确保经常展望精神史的背景。

前面我们论述了参与文艺思潮的历史风格运动的各种因素，最后，还想附带说说对文艺思潮的超个人形态的各个人格性的影响。作为客观精神的文艺思潮实际上也是在代表它的各个创造的个人的精神活动中开始具体化的，因此，个人的经营作为测定其运动方向的必要标志具有重要意义，这是谁都承认的吧。即使如黑格尔那样轻视个人在历史上的价值，也必须承认每个天才对艺术的发展具有象征的意义。可是，这里成问题的不在于这种个性的意义，每个作家在文学史上具体地代表着其时代的文艺思潮，不只有益于对一般发展的认识，还往往以其天才的创造力推动或着色于诗的精神潮流，在这一点上他们具有不可抹杀的作用。关于个人因素在文学发展上的意义，众说纷纭。卡莱尔认为人类世界展现的历史毕竟是活动于其中的伟人的历史，我们难以赞同这种极端的解释，但是尽管这样说，相反我们也不同意像黑格尔那样轻视个人在历史上的创造性意义的见解。这个问题最终归之于对客观精神的个体有关的问题。不过，一般可以说，在本来意义上，客观精神是作为历史的保持者在个人的生活里以历史固有的生命自律发展的。另一方面，它自身本来并无意识，只是依据每个人的意识而存在。因此，常常以难解难分的关系而与个人精神接合，既支配和制约它，又靠它支持并受它制约。从这个根本关系来看，很明显，作为客观精神的文艺思潮受到个人的从而还有心理条件的影响。

尤其是艺术领域，由于其创造的特性，每个人格的指导对于客观精神的发展扮演着极为重要的角色。在这里唤起历史精神运动的实际上也可以说是各个天才。不用说，天才的独创行为都是植根于时代精神的整体层面后才发挥其个人性的，靠理解与兴味为客观精神接受并能推动它。作为客观精神的文艺思潮是由如前所已列举的诸因素所规定，以一定的方向前进、变形的，但每个诗人的经营在大体上若不与它保持同一方向，就得不到历史的力量和作用。可是，天才的"走在时代前头"的精神如果迅速地抓住同时代人尚不明确、苦苦追求摸索而得不到的东西，并把它清楚地显示出来，促进它朝新的方向发展，那么，其所作所为对历史发展决非毫无意义。在根本上，各时代诗的精神虽然以内在逻辑性的关联为实现存在于文学本质上的可能性而奋斗，但是，这些可能性不只在每个诗人的创造活动中才能实现，而且由此还能够以更明确的方向和更快的节奏表现出来。有时候，风格的自律发展由于天才的出现而在某种程度上前进受阻，或者有时也多少走些弯路。诗人个人的创造在客观的根本倾向上虽然不能改变时代的文艺思潮，但却可以在它的方向上予以某种改观，给那个潮流添上特殊的色调。即使没有"巴罗克之父"米开朗基罗，文艺复兴的风格也免不了应被抛弃的命运吧。但他的存在却加快了新风格的形成，他的个性若处于指导地位，结果恐怕就不一样吧。在初期巴罗克美术中如果已出现了这样的特征，那么，在同样的意义上也应该承认，卢梭作为改变启蒙主义思潮引发浪漫主义运动的先驱者，在全欧文学史的发展上扮演着重要的角色。仅次于卢梭尤其是在德国非理性主义思潮抬头时打头阵的哈曼和赫尔德尔的创造性人格对于新理念的引进也具有不容抹杀的意义。并且，在从奉哈曼为鼻祖的斯图姆·乌特·托兰格到罗曼蒂克的发展之间看到德国古典的再度开花结果，要是把那位魏玛巨匠的人格性和形成过程置之度外，这事情就不能理解。"歌德时代"的精神，不用说，排除了他就无法想象。不，要是抛开他的影响，整个德意志精神、德意志文学的全部发展都无法充分把握。（在文学领域，这种个人影响不只是由于诗的创作而出现的，还往往由于诗人创作体验的自白和理论批评的洞察的发表而得到发扬。）这样，像龚德尔夫和贝尔特兰姆那样尝试的《新传记》，也不只在阐明各个创造的人的"人格性之谜"的固有规律性上有意义，而且，对于历史精神或风格的考察也投射了新的光芒吧。

三

以上，我们的考察是面向作为客观精神的文艺思潮的各种形成因素的分析。不过，事态的应有实情即使在这里也当然只是综合的存在。如从社会历史、现实方面的诗的精神潮流看到的地理的、人种的、社会的、精神文化的、内在的等等各种起因，其作用程度即使因场合而有种种不同，但常常是同时发生作用的，使风格呈现出极为复杂多样的特征。所以，在文艺学领域，社会学的、种族史的、精神史的、风格史的等等方法都不应互相排斥独尊一端，毋宁说是相互依存相互作用才可能完整全面地了解文学史的现象。

不过，在现实活着的诗的精神潮流中发现的各种风格，如时代风格和民族风格之类，只是从各种特定的观点，在一定的层次上把握的，可以说主要是由一种风格形成因素所规定的。正如前面所阐明的那样，地区风格、乡土风格或者更广的大洲风格（如亚洲风格、欧洲风格）是由地理学上的风土条件构成的，人种风格、民族风格、种族风格等依存于生物学的血族条件最多，若像阶级风格那样受社会学的经济的条件支配的话，时代风格、时期风格和世代风格可以说主要是伴随着精神史的和风格史的发展而出现的。所以，"空间风格"大体上当然也是属于精神存在层的现象，但对于受到比它低、"下"的诸存在层很大制约的"时间风格"，与其说也依靠非精神的乃至物质的存在层，毋宁说主要是在精神存在的自律发展上形成的。如果对于作为精神存在的文化或文学的底层的依存性明显地表现于"空间风格"，那么，这个自律性就在"时间风格"里得到显扬。并且，在现实的历史过程中，"空间风格"和"时间风格"常常还是相伴相叠地存在，互相以密不可分的关系结合着。在风格史现象中，两者的关系可以比之于色彩现象中的色调与明度的关系。一种颜色因其他色彩的融入而呈现特殊的色调，其他颜色因一种颜色的不同融入而显出各种微妙的差别。现在，若以作为两者主要形式的民族风格和时代风格为例来思考，那么，在文学史的现实中，一定的民族风格与别的民族风格相比较尽管呈现某种持续的性格，但它自身却常常是在受时代一般风潮着色的各种面貌的基础上表现的。还有，一定的时代风格可以说是由与前代不同的倾向而普遍地支配各民族的创作，在各国是作为带有各自特殊的国民性格的东西而实现的。这样，作为现实中活的诗的精神潮流的文艺思潮毕竟常常是作为一个国民的时代风格而存在的。文学史上具体展现的是例如"法兰西的古典主义"、"法兰西的浪漫主义"，或"德意志的古典主义"、"德意志的浪漫主义"。一般说来，这些思潮就这样在根本上不外是以时代精神和民族精神像经纬交织那样密不可分地交错结合为基础的。

可是，关于"时间风格"和"空间风格"的复合、时代倾向和国民性格的交错，还必须注意它们存在着如下这些关系——在一般精神史的发展中受各时代支配的超国民的倾向，它实际上确实是在一定的民族中最先形成，体现出最纯粹、最显著并且恐怕是最卓越的成果，因此传播到别的民族中去。与此同时，各民族确实可能在一定的风格时代里开始体现最鲜明的独特性格，处于领导地位。而在其他时代毋宁说不得不成为追随者。这样，在民族固有的要求和时代的一般要求相一致的场合，有的民族充分发扬其独有的天赋与素质，同时可能显著地实现其时代共同理想的时候，也应该说是该民族的历史时期来临了，因此它开始征服精神世界。这种历史时期对意大利来说就是文艺复兴的时代，对法兰西来说就是古典主义的时代，对德意志来说就是浪漫主义的时代。众所周知，文艺复兴的精神在当时的意大利文化特别是在美术上显示了最有特色最有光彩的成果，这个民族领导着文艺复兴的精神。18 世纪在文学上支配全欧洲的古典主义或启蒙主义思潮，本来最鲜明地体现在具有理性个性的拉丁精神中，而生活也好艺术也好都受理性法则限制的风潮却以法兰西为中心而波及其他各国。就这样，这一西欧文化在该世纪末达到极盛，完成世界史的使命时，必然引起对它的反动，就到了应以日耳曼精神的非理性力量支配的时期。首先是英国文学以自然情感扬弃文明艺术，要凭创造力摆脱因袭。接着到了德国诗人们从青年歌德到浪漫派都追求创造精神的超验的、绝对的自由理念。并且，正因为这种解放的欲望广泛存在于整个欧洲，他们就能够给其他各国人民带来强烈的影响。这样，应该说文学发展的重点由于时代倾向和民族素质的关系而相继转移。一个时代的文艺思潮以极为鲜明的色彩表现在占据历史发展重点的民族中，而在其他民族中，由于国民性格的不同，不能充分发挥其特殊性，即使价值问题姑且不论，但在倾向上的表现不免或多或少被削弱、被缓和。如与在法国开花结果的古典主义文学相比较，在它影响下形成的英国、德国的文学虽然倾向于其时代理性主义的法国化，但在具备秩序和清晰的形式的完美方面到底比不上它们的楷模。况且以歌德和席勒为代表的德国古典主义在古典性完成的时候也显示了潜藏着活生生的不断跃动的有机形式，在这点上，也可以说与不同于德国罗曼蒂克的别国的古典主义更悬殊了。而且，德意志彻底贯彻的浪漫的形式消解，别的任何国家也达不到那种程度。无论是雨果的戏剧还是维尼的"神秘的诗"，若与德国浪漫派作品相比，毋宁说它们存在着古典的整齐与清晰，体现着曼佐尼的意大利形式感。也许在这些场合时代的倾向与国民性格之间存在着一种对立关系，由于它们相互牵制，没有彻底追求一个风格的方向，所以形成了所谓中间的类型。除了时代的区别外，沃尔弗林和施特利希还顾虑民族素质的差别。奥斯卡·巴尔杰尔对他们关于两个基本类型的对立打算作一个补充，从他的观点来看，按照诗的内容和形态结合的可能性划分为三个类型，使相对于古代的或拉丁的或文艺复兴的类型的日耳曼的或德意志的两个类型——"有机的形式"和"哥特式的东西"——相对立。这两个类型通过共同力动的、非构筑性的表现而与本来的古典类型不同，但其中之一不管一切动摇性，在了解由有机生成的性质而设定的界限这一点上比另一个更近似于文艺复兴的类型，德国的古典主义作为"缓和的德意志风格"就恰好属于这种类型。

可是，风格类型在文学历史发展过程中的分化不只是因为民族性格对时代思潮波动的浸透而出现的，由于时代思潮的盛衰，它作为只在一个方向对立的两极类型规则的交替而难以把握这一关系更多样化。如像施特利希所说的那样，从古典主义到浪漫主义的发展能按照"完成"与"无限"两个基本概念说明，那么后来的写实主义或自然主义思潮就更是作为指向"不完成的"和"有限的"风格方向而与古典主义浪漫主义都相互对立。如果把狄尔

泰区分世界观的三个类型——"自然主义"、"客观的理想主义"和"自由的
理想主义"应用于文学，那么，写实主义可视为属于第一个类型吧。但是施
特利希的二分法不用说，即使按照巴尔杰尔的三类型，要决定它的归属也肯
定是困难的。总之，这些分类过于简单。为了适应风格史类型的多样分化，
我们必须在各种方向上建立更多的基本类型。最近，尤里乌斯·贝塔捷（参
考由福凯尔特·苏耐太等人提出的极化性）列举了在涉及语言风格的诸要
素——文字、词汇、词的连续性、文章的分段化、整体的结构——各种方向
上的对立，他把这些对立概括为一个圆形图式，想用这个图式作为指南，按
照"静的——动的"的对立和"表现艺术——印象艺术"的对立来测定所有
时代风格的方位。这一尝试若与过去一维的风格对立的设定相比，确实可谓
是一个进步吧。可是，我们难道就满足于这个二维的平面的对立吗？

　　在历史现实中给艺术风格定位的标准应该是什么？这种基本概念如果
可以确立的话，那是因为在艺术创作的本质中，本来就存在着各种相互对立
的构成可能性。一般地说，艺术创作具有有关所表现的体验内容的直观与
感动（印象和表现）的融合、有关使之变形的想象的构成活动的法则与自
由（完成和无限）的调和，还有素材的体验与创造的形成（体验内容与内在
形式）两者统一的本质。但实际上这些相反的极端的契机哪一个都不免偏重
于一个方面，艺术创作就在那里出现对立的倾向。这样，我们按照前述三对
相反的极端性，一般地说，作为表示艺术基本风格的东西，可以确定"客观
的——主观的"（Objektiv—Subjektiv）、"静的——动的"（Statik—Dynamik）
和"现实的——理想的"（Realistik—Idealistik）这些两极的基本概念吧。而
且，这些基本概念不像沃尔弗林的五对基本概念那样只并列在一个方向（文
艺复兴——巴罗克）形成对立，而是在三个完全不同的方向构成对立。（例
如理想的风格可以像与静的风格结合那样常常与动的风格结合，可以像与客
观的风格结合那样与主观的风格结成一体。）现实的艺术史现象的诸种风格
不外是应根据这种三维的基本对立而产生，本质上可能的基本风格在各种程
度上，曾经在各种配合可能实现之处形成的东西。所以，我们以取代贝塔捷
二维对立的三维对立为支点，也就是以此为坐标轴希望能测定各种艺术史风

格的位置。当然，它们在文学领域的基本对立根据语言的形成条件而体现在特殊形态上。调查有关诗的语言风格的特殊化情况也许是一个有趣的课题。这里不能在这点上深入追问，但是概括而言，客观的风格靠直观性事物的描写和比喻来暗示内容，与此相对，主观的风格更多靠语言的意义直接表白感情的内容。静的风格在措辞形式上受逻辑性限制，所以具有简明浅显的表现。相对而言，动的风格在同一点上充满逆反和飞跃，往往呈现放肆的、晦涩的风采。而且现实的风格如果用感觉的个性化语言赋予具象的特性，那么，理想的风格要以概念的类型化倾向把个别的现象导致抽象。可是，文学作品的风格并没有在狭义的语言风格或文体上穷尽，还在作品的整体统一的形态中表现其特征。换言之，客观的和主观的风格对立出现了这些差异：在诗人的体验或被表现的人物的精神生活方面，直观的和感情的侧面到底哪一方面占优势呢？静的和动的风格的整体构成是否采取严格的、构筑性的、清晰的、被分段化的形式？是否会成为自由的、非构筑性的、无限界的流动的东西？另外，现实的和理想的风格的区别在于：是否抓住作为素材被给予的原初的体验即本来的真相？或者是否由创造性质的构成把本来的现实升华到"诗"的境界？

以这种基本风格的三维对立作为标准来看，历史现实里的种种文艺思潮在全部风格领域的位置及其相互间的关系当然清楚明白吧。现在若观察近代欧洲文学史的主要风格时代，那么，古典主义在如前所述的第一个对立上直观的和感情的方面保持了完全的平衡，但是在第二个对立上注重法则约束、严密的结构、简明浅显的叙述，这与浪漫主义爱摆脱规则、自由运动、朦胧的表现恰恰成为完全相反的差异，这两者的对立可以说主要是在"静的——动的"方向上的对立。不用说，如前所述这两个基本风格实现的程度由于国民的差异而有各种不同，但从相对的意义上说，从古典主义向浪漫主义发展的方向，无论哪个民族都是从"静的"向"动的"发展。而且这两个风格时代遵照形式追求素材的克服、现实的诗性醇化或高扬，在走向概念的抽象之途的探索这一意义上，如果共同属于理想风格方面，那么后来的写实主义或自然主义的时代在确保素材的原样、以接近体验为宗旨、希期个性化描写的精确这些方面，就属于现实的风格一方。于是，从浪漫主义向写实主义的发展，大体上可说是在"理想的——现实的"方向上进行的。但是，有关第一个对立，前者着重在感动的方面，后者倾斜于直观方面，因为还有这样的差异，上述的发展方向应视为有点朝"主观的——客观的"方向倾斜吧。作为对自然主义和高蹈派的反动而产生的象征主义，在从体验的隔离和概念性方面，又倾向于理想的风格，同时以音乐的主情性转到主观的方向。但是，一方面，印象主义作为自然主义的激进化，它在保持现实倾向的同时，越来越向印象艺术的极限发展。而且，从印象主义到表现主义的转换，前者把主要力量放在感觉的印象描写、内在性的直观化，相对而言，后者偏向于感动的表露、内心的直接的呈现。在这一点上，可以说确实是属于"客观的——主观的"方向。过去，这两者与有关其他的对立一起为体验素材的——无论是外在的还是内在的——个性化表现而奋斗，而且都采取自由的往往是放任的形式。因此，那个时期的发展，保持着动的——现实的倾向，全部在上述方向上进行。就这样，正是在欧洲文学的发展中，植根于艺术的或诗的创作本质的三对基本风格的对立相继得到了历史的现实化。并且，如果通过它的全部发展而发现国民的各种分化，那是因为，如今还是以相同基本概念的三维对立为标准来看，它显示了各种特有性格的倾斜。比较法、德两国的文学，要概括它们各自倾向的话，那么前者偏近客观的、静的、现实的一极，后者靠近主观的、动的、理想的一极。这样，我们以这三对基本概念的对立为主轴，就可以在风格领域的整个空间内给一切时代风格和民族风格定位吧。所以，可以看到作为国民的民族风格的具体化的文艺思潮在这个风格空间中占有各种各样的位置，以各种各样的方向相交替。而且，它们的位置和方向不外是由如前所述地理的、社会的、个人的、精神史的、内在的等等因素的合力所规定的。

[附记]　文艺思潮的问题，若要彻底地深入讨论的话，一般地说，应先奠定文学史的理论基础再到"文学史的哲学"，更进一步的结果是进入历史哲学的领域。可是，鉴于本书所给予的幅面有限，就尽可能把问题的范围限

定在与文艺思潮概念有直接关系的部分，止于文艺学领域的考察。即使有关
历史的事实，也遵从历来对这个概念的普遍看法。另外，考虑到本书各章还
有其他执笔者的论述，所以决定主要着眼于近代欧洲文学史的情况。当然，
在原理上，同一理论也适用于别的场合。笔者更多地关心的是东方和日本的
文艺思潮的风格学的考察。本稿与笔者以前发表的《艺术中的客观精神问
题》(《哲学杂志》，昭和十四年〈1937〉二、三月号)、《歌论中的风格问题》
(《文学》，昭和十四年十月)、《时代风格和民族风格》(《形成》，昭和十五年
三月号) 等诸稿重复之处，在此尽量简略，详细请参阅上述拙稿。

（本文译自 ［日］ 河出孝雄编:《新文学论全集》第 5 卷
《文艺思潮》，河出书房 1941 年版。）

主要参考书目

1.《马克思恩格斯文集》，人民出版社 2009 年版。

2.《列宁选集》，人民出版社 1995 年版。

3.《毛泽东选集》，人民出版社 1991 年版。

4. 北京大学中文系文艺理论教研室编：《马克思　恩格斯　列宁　斯大林论文艺》，人民文学出版社 1981 年版。

5. ［苏］里夫希茨编：《马克思恩格斯论艺术》，中国社会科学出版社 1982—1985 年版。

6. 中国作家协会、中央编译局编：《马克思恩格斯列宁斯大林论文艺》，作家出版社 2010 年版。

7. ［苏］阿尔泰莫诺夫等：《十七世纪外国文学史》，田培明等译，上海译文出版社 1981 年版。

8. ［古巴］阿莱霍·卡彭铁尔：《小说是一种需要》，陈众议译，云南人民出版社 1995 年版。

9. ［英］阿诺德·P. 欣奇利夫：《论荒诞派》，李永辉译，昆仑出版社 1992 年版。

10. ［美］阿诺德·豪塞尔：《艺术史的哲学》，陈超南等译，中国社会科学出版社 1992 年版。

11. ［美］阿瑟·丹托：《艺术的终结》，欧阳英译，江苏人民出版社 2001 年版。

12. [美] 埃德温·P. 霍兰德：《社会心理学原理和方法》，冯文侣等译，广东高等教育出版社 1988 年版。

13. [瑞士] 埃米尔·施塔格尔：《诗学的基本概念》，胡其鼎译，中国社会科学出版社 1992 年版。

14. [美] 艾布拉姆斯：《镜与灯　浪漫主义文论及批评传统》，郦稚牛等译，北京大学出版社 1989 年版。

15. [以色列] 艾森斯塔特：《反思现代性》，旷新年等译，生活·读书·新知三联书店 2006 年版。

16. [德] 爱德华·W. 萨义德：《东方学》，王宇根译，生活·读书·新知三联书店 1999 年版。

17. [德] 爱克曼：《歌德谈话录》，朱光潜译，人民文学出版社 1978 年版。

18. [英] 安东尼·吉登斯：《现代性的后果》，田禾译，译林出版社 2000 年版。

19. [英] 安托瓦纳·贡巴尼翁：《现代性的五个悖论》，许钧译，商务印书馆 2005 年版。

20. [美] 昂利·拜尔编：《方法、批评及文学史——朗松文论选》，徐继曾译，中国社会科学出版社 1992 年版。

21. [德] 奥斯瓦尔德·斯宾格勒：《西方的没落　世界历史的透视》，齐世荣等译，商务印书馆 1963 年版。

22. [日] 本间久雄：《欧洲近代文艺思潮概论》，沈端先译，开明书店 1929 年版。

23. [奥地利] 彼埃尔·V. 齐马：《社会学批评概论》，吴岳添译，广西师范大学出版社 1993 年版。

24. [俄] 别林斯基：《别林斯基论文学》，梁真译，新文艺出版社 1958 年版。

25. [俄] 别林斯基：《别林斯基选集》第一卷，满涛译，上海译文出版社 1979 年版。

26. [俄] 别林斯基：《别林斯基选集》第二、三卷，满涛译，时代出版社 1952 年版。

27. [法] 波德莱尔：《波德莱尔美学论文选》，郭宏安译，人民文学出版社 1987 年版。

28. [丹麦] 勃兰兑斯：《十九世纪文学主流》，张道真等译，人民文学出版社 1997 年版。

29. [加] 查尔斯·泰勒：《现代性之隐忧》，程炼译，中央编译出版社 2001 年版。

30. [日] 长谷川泉：《近代日本文学思潮史》，郑民钦译，译林出版社 1992 年版。

31. [俄] 车尔尼雪夫斯基：《车尔尼雪夫斯基论文学》上卷、中卷，辛未艾译，人民文学出版社 1965 年版。

32. [俄] 车尔尼雪夫斯基：《生活与美学》，周扬译，人民文学出版社 1957 年版。

33. [日] 厨川白村：《文艺思潮论》，大日本图书株式会社 1914 年版。

34. [法] 茨维坦·托多罗夫：《启蒙的精神》，马利红译，华东师范大学出版社 2012 年版。

35. [美] 大卫·格里芬编：《后现代科学——科学魅力的再现》，马季方译，中央编译出版社 1995 年版。

36. [法] 丹纳：《艺术哲学》，傅雷译，人民文学出版社 1963 年版。

37. [美] 丹尼尔·贝尔：《资本主义文化矛盾》，赵一凡等译，生活·读书·新知三联书店 1989 年版。

38. [美] 道格拉斯·凯尔纳等：《后现代理论——批判性的质疑》，张志斌译，中央编译出版社 2001 年版。

39. [法] 杜夫海纳：《当代艺术科学主潮》，刘应争译，安徽文艺出版社 1991 年版。

40.《法国作家论文学》，王忠琪等译，生活·读书·新知三联书店 1984 年版。

41. [荷兰] 佛克马、易布思：《二十世纪文学理论》，林书武等译，生活·读书·新知三联书店 1988 年版。

42. [美] 弗朗西斯·马尔赫恩：《当代马克思主义文学批评》，刘象愚等译，北京大学出版社 2002 年版。

43. [美] 弗雷德里克·R. 卡尔：《现代与现代主义——艺术家的主权 1885~1925》，陈永国等译，中国人民大学出版社 2004 年版。

44. [美] 弗雷德里克·詹姆逊：《快感：文化与政治》，王逢振等译，中国社会科学出版社 1998 年版。

45. [苏] 弗里契:《欧洲文学发展史》,沈起予译,新文艺出版社1954年版。

46. [苏] 高尔基:《论文学》,孟昌等译,人民文学出版社1978年版。

47. [苏] 高尔基:《我怎样学习和写作》,戈宝权译,生活·读书·新知三联书店1984年版。

48. [苏] 格·尼·波斯彼洛夫:《文学原理》,王忠琪等译,生活·读书·新知三联书店1985年版。

49. [俄] 果戈里等:《文学的战斗传统》,满涛译,新文艺出版社1952年版。

50. [德] 海德格尔:《路标》,孙周兴译,商务印书馆2000年版。

51. [德] 海涅:《论浪漫派》,张玉书译,人民文学出版社1979年版。

52. [民主德国] 汉斯·科赫:《马克思主义和美学》,佟景韩译,漓江出版社1985年版。

53. [日] 河出孝雄编:《新文学论全集》第5卷《文艺思潮》,河出书房1941年版。

54. [俄] 赫尔岑:《赫尔岑论文学》,辛未艾译,上海文艺出版社1962年版。

55. [德] 黑格尔:《美学》,朱光潜译,商务印书馆1979年版。

56. [德] 黑格尔:《小逻辑》,贺麟译,商务印书馆1980年版。

57. [美] 华勒斯坦等:《学科·知识·权力》,刘健芝等编译,生活·读书·新知三联书店、牛津大学出版社1999年版。

58. [美] 霍兰德:《社会心理学原理和方法》,冯文侣等译,广东高等教育出版社1988年版。

59. [英] 贾斯廷·罗森伯格:《质疑全球化理论》,洪霞等译,江苏人民出版社2002年版。

60. [美] 杰姆逊:《后现代主义与文化理论》(精校本),唐小兵译,北京大学出版社2005年版。

61. [美] 库恩:《科学革命的结构》,李宝恒等译,上海科学技术出版社1980年版。

62. [美] 库佐尔特等:《二十世纪社会思潮》,张向东等译,中国人民大学出版社1991年版。

63. [德] 莱辛:《拉奥孔》,朱光潜译,人民文学出版社1979年版。

64. ［美］雷·韦勒克、奥·沃伦:《文学理论》,刘象愚等译,生活·读书·新知三联书店1984年版。

65. ［美］雷纳·韦勒克:《近代文学批评史》(中文修订版),杨自伍译,上海译文出版社2009年版。

66. ［美］雷内·韦勒克:《批评的概念》,张今言译,中国美术学院出版社1999年版。

67. ［英］里德:《现代绘画简史》,刘萍君译,上海人民美术出版社1979年版。

68. ［苏］里夫希茨编:《马克思论艺术和社会理想》,吴元迈等译,人民文学出版社1983年版。

69. ［美］鲁道夫·阿恩海姆:《视觉思维——审美直觉心理学》,滕守尧译,光明日报出版社1986年版。

70. ［法］罗伯-葛利叶:《嫉妒》,李清安等译,漓江出版社1987年版。

71. ［法］罗杰·法约尔:《法国文学评论史》,怀宇译,四川文艺出版社1992年版。

72. ［英］罗森:《诗与哲学之争》,张辉译,华夏出版社2004年版。

73. ［英］罗素:《西方哲学史》上、下卷,何兆武、马元德等译,商务印书馆1963、1976年版。

74. ［法］吕西安·戈德曼:《马克思主义和人文科学》,罗国祥译,安徽文艺出版社1989年版。

75. ［英］马·布雷德伯里等编:《现代主义》,胡家峦等译,上海外语教育出版社1992年版。

76. ［美］马克·爱德蒙森:《文学对抗哲学》,王柏华等译,中央编译出版社2000年版。

77. ［德］马克斯·霍克海默等:《启蒙辩证法》,渠敬东等译,上海人民出版社2006年版。

78. ［美］马克斯·韦伯:《新教伦理与资本主义精神》,于晓等译,生活·读书·新知三联书店1987年版。

79. ［美］马泰·卡林内斯库:《现代性的五副面孔——现代主义、先锋派、颓废、媚俗艺术、后现代主义》，顾爱彬等译，商务印书馆 2002 年版。

80. ［美］马歇尔·伯曼：《一切坚固的东西都烟消云散了》，徐大建等译，商务印书馆 2003 年版。

81. ［苏］莫伊谢依·萨莫伊洛维奇·卡冈：《美学和系统方法》，凌继尧译，中国文联出版公司 1985 年版。

82. ［俄］普列汉诺夫：《尼·加·车尔尼雪夫斯基》，汝信译，上海译文出版社 1981 年版。

83. ［俄］普列汉诺夫：《普列汉诺夫美学论文集》，曹葆华译，人民出版社 1983 年版。

84. ［俄］普列汉诺夫：《普列汉诺夫哲学著作选集》第 3 卷，汝信等译，生活·读书·新知三联书店 1962 年版。

85. ［美］齐亚乌丁·萨达尔：《东方主义》，马雪峰等译，吉林人民出版社 2005 年版。

86. ［俄］契诃夫：《契诃夫论文学》，汝龙译，人民文学出版社 1958 年版。

87. ［日］青木正儿：《中国古代文艺思潮论》，王俊瑜译述，人文书店 1933 年版。

88. ［法］热拉尔·热奈特：《热奈特论文集》，史忠义译，百花文艺出版社 2001 年版。

89. ［法］萨特尔：《辩证理性批判》，徐懋庸译，商务印书馆 1963 年版。

90. ［英］特里·伊格尔顿：《后现代主义的幻象》，华明译，商务印书馆 2000 年版。

91. ［英］特里·伊格尔顿：《历史中的政治、哲学、爱欲》，马海良译，中国社会科学出版社 1999 年版。

92. ［英］特里·伊格尔顿：《马克思为什么是对的》，李扬等译，新星出版社 2011 年版。

93. ［英］特里·伊格尔顿：《马克思主义与文学批评》，文宝译，人民文学出版社 1980 年版。

94. ［英］特里·伊格尔顿：《审美意识形态》，王杰等译，广西师范大学出版社 2001 年版。

95. ［英］特里·伊格尔顿：《文学原理引论》，刘峰等译，文化艺术出版社 1987 年版。

96. ［英］提摩太·贝维斯：《犬儒主义与后现代性》，胡继华译，上海人民出版社 2008 年版。

97. ［美］托马斯·库恩：《必要的张力　科学的传统和变革论文选》，范岱年等译，北京大学出版社 2004 年版。

98. ［美］托马斯·门罗：《走向科学的美学》，石天曙等译，中国文联出版公司 1984 年版。

99. ［德］瓦尔特·赫斯编：《欧洲现代画派画论选》，宗白华译，人民美术出版社 1980 年版。

100. ［美］威廉·佛莱明：《艺术与观念　西方文化史》，宋协立译，陕西人民美术出版社 1991 年版。

101. ［美］韦勒克：《文学思潮和文学运动的概念》，刘象愚选编，中国社会科学出版社 1989 年版。

102. ［瑞士］沃尔夫林：《艺术风格论　美术史的基本概念》，潘耀昌译，辽宁人民出版社 1987 年版。

103. ［美］乌尔利希·韦斯坦因：《比较文学与文学理论》，刘象愚译，辽宁人民出版社 1987 年版。

104. ［英］希·萨·柏拉威尔：《马克思和世界文学》，梅绍武等译，生活·读书·新知三联书店 1982 年版。

105. ［苏］谢·伊·拉齐克：《古希腊戏剧史》，俞久洪、臧传真译校，南开大学出版社 1989 年版。

106. ［法］雅克·德里达：《马克思的幽灵》，何一译，中国人民大学出版社 2008 年版。

107. ［古希腊］亚理斯多德：《诗学》，罗念生译，人民文学出版社 1962 年版。

108. ［美］伊恩·P.瓦特：《小说的兴起》，高原等译，生活·读书·新知三联书店 1992 年版。

109. ［法］伊夫·瓦岱：《文学与现代性》，田庆生译，北京大学出版社 2001 年版。

110. [美] 伊曼纽尔·沃勒斯坦:《现代世界体系》(三卷本),尤来寅等译,高等教育出版社 1998 年版。

111. [法] 于尔根·哈贝马斯:《现代性的哲学话语》,曹卫东等译,译林出版社 2004 年版。

112. [美] 詹姆士:《心理学原理》(选译),唐钺译,商务印书馆 1963 年版。

113. [美] 朱丽·汤普森·克莱恩:《跨越边界——知识　学科　学科互涉》,姜智芹译,南京大学出版社 2005 年版。

114. [日] 竹内敏雄:《艺术理论》,卞崇道等译,中国人民大学出版社 1990 年版。

115. 鲍维娜等:《小说:作家心理"罗曼史"》,青海人民出版社 1990 年版。

116. 北京师范大学中文系编:《当代文艺学探索与思考》,高等教育出版社 1987 年版。

117. 蔡振华:《中国文艺思潮》,世界书局 1935 年版。

118. 蔡钟翔、黄保真、成复旺:《中国文学理论史》,北京出版社 1987 年版。

119. 陈伯海主编:《近四百年中国文学思潮史》,东方出版中心 1997 年版。

120. 陈传才:《中国 20 世纪后 20 年文学思潮》,中国人民大学出版社 2001 年版。

121. 陈光孚:《魔幻现实主义》,花城出版社 1986 年版。

122. 陈晓明:《无边的挑战》,时代文艺出版社 1993 年版。

123. 党圣元主编、陈定家选编:《审美现代性》,中国社会科学出版社 2011 年版。

124. 段忠桥主编:《当代国外社会思潮》,中国人民大学出版社 2001 年版。

125. 樊篱、袁兴华:《马克思主义文艺思想发展初论》,湖南文艺出版社 1987 年版。

126. 高滔:《近代欧洲文艺思潮史纲》,北平著者书店 1932 年版。

127. 龚翰熊:《20 世纪西方文学思潮》,河北人民出版社 1999 年版。

128. 何帆等编选:《现代小说题材与技巧》,中国文联出版公司 1989 年版。

129. 黄忏华:《近代文学思潮》,商务印书馆 1924 年版。

130. 黄修己:《中国新文学史编纂史》,北京大学出版社 1995 年版。

131. 蒋孔阳:《德国古典美学》,商务印书馆 1981 年版。

132. 李德恩:《拉美文学流派的嬗变与趋势》,上海译文出版社 1996 年版。

133. 李何林:《近二十年中国文艺思潮论》(1917—1937),生活书店1940年版。

134. 李辉凡:《二十世纪初俄苏文学思潮》,社会科学文献出版社1993年版。

135. 李欧梵:《未完成的现代性》,北京大学出版社2005年版。

136. 李浴:《西方美术史纲》,辽宁美术出版社1980年版。

137. 黎皓智:《20世纪俄罗斯文学思潮》,北京大学出版社2006年版。

138. 梁启超:《梁启超论清学史二种》,复旦大学出版社1985年版。

139. 林建法主编:《中国当代作家面面观　文学的自觉》,复旦大学出版社2010年版。

140. 刘安武编选:《印度现代文学研究》,中国社会科出版社1980年版。

141. 刘增杰:《云起云飞——20世纪中国文学思潮研究透视》,上海文艺出版社1997年版。

142. 刘增杰等主编:《中国近现代文学思潮史》(上下卷),上海文艺出版社2008年版。

143. 柳鸣九主编:《从现代主义到后现代主义》,中国社会科学出版社1994年版。

144. 柳鸣九主编:《二十世纪现实主义》,中国社会科学出版社1992年版。

145. 柳鸣九主编:《未来主义　超现实主义　魔幻现实主义》,中国社会科学出版社1987年版。

146. 柳鸣九主编:《自然主义》,中国社会科学出版社1988年版。

147. 陆贵山:《非理性主义文艺思潮》,春风文艺出版社1993年版。

148. 陆贵山主编:《马克思主义与当代文艺思潮》,高等教育出版社1992年版。

149. 陆贵山主编:《中国当代文艺思潮》,中国人民大学出版社2009年版。

150. 陆贵山主编:《唯物史观与文艺思潮》,中国人民大学出版社2007年版。

151. 陆梅林选编:《西方马克思主义美学文选》,漓江出版社1988年版。

152. 罗钢等主编:《文化研究读本》,中国社会科学出版社2000年版。

153. 罗荣渠:《现代化新论——世界与中国的现代化进程》,北京大学出版社1993年版。

154. 罗宗强:《隋唐五代文学思想史》,上海古籍出版社1986年版。

155. 吕天石:《欧洲近代文艺思潮》,商务印书馆1933年版。

156. 吕同六主编:《20 世纪世界小说理论经典》,华夏出版社 1995 年版。

157. 马良春等编:《中国现代文学思潮流派讨论集》,人民文学出版社 1984 年版。

158. 马良春等主编:《中国现代文学思潮史》(上、下),北京十月文艺出版社 1995 年版。

159.《美国作家论文学》,刘保端译,生活·读书·新知三联书店 1984 年版。

160. 钱中文:《文学理论流派与民族文化精神》,吉林教育出版社 1993 年版。

161. 钱中文:《文学原理——发展论》,社会科学文献出版社 1989 年版。

162. 钱中文:《现实主义和现代主义》,人民文学出版社 1987 年版。

163. 钱钟书:《七缀集》,上海古籍出版社 1985 年版。

164. 钱钟书:《谈艺录》,中华书局 1984 年版。

165. 沙莲香:《社会心理学》,中国人民大学出版社 1927 年版。

166. 邵大箴:《西方现代美术思潮》,四川美术出版社 1990 年版。

167. 邵伯周:《中国现代文学思潮研究》,学林出版社 1993 年版。

168. 盛宁:《人文困惑与反思——西方后现代主义思潮批判》,生活·读书·新知三联书店 1997 年版。

169. 孙席珍编:《近代文艺思潮》,人文书店 1932 年版。

170. 谭丕谟:《文艺思潮之演进》,文化学社 1932 年版。

171. 陶东风:《文化研究:西方与中国》,北京师范大学出版社 2002 年版。

172. 王霁主编:《马克思主义与当代社会思潮》,中国人民大学出版社 1994 年版。

173. 王瑶:《中古文学思想》,棠棣出版社 1951 年版。

174. 王岳川:《后现代主义文化研究》,北京大学出版社 1992 年版。

175. 王治河:《后现代哲学思潮研究》(增补本),北京大学出版社 2006 年版。

176. 吴中杰:《中国现代文艺思潮史》,复旦大学出版社 1996 年版。

177. 伍蠡甫主编:《西方文论选》,上海译文出版社 1979 年版。

178. 伍蠡甫主编:《现代西文文论选》,上海译文出版社 1983 年版。

179. 席扬:《文学思潮:理论　方法　视野——兼论 20 世纪中国文学思潮若干问题》,上海三联书店 2009 年版。

180. 徐懋庸:《文艺思潮小史》,长风书店 1936 年版。

181. 杨蔼琪：《谈印象派绘画》，人民美术出版社 1979 年版。

182. 杨春时：《现代性与中国文化》，国际文化出版公司 2002 年版。

183. 杨春时：《现代性与中国文学思潮》，生活·读书·新知三联书店 2009 年版。

184. 杨春时等主编：《现代性与 20 世纪中国文学思潮》，广西师范大学出版社 2005 年版。

185. 杨春时主编：《中国现代文学思潮史》（上、下卷），南京大学出版社 2011 年版。

186. 叶渭渠：《日本古代文学思潮史》，中国社会科学出版社 1996 年版。

187. 叶渭渠等：《日本现代文学思潮史》，中国华侨出版社 1991 年版。

188. 叶秀山：《思·史·诗——现象学和存在哲学研究》，人民出版社 1999 年版。

189. 叶易：《中国近代文艺思潮史》，高等教育出版社 1990 年版。

190. 易英：《西方 20 世纪美术》，中国人民大学出版社 2004 年版。

191. 俞吾金：《意识形态论》（修订版），人民出版社 2009 年版。

192. 俞吾金等：《现代性现象学：与西方马克思主义者的对话》，上海社会科学院出版社 2002 年版。

193. 乐黛云等主编：《西方文艺思潮与二十世纪中国文学》，中国社会科学出版社 1990 年版。

194. 张秉真等：《西方文艺理论史》，中国人民大学出版社 1994 年版。

195. 张大明：《西方文学思潮在现代中国的传播史》，四川教育出版社 2001 年版。

196. 张建华等：《20 世纪俄罗斯文学：思潮与流派》（理论篇），外语教学与研究出版社 2012 年版。

197. 张隆溪：《二十世纪西方文论述评》，生活·读书·新知三联书店 1986 年版。

198. 张器友：《近五十年中国文学思潮通论》，安徽教育出版社 2000 年版。

199. 张器友等：《20 世纪末中国文学颓废主义思潮》，安徽大学出版社 2005 年版。

200. 中国社会科学院"世界文明"课题组编：《国际文化思潮评论》，中国社会科学出版社 1999 年版。

201. 中国社会科学院外国文学研究所外国文学研究资料丛刊编辑委员会编：《欧美古典作家论现实主义和浪漫主义》（一），中国社会科学出版社 1980 年版。

202. 周宪：《审美现代性批判》，商务印书馆 2005 年版。

203. 周宪等编：《当代西方艺术文化学》，北京大学出版社 1988 年版。

204. 周宪主编：《文化现代性精粹读本》，中国人民大学出版社 2006 年版。

205. 朱狄：《当代西方美学》，人民出版社 1984 年版。

206. 朱狄：《当代西方艺术哲学》，人民出版社 1994 年版。

207. 朱东润：《中国文学批评史大纲》，上海古籍出版社 2005 年版。

208. 朱光潜：《西方美学史》，人民文学出版社 1979 年版。

209. 朱立元主编：《二十世纪西方美学经典文本》，复旦大学出版社 2000 年版。

210. 朱立元主编：《现代西方美学史》，上海文艺出版社 1993 年版。

211. 朱维之：《中国文艺思潮史略》，长风书店 1939 年版。

212. 朱寨等主编：《中国当代文学思潮史》，人民文学出版社 1987 年版。

再 版 后 记

多年来，国内流行的文学思潮观最明显的共性是视文学思潮为创作潮流、创作（作品）集合或类型，文学思潮即文学创作的一种形态或创作中表现的社会思潮。而定位于创作的流行文学思潮观又有类型论和流派论两别，类型论在学理上乃一种思维惯性所致，把文学思潮视为依据不同标准来对创作进行分类整理的结果；流派论则认为文学思潮是一种有共同创作纲领的文学流派的创作，属于史学视角的时期论范畴。两种思潮观都有外来影响基础，类型论的直接来源是日本的厨川白村，流派论则是苏联波斯彼洛夫的文学思潮观。文学思潮即文学创作，当然不是指所有的创作，类型论认为是有某种共性的一批创作；流派论则把类型论共性的任意性限定为有共同创作纲领的文学流派的群体的自觉的创作。后者与前者的主要不同，在于将主观任意性的抽象性变为有时空限定的历史规定性。随着"现代性"话语的引进，后来又出现了一种类型论的抽象性和流派论的历史具体性相混合或游移的第三种：现代性论，把文学思潮界定为"现代性的反应"，虽然肯定了文学思潮的历史具体性，却疏于学术史的系统考察和学理的深究，就武断地认定本土的文学思潮概念来自苏联，附属于创作方法概念，是一种"创作方法论"文学思潮观，仅是受苏联社会主义现实主义创作方法论影响的结果。对于传入更早，对本土文学思潮观念影响更长、更明显的日本类型论来源却只字不提，不明了创作方法论思潮观也属于类型论范围内，因而在文学思潮研究中，尤其是在文学思潮史的编撰里，不自觉地摇摆于类型论与时期论之间。在这种"现代性反应论"文学思潮观指导下编写的一部《中国现代文学思潮史》，于 2011 年出版，其中提出一种从五四时期肇始直至"文化大革命"结束才终结的"革命古典主义"文学思潮，似乎是一种历史发现，而读过欧洲文学史的人却不难看出，这不过是把从 17 世纪法国古典主义文艺思潮这一君主专制政治的产物中抽象出的"拥护王权、崇尚理性、恪守'三一律'"的特征，改造为"强调政治理性"和"讲求形式规范"套用到中国现代文学思潮史中，将个别性拔高为普遍性，完全排除相隔三个世纪不同国度的文学思潮的历史性本质差异，不自觉地陷入了类型论思潮史观的窠臼，必然地导致了对具体作家作品思潮归属处理的困窘，如茅盾及其《子夜》就被横跨两种文学思潮，成了现实主义和所谓的"革命古典主义"两种文学思潮的经典。

把文学思潮视为仅是创作领域的现象，已经成为一种积重难返的思维惯性和惰性。笔者研究文学思潮理论近二十年中，屡屡遭遇此种现象，感受尤深的一例，就是关键观点曾在出版过程中遭遇擅改。2001 年，笔者担任"21 世纪中国语言文学系列教材"（后来又被定为"普通高等教育'十一五'国家级规划教材"）《中国当代文艺思潮》一书副主编，并负责撰写该书"导论：文艺思潮的基本概念"。此"导论"作为全书的理论基础，鉴于教材的属性，笔者编入了拙著《文学思潮论》初版的主要理论观点，将"文学思潮"定义为"特定历史时期文学活动系统中受某种文学规范体系所支配的群体性思想趋向"。但是，当笔者见到《中国当代文艺思潮》样书时，这一定义却赫然被擅改为"文学思潮是特定历史时期文学活动系统中受某种文学规范体系所支配的作家的群体性思想趋向"[1]！在定义前后文的一些重要句子，也被莫名其妙地插入了"作家"二字。作为该书第一副主编，笔者负责统稿，最后一次校样也是经由笔者复核后提交出版社的，定义被擅改显然发生于此后的出版社编辑过程。擅改的根源，无疑是把文学思潮视为创作现象

---

[1]　陆贵山主编：《中国当代文艺思潮》，中国人民大学出版社 2002 年版，第 20 页。

的思维惯性与惰性。被粗暴地插入了"作家"二字的这一文学思潮定义与笔者的本意和全部论证完全背道而驰，因为笔者始终反对的就是片面地把文学思潮视为仅是作家创作的思潮。《文学思潮论》初版印量少，传播有限，但《中国当代文艺思潮》作为高校教材，出版社一印再印，十多年来每年都有一定发行量，因此被擅改的文学思潮定义也就"流毒"甚广。尽管笔者发现被擅改后立即向出版社提出纠正要求，但出版社并没有采取任何补救措施。直至 2009 年该书出第二版，换了责编，错误才得以纠正，笔者的文学思潮定义才得以恢复原貌。

然而，在对文学思潮理论感兴趣的读者（包括一些学者）中，我迄今尚未见有从定义与前后文表述的逻辑矛盾上发现问题者。例如某位中国现代文学研究者，对笔者的文学思潮理论观点颇为关注，并发表了带有与笔者观点有所商榷性质的论文，收入其 2009 年出版的一部专著中。这位学者基本循着笔者发掘的理论资源、研究框架和论证范畴，对文学思潮的概念界定、系统构成、本体特性以及研究方法等方面进行探讨，表达了一些不同的看法。不可否认，这位学者在某些方面提出了一些值得思考的问题，尤其是他本身作为一位文学史研究者对许多同行研究文学思潮的共同弱点的概括，可谓一针见血。他认为，许多文学史家在自己的著述中对文学思潮的理解或定义，都仅凭"感觉"而并不借重任何理论资源，只重视历史样态而淡化学理逻辑，导致他们的文学思潮研究"无当"与"泛化"。这一概括明显见出他对文学思潮理论的研究态度相对于其他很多学者、读者而言，可谓相当认真，十分坦率。可是，即使是多有引用笔者重要观点作为论辩对象的这位学者，对笔者的文学思潮理论文本的阅读和把握似乎是极不到位的，甚至很难说是从整体和学理层面上来研读的。在《中国当代文艺思潮》第一版的"导论"里，笔者在对文学思潮定义的前后文中，都有密集而明确的反对把文学思潮视为仅是创作思潮的表述。如："说到文学，人们立即想到的就是作家、作品和创作。这种思维定式，自然而然地被置入对'文学思潮'的认识过程。因此，文学思潮往往被作为仅是创作范围内的文学现象，文学思潮不过是一种创作潮流。不少的思潮史、思潮批评都局限于这一范围内来理解文学思潮，有一定的片面性。文学思潮与文学流派、文学运动、文学风格、创作方法等等范畴之所以经常被混淆，区分不清，正是与把文学思潮局限于创作思潮的认识密切相关。"① 接着，笔者在借鉴两位外国学者观点的基础上，明确指出："文学思潮属于观念层面，涉及的不只是创作活动，还表现于理论、批评、鉴赏（接受）的活动过程。"② 并证之以历史实例——法国 17 世纪古典主义文学思潮，就"不仅是创作思潮、理论与批评的思潮，同时还是欣赏（接受）的思潮"③；笔者还进一步从文学史层面强调："将文学思潮的对象范围定位于文学活动系统……完整的文学思潮不仅涉及创作，也涉及理论、批评和鉴赏（接受）等活动。文学思潮史研究要求从文学这几个方面的相互联系的动态发展过程进行体系性的整体考察，……要改变过去那种把文学局限于创作而排除其他文学活动的知性思维偏见所造成的创作史、理论史、批评史、欣赏史等各自独立的局面，以文学思潮为中轴，打破创作史、理论史、批评史、欣赏史的人为界限，把它们贯通和整合起来，恢复其本来的完整面目。"④

在定义后紧接着对定义的补充中阐释为何用"思想趋势"来定义，也说明目的是要避免以往用"创作潮流"定义"容易使人误认为文学思潮仅指创作现象，甚至局限于文学作品的层面去理解"的错误；"把文学思潮规定为'文学活动系统'范围内的'思想趋向'，对防止把文学思潮局限于创作思潮或文学活动中某一方面的思潮的片面理解，使这个定义在历史的过去、现在、未来和共时的广阔空间等多项维度上都有符合客观实际和必然可能的包容性"。⑤ 还有，在随后讨论文学思潮的系统构成部分，笔者也再三明确表述："文学思潮涉及的不只是创作活动，还表现于理论、批评、鉴赏的活动过程中，并制约与支配这些方面的实践活动。一个特定的文学思潮作为观

---

① 陆贵山主编:《中国当代文艺思潮》，中国人民大学出版社 2002 年版，第 11 页。
② 陆贵山主编:《中国当代文艺思潮》，中国人民大学出版社 2002 年版，第 12 页。
③ 陆贵山主编:《中国当代文艺思潮》，中国人民大学出版社 2002 年版，第 13 页。
④ 陆贵山主编:《中国当代文艺思潮》，中国人民大学出版社 2002 年版，第 13—14 页。
⑤ 陆贵山主编:《中国当代文艺思潮》，中国人民大学出版社 2002 年版，第 21 页。

念系统，贯串于整个群体性文学活动各领域。"①"文学思潮不能等同于创作潮流或不能归结为创作领域中的文学思潮，特定的文学思潮在理论与实践两个领域中构成系统。两大领域构成的文学思潮既有统一的一面，又有相异的一面。文学理论思潮、文学批评思潮与文学创作思潮、文学鉴赏思潮在文学观的根本问题上应该是统一的，审美原则必须是基本一致的，但在思维方式、思维趋向、表现形态和构成的比例配置上可能有不同程度的这样那样的差异。由于这些差异的普遍存在和共同作用，使文学思潮的结构形态呈现历时维度与共时维度的种种不同，同时影响着文学思潮在文化系统中的功能和价值。"②"文学思潮系统构成的范围广及文学活动的整体，可以说，文学思潮是在文艺理论、文艺批评、文艺创作和文艺接受等领域中构成的共同观念系统。"③

　　如上明确的系列表述，明显与被擅改入"作家"二字的定义自相矛盾。作为有起码逻辑思辨能力的研究者，应该不难发现这样明显有违理论自洽性的问题，即使不去查核对照笔者在其他场合的表述［例如《文学思潮论》（青岛出版社 2000 年版）、《文学思潮的系统构成》（《人文杂志》1999 年第 3 期）、《文学思潮与创作方法》（《中国人民大学学报》2000 年第 2 期）、《文学思潮正名》（《中国人民大学学报》2001 年第 3 期）以及笔者对此编辑错误有明确说明和纠正的 2007 年发表的《中国当代的艺术思潮理论建构》（《首都师范大学学报（社会科学版）》2007 年第 1 期）等文本］，也应该针对被擅改入"作家"二字的文学思潮定义与其前后论述的矛盾性进行学理的逻辑的质疑。但这位学者却是一面多处引用笔者关于文学思潮不只是创作思潮的观点，一面又据被擅改入"作家"二字的定义而把笔者的思潮观归之为"创作本位论"。更让人无法理解的是，这位学者引用这一定义时，不仅文字而且出处都与所引原文有令人吃惊的出入，如对同一出处的原文"文学思潮是特定历史时期文学活动系统中受某种文学规范体系所支配的作家的群体性思想

① 　陆贵山主编：《中国当代文艺思潮》，中国人民大学出版社 2002 年版，第 23 页。

② 　陆贵山主编：《中国当代文艺思潮》，中国人民大学出版社 2002 年版，第 24 页。

③ 　陆贵山主编：《中国当代文艺思潮》，中国人民大学出版社 2002 年版，第 27—28 页。

趋向"，第一次引用变成了"文学思潮是特定历史时期文学活动系统中受某种文学规范体系支配的作家的思想趋向"，漏掉了关键的"群体性"一词！第二次引用又变成"文学思潮是特定历史时期文学活动系统中受某种文学规范体系所支配的现象的整体性的思想趋向"，"作家"被换为"现象"，"群体性"被改成"整体性"，错得更离谱！（这位学者在 2004 年发表的研究文学思潮概念的一篇论文中就已经是这样错误地引用这一原文了。）对这一定义出处的注释也令人感到不解，第一次引用的注释是"参见陆贵山主编《中国当代文艺思潮　导论》，中国人民大学出版社 2002 年 6 月"，第二次引用则注释为"陆贵山主编《中国当代文学思潮》14—20 页，人民文学出版社 2002 年"。"引用"与"参见"的混淆，出版单位的张冠李戴，格式的混乱，这些低级错误怎么可能会在这位已经出版过好几本学术专著的学者笔下出现呢？还有，这位学者该书另一处的这段表述也使人纳闷："这里要特别提请注意美国著名文艺学学者沃伦·韦勒克。他在名著《文学理论》中也未正面涉及'文学思潮'，也许因为这一'问题'的重要性，所以他专门在《文学思潮和文学运动的概念》一书中进行了细致论述。"把《文学理论》的两位作者合体为另外一位子虚乌有的人名，将刘象愚从韦勒克的《批评的概念》和《辨异：续批评的概念》两书中"选编"诸文译成的《文学思潮和文学运动的概念》当成韦勒克特地撰写的一部针对文学思潮"问题"的专著，不能不令人疑惑：难道这位学者没有亲自读过这两本书吗？这位学者还认为，笔者对"思潮"一词的语源考察是一种"前叙述"，与后面对"文学思潮"的定义本身"并无本质性的联系"；定义中的"某种文学规范体系"是"先在与预置"；对笔者强调"文学性"是文学思潮的根本特性的观点，这位学者也断言"不是一个有意义的话题"，因为在他看来关注文学思潮的文学性"早已寓含在我们所有对'文学思潮'研究的先置前提之中了"；由于"文学思潮"界定困难，而判断其可能是"不可定义"的存在，主张把"是什么"或"什么是"的肯定性提问方式变为"不是什么"或"什么不是"的否定性提问方式，如此似乎就可以走出文学思潮的定义困境，等等。这位学者的这些离奇看法和主张，凭"感觉"远理论的特征何其突出！显然是没有细读原文，不重学理逻辑思辨基础，不顾文学思潮研究中已有大量泛化为非文学研究的历史事实，不辨时髦的非理性主义"反本质主义"作为政治学术化和学术政治化策略属性的偏激，而视之为新的科学理论、方法论认同之等等原因所导致的片面认知后果。

笔者虽寡才不敏，但学术言说力求平易简练，不尚玄奥晦涩故作高深之辞。而从拙言鄙见所遭遇的粗暴擅改和问世后十数年间的误读、曲解甚至虚构来看，足见文学思潮理论研究所处的学术生态尚无奢望"知音"的基本条件，纵有万千感慨，也配不上"前不见古人，后不见来者。念天地之悠悠，独怆然而涕下"的崇高悲凉。

狄更斯曾经把自己生活的时代，视为本质上与时隔一百多年前的法国大革命时期相像的时代——都既是最美好的时代，也是最糟糕的时代；既是智慧的年头，亦是愚昧的年头；既是信仰的时期，又是怀疑的时期；既是光明的季节，也是黑暗的季节；既是希望的春天，又是失望的冬天；人们全都在直奔天堂，又全都在跌落地狱……狄更斯在其小说《双城记》开端的这些形象描述，同代人马克思早于其三年前就以哲人的智慧简练地一言以蔽之："在我们这个时代，每一种事物好像都包含有自己的反面。"① 如今，时间又过去了一百五十多年，我们所在时代的历史本质是否还一如既往？虽不敢贸然断定，但从辩证观和系统视野出发，至少也可以说：这是一个稳重的社会，也是一个浮躁的社会；这是一个冷静的时代，又是一个焦虑的时代！我们需要思考和付诸行动的是：怎样在浮躁中倾向稳重一点？如何让狂奔的焦虑转道冷静几步？

卢铁澎
2014 年国庆节于中国人民大学

---

① 《马克思恩格斯文集》第 2 卷，人民出版社 2009 年版，第 580 页。

责任编辑：李之美

图书在版编目（CIP）数据

文学思潮论/卢铁澎 著.—修订本. －北京：人民出版社，2015.5
（文学与思想丛书）
ISBN 978－7－01－014616－4

Ⅰ.①文… Ⅱ.①卢… Ⅲ.①文艺思潮-研究 Ⅳ.①I109.9

中国版本图书馆 CIP 数据核字（2015）第 049426 号

文学思潮论
WENXUE SICHAO LUN

（修订本）

卢铁澎 著

人民出版社 出版发行

（100706 北京市东城区隆福寺街 99 号）

北京瑞古冠中印刷厂印刷 新华书店经销

2015 年 5 月第 1 版 2015 年 5 月北京第 1 次印刷
开本：710 毫米×1000 毫米 1/16 印张：27
字数：380 千字

ISBN 978－7－01－014616－4 定价：65.00 元

邮购地址 100706 北京市东城区隆福寺街 99 号
人民东方图书销售中心 电话（010）65250042 65289539